元泰定本詩集傳附録纂疏

第一册

元　胡一桂撰

元泰定四年建安劉君優翠巖精舍刻本

山東人民出版社·濟南

圖書在版編目（CIP）數據

元泰定本詩集傳附録纂疏 /（元）胡一桂撰 .— 濟南：山東人民出版社，2024.3
（儒典）
ISBN 978-7-209-14315-8

Ⅰ.①元… Ⅱ.①胡… Ⅲ.①《詩經》-注釋 Ⅳ.① I222.2

中國國家版本館 CIP 數據核字（2024）第 036058 號

項目統籌：胡長青
責任編輯：張艷艷
裝幀設計：武　斌
項目完成：文化藝術編輯室

元泰定本詩集傳附録纂疏
〔元〕胡一桂撰

主管單位　山東出版傳媒股份有限公司
出版發行　山東人民出版社
出 版 人　胡長青
社　　址　濟南市市中區舜耕路517號
郵　　編　250003
電　　話　總編室（0531）82098914
　　　　　市場部（0531）82098027
網　　址　http://www.sd-book.com.cn
印　　裝　山東華立印務有限公司
經　　銷　新華書店

規　　格　16開（160mm×240mm）
印　　張　54.25
字　　數　434千字
版　　次　2024年3月第1版
印　　次　2024年3月第1次
ISBN 978-7-209-14315-8
定　　價　129.00圓（全三册）

《儒典》選刊工作團隊

學術顧問　杜澤遜　李振聚　徐　泳

項目統籌　胡長青

責任編輯　劉　晨　劉嬌嬌　張艷艷

　　　　　吕士遠　趙　菲　劉一星

前　言

中國是一個文明古國、文化大國，中華文化源遠流長，博大精深。在中國歷史上影響較大的是孔子創立的儒家思想，因此整理儒家經典、注解儒家經典，爲儒家經典的現代化闡釋提供权威、典范、精粹的典籍文本，是推進中華優秀傳統文化創造性轉化、創新性發展的奠基性工作和重要任務。

中國經學史是中國學術史的核心，歷史上創造的文本方面和經解方面的輝煌成果，大量失傳了。西漢是經學的第一個興盛期，除了當時非主流的《詩經》毛傳以外，其他經師的注釋後來全部失傳了。東漢的經解祇有鄭玄、何休等少數人的著作留存下來，其餘也大都失傳了。南北朝至隋朝興盛的義疏之學，其成果僅有皇侃《論語疏》幸存於日本。五代時期精心校刻的《九經》、北宋時期國子監重刻的《九經》以及校刻的單疏本，也全部失傳。南宋國子監刻的單疏本，我國僅存《周易正義》、《爾雅疏》、《春秋公羊疏》（三十卷殘存七卷）、《春秋穀梁疏》（十二卷殘存七卷），日本保存了《尚書正義》、《毛詩正義》、《禮記正義》（七十卷殘存八卷）、《周禮疏》（日本傳抄本）、《春秋公羊疏》（日本傳抄本）、《春秋正義》（日本傳抄本）。南宋兩浙東路茶鹽司刻八行本，我國保存下來的有《周禮疏》、《禮記正義》、《春秋左傳正義》（紹興府刻）、《論語注疏解經》（二十卷殘存十卷）、《孟子注疏解經》（存臺北「故宫」），日本保存有《周易注疏》《尚書正義》（凡兩部，其中一部被清楊守敬購歸）。南宋福建刻十行本，我國僅存《春秋穀梁注疏》、《春秋左傳注疏》（六十卷，一半在大陸，一半在臺灣），日本保存有《毛詩注疏》《春秋左傳注疏》。從這些情況可以看出，經書代表性的早期注釋和早期版本國內失傳嚴重，有的僅保存在東鄰日本。

鑒於這樣的現實，一百多年來我國學術界、出版界努力搜集影印了多種珍貴版本，但是在系統性、全面性和準確性方面都還存在一定的差距。例如唐代開成石經共十二部經典，石碑在明代嘉靖年間地震中受到損害，明代萬曆初年西安府學等學校師生曾把損失的文字補刻在另外的小石上，立於唐碑之旁。近年影印出版唐石經拓本多次，都是以唐代石刻與明代補刻割裂配補的裱本爲底本。由於明代補刻采用的是唐碑的字形，這種配補本難以區分唐刻與明代補刻，不便使用，亟需單獨影印唐碑拓本。

爲把幸存於世的、具有代表性的早期經解成果以及早期經典文本收集起來，系統地影印出版，我們規劃了《儒典》編纂出版項目。

《儒典》出版後受到文化學術界廣泛關注和好評，爲了滿足廣大讀者的需求，現陸續出版平裝單行本。共收録一百十一種元典，共計三百九十七册，收録底本大體可分爲八個系列：經注本（以開成石經、宋刊本爲主。開成石經僅有經文，無注，但它是用經注本删去注文形成的）、經注附釋文本、纂圖互注本、單疏本、八行本、十行本、宋元人經注系列、明清人經注系列。

《儒典》是王志民、杜澤遜先生主編的。本次出版單行本，特請杜澤遜、李振聚、徐泳先生幫助酌定選目。特此説明。

二〇二四年二月二十八日

目録

第一册

第二册

第三册

朱子詩傳纂集大成序

善言乎朱子之於詩是以知聖人也取經而傳之祖刪述之本旨而含前儒傳言失意之餘處傳之作也有由哉周德既衰詩亡樂缺所賴見先公先王風化之自者惟三百篇夫子生晚

周拳拳於二南唯恐人心之不爲於
師摯聞關雎洋洋盈耳欣幸之至歌
詠不絕興詩立禮成樂之語豈虛發
哉朱子於千載之後感嘆哲人云亡
衆喙淆亂恐聖人扶持詩樂之意不
傳乃分別正聲之可弦可歌者其條

鄭衛之閒者關涇實情性弗得其正
辯而闡明以防閑人心及排小序之
誤理渙辭釋使後死者得與於斯文
彰聖人之功莫大焉其書又豈肯自
居於蹤下近世詩解甚多如李迂仲
呂伯恭皆善言惟華谷嚴氏獨能詣

風賦比興之趣識其正體其閒援朱
子言者多是知朱傳不得不為詩之
統宗會元雖聖人復出不易斯言也
然則今胡氏之附錄纂疏及暨齊魯
韓三家詩攷据摭星宿於羲娥後得
無戾朱子意乎曰不然漢儒自申轅

而下專門者絶力模倣皆爲羽翼聖
經獨如支流之未底于海習射之未
至于的則各有見焉今之纂集大成
隱括前後鏤劂衆説學者得之如大
庖儼飫不但染指嘗鼎胡氏之心豈
弗良苦覯其精力茲書殁身乃已後

十餘年始得今劉氏君佐迺朱子故
友劉用之後人大不忍以用朱子之
學者湮鬱不售亟鋟諸梓使學者識
能於此沉浸參酌舉踪而傳通舉傳
而綜通明經取青紫之士其事業所
得燭照龜卜較然甚明也書肆舊有

書傳纂集大成行〻於四方信矣会
詩傳纂集大成人間有此雙拱璧將
爭先覩之政不待序而後顯劉氏曰
是序也當泰定第四禩疆圉單閼歲
長至穀旦乙丑後學從仕郎邵武路
總管府經歷致仕盱江揭祐民從年

父書于建東陽翠巖劉氏家塾

詩集傳序

或有問於余曰詩何爲而作也余應之曰人生而靜天之性也感於物而動性之欲也夫既有欲矣則不能無思既有思矣則不能無言既有言矣則言之所不能盡而發於咨嗟詠歎之餘者必有自然之音響節族而不能已焉此詩之所以作也曰然則其所以教者何也曰詩者人心之感物而形於言之餘也心之所感有邪正故言

之所形有是非惟聖人在上則其所感者無不正而其言皆足以爲教其或感之之雜而所發不能無可擇者則上之人必思所以自反而因有以勸懲之是亦所以爲教也昔周盛時上自郊廟朝廷而下達於鄉黨閭巷其言粹然無不出於正者聖人固已協之聲律而用之鄉人用之邦國以化天下至於列國之詩則天子巡守亦必陳而觀之以行黜陟之典降自昭穆而後

寖以陵夷至于東遷而遂廢不講矣孔子生於其時既不得位無以行帝王勸懲黜陟之政於是特舉其籍而討論之去其重複正其紛亂而其善之不足以爲法惡之不足以爲戒者則亦刋而去之以從簡約示久遠使夫學者即是而有以考其得失善者師之而惡者改焉是以其政雖不足行於一時而其敎實被於萬世是則詩之所以爲敎者然也曰然則國風雅頌之體

其不同若是何也曰吾聞之凡詩之所謂風者多出於里巷歌謠之作所謂男女相與詠歌各言其情者也惟周南召南親被文王之化以成德而人皆有以得其性情之正故其發於言者樂而不過於淫哀而不及於傷是以二篇獨爲風詩之正經自邶而下則其國之治亂不同人之賢否亦異其所感而發者有邪正是非之不齊而所謂先王之風者於此焉變矣若夫雅頌

之篇則皆成周之世朝廷郊廟樂歌之詞其語和而莊其義寬而密其作者往往聖人之徒固所以爲萬世法程而不可易者也至於雅之變者亦皆一時賢人君子閔時病俗之所爲而聖人取之其忠厚惻怛之心陳善閉邪之意猶非後世能言之士所能及之此詩之爲經所以人事浹於下天道備於上而無一理之不具也曰然則其學之也當柰何曰本之二南以求其端

參之列國以盡其變正之於雅以大其規和之於頌以要其止此學詩之大旨也於是乎章句以綱之訓詁以紀之諷詠以昌之涵濡以體之察之情性隱微之間審之言行樞機之始則脩身及家平均天下之道其亦不待他求而得之於此矣問者唯唯而退余時方輯詩傳因悉次是語以冠其篇云淳熙四年丁酉冬十月戊子新安朱熹書

易有三易禮有三禮傳有四家連山歸
藏周易是爲三易連山歸藏今不復見太玄倣連山
潛虚倣歸藏又嘗參攷三易著濱纂成一編矣三礼
則朱子嘗輯儀礼条經二礼爲傳春秋則左氏公羊
穀梁竝行于世詩則齊魯韓三家之說不傳今所傳
唯毛氏耳予官中秘書授詩潘邸舂容道山群玉閣
与秘書郎王伯厚尚論古詩伯厚出示詩攷一卷盖
齊魯詩乃散見於傳注者會粹爲一雖曰存十一於
千百然四詩異同可以備參攷昔齊魯詩盛於西京皆韓

詩則燕趙間好之毛詩後出未大顯也齊魯韓詩並立學官至漢平帝時毛詩始得立魏晉亂離齊魯詩廢絕韓詩雖存而寖微唯毛氏獨行以至于今也四家詩興廢之大略也伯厚家學淵源一翁二季殫見洽聞以博學宏詞名世伯厚謂其宏博者不在是方將刊藝就實盡洗時糅顓意古學予漢嘉而力贊之予亦有嗜古癖敬題卷首以見同館友朋切磋琢磨之古誼景定五年甲子四月之望古涪文及翁伯學

甫序

漢言詩者四家師異指殊賈逵撰齊魯韓與毛氏異同梁崔靈恩采三家本爲集注今唯毛傳鄭箋孤行韓獨存外傳而齊魯詩亡久矣諸儒說詩壹以毛鄭爲宗未有參攷三家者獨朱子集傳闓意妙指卓然千載之上言關睢則取康衡柏舟婦人之詩則取劉向笙詩有聲無辭則取儀禮上天甚神則取戰國策何以恤我則取左氏傳抑戒自儆昊天有成命道成王之德則取國語陟降庭止則取漢書注賓之初筵飲酒悔過則取韓詩序不可休思是用不就彼岨者

岐皆從韓詩，爲數下士方又證諸楚詞，一洗末師專己守殘之陋。學者諷詠涵濡而自得之，躍如也。朱子語門人，文選注多韓詩章句，嘗欲寫出。應麟竊觀傳記所述三家緒言，尚多有之，因羅遺軼，傳以說文、爾雅諸書，粹爲一編，以扶微學，廣異義，亦朱子之意云耳。讀集傳者或有攷於斯。浚儀王應麟伯厚序

十五國都

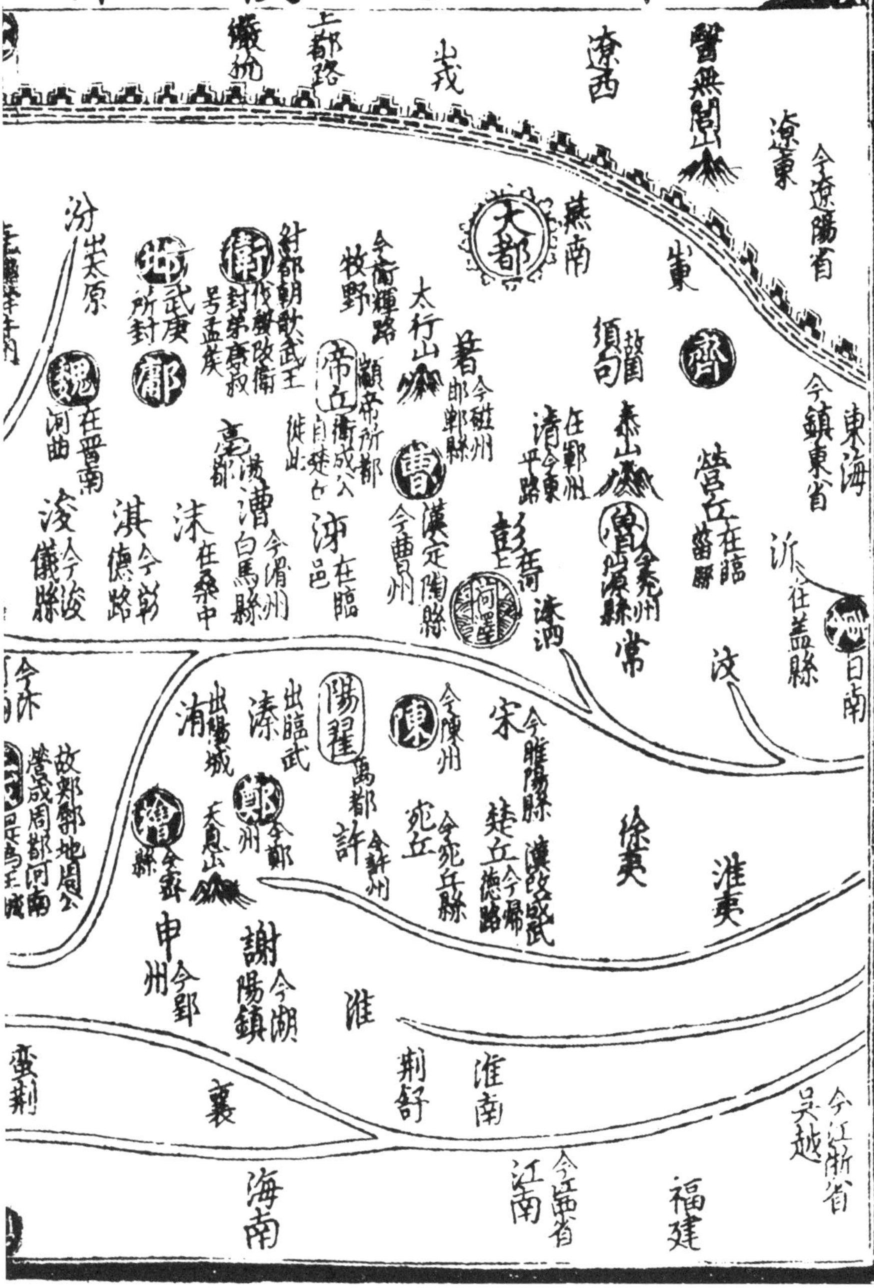

遼東
今遼陽省
醫無閭山
遼西
山戎
上都路
大都
燕南
東海
今鎮東省
齊
營丘
泰山
魯
常
沂
汶
徐夷
淮夷
淮
淮南
荊舒
吳越
今江浙省
福建
江南
今江南省
海南
襄
蠻荊
謝陽鎮
申州
太行山
牧野
今衛輝路
衛
邶
鄘
魏
河曲
汾
出太原
浚
今浚儀縣
淇
今彰德路
沬
在桑中
漕
白馬縣
帝丘
曹
今曹州
宋
今睢陽縣
陳
今陳州
鄭
陽翟
許
今許州
宛丘
今宛丘縣
楚丘
今歸德路
洧
溱
檜
泗

地理之圖

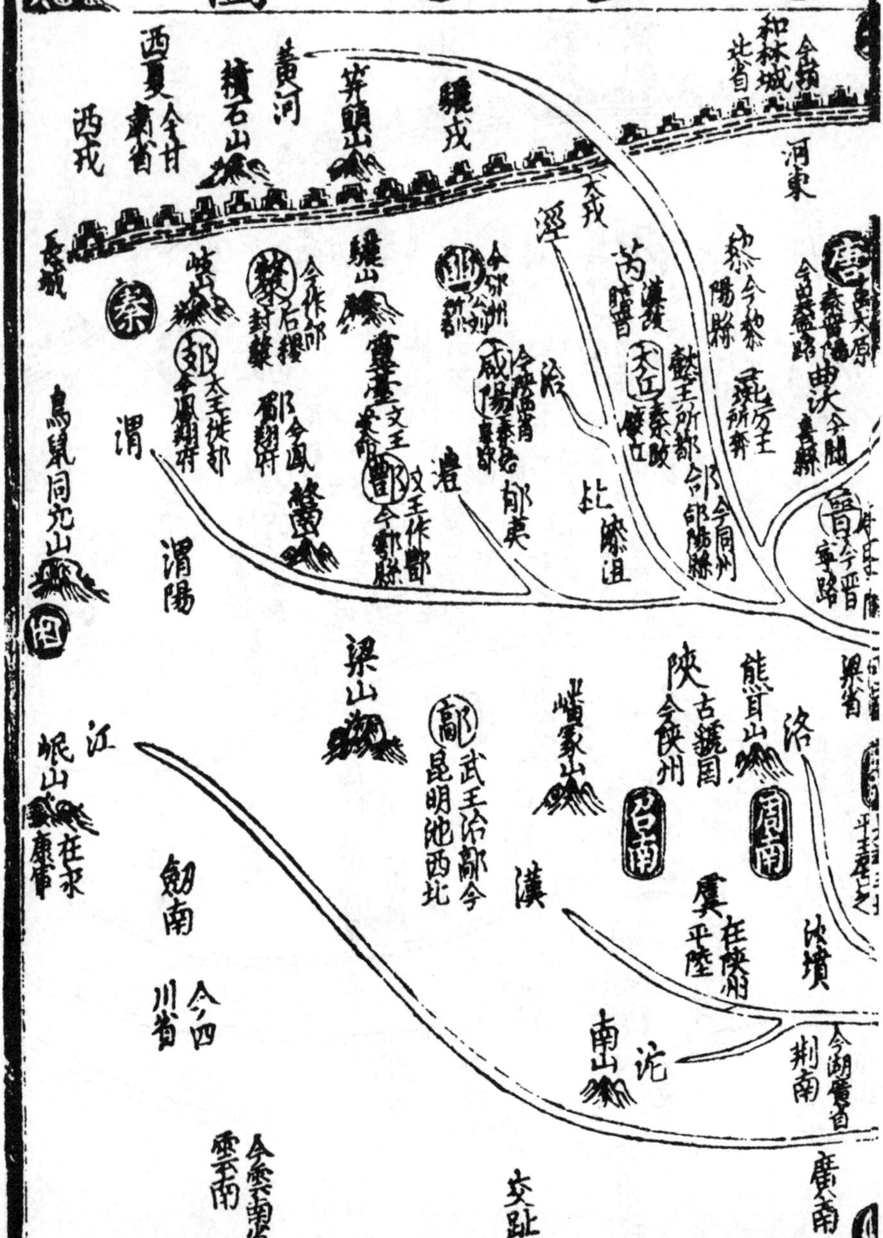

和林城今嶺北省
西夏今甘肅省
西戎
積石山
黃河
笄頭山
驪戎
河東
長城
秦
岐山
涇
大戎
芮
汾
渭
渭陽
梁山
鎬
武王治鎬今昆明池西北
陜今陜州
熊耳山
洛
召南
周南
漢
南山
沱
荊南今湖廣省
廣南
交趾
雲南今雲南省
劍南今四川省
岷山
江
鳥鼠同穴山

詩傳附録姓氏

黄氏 榦 直卿　李氏 方子 正叔
廖氏 德明 子晦　陳氏 埴 器之
陳氏 淳 安卿　董氏 銖 叔重
黄氏 罃 子耕　輔氏 廣 漢卿
龔氏 蓋卿 夢錫　沈氏 僩 莊仲
甘氏 節 吉父　萬氏 人傑 正淳
余氏 大雅 公晦　金氏 去僞 敬直
陳氏 文蔚 才卿　葉氏 賀孫 味道
曾氏 祖道　錢氏 木之 子山
呉氏 伯豐 必大　李氏 閎祖 守約
楊氏 道夫 仲思　潘氏 時舉 子善

黃氏義剛去私　林氏學蒙正卿

林氏夔孫子武　滕氏璘德粹

呂氏燾德昭　湯氏泳叔敬

鄭氏可學子上　舒氏高

李氏儒用仲秉　蔡氏模仲覺

潘氏恭叔　林氏武子

蘇氏宜久　鄒氏浩

吳氏琮仲方　吳氏振

徐氏寓居父　黃氏卓

劉氏礪用之　劉氏砥履之

詩傳纂疏姓氏

毛氏 大毛公不知名 小毛公名萇　鄭氏 玄

杜氏 預 元凱　郭氏 璞 景純

陸氏 璣　王氏 肅 元雍

孔氏 穎達 仲達　胡氏 旦 渤海

陸氏 佃 山陰 農師　歐陽氏 脩 永叔

王氏 安石 介甫　曾氏 鞏 子固

蘇氏 軾 子瞻　張子 載 子厚

程子 頤 伊川　劉氏 彝 長樂 執中

楊氏 時 中立　呂氏 祖謙 伯恭

張氏 栻 敬夫　陳氏 傅良 君舉

李氏 樗 迂仲　黃氏 櫄 實夫

陳氏鵬飛少南　范氏當塗

段氏昌父　王氏炎晦叔

徐氏　林氏賢良

曹氏　呂氏和叔

沈氏　范氏

丘氏　謝氏

孫氏炎　濮氏一之斗南

董氏　錢氏

嚴氏粲華谷　劉氏濟

項氏安世　洪氏容齋

謝氏枋得疊山　熊氏禾去非

張氏學龍竹房

（纂疏姓氏終）

五國風計百六十篇
正風廿五篇
變風一百三十五篇
邠與雅比

詩篇目録

國風

周南 正風 凡一十一篇

召南 正風 凡十四篇

三卷 栢舟　牆有茨　君子偕老
桑中　鶉之奔奔　定之方中
蝃蝀　相鼠　干旄
載馳
衛 變風　凡十篇
淇奧　考槃　碩人
氓　竹竿　芄蘭
河廣　伯兮　有狐
木瓜
王 變風　凡十篇
四卷 黍離　君子行役　君子陽陽

揚之水　中谷有蓷　兎爰

葛藟　采葛　大車

丘中有麻

鄭緇衣風　凡廿一篇

緇衣　將仲子　叔于田

太叔于田　清人　羔裘

遵大路　女曰雞鳴　有女同車

山有扶蘇　蘀兮　狡童

褰裳　丰　東門之墠

風雨　子衿　揚之水

出其東門　野有蔓草　溱洧

椒聊　綢繆　杕杜
羔裘　鴇羽　無衣
有杕之杜　葛生　采苓
秦變風　凡十篇
車鄰　駟驖　小戎
蒹葭　終南　黄鳥
晨風　無衣　渭陽
權輿
陳變風　凡十篇
卷七
宛丘　東門之枌　衡門
東門之池　東門之楊　墓門

雅百十一篇
小雅廿二篇
變小雅五十八篇

狼跋

小雅　凡八十篇

九卷

鹿鳴　此下正小雅　四牡　皇皇者華

常棣　伐木　天保

采薇　出車　杕杜

魚麗　南陔　白華

華黍　由庚　南有嘉魚

崇丘　南山有臺　由儀

蓼蕭　湛露

十卷

彤弓　菁菁者莪　六月　此以下變小雅

采芑　車攻　吉日

鼓鍾　楚茨　信南山
甫田　大田　瞻彼洛矣
裳裳者華
十四卷
桑扈　鴛鴦　頍弁
車舝　青蠅　賓之初筵
魚藻　采菽　角弓
菀柳
十五卷
都人士　采綠　黍苗
隰桑　白華　緜蠻
瓠葉　漸漸之石　苕之華
何草不黃

八雅一十八
八大雅十三

大雅　凡卅一篇

（十六卷）文王（此正大雅）　大明　綿
棫樸　旱麓　思齊
皇矣　靈臺　下武
文王有聲
（十七卷）生民　行葦　既醉
鳧鷖　假樂　公劉
泂酌　卷阿　民勞（此以下變大雅）
板
（十八卷）蕩　抑　桑柔
雲漢　崧高　烝民

四十篇

頌　凡卅一篇

周頌

訪落　敬之　小毖

載芟　良耜　絲衣

酌　桓　賚

般

魯頌　凡四篇

駉　有駜　泮水

閟宮

商頌　凡五篇

那　烈祖　玄鳥

長發　殷武

詩篇目錄

文場取士詩以　朱子集傳爲主明經也新安胡氏編入附錄纂疏羽翼朱傳也增以浚儀王內翰韓魯齊三家詩攷求無遺也今以詩攷謹鋟諸梓附於集傳之後合而行之學詩之士潛心披玩斐英拔於場屋間者當自此得之旹泰定丁卯日長至後學建安劉君佐謹識

詩傳綱領

朱子集傳

新安後學胡一桂附録纂疏

大序曰詩者志之所之也在心爲志發言爲詩心有所之謂之志而詩所以言志也○情動於中而形於言言之不足故嗟歎之嗟歎之不足故永歌之永歌之不足不知手之舞之足之蹈之也情者性之感於物而動者也喜怒憂懼愛惡欲謂之七情形見永長也○情發於聲聲成文謂之音治世之音安以樂其政和亂世之音怨以怒其政乖亡國之音哀以思其民困治直吏反樂音洛思息吏反○聲不止於言凡嗟嘆永歌皆是也成文謂其清濁高下疾徐疏數之節相應而和也然情之所感不同則音之所成亦異矣故正得失動天地感鬼

神莫近於詩事有得失詩因其實而諷詠之使人有所創艾興起至其和平怨怒之極又足以達於陰陽之氣而致祥召災蓋其出於自然不假人力是以入人深而見功速非他教之所及也○**先王以是經夫婦成孝敬厚人倫美教化移風俗**先王指文武周公成王是指風雅頌之正經經常也女正位乎內男正位乎外夫婦之常也孝者子之所以事父敬者臣之所以事君詩之始作多發於男女之間而達於父子君臣之際故先王以詩爲教使人興於善而戒其失所以道夫婦之常而成父子君臣之道也三綱既正則人倫厚矣教化美而風俗移矣○**故詩有六義焉一曰風二曰賦三曰比四曰興**虛應反後同**五曰雅六曰頌**此一條本出於周禮大師之官蓋三百篇之綱領管轄也風雅頌者聲樂部分之名也風則十五國風雅則大小雅頌則三頌也賦比興則所以製作風雅頌之體也賦者直陳其事如葛覃卷耳之類是也比者以彼狀此如螽斯綠衣之類是也興者託物興詞如關雎兔罝之類是也蓋衆作雖多而其聲音之節製作之體不外乎此故大師之教國子必使之以是六者三經而三緯之則凡詩之節奏指歸皆將不待講說而直可吟詠以得之矣六者之序以其篇次風固爲先而風則有賦比興矣

故三者次之。而雅頌又次之。蓋亦以是三者爲之也。然比興之中，螽斯專於比，而綠衣兼於興；兔罝專於興，而關雎兼於比。此其例中又自有不同者。學者亦不可以不知也。

【附錄】

〔論風雅頌〕風雅頌乃是樂中之腔調，如言仲呂調、大石調、越調之類是也。大抵風是民庶所作，雅是朝廷之詩，頌是宗廟之詩。謨器之問風雅無天子之風之義，先生舉鄭漁仲說言出於朝廷者爲雅，出於民俗者爲風。文武之時，周召之民作者謂之周召之風。東遷之後，王畿之民作者謂之王風。似乎大約是如此。亦不敢爲斷然之說。但古人作詩，體自不同，雅自是雅之體，風自是風之體。如今人做詩曲，亦自有體制不同者，自不可亂，不必說雅之降爲風。〔木之〕又曰：詩有是當時朝廷作者，雅頌是也。若國風乃採詩者採之民間，以見四方民情之美惡，二南亦是採民言而被樂章耳。程先生必要說是周公作以教人，不知是如何。某不敢從。〔大雅〕

〔論賦比興〕如直指其名，直叙其事者，賦也。如引物爲說者，比也。如本專言其事，而虛用兩句釣起，因而接續去者，興也。〔大雅〕又曰：如藁砧今何在，何日大刀頭，此是比體。興之爲言起也，言興物而起意，後來古詩猶有此體。如青青陵上柏，磊磊澗中石，人生天地間，忽如遠行客。又如高山有崖，林木有枝，憂來無端，人莫之知。青青河畔草，綿綿思遠道，皆是也。〔方子〕又曰：說出那箇物事來是興，不說出那箇物事來是比。如南有喬木，只是說漢有游女；奕奕寢廟，君子作之，只說箇他人有心，予忖度之關雎亦然皆是興體比體只是從頭比下來不說破興比相近却不同 比雖是較切然興却意較深遠也有興而不甚深遠者比而深遠者又係人之高下有做得好底有拙底義剛 比是以一物比一物而所指之事常在言外興是借彼一物以引起此事而其事常在下句但比意雖切而却淺興意雖闊而味長 賀孫 【論經緯】或問三經三緯之說曰三經是風雅頌是做詩底骨子賦比興却是裏面橫串底都有賦比興故謂之三緯（燾）

上以風化下下以風刺上主文而譎諫言之者無罪聞之者足以戒故曰風 風刺之風福鳳反○風者民俗歌謠之詩如物被風而有聲又因其聲以動物也上以風化下者詩之美惡其風皆出於上而被於下也下以風刺上者上之化有不善則在下之人又歌詠其風之所自以譏其上也凡以風刺上者皆不主於政事而主於文詞不以正諫而託意以諫若風之被物彼此無心而能有所動也○

至于王道衰禮義廢政教失國異政家殊俗而變風變雅作矣 先儒舊說二南二十五篇爲正風鹿鳴至菁莪二十二篇爲正小雅文王至卷阿十八篇爲正大雅皆文武成王時詩周公所定樂歌之詞邶至豳十三國爲變風六月至何草不黃五十八篇爲變小雅民勞至

召南十二篇爲變大雅皆康昭以後所作故其爲說如此國
異政家殊俗者天子不能統諸侯故國國自爲政諸侯不能
統大夫故家家自爲俗也然正變之說經無明
文可考今姑從之其可疑者則具於本篇云【附錄】問變風變雅如
何曰也是後人恁地說今也只是依他恁地說禹問變雅曰
亦是變用他腔調耳大雅變風又多是淫亂之詩故班固言
男女相與歌詠以言其傷是也聖人存此亦以見上失
其教則民欲動情勝其弊至此故曰詩可以觀也同上○國
史明乎得失之迹傷人倫之廢哀刑政之苛吟詠
情性以風其上達於事變而懷其舊俗者也風福鳳反
○詩之作或出於公卿大夫或出於匹夫匹婦蓋非一人而
序以爲專出於國史則誤矣說者欲蓋其失乃云國史紬繹
詩人之情性而諷詠之以風其上則不唯文理不通而考之
周禮大史之屬掌書而不掌詩其誦詩以諫乃大師之屬瞽
矇之職也故春秋傳曰史爲書【附錄】國史明乎得失之迹這
瞽爲詩說者之云兩失之矣一句也有病周禮禮記
中史並不掌詩左傳說自分曉以此見得大序亦未必是聖
人做高又曰周禮史官如大史小史內史外史其職不過掌
書無掌詩者不知明得
失之迹干國史甚事琮○故變風發乎情止乎禮義發

乎情民之性也止乎禮義先王之澤也情者性之動而禮義者性之德也動而不失其德則以先王之澤入人者深至是而猶有不忘者也然此言亦其大槩有如此者其放逸而不止乎禮義者固已多矣【附錄】變風止乎禮義如泉水載馳故止乎禮義如桑中有甚禮義大序只是揀說亦未盡○是以一國之事繫一人之本謂之風所謂上以風化下言天下之事形四方之風謂之雅雅者正也言王政之所由廢興也政有小大故有小雅焉有大雅焉形者体而象之之謂小雅皆王政之小事大雅則言王政之大体也頌者美盛德之形容以其成功告於神明者也告古毒反○頌皆天子所制郊廟之樂歌頌容古字通故其取義如此是謂四始詩之至也【史記】曰關雎之亂以為風始鹿鳴為小雅始文王為大雅始清廟為頌始所謂四始也詩之所以為詩者至是無餘蘊矣後世雖有作者其孰能加於此乎【鄒子】曰刪詩之後世不復有詩矣盖謂此也

書舜典帝曰夔命汝典樂教胄子直而溫寬而栗剛而無虐簡而無傲（夔舜臣名胄子謂天子至卿大夫子弟教之因其德性之美而防其過）詩言志歌永言聲依永律和聲（聲謂五聲宮商角徵羽宮最濁而羽極清所以叶歌之上下律謂十二律黃鍾大呂太蔟夾鍾姑洗仲呂蕤賓林鍾夷則南呂無射應鍾黃最濁而應極清又所以旋相爲宮而節其聲之上下）八音克諧無相奪倫神人以和（八音金石絲竹匏土革木也）

周禮大師教六詩曰風曰賦曰比曰興曰雅曰頌（說見大序）以六德爲之本（中和祗庸孝友）以六律爲之音（六律謂黃鍾至无射六陽律也大呂至應鍾爲六陰律與之相間故曰六間又曰六呂其爲教之本末猶舜之意也）

禮記王制天子五年一巡狩命大師陳詩以觀民風

論語孔子曰吾自衛反魯然後樂正雅頌各得其所

前漢禮樂志云王官失業雅頌相錯孔子論而定之故其言如此史記云古者詩本三千餘篇孔子去其重取其可施於禮義者三百五篇孔穎達曰案書傳所引之詩見在者多亡逸者少則孔子所録不容十分去九馬遷之言未可信也愚按三百五篇其間亦未必皆可施於禮義但存其實以爲鑒戒耳

○子所雅言詩書執禮皆雅言也○嘗獨立鯉趨而過庭子曰學詩乎對曰未也不學詩無以言鯉退而學詩○子曰興於詩興起也詩本人情其言易曉而諷詠之間優柔浸漬又有以感人而入於其心故誦而習焉則其或邪或正或勸或懲皆有以使人志意油然興起於善而自不能已也○子曰小子何莫學夫詩詩可以興可以觀可以羣可以怨邇之事父遠之事君多識於鳥獸草木之名○子曰詩三百一言以蔽之曰思無邪凡詩之言善者可以感發人之善心惡者可以懲創人之逸志其用歸於使人得其情性之正而已然其言微婉且或各因一事而發求其直指全体而言則未有若思無邪之切者故夫子

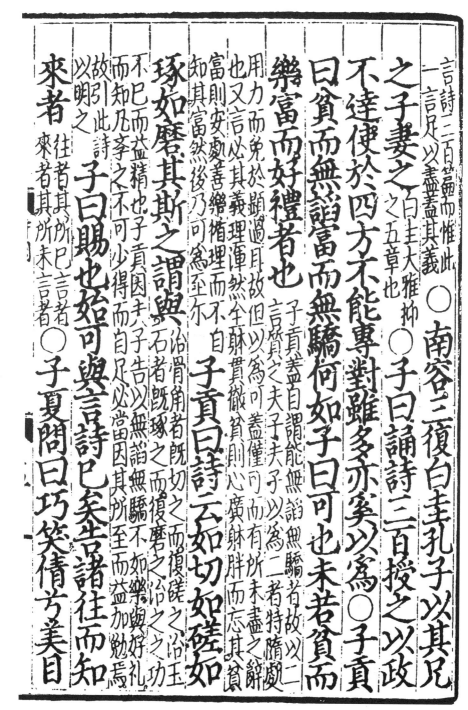

言詩三百篇而惟此一言足以盡蓋其義　○南容三復白圭孔子以其兄之子妻之　白圭大雅抑之五章也　○子曰誦詩三百授之以政不達使於四方不能專對雖多亦奚以爲　○子貢曰貧而無諂富而無驕何如子曰可也未若貧而樂富而好禮者也　子貢自謂能無諂無驕者故以二言質之夫子夫子以爲二者特隨處用力而免於顯過耳故但以爲可蓋僅可而有所未盡之辭也又言必其義理渾然全體貫徹貧則心廣體胖而忘其貧富則安處善樂循理而不自知其富然後乃可爲至爾　子貢曰詩云如切如磋如琢如磨其斯之謂與　治骨角者既切之而復磋之治玉石者既琢之而復磨之治之之功不已而益精也子貢因夫子告以無諂無驕不如樂與好禮而知凡學之不可少得而自足必當因其所至而益加勉焉故引此詩以明之　子曰賜也始可與言詩已矣告諸往而知來者　往者其所已言者來者其所未言者　○子夏問曰巧笑倩兮美目

盼兮素以爲絢兮何謂也（此逸詩也倩好口輔也盼目黑白分也素粉地畫之質也絢采色畫之飾也言人有此倩盼之美質而又加以華采之飾如有素地而加采色也子夏疑其反謂以素爲飾故問之）子曰繪事後素（繪事繪畫之事也後素後於素也考工記曰繪畫之事後素功是也蓋先以粉地爲質而後可施以五采猶人有美質然後可加以文飾）曰禮後乎子曰起予者商也始可與言詩已矣（禮必以忠信爲質猶繪事必以粉素爲先起猶發也起予言能起發我之志意）

咸丘蒙問曰詩云普天之下莫非王土率土之濱莫非王臣而舜既爲天子矣敢問瞽瞍之非臣如何孟子曰是詩也非是之謂也勞於王事而不得養父母也曰此莫非王事我獨賢勞也故說詩者不以文害辭不以辭害志以意逆志是爲得之如以

辭而已矣。雲漢之詩曰：「周餘黎民，靡有孑遺。」信斯言也，是周無遺民也。程子曰：「舉一字是文，成句是辭。」愚謂意謂己意，志謂詩人之志。逆，迎之也。其至否遲速，不敢自必而聽於彼也。

程子顥字伯淳，頤字正叔。曰：「詩者，言之述也。言之不足而長言之，詠歌之所由興也。其發於誠感之深，至於不知手之舞、足之蹈，故其入於人也亦深。古之人幼而聞歌誦之聲，長而識美刺之意，故人之學由詩而興。後世老師宿儒尚不知詩之義，後學豈能興起乎？」○又曰：「興於詩者，吟詠情性，涵暢道德之中而歆動之，有吾與點也之氣象。」○又曰：「學者不可不看詩，便使人長一格。」

附錄 伊川有詩解數篇，説到小雅以後極好，蓋是王公大人好生地做都是識道理人言語故他裏面說得儘有道理好仔細觀看非如國風或出於婦人小夫之口但可觀其大槩也錄詩六義伊川先生也自未見得看所說有甚廣大處仔細看本指却不如此賀孫程先生詩傳取義太多詩人平易恐不如此

張子（載字子厚）曰置心平易然後可以言詩涵泳從容則忽不自知而自解頤矣若以文害辭以辭害意則幾何而不為高叟之固哉○又曰求詩者貴平易不要崎嶇求合蓋詩人之情性温厚平易老成今以崎嶇求之其心先狹隘無由可見○又曰詩人之志至平易故無艱險之言大率所言皆目前事而義理存乎其中以平易求之則思遠以廣愈艱險則愈淺近矣

【附錄】横渠云置心平易始知詩然解悠悠蒼天此何人哉却不平易必大

上蔡謝氏良佐字顯道曰學詩須先識得六義體面而諷味以得之愚按六義之說見於周禮大序其辭甚明其用可識而自鄭氏以來諸儒相襲不唯不能知其所用反引異說而汨陳之唯謝氏此說爲庶幾得其用耳附錄上蔡先生甚曉得詩他云讀詩須先要識得六義体面而諷詠是他識得要領處賀孫古詩即今之歌曲今之歌曲往往能使人感動至學詩却無感動興起處只爲泥章句故也明道先生善言詩未嘗章解句釋但優游玩味吟哦上下便使人有得處如曰瞻彼日月悠悠我思道之云遠曷云能來思之切矣百爾君子不知德行不忮不求何用不臧歸于正也又曰明道先生談詩並不曾下一字訓詁只轉却一兩字點掇地念過便教人省悟點平聲

詩傳綱領

語錄輯要

○先生云李善注文選其中多有韓詩章句常欲寫出方子○愚按先
生有意寫出韓詩章句前宋景定間浚儀王應麟伯厚本
先生意於文選注及傳記說文爾雅等書凡所述齊魯韓
三家詩皆萃爲一編名曰詩攷今附
見于集傳之後以廣先生之意云

○漢書傳訓皆與經別行三傳之文不與經連故石經書公羊
傳皆無經文藝文志毛詩經二十九卷毛詩傳三十卷是
毛爲古訓亦不與經連馬融爲周禮注乃云欲省學者兩
讀故具載本文然則後漢以來始就經爲注未審此詩引
傳附經是誰爲之其毛詩二十九卷不知併何時也

○恭父問詩章起於誰曰有故言者是指毛公無故言者皆是
鄭康成賀孫○愚按如古注關雎篇末云關雎五章章四
句故言三章一章章四句二章章八句注五章鄭

所分故言以下是毛公本意是也

○歐陽文忠公有詩本義二十餘篇煞說得有好處愚按歐公本義十四卷通計一百二十篇僴錄二十字恐誤有詩本末論又有論云何者爲詩之本何者爲詩之末詩之本不可不理會詩之末不理會得也無妨其論尤好近世自集注文字出此等文字都不見有了也害事僴

○因言歐陽永叔本義即曰理義大本復明於世故自周程然先此諸儒亦多有助舊來儒者不越注疏而已至永叔原父孫明復諸公始自出議論此是運數將好理義漸欲復明於世故也又曰本義中辨毛鄭處文辭舒緩而其說直到底不可移易甾

○龜山說關雎意亦好然終是說死了便詩眼不活伯豐

○蘇子由詩解好處多木之又曰蘇詩說踈放覺得好振

○東萊詩記却編得仔細只是大本已失了更說甚麽向嘗與論此如淸人載馳一二詩可信渠却云安得許多文字證據其云無證而可疑者只當闕之不可據序作證渠又云只此序便是證某因云今人不以詩說詩却以序解詩是以委曲牽合必欲如序者之意寧失詩人本意不恤也此是序者大害處賀孫○愚謂以序解詩猶可今看得來反成以詩解序也

○東萊專信小序不免牽合東萊凡百長厚不肯非毀前輩要出脫回護不知道只爲得箇解詩人却不曾爲得聖人本意是便道是不是便道不是方得浩又曰東萊黨得小序

不好使人看着轉可惡振

○東萊只詩綱領第一條便載上蔡之說上蔡費盡辭說只解得箇怨而不怒纔先引此便是先瞎了一部文字眼目㽦

○永嘉之學陳君舉只是要立新巧之說少間指摘東西鬬湊零碎便立說去縱說得是也只無益莫道又未是木之

○某向作詩文字初用小序至解不行處亦曲爲之說後來覺得不安第二次解者雖小序爲辨破然終是不見詩人本意後來方知只盡去小序便自可通於是盡滌舊說詩意方活伯豐又曰某二十歲時讀詩便覺小序無意義到三十歲斷然知小序出於漢儒所作謬戾不可勝言東萊不合只因序講解舊與之言終不肯信從其因作詩傳遂成

作序辨說一冊其他謬戾辨之頗詳　方子

○詩傳中或云姑從或云且從其說之類皆未有所考不免且用其說　銖

○詩音韻是自然如此這箇與天通古人音韻寬後人分得密後隔開了　方子

○因說叶韻曰此有文有字文是形字是聲文如從水從金從木從日從月之類字是皮可工奚之類如鄭漁仲云文眼學也字耳學也蓋以形聲別之　時舉

○或問吳才老叶韻何據曰他皆有據泉州有其書每一字多者引十餘證少者亦兩三證他說元初更多後刪去姑存此耳然亦有推不去者某煞尋得當時不曾記今皆忘之

矣因言商頌下民有嚴叶不敢怠遑吳氏音嚴字爲莊字云避漢諱却無道理其後讀楚詞天問見嚴字乃押從莊字剛字方字去乃知是叶韻嚴讀作昂也又此間鄉音嚴作戶剛反又知嚴字與皇字叶天問才老豈不讀往往偶然失之又如伐木外禦其務叶烝也無戎吳氏復疑侮當作蒙以叶戎字某却疑古人訓戎爲汝如以佐戎辟戎雖小子則戎汝音或通後來讀常武詩有南仲太祖太師皇父整我六師以修我戎則叶音汝明矣（義剛　廣）

○叶韻乃吳才老所作某又續添之（晦）看詩須并叶韻讀便見得他語自齊整又更略知叶韻所由來甚善（銖）

○器之問詩曰古人情意溫厚寬和道得言語自恁地好當時

叶韻只是要便於諷詠而已到得後來一向於字韻上嚴切卻無意思漢不如周魏晉不如漢唐不如魏晉本朝又不如唐如元微之劉禹錫之徒和詩猶自有相重密本朝和詩便皆不要一字相同不知卻愈壞了詩木之

○器之又問叶韻之義曰只要韻相叶好吟哦諷誦易見道理亦無甚要緊今且要將七分工夫理會義理二三分工夫理會這般去處若只管留心此處而於詩之義卻見不得亦何益也木之

○讀詩只是將意想像去看不如他書字字要捉縛教定詩意只是疊疊推上去因一事上有一事一事上又有一事如關雎形容后妃之德如此又當知得君子之德如此又當

知詩人形容得意味深長如此必不是以下底人又當知所以齊家所以治國所以平天下人君則必當如文王后妃則必當如太姒其原如此賀孫

○讀詩須是看他詩人意思好處是如何不好處是如何看他風土看他風俗又看他人情物態看他好底合自家善意油然感動而興起看他不好底自家心下如着鎗相似如此看方得詩意僩

○讀詩便長人一格如今人讀詩何緣會長一格興處最不緊要然是起人意處正在興會得詩人之興便有一格長伯豐

○讀詩須是沉潛諷誦玩味義理咀嚼滋味方有所益若只草草看過一部詩只三兩日可了但不得滋味也記不起全

不濟事古人說詩可以興須是讀了有興起處方是讀詩若不能興起也便不是讀詩 木之

○必大問以詩觀雖千百載之遠人之情僞只此而已更無兩般曰以其看來須是別換過天地方別換一樣人情況天地無終窮人情安得有異 必大

○某舊時看詩數十家之說一一都從頭記得這一部詩并諸家解都包在肚裏凡先儒解經雖未知道然其盡一生心力縱未說得七八分也有三四分且須熟讀詳究以審其是非而爲吾之益今公才看着便妄生去取肆以己意是發明得箇甚麼道理公且說人之讀書是要將作甚麼用所貴乎讀書者是要理會這箇道理以反之於身爲我之

益而已側

泰定甲子仲冬

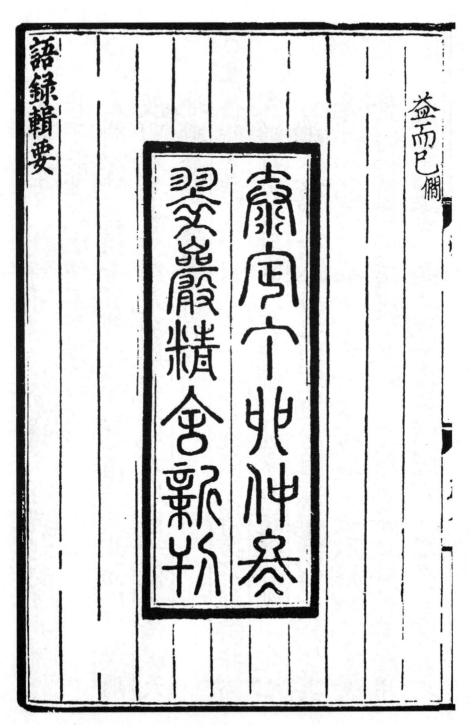

翠巖精舍新刊

詩序

新安後學胡一桂附録纂疏

朱子辨說 詩序之作說者不同或以爲孔子或以爲子夏或以爲國史皆無明文可考唯後漢書儒林傳以爲衛宏作毛詩序今傳於世則序乃宏作明矣然鄭氏又以爲諸序本自合爲一編毛公始分以寘諸篇之首則是毛公之前其傳已久宏特增廣而潤色之耳故近世諸儒多以序之首句爲毛公所分而其下推說云云者爲後人所益理或有之但今考其首句則已有不得詩人之本意而肆爲妄說者矣況沿襲云云之誤哉然計其初猶必自謂出於臆度之私非經本文故且自爲一編別附經後又以尚有齊魯韓氏之說並傳於世故讀者亦有以知其出於後人之手不盡信也及至毛公引以入經乃不綴篇後而超冠篇端不爲注文而直作經字不爲疑辭而遂爲決辭其後三家之傳又絶而毛說孤行則其牴牾之迹無復可見故此序者遂若詩人先所命題而詩文反爲因序以作於是讀者轉相尊信無敢擬議至於有所不通則必爲之委曲迁就穿鑿而附合之寧使經之本文繚戾破碎不成文理而終

不忍明以小序爲出於漢儒也愚之病此久矣然猶以其所從來也遠其間容或眞有傳授證驗而不可廢者故既頗采以附傳中而復并爲一編以還其舊因以論其得失云

大序（附録）

大序好處多然亦有不滿人意處又曰大序却好或者謂補湊而成亦有此理讀大序亦只是後人作其間有病句方子敬之問詩序曰古本自是別作一處如易大傳班固序傳並在後京師舊本揚子註其序亦總在後德明

詩者志之所之也在心爲志發言爲詩○情動於中而形於言言之不足故嗟歎之嗟歎之不足故永歌之永歌之不足不知手之舞之足之蹈之也○情發於聲聲成文謂之音治世之音安以樂其政和亂世之音怨以怒其政乖亡國之音哀以思其民困故正得失動天地感鬼神莫近於詩○先王以是經夫婦

成孝敬厚人倫美教化移風俗○故詩有六義焉一曰風二曰賦三曰比四曰興五曰雅六曰頌○上以風化下下以風刺上主文而譎諫言之者無罪聞之者足以戒故曰風○至于王道衰禮義廢政教失國異政家殊俗而變風變雅作矣○國史明乎得失之迹傷人倫之廢哀刑政之苛吟詠情性以風其上達於事變而懷其舊俗者也○故變風發乎情止乎禮義發乎情民之性也止乎禮義先王之澤也○是以一國之事繫一人之本謂之風言天下之事形四方之風謂之雅雅者正也言王政之所由廢興也政有小大故有小雅焉有大雅焉頌者美盛德之形容以

其成功告於神明者也是謂四始詩之至也說見綱領

小序（附録）王德脩曰六經惟詩最分明先生曰詩本易明只被前面序作梗序出於漢儒反亂詩本意見作詩集傳待取詩令編排放前面驅逐過後面自作一齣文蔚大率古人作詩與今人作詩一般其間亦自有感物道情吟詠情性幾時盡是譏刺他人只緣序者立例篇篇要作美刺說將詩人意思穿鑿壞了且如今人見才做事便作一詩歌美之或譏刺之是甚麽道理如此一似里巷無知之人胡亂稱頌諛說把持放鵰何以為情性之正賀孫温柔篤厚詩人之教也使篇篇皆是譏刺人安得温柔敦厚僴鄭漁仲謂小序只是後人將史傳去揀并看謚却附會作小序美刺振

周南 關雎后妃之德也后妃文王之妃大姒也天子之妃曰后近世諸儒多辨文王未嘗稱王則大姒亦未嘗稱后序者蓋追稱之亦未害也但其詩雖若專美大姒而實以深見文王之德序者徒見其詞而不察其意遂壹以后妃為主而不復知有文王是固已失之矣至於化行國中三分天下亦皆以為后妃之所致則是禮樂征伐皆出於婦人之手而文王者徒擁虛器以為寄生之君也其失甚矣惟南豐曾氏之言曰先王之政必自内始故其閨

門之治所以施之家人者必爲之師傅保姆之助詩書圖史之戒珩璜琚瑀之節威儀動作之度其教之者有此具然古之君子未嘗不以身化也故家人之義歸於反身二南之業本於文王豈自外至哉世皆知文王之所以興能得內助而不知其所以然者蓋本於文王之躬化故內則后妃有關雎之行外則羣臣有二南之美與之相成其推而及遠則商辛之昏俗江漢之小國兎罝之野人莫不好善而不自知此所謂身脩故國家天下治者也竊謂此說庶幾得之

風之始也所謂關雎之亂以爲風始是也蓋謂國風篇章之始亦風化之所由始也所以風天下而正夫婦也故用之鄉人焉用之邦國焉說見二南揔論

邦國謂諸侯之國明非獨天子用之也

纂疏孔氏曰鄉飲酒禮云乃合樂周南關雎是用之鄉人也燕禮云遂歌鄉樂周南關雎是用之邦國也

風風也教也風以動之教以化之承上文解風字之義以象言則曰風以事言則曰教

然則關雎麟趾之化王者之風故繫之周公南言化自北而南也鵲巢騶虞之德諸侯之風也先王之所以教故繫之召公說見二南

卷首關雎麟趾言化者化之所自出也鵲巢騶虞言德者被
化而成德也以其被化而後成德故又曰先王之所以教先
王即文王也舊説以爲太王王季誤矣【程】程子曰繫之
周曰周南召南如乾坤乾統坤坤承乾也【纂疏】周南繫之召
召南今本皆誤作公○愚按谷齋洪氏曰據文義二公字當
合爲南字則與上文相應簡策誤分王者之風恐不當繫之
周公而先王之所以 **周南召南正始之道王化之基**
教又與召公不相涉
王者之道始於家終於天下而二南正家之事也王者之化
必至於法度彰禮樂著雅頌之聲作然後可以言成然無其
始則亦何所因而立哉基者堂宇之所因而立者也【程子】
曰有關雎麟趾之意然後可以行周官之法度其爲是歟【纂
疏】李氏曰樂記云武始而北出再成而滅商三成而南四成
而南國是疆五成而周公左召公右蓋周召之分陜在武
王既得天下之後周南召南雖皆文王之風化不可繫之文
王故周公所居之地而得其詩謂之周南召公所居之地而
得其詩謂之召南周公所得之詩多爲文王而作故言王者
之風召公所得之詩多爲諸侯而作故謂之諸侯之風雖曰
諸侯之風其實文王教化之所及故言先王之所以教先王
即文王也又曰凡此二十五詩者皆文王之所以正始之道
王化之基也○愚按分陜之説是成
王時分熊去非已辨之於周南之首 **是以關雎樂得淑**

女以配君子憂在進賢不淫其色哀窈窕思賢才而無傷善之心焉是關雎之義也按論語孔子嘗言關雎樂而不淫哀而不傷蓋淫者樂之過傷者哀之過獨爲是詩者得其性情之正是以哀樂中節而不至於過耳而序者乃析哀樂淫傷各爲一事而不相須則已失其旨矣至以傷爲傷善之心則又大失其旨而全無文理也或曰先儒多以周道衰詩人本諸袵席而關雎作故揚雄以周康之時關雎作爲傷始亂杜欽亦曰佩玉晏鳴關雎歎之說者以爲古者后夫人鷄鳴佩玉去君所周康后不然故詩人歎而傷之此魯詩說也與毛異矣但以哀而不傷之意推之恐其有此理也曰此不可知矣但儀禮以關雎爲鄉樂又爲房中之樂則是周公制作之時已有此詩矣若如魯說則儀禮不得爲周公之書儀禮不爲周公之書則周之盛時乃無鄉射燕飲房中之樂而必有待乎後世之刺詩也其不然也明矣且爲人子孫乃無故而播其先祖之失於天下如此而尚可以爲風化之首乎

○葛覃后妃之本也后妃在父母家則志在於女功之事躬儉節用服澣濯之衣尊敬師傅則可以歸安父母化天下以婦道

也此詩之序首尾皆是但其所謂在父母家者一句爲未安蓋若謂未嫁之時即詩中不應遽以歸寧父母爲言况未嫁之時自當服勤女功不足称述以爲盛美若謂歸寧之時即詩中先言刈葛而後言歸寧亦不相合且不常爲之於平居之日而暫爲之於歸寧之時亦豈所謂庸行之謹哉序之淺拙大率類此

【附錄】葛覃一篇只是見葛覃而思歸寧序得却如此

【纂疏】東萊呂氏曰關雎后妃之德也而所以成德者必有本也曷謂本葛覃所陳是也後之講師徒見序称后妃之本而不知所謂乃在父母家志在女功之說以附益之殊不知是詩皆述既爲后妃之事貴而勤儉乃爲可称若在室而服女功固其常耳不必詠歌也

○卷耳后妃之志也又當輔佐君子求賢審官知臣下之勤勞內有進賢之志而無險詖私謁之心朝夕思念至於憂勤也此詩之序首句得之餘皆傅會之鑿說后妃雖知臣下之勤勞而憂之然曰嗟我懷人則其言親暱非后妃之所得施於使臣者矣且首章之我獨爲后妃而後章之我皆爲使臣首尾衡決不相承應亦非文字之體也

○樛木后妃逮下也言能逮下而無嫉妬之心焉此序稍平後不注者倣此

【纂疏】永嘉

鄭氏曰婦人之德莫大於不妬忌蓋功容可勉而根於情者難自克也李氏曰婦人有六德一曰柔順二曰清潔三曰不妬四曰節儉五曰恭敬六曰勤勞如楚莊王夫人樊姬曰妾幸得備掃除十有一年矣未嘗不私捐衣食遣舍人於鄭衛求美人而進之於王也妾所進者九人今賢於妾者二人與妾同列者七人妾知妨妾之愛奪妾之貴也妾豈不欲擅王之愛專王之寵哉不敢以私廢公也蓋以私滅公者易以公滅私者難此樛木之詩所以美之也 ○ **螽斯后妃子孫衆多也言若螽斯不妬忌則子孫衆多也**螽斯聚處和一而卵育蕃多故以爲不妬忌則子孫衆多之比序者不達此詩之躰故遂以不妬忌者歸之螽斯其亦誤矣 附錄 不妬忌是后妃之一節關雎所論是全体方子 ○ **桃夭后妃之所致也不妬忌則男女以正婚姻以時國無鰥民也**序首句非是其所謂男女以正婚姻以時國無鰥民者得之蓋此以下諸詩皆言文王風化之盛由家及國之事而序者失之皆以爲后妃之所致既非所以正男女之位而於此詩又專以爲不妬忌之功則其意愈狹而說愈疎矣 附錄 桃夭之詩謂婚姻以時國無鰥民爲后妃所致而不知其爲文王刑家及國其化固如此豈專后妃所能致耶哉 ○ **兎**

纂疏當在
下從有此

罝后妃之化也關雎之化行則莫不好德賢人衆

多也此序首句非是而所謂莫不好德賢人衆多者得之○芣苢后妃之美也

和平則婦人樂有子矣【纂疏】程子曰螽斯惟言不妒忌若芣苢則更和平婦人樂

有子謂妾御皆無所恐懼而樂有子矣○漢廣德廣所及也文王之道

被于南國美化行乎江漢之域無思犯禮求而不

可得也此詩以篇內有漢之廣矣一句得名而序者謬誤乃以德廣所及爲言失之遠矣然其下文復得詩

意而所謂文王之化者尤可以正前篇之誤先儒嘗謂序非出於一人之手者此其一驗但首句未必是下文未必非耳

蘇氏乃例取首句而去其下文則於此類兩失之矣【纂疏】毛氏曰紂時淫風徧於天下唯江漢之域先受文王之教

化○愚謂此文王脩身齊家之道美化之行見諸南国者如此○汝墳道化行也文王

之化行乎汝墳之國婦人能閔其君子猶勉之以

正也【纂疏】嚴氏曰應效應惄也公子指周南国君之子生長富貴未嘗憂懼況當殷末俗流世敗之時宜其

驕淫輕佻也今乃信厚豈非關雎風化之效歟公子猶信厚則從人可知程子曰麟趾不成辭言之時謬矣○

麟之趾關雎之應也關雎之化行則天下無犯非禮雖衰世之公子皆信厚如麟趾之時也之時二字可删

召南

鵲巢夫人之德也國君積行累功以致爵位夫人起家而居有之德如鳲鳩乃可以配焉文王之時關雎之化行於閨門之內而諸侯家化以成德者其道亦始於家人故其夫人之德如是而詩人美之也不言所美之人者世遠而不可知也後皆倣此○

采蘩夫人不失職也夫人可以奉祭祀則不失職矣纂疏揚氏曰夫人爲宗廟社稷主以供祭祀爲職○

草蟲大夫妻能以禮自防也此恐亦是夫人之詩而未見以禮自防之意纂疏嚴氏曰自后妃及夫人及大夫妻皆文王齊家之化也○

采蘋大夫妻能循法度也能循法度則可以承先祖共祭祀矣○

甘棠美召伯也

召伯之教明於南國○行露召伯聽訟也衰亂之俗微貞信之教興彊暴之男不能侵陵貞女也嚴氏曰召公聽訟尚有強暴侵陵貞女事是紂之舊染猶存而文王之化猶未純被之日也○羔羊鵲巢之功致也召南之國化文王之政在位皆節儉正直德如羔羊也此序得之但德如羔羊一句爲衍說耳○殷其靁勸以義也召南之大夫遠行從政不遑寧處其室家能閔其勤勞勸以義也按此詩無勸以義之意李氏曰召南之大夫謂陝西諸國大夫也黄氏曰文王之時召公未分陝曰召南之國曰召南大夫皆後世作序者之辭而非當時作詩者之辭也

○摽有梅男女及時也召南之國被文王之化男女得以及時也此序末句未安小星惠及下也夫人無妒忌之行惠及賤妾進御於君知其命有貴賤能盡

其心矣○江有汜美媵也勤而無怨嫡能悔過也文王之時江沱之間有嫡不以其媵備數媵遇勞而無怨嫡亦自悔也詩中未見勤勞無怨之意附錄器之間勤而無怨之訴曰便是序不可信如此今但言詩不必信序只看詩中說不我以不我過不我與便自見得不與同去之意安得勤而無怨之意木之纂疏孔氏曰嫡謂妻媵謂妾古者嫁女必姪娣從謂之媵士婚禮云雖無娣媵先言姪若先姪娣猶先媵是士有娣媵但不必備耳○野有死麕惡無禮也天下大亂彊暴相陵遂成淫風被文王之化雖當亂世猶惡無禮也此序得之但所謂無禮者言淫亂之非禮耳不謂無聘幣之礼也○何彼襛矣美王姬也雖則王姬亦下嫁於諸侯車服不繫其夫下王后一等猶執婦道以成肅雝之德也此詩時世不可知其說已見本篇但序云雖則王姬亦下嫁於諸侯說者多笑其陋然此但讀為兩句之失耳若讀此十字合為一句而對下文車

玲重翟錫面
翟厭翟勒面
總安車彫面
一拔皆有容蓋
翟車貝面組總有
輦車組輓有
羽蓋
三翟金翟雉
又羽也厭翟次
其羽使相迫也
勒面以如玉
飾勒之韋為
為面飾也
雉車不畫不染
以蒼飾車之側
不貝面貝飾勒
不多面也有接
則此元蓋矣如
今輜車是也后
所乘以出桑

服不繫其夫下王后一等為義則序者之意亦自明白蓋曰
王姬雖嫁於諸侯然其車服制度與他國之夫人不同所以
甚言其貴盛之極而猶不敢挾貴以驕其夫家也但立文不
善終費詞說耳【鄭氏】曰下王后一等謂車乘厭翟勒面繢總
服則褕翟然則公侯夫人翟茀
者其翟車貝面組總有握也與【纂疏】曹氏曰春官巾車掌王
后之五路自重翟以至
輦車凡五等重翟之次即厭翟也內司服掌王后之六服自
褘翟以至禒衣凡六等褘翟之次即褕翟也凡婦人車服各
繫其夫之尊卑惟王姬貴盛故特不繫其夫而下王后一等
則車用厭翟服用褕翟矣案侯伯夫人皆厭翟碩人所謂翟
茀以朝是也今之言車服不繫其夫下王后一等則所
嫁非諸侯故詩稱齊侯之子明其非諸侯也○騶
虞鵲巢之應也鵲巢之化行人倫既正朝廷既治
天下純被文王之化則庶類蕃殖蒐田以時仁如
騶虞則王道成也此序得詩之大指然語意亦不分明【楊
氏】曰二南正始之道王化之基蓋一躰
也王者諸侯之風相須以為治諸侯所以代其終也故召南
之終至於仁如騶虞然後王道成焉夫王道成非諸侯之事
也然非諸侯有騶虞之德亦何以見王道之成哉【歐陽公】曰
賈誼新書曰騶者文王之囿名虞者囿之司獸也【陳氏】曰禮

記射義云天子以騶虞爲節樂官備也則其爲虞官明矣獨以虞爲主其實歎文王之仁而不斥言也此與舊說不同今存於此

附錄

騶虞詩仁在一發之前使庶類蕃殖者仁也一發五豝者義也人倂

邶 栢舟言仁而不遇也衛頃公之時仁人不遇小人在側

詩之文意事類可以思而得其時世名氏則不可以強而推故凡小序唯詩文明白直指其事如甘棠定中南山株林之屬若證驗的切見於書史如載馳碩人清人黃鳥之類決爲可無疑者其次則詞旨大槩可知必爲某事而不可知其的爲某時某人者尚多有之若爲小序者姑以其意推尋探索依約而言則雖有所不知亦不害其爲不自欺雖有未當人亦當恕其所不及今乃不然不知其時者必強以爲某王某公之時不知其人者必強以爲某甲某乙之事於是傅會書史依託名諡鑿空妄語以誑後人其所以然者特以恥其有所不知而唯恐人之不見信而已且如栢舟不知其出於婦人而以爲男子不知其不得於夫而以爲不遇於君此則失矣然有所不及而不自欺則亦未至於大害理也今乃斷然以爲衛頃公之時則其故爲欺罔以誤後人之罪不可揜矣蓋其偶見此詩冠於三衛變風之首是以求之春秋之前而史記所書莊桓以上衛之諸君事皆無可考者諡亦無甚惡者獨頃公有賂王請命之事其諡又爲甄心動懼

之名如漢諸侯王必其嘗以罪謫然後加以此謚以是意其必有棄賢用佞之失而遂以此詩序之若將以衞其多知而必於取信不知將有明者從旁觀之則適所以暴其真不知而啓其深不信也乃小序之失以此推之什得八九矣又其爲説必使詩無一篇不爲美刺時君國政而作固已不切於情性之自然而又拘於時世之先後其或書傳所載當此一時偶無賢君美謚則雖有詞之美者亦例以爲陳古而刺今是使讀者疑於當時之人絶無善則稱君過則稱己之意而一不得志則扼腕切齒嘻笑冷語以懟其上者所在而成羣是其輕躁險薄尤有害於温柔敦厚之教故予不可以不辨

附録 謚法中如隋上廢社稷曰頃便得拍房一詩硬差排爲衞頃公便云仁人不遇小人在側更無分疏處 纂疏 孔氏曰頃公貞伯子夷王時

○緑衣衞莊姜傷已也妾上僭夫人失位而作是詩也 此詩下至終風四篇序皆以爲莊姜之詩今姑從之然唯燕燕一篇詩文略可據耳

纂疏 鄭氏曰莊姜莊公夫人齊女姓姜氏妾上僭者謂公子州吁之母母嬖而州吁驕 曹氏曰莊公揚武公子頃侯曾孫

○燕燕衞莊姜送歸妾也 遠送于南一句可爲送戴嬀之驗

○日月衞莊姜傷已也遭州吁之難傷已不見荅於

先君以至困窮之詩也此詩序以爲莊姜之作今未有以見其不然但謂遭州吁之難
而作則未然耳蓋詩言寧不我顧猶有望之之意又言德音無良亦非宜所施於前人者明是莊公在時所作其篇次亦
當在燕燕之前也 ○終風衛莊姜傷已也遭州吁之暴見侮
慢而不能正也詳味此詩有夫婦之情無母子之意若果莊姜之詩則亦當在莊公之世而列於燕
燕之前序說誤矣 ○擊鼓怨州吁也衛州吁用兵暴亂使公
孫文仲將而平陳與宋國人怨其勇而無禮也春秋
隱公四年宋衛陳蔡伐鄭正州吁自立之時序蓋據詩文平陳與宋而引此爲說恐或然也然傳記魯衆仲之言曰州吁
阻兵而安忍阻兵無衆安忍無親衆叛親離難以濟矣夫兵猶火也弗戢將自焚也夫州吁弒其君而虐用其民於是乎
不務令德而欲以亂成必不免矣按州吁篡弒之賊此序但譏其勇而無禮固爲淺陋而衆仲之言亦止於此蓋君臣之
義不明於天下久矣春秋其得不作乎 ○凱風美孝子也衛之淫風流
行雖有七子之母猶不能安其室故美七子能盡

其孝道以慰其母心而成其志爾以孟子之說證之序說亦是但此乃七子自責之辭非美七子之作也○雄雉刺衛宣公也淫亂不恤國事軍旅數起大夫久役男女怨曠國人患之而作是詩序所謂大夫久役男女怨曠者得之但未有以見其爲宣公之時與淫亂不恤國事之意耳兼此詩亦婦人作非國人之所爲也孔氏曰宣公晉公子上烝夷姜下納宣姜○匏有苦葉刺衛宣公也公與夫人並爲淫亂未有以見其爲刺宣公夫人之詩鄭氏曰夫人夷姜孔氏曰知非宣姜者以宣姜本適伋爲公所要詩云雄鳴求其牡明是夷姜○谷風刺夫婦失道也衛人化其上淫於新昏而棄其舊室夫婦離絕國俗傷敗焉亦未有以見化其上之意東萊引先生初解皆述逐婦之辭宣姜有寵而夷姜縊是以其民化之○式微黎侯寓于衛其臣勸以歸也詩中無黎侯字未詳是否下篇同○旄丘責衛伯也狄人迫逐黎

侯黎侯寓于衛衛不能脩方伯連率之職黎之臣子以責於衛也序見詩有伯兮二字而以爲責衛伯之詞誤矣○陳氏曰說者以此爲宣公之詩然宣公之後百餘年衛穆公之時晉滅赤狄潞氏數之以其奪黎氏地然則此其穆公之詩乎不可得而知也【纂疏】鄭氏曰衛爵稱侯今云伯者時爲州伯也周之制使伯佐牧春秋傳云五侯九伯侯爲牧也孔氏曰王制云五國以爲屬屬有長十國以爲連連有帥三十國以爲卒卒有正二百一十國以爲州州有伯殷之州長曰伯虞夏及周曰牧周謂之牧而云方伯者以一州之中爲長故云方伯若牧下二伯不得云方伯也王制雖殷法周諸侯之數與殷同亦十國爲連此宣公爲二伯非方伯又非連率而責之者以連率屬方伯若諸侯有被侵伐者使其連屬救之宣公爲州伯佐方伯不使連屬救之也知宣公非州牧而爲牧下二伯者以周之州長曰牧若是牧當言責牧也○愚按朱子辨序之非今纂疏姑見方伯連帥之義尔

○簡兮刺不用賢也衛之賢者仕於伶官皆可以承事王者也此序寔得詩意而詞不足以達之【纂疏】鄭氏曰伶官樂官也伶氏世掌樂官而善焉故號樂官爲伶官

○泉水衛女思歸也嫁於諸侯

父母終思歸寧而不得故作是詩以自見也【發疏】鄭氏曰國君夫人父母在則歸寧沒則使大夫寧於兄弟○北門刺仕不得志也言衛之忠臣不得其志爾○北風刺虐也衛國並為威虐百姓不親莫不相攜持而去焉衛以淫亂亡國未聞其有威虐之政如序所云者恐非是○靜女刺時也衛君無道夫人無德此序全然不似詩意【發疏】鄭曰衛君宣公孔曰夫人夷姜○新臺刺衛宣公也納伋之妻作新臺于河上而要之國人惡之而作是詩也【發疏】朱氏曰宣公烝夷姜生伋為娶於齊宣公聞其美欲納之恐其不從故於河上作新臺而要之○二子乘舟思伋壽也衛宣公之二子爭相為死國人傷而思之作是詩也二詩說已各見本篇

鄘

柏舟共姜自誓也衛世子共伯蚤死其妻守義父

母欲奪而嫁之誓而弗許故作是詩以絶之此事無所見於
他書序者或有所傳今姑從之【纂疏】東萊呂氏曰共姜共伯之妻婦人從夫謚姜姓釋文共伯僖侯世子名餘共謚
伯字孔史記載釐侯已葬武公襲攻共伯共伯入釐侯羡音延又以戰反墓道也自殺授武公在位五十五年國語又称
武公年九十有五猶箴儆于國計其初即位其齒蓋已四十餘矣使果弑共伯而篡立則共伯見弑之時其齒又加長於
武公安得謂之蚤死乎是共伯未嘗有見弑之事武公未嘗有篡弑之惡也東萊○墻有茨衛人
刺其上也公子頑通乎君母國人疾之而不可道
也【纂疏】鄭氏曰宣公卒惠公幼其庶子頑烝於惠公之母生子五人齊子戴公文公宋桓夫人許穆夫人頑昭伯
宣公庶子惠公庶兄○君子偕老刺衛夫人也夫人淫亂失事
君子之道故陳人君之德服飾之盛宜與君子偕
老也公子頑事見春秋傳但此詩所以作亦未可考鶉之奔奔放此【纂疏】孔氏曰夫人惠公母鄭以上篇君母
知此亦爲宣姜鄭氏曰人君小君也嚴氏曰此詩惟述夫人服飾之盛容兒之尊不及淫亂之事但中閒有子之不淑一

語而譏刺之意盡見◎桑中刺奔也衛之公室淫亂男女相奔至于世族在位相竊妻妾期於幽遠政散民流而不可止此詩乃淫奔者所自作序之首句以為刺奔誤矣其下云云者乃復得之樂記之說已略見本篇矣而或者以為刺詩之體固有鋪陳其事不加一辭而閔惜懲創之意自見於言外者此類是也豈必譙讓質責然後為刺也哉此說不然夫詩之為刺固有不加一辭而意自見者清人猗嗟之屬是已然嘗試玩之則其賦之之人猶在所賦之外而詞意之間猶有賓主之分也豈有將欲刺人之惡乃反自為彼人之言以陷其身於所刺之中而不自知也哉其必不然也明矣又況此等之人安於為惡其於此等之詩計其平日固已自其口出而無慚矣又何待吾之鋪陳而後始知其所為之如此亦豈畏吾之閔惜而遂幡然遽有懲創之心耶以是為刺不唯無益殆恐不免於鼓之舞之而反以勸其惡也或者又曰詩三百篇皆雅樂也祭祀朝聘之所用也桑間濮上之音鄭衛之樂也世俗之所用也雅鄭不同部其來尚矣且夫子答顏淵之問於鄭聲亟欲放而絕之豈其刪詩乃錄淫奔者之詞而使之合奏於雅樂之中乎亦不然也雅者二雅是也鄭者緇衣以下二十一篇是也衛者邶鄘衛三十九篇是也桑間衛之一篇桑中之詩是也二南雅頌祭祀

朝聘之所用也。鄭衛桑濮里巷狎邪之所歌也。夫子之於鄭衛蓋深絶其聲於樂以為法而嚴立其詞於詩以為戒如聖人固不語亂而春秋所記無非亂臣賊子之事蓋不如是無以見當時風俗事變之實而垂鑒戒於後世故不得已而存之所謂道並行而不相悖者也。今不察此乃欲為之諱其鄭衛桑濮之實而文之以雅樂之名又欲從而奏之宗廟之中朝廷之上則未知其將以薦之何等之鬼神用之何等之賓客而於聖人為邦之法又豈不為陽守而陰叛之耶其亦誤矣曰然則大序所謂止乎禮義夫子所謂思無邪者又何謂邪曰大序指柏舟綠衣泉水竹竿之屬而言以為多出於此耳非謂篇篇皆然而桑中之類亦止乎禮義也夫子之言正為其有邪正美惡之雜故特言此以明其皆可以懲惡勸善而使人得其性情之正耳非以桑中之類亦以無邪之思作之也曰荀卿所謂詩者中聲之所止太史公亦謂三百篇者夫子皆絃歌之以求合於韶武之音何耶曰荀卿之言固為正經而發若史遷之說則恐亦未足為據也。豈有哇淫之曲而可以強合於韶武之。音也耶張子曰鄭衛地濱大河沙地土薄故其人氣輕浮其地平下故其質柔弱其地肥饒不費耕耨故其人心怠惰其人情性如此其聲音亦然故聞其樂使人如此懈慢也○

鶉之奔奔

刺衛宣姜也衛人以為宣姜鶉鵲之不若也見上○

定之方中美衛文公也衛為狄所滅東徙渡河野處漕邑齊桓公攘戎狄而封之文公徙居楚丘始建城市而營宮室得其時制百姓說之國家殷富焉【纂疏】孔氏曰楚丘在濟河閒疑在今東郡界衛本河北至懿公滅乃東徙渡河野處漕邑則在河南矣楚丘與漕不甚相遠亦河南明矣杜預曰楚丘濟陰成武縣西南○蝃蝀止奔也衛文公能以道化其民淫奔之恥國人不齒也【纂疏】鄭氏曰不齒不與相長稚李氏曰不與齒之列也嚴氏曰衛風汙染已甚文公轉移之速亦此所謂繫一人之本也○相鼠刺無禮也衛文公能正其羣臣而刺在位承先君之化無禮儀也○干旄美好善也衛文公臣子多好善賢者樂告以善道也定之方中一篇經文明白故序得以不誤蝃蝀以下亦因其在此而以為文公之詩耳他未有考也【纂疏】嚴氏曰臣子好善文公之化也○載馳許穆夫人

作也閔其宗國顛覆自傷不能救也衛懿公為狄人所滅國人分散露於漕邑許穆夫人閔衛之亡傷許之小力不能救思歸唁其兄又義不得故賦是詩也此亦經明白而序不誤者又有春秋傳可證【纂疏】鄭氏曰滅者懿公死也君死於位曰滅露於漕邑謂戴公也戴公與許穆夫人俱公子頑烝於宣姜所生嚴氏曰味詩意夫人蓋欲赴愬於方伯以圖救衛而託歸唁為辭尔賢哉女撫膺太息曰恨我不為男子救舅氏之患與夫人意正同後序言自傷不能救得之矣又以為真欲歸唁則非也

【衛】淇奧美武公之德也有文章又能聽其規諫以禮自防故能入相于周美而作是詩也此序疑得之【纂疏】孔氏曰武公和釐侯子

○考槃刺莊公也不能繼先公之業使賢者退而窮處此為美賢者窮處而能安其樂之詩文意甚明然詩文未有見棄於君之意則亦不得為

刺莊公矣序蓋失之而未有害於義也至於鄭氏遂有誓不忘君之惡誓不過君之朝誓不告君以善之說則其害義又有甚焉於是程子易其訓詁以為陳其不能忘君之意陳其不得過君之朝陳其不得告君以善則其意忠厚而和平矣然未知鄭氏之失生於序文之誤若但直據詩詞則與其君初不相涉也 ○ 碩人閔莊姜也莊公惑於嬖妾使驕上僭莊姜賢而不答終以無子國人閔而憂之此序據春秋傳得之 ○ 嚴氏曰此詩無一語及莊姜不見答之事但言其族之貴容皃之美禮儀之備又言齊地廣饒士女佼好以深寓其閔惜之意而已惟大夫夙退無使君勞二句微見其意而辭亦深婉風人之辭大抵然也然當時衛人知其事者一讀其詩便已默悟矣黄氏曰碩人詩即綠衣之詩綠衣言嬖妾之不當僭而僭碩人言夫人之宜見答而不見答也 ○ 氓刺時也宣公之時禮義消亡淫風大行男女無別遂相奔誘華落色衰復相棄背或乃困而自悔喪其妃耦故序其事以風焉美反正刺淫泆也此非刺詩宣公未有考故序其事以下亦非是其曰美反正者

見無理○竹竿衛女思歸也適異國而不見答思而能以禮者也未見不見答之意○芄蘭刺惠公也驕而無禮大夫刺之此詩不可考當闕纂疏孔氏曰惠公朔宣公晉子閔二年左傳云初惠公之即位也少杜預云蓋年十五六○河廣宋襄公母歸於衛思而不止故作是詩也纂疏○曹氏曰礼爲出母期而爲父後者無服襄公爲桓公後桓夫人見出於先君則爲絕於宗廟矣義不可以復至宋也然母子之恩則不可絕呂氏曰宋襄公爲太子請於桓公曰請使目夷立公曰何故對曰臣之舅在衛愛臣若終立則不可以往味此詩而推其子母之心蓋不相遠所載自可信也不曰欲見母而曰欲見舅者恐傷父之意也母之慈子之孝皆止於義而不敢過焉不幸處母子之變者可以觀矣○伯兮刺時也言君子行役爲王前驅過時而不反焉舊說以詩有爲王前驅之文遂以此爲春秋所書從王伐鄭之事然詩又言自伯之東則鄭在衛西不得爲此行矣序言爲王前驅蓋用詩文然似未識其文意也○有狐刺時也衛之男女失時喪其妃耦

焉古者國有凶荒則殺禮而多昏會男女之無夫家者所以育人民也男女失時之句未安其曰殺礼多昏者周礼大司徒以荒政十有二聚万民下曰多昏者是也序者之意蓋曰衛於此時不能舉此之政耳然亦非詩之正意也長樂劉氏曰夫婦之礼雖不可不謹於其始然民有細微貧弱者或困於凶荒以待礼而後昏則男女之失時者多無室家之養聖人傷之寓邦典之或違而不忍失其婚嫁之時也故有荒政多昏之礼所以使之相依以為生而又以育人民也詩不云乎愷悌君子民之父母苟無子育兆庶之心其能若此哉此則周礼之意也

○木瓜美齊桓公也衛國有狄人之敗出處于漕齊桓公救而封之遺之車馬器服焉衛人思之欲厚報之而作是詩也說見本篇

纂疏 孔氏曰衛立戴公以廬于漕齊桓公使公子無虧帥車三百乘甲士三千人以戍漕歸公乘馬祭服五稱牛羊豕雞狗皆三百與門材歸夫人魚軒重錦三十兩戴公卒文公立齊桓公又城楚丘以封之與之繫馬三百稱去声衣單複具曰稱重錦錦之熟細者以二丈双行故曰兩三十兩三十匹也

王　黍離閔宗周也周大夫行役至于宗周過故宗廟宮室盡爲禾黍閔周室之顛覆彷徨不忍去而作是詩也【纂疏】鄭氏曰宗周鎬京謂 ○ 君子于役刺平王也君子行役無期度大夫思其危難以風焉此國人行役而室家念之之辭序說誤矣其曰刺平王亦未有考 ○ 君子陽陽閔周也君子遭亂相招爲祿仕全身遠害而已說同上篇【纂疏】東萊呂氏引先生初解云君子當衰世知道之不行爲貧而仕亦免死而已所以辭尊居卑辭富居貧豈惡富貴而不居哉誠以官尊而祿厚則責重而憂深非吾力之所能堪也是足以相招爲祿仕雖役於伶官之賤而陽陽自得若誠有樂乎此者其所以全身遠害之計深矣雖非聖賢出處之正然比於不自量其力之不足而昧於榮利以沒身者豈不賢哉此固聖賢之所與也嚴氏曰當是之時貧且賤焉非恥也故詩人不以閔君子而以閔周 ○ 揚之水刺平王也不撫其民而遠屯戍于母家周人怨思焉 ○ 中谷有蓷閔周

也夫婦日以衰薄凶年饑饉室家相棄爾 ○ 兔爰閔周也桓王失信諸侯背叛構怨連禍王師傷敗君子不樂其生焉 君子不樂其生一句得之餘皆衍說其指桓王蓋據春秋傳鄭伯不朝王以諸侯伐鄭鄭伯禦之王卒大敗祝聃射王中肩之事然未有以見此詩之為是而然也 纂疏 孔氏曰桓王林平王孫東萊引先生初解按左傳鄭武公為平王卿士王貳于虢鄭伯怨王王曰無之故周鄭交質桓王即位將畀虢公政鄭祭足帥師取溫之麥又取成周之禾五年王遂奪鄭伯政鄭伯不朝王以諸侯伐鄭鄭伯禦之戰于繻葛王卒大敗祝聃射王中肩 ○ 葛藟王族刺平王也周室道衰棄其九族焉 序說未有據詩意亦不類說已見本篇 纂疏 鄭氏曰九族從己上至高祖下及玄孫之親從孔氏同尚書歐陽說云九族乃異姓有親族者父族四母族三妻族二嚴氏曰父族四者父五屬之內一也父之女昆弟適人者及其子二也己之女子子適人者及其子三也己之女子子適人者及其子四也母族三者母之父姓一也母之母姓二也母之女昆弟適人者及其子三也妻族二者妻之父姓一也妻之母姓二也九族二說不同姑兼存之 ○ 采葛懼讒也 此淫奔之詩其篇與

大車相屬以事與采唐采葑采麥相似其詞與鄭子衿丘同序說誤矣

○大車刺周大夫也禮義陵遲男女淫奔故陳古以刺今大夫不能聽男女之訟焉非刺大夫之詩乃思大夫之詩【辨說】東萊呂氏曰此詩所謂陳古以刺今猶在於文武成康之後歟蓋唯能止其奔未能革其心與行露之詩異矣亦僅勝於東遷之時而已

○丘中有麻思賢也莊王不明賢人放逐國人思之而作是詩也此亦淫奔者之詞其篇上屬大車而語意不莊非望賢之意序亦誤矣【辨說】孔氏曰莊王佗桓王子

鄭

緇衣美武公也父子並爲周司徒善於其職國人宜之故美其德以明有國善善之功焉此未有據今姑從之

○將仲子刺莊公也不勝其母以害其弟弟叔失道而公弗制祭仲諫而公弗聽小不忍以致大亂焉事見春秋傳然莆田鄭氏謂此實淫奔之詩無與於莊公叔段之事序蓋失之而說者又從而巧爲之說以實其事

誤矣益甚矣今從其說 ○ 叔于田刺莊公也叔處于京繕甲治兵

以出于田國人說而歸之 國人之心貳於叔而歌其田狩適野之事初非以刺莊公亦非說其出于田而後歸之也或曰段以國君貴弟受封大邑有人民兵甲之衆不得出居閭巷下雜民伍此詩恐亦民間男女相說之詞耳 【叅疏】曹氏曰京滎陽故東虢國也有京水索水師古音求索之索楚漢戰於京索之間即其地也京邑在滎陽縣東故倉鴻溝在縣西官渡在中牟北皆古戰爭處制即成臯舊虎牢也嚴氏曰首序以爲刺莊公與春秋書鄭伯克段譏失教之意同後序謂國人說而歸之非也鄭師臨其境士京人亦叛之 ○ 大叔于田

刺莊公也叔多才而好勇不義而得衆也 此詩與上篇意同翔刺莊公也下兩句得之 ○ 清人刺文公也高克好利而不顧其

君文公惡而欲遠之不能使高克將兵而禦狄于

竟陳其師旅翱翔河上久而不召衆散而歸高克

奔陳公子素惡高克進之不以禮文公退之不以

道危國亡師之本故作是詩也按此序蓋本春秋傳而以他說廣之未詳所據孔氏正義又据序文亦以是詩為公子素之作然則進之當作之進今文誤也【纂疏】孔氏曰文公捷厲公子春秋閔公二年冬十二月狄入衛[illegible]衛在河北鄭在河南恐其渡河侵鄭故使高克將兵於河上禦之公子素作詩以刺之

○羔裘刺朝也言古之君子以風其朝焉序以變風不應有美故以此為言古以刺今之詩今之詩恐未必然且當時鄭之大夫如子皮子產之徒豈不可以當此詩者但今不可考耳

○遵大路思君子也莊公失道君子去之國人思望焉此亦淫亂之詩序說誤矣

○女曰雞鳴刺不說德也陳古義以刺今不說德而好色也此亦未有以見其陳古刺今之意

○有女同車刺忽也鄭人刺忽之不昏于齊太子忽嘗有功于齊齊侯請妻之齊女賢而不取卒以無大國之助至於見逐故國人刺之按春秋傳齊侯欲以文姜妻鄭太子

忽〻辭人問其故忽曰人各有耦齊大非吾耦也詩曰自求多福在我而已大国何爲其後北戎侵齊鄭伯使忽帥師救之敗戎師齊侯又請妻之忽曰无事於齊吾猶不敢今以君命奔齊之急而受室以歸是以師昏也民其謂我何遂辭諸鄭伯祭仲謂忽曰君多内寵子无大援將不立忽又不聽及即位遂爲祭仲所逐此序文所據以爲說者也然以今考之此詩未必爲忽而作序者但見孟姜二字遂指以爲齊女而附之於忽耳假如其說則忽之辭昏未爲不正而可刺至其失国則又特以勢孤援寡不能自定亦未有可刺之罪也序乃以爲国人作詩以刺之其亦誤矣後之讀者又襲其誤必欲鍛鍊羅織文致其罪而不肯赦徒欲以徇說詩者之繆而不知其失是非之正害義理之公以亂聖經之本指而壞學者之心術故予不可以不辯

附録

有女同車等亦以爲刺忽而作忽不取齊女其初亦是好底意思但只後來失国便將許多詩盡爲刺忽而作考之於忽所謂淫昏暴虐之類皆无其實至目爲狡童豈詩人愛君之意況其所以失国正坐柔懦闊疏亦何狡之有讃最是鄭忽可憐凡鄭風中惡詩皆以爲刺之東萊又欲主小序煆煉得鄭忽罪不勝誅當

疏 孔氏曰昭公忽莊公世子祭仲逐之而立突

○山有扶蘇刺忽也所美非美然此下四詩及揚之水皆男女戲謔之辭序之者不得其說而例以爲刺忽殊无情理

○蘀兮刺

忽也君弱臣強不倡而和也見上○狡童刺忽也不能與賢人圖事權臣擅命也昭公嘗為鄭國之君而不幸失國非有大惡使其民疾之如寇讎也況方刺其不能与賢人圖事權臣擅命則是公猶在位也豈可忘其君臣之分而遽以狡童目之耶且昭公之為人柔懦踈闊不可謂狡即位之時年已壯大不可謂童以是名之殊不相似而序於山有扶蘇所謂狡童者方指昭公之所美至於此篇則遂移以指公之身焉則其舛又甚而非詩之本指明矣大抵序者之於鄭詩凡不得其說者則舉而歸之於忽文義一失而其害於義理有不可勝言者一則使昭公無辜而被謗二則使詩人脫其淫謔之实罪而麗於訕上悖理之虛惡三則厚誣聖人刪述之意以為实賤昭公之守正而深与詩人之无礼於其君凡此皆非小失而後之說者猶或主之其論愈精其害愈甚學者不可以不察也○褰裳思見正也狂童恣行國人思大國之正己也此序之失蓋本於子太叔韓宣子之言而不察其斷章取義之意耳○丰刺亂也昏姻之道缺陽倡而陰不和男行而女不隨此淫奔之詩序說誤矣○東門之墠刺亂也男

女有不待禮而相奔者也此序得之○風雨思君子也亂世則思君子不改其度焉序意甚美然考詩之詞輕佻狎暱非思賢之意也○子衿刺學校廢也亂世則學校不脩焉疑同上篇蓋其詞意儇薄施之學校尤不相似也○揚之水閔無臣也君子閔忽之無忠臣良士終以死亡而作是詩也此男女要結之詞序說誤矣○出其東門閔亂也公子五爭兵革不息男女相棄民人思保其室家焉五爭事見春秋傳然非此之謂也此乃惡淫奔者之詞序誤

孔氏曰昔桓十一年祭仲立突十五年突使祭仲壻雍糾殺祭仲二知之殺雍糾突出奔蔡忽復歸于鄭是二争也十七年高渠彌弒忽而立公子亹是三争也十八年齊人殺子亹高渠彌祭仲逆子儀於陳而立之是四争也魯莊公十四年傳瑕殺子儀而納突是五争此先生初解曰五争首尾二十年姑備參考

○野有蔓草思遇時也君之澤不下流民窮於兵革男女失

時思不期而會焉東萊呂氏曰君之澤不下流迺講師以零露之語從而附益之○溱洧刺亂也兵革不息男女相棄淫風大行莫之能救焉鄭俗淫亂乃其風聲氣習流傳已久不爲兵革不息男女相棄而後然也

齊雞鳴思賢妃也哀公荒淫怠慢故陳賢妃貞女夙夜警戒相成之道焉此序得之但哀公未有所考豈亦以謚惡而得之歟○還刺荒也哀公好田獵從禽獸而無厭國人化之遂成風俗習於田獵謂之賢閑於馳逐謂之好焉同上○著刺時也時不親迎也○東方之日刺衰也君臣失道男女淫奔不能以禮化也此男女淫奔者所自作非有刺也其曰君臣失道者尤無所謂○東方未明刺無節也朝廷興居無節號令不時挈壺氏不能掌其職焉夏官挈壺氏下士六人挈縣挈之名

壺盛水器蓋置壺浮箭以爲晝夜之節也漏刻不明固可以
見其無政然所以其居無節號令不時則未必皆挈壺氏之
罪也○南山刺襄公也鳥獸之行淫乎其妹大夫遇
是惡作詩而去之此序據春秋經傳爲文說見本篇【纂疏】孔氏曰襄公諸兒僖公祿甫子
鄭氏曰襄公妹魯桓公夫人文姜也劉濟曰春秋桓三年書
夫人至自齊十八年公與夫人如齊莊元年夫人遜于齊二
年四年五年七年皆書夫人會齊侯大
夫歎雅知去就爲義宜其去而不顧也○甫田大夫刺
襄公也無禮義而求大功不脩德而求諸侯志大
心勞所以求者非其道也未見其爲襄公之詩○盧令刺荒也
襄公好田獵畢弋而不脩民事百姓苦之故陳古
以風焉義與還同序說非是○敝笱刺文姜也齊人惡魯桓公
微弱不能防閑文姜使至淫亂爲二國患焉桓當作莊
○載驅齊人刺襄公也無禮義故盛其車服疾驅

於通道大都，與文姜淫，播其惡於萬民焉。此亦刺文姜之詩

○猗嗟，刺魯莊公也。齊人傷魯莊公有威儀技藝然而不能以禮防閑其母，失子之道，人以爲齊侯之子焉。此序得之

魏

葛屨，刺褊也。魏地陿隘，其民機巧趨利，其君儉嗇褊急而無德以將之。○汾沮洳，刺儉也。其君儉以能勤，刺不得禮也。此未必爲其君而作，崔靈恩集注其君作君子，義雖稍通，然未必序者之本意也

○園有桃，刺時也。大夫憂其君國小而迫，而儉以嗇，不能用其民，而無德教，日以侵削，故作是詩也。因國小而迫，日以侵削者得之，餘非是

○陟岵，孝子行役，思念父母也。國迫而數侵削，役乎大國，父母兄弟離散，而作

是詩也。○十畝之間，刺時也。言其國削小，民無所居焉。國削則其民隨之，序文殊無理，其詠已見本篇矣。○伐檀，刺貪也。在位貪鄙，無功而受祿，君子不得進仕爾。此詩專美君子之不素餐，序言刺貪，失其指矣。○碩鼠，刺重斂也。國人刺其君重斂，蠶食於民，不修其政，貪而畏人，若大鼠也。此亦託於碩鼠以刺其有司之辭，未必直以碩鼠比其君也。【纂疏】孔氏曰：蠶食桑，漸漸以食，使桑盡也。猶重斂漸漸以稍，使困也。解頤新語曰：蠶食喻重斂者，莫切於此。鼠食物且食且驚，四顧不寧，喻貪畏者，莫切於此。

【唐】蟋蟀，刺晉僖公也。儉不中禮，故作是詩以閔之，欲其及時以禮自虞樂也。此晉也而謂之唐，本其風俗，憂深思遠，儉而用禮，乃有堯之遺風焉。河東地瘠民貧，風俗勤儉，乃其風土氣習有以使之，至今猶然，則在三代之時可知矣。序所謂儉不中禮，固當有之，但所謂刺僖公者，蓋特以蓋得之而所謂欲其及時以禮自娛樂。若又与詩意正相反耳。況於今風俗之後，常必由儉以入奢，而其變之漸又必由上以及下。今謂君之儉反過於初，而民之俗猶知用禮，則尤恐其無是理也。獨其憂深思遠，有堯之遺風者為得之。然其所以不謂之晋而謂之唐者，又初不為此也。附錄唐自是夫改国號晋時国名自作序者以為刺僖公便牽合謂此晋也而謂之唐乃有堯之遺風本意豈因此而謂之唐是皆鑿説 賀孫 纂疏鄭氏曰當周公召公共和之時僖侯甚嗇愛物儉不中礼国人閔之唐之変風始作揚氏曰晋之為晋久矣風俗之成非一日之積蟋蟀之詩風之変也左氏傳曰季札觀周樂歌至於歌唐風曰思深哉其有陶唐氏之遺民乎不然何憂之深也非令德之後誰能若是○山

有樞，刺晋昭公也。不能修道以正其國，有財不能用，有鍾鼓不能以自樂，有朝廷不能洒掃，政荒民散，將以危亡，四隣謀取其國家而不知，國人作詩以刺之也。此詩盡以答蟋蟀之意而寛其憂，非臣子所得施於君父者，序説大誤。○揚之水，刺晋昭公也。昭公分國以封沃，沃盛彊，昭公微

弱國人將叛而歸沃焉（詩文明白序說不誤）【疏】東萊引先生初解按左傳史記晉穆侯之太子曰仇其弟曰成師穆侯薨仇立是爲文侯文侯薨昭侯立封成師于曲沃師服諫曰吾聞國家之立也本大而末小是以能固故天子建國諸侯立家今晉甸侯也而建國本既弱矣其能久乎成師卒謚曰桓叔左惠二十四年晉封桓叔于曲沃惠三十年晉潘父弒昭侯納桓叔不克所謂昭公分國以封沃沃盛強昭公微弱國人將叛而歸沃之事也李將叛者潘父之徒而已國人拳拳於昭公無叛心也後序言過矣異時潘父弒昭公迎桓叔晉人發兵攻桓叔桓叔敗還歸曲沃此可以見國人之心也嚴

○椒聊刺晉昭公也君子見沃之盛彊能脩其政知其蕃衍盛大子孫將有晉國焉（此詩未見其必爲沃而作也）

○綢繆刺晉亂也國亂則昏姻不得其時焉（此但爲昏姻者相得而喜之詞未必爲刺晉國之亂也）

○杕杜刺時也君不能親其宗族骨肉離散獨居而無兄弟將爲沃所并爾（此乃人無兄弟而自歎之詞未必如序之說也况曲沃實晉之同姓其服屬又未遠乎）○

羔裘，刺時也。晉人刺其在位不恤其民也。詩中未見此意。

○鴇羽，刺時也。昭公之後，大亂五世，君子下從征役，不得養其父母，而作是詩也。序意得之，但其時世則未可知耳。東萊引先生初解：昭公七年，潘父弒昭公而納桓叔，不克。晉人立昭公之子平，是爲孝侯。八年，曲沃桓叔卒，子鱓立，是爲莊伯。伐翼，殺孝侯，晉人立其弟郄侯。六年，莊伯伐翼，鄂侯奔隨，王命虢公伐曲沃而立鄂侯之子光，是爲哀侯。元年，翼人逆鄂侯而納諸鄂。二年，莊伯卒，子稱立，是爲武公。九年，武公伐翼，虜哀侯于汾隰，夜獲之。晉人立哀侯之子，是爲小子侯。小子侯四年，武公殺之。明年，遂滅翼。王命虢仲立哀侯之弟緡。二十八年，武公又殺之。自孝侯至是，大亂五世矣。

○無衣，美晉武公也。武公始并晉國，其大夫爲之請命乎天子之使，而作是詩也。序以史記爲文，詳見本篇。但此詩若非武公自作以述其賂王請命之意，則詩人所作以著其事，而陰刺之耳。序乃以爲美之，失其旨矣。且武公弒君篡國，大逆不道，乃王法之所必誅而不赦者，雖曰尚知王命之重，而能請之以自安，是亦禦人於白晝大都之中，而自知其罪之甚重，則分薄贓餌貨吏以求私有其重寶而免於刑戮是乃猾賊之尤耳以是爲美吾恐其襲奸誨盜而非所以爲教也小序之陋固多然其顛倒順逆亂倫悖理未有如此之甚者故予特深辨之以正人心以誅賊黨意庶幾乎大序所謂正得失者而因以自附於春秋之義云【纂疏】孔氏曰左桓八年王使立緡于晉至莊十六年乃云王使虢公命曲沃伯爲晉侯不言滅晉之事晉世家云晉侯緡立二十八年曲沃武公伐晉滅之盡以其寶器賂周僖王王命曲沃武公爲晉君并緡以桓八年立至莊十六年乃得二十八年然則虢公命晉侯之年始并晉也李氏曰晉昭公封叔父成師於曲沃號爲桓叔桓叔生莊伯鱓鱓生武公稱繼世爲曲沃君至莊十六年伐晉滅之當是時天子之使適在晉故大夫爲之請命于天子之使而使爲之請命于天子左傳曰王使虢公命曲沃武公以一軍爲晉侯因其請命而命之也

○有杕之杜刺晉武公也武公寡特兼其宗族而不求賢以自輔焉此序全非詩意

○葛生刺晉獻公也好攻戰則國人多喪矣

○采苓刺晉獻公也獻公好聽讒焉獻公固喜攻戰而好讒佞然未見此二詩之果作於其時也【纂疏】東萊引先生初解獻公好聽讒觀驪姬譖殺太子及逐羣

公子之事可見也

秦 車鄰美秦仲也秦仲始大有車馬禮樂侍御之好焉未見其必爲秦仲之詩大率秦風唯黃鳥渭陽爲有據其他諸詩皆不可考纂疏孔氏曰秦仲以字配國者附庸未得爵命而無謚可稱

○駟驖美襄公也始命有田狩之事園囿之樂焉纂疏鄭氏曰秦仲生莊公莊公生襄公襄公始命爲諸侯孔氏曰秦自非子以來世爲附庸平王封襄公爲侯賜之岐西之地有蕃曰園有牆曰囿〻〻苟域養禽獸之所也

○小戎美襄公也備其兵甲以討西戎西戎方彊而征伐不休國人則矜其車甲婦人能閔其君子焉此詩時世未必然而義則得之說見本篇纂疏李氏曰史記秦仲誅西戎西戎殺之宣王召其子莊公與兵七千人使伐西戎破之至西戎殺幽王驪山下襄公將兵救周有功平王封襄公爲諸侯賜之岐西之地曰戎無道奪我岐豐之地秦能攻逐戎即有其地襄公十二年伐戎至岐而卒生其子文公文公十六年伐戎戎敗走於是文公遂收周餘民有其地至穆公遂伯西戎則其在襄公

曲西戎方據周地而有之此其所以爲方強也 ○ 愚按嚴氏引朱子初解云西戎方強則征伐宜休矣而不休征伐不休則國人宜怨矣而不怨反爲詩以美其上而聖人亦有取焉何哉西戎者秦之臣子不共戴天之讎也襄公上承天子之命以報君父之讎其所以不能自已者豈得忿之私心哉乃大倫之正天理之發以大義驅其人而戰之敵之強弱戰之勝負皆不暇有所顧而惟知仇讎之不可以不復此襄公所以能用其人而秦人所以樂爲之用也聖人有取乎此亦春秋大復讎而與討賊之意歟文視集傳爲詳悉故備載之 ○ 蒹葭刺襄公也未能用周禮將無以固其國焉 此詩未詳所謂然序說之鑿則必不然矣 ○ 終南戒襄公也能取周地始爲諸侯受顯服大夫美之故作是詩以戒勸之 【纂疏】 東萊引先生初解襄公雖未能據有周地然既有天子之命矣鄭氏曰人也雖有七命尚爲戎有戒其無負天子之托而勸其必取也補傳 ○ 黃鳥哀三良也國人刺穆公以人從死而作是詩也 此序最爲有據 ○ 晨風刺康公也忘穆公之業始棄其賢臣焉 此婦人念

出其君子之辭序說誤矣○無衣刺用兵也秦人刺其君好攻戰亟用兵而不與民同欲焉序意與詩情不協說已見本篇矣纂疏孔氏曰康公以文十年立十八年卒按春秋文七年晉人秦人戰于令狐十年秦伯伐晉十二年晉人秦人戰于河曲十六年楚人秦人滅庸見於經傳者已如是是其好攻戰也○渭陽康公念母也康公之母晉獻公之女文公遭驪姬之難未反而秦姬卒穆公納文公康公時為太子贈送文公于渭之陽念母之不見也我見舅氏如母存焉及其即位思而作是詩也此序得之但我見舅氏如母存焉兩句若為康公之辭者其情哀矣然無所繫屬不成文理蓋此以下又別一手所為也及其即位而作是詩蓋亦但見首句云康公而下云時為太子故生此說其淺暗拘滯大率如此○愚謂我見舅氏之上闕一曰字按左僖二十四年乙酉穆公納文公左文七年辛丑康公即位已十七年據序則此詩作於即位之年而令狐之役亦是年也何康公思其母以及其舅乃怒於其舅之孫乎晉靈公襄公之子文公之孫

○權輿刺康公也忘先君之舊臣與賢者有始而無終也

陳

宛丘刺幽公也淫荒昏亂游蕩無度焉陳國小無事實幽公但以謚惡故得游蕩無度之詩未敢信也○東門之枌疾亂也幽公淫荒風化之所行男女棄其舊業亟會於道路歌舞於市井爾同上○衡門誘僖公也愿而無立志故作是詩以誘掖其君也僖者小心畏忌之名故以爲愿而無立志而配以此詩不知其爲賢者自樂而無求之意也纂疏僖公幽公子○東門之池刺時也疾其君之淫昏而思賢女以配君子也此淫奔之詩序說美誤○東門之楊刺時也昏姻失時男女多違親迎女猶有不至者也同上○墓門刺陳佗也陳佗無良師傅以至於不義

惡加於萬民焉陳國君臣事无可紀獨陳佗以亂賊被討見書於春秋故以无良之詩与之序之作大抵類此不知其信然否也纂疏嚴氏曰觀陳佗親仁善鄰之言見其性質本非不美未幾往鄭涖盟而歃如忘蓋已有蠱惑之者故詩人歸咎於无良師傅也○防有鵲巢憂讒賊也宣公多信讒君子憂懼焉此非刺其君之詩纂疏宣公杵臼莊公林弟○月出刺好色也在位不好德而說美色焉此不得為刺詩○株林刺靈公也淫乎夏姬驅馳而往朝夕不休息焉陳風獨此篇為有據○澤陂刺時也言靈公君臣淫於其國男女相說憂思感傷焉

檜羔裘大夫以道去其君也國小而迫君不用道好絜其衣服逍遙遊燕而不能自強於政治故作是詩也○素冠刺不能三年也○隰有萇楚疾恣也

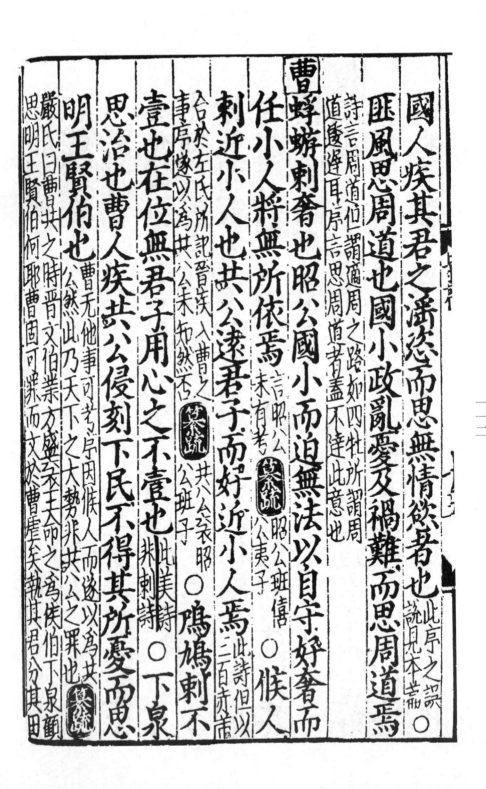

國人疾其君之淫恣而思無情欲者也此序之誤說見本篇○

匪風思周道也國小政亂憂及禍難而思周道焉

詩言周道但謂適周之路如四牡所謂周道倭遲耳序言思周道者蓋不達此意也

【曹】蜉蝣刺奢也昭公國小而迫無法以自守好奢而任小人將無所依焉言昭公未有考【纂疏】昭公班僖公夷子○

候人刺近小人也共公遠君子而好近小人焉此詩但以三百赤芾合於左氏所記晉侯入曹之事序遂以為共公未知然否也【纂疏】共公襄昭公班子○

鳲鳩刺不壹也在位無君子用心之不壹也此美詩非刺詩○

下泉思治也曹人疾共公侵刻下民不得其所憂而思明王賢伯也曹无他事可考序因候人而遂以為共公然此乃天下之大勢非共公之罪也【纂疏】嚴氏曰曹共之時晉文伯業方盛矣衰王天命之為侯伯下泉歎思明王賢伯何耶曹固可罪而文於曹虐矣執其君分其田

以私憾故將卦公焉僅以化身免文宗卒能枋曹乎十、泉惧也未爪矣私憾覩覩斯脅事見左僖二十三年

【豳】七月陳王業也周公遭變故陳后稷先公風化之所由致王業之艱難也【董氏】曰先儒以七月為周公居東而作考其詞則陳后稷公劉所以治其國者方風諭而成其德故是未宜居東也至于鴟鴞則居東而作其在書可知矣【纂疏】經氏曰此詩欲成王知先公先王致王業之由民之勞力趨時稼穡之艱難如此嚴氏曰七月之詩一言以蔽之曰豫而已凡感節物之變而修人事之備皆豫為之謀也東萊曰王充潛夫論曰七月之詩大小教之終而復始由此觀之人固不可怠也楊氏曰七月備言田桑之事以其與本於是故也長樂劉氏曰此詩所說前非井邑其民鄉黨其教各有正長部分同其歲功未易集也

○鴟鴞周公救亂也成王未知周公之志公乃為詩以遺王名之曰鴟鴞焉此序以金縢為文最為有據【附錄】時舉因論鴟鴞詩遂問周公使管叔監殷豈非以愛兄之心勝故不敢疑之耶曰若說不敢疑則已是有可疑者矣蓋周公以管叔是吾之兄事同一休今既克商使之監殷又何疑焉非是不敢疑乃是卻无可疑之事也不知他自若異乃造出一件事

周公爲之奈何哉叔重因云孟子所謂周公之過不亦宜乎者正謂此也先生曰然時舉【纂疏】東萊呂氏曰書曰武王既喪管叔及其群弟乃流言於国曰公將不利於孺子周公乃告二公曰我之弗辟則无以告先王周公居東二年則罪人斯得于後公乃爲詩以貽王名之曰鴟鴞王亦未敢誚公

○東山周公東征也周公東征三年而歸勞歸士大夫美之故作是詩也一章言其完也二章言其思也三章言其室家之望女也四章樂男女之得及時也君子之於人序其情而閔其勞所以說也說以使民民忘其死其唯東山乎（此周公勞歸士之詞非大夫美之而作也）

○破斧美周公也周大夫以惡四國焉（此歸士美周公之詞非大夫惡四国之詩也且詩所謂四国猶言斬伐四国耳序說以爲管蔡商奄尤无理也）

○伐柯美周公也周大夫刺朝廷之不知也

○九罭美周公也周大夫刺朝廷之不

知也詩東人喜周公之至而願其留之詞序說此非○狼跋美周公也周公攝政遠則四國流言近則王不知周大夫美其不失其聖也

小雅

鹿鳴燕羣臣嘉賓也既飲食之又實幣帛筐篚以將其厚意然後忠臣嘉賓得盡其心矣序衍詩意但未盡其用耳其說已見本篇孔氏燕禮於路寢之內立一人為賓使宰夫為主與之對行禮其實君設酒殽羣臣皆在君為主羣臣總為賓矣飲有酬賓送酒之幣食有侑賓勸飽之幣○四牡勞使臣之來也有功而見知則說矣首句同上然其下一六二六者語疏而義鄙矣○皇皇者華君遣使臣也送之以禮樂言遠而有光華也首句同上然詩所謂華者草木之華非光華也○常棣燕兄弟也閔管蔡之失道故作常棣焉序得之但與魚麗之序相矛盾以詩意考之蓋此得而彼失也國語富辰

之言以爲周文公之詩亦其明驗但春秋傳爲富辰之言又以爲召穆公思周德之不類故糾合宗族于成周而作此詩二書之言皆出富辰但其時去召穆公又未遠不知其說何故如此杜預以作詩爲作樂而奏此詩恐亦非是董氏曰韓詩序云燕兄弟也閔管蔡之失道與毛氏合先生初解曰舊說以鹿鳴以下至魚麗爲文武燕勞之樂歌而此詩之序文又以爲閔管蔡之失道而作者何也曰文武之際固有燕兄弟之詩矣周公以管蔡之爲亂也故制作之際更爲是詩委曲致意以申兄弟之好蓋燕兄弟若文武之政而閔管蔡者周公之心也夫燕兄弟之詩常棣其和樂以篤兄弟之好而此詩專言兄死喪急難之事其志切其詞哀流懇兄弟之變孟子所謂其兄關弓而射之則已垂涕泣而道之之義也文武燕兄弟之詩雖不可見然意其詞氣和平必異於此故序者以閔管蔡之失道發之王氏曰燕兄弟亦必有詩然鹿鳴四牡等篇詞多和平惟常棣一篇詞多激切意者有所懲創則周公因管蔡之事更爲此詩無疑○伐木燕朋友故舊也自天子至于庶人未有不須友以成者親親以睦友賢不棄不遺故舊則民德歸厚矣○天保下報上也君能下下以成其政臣能

歸美以報其上焉序之得以與鹿鳴相似【纂疏】鄭氏曰下下謂鹿鳴至伐木皆君所以下臣也臣下歸美於上以答其歌輔氏曰於其燕也皆用之歟〇采薇遣戍役也文王之時西有昆夷之患北有玁狁之難以天子之命命將率遣戍役以守衛中國故歌采薇以遣之出車以勞還杕杜以勤歸也此亦出於文王之詩以天子之命者衍說也【纂疏】鄭氏曰昆夷西戎玁狁今匈奴也〇出車勞還率也同上詩所謂天子所謂王命皆周王耳〇杕杜勞還役也同上〇魚麗美萬物盛多能備禮也文武以天保以上治內采薇以下治外始於憂勤終於逸樂故美萬物盛多可以告於神明矣此篇以下時世次第序說之失已見本篇其內外始終之說蓋一節之可取云〇南陔孝子相戒以養也此笙詩也譜序篇次名義及其所用已見本篇〇白華孝子之潔白

也同上此序尤無理○華黍時和歲豐宜黍稷也有其義而
亡其辭同上然所謂有其義者非真有所謂亡其辭者乃本無也
南有嘉魚樂與賢也太平之君子至誠樂與賢者共
之也序得詩意而不明其用其曰太平之君子者本無謂而說者又以專指成王則其失之矣○南山
有臺樂得賢也得賢則能爲邦家立太平之基矣
序首句誤詳見本篇○由庚萬物得由其道也見南陔○崇丘萬
物得極其高大也見上○由儀萬物之生各得其宜
也有其義而亡其辭見上○蓼蕭澤及四海也序不知此
爲燕諸侯之詩但見零露之云即以爲澤及四海其失與野有蔓草同臆說淺妄類如此云○湛露天
子燕諸侯也○彤弓天子錫有功諸侯也詳見
本篇詩名下○菁菁者莪樂育材也君子能長育人材

則天下喜樂之矣此序全以詩總○六月宣王北伐也此句
謂之鹿鳴廢則和樂缺矣四牡廢則君臣缺矣皇皇
者華廢則忠信缺矣常棣廢則兄弟缺矣伐木廢
則朋友缺矣天保廢則福祿缺矣采薇廢則征伐
缺矣出車廢則功力缺矣杕杜廢則師衆缺矣魚
麗廢則法度缺矣南陔廢則孝友缺矣白華廢則
廉恥缺矣華黍廢則蓄積缺矣由庚廢則陰陽失
其道理矣南有嘉魚廢則賢者不安下不得其所
矣崇丘廢則萬物不遂矣南山有臺廢則爲國之
基隊矣由儀廢則萬物失其道理矣蓼蕭廢則恩
澤乖矣湛露廢則萬國離矣彤弓廢則諸夏衰矣

菁菁者莪廢則無禮儀矣小雅盡廢則四夷交侵中國微矣

魚麗以下十篇次第為毛公所移而此序自南陔以下八篇尚仍儀禮次第獨以鄭譜誤分魚麗為文武時詩故遂移此序魚麗一句自華黍之下而升於南陔之上此一節與小序同出一手其得失無足議者但欲證毛公所移篇次之失與鄭氏獨移先生初解一云成康自設魚麗一句之私故論於此云　文武之政侵尋弛壞至于夷厲而小雅盡廢矣蓋其人亡其政息雖鍾鼓管絃之聲未廢然其實不存則無所施之所謂廢也宣王中興內脩政事外攘夷狄北伐南征以復文武之境土故序詩詳記其所由發興者如此以發其端而小雅之見於經者於是變矣

○采芑宣王南征也○車攻宣王復古也宣王能內脩政事外攘夷狄復文武之竟土脩車馬備器械復會諸侯於東都因田獵而選車徒焉○吉日美宣王田也能慎微接下無不自盡以奉其上焉

序謹微以下非詩本意

鴻鴈美宣王也萬民離散不安其居而能勞來還定安集之至于矜寡無不得其所焉【纂疏】此以下時世多不可考王氏曰勞者勞之來者來之往者還之擾者定之危者安之散者集之○庭燎美宣王也因以箴之【纂疏】釋文箴誡之辭孔氏曰若病之須箴○沔水規宣王也【纂疏】鄭氏曰規者正圓之器孔氏曰物有不圓者規之使成圓人行有不同者規之使同備是斥諫之名○鶴鳴誨宣王也【纂疏】董氏曰此詩其師傅所作歟○祈父刺宣王也【纂疏】范氏曰讀詩至於庭燎未嘗不歎古之君子愛其君之至也知其將失也則就其失而箴之箴之而不可則規之規之不可故鶴鳴誨之誨之不可然後祈父刺之然則刺其君者豈詩人之心哉蓋不得已也夫有宣王之功而不至於文武此詩人之所惜也故其先後淺深之序如此○白駒大夫刺宣王也○黃鳥刺宣王也○我行其野刺宣王也○斯干宣王考室也【纂疏】鄭氏曰考成也孔氏曰路寢成則考之而不釁注曰設盛食以落之東萊呂氏曰斯干無

羊皆宣王初年之詩乃次於刺詩之後何也蓋宣王晚歲雖
怠於政然中興周室之大德豈可以是而掩之乎故復敘此
二篇以終之也宣王之大雅有美無刺大雅言
大體者也論其大體則宣王周一世之賢君也 ○無羊宣
王考牧也 纂疏 鄭氏曰厲王時牧人之職廢宣王始興而復
之至此而成孔氏曰周礼牧人掌牧六牲
而阜蕃其物六牲謂牛馬羊豕犬雞此詩惟言牛羊者馬祭
之所用者少犬豕雞則比牛羊為多故特言牛羊以為美也
節南山家父刺幽王也 家父見本篇 纂疏 東萊呂氏曰按左傳
韓子來聘季武子賦
節之卒章杜氏謂取式訛爾心以畜萬邦之義然則此詩在
古山名節也鄭氏曰家父字周大夫也孔氏曰春秋之例天
子大夫稱字桓七年天王使家父來求車上距幽王之卒
七十五歲古人以父為字或累世同之幽王宮涅宣王子 ○
正月大夫刺幽王也 ○十月之交大夫刺幽王也
○雨無正大夫刺幽王也雨自上下者也衆多如
雨而非所以為政也 此序尤無義理歐陽
公劉氏說已見本篇 ○小旻大
夫刺幽王也 ○小宛大夫刺幽王也 此詩不為刺王
而作但兄弟遭

亂畏禍而相戒之詞爾○小弁刺幽王也太子之傅作焉此詩明白爲放子之作無疑但未有以見其必爲宜臼耳序又以爲宜臼之傅尤不知其所据也○巧言刺幽王也大夫傷於讒故作是詩也○何人斯蘇公刺暴公也暴公爲卿士而譖蘇公焉故蘇公作是詩而絶之鄭氏曰暴蘇皆畿内國名世本云暴辛公作塤成公作篪譙周古史考云古有塤篪尚矣周幽王時二公特善其事耳今按書有司寇蘇公春秋傳有蘇忿生戰國及漢時有人姓暴則周應有此二人矣但此詩只有暴字而無公字及蘇公字不知序何所據而得此事也世本說亦紕繆譙周又從而傅會之不知適所以章其謬耳○巷伯刺幽王也寺人傷於讒故作是詩也纂疏曹氏曰周官寺人王之正内五人掌王之内人及女宫之戒令注云寺之言侍也正内路寢也侍王於路寢之内蓋奄人也巷永巷也内人之所居伯長也其官爲寺人而職掌永巷故寺人而稱巷伯焉谷風刺幽王也天下俗薄朋友道絶焉○蓼莪刺幽

王也民人勞苦孝子不得終養爾【纂疏】鄭氏曰不得終養者二親病亡之時在役所不得見也李氏曰歐陽氏以鄭說爲滯泥之甚然觀此詩之言出則銜恤入則靡至則是言孝子行役而思親之所依也○大東刺亂也東國困於役而傷於財譚大夫作是詩以告病焉譚大夫未有考不知何據恐或有傳耳【纂疏】孔氏曰譚國在京師之東東萊呂氏曰杜氏左傳注譚國在濟南平陵縣西南○四月大夫刺幽王也在位貪殘下國構禍怨亂並興焉○北山大夫刺幽王也役使不均已勞於從事而不得養其父母焉【纂疏】補傳曰大東言賦之不均北山言役之不均○無將大車大夫悔將小人也此序之誤由不識興体而誤以爲比也○小明大夫悔仕於亂世也【纂疏】歐陽氏曰大雅明明在下謂之人明小雅明明上天謂之小明自是名篇者偶爲志別耳鼓鍾刺幽王也此詩文不明故序不敢質其事但隨例爲刺幽王耳實此旨未可知也○

楚茨刺幽王也政煩賦重田萊多荒饑饉降喪民卒流亡祭祀不饗故君子思古焉自此篇至車舝凡十篇似出一手詞氣和平稱述詳雅無風刺之意序以其在變雅中故皆以為傷今思古之作詩固有如此者然不應十篇相屬而絕無一言以見其為衰世之意也竊恐正雅之篇有錯脫在此者耳序皆失之【辨說】李氏曰萊發田也此宜遂人田百畝萊五十畝○信南山刺幽王也不能脩成王之業疆理天下以奉禹功故君子思古焉曾孫古者事神之稱序專以為成王則陋矣甫田刺幽王也君子傷今而思古焉此序專以自古有年一句生說而不察其下文今適南畝以下亦未嘗不有年也○大田刺幽王也言矜寡不能自存焉此序專以寡婦之利一句生說○瞻彼洛矣刺幽王也思古明王能爵命諸侯賞善罰惡焉此序以命服為賞善六師為罰惡然非詩之本意也○裳裳者華刺幽王也古之仕者世祿小人

在位則讒諂並進棄賢者之類絕功臣之世焉此序只用似之二字生說【纂疏】孔氏曰古者有世祿復有世位世祿者直食其先人之祿而不居其位子若復賢則居父位矣

○桑扈刺幽王也君臣上下動無禮文焉此序只用彼交匪敖一句生說

○鴛鴦刺幽王也思古明王交於萬物有道自奉養有節焉此序穿鑿尤為無理

○頍弁諸公刺幽王也暴戾無親不能宴樂同姓親睦九族孤危將亡故作是詩也序見詩言死喪無日便謂孤危將亡不知古人勸人燕樂多為此言如逝者其耋它人是保之類且漢魏以來樂府猶多如此如少壯幾時人生幾何之類是也

○車舝大夫刺幽王也褒姒嫉妬無道並進讒巧敗國德澤不加於民周人思得賢女以配君子故作是詩也以上十篇並已見楚茨篇【纂疏】董氏曰仲孫婼聘于宋宋公享昭子昭子賦新宮昭子賦車轄及其時將為季孫迎宋公女

○青蠅

大夫刺幽王也○賓之初筵衛武公刺時也幽王荒廢媟近小人飲酒無度天下化之君臣上下沈湎淫液武公既入而作是詩也韓詩說見本篇此序詳矣

魚藻刺幽王也言萬物失其性王居鎬京將不能以自樂故君子思古之武王焉此詩意与楚茨等篇相類○采菽刺幽王也侮慢諸侯諸侯來朝不能錫命以禮數徵會之而無信義君子見微而思古焉同上○角弓父兄刺幽王也不親九族而好讒佞骨肉相怨故作是詩也【纂疏】孔氏曰骨肉謂族親也以其父祖上世同稟血氣生如骨肉之相附○菀柳刺幽王也暴虐無親而刑罰不中諸侯皆不欲朝言王者之不可朝事也○都人士周人刺衣服無

常也古者長民衣服不貳從容有常以齊其民則民德歸壹傷今不復見古人也此序蓋用緇衣之詞○采綠刺怨曠也幽王之時多怨曠者也此詩怨曠者所自作非人刺之亦非怨曠者有所刺於上也○黍苗刺幽王也不能膏潤天下卿士不能行召伯之職焉此宣王時美召穆公之詩非刺幽王也○隰桑刺幽王也小人在位君子在野思見君子盡心以事之此亦非刺詩疑与上篇皆脫簡在此也○白華周人刺幽后也幽王取申女以爲后又得褒姒而黜申后故下國化之以妾爲妻以孽代宗而王弗能治周人爲之作是詩也此事有據序盡得之但幽后字誤當爲申后刺幽王也下國化之以下皆衍說耳又漢書注引此序幽字下有王廢申三字雖非詩意然亦可補序文之缺【纂疏】鄭氏曰申姜姓國也褒姒褒人所入之女姒其字也○緜

蠻微臣刺亂也大臣不用仁心遺忘微賤不肯飲食教載之故作是詩也此詩未有刺大臣之意蓋為道其心之所欲耳若如序者之言則偏狹之甚無復溫柔敦厚之意○瓠葉大夫刺幽王也上棄禮而不能行雖有牲牢饔餼不肯用也故思古之人不以微薄廢禮焉序說非是鄭氏曰牛羊豕為牲繫養者曰牢熟曰饔腥曰餼生曰牽○漸漸之石下國刺幽王也戎狄叛之荊舒不至乃命將率東征役久病於外故作是詩也序得詩意但不知果為何時耳○苕之華大夫閔時也幽王之時西戎東夷交侵中國師旅並起因之以饑饉君子閔周室之將亡傷己逢之故作是詩也○何草不黃下國刺幽王也四夷交侵中國背叛用兵不息視民如禽獸

君子憂之故作是詩也

〔大雅〕文王文王受命作周也受命受天命也作周造周室也文王之德上當天心下爲天下所歸往三分天下而有其二則已受命而作周矣武王繼之遂有天下亦卒文王之功而已然漢儒惑於讖緯始有赤雀丹書之說又謂文王因此遂稱王而改元殊不知所謂天之所以爲天者理而已矣理之所在衆人之心而已矣衆人之心是非向背若出於一而無一毫私意雜於其間則是理之自然而天之所以爲天者不外是矣今天下之心既以文王爲歸則天命將安往哉書所謂天視自我民視天聽自我民聽所謂天聰明自我民聰明天明畏自我民明威皆謂此亦豈必赤雀丹書而稱王改元哉稱王改元之說歐陽公蘇氏游氏辯之已詳去此而論則此序本亦得詩之大旨而於其曲折之意有所未盡已論於本篇矣〔附録〕問受命如何曰命如何受於天只是人與天同然觀周自后稷以來積仁累義到此時人心奔趨自有不可已可斈又曰文王受命只是天下歸之賀孫〔蒙説〕嚴氏曰此詩周公述文王之德業以戒成王也文王未嘗稱王曰文王者追稱之也言受命作周者推本之辭也作造也造周之王業猶康誥言肇造區夏也天命歸於文王文王退然不敢當故在文王時無受命之說泰誓牧誓猶皆不言文王受命至大誥武成乃曰

十四

我文考文王誕膺天命蓋武王既得天下之後推本言之凡經中稱文王受命皆謂天命歸之而已文王未嘗而受之也中庸記孔子之言曰武王末受命武王末年方受命文王何嘗受命乎史遷因詩書有受命之語因謂文王受命稱王而斷虞芮之訟漢儒又雜以讖緯之說則亦誣矣游氏曰觀武王於泰誓三篇稱文王為文考至武成而柴望然後稱文考為文王則可知矣

○大明文王有明德故天復命武王也此詩言王季大任文王大姒武王皆有明德而天命之非必如序說也【纂疏】李氏曰大雅之詩則謂之大明小雅之詩則謂之小明

○緜文王之興本由大王也【纂疏】曹氏曰書所謂太王肇基王迹是也

○棫樸文王能官人也序誤

○旱麓受祖也周之先祖世脩后稷公劉之業大王王季申以百福千祿焉序大誤其曰百福千祿者尤不成文理【纂疏】東萊呂氏曰周之先祖以下皆講師所附麗此篇師傳以為文王之詩故有大王王季

○思齊文王所以聖也【纂注】嚴氏曰此詩五章皆言文王所以為聖也孔氏以為大王所以得聖止是首章之意耳

○皇矣美周也天

監代殷莫若周周世世脩德莫若文王○靈臺民始附也文王受命而民樂其有靈德以及鳥獸昆蟲焉

文王作靈臺之時民之歸周也久矣非至此而始附也其曰有靈德者亦非命名之本意

纂疏 東萊呂氏曰所以謂之靈臺者不過如孟子之說耳自文王受命以下皆講師之贅說也孔氏曰按武成文王誕膺天命以撫方夏惟九年大統未集詩所謂文王受命也九年大統未集言三分天下有其二九年而崩也若以靈臺之作在此九年閒雖非詩人大意所存然尚無害漢儒於此遂以爲受命稱王而以靈臺爲天子之制則悖理甚矣泰誓三篇紂尚在之時武王之稱文王止曰文考而已至大誥武成追王之後始曰文考文王此文王生前不稱王之明驗也武王牧野誓師所告者不過司徒司馬司空猶未備天子六鄉之制豈有文王之時已僭天子之臺哉王制注昆明也明虫者得陽而生得陰而藏祭統注昆虫溫生寒死之虫○愚按靈臺本非天子之制周家既有天下以爲作於文王遂尊之以爲天子之制耳不然文王豈受虛名而忘其爲實僭也哉

○下武繼文也武王有聖德復受天命能昭先人之功焉

下字恐誤說見本篇

纂注 嚴氏

一三二

曰武王之雅二篇下武言繼文繼三后之文德也文王有聲言繼伐繼文王之伐功也〇文王有聲鄭譜之誤說見本篇

繼伐也武王能廣文王之聲卒其伐功也

【纂疏】嚴氏曰繼文詩兼言三后以三后皆有文德可繼不專指文王也繼伐詩專言文王以太王王季無伐功所謂繼伐者專言繼文王也周至文王始有伐功伐崇蓋其大者然猶未集至武王于伐商然後卒其伐功也

生民尊祖也后稷生於姜嫄文武之功起於后稷故推以配天焉

【纂疏】段氏曰配天樂歌已見於頌祀主於嚴肅故其辭簡此殆大臣因祀事之餘推原其所以尊者與七月之辭相類〇愚謂詩中即無后稷配天之意已詳論本篇末矣豈此詩但爲尊祖作后稷生於姜嫄以下皆講師之術說歟〇

行葦忠厚也周家忠厚仁及草木故能內睦九族外尊事黃耇養老乞言以成其福祿焉

此詩章句本甚分明但以說者不知比興之體音韻之節遂不復得全詩之本意而碎讀之逐句自生意義不暇尋繹血脉照管前後但見勿踐行葦便謂仁及草木但見戚戚兄弟便謂親睦九族但見黃耇台背便謂養老但見以祈黃

嘏便謂之言但見介亦景福便謂成其福祿隨之【附録】詩人
生義無復倫理諸序之中此失尤甚學者詳之假物
興辭大師將上句引下句如行葦牛羊勿踐履戚戚兄弟莫
遠具尔行葦是比兄弟勿字乃興莫字此詩自是飲酒會賓
之意序者却牽合作周家忠厚之詩遂以行葦爲仁及草木
如云酌以大斗以祈黃耇亦是權合之說祝壽之意序者遂
以爲養老乞言豈知祈字本只
是須其爲壽無乞言意也賈孫
○既醉太平也醉酒飽

德人有士君子之行焉序之失如上篇壽亦
爲孟子斷章所誤尔【纂疏】東萊
呂氏
曰醉酒飽德以下
此皆講師附益之辭○鳧鷖守成也太平之君子能持

盈守成神祇祖考安樂之也同○假樂嘉成王也
假本嘉字然非
爲嘉成王也○公劉召康公戒成王也成王將涖

政戒以民事美公劉之厚於民而獻是詩也召康公
名奭成
王即位年幼周公攝政七年而歸政焉於是成王始將涖政
而召公爲太保周公爲太師以相之然此詩未有以見其爲
康公之作意其傳授或有自來【纂注】王氏曰周之有公劉言
耳後篇召穆公凡伯仍叔放此乎其時則甚微言乎其

事則甚勤称時之微以戒其盈称事之勤以懲其逸蓋召公志也黄氏曰雅美公刘者蓋以乃祖乃父之事乃人之所素信也七月之詩必以后稷公刘為戒无逸之書必以太王王季文王為説蓋進戒於君者引如是也陳氏曰公刘之詩相類七月之詩七月言周公風化公刘則言建国君民之事風雅之不同如此刘済曰周公師保也故於鴟鴞則曰遺召公以道也故於是詩則曰獻○**洞酌召康公戒成王也言皇天親有德饗有道也**序尤大失然語意亦疎○**卷阿召康公戒成王也言求賢用吉士也**求賢用吉士本用詩文而言固為不切然亦未必分為兩事後之説者既誤認豈弟君子為賢人遂分賢人吉士為兩等弥失之矣夫洞酌之豈弟君子反為成王而此詩遽為所求之賢人何哉○**民勞召穆公刺厲王也**纂疏嚴氏曰近廣鄭箋召穆公名虎江漢孔疏穆公康公十六世孫又曰厲王名胡成王七世孫周語云厲王虐国人謗王召公告曰民不堪命矣王怒得衛巫使監謗者以告則殺之国人莫敢言道路以目王喜告召公曰吾能弭謗矣乃不敢言召公曰是障之也防民之口甚於防川川壅而潰傷人必多民亦如之是故為川者決之使道為民者宣之使言故天子聽政使公卿至於列士獻詩瞽獻曲史獻書師箴瞍

賦矇誦百工諫庶人傳語近臣盡規親戚補察瞽史教誨耆艾修之而後王斟酌焉是以事行而不悖王不聽於是國人莫敢出言三年乃流王于彘。李氏曰太子靜匿召公家國人圍之召公曰昔吾驟諫王王不從以及此難也今殺王太子王其以我爲怨乎乃以其子代太子太子卒得脱穆公既脱太子於難乃與周公行政謂之共和共和十四年厲王死於彘乃立太子靜爲王也夫以十四年之間朝廷无王召穆公乃與周公行政於天下天下不以爲專宣王不以爲疑此非其才如伊尹者必不能也

○**板凡伯刺厲王也**

纂疏 鄭氏曰凡伯周同姓周公之胤也入爲王卿士。李氏曰畿内之國。孔氏曰左傳凡蔣邢茅胙祭周公之胤也凡伯周公之後也入爲王朝卿士春秋書天王使凡伯來聘則凡伯小大由齊世爲王臣也。○愚按民勞板二篇朱子以爲切責僚友之辭義歸於刺王

蕩召穆公傷周室大壞也厲王無道天下蕩蕩無綱紀文章故作是詩也

嚴氏曰蕩之名篇以首句有蕩蕩上帝耳序說云云非詩之本意也

纂疏 嚴氏曰傷者傷悼其將亡甚於刺也臣子作詩皆發於愛君之忠欲以感悟其君雖弊壞已極猶庶幾其改圖君臣大義无所逃於天地之間也或謂傷者傷嗟而已非諫刺之比如此殆類後世詞人弔古之作非當時臣子惓惓之

義也大序傷人倫之廢吟詠情
性以諷其上傷何妨於譏刺乎○**抑衛武公刺厲王亦**
以自警也此詩之序有得有失蓋其本例以爲非美非刺則詩无所爲而作又見此詩之次適出於宣王之前故直以爲刺厲王之詩又以国語有左史之言故又以爲亦以自警以詩考之則其曰刺厲王者失之而曰自警者得之也夫曰刺厲王之所以爲失者史記衛武公即位於宣王之三十六年不与厲王同時一也詩以小子目其君而尒汝之无人臣之礼与其所謂敬威儀謹出話者自相背戾二也厲王无道貪虐爲甚詩不以此爲戒其屑屑而徒以威儀詞令爲詩切之戒緩急失宜三也詩詞倨慢雖仁厚之君有所不能容者厲王之暴何以堪之四也或以史記之年不合而以爲追刺者則詩所謂聽用我謀庶无大悔非所以望於既往之人五也曰自警之所以爲得者国語左史之言一也詩曰謹尒侯度二也又曰曰喪厥国三也又曰亦聿既耄四也詩意所指与淇奧所美賓筵所悔相表裏五也二說之得失其佐驗明白如此必去其失而取其得然後此詩之義明今序者乃欲合而一之則其失者固已失之而其得者亦未足爲全得也然此猶自其詩之外而言之也若但即其詩之本文而各以其一說反覆讀之則其訓義之顯晦疏密意味之厚薄淺深可以不待考證而判然於胷中矣此又讀詩之簡要直訣学者不可以不知也

集疏 孔氏曰史記衛世家

武公者僖侯之子共伯之弟以宣王三十六年即位嚴氏曰今考年表武公以宣王十六年即位詩記謂共齒四十餘是也疏以為三十六年恐誤 ○ 桑柔芮伯刺厲王也 序與春秋傳合 纂疏 鄭氏曰芮伯畿內諸侯王卿士也字良夫孔氏曰書序云巢伯來朝芮伯作旅巢命武王時也顧命同召六卿芮伯在焉成王時也桓九年王使虢仲芮伯伐曲沃桓王時也此又厲王時蓋世在王朝嘗為卿士故知是畿內諸侯為王卿士也書序注芮伯周同姓杜預云芮國在馮翊臨晉縣西都畿內也 ○ 雲漢仍叔美宣王也宣王承厲王之烈內有撥亂之志遇烖而懼側身脩行欲銷去之天下喜於王化復行百姓見憂故作是詩也 此序有理 附錄 列暴烈也 纂疏 鄭氏曰仍叔周大夫孔氏曰仍氏叔字春秋例公卿稱爵大夫則稱字東萊曰宣王小雅始於六月言其功也其大雅始於雲漢言其心也无是心安有是功哉 ○ 崧高尹吉甫美宣王也天下復平能建國親諸侯褒賞申伯焉 此尹吉甫送申伯之詩因可以見宣王中興之業耳非專為美宣王而作也下二篇放此 纂疏

鄭氏曰尹吉甫申伯皆周卿士尹官氏申國名孔氏曰以官
爲氏其先嘗爲尹官因氏焉曾氏曰以官氏故節南山称尹
氏太師申伯封於申
戎爲侯伯猶召伯也 ○**烝民尹吉甫美宣王也任賢**
使能周室中興焉 同上 【纂疏】陳氏曰崧高烝民二詩皆尹
吉甫贈行之詩序皆以爲美
宣王蓋人君委任得人而僚友之間賦詩以相娛樂
則人君之美莫大焉孔氏曰賢有德行能多才藝 ○**韓**
奕尹吉甫美宣王也能錫命諸侯 同上其曰尹吉甫
者未有據下二篇
同其曰能錫命諸侯則尤淺陋無理矣既爲天子錫命諸侯
自其常事春秋戰国之時猶有能行之者亦何足爲美哉
【纂疏】鄭氏曰梁山於韓最高大爲國之鎮故美大其貌奕奕
然謂之韓奕韓姬姓國幽王九年史伯對鄭桓公曰武
王之子應韓不在其晋乎左傳曰邘晋應韓
武之穆也侯氏曰幽王以後爲晋所併滅 ○**江漢尹吉**
甫美宣王也能興衰撥亂命。召公平淮夷 吉甫見上
他說得之
【纂疏】鄭氏曰召公召穆公也名虎陳氏曰淮夷之地不一徐州
在淮北徐州有夷則淮夷之在北者也楊州在淮南楊
州有夷則淮夷之在南者也江漢常武二篇同爲宣王之詩
而同言淮夷召虎既平淮夷而告成于王矣常武又曰鋪敦

淮夷仍執醜虜故知淮夷之地不一以地理考之曰江漢之滸王命召虎者是淮南之夷也若在淮北則江漢非所由入之路矣曰率彼淮浦省此徐土者是淮北之夷也若淮南則徐土非聯接之地矣

○**常武**召穆公美宣王也有常德以立武事因以爲戒然召穆公見上所解名篇之意未知其果然否然於理亦通

（補疏）嚴氏曰此詩王親征淮北之夷及徐方也召公既平淮南之夷未幾淮北之夷復挾徐方以叛宣王於是親征之王肅述毛以爲王不親行王基述鄭以爲王自親行詩言有嚴天子王舒保作王奮厥武皆以王言之今從王基述鄭爲王親征宣王慎擇天戈克淮服徐無不如意召公慮其狃勝而喜功也故因美而戒之伐淮有進厥虎臣仍執醜虜是戰而勝也徐方畏威不戰而服也

○**瞻卬**凡伯刺幽王大壞也凡伯見上

（補疏）鄭氏曰凡伯天子大夫春秋魯隱七年冬天王使凡伯來聘孔氏曰凡國伯爵禮侯伯入王朝則爲卿士故版箋以凡伯爲卿士此言大夫者大夫卿之總稱所引春秋者凡伯世稱之不謂與此爲一人也曹氏曰板篇上末至幽王大壞之時七十餘年矣決非一人猶家父也濮氏曰中隔共和十四年宣王四十六年幽王亦在位至十一年周始滅則凡伯非一人明矣

○**召旻**凡伯刺幽王大壞

也昊閔也閔天下無如召公之臣也凡伯見上昊閔以下不成文理

【纂疏】蘇氏曰因其首章称昊天卒章称召公故謂之召旻以別於小旻而已毛氏之序盖亦衍說矣

周頌清廟祀文王也周公既成洛邑朝諸侯率以祀文王焉【纂疏】曹氏曰按召誥云成王在豐欲宅洛使召公先相宅則是成王將謀洛之初躬自至豐告文武之廟然後乃遣召公往卜宅也洛誥曰伻公既相宅周公往營成周則是召公既得吉卜成王復遣周公繼往經營之也洛邑已成周公乃告王曰王肇称殷禮祀于新邑咸秩無文予齊百工伻從王于周則是周公欲成王親舉盛礼于新邑予則整齊百工從周王以行耳又曰王在新邑烝祭歲文王騂牛一武王騂牛一則是成王新祭也然則序詩之意當云周公既成洛邑成王將就新邑祀文王周公乃率諸侯以從若康誥言太保率西方諸侯畢公率東方諸侯云耳由是言之則明堂位所謂周公朝諸侯于明堂踐天子位以治天下皆出漢儒之妄不足信也

○維天之命太平告文王也詩中未見告太平之意

○維清奏象舞也詩中未見奏象舞之意【纂疏】蘇氏曰象則文王之樂所謂象箾者盖文舞也文王之舞謂之象武王之舞謂之武

將舞象則先歌維清故其序曰奏象舞而其辭稱文王將舞武則先歌武故其序曰奏大武而其辭稱武王記曰十二舞勺勺大武也十五舞象象箾也曹氏曰說者謂以竿擊人曰箾鞘箾以舞舞猶干舞也文王雖大業未究然本其功德之所起可得而形容也故作樂以象之謂之象舞

○**烈文成王即政諸侯助祭也**詩中不見即政之意

蒙疏 蘇氏曰武王崩成王逾年即位稱王不能治王事故未嘗即政是以周公當國而治事非攝其位蓋行其事也其後七年退而復辟成王於是即政亦非復其位蓋復其事也故此詩之序曰成王即政即政非即位也苟成王有即位有即政則周公未嘗攝位明矣孔氏曰人君即政必以月正元日此曰於法自當行朝享之禮故以成王即政用此禮以祭而有諸侯之助也

○**天作祀先王先公也**

蒙疏 愚謂詩只稱太王文王則祀不及先公明矣若祭其人不頌其德可乎然朱子定以爲祭太王詩不及文王者豈以詩不言王季乎若并祭王季頌其子而不頌其父乃頌祭其間亦非所安矣故只以爲祭太王詩也

○**昊天有成命郊祀天地也**此詩詳考經文而以國語證之其爲康王以後祀成王之詩無疑而毛鄭舊說定以頌爲成王之時周公所作故凡頌中有成王及成康字者例皆曲爲之說以附已意其迂滯僻滋不成文理甚不難見而古今

諸儒無有竟其謬者獨歐陽公書時世論以序之其辨明矣然讀者狃於舊聞亦未遽肯深信也小序又以此詩篇首有昊天二字遂定以爲郊祀天地之詩諸儒往往亦襲其誤殊不知其首言天命者止於一句次言文武受之者亦止一句至於成王以下然後詳說不敢康寧緝熙安靖之意乃至五句而後已則其不爲祀天地而爲祀成王無可疑者又況古昔聖人制爲祭祀之禮必以象類故祀天於南祭地於北而其壇壝樂舞器幣之屬亦各不同若曰合祭天地於員丘則古者未嘗有此瀆亂厖雜之禮若曰一詩而兩用如所謂冬薦魚春獻鮪者則此詩專言天而不及地若於澤中之方丘奏之則於義何所取乎序說之云反覆推之皆有不通其謬無可疑者故今特上據國語旁采歐陽以定其說庶幾有以不失此詩之本指耳或曰國語所謂始於德讓中於信寬終於固龢故曰成若此詁成字不爲王誦之謚而韋昭之注大畧亦如毛鄭之說矣此又何耶曰叔向蓋言成王之所以爲成以是三者正猶子思所謂文王之所以爲文班固所謂尊號曰昭不亦宜乎者耳韋昭何以知其必謂文武以是成其王道而不爲王誦之詩乎蓋其爲說本出毛鄭而不悟其非者今欲一滌千古之謬而不免於以誤而證誤則亦將何特而已耶或者又曰蘇氏最爲不信小序而於此詩無異詞且又以爲周公制作已定後王不容復有改易成王非創業之主不應得以基命稱之此又何耶曰蘇氏之不信小序固未嘗

見其不可信之實也愚於漢廣之篇已嘗論之不足援以爲據也夫周公制作亦及其當時之事而止耳若乃後王之廟所奏之樂自當隨時附益若商之玄鳥作於武丁孫子之世漢之廟樂亦隨世而更定焉豈有周之後王乃獨不能係顯其先王之功德而必以改周公爲嫌耶基若非必造之於始亦承之於下之謂也如曰邦家之基豈必謂大王王季之臣乎以是爲說亦不得而通矣况其所以爲此實未能忘北郊集議之餘忿今固不得而取也【附錄】昊天有成命中說成王不敢康成王只是成王何須牽合作成王業之王自序恁地傅會便謂周公作此以告成功便將成王字穿鑿說了又幾曾是郊祀天地被序如此說後來遂生一場多議有南北郊之事此詩自說昊天有成命又不曾說着地如何說道祭天地之詩設使合祭亦須幾句說着后土如漢諸郊祀詩祭其神便說其事矣○

我將祀文王於明堂也○時邁巡守告祭柴望也

【纂疏】孔氏曰武王既定天下而巡行守土之諸侯至于方岳之下乃作告至之祭爲柴望之禮柴祭昊天望祭山川范氏曰古者天子巡守至方岳以柴望告祭所以尊天而懷柔百神也後世議禮失其傳而謂之封禪非也此所望閭位記天子巡四方先柴又曰燔柴於太壇祭天也郭璞云祭天積柴燔之望祭禮書云設於巡守之方非常祭也其位蓋以十之而植表於其中周礼所謂旁

一四四

招以茅菩語所謂置茅蕝設表望是也孔氏曰望者望其所在以尊卑次秩祭之○執競祀武王也此詩并及成康則序說誤矣其說已見昊天有成命之篇蘇氏以周之奄有四方不自成康之時因從小序之說此亦以詞害意之失皇矣之詩於王季章中蓋已有此句矣又豈可以其太蚤而別爲之說耶詩人之言或先或後要不失爲周有天下之意耳○思文后稷配天也纂疏孔氏曰國語云周文公之爲頌曰思文后稷克配彼天是此篇爲周公所作李氏曰切謂思文言后稷配天即孝經所謂郊祀后稷以配天者也我將言祀文王於明堂即孝經所謂宗祀文王於明堂以配上帝者也

臣工諸侯助祭遣於廟也序誤○噫嘻春夏祈穀于上帝也序誤○振鷺二王之後來助祭也纂疏鄭氏曰二王夏殷孔氏曰史記杞世家云武王克殷求禹後得東樓公封於杞以奉夏祀其殷後則初封武庚殷墟後以叛誅更命微子○豐年秋冬報也序誤○有瞽始作樂而合乎祖也纂疏鄭氏曰王者功成作樂治定制礼合者大合諸侯而奏之李氏曰樂始作而合乎祖猶詔樂始成而奏於祖考也陳氏曰

始祼于祖廟之時主人升而合樂歌有瞽之詩○潛季冬薦魚春獻鮪也【疏】孔氏曰冬言季冬春亦季春也月令季春薦鮪於寢廟天官漁人春獻王鮪冬言薦春云獻者皆謂薦進先祖其義一也冬則衆魚皆可薦故總稱魚春惟獻鮪而已故特言鮪陸璣云河南鞏縣東北崖上山腹有穴舊說云此穴與江湖通鮪從此穴而來北入河西上龍門入漆沮故張衡云王鮪岫居山穴爲岫○雝禘大祖也祭法周人禘嚳又曰天子七廟三昭三穆及大祖之廟而七周之大祖即后稷也禘嚳於后稷之廟而以后稷配之所謂禘其祖之所自出以其祖配之者也祭法又曰周祖文王而春秋家說三年喪畢致新死者之主于廟亦謂之吉禘是祖一號而二廟禘一名而二祭也今此序云禘大祖則宜爲禘嚳於后稷之廟矣而其詩之詞無及於嚳稷者若以爲吉禘于文則與序已不協而詩文亦無此意恐序之誤也此詩但爲武王祭文王而徹祖之詩而後通用於它廟耳○載見諸侯始見乎武王廟也序以載訓始故云始見恐未必然也○有客微子來見祖廟也【疏】曹氏曰微子啓紂之庶兄封於微而爵爲子微商畿內國名孔氏曰周封啓爲宋公代殷後李氏曰振鷺乃助祭之詩有客乃始受命之詩孔氏曰不言所祭之名不指所在之廟無得而知之也

○武奏大武也【集疏】曹氏曰人武武王樂伐紂以除害樂其能成武功也又曰孔子語賓牟賈曰揔干而山立武王之事也發揚蹈厲太公之志也武亂皆坐周召之治也武始而北出至六成復綴以崇終於周道四達礼樂交通豈止爲武功而已哉

閔予小子嗣王朝於廟也【集疏】鄭氏曰嗣王成王除武王喪始朝於廟祭祖考告嗣位也

○訪落嗣王謀於廟也【集疏】蘇氏曰閔予小子成王朝廟將繼其祖考之詩也訪落謀所以繼之之詩也

○敬之羣臣進戒嗣王也愚謂以詩中維予小子證之則篇首不見得是羣臣進戒嗣王或反是嗣王致戒羣臣自維予小子以下則嗣王先自述之辞而後求群臣之助也

○小毖嗣王求助也此四篇一時之詩序但各以其首意爲説不能究其本末也

○載芟春藉田而祈社稷也【集疏】孔氏曰月令孟春天子躬耕帝藉天子社稷以仲春與耕藉異月而連言之者雖則異月俱在春時故以春揔之曹氏曰祭義曰昔者天子爲藉千畝冕而朱紘躬秉耒以事天地山川社稷先古以爲醴酪齊盛於是乎取之敬之至也然千畝之田不可躬自徧耕故周立甸師之官其徒三百人

掌率其屬而耕耨王藉以時入之以供齍盛躬耕之者王一發三推三公五推卿諸侯九推庶人終於畝庶人者甸師所掌之徒也王一耕之而使甸師之屬耘耔終之故謂之藉田言借民力成之也

○**良耜秋報社稷也**兩篇未見其有祈報之異○疏愚謂載芟良耜之詩誠不見其有祈報之意也不過陳其耕種之勞敘其饁饟之情論其黍稷茂盛收穫之富或為酒醴以祀祖妣洽百禮而為邦家胡考之光寧或百室盈婦子寧殺犉牡而以嗣以續此皆田家勤勞安逸之事而非告神之樂歌也豈吉豳風之七月小雅之楚茨信南山甫田大田等詩同一歌詠其事以寓其鼓舞神化之道而堅其樂事趨功之心也耶若惟即字以求之拘拘於祈報之語則感發之意微矣

○**絲衣繹賓尸也高子曰靈星之尸也**卓誤高子尤誤【箋疏】鄭氏曰天子諸侯曰繹以祭之明日卿大夫曰賓尸與祭日同周曰繹商曰肜徐氏曰繹取尋繹前祭之義孔氏曰宣公八年六月辛巳有事於太廟壬午猶繹以辛巳祭而壬午繹之此所謂祭之明日也高子不知何人孟軻弟子公孫丑稱高子之言以問孟子趙岐以為齊人此高子蓋岐是也靈星不知何星漢郊祀志高祖詔御史令天下立靈星祠張晏云龍星左角曰天田則農祥也晨見而祭之史傳之說靈星惟有此耳未知高子所言是此不鄭氏曰絲衣本宗廟之詩其曰靈星尸

矣○酌告成大武也言能酌先祖之道以養天下

也詩中無酌字未見酌先祖之道以養天下之意○桓講武類禡也桓武志也

纂疏 嚴氏曰解頤新語曰講武而類乎上帝禡於所征之地皆師祭也此爲武王伐商之事明矣然是時有其事而無其詩以頌声未作故也至成王制礼作樂於是作此頌以歌其事以告於武王序詩者謂之武志蓋發明武王將出征而講武類禡其志已欲保殺士而用四方宗歟家而昭于天後果能如其志可謂善得詩人之旨也孔氏曰禡祭造軍法者其神蚩尤或曰黄帝禡周礼作貉又或作貊古今異也○賚大封於廟也賚予也

言所以錫予善人也

纂疏 孔氏曰左傳曰武王克商封兄弟之國者十五人姬姓之國者四十人古文尚書武成說武王克殷反祀周廟列爵惟五分土惟三樂記言將帥之士使爲諸侯此皆武王大封之事李氏曰封必於廟蓋歸功祖宗不敢專也曹氏曰因祭日親冊命之黄氏曰善人云者見上不妄予下不妄受孔子曰周有大賚善人是富○般巡守而祀四嶽河海也此二篇說見本篇

纂疏 曹氏曰說文云般旋也象舟之旋從舟從殳殳所以旋也今名篇曰般取般旋之義巡守而遍于四岳河海所謂般旋也

孔氏曰武王定天下巡守祭四岳河海至周公成王太平之時詩人述其事而作此歌焉

魯頌駉頌僖公也僖公能遵伯禽之法儉以足用寬以愛民務農重穀牧于坰野魯人尊之於是季孫行父請命于周而史克作是頌此序事實皆無可考詩中亦未見務農重穀之意序說鑿矣

蔡疏 孔氏曰僖公名申莊公子閔公卒季友立之當惠王襄王時曹氏曰莊公母弟季友邑於費而爲卿其孫行父繼之是爲季文子自是世卿不絕鄭氏曰史克魯史也孔氏曰此頌之作在僖公薨後知者以大夫無故不出境上請天子追頌君德雖則君臣發意實行當請於君若在僖公特不應聽臣請王自頌已德明是僖公薨後也文六年行父始見於經十八年史克名見於傳則克於文公時爲史官矣然則此詩之作當在文公世其年月不可得而知也又曰文十八年傳稱季文子使太史克對宣公知史克魯史也又曰駉頌序云史克作是頌賈言作頌不指駉篇則四篇皆史克作

○有駜頌僖公君臣之有道也此但燕飲之詩未見君臣有道之意

蔡疏 李氏曰僖公之賢者惟公子季友臧文仲而已

○泮水頌僖公能脩泮宮也此亦燕飲落成之詩不爲頌其能脩

也

○閟宮頌僖公能復周公之宇也　此詩言莊公之子又言新廟奕奕則為僖公修廟之詩明矣但詩所謂復周公之宇者祝其能復周公之土宇耳非謂其已脩周公之屋宇也序又首句之謬如此而蘇氏信之何哉

商頌

那祀成湯也微子至于戴公其間禮樂廢壞有正考甫者得商頌十二篇於周之大師以那為首　序以國語為文〔辨說〕孔氏曰自微子至戴公九十君戴公當宣王時世本云宋湣公生弗甫何弗甫何生宋甫宋父生正考甫是孔子之七世祖也曹氏曰戴公以周宣王二十一年始立二十九年而幽王為犬戎所殺又五年而戴公卒武公繼之宣公又繼之孟僖子曰正考甫佐戴武宣三命茲益恭則正考甫時為上卿矣鄭氏曰周用六代之樂故周太師有商頌

○烈祖祀中宗也　詳此詩未見其為祀中宗而末言湯孫則亦祭成湯之詩耳序但不欲連篇重出又以中宗商之賢君不欲遺之耳〔辨說〕鄭氏曰中宗商王太戊湯之元孫也有桑穀之異懼而修德商道復興故表顯之號為中宗孔氏曰王者祖有功宗有德不毀其廟

○玄鳥祀高宗也

詩有武丁孫子之句故序得以爲据【纂疏】鄭氏曰高宗武丁雖未必然然必是高宗已後之詩矣中宗玄孫之孫也有雊雉之異又懼而修德殷道復興故亦表顯之號爲高宗曹氏曰自中宗至盤庚十世自盤庚至武丁四世小乙時盤庚之業復衰小乙崩子武丁立

○長發大禘也 疑見本篇【纂疏】王氏曰長發序以爲大禘之詩雖序以爲禘太祖周無四時之禘故也今曰大禘則商有四時之禘故也四時之禘爲小則禘其祖之所自出者爲大矣曹氏曰古者天子諸侯三年喪畢皆合先祖之神而享之以生時有慶集之懽死應備合食之礼故時祭之外復爲禘祫也虞夏商周以閒歲爲之周則五年而再盛祭夏之時祭春禴夏禘秋嘗冬烝至商春夏互易其名而禘爲春祭故於閒歲之禘加大以別之周復夏春祭之名曰禴改商夏祭之名曰祠故五年之盛祭直曰禘而已張氏曰其祖之所自出則帝嚳也

○殷武祀高宗也

詩序終

詩卷第一

朱子集傳

新安後學胡一桂附録纂疏

國風一 國者諸侯所封之域而風者民俗歌謡之詩也謂之風者以其被上之化以有言而其言又足以感人如物因風之動以有聲而其聲又足以動物也是以諸侯采之以貢於天子天子受之而列於樂官於以考其俗尚之美惡而知其政治之得失焉舊説二南爲正風所以用之閨門鄉黨邦國而化天下也十三國爲變風則亦領在樂官以時存肄備觀省而垂監戒耳合之凡十五國云

周南一之一 周國名南南方諸侯之國也周國本在禹貢雍州境內岐山之陽后稷十三世孫古公亶甫始居其地傳子王季歷至孫文王昌辟國寖廣於是徙都于豐而分岐周故地以爲周公旦召公奭之采邑且使周公爲政於國中而召公宣布於諸侯於是德化大成於內而南方諸侯之國江沱汝漢之間莫不從化蓋三分天下而有其二焉至子武王發又遷于鎬遂克商而有天下武王崩子成王誦立周公相之制作禮樂乃采文王

之世風化所及民俗之詩被之筦弦以爲房中之樂而又推之以及於鄉黨邦國所以著明先王風俗之盛而使天下後世之脩身齊家治國平天下者皆得以取法焉蓋其得之國中者雜以南國之詩而謂之周南言自天子之國而被於諸侯不但國中而已也其得之南國者則直謂之召南言自方伯之國被於南方而不敢以繫于天子也岐周在今鳳翔府岐山縣豐在今京兆府鄠縣終南山北南方之國即今興元府京西湖北等路諸州鎬在豐東二十五里小序曰關雎麟趾之化王者之風故繫之周公南言化自北而南也鵲巢騶虞之德諸侯之風也先王之所以教故繫之召公斯言得之矣

附録

公羊分陝之說可疑蓋陝東地廣陝西只是關中雍州之地耳恐不應分得如此不均周公在外而其詩曰王者之風召公在內而其詩爲諸侯之風似皆有礙陳少南以其有礙遂創爲岐東西之說不惟穿鑿無據而召公所分之地愈見狹促蓋僅得今隴西天水數郡之地耳恐亦無此理

纂疏

陳少南曰周公召公爲天子之二老分治岐之東西自岐以東周公主之然岐東之地東周在焉故雖周公所治之國其詩實王者之分也自岐以西召公主之故岐西之地爲召公專主諸侯之國而爲諸侯之風又曰江漢汝墳爲岐東之地當時岐東被文王之化而作詩故周公爲伯得其詩以貢于周故曰周南江沱爲岐西之地當時岐西被

文王之化而作之詩及召公爲伯得其詩以貢于周故曰召
南[illegible]太非詩説曰按儀禮鄉飲酒鄉射篇有乃合樂周南
關雎葛覃卷耳召南鵲巢采蘩采蘋之文又燕禮有遂歌
鄉樂周南關雎葛覃卷耳召南鵲巢采蘩采蘋之文儀禮
乃周公相成王治定功成經制大備之書小序所謂用之
鄉人者鄉飲射禮也用之邦國者燕禮也見於經者蓋止
於此傳詩者四家泉説之論齊魯韓三家皆以關雎爲康
王時詩王應麟作詩攷韓以爲刺時魯以爲歎傷康后與
毛氏以爲文王時詩者又自不同毛出三家後讀者但循
習以爲后妃太姒之德今當據儀禮經文爲定飲射燕禮
所引六詩明爲房中之樂序所謂經天下而正夫婦者已
得之矣大抵風雅頌被之絃歌多是周公此一時更定或
二南是文王時詩亦未可知又曰集傳謂分岐周故地以
爲周公召公之采邑即是陳少南之説後來文集中答何
叔京書與集傳又異必晚年所見而未及更定者也今觀
其書既以公羊分陝之説爲可疑又以陳少南分岐之説
爲穿鑿無據且甚言所分岐西之地狹促亦無此理考之
史記太史公留滯周南不與封禪注曰洛陽謂之周南蓋
陝東之地爲洛陽陝西之地爲豐鎬周公分陝以東當在
成王留周公治洛之時自此成王復歸豐鎬只是召公輔
政亦可證召公分陝以西之説爲無疑後來周公没君陳
畢公相繼治洛若召公則終始輔政直至康王即位書中

所謂畢公率東方諸侯召公率西方諸侯尤顯然可據且周公制禮作樂亦當是洛邑功成之後況詩中言江漢汝墳明在洛之南周南召南不過地名意當時采詩得之於周之南者爲周南得之於召之南者爲召南亦如今淮南河南之類所以至漢時猶有周南地名也

關關雎七余反**鳩在河之洲窈**烏了反**窕**徒了反**淑女君子好逑**音求○興也關關雎雄相應之和聲也雎鳩水鳥一名王雎狀類鳧鷖今江淮間有之生有定偶而不相亂偶常並游而不相狎故毛傳以爲摯而有別列女傳以爲人未嘗見其乘居而匹處者蓋其性然也河北方流水之通名洲水中可居之地也窈窕幽閒之意淑善也女者未嫁之稱蓋指文王之妃太姒爲處子時而言也君子則指文王也好亦善也逑匹也毛傳之摯字與至通言其情意深至也○興者先言他物以引起所詠之詞也周之文王生有聖德又得聖女姒氏以爲之配宮中之人於其始至見其有幽閒貞靜之德故作是詩言彼關關然之雎鳩則相與和鳴於河洲之上矣此窈窕之淑女則豈非君子之善匹乎言其相與和樂而恭敬亦若雎鳩之情摯而有別也後凡言興者其文意皆放此云漢匡衡曰窈窕淑女言能致其貞淑不貳其操情欲之感無介乎容儀宴私之意不形乎動靜夫然後可以配至尊而爲宗廟主此綱紀之首王教

之端也，可謂善說詩矣。

【附錄】問：詩中說興處多近比。曰：然。如關雎、麟趾相似，皆是興而兼比。然雖近比，其體卻只是興。且如關關雎鳩，本是興起，到得下面說窈窕淑女，此方是入題說那實事。蓋興是以一箇物事貼一箇物事，說上文興起下文便接說實事。及比則不然，便入題了。僩。又曰：此是興詩。興，起也，引物以起吾意。如雎鳩是摯而有別之物，荇菜是潔而和柔之物，引此起興，猶不甚遠。其他亦有全不相類，只借物而起吾意者，雖皆是興，與關雎又略不同也。時舉。問：器遠、君舉說關雎，如何？曰：謂后妃自謙不敢當君子，謂如此之淑女方可為君子之仇匹，這便是后妃之德。曰：鄭氏也如此說了，只是覺得偏主一事，無廣大之意。關雎如易之乾坤，意思如何得恁地無方際。如下面諸篇，卻多就一事說，這只反覆形容后妃之德，而不可指說道甚麼是德，只恁地渾淪說，這便見得后妃德盛難言處。賀孫。又一段已見綱領讀詩內。同上。王雎嘗見淮人說，淮上有之，狀如此間之鳩，差小而長，常是雌雄二箇兩兩相隨，不相失，然亦不曾相近，立處須隔丈來地，所謂摯而有別是也。此說卻與列女傳所引義合，乘居是四箇同居。浩。又曰：毛氏以為摯而有別。摯與至同，言其情雖相與深至，而未嘗狎，便見樂而不淫之意。時舉。又曰：解詩離脫不得[illegible]草木今在眼前識得底，便可窮究。如關雎只得從[illegible]說道是摯而有別。

【纂疏】嚴氏曰：左傳郯子五鳩，[illegible]見詩[illegible]司馬，此詩雎鳩是也。祝鳩氏司徒，鵻鳩也。[illegible]氏司空，布穀也，曹風

云謂順水之也無取之意合未得之旨

爲鳩是也爽鳩氏司寇鳲鳩揚是也鶻鳩氏司事鷹鳩也小班鳩小宛之鳴鳩與氐食桑世之鳩是也歐陽氏以居鶡巢之鳩非鳲鳩又在五鳩之外也左傳雎作鴡昭十七年杜預云摯而有別故爲司馬主法則○參初金反差初宜反荇行孟反菜左右流之窈窕淑女寤寐求之。求之不得寤寐思服叶蒲北反悠哉悠哉輾哲善反轉反側叶也參差長短不齊之貌荇接余也根生水底莖如釵股上青下白葉紫赤圓徑寸餘浮在水面或左或右言無方也流順水之流而取之也或寤或寐言無時也服猶懷也悠長也輾者轉之半轉者輾之周反者輾之過側者轉之留皆卧不安席之意○此章本其未得而言彼參差之荇菜則當左右無方以流之矣此窈窕之淑女則當寤寐不忘以求之矣蓋此人此德世不常有求之不得則無以配君子而成其內治之美故其憂思之深不能自已至於如此也 參流 嚴氏曰凡菜皆不齊何獨荇也今訛州稱荇爲莕公鬚蓋細莖亂生有若鬚然詩人之辭不苟矣李氏曰顏氏家訓曰荇菜是水有之黄花葉似蓴可用爲祭祀之菹○參差荇菜左右采叶此禮反之窈窕淑女琴瑟友叶羽己反之參差荇菜左右芼莫報反叶音邈之窈窕淑女鍾鼓樂。

音洛之〇興也采取而擇之也芼熟而薦之也琴五弦或七弦瑟二十五弦皆絲屬樂之小者也友者親愛之意也鍾金屬鼓革屬樂之大者也樂則和平之極也〇此章據今始得而言彼參差之荇菜既得之則當采擇而烹芼之矣此窈窕之淑女既得之則當親愛而娛樂之矣蓋此人此德世不常有幸而得之則有以配君子而成內治故其喜樂尊奉之意不能自已又如此〇纂疏嚴氏曰芼之謂爲羹也內則芼羹注云菜也疏云用菜雜肉爲羹又昏義芼以蘋藻釋樂云琴長三尺六寸六分五弦後加文武二弦雅瑟長八尺一寸廣一尺八寸二十五弦其常用者十九弦頌瑟長七尺二寸廣一尺八寸二十五弦盡用東萊呂氏曰后妃之德坤德也唯天下之至靜爲能配天下之至健也萬化之原一本諸此未得之也如之何其勿憂既得之也如之何其勿樂也悠哉悠哉輾轉反側憂之不過其則也琴瑟友之鍾鼓樂之樂之不過其則也所謂樂而不淫哀而不傷者也鍾鼓有時而奏琴瑟無時而不在側若朋友然故曰友〇愚謂流只是言荇菜順流於水中荇菜方流於水中以與淑女未得而方求之也及其既采以與淑女方得而友之也及其既芼以與淑女既得而樂之也

關雎三章一章四句二章章八句孔子曰關雎樂而不淫哀而不傷愚謂此言爲此詩者得其性情之正聲氣之和也蓋德如雎鳩摯而有別則后妃性情之正

固可以[illegible]一端矣至於寤寐反側琴瑟鍾鼓極其哀樂而皆不過其則焉則詩人性情之正又可以見其全體也獨其聲氣之和有不可得而聞者雖若可恨然學者姑即其詞而玩其理以養心焉則亦可以得學詩之本矣○康衡曰妃匹之際生民之始萬福之原婚姻之禮正然後品物遂而天命全孔子論詩以關雎為始言太上者民之父母后夫人之行不侔乎天地則無以奉神靈之統而理萬物之宜自上世以來三代興廢未有不由此者也

附錄

讀關雎詩便使人有齋莊中正意思所以冠乎三百篇與記言毋不敬書言欽明文思皆同畨問程子云是周公作是否曰也未見得是朩之又曰凡言風者皆民間歌謠採詩者得之而聖人因以為樂以見風化流行淪肌浹髓而發於聲氣者如此其謂之風正以其自然而然如風之動物而成聲耳如關雎之詩正是當時人被文王太姒德化之深心膽肺腸一時換了自然不覺形於歌詠如此故當作樂之時引為篇首以見一時之盛為萬世之法尤是感人妙處若云周公所作則國風雅頌無一篇是出於民言只與後世差官定樂章相似都無些子自然發見底意思亦何以致移風易俗之效耶 答潘恭叔

葛之覃兮施以豉反于中谷維葉萋萋黄鳥于飛集于

灌木其鳴喈喈叶居奚反○賦也葛草名蔓生可爲絺綌者覃延施移也中谷谷中也萋萋盛貌黄鳥鸝也灌木叢木也喈喈和聲之遠聞也○賦者敷陳其事而直言之者也蓋后妃既成絺綌而賦其事追叙初夏之時葛葉方盛而有黄鳥鳴於其上也後凡言賦者放此

纂疏 陸氏曰黄鳥幽州稱黄鸎齊人謂之摶音團黍一名倉庚一名鵹黄一名楚雀或稱黄栗留常以桑椹熟時來在桑間關西稱鸝黄其色黧黑而黄俗呼黄離留

○葛之覃兮施于中谷維葉莫莫是刈魚廢反是濩胡郭反爲絺恥知反爲綌去逆反叶去略反服之無斁音亦叶弋灼反○賦也莫莫茂密貌刈斬濩煑也精曰絺麤曰綌斁厭也○此言盛夏之時葛既成矣於是治以爲布而服之無厭蓋親執其勞而知其成之不易所以心誠愛之雖極垢弊而不忍厭棄也

纂疏 毛氏曰古者王后織玄紞公侯夫人紘綖卿之內子大帶大夫命婦成祭服士妻朝服庶人以下各衣其夫嚴氏曰婦人驕奢之情何有紀極苟萌一厭心雖窮極靡麗耳目日新猶以爲不足也味服之無斁一語可見后妃之德性後世后妃以驕奢禍其族者皆一厭心爲之也詩人辭簡而旨深矣

○言告師氏言告言歸薄

汚我私，薄澣（戶管反）我衣。害（戶葛反）澣害否（方九反），歸寧父母（莫後反）。

○賦也。言，辭也。師，女師也。薄，猶少也。汚，煩撋之以去其汚，猶治亂而曰亂也。澣則濯之而已。私，燕服也。衣，禮服也。害，何也。寧，安也，謂問安也。○上章既成絺綌之服矣，此章遂告其師氏，使告于君子以將歸寧之意。且曰：盍治其私服之汚，而澣其禮服之衣乎？何者當澣，而何者可以未澣乎？我將服之以歸寧於父母矣。

【纂疏】毛氏曰：古者女師教以婦德、婦言、婦容、婦功。孔氏曰：昏禮注：婦人五十無子，出而不復嫁，能以婦道教人者為姆。張氏曰：言告言歸，猶曰告曰歸也。釋文：煩撋，猶捼莎也。毛氏曰：婦人有副禕（音揮）盛飾，以朝事舅姑，接見于宗廟，進見于君子，其餘則私也。鄭氏曰：衣謂禕衣以下至褖（音彖）衣。

葛覃三章，章六句。此詩后妃所自作，故無贊美之詞。然於此可以見其已貴而能勤，已富而能儉，已長而敬不弛於師傅，已嫁而孝不衰於父母，是皆德之厚而人所難也。小序以為后妃之本，庶幾近之。

采采卷（上聲）耳，不盈頃（音傾）筐。嗟我懷人，寘彼周行（叶戶郎反）。

○賦也。采采，非一采也。卷耳，枲耳，葉如鼠耳，叢生如盤。頃，欹也。筐，竹器。懷，思也。人，蓋謂文王也。寘，舍也。周行，大道也。○后妃以

以之一字與經文
不二義殊以
從參考

曰爵二升曰觚
三曰觶四升曰角
五曰散總名曰爵
實曰觴觴者餉
觥亦五升所以罰
不敬觥廓也所以著

君子有在而思念之故賦此詩託言方采卷耳未滿頃筐而心適念其君子故不能復采而寘之大道之旁也【附錄】問卷耳與葛覃同是賦體又似略不相同蓋葛覃直敘其所嘗經歷之事卷耳則是托言也曰又安知后妃之不自采卷耳設使不自經歷而自言我之所懷者如此則亦是賦體也時舉【纂疏】孔氏曰枲耳亦云胡枲或曰苓耳江東呼常枲葉青白色似胡荽白華細莖蔓生可煮為茹四月中生子如婦人耳璫或謂耳璫草張氏曰枲耳釀酒所須○愚按東萊引孔氏初解謂據本草即蒼耳愚謂蒼耳樹高一二尺不叢最蔓生子有蘡薁似與蹟別故今集傳不謂蒼耳也○陟彼崔徂回反嵬五回反我馬虺呼回反隤徒回反我姑酌彼金罍維以不永懷叶胡隈反○賦也陟升也崔嵬土山之戴石者虺隤馬罷不能升高之病姑且也罍酒器刻為雲雷之象以黃金飾之永長也○此又託言欲登此崔嵬之山以望所懷之人而往從之則馬罷病而不能進於是且酌金罍之酒而欲其不至於長以為念也【纂疏】孔氏曰韓詩說罍天子以玉諸侯大夫皆以金士以梓大一石○陟彼高岡我馬玄黃我姑酌彼兕徐履反觥古橫反叶古黃反維以不永傷賦也山脊曰岡玄黃玄馬而黃病極而變色也兕野牛一角青色重千斤觥爵也以兕角為爵也【纂疏】孔氏曰韓詩說觥五升毛

之只君子有遊
狀著明

詩説觥大七升李氏曰古者宴享之禮必有兕觥左成十四年衛侯享苦成叔甯惠子曰兕觥其觩旨酒思柔故知享有兕觥也昭元年鄭人燕趙孟穆叔子皮曹大夫興拜舉兕爵曰小國賴子知免於戾矣故知燕有兕觥也東萊引先生初解一云周禮有觥罰之事又云觥其不敬者但謂以觥罰之耳非必觥專爲罰爵也

○陟彼砠七餘反矣我馬瘏音塗矣我僕痡音敷矣云何吁矣

賦也石山戴土曰砠瘏馬病不能進也痡人病不能行也吁憂嘆也爾雅注引此作盱張目望遠也詳見何人斯篇

卷耳四章章四句此亦后妃所自作可以見其貞靜專一之至矣豈當文王朝會征伐之時羑里拘幽之日而作歟然不可考矣

南有樛居虯反木葛藟力軌反纍力追反之樂音洛只之氏反君子福履綏之

興也南南山也木下曲曰樛藟葛類纍猶繫也只語助辭君子自衆妾而指后妃猶言小君内子也履祿綏安也○后妃能逮下而無嫉妬之心故衆妾樂其德而稱願之曰南有樛木則葛藟纍之矣樂只君子則福履綏之矣

附錄 問樂只君子作后妃亦無害否曰以文義推之不得不作后妃若作文王恐太隔越了某所註詩傳蓋皆推尋其脉

理以平易求之不必用一毫私意大抵古人道言語自是不泥着某云詩人道言語皆發乎情又不比他書曰然可學【纂】

【疏】孔氏曰藟與葛異亦葛之類也陸璣云一名巨瓜亦延蔓生葉艾白色其子赤亦酢而不美○愚謂此詩豈后妃所以稱願文王之詩乎后妃偶見南有樛木爲葛藟之所纍因以稱願文王曰維此樂易之君子則爲福履之所綏矣味樂只之辭文王雍雍在宮之氣象亦譪然可見且承前篇朱子以爲后妃自作思念文王之意也

○南有樛木葛藟荒之樂只君子福履將之興也荒奄也將猶扶助也

○南有樛木葛藟縈烏營反之樂只君子福履成之興也縈旋成就也

樛木三章章四句

螽音終斯羽詵詵所巾反兮宜爾子孫振振音真兮比也螽斯蝗屬長而青長角長股能以股相切作聲一生九十九子詵詵和集貌爾指螽斯也振振盛貌○比者以彼物比此物也后妃不妒忌而子孫衆多故衆妾以螽斯之群處和集而子孫衆多比之言其有是德而宜有是福也後凡言比者放此

【附錄】比則入題了如此那一物說便是說實事如螽斯羽詵詵兮宜爾子孫振振兮螽斯羽一句便是說那人了下便接宜爾子孫依舊是就

螽斯羽上説更不用説實事此所以謂之比大率詩中比皆類此偶螽斯只是比盖借螽斯以比后妃之子孫衆多子孫振振却自是説螽斯之子孫不是説后妃之子孫也盖比詩多不説破這意然亦有説破者此前數篇賦比興皆已備矣自此推之令篇篇各有着落乃好時舉因云螽則是春秋所書之螽切疑斯字只是語辭恐不可把螽斯爲名曰詩中固有以斯爲語辭若如鹿斯之奔湛湛露斯之類是也然七月詩乃云斯螽動股則恐螽斯即便是名也時舉

纂疏 孔氏曰七月斯螽文雖顛倒其實一也陸氏曰幽州謂春箕即舂黍蝗類呂氏曰螽斯始化其羽詵詵然比次而起已化則齊飛薨薨然有聲旣飛復斂羽揖揖然而聚歐陽氏曰振振羣行貌繩繩齊一貌蟄蟄衆聚貌皆謂子孫之多也

○螽斯羽薨薨兮宜爾子孫繩繩兮比也薨薨羣飛聲繩繩不絶貌

○螽斯羽揖揖側立反兮宜爾子孫蟄蟄直立反兮比也揖揖會聚也蟄蟄亦多意

螽斯三章章四句

桃之夭夭於驕反灼灼其華芳無呼瓜二反之子于歸宜其室家古胡古牙二反

○興也桃木名華紅實可食夭夭少好之貌灼灼華之盛也木少則華盛之子是子也此指嫁者而言也

婦人謂嫁曰歸周禮仲春令會男女然則桃之有華正昏姻之時也宜者和順之意室謂夫婦所居家謂一門之内○文王之化自家而國男女以正婚姻以時故詩人因所見以起興而歎其女子之賢知其必有以宜其室家也 纂疏 嚴氏曰夭夭以桃言指桃之木也灼灼以華言指桃之華也桃之夭夭灼灼其華取相錯成文也曹氏曰灼灼鮮明貌 ○桃之

夭夭有蕡 浮雲反 其實之子于歸宜其家室 興也蕡實之盛也家室猶室家也 纂疏 嚴氏曰蕡大也墳爲大防鼖鼓爲大鼓有頒其首用宏茲賁同音之字皆訓大義 ○桃之

夭夭其葉蓁蓁 側巾反 之子于歸宜其家人 興也蓁蓁葉之盛也家人一家之人也 纂疏 東萊呂氏曰桃之夭夭灼灼其華因時物以發興且以比其華色也既詠其華又詠其實又詠其葉非有他義蓋餘興未已而反覆歌詠之耳

桃夭三章章四句

肅肅兔罝 子斜反又子余反與夫叶 椓之丁丁 陟耕反 赳赳武夫公侯干城 興也肅肅整飭貌罝罟也丁丁椓杙聲也赳赳武貌干盾也干城皆所以扞外而衛内者○化行俗美賢才衆

多雖罝兎之野人而其才之可用猶如此故詩人因其所事以起興而美之而文王德化之盛因可見矣【附錄】問兎罝詩
作賦看得否曰亦可作賦看但其辭上下相應恐當爲興然亦是興之賦可學【纂疏】毛氏曰杙音弋橜音撅也嚴氏曰丁
丁椓伐杙橜之聲孔氏曰扞蔽如盾防守如城先生初解文王時周人之詩極其尊稱不過曰公侯而已亦文王未稱王之一
驗也凡雅頌稱王皆追王後所作爾○肅肅兎罝施于中逵赳赳武夫
公侯好仇叶渠之反○賦也逵九達之道仇與逑同康衡引關雎亦作仇字公侯善匹猶曰聖人之耦則非特
干城而已歎美之無已也下章放此○肅肅兎罝施于中林赳赳武夫公
侯腹心興也中林林中腹心同心同德之謂則又非特好仇而已也
兎罝三章章四句【纂疏】○一說歐陽氏曰所謂武夫者論才德在周盛時不
過方叔召虎吉甫之徒三數人春秋所載諸侯賢大夫亦不過國有三數人今說詩者泥於序文莫不好
德賢人衆多之說因以謂周南舉國皆賢下至兎罝之人皆負方召吉甫春秋賢大夫之才又近誣矣又
詩本義曰捕兎之人布網道路林木之下肅肅嚴整使兎不能越逸以興周南之君列武夫守禦赳赳勇

扱与插同

力外可折其民以可爲公侯好匹忠信又可倚爲腹心以見周南之君所任守禦之夫猶如此也

采采芣苢（音浮）（苢音以）薄言采之（叶此禮反）采采芣苢薄言有之（叶羽已反）

賦也芣苢車前也大葉長穗好生道旁采始求之也有既得之也○化行俗美家室和平婦人無事相與采此芣苢而賦其事以相樂也采之未詳何用或曰其子治難產

纂疏 毛氏曰車前亦名馬舄山陰陸氏曰列子云生於陵阜則爲陵舄陸氏曰幽州謂牛舌草孔氏曰江東謂蝦蟆衣

○采采芣苢薄言掇（都奪反）之 采采芣苢薄言捋（力活反）之

賦也掇拾也捋取其子也

○采采芣苢薄言袺（音結）之 采采芣苢薄言襭（戶結反）之

賦也袺以衣貯之而執其衽也襭以衣貯之而扱其衽於帶間也

芣苢三章章四句

南有喬木不可休息（吳氏曰韓詩作思）漢有游女不可求思 漢之廣矣（叶古曠反）不可泳思（叶于誑反）江之永矣（叶弋亮反）不可

方叶甫妄反思。【興】而比也。上竦無枝曰喬。思，語辭也。篇內同。漢水出興元府嶓冢山，至漢陽軍大別山入江。江漢之俗，其女好游，漢魏以後猶然，如大堤之曲可見也。泳，潛行也。江水出永康軍岷山，東流與漢水合，東北之海。永，長也。方，桴也。○文王之化，自近而遠，先及於江漢之間，而有以變其淫亂之俗。故其出游之女，人望見之，而知其端莊靜一，非復前日之可求矣。因以喬木起興，江漢為比，而反復詠歎之也。【附錄】周南漢廣、汝墳諸詩，皆是說婦人。如此則文王之化只化及婦人，不化及男子？只看他大意，恁地拘不得。○又曰：漢廣游女，求而不可得；行露之男，不能侵陵正女。豈當時婦人蒙化，而男子則非？亦是偶然有此樣詩，說得一邊。○問：「漢之廣矣」至「不可方思」，此是興何如？曰：主意只說「漢有游女，不可求思」兩句，六句是反覆說，如「奕奕寢廟」至「遇犬獲之」，上下六句亦只興出「他人有心，予忖度之」兩句。賀孫 問：文王時紂在河北，故化只行于江漢？曰：然。西方亦有玁狁。賀孫【纂疏】孔氏曰：傳言「思，辭」，然後始言「漢上游女」，疑「息」字作「思」。詩之大體，韻在辭上，疑「休」「求」為韻，二字俱作「思」。郭氏曰：思，語辭。或用之末句，如此詩；或用之首句，如思齊大任、詠水底行。嚴氏曰：孫炎云：方，水中為簰筏，編竹曰筏，小曰桴。桴亦作泭。又曰：喬竦之木，不可休，興高潔之女，不可求。漢廣不可泳，江永不可方，見其正潔之意，使人望之而暴慢之意不作。○

翹翹祈遙反錯薪，言刈其楚。之子于歸，言秣其馬。

叶蒲補反

漢之廣矣不可泳思江之永矣不可方思 興而比也

翹翹秀起之貌錯雜也楚木名荊屬之子指游女也秣飼也以錯薪起興而欲秣其馬則悅之至以江漢爲比而歎其終不可求則敬之深 纂疏 孔氏曰楚在錯薪中尤翹翹歐陽氏曰後章極 陳氏曰其情雖可悅而不可求則見文王之化被人深矣

○翹翹錯薪言刈其蔞 力俱反 之子于歸言秣其駒

漢之廣矣不可泳思江之永矣不可方思 興而比也

蔞蔞蒿也葉似艾青白色長數寸生水澤中駒馬之小者 纂疏 陸氏曰蔞蒿正月根芽生旁莖正白食之香而脆美葉又可蒸爲茹釋文曰馬二歲曰駒

漢廣三章章八句

遵彼汝墳伐其條枚 叶莫悲反 未見君子惄 乃歷反 如調 張留反 飢

賦也遵循也汝水出汝州天息山逕蔡潁州入淮墳大防也枝曰條榦曰枚惄飢意也調一作輖重也○汝旁之國亦先被文王之化者故婦人喜其君子行役而歸因記其未歸之時思望之情如此而追賦之也 附錄 陳君舉詩

言汝墳是已被文王之化者江漢是聞文王之化而未被其澤者却有意思大雅

〔纂疏〕孔氏曰墳謂崖岸狀如墳墓名大防也東萊呂氏曰爾雅曰汝爲墳又曰汝有濆董氏曰謂大水溢出別爲小水故知墳當作濆郭璞引遵彼汝墳以證爾雅晉世學詩猶爲濆也嚴氏曰汝水周南之水程子曰君子從役於外婦人爲樵新之事嚴氏曰親伐薪則庶人之妻○遵

彼汝墳伐其條肄以自反**既見君子不我遐棄**〔賦〕也斬而復生曰肄遐遠也○伐其枚而又伐其肄則踰年矣至是乃見其君子之歸而喜其不遠棄我也○

魴符方反**魚赬**敕貞反**尾王室如燬**音毀**雖則如燬父母孔邇**〔比〕也魴魚名身廣而薄少力細鱗赬赤也魚勞則尾赤魴尾本白而今赤則勞甚矣王室指紂所都也燬焚也父母指文王也孔甚邇近也○是時文王三分天下有其二而率商之叛國以事紂故汝墳之人猶以文王之命供紂之役其家人見其勤苦而勞之曰汝之勞既如此而王室之政方酷烈而未已雖其酷烈而未已然文王之德如父母然望之甚近亦可以忘其勞矣此序所謂婦人能閔其君子猶勉之以正者蓋曰雖其別離之久思念之深而其所以相告語者獨有尊君親上之意而無情愛狎昵之私則其德澤之深風化之美皆可見矣一說父母甚近不可以懈於王事而貽其憂亦通○愚按此章說者皆就魴魚赬尾上說

婦人閔其夫行役之勞王室如燬以下說婦人勉其夫以正恐不但以小序說詩反成以詩說小序此先生去小序而未盡也竊謂詩人自說魴魚赬尾以興王室如燬一句若曰魴魚則赬尾矣王室則如燬矣赬與燬二字相應又曰雖則如燬而父王之爲我父母則甚邇也豈婦人見其夫之歸而相與慰勞之辭乎詩意不過如此魴魚赬尾何預行役之勞事而必欲強解以求合序可乎魴魚尾本赤亦不必言勞而後赤按李氏引說文及字林皆曰魴赤尾魚又引晉安海物記曰橘鬣魚猶今魴魚尾赤鬣似橘且曰觀此數說其實言尾本赤也

汝墳三章章四句

麟之趾振振音眞公子叶獎里反于音吁下同嗟麟兮○興也麟麕身牛尾馬蹄毛蟲之長也趾足也麟之足不踐生草不履生蟲振振仁厚貌于嗟歎辭○文王后妃德脩於身而子孫宗族皆化於善故詩人以麟之趾興公之子言麟性仁厚故其趾亦仁厚文王后妃仁厚故其子亦仁厚然言之不足故又嗟歎之言是乃麟也何必麕身牛尾而馬蹄然後爲王者之瑞哉○麟之定都佞反振振公姓于嗟麟兮○興也定額也麟之額未聞或曰有額而不以抵也公姓公孫也姓之爲言生也○麟之角叶盧谷反振

振振公族于嗟麟兮 興也麟一角角端有肉公族公同高祖祖廟未毀有服之親

附錄 興是以一箇物事貼一箇物事說上文興起下文便接說實事如麟之趾下文便說振振公子一箇對一箇說蓋公本是一箇好底人子也好孫也好譬如麟趾也好定也好角也好 僩 木之問麟趾騶虞之詩莫是當時有此二物出來否曰不是只是取以爲比即此便是麟趾便是騶虞 木之

纂疏 陸氏曰麟色黃圓蹄不群居不侶行不經陷阱不罹網羅王者至仁乃出餘見集傳嚴氏曰公子指周南國君之子疊山謝氏曰麟之趾之定之角美其仁頌詠其一身之間皆可貴也一章曰趾二章曰定三章曰角自下而至於上也

麟之趾三章章三句 序以爲關雎之應得之

周南之國十一篇三十四章百五十九句

按此篇首五詩皆言后妃之德關雎舉其全體而言也葛覃卷耳言其志行之在己樛木螽斯美其德惠之及人皆指其一事而言也其詞雖主於后妃然其實則皆所以著明文王身修家齊之效也至於桃夭兔罝芣苢則家齊而國治之效漢廣汝墳則以南國之詩附焉而見天下已有可平之漸

矣若麟趾之亂則又王者之瑞有非人力所致而自至者故復以是終焉而序者以爲關雎之應也夫其所以至此后妃之德固不爲無所助矣然妻道無成則亦豈得而專之哉今言詩者或乃專美后妃而不本於文王其亦誤矣

召南一之二

召地名召公奭之采邑也舊説扶風雍縣南有召亭即其地今雍縣析爲岐山天興二縣未知召亭的在何縣餘已見周南説

維鵲有巢維鳩居之叶姬御反**之子于歸百兩**如字又音亮**御之**五嫁反叶魚據反○興也鵲鳩皆鳥名鵲善爲巢其巢最爲完固鳩性拙不能爲巢或有居鵲之成巢者之子指夫人也兩一車也一車兩輪故謂之兩御迎也諸侯之子嫁於諸侯送御皆百兩也○南國諸侯被文王之化能正心脩身以齊其家其女子亦被后妃之化而有專靜純一之德故嫁於諸侯而其家人美之曰維鵲有巢則鳩來居之是以之子于歸而百兩迎之也此詩之意猶周南之有關雎也

附錄 時舉問召南之有鵲巢猶周南之有關雎關雎言窈窕淑女則是明言后妃之德也惟鵲巢三章皆不言夫人之德如何曰鳩之爲物其性靜專無比可借以見夫人之德也時舉

纂疏 孔氏曰月令十

二月鵲始巢鄭氏曰冬至架之春乃成嚴氏曰開户向太一背太歳孔氏曰鳩鳲鳩秸鞠布穀也歐陽氏曰今所謂布穀戴勝者與鳩絶異惟今人直謂之鳩者拙鳥也不能作巢多在屋瓦間或於樹上架構樹枝初不成巢使以生子往往墜雛鵲作巢甚堅既生雛散飛則棄去容有鳩來處彼空巢張氏曰鵲巢鳩居未必有此理止取二物爲喻呂氏曰但取鳩不自巢居鵲之成巢非取鵲之强而不淫亦非取鳩有均養之德張氏曰惟其能靜專而端然享之是乃夫人之德有所作爲則非婦道矣

○維鵲有巢維鳩方之之子于歸百兩將之【興】也方有之也將送也【纂疏】黄氏曰將只是將其厚意之將

○維鵲有巢維鳩盈之之子于歸百兩成之【興】也盈滿也謂衆媵姪娣之多成成其禮也【纂疏】疊山謝氏曰一章曰居鳩居鵲巢夫人始歸其夫家也二章曰方方正也鳩能正鵲之成巢夫人能正其家也三章曰盈鳩生子盈滿其巢夫人子孫衆多而滿其室家也又曰一章曰御夫人初嫁國君親迎御輪之幣必百兩也二章曰將夫人初嫁所將幣帛必百兩也三章曰成御以百兩送以百兩宜其室家而婦道成也一節深一節自有次序

鵲巢三章章四句

于以采蘩于沼于沚于以用之公侯之事 叶上止反○ 賦也于於也蘩白蒿也沼池也沚渚也事祭事也○南國被文王之化諸侯夫人能盡誠敬以奉祭祀而其家人敘其事以美之也或曰蘩所以生蠶蓋古者后夫人有親蠶之禮此詩亦猶周南之有葛覃也

附錄 問采蘋蘩以供祭祀采枲耳以備酒漿后妃夫人恐未必親為之曰詩人且是如此說德明 時舉 問采蘩只作祭事說自是曉然若作蠶事雖與葛覃同類而恐實非也葛覃是女工采蘩是婦職以為同類亦無不可何必以為蠶事而後同耶曰此說亦姑存之而已 時舉

纂疏 陸氏曰蘩春始生可茹香美又可蒸及秋名蒿孔氏曰蒿非水菜謂於其傍采之長樂劉氏曰尊祭祀故直謂之事春秋有事于太廟是也

○于以采蘩于澗之中于以用之公侯之宮 賦也山夾水曰澗宮廟也或曰即記所謂公桑蠶室也

○被 皮寄反 之僮僮 音同 夙夜在公被之祁祁薄言還歸 賦也被首飾也編髮為之僮僮竦敬也夙早也公公所也祁祁舒遲貌去事有儀也祭義曰及祭之後陶陶遂遂如將復入然不欲遽去愛敬之無已也或曰公亦即所謂公桑也

纂疏 孔氏曰被者少牢云主婦被裼此周禮所謂次也次第髮長短為之所謂髮髢也又曰剔賤者或刑者髮以被婦人之紒音計為飾因名髮髲被

鬄髢嚴氏曰天官六服褖衣爲進朝於王之服首則服次凡諸侯國夫人於其國衣服與王后同夫人祭祀不應服次曹氏謂此在商時與周禮異先生初解公所謂宗廟之中非私室也疊山謝氏曰公齋廬之類

采蘩三章章四句

喓喓於遙反草蟲趯趯託歷反阜螽未見君子憂心忡忡敕中反亦既見止亦既覯止我心則降戶江反叶乎攻反○賦也喓喓聲也草蟲蝗屬奇音青色趯趯躍貌阜螽蠜也忡忡猶衝衝也止語辭覯遇降下也○南國被文王之化諸侯大夫行役在外其妻獨居感時物之變而思其君子如此亦若周南之卷耳也【纂疏】毛氏曰草蟲常羊孔氏曰似蝗處草中色青名負蠜嚴氏曰負螽蝗也蠜也即螽斯也山陰陸氏曰草蟲鳴阜螽躍而從之故阜螽曰蠜草蟲謂之負蠜李氏曰出車詩亦曰喓喓草蟲趯趯負螽未見君子憂心忡忡既見君子我心則降亦是行役之詩故其妻憂思如此疊山謝氏曰降猶今人云放下心也

○陟彼南山言采其蕨未見君子憂心惙惙張劣反亦既見止亦既覯止我心則說音悅○賦也登山蓋託以望君子蕨鼈也初生無葉時可

食亦感時物之變也惙惙憂貌纂疏陸氏曰蕨周秦曰蕨齊魯曰虌○陟彼南山言采其薇未見君子我心傷悲亦既見止亦既覯止我心則夷賦也薇似蕨而差大有芒而味苦山間人食之謂之迷蕨胡氏曰疑即莊子所謂迷陽者夷平也纂疏陸氏曰薇亦山菜莖葉皆似小豆蔓生其味亦如小豆今官園種之以供宗廟祭祀項氏曰薇今之野豌豆蜀人謂之巢菜豐山謝氏曰忡忡心不寧也惙惙憂之深不止於忡忡矣傷則惻然而痛悲則無聲之哀傷悲則憂之極又不止於惙惙矣此未見而憂一節緊一節也降則心稍放下悅則喜動于中夷則心和氣平無思無慮憂樂兩忘矣此既見之喜一節深一節也愚觀此詩每章自有三節蟲鳴螽躍采蕨采薇之時是一般意思其心動於男女之欲忡忡惙惙傷悲之時是一般意思其心主於夫婦之義我則降則悅則夷之時是一般意思其心安於性情之正

草蟲三章章七句

于以采蘋南澗之濱于以采藻于彼行潦音老○賦也蘋水上浮萍也江東人謂之薸濱厓也藻聚藻也生水底莖如釵股葉如蓬蒿行潦流潦也○南國被文王之化大夫妻能奉祭祀而其家

以叙其事【纂疏】嚴氏曰本草水萍有三種大者曰蘋葉圓闊寸許季春始生可糝蒸爲茹中者曰荇菜小者水上浮萍江東謂之薸毛氏以蘋爲大萍是也郭璞以蘋爲水上浮萍即江東謂之薸是以小萍爲大萍誤矣蘋可茹而薸不可茹豈有不可茹之薸而乃用以供祭祀乎陸氏曰藻生水底有二種一葉似雞蘇莖大如筯長四五尺一莖如釵股葉似蓬蒿二者皆可食熟煮挼去腥氣米麪糝蒸爲茹佳美荆揚飢荒可充食

○于以盛音成之維筐及筥居呂反于以湘之維錡宜綺反及釜符甫反○賦也方曰筐圓曰筥湘亨煮也盖粗熟而淹以爲菹也錡釜屬有足曰錡無足曰釜○此足以見其循序有常嚴敬整飭之意【纂疏】曹氏曰筐筥皆竹器

○于以奠之宗室牖下叶後五反誰其尸之有齊側皆反季女賦也奠置也宗室大宗之廟也大夫士祭於宗室牖下室西南隅所謂奧也尸主也齊敬貌季少也祭祀之禮主婦主薦豆實以葅醢少而能敬尤見其質之美而化之所從來者遠矣【纂疏】一說季氏曰記昏義古者婦人先嫁三月祖廟未毀教于公宮祖廟既毀教于宗室教以婦言婦德婦容婦功教成之祭牲用魚芼用蘋藻所以成婦順也芼用蘋藻即所謂采蘋采藻也教於宗室即所謂宗室牖下也詩言教成之祭主之者何人乃有齊敬之季女也王氏以爲女既嫁然既嫁爲大夫妻

安得稱女則知季女乃未嫁之女也
鄭氏蘇黄門皆此說李氏本之誤備

采蘋三章章四句

蔽芾非貴反**甘棠勿翦勿伐召伯所茇**蒲曷反○賦也蔽芾盛貌甘棠杜梨也白者爲棠赤者爲杜翦翦其枝葉也伐伐其條榦也伯方伯也茇草舍也○召伯循行南國以布文王之政或舍甘棠之下其後人思其德故愛其樹而不忍傷也【纂疏】鄭氏曰召伯姬姓名奭食采於召作上公爲二伯後人美其功故言伯二云釋文曰召伯召康公也燕世家云與周同姓○**蔽芾甘棠勿翦勿敗召伯所憩**起例反○賦也敗折憩息也勿敗則非特勿伐而已愛之愈久而愈深也下章放此○**蔽芾甘棠勿翦勿拜**叶變制反**召伯所說**始銳反○賦也拜屈說舍也勿拜則非特勿敗而已【纂疏】郭氏曰甘棠今之杜梨山陰陸氏曰赤棠與白棠同耳但子有赤白美惡白色爲棠甘棠也赤色澁而酢無味俗語澁如杜是也黄氏曰切意此詩作於武王之時在文王時方爲西伯召公無稱伯之理嚴氏曰武王分周召爲二伯是作於武王之時也作詩雖在後明教前乎此矣一南皆文王詩也又曰始則相戒不可斬伐而去之中則相戒豈特不可斬伐但

殘壞之亦不可終則相戕賊豈特不可殘壞但低屈之亦不可變之愈深護之愈至也

甘棠三章章三句

厭於葉反浥於及反行露豈不夙夜叶羊茹反謂行多露賦也厭浥濕意行道夙早也○南國之人遵召伯之教服文王之化有以革其前日淫亂之俗故女子有能以禮自守而不爲强暴所汚者自述己志作此詩以絶其人言道間之露方濕我豈不欲早夜而行乎畏多露之沾濡而不敢爾蓋女子早夜獨行或有强暴侵陵之患故託以行多露而畏其沾濡也○誰謂雀無角叶盧谷反何以穿我屋誰謂女音汝無家叶音谷何以速我獄雖速我獄室家不足興也家謂以媒聘求爲室家之禮也速召致也○貞女之自守如此然猶或見訟而召致於獄因自訴而言人皆謂雀有角故能穿我屋以興人皆謂汝於我嘗有求爲室家之禮故能致我於獄然不知汝雖能致我於獄而求爲室家之禮初未嘗備如雀雖能穿屋而實未嘗有角也○誰謂鼠無牙叶五紅反何以穿我墉誰謂女無家叶各空反何以速我訟叶祥容反雖速我訟亦

蛇韓詩作● 隋 羔衣唐

不女從【興】也牙牡齒也墉墻也○言汝雖能致我於訟然其求爲室家之禮有所不足則我亦終不汝從矣【纂】【疏】楊氏曰牙牡齒鼠無牡齒今曰鼠無牙謂無牡齒耳山陰陸氏曰鼠有齒而無牙嚴氏曰召南之國有男侵淩女女不從遂誣女以有室家之約而召伯聽其訟此詩述女子自訴之辭雀有咮音晝而無角鼠有齒而無牙事有可疑而實不然者誰言雀之無角乎雀若無角何以能穿我屋也然雀之穿屋實以咮不以角也誰信鼠之無牙乎鼠若無牙何以能穿我墉也然鼠之穿墉實以齒非以牙也以興下文誰言汝男子於我無室家之事乎若無室家之事何以速我獄訟也然雀實無角鼠實無牙男子乃是侵淩實無室家之事惟召公明决故斷男子雖召我獄而室家之道終不足謂誣我以訟此非室家之道不與汝爲夫婦也○愚謂室家不足是終不與成夫婦亦不汝從是終不從汝室家不足是終不成夫婦之意

行露三章一章三句二章章六句

羔羊之皮叶蒲何反素絲五紽徒何反退食自公委於危反蛇音移叶唐何反

委蛇【賦】也小曰羔大曰羊皮所以爲裘大夫燕居之服素白也紽未詳蓋以絲飾裘之名也退食退朝而食於家也自公從公門而出也委蛇自得之貌○南國化文王之政在位皆節儉正直故詩人美其衣服有常而從容自

得如此也【疏】孔氏曰紽總之數有五紽亦縫也繊素絲爲組紃以英飾裘之縫中紃亦組之類素絲非線也紃音旬曹氏曰一裘之功必合衆裘而成故其縫殺不一鄭氏曰合五羊之皮爲一裘猶其合數以素絲爲英飾也百里奚衣五羊之皮蓋做古制錢氏曰兩皮之縫不易合故織白絲爲紃施之縫中連屬兩皮因以爲飾【疊山謝氏曰】召南大夫有潔白之操稱潔白之服中心無愧怍故外貌有威儀德行可法故容止可觀進退可度委蛇委蛇此泰然自得之貌也使胸中微有愧怍其步趨非燥則急不失之遲則失之速安能委委蛇蛇哉○愚謂孔氏紽緎總皆訓作縫切意名義微異縫之突兀謂之紽有界限謂之緎合二爲一謂之總也

○羔羊之革叶訖力反素絲五緎音域委蛇委蛇自公退食【賦】也革猶皮也緎裘之縫界也【疏】孔氏曰獸皮治去其毛曰革對文則異散文則通

○羔羊之縫符龍反素絲五總子公反委蛇委蛇退食自公【賦】也縫縫皮合之以爲裘也總亦未詳

羔羊三章章四句

殷音隱其雷在南山之陽何斯違斯莫敢或遑振振音眞

君子歸哉歸哉興也殷靁聲也山南曰陽何斯斯此人也違斯斯此所也遑暇也振振信厚也○南國被文王之化婦人以其君子從役在外而思念之故作此詩言殷殷然靁聲則在南山之陽矣何此君子獨去此而不敢少暇乎於是又美其德且冀其早畢事而還歸也

附錄 問殷其靁詩比君子于役之類莫是寬緩和平故入正風曰固然但正變風亦是後人如此分別當時亦只是大約如此取之聖人之言在春秋易書無一字虛至於詩則發乎情不同可學

纂疏 黃氏曰南山之陽南山之側南山之下皆是一意但便韻叶聲耳不必求異義也張氏曰如鸛鳴婦歎之義將風雨則思念行者

○殷其靁在南山之側叶莊力反何斯違斯莫敢遑息振振君子歸哉歸哉興也息止也○殷其靁在南山之下叶後五反何斯違斯莫或遑處尺煮反振振君子歸哉歸哉興也

纂疏 疊山謝氏曰始不敢暇中不敢止終不暇居處一節緊一節此詩人法度也

殷其靁三章章六句

摽婢小反有梅其實七兮求我庶士迨其吉兮賦也摽落也梅

木名，華白，實似杏而酸。庶，衆。迨，及也。吉，吉日也。○南國被文王之化，女子知以貞信自守，懼其嫁不及時而有强暴之辱也。故言梅落而在樹者少，以見時過而太晚矣。求我之衆士，其必有及此吉日而來者乎？

○**摽有梅，其實三**叶疏簪反**兮。求我庶士，迨其今兮。**

賦也。梅在樹者三，則落者又多矣。今，今日也。蓋不待吉矣。

○**摽有梅，頃**音傾**筐塈**許器反**之。求我庶士，迨其謂之。**

賦也。塈，取也。頃筐取之，則落之盡矣。謂之，則但相告語而約可定矣。

【附錄】問：摽有梅一詩，何以得入於正風？曰：此乃當文王與紂之世，方變惡入善，未可全責備。可李問：摽有梅詩固是出於正，只是如此急迫，何耶？曰：此亦是人之情。嘗見晉宋間有怨父母之詩。讀詩者於此亦欲達男女之情。文蔚又曰：向見東萊麗澤詩有唐人女言兄嫂不以嫁之詩，亦自鄙俚可惡。後來思之，亦自是人之情處，為父母者能於是而察之，則必使之及時矣。此所謂詩可以觀。木之

【纂疏】○一說：黃氏曰：迨其吉兮，以為衆士之求我，必擇吉士以從之；迨其今兮，以為當其時也；迨其謂之，以為男女固欲及時，而亦必以正，雖盛年之當嫁，亦必待父母之命、媒妁之言也。歐陽公曰：古者婚禮不自為主，人求我庶士，非男女自相求。詩人引梅以興物之盛時不可久，以言召南之人顧其男女方盛之年，懼其過時而至衰落，乃求於庶士以相婚姻也。吉，宜也。求其相宜者。今者，時也，欲及時也。謂

相語也遣媒妁相語以求之也○愚按此二説雖非文公説亦
未必果得詩人本意第黄意甚善亦可以少抑深閨讀詩之女
慾動情勝之心歐公之意乃爲人
父母之責也故并籙之以備覽焉

摽有梅三章章四句

嘒呼惠反彼小星三五在東肅肅宵征夙夜在公寔命
不同　興也嘒微貌三五言其稀蓋初昏或將旦時也肅肅齊
遬貌宵夜征行也寔與實同命謂天所賦之分也○南
國夫人承后妃之化能不妬忌以惠其下故其衆妾美之如此
蓋衆妾進御於君不敢當夕見星而往見星而還故因所見以
起興其於義無所取特取在東在公兩字之相應耳遂言其所
以如此者由其所賦之分不同於貴者是以深以得御於君爲
夫人之惠而不敢致纂疏鄭氏曰毛謂三心五噣噣音晝噣即柳
怨於來往之勤也　也天文志星經以柳爲八星又心以
三月見東噣以正月見東詩人言一時所見則五非噣明矣○
愚按集傳但謂三五言其稀嚴氏小謂衆無名之小星况三非
特心柳本非五不必指心柳也○嘒彼小星維參所林反與昴叶力求反肅肅
宵征抱衾與裯直留反寔命不猶　興也參昴西方二宿之名衾被也裯禪被也興

亦取與昴與裯二字相應猶亦同也纂疏孔氏曰參白虎宿三星故綢繆傳云三星參也昴六星二星皆西方宿鄭氏曰參昴比小星爲大

小星二章章五句

呂氏曰夫人無妬忌之行而賤妾安於其命所謂上好仁而下必好義者也

江有汜音祀叶羊里反之子歸不我以不我以其後也悔叶虎猶反○興也水決復入爲汜今江陵漢陽安復之間蓋多有之之子媵妾指嫡妻而言也婦人謂嫁曰歸我媵自我也能左右之曰以謂挾已而偕行也○是時汜水之旁媵有待年於國而嫡不與之偕行者其後嫡被后妃夫人之化乃能自悔而迎之故媵見江水之有汜而因以起興言江猶有汜而之子之歸乃不我以雖不我以然其後也亦悔矣附錄問江有汜詩序有勤而無怨之說曰便是序不可信如此今但信詩不必信序只看詩中說不我以不我與不我過便見得不與同去之意安得勤而無怨之意器之纂疏爾雅云凡水之岐流復還本水者名汜李氏曰古者嫁女以娣姪從謂之媵春秋書齊人來媵晉人來媵公羊曰諸侯一娶九女二國媵之以娣姪從鄭氏曰姪兄子娣女弟○

江有渚之子歸

不我與不我與其後也處興也渚小洲也水岐成渚與猶以也處安也得其所安也○

江有沱徒何反之子歸不我過音戈不我過其嘯也歌興也

沱江之別者過謂過我而與俱也嘯蹙口出聲以舒憤懣之氣言其悔時也歌則得其所處而樂矣纂疏爾雅云水自河出爲灉漢爲潛江爲沱孔氏曰皆大水別爲小水之名禹貢荆梁皆有沱潛若以水從江漢出者皆曰沱潛故二州皆有也

江有沱三章章五句陳氏曰小星之夫人惠及媵妾而媵妾盡其心江沱之嫡惠不及媵妾而媵妾不怨蓋父雖不慈子不可以不孝各盡其道而已矣

野有死麕俱倫反與春叶白茅包叶補苟反之有女懷春吉士誘之

興也麕獐也鹿屬無角懷春當春而有懷也吉士猶美士也○南國被文王之化女子有貞潔自守不爲強暴所汚者故詩人因所見以興其事而美之或曰賦也言美士以白茅包死麕而誘懷春之女也纂疏孔氏曰齊人謂麕爲麞毛氏曰懷思也嚴氏曰春者天地交感萬物孳生之時聖人順天地萬物之情令媒氏以中春會男女故女之懷婚姻者謂之懷春此詩言野有死麕人欲取其肉猶以白茅包裹之有女懷春汝吉士何不以禮聘之乃誘之乎無禮者豈吉士但美其稱以責之

言汝本善良何乃如此○林有樸蒲木反樕音速野有死鹿白茅純徒尊

反束有女如玉興也樸樕小木也鹿獸名有角純束猶包之也如玉者美其色也上三句興下一句也或

曰賦也言以樸樕藉死鹿束以白茅而誘此如玉之女也【纂疏】嚴氏曰樸樕可薪死鹿可食人猶以白茅純聚而包束之

況有女如玉乃不以禮娶而誘之乎毛氏曰玉德如玉也○舒而脫脫勑外反兮無感我

帨始銳反兮無使尨美邦反也吠符廢反○賦也舒遲緩也脫脫舒緩貌感動帨巾尨犬也

○此章乃述女子拒之之辭言姑徐徐而來毋動我之帨毋驚我之犬以甚言其不能相及也其凜然不可犯之意蓋可見矣

【纂疏】孔氏曰內則子事父母婦事舅姑皆左佩紛帨注紛帨拭物之巾也毛氏曰尨犬之多毛者○愚謂舒非但爲遲緩

有舒闔之意脫脫不但爲舒緩有脫去之意與昆夷駾矣義同彼從馬此從肉以身言也首章云吉士誘之是言其相聚而以

言挑誘之也至此則述其拒之之辭使之舒闔脫脫然而去莫留此以動我身之帨拒之使遠其身也莫留此以驚我家之犬

又拒之使遠其家也此可以見其凜然不可犯之意矣

野有死麕三章二章章四句一章三句

棣与常棣迥異似人多不分別華言扶移白楊亦名移高大其花叢即詩所謂其言郁李車下李一名小雅所謂棣是也移即所謂海棠即今人所謂枇也

何彼穠奴容反與雝叶**矣唐棣**徒帝反**之華**芳無胡瓜二反**曷不肅雝王姬之車**斤於尺奢二反○興也穠盛也猶曰戎戎也唐棣移也似白楊肅敬雝和也周王之女姬姓故曰王姬○王姬下嫁於諸侯車服之盛如此而不敢挾貴以驕其夫家故見其車者知其能敬且和以執婦道於是作詩美之曰何彼戎戎而盛乎乃唐棣之華也此何不肅肅而敬雝雝而和乎乃王姬之車也此乃武王以後之詩不可的知其何王之世然文王太姒之教久而不衰亦可見矣

附録 問何彼穠矣之詩何以録於召南曰也是有此一不穩當但先儒相傳如此說也只得恁地就他說必要分正變也難考據

纂疏 一說嚴氏謂陸璣以唐棣為薁李即七月之薁璣又謂一名爵李本草有薁李仁亦一名爵李未知與移同否○

何彼穠矣華如桃李平王之孫齊侯之子叶奨里反○興也李木名華白實可食舊說平正也武王女文王孫適齊侯之子或曰平王即平王宜臼齊侯即襄公諸兒事見春秋未知孰是○以桃李二物興男女二人也

附録 何彼穠矣此詩義疑故兩存之東遷之初王室猶未甚卑也王命諸侯固有不斥其名者如微子畢公之類文侯當時既有大功稱字或是禮秩當然未可便為王室衰弱之證荅蕭恭叔

纂疏 黃氏曰春秋莊九年夏書曰送王姬秋書築王姬之館于外冬書王姬歸于齊莊九年即莊王四年故

以平王為東遷之王然春秋所書王姬與齊襄公之淫僻何足
美詩自周太師所編經吾夫子手豈若是失倫哉○愚謂以為
東遷之王齊國之侯與春秋且迄協而黃氏所謂齊襄淫僻何足
美不足為惑蓋此詩特自其婚姻之初時美之也然以東周之
詩得入召南之風而黃氏所謂周太師編後經吾夫子手不應
若此其失倫者誠為可疑豈秦火之餘漢儒區區修補不免簡
編錯雜之患耶是未可知也然則此說只當
如集傳作或曰以附之俾讀者知其說可也○其釣維何維
絲伊緡齊侯之子平王之孫叶須倫反○賦也伊亦維也緡綸也絲之合而為綸猶男
女之合而為昏也

何彼襛矣三章章四句

彼茁則劣反者葭音加壹發五豝百加反于音吁下同嗟乎騶虞
叶音牙○賦也茁生出壯盛之貌葭蘆也亦名葦發發矢豝牡
豕也一發五豝猶言中必疊雙也騶虞獸名白虎黑文不食生
物者也○南國諸侯承文王之化脩身齊家以治其國而其仁
民之餘恩又有以及於庶類故其春田之際草木之茂禽獸之
多至於如此而詩人述其事以美之且歎之曰
此其仁心自然不由勉強是即真所謂騶虞矣○彼茁者蓬

壹發五豵（子公反），于嗟乎騶虞（叶五紅反）。○賦也。蓬，草名。一歲曰豵，亦小豕也。

【附錄】騶虞詩仁在發之前，彼庶類蕃植者仁也；一發五豝者義也。人傑又曰：蓋於田獵之際，見動植之蕃庶，因以贊詠文王平昔仁澤之所及，而非指田獵之事為仁也。禮曰：無事而不田曰不敬。故此詩彼茁者葭，仁也；一發五豝，義也。【纂疏】李氏曰：葭，葦之末秀者。嚴氏曰：葭、蘆、葦，又名華，一物四名，解見七月。○一說毛氏曰：虞人翼五豝以待發。孔氏曰：五豝止一發，中則殺一而已，仁心之至，不忍盡殺故也。歐陽氏曰：漢世詩說四家，毛最後。當毛詩未出之前，說者不以騶虞為獸也。文帝時【賈誼新書】謂騶者文王之囿名，虞者囿之司獸也。若依毛、鄭解，豈有上句方叙文王田獵發矢射豝，下直嘆騶虞不食生物，若此乃是刺文王曾騶虞之不若矣。【本義】詩首句言田獵之得時，次言君仁不盡殺，卒嘆虞人之得禮。○愚按歐公說，集傳已略載在詩序下，故纂以備覽焉。或曰以于嗟麟兮證之，則騶虞只當為獸名。愚謂于嗟麟兮自嘆麟，于嗟乎騶虞自嘆虞官，義自不相妨也。

騶虞二章，章三句

文王之化始於關雎，而至於麟趾，則其化之入人者深矣。形於鵲巢，而及於騶虞，則其澤之及物者廣矣。蓋意誠心正之功不息而久，則其熏烝透徹，融液周徧，自有不能已者，非智力之私所能及也。故序以騶虞為鵲巢之應，而見王道之成，其必有所傳矣。

召南之國十四篇四十章百七十七句 愚按

鵲巢至采蘋言夫人大夫妻以見當時國君大夫被文王之化而能脩身以正其家也甘棠以下又見由方伯能布文王之化而國君能脩之家以及其國也其詞雖不及於文王者然文王明德新民之功至是而其所施者溥矣抑所謂其民皥皥而不知爲之者與唯何彼穠矣之詩爲不可曉當闕所疑耳○周南召南二國凡二十五篇先儒以爲正風今姑從之○孔子謂伯魚曰女爲周南召南矣乎人而不爲周南召南其猶正牆面而立也與○儀禮鄉飲酒鄉射燕禮皆合樂周南關雎葛覃卷耳召南鵲巢采蘩采蘋燕禮又有房中之樂鄭氏注曰弦歌周南召南之詩而不用鐘磬云房中者后夫人之所諷誦以事其君子○程子曰天下之治正家爲先天下之家正則天下治矣二南正家之道也陳后妃夫人大夫妻之德推之士庶人之家一也故使邦國至於鄉黨皆用之自朝廷至於委巷莫不謳吟諷誦所以風化天下

詩卷第一

詩卷第二

朱子集傳

新安後學胡一桂附錄纂疏

邶一之三

邶鄘衛三國名在禹貢冀州西阻太行北逾衡漳東南跨河以及兗州桑土之野及商之季而紂都焉武王克商分自紂城朝歌而北謂之邶南謂之鄘東謂之衛以封諸侯邶鄘不詳其始封衛則武王弟康叔之國也衛本都河北朝歌之東淇水之北百泉之南其後不知何時并得邶鄘之地至懿公為狄所滅戴公東徙渡河野處漕邑文公又徙居于楚丘朝歌故城在今衛州衛縣西二十二里所謂殷墟衛故都即今衛縣漕楚丘皆在滑州大抵今懷衛澶相滑濮等州開封大名府界皆衛境也但

水名在衛丘名
漕音糟

邶鄘地既入衛其詩皆為衛事而猶繫其故國之名則不可曉而舊説以此下十三國皆為變風焉〔附〕〔錄〕大序言一國之事係一人之本謂之風所以析衛邶鄘衛先生曰詩古之樂也亦如今之歌曲音各不同衛有衛音鄘有鄘音邶有邶音故詩有鄘音者係之鄘有邶音者係之邶去為變風又多是淫亂之

詩故班固言男女相與歌詠以言其傷是也聖人存
此亦以見上失其教則民欲動情勝其弊至此故曰
詩可以觀【纂疏】程氏曰諸侯擅相侵伐衛首幷邶鄘
也大雅之地故爲變風之首嚴氏曰夫婦之
經萬化之原關雎鵲巢爲三百篇綱領風之正也反
乎此者變也邶鄘衛皆衛風也衛禍基於衽席覃及
宗社居變風之首二南之變也王道盛則諸侯不得
擅相幷存邶鄘之名不與衛之滅國也邶列其右衛
後於鄘世次也竹房張氏曰正風以關雎爲首者后
妃之賢能佐文王之化得夫婦人倫之至正者也變
風以邶柏舟爲首者莊姜雖賢莊公暴慢狂蕩使妾
上僭而正嫡失位處夫婦人倫之變者莫先乎此次
鄘柏舟者處子母之變也然處夫婦之變下靜自守
而不忍斥言其夫處子母之變以死誓無他感動其
母然母之慈愛猶可回也共姜處之易夫之昏惑不
可移故莊姜處之難此所以冠鄘衛居變風之首也

汎芳劒反彼柏舟亦汎其流耿耿古幸反不寐如有隱憂
微我無酒以敖五羔反以遊【比】也汎流貌柏木名耿耿小明憂之貌也隱痛也微猶非也○
婦人不得於其夫故以柏舟自比言以柏爲舟堅緻牢實而不
以乘載無所依薄但汎然於水中而已故其隱憂之深如此非

爲無酒可以遨遊而解之也列女傳以此爲婦人之詩今考其辭氣卑順柔弱且居變風之首而與下篇相類豈亦莊姜之詩也歟

附錄 問況彼柏舟亦汎其流注作比義看來與關關雎鳩在河之洲亦無異彼何以爲興荅云他下面便說淑女見得是因彼興此此詩才說柏舟下面更無貼意見得其義是比時舉

纂疏 嚴氏曰詩有柏舟松舟楊舟皆言舟義不在於柏於與松楊也又曰二柏舟用意皆在下句邪邶柏舟在於亦汎其流鄘柏舟在於在彼中河也

○我心匪鑒不可以茹如預反亦有兄弟不可以據薄言往愬逢彼之怒

賦也鑒鏡茹度據依愬告也○言我心既非鑒而不能度物雖有兄弟而又不可依以爲重故往告之而反遭其怒也

纂疏 歐陽氏曰鑒納影在內不擇妍醜皆納其影我心不能兼容善惡嚴氏曰柔則茹之爲吞物之意鑒可茹與石可轉席可卷同意

○我心匪石不可轉也我心匪席不可卷眷勉反也威儀棣棣不可選也

賦也棣棣富而閑習之貌選簡擇也○言石可轉而我心不可轉席可卷而我心不可卷威儀無一不善又不可得而簡擇取舍皆自反而無闕之意

○憂心悄悄七小反慍于群小覯古豆反閔既多受侮不少靜言思之

寤辟避亦反有摽符小反○閔也悄悄憂貌慍怒意群小衆妾也言見怒於衆妾也覯見閔病也辟拊心也
摽拊心貌【孔疏】孔氏曰寤覺之中拊心而手摽然○日居月諸胡迭待結反而微
心之憂矣如匪澣戶管反衣靜言思之不能奮飛【曰】也居諸
語辭迭更微虧也匪澣衣謂垢汙不濯之衣奮飛如鳥奮翼而飛去也○言日當常明月則有時而虧猶正嫡當尊衆妾當卑
今衆妾反勝正嫡是日月更迭而虧是以憂之至於
煩冤憒眊如衣不澣之衣恨其不能奮起而飛去也【附錄】陳器之疑
柏舟詩解日居月諸胡迭而微太深又要辨賦比興之體曰賦
比興固不可以不辨然讀詩者須當諷味看他詩人之意是在
甚處如柏舟婦人不得於其夫宜其怨之深矣而其言曰我思
古人實獲我心又曰靜言思之不能奮飛其辭氣忠厚惻怛怨
而不過如此所謂止乎禮義而中喜怒哀樂之節者所以雖爲
變風而繼二南之後者以此臣之不得於其君子之不得於其
父弟之不得於其兄朋友之不相信皆當以此爲法如屈原不
忍其憤懷沙赴水此賢者之過也賈誼之歷九州而相其君兮
何必懷此都也又失之遠矣讀詩須合如此看所謂詩可以興
可以觀可以群可以怨是詩中一箇大義不可不理會得又曰
古人胷中發出意思自好看着三百篇詩則後來之詩多不足
觀矣　閩祖器之問靜言思之不能奮飛猶似未有和平意曰也

只是如此說無過當處既有可怨之事亦須還他有些怨底意思終不成只如平時却與土木相似只看舜之號泣旻天更有甚於此者喜怒哀樂但發之不過其則耳亦豈可無聖賢處憂處只要不失其正如綠衣言我思古人實獲我心這般意思却又分外好柏舟詩只說到靜言思之不能奮飛綠衣詩說我思古人實獲我心此可謂止乎禮義所謂可以怨便是喜怒哀樂發而皆中節處求之【纂疏】嚴氏曰微謂不明也日月食則不明十月之交云彼月而微此日而微

柏舟五章章六句○愚按嚴氏曰劉向列女傳以邶柏舟爲衛宣夫人之詩此魯詩說也孔叢子載孔子讀柏舟見匹夫執志之不可易則非婦人之詩矣愚謂此詩辭氣誠爲卑弱而未云不能奮飛尤可見婦人詩何則人臣道合則從不合則去是猶有可去之義也若妻氏則無可去之義矣故曰不能奮飛味不能之辭則是非不欲去是欲去而不能耳況以下四篇皆婦人作二南與鄘柏舟皆首婦人亦是一證孔叢子之說恐不足爲據

綠兮衣兮綠衣黄裏心之憂矣曷維其已比也綠蒼勝黄之間色黄中央土之正色閒色賤而以爲衣正色貴而以爲裏言皆失其所也已止也○莊公惑於嬖妾夫人莊姜賢而失位故作此詩

言綠衣黃裏以比賤妾尊顯而正【纂疏】曹氏曰莊公揚武公子
嫡幽微使我憂之不能自已也頃侯曾孫孔氏曰諸侯
夫人祭服之下鞠衣爲上展衣次之褖衣次之鞠衣黃展衣白
褖衣黑皆以素紗爲裏張氏曰綠衣之憂憂在宗國豈特一身
之私疊山謝氏曰嫡妾易位尊卑不明家不齊則國不治莊姜
之身豈但憂一身哉爲君憂爲君之子憂爲國家後日憂其憂
何時能止乎 ○ 綠兮衣兮綠衣黃裳心之憂矣曷維其亡
比也上曰衣下曰裳記曰衣正色裳閒色今以綠爲衣 ○ 綠
而黃者自裏轉而爲裳其失所益甚矣亡之爲言忘也
兮絲兮女音汝所治平聲兮我思古人俾無訧音尤叶于其反兮
比也女指其君子而言也治謂理而織之也俾使訧過也○言
綠方爲絲而女又治之以比妾方少艾而女又嬖之也然則我
將如之何哉亦思古人有嘗遭此而善【纂疏】○一說嚴氏曰綠
處之者以自厲焉使不至於有過而已本絲也乃汝染治
以爲綠既已爲綠豈復可爲衣而加
黃於上乎譬既爲妾不可僭嫡也 ○ 絺兮綌兮淒七西反
其以風叶孚愔反我思古人實獲我心【比】也淒寒風也○絺綌而遇寒風猶己之
過時而見棄也故思古人之善處【附錄】問我思古人實獲我心
比者眞能先得我心之所求也二句曰言古人所爲恰

與我合只此便是至善前乎千百世之已往後乎千百世之未來只是此道理孟子所謂得志行乎中國若合符節政謂是尒伯豐

【纂疏】嚴氏曰女子之情饒怨此詩但刺莊公不能正嫡妾之分其辭氣温柔敦厚如此故曰詩可以怨

綠衣四章章四句 莊姜事見春秋傳此詩無所考姑從序說下三篇同

燕燕于飛差初宜反池其羽之子于歸遠送于野叶上與反瞻望弗及泣涕如雨【興】也燕鳦也謂之燕燕者重言之也差池不齊之貌之子指戴嬀也歸大歸也○莊姜無子以陳女戴嬀之子完爲己子莊公卒完即位嬖人之子州吁弒之故戴嬀大歸于陳而莊姜送之作此詩也

【纂疏】孔氏曰燕燕古人重言之漢書童謠燕燕尾涏涏是也毛氏曰歸歸宗也郊外曰野蘇氏曰禮婦人送迎不出門遠送至野情之所不能已也嚴氏曰風人含不盡之意此但叙離別之恨而子弒國危之戚皆隱然在不言之中矣

○燕燕于飛頡戶結反之頏戶郎反之子于歸遠于將之瞻望弗及佇立以泣【興】也飛而上曰頡飛而下曰頏將送也佇立久立也

○燕燕于飛下上時掌反其音之子于歸遠送于南叶尼心反瞻望弗

及實勞我心【興】也鳴而上曰上音鳴而下曰下音送于南者陳在衛南○仲氏任而今反
只音紙其心塞淵叶一均反終溫且惠淑慎其身先君之思
以勗凶六反寡人【賦】也仲氏戴嬀字也以恩相信曰任只語辭塞實淵深終竟溫和惠順淑善也先君謂莊
公也勗勉也寡人寡德之人莊姜自稱也○言戴嬀之賢如此
又以先君之思勉我使我常念之而不失其守也【楊氏】曰州吁
之暴桓公之死戴嬀之去皆夫人失位不見荅於先君所
致也而戴嬀猶以先君之思勉其夫人真可謂溫且惠矣【附錄】
詩有說得曲折後好底有只恁地平直說後自好底如燕燕未
章這不要上文考下文便知得是恁地意他自是高遠自是說
得這人着【義剛】或問燕燕卒章戴嬀不以莊公之已死而勉莊
姜以思之可見溫和惠順而能終也亦緣他之心塞實淵深所
禀之厚故能如此曰不知古人文字之美辭氣溫和理義精密
如此秦漢以後無此等語某讀詩於此數語讀書至先王肇修
人紀至茲惟艱哉深誦嘆之【伯豐】時舉說此詩前三章但見莊
姜拳拳於戴嬀有不能已者四章乃見莊姜於戴嬀非是情愛之
私由其有塞淵溫惠之德能自淑慎其身又能以先君之思勉
莊姜以不忘則見戴嬀平日於莊姜相勸勉以善者多矣故於
其歸而愛之若此無非情
性之正也先生頷之【時舉】【纂疏】黃氏曰觀此詩見其與商之二
仁去就更相警戒各欲自靖自

獻于先王者無異國風雖變猶有如是之婦人此所謂先王之澤未泯而康叔之餘烈猶在也

燕燕四章章六句

日居月諸照臨下土乃如之人兮逝不古處昌呂反胡能有定寧不我顧叶果五反○賦也日居月諸呼而訴之也之人指莊公也逝發語辭古處未詳或云以古道相處也胡寧皆何也○莊姜不見答於莊公故呼日月而訴之言日月之照臨下土久矣今乃有如是之人而不以古道相處是其心志回惑亦何能有定哉而何為其獨不我顧也見棄如此而猶有望之之意焉此詩之所以為厚也【纂疏】鄭氏曰寧曾也○日居月諸下土是冒乃如之人兮逝不相好呼報反胡能有定寧不我報賦也冒覆報答也○日居月諸出自東方乃如之人兮德音無良胡能有定俾也可忘賦也日旦必出東方月望亦出東方德音美其辭無良醜其實也俾也可忘言何獨使我為可忘者耶【纂疏】嚴氏曰此德音無良及邶谷風德音莫違皆婦人言其夫待己之意○日居月諸東方自出父兮

母兮畜我不卒胡能有定報我不述 賦也畜養卒終也不得其夫而歎父母養我之不終蓋憂患疾痛之極必呼父母人之至情也述循也言不循義理也 ○愚謂此篇莊姜分明是作於莊公之時胡能有定只是說莊公心志回惑反覆無定之意故不我顧不我報俾也可忘而報我不述也曰居月諸照臨下土意姜以日月比公以下土自比若曰日月則照臨下土公胡不以古道與我相處也後二章則以日月比公而以東方自比此詩雖賦体恐亦兼比義

日月四章章六句 此詩當在燕燕之前下篇放此 附錄 詩習日月終風二篇據集注云當在燕燕之前以某觀之終風當在先日月當次之燕燕是莊公薨後詩當居最後蓋詳終風之辭莊公於姜猶有往來之時燕燕則失歸妾情不能堪耳至日月則見公已絕不顧姜而姜不免微怨矣以此觀之則終風當先日月當次先生曰恐或如此 時辛

終風且暴顧我則笑 叶音爆 謔 許約反 浪笑敖 五報反 中心是悼 比也終風終日風也暴疾也謔戲言也浪放蕩也悼傷也○莊公之爲人狂蕩暴疾莊姜蓋不忍斥言之故但

以終風且暴爲比。言雖其狂暴如此，然亦有顧我而笑之時，但皆出於戲慢之意，而無愛敬之誠，則又使我不敢言，而心獨傷之耳。蓋莊公暴慢無常，而莊姜正靜自守，所以忤其意而不見答也。○**終風且霾**亡皆反，叶音貍。**惠然肯來**叶如字，又陵之反。**莫往莫來，悠悠我思**叶新才、新齊二反。○賦也。霾，雨土蒙霧也。惠，順也。悠悠，思之長也。○終風且霾，以比莊公之狂惑也。雖云狂惑，然亦或惠然而肯來，但又有莫往莫來之時，則使我悠悠而思之。望其君子之深，厚之至也。纂疏孫炎曰：霾，大風揚塵土從上而下也。○**終風且曀**於計反。**不日有曀。寤言不寐，願言則嚏**都麗反。○比也。陰而風曰曀。有，又也。不日有曀，言既曀矣，不旋日而又曀也，亦比人之狂惑暫開而復蔽也。願，思也。嚏，鼽嚏也。人氣感傷閉鬱，又爲風霧所襲，則有是疾也。纂疏鄭氏曰：今俗人嚏云人道我，此古之遺語也。○**曀曀其陰，虺虺**虛鬼反。**其靁。寤言不寐，願言則懷**叶胡隈反。○比也。曀曀，陰貌。虺虺，雷將發而未震之聲，以比人之狂惑愈深而未已也。懷，思也。纂疏東萊呂氏曰：驟雨迅雷，其止可待，至於曀曀之陰，虺虺之雷，則殊未有開霽之期也。董氏曰：韓詩作㙪㙪其陰終風四章，章四句。說見上。

擊鼓其鏜，（吐當反）踊躍用兵。（叶嚊芒反）土國城漕，我獨南行。（叶戶郎反）○賦也。鏜，擊鼓聲也。踊躍，坐作擊刺之狀也。兵，謂戈戟之屬。土，土功也。國，國中也。漕，衛邑名。○衛人從軍者自言其所為，因言衛國之民或役土功於國，或築城於漕，而我獨南行，有鋒鏑死亡之憂，危苦尤甚也。【纂疏】嚴氏曰：踊躍，跳躍也。曹氏曰：想言州吁好兵喜鬬之狀。嚴氏曰：漕邑，鄘地也，在河南。鄭氏曰：南行，伐鄭。

○從孫子仲，平陳與宋。不我以歸，憂心有忡。（敕中反，叶敕衆反）○賦也。孫，氏。子仲，字，時軍帥也。平，和也，合二國之好也。舊說以此為春秋隱公四年州吁自立之時，宋、衛、陳、蔡伐鄭之事，恐或然也。以，猶與也。言不與我而歸也。【纂疏】毛氏曰：孫子仲，公孫文仲。孔氏曰：文，謚也。作詩時未死，故不言謚，從後言之，故以謚配字。

○爰居爰處，爰喪（息浪反）其馬。（叶滿補反）于以求之？于林之下。（叶後五反）○賦也。爰，於也。於是居，於是處，於是喪其馬，而求之於林下，見其失伍離次，無鬭志也。

○死生契（苦結反）闊，（叶苦劣反）與子成說。執子之手，與子偕老。（叶魯吼反）○賦也。契闊，隔遠之意。成說，謂成其約誓之言○從役者念其室家，因言始爲室家之時，期以死生契闊，不相忘棄，又相與執手而期以偕老也。

○于音吁，下同嗟闊叶苦劣反兮，不我活叶户劣反兮。于嗟洵音荀兮，不我信叶師人反兮。

賦也。吁嗟，歎辭也。闊，契闊也。活，生。洵，信也。信與申同。○言昔者契闊之約如此，而今不得活，偕老之信如此，而今不得伸，意必死亡，不復得與其室家遂前約之信也。

○愚按隱公四年二月，州吁弒桓公自立，夏，將修先君之怨於鄭，以求寵於諸侯，使告宋曰：君若伐鄭以除君害，君爲主，敝邑以賦與陳蔡從。宋許之。於是陳蔡方睦於衛，遂從陳蔡伐鄭，圍其東門，五日而還。九月，如陳見殺。今詩言南行者，伐鄭也乎？陳與宋者，必先和陳宋而後進兵也。其後兵出，未嘗敗北。是詩蓋士卒將行與室家訣別之辭，預憂其不我以歸，恐於彼居處，於彼喪馬，若來求我，則于林下。因念初婚盟誓，今不得遂其相契相生之志，不得伸其偕老之願也。死生契闊，只是死生聚散，契則相聚，闊則相離。末章于嗟闊兮，恐不得相聚也；不我活兮，恐不得相生也。

擊鼓四章，章四句。

凱風自南叶尼心反，吹彼棘心。棘心夭夭於驕反，母氏劬勞。

叶音僚。○【興】也。南風謂之凱風，長養萬物者也。棘，小木，叢生，多刺難長，而心又其稚弱而未成者也。夭夭，少好貌。劬勞，病苦也。○衛之淫風流行，雖有七子之母，猶不能安其室，故其子作此詩，以凱風比母，棘心比子之幼時。蓋曰母生衆子，幼而育之，其劬勞甚矣。本其始而言，以起自責之端也。【纂疏】孔氏曰：釋天文。李巡曰：南風長養萬物，萬物喜樂，故曰凱風。凱，樂也。風性樂養萬物。嚴氏曰：棘至夏始生，凱風自彼南方長養之方而來，吹彼稚弱之棘心，至於夭夭然少長，則風之爲力多矣。因母以慈愛之情養我七子之身，至於少長，則母亦病苦矣。母之養子，於少時最勞苦，故於夭夭言劬勞。

○凱風自南，吹彼棘薪。母氏聖善，我無令人。

【興】也。聖，叡。令，善也。○棘可以爲薪，則成矣。然非美才，故以興子之壯大而無善也。復以聖善称其母，而自謂無令人，其自責也深矣。【纂疏】疊山謝氏曰：不怨母而責己，孝之至也。韓文公《琴操·文王羑里操》曰：臣罪當誅兮，天王聖明。蘇文忠公詔獄寄詩其弟曰：聖主如天萬物春，小臣愚闇自亡身。皆從此出。詩変化來，見爲子爲臣忠厚之至。

○爰有寒泉，在浚之下。叶後五反。有子七人，母氏勞苦。

【興】也。浚，衛邑也。○諸子自責，言寒泉在浚之下，猶能有所滋益於浚，而有子七人，反不能事母，而使母至於勞苦乎。於是乃若微指其事，而痛自刻責，以感動其母心也。母以淫風流行，不能自守，而諸子自責

但以不能事母使母勞苦爲詞婉詞幾諫不顯其親之惡可謂孝矣下章效此○睍胡顯反睆華板反

黃鳥載好其音有子七人莫慰母心【興】也睍睆清和圓轉之意○言黃鳥猶能好其音以悅人而我七子獨不能慰悅母心哉【集說】嚴氏曰檀弓華而睆睆明貌也睍從目從見亦以色言之孔氏曰言黃鳥有睍睆之容貌則又和好其音聲以與孝子當和其顏色順其辭令也言母之欲嫁由顏色不悅辭令不順故也自責言黃鳥之不如也蘇氏曰鳥猶能好其音以悅人而我獨不能以悅吾母哉曾氏曰凱風盛於夏時黃鳥鳴於夏木寒泉亦夏所宜耳寒泉能使人目之有子而使母勞苦黃鳥能使人樂之有子而莫慰母心○愚謂睍睆嚴氏孔氏之說與集傳相殊然集傳與蘇說合或曰黃鳥即黃鸝在喬木幽谷好音一也曷嘗有意於悅人其音清和流轉能使人樂之曾氏之說有補於集傳嚴氏孔氏於睍睆二字有據并存之

凱風四章章四句

雄雉于飛泄泄移世反其羽我之懷矣自詒伊阻【興】也雉野雞雉者有冠長尾身有文采善鬪泄泄飛之緩也懷思詒遺阻隔也○婦人以其君子從役于外故言雄雉之飛舒緩自得如

此而我之所思者乃從役於外而自遺阻隔也○愚謂自詒伊阻蓋自傷婦人不得從軍也○雄雉于飛下上時掌反其音展矣君子實勞我心興也下上其音言其飛鳴自得也展誠也言誠又言實所以甚言此君子之勞我心也纂疏范氏曰展矣君子久役而不得歸者也此婦人之尠其夫也

○瞻彼日月悠悠我思叶新齎反道之云遠曷云能來叶陵之反○賦也悠悠思之長也見日月之往來而思其君子從役之久也纂疏程子曰日月取其迭往迭來之意又日月陰陽相配而不相見又日暮所見動人情思總包意其間

○百爾君子不知德行下孟反叶戶郎反不忮之豉反不求何用不臧賦也百猶凡也忮害求貪臧善也○言凡尒君子豈不知德行乎若能不忮害又不貪求則何所為而不善哉憂其遠行之犯患冀其善處而得全也○愚謂此亦發乎情止乎禮義之意

雄雉四章章四句

匏有苦葉濟有深涉深則厲淺則揭苦例反○比也匏瓠也匏之苦者不

詩可与出其门並觀然則刺人彼則謂也

可食特可佩以渡水而已然今尚有葉則亦未可用之時也濟渡處也行渡水曰涉以衣而涉曰厲褰衣而涉曰揭○此刺淫亂之詩言匏未可用而渡處方深行者當量其深淺而後可渡以比男女之際亦當量度禮義而行也【纂疏】孔氏曰陸機云匏葉少時可為羹又可淹煮極美故詩曰幡幡瓠葉采之烹之今河南及楊州人恒食之八月中堅強不可食故云苦葉外傳魯語曰諸侯伐秦及涇不濟叔向見叔孫穆子穆子曰豹之業及匏有苦葉矣叔向曰苦葉不材於人共濟而已嚴氏曰匏經霜其葉枯落然後乾之腰以渡水【毛氏曰】以衣涉水為厲謂由帶以上也孫炎曰衣涉濡褌也爾雅邢昺疏云以衣涉水為厲皆此衣謂褌也言水深至於褌以上者而涉度之名厲況氏曰深則厲淺則揭宜斟酌也

○**有瀰**弥尔反**濟盈有鷕**以小反**雉鳴濟盈不濡軌**居美反叶居有反**雉鳴求其牡**

【賦】也瀰水滿皃鷕雌雉聲軌車轍也飛曰雌雄走曰牝牡○夫濟盈必濡其轍雉鳴當求其雄此常理也今濟盈而曰不濡軌雉鳴而反求其牡以比淫亂之人不度禮義非其配耦而犯禮以相求也

【附錄】或曰承上章之與以為比也蓋以匏有苦葉與濟有深涉以濟盈與雉鳴然後雉求其牡比淫乱之人此亦詩之一體也夫詩之為体寄綏宏闊有如此者而後世學者求之崎嶇蹙狹之中銖較寸量如治法律失之遠矣

【纂疏】竹房張氏曰說文云軌車轍也從車九軌車軾前也從車

凡音犯諸家辨之詳矣然集傳獨從軌盖以九牡聲之叶也軌聲則難叶矣按中庸章句曰軌轍迹之度又與此異然歌詩者不以辞害意可也走曰牝牡此爾雅釋獸之正例諸家以牝雞雄狐爲證言飛走通也殊不識詩人之意曰當濡其轍兮乃不濡其轍迹是大可怪也當求其雄兮乃求其牡獸是大異常也如此歌之則得詩人之意矣集傳解詩之旨矣○

雝雝鳴鴈叶魚旰反**旭**許玉反**日始旦士如歸妻迨冰未泮**賦也

雝雝聲和也鴈鳥名似鵝畏寒秋南春北旭日初出貌昏禮納采用鴈親迎以昏而納采請期以旦歸妻以冰泮而納采請期迨冰未泮之時○言古人之於婚姻其求之不暴而節之以禮如此以深刺淫亂之人也○愚謂味士如歸妻之辭可見是刺淫者若責之曰士如欲歸妻自有婚姻正理何得如此淫亂也若刺宣公不當以士言○

招招照遙反**舟子**叶奬里反**人涉卬**五郎反**否**叶補美反**人涉卬否卬須我友**叶羽軌反○

比也招招號召之貌舟子舟人主濟渡者卬我也○舟人招人以渡人皆從之而我獨否者待我友之招而後從之也以比男女必待其配耦而相從而刺此人之不然也

纂疏孔氏曰以手曰招以口曰召嚴氏曰一章二章以徒涉喻犯禮此章以待舟喻得禮

匏有苦葉四章章四句 ○愚按諸家皆本序說謂刺宣公與夫人並爲淫亂歐陽公亦以夷姜宣公父妾宣姜宣公子伋之婦此二人皆稱夫人皆謂公爲淫亂當闕疑備

習習谷風以陰以雨黽勉同心不宜有怒（叶暖五反）采葑（孚容反）采菲（妃鬼反）無以下體德音莫違及爾同死（叶想止反）

○賦也習習和舒也東風謂之谷風葑蔓菁也菲似葍莖麤葉厚而長有毛下體根也葑菲根莖皆可食而其根則有時而美惡德音美譽也○婦人爲夫所棄故作此詩以敘其悲怨之情言陰陽和而後雨澤降如夫婦和而後家道成故爲夫婦者當黽勉以同心而不宜至於有怒又言采葑菲者不可以其根之惡而棄其莖之美如爲夫婦者不可以其顏色之衰而棄其德音之善但德音之不違則可以與爾同死矣 嚴氏曰蔓菁郭璞云今菘菜江南有菘江北有蔓菁相似而異蔓又作蕪本草蔓菁生北土春食苗夏食心秋食莖冬食根北人將菘子種之北土一年半爲蕪菁菲葍類葍音福爾雅謂蒠菜河內謂宿菜陸璣謂三月中蒸爲茹滑美可作羹郭璞謂根如指正白可啖○一說李氏曰德音始爲夫婦之時相與好音○

行道遲遲中心有違不遠伊邇薄送我畿（音祈）誰謂荼

音徒苦其甘如薺齊禮反宴爾新昏如兄如弟待禮反○賦而比也
遲遲舒行貌違相背也畿門內也荼苦菜蓼屬也詳見載芟薺
甘菜宴樂也新昏夫所更娶之妻也○言我之被棄行於道路
遲遲不進蓋其足欲前而心有所不忍如相背然而故夫之送
我乃不遠而甚邇亦至其門內而止耳又言荼雖甚苦反甘如
薺以比己之見棄其苦有甚於荼而其夫方且宴樂其新昏如
兄如弟而不見恤蓋婦人從一而終今雖見棄猶有望夫之情
厚之至也【纂疏】東萊呂氏曰韓愈遣瘧云白石爲門畿蓋以畿爲門
閾可以發明毛說又曰荼月令孟夏苦菜秀葉似苦
苣而細斷之有白汁花如菊堪食但苦
耳本草薺味甘取其葉作葅及羹亦佳○涇以渭濁湜湜
音殖其沚音止宴爾新昏不我屑以毋逝我梁毋發我笱
古口反我躬不閱遑恤我後胡口反○比也涇渭二水名涇水出今原州百泉縣笄頭山東
南至永興軍高陵入渭渭水出渭州渭源縣鳥鼠山至同州馮
翊縣入河湜湜清貌沚水渚也屑潔以與逝之也梁堰石障水
而空其中以通魚之往來者也笱以竹爲器而承梁之空以取
魚者也閱容也○涇濁渭清然涇未屬渭之時雖濁而未甚見
由二水既合而清濁益分然其別出之渚流或稍緩則猶有清
處婦人以自比其容貌之衰久矣又以新昏形之益見憔悴然

其心則固猶有可取者但以故夫之安於新昏故不以我為䘏
而與之耳又言毋逝我之梁毋發我之笱以比欲戒新昏毋居
我之處毋行我之事而又自思我身且不見容何孔氏曰
暇恤我已去之後哉知不能禁而絶意之辭也漢志涇
水一石其泥數斗渚水出西征賦清渭濁涇東萊呂氏曰詩人多
述土風此篇詩而遠引涇渭者蓋涇濁渭清天下共知如云海
鹹河淡也○就其深矣方之舟之就其淺矣泳之游之何
有何亡黽勉求之凡民有喪匍音蒲匐蒲北反救之叶居尤反
興也方桴也舟船也潛行曰泳浮水曰游匍匐手足並行急遽之
甚也○婦人自陳其治家勤勞之事言我隨事盡其心力而為
之深則方舟淺則泳游不計其有與亡而強勉說文云匍
以求之又周睦其隣里鄉黨莫不盡其道也手行也匐
伏地也○不我能慉許六反反以我為讎既阻我德賈音古
用不售市救反叶市周反昔育恐育鞠居六反及爾顛覆芳服反
既生既育比予于毒賦也慉養阻卻鞠窮也○承上章言
我於汝家勤勞如此而汝既不我養
而反以我為仇讎惟其心既拒卻我之善故雖勤勞如此而不
見取如賈之不見售也因念其昔時相與為生惟恐其生理窮

盡而及爾皆至於顛躓今既遂其生矣乃反比我於毒而棄之乎【張子】曰育恐謂生於恐懼之中育鞠謂生於困窮之際亦通

【纂疏】李氏曰此章之末正谷風所謂將恐將懼惟予與汝將安將樂汝轉棄予是也○我有旨蓄許六反亦以御魚呂反冬宴爾新昏以我御窮有洸音光有潰戶對反既詒我肄羊至反不念昔者伊余來塈許器反○【興】也旨美蓄聚御當也洸武貌潰怒色也肄勞塈息也○又言我之所以蓄聚美菜者蓋欲以禦冬月乏無之時至於春夏則不食之矣今君子安於新昏而厭棄我是但使我禦其窮苦之時至於安樂則棄之也又言於我極其武怒而盡遺我以勤勞之事曾不念昔者我之來息時也追言其始見君子之時接禮之厚怨之深也【附錄】看詩義理外更好看他文章且如谷風他只是如此說出來然而敘得事曲折先後皆有次第而今費盡氣力去做後尚做得不好【纂疏】項氏曰洸水偏也其勇如水涌水之潰者其勢橫暴而四出故怒之盛者爲潰

谷風六章章八句

式微式微胡不歸微君之故胡爲乎中露【賦】也式發語辭微猶衰也

再言之者言衰之甚也微猶非也中露露中也言有霑濡之辱而無所芘覆也○舊說以為黎侯失國而寓於衛其臣勸之曰衰微甚矣何不歸哉我若非以君之故則亦胡為而辱於此哉【附錄】器之問式微詩以為勸邪戒邪曰亦不必如此看只是隨他當時所作之意如此便與存在也可見得有羈旅狼狽之君如此而方伯連帥無救卹之意木之【纂疏】杜氏曰黎上黨壺關縣有黎亭是也鄭氏曰黎侯為狄人所逐棄其國而寄於衛衛處之以二邑因安之董氏曰晉伯宗數赤狄罪曰奪黎氏地則狄侵黎舊矣李氏曰凡人之失國者多曰越在草莽又曰卑賤者辱在泥塗其類多如此先王建國使小大相維有患相救衛不救黎非惟失穆乃四隣之道抑亦唇亡齒寒矣其後衛為狄所滅齊侯以管敬仲之言而救之觀木瓜之詩衛之德齊者為最深則知黎之怨衛也為最切使齊之於衛如衛之於黎衛不血食久矣○

式微式微胡不歸微君之躬胡為乎泥中【賦】也泥中言有陷溺之難而不見拯救也

式微二章章四句 此無所考姑從序說

旄丘之葛兮叶居謁反**何誕之節兮叔兮伯兮**叶音逼**何多日也**【興】也前高後下曰旄丘誕闊也叔伯衛之諸臣也○舊說黎之臣子自言久寓於衛時物變矣故登旄丘之上

見其葛長大而節疎闊因託以起興曰旄丘之葛何其節之闊也衛之諸臣何其多日而不見救也此詩本責衛君而但斥其臣可見其優柔而不迫也【纂疏】疊山謝氏曰叔伯字也天子呼同姓諸侯為伯父叔父異姓諸侯為伯舅叔舅臣子相呼亦當曰叔伯親而尊之也○**何其處也必有與也何其久也**叶舉里反**必有以也**賦也處安處也與與國也以他故也○因上章何多日也而言何其安處而不來意必有與國相俟而俱來耳又言何其久而不來意其或有他故而不得來耳詩之曲盡人情如此○**狐裘蒙戎匪車不東叔兮伯兮靡所與同**賦也大夫狐蒼裘蒙戎亂貌言弊也○又自言客久而裘弊矣豈我之車不東告於女乎但叔兮伯兮不與我同心雖往告之而不肯來耳至是始微諷切之或曰狐裘蒙戎指衛大夫而譏其憒亂之意匪車不東言非其車不肯東來救我也但其人不肯與俱來耳今按黎國在衛西前說近是○**瑣**素果反**兮尾兮流離之子**叶奬里反**叔兮伯兮褎**由救反**如充耳**賦也瑣細尾末也流離漂散也褎多笑貌充耳塞耳也耳聾之人恒多笑○言黎之君臣流離瑣尾若此其可憐也而衛之諸臣褎然如塞耳而無聞何哉至是然後盡其詞焉流離患難之餘而其言之有序而不迫如此其人亦可知矣【纂疏】黃氏

曰淇奥詩充耳琇瑩𤥨盖充耳者瑱也天子以玉諸侯以石

旄丘四章章四句諺同上篇 纂疏 陳氏曰黎盖衛附庸也故式微旄丘二詩黎臣所作而得爲衛補傳曰以詩作於衛地故編之衛風

簡兮簡兮方將萬舞日之方中在前上處賦也簡簡易不恭之意萬者舞之總名武用干戚文用羽籥也日之方中在前上處言當明顯之處○賢者不得志而仕於伶官有輕世肆志之心焉故其言如此若自譽而實自嘲也 附錄 時夲問簡兮詩張子謂其迹如此而其中固有以過人者夫能卷而懷之是固可以爲賢然以聖賢出處律之恐未可以爲盡善曰古之伶官亦非甚賤其所執者猶是先王之正樂故獻工之礼亦與之交酢但賢者而爲此則自不得志耳時夲 纂疏 東萊吕氏曰鄭康成據公羊傳以万舞爲干舞盖公羊釋經之誤也春秋書万入去籥言文武二舞俱入以仲遂之喪於二舞之中去其有声者故去籥焉文舞之所吹籥公羊乃以万舞爲武舞與籥舞對言之失經意矣若万舞止爲武舞則此詩與商頌何爲獨言萬舞而不及文舞耶左氏載考仲子之宮將萬焉婦人之廟亦不應獨用武舞也然則萬舞爲二舞之總名明矣○碩人俁俁疑矩反公庭萬舞有

力如虎，執轡如組。音祖○賦也。碩，大也。俣俣，大貌。轡，今之韁也。組，織絲為之，言其柔也。御能使馬，則轡柔如組矣。○又自譽其才之無所不備，亦上章之意也。程氏曰：有力如虎，才也；執轡如組，藝也。言其才藝之美。

○左手執籥，餘若反右手秉翟。亭歷反，叶直角反赫如渥於角反赭，音者，叶陟略反公言錫爵。賦也。執籥秉翟者，文舞也。籥如笛而六孔，或曰三孔。翟，雉羽也。赫，赤貌。渥，厚漬也。赭，赤色也。言其顏色之充盛也。公言錫爵，即儀禮燕飲而獻工之禮也。以碩人而得此，則亦辱矣。乃反以其賚予之親洽為榮而誇美之，亦玩世不恭之意也。燕禮樂賓升歌獻工篇曰：工歌鹿鳴、四牡、皇皇者華。卒歌，主人洗，升獻工。工不興，左瑟。一人拜受爵，主人西階上拜送爵，薦脯醢，使人相祭，卒爵不拜，主人受爵。眾工不拜受爵，坐祭，遂卒爵，辯有脯醢不祭。主人受爵，降奠于篚。程子曰：錫之以爵，勞賤者之道。

○山有榛，側巾反隰有苓。音零云誰之思？西方美人。彼美人兮，西方之人兮。興也。榛似栗而小。下濕曰隰。苓，一名大苦，葉似地黃，即今甘草也。西方美人，託言以指西周之盛王，如離騷亦以美人目其君也。又曰西方之人者，歎其遠而不得見之詞也。○賢者不得志於衰世之下國，而思盛際之顯王，故其言如此，而意遠矣。竹房張氏

曰榛之實甘美而山有之苓之莖甘美而隰有之以興爲人之
君而美好者惟西周有之所以思之者其人也思之而不得見
之故重歎美之而思之深也此蓋伶官碩人之詞其詞甚婉而
實諷衛國之無賢君也然思盛世之聖明而不責衰世之幽厲
此詩人之忠厚也○愚按集傳以此詩爲仕伶官若作故指西方美人
爲西周顯王諸家以爲詩人刺不用賢故指美人
爲伶官之賢者東萊云見碩人而慨然有懷西周之賢士大夫
也彼美人兮西方之人兮指碩人也嗟美其眞西周之人而非
今世之人也江左諸人喜言中
朝名臣亦此意也姑備一說

簡兮四章三章章四句一章六句舊三章章六句今改定○

張氏曰爲祿仕而抱關擊柝則猶恭其職也爲伶官
則雜於侏儒俳優之間不恭甚矣其得謂之賢者雖
其迹如此而其中固有以過人又能卷孔氏曰
而懷之是亦可以爲賢矣東方朔似之左傳鍾
儀對晉侯曰伶人也使與之琴操南音周語周景王
鍾成伶人告縣魯語伶蕭詠歌及鹿鳴之三此云伶
官以伶氏世掌樂官而善焉故後世多號樂官爲伶
官呂氏春秋及律曆志云黃帝使伶倫氏自大夏之
西嶰崙之陰取竹斷兩節間而吹之爲黃鍾之宮李
氏曰周景王時有伶州鳩皆世其官也伶官者賤且

耶今以賢人爲衛之伶官正猶君子陽陽之詩序言君子遭亂相招爲祿仕全身遠害蓋言其生不遇時屈於賤役也黄氏曰周之士也貴秦之士也賤貴賤在周秦而不在士賢者之仕伶官非特爲賢之恥而實衛之恥

毖悲位反彼泉水亦流于淇有懷于衛靡日不思叶新齎反孌力轉反彼諸姬聊與之謀叶謨悲反○興也毖泉始出之貌泉水即今衛州共城之百泉也淇水出相州林慮縣東流泉水自西北而東南來注之孌好貌諸姬謂姪娣也○衛女嫁於諸侯父母終思歸寧而不得故作此詩言毖然之泉水亦流于淇矣我之有懷于衛則亦無日而不思矣是以即諸姬而與之謀爲歸衛之計如下兩章之云也

纂疏孔氏曰邶鄘衛三國境地相連故邶云亦流于淇鄘云送我乎淇之上衛云瞻彼淇奥皆言淇也嚴氏曰衛氓送子涉淇竹竿淇水在右有狐在彼淇梁衛風言淇不止淇奥

○出宿于泲子礼反飲餞音踐于禰乃礼反女子有行遠于万反父母兄弟待礼反問我諸姑遂及伯姊叶奬礼反○賦也泲地名飲餞者古之行者必有祖道之祭祭畢處者送之飲於其側而後行

也禰亦地名皆自衛來時所經之處也諸姑伯姊即所謂諸姬也○言始嫁來時則固已遠其父母兄弟矣况今父母既終而復可歸哉是以問於諸姑伯姊而謀其可否云爾鄭氏曰國君夫人父母在則歸寧沒則使大夫寧於兄弟【纂疏】王氏曰泲禰父母之國地名毛氏曰父之姊妹稱姑己之姊妹稱伯姊

○出宿于干叶居焉反飲餞于言載脂載舝胡瞎反叶下介反還音旋車言邁遄市專反臻于衛此字本與邁遄害叶今讀誤不瑕有害賦也于言地名適衛所經之地也脂以脂膏塗其舝使滑澤也舝車軸也不駕則脫之設之而後行也還回旋也旋其嫁來之車也遄疾臻至也瑕何古音相近通用○言如是則其至衛疾矣然豈不害於義理乎疑之而不敢遂之辭也【纂疏】釋文曰舝車軸頭金嚴氏曰載脂謂先以脂塗舝其用在脂故曰載脂載舝謂塗畢乃設舝於車其用在舝故曰載舝

○我思肥泉茲之永歎叶它涓反思須與漕叶徂侯反我心悠悠駕言出遊以寫我憂賦也肥泉水名須漕衛邑也悠悠思之長也寫除也○既不敢歸然其思衛地不能忘也安得出遊於彼而寫其憂哉【附錄】問泉水末章注云安得出遊於彼而寫其憂哉恐此莫只是因思歸不得故欲出遊於國以寫其憂否曰夫人之遊亦不可輕出只是思遊於彼地耳時

辛 纂疏 曹氏曰：漢地理志東郡有須昌縣，故須句音劬國。鄭氏曰：衛在須，邶在漕。○愚按此篇衛女思歸之詩。一章托泉水以起興而謀之於諸姬也。二章述初嫁時宿餞衛郊而祢之地既遠，父母兄弟今父母又終，但欲歸以問諸姑伯姊之安耳。三章遂欲發初嫁時宿餞于所嫁國之干言脂牽歸衛，第未知果不瑕疵乎，抑亦有害於義理也，此正謀諸姬之語。四章既不可歸，於是但思肥泉思須漕以重衛國悠悠之景慕，欲出遊以寫其憂而已，終能以礼自防，不復為衛之歸，此所謂發乎情止乎礼義者也。此詩嚴氏與集傳同而小異，愚又小異嚴氏以廣集傳之旨。

泉水四章，章六句。輔氏曰：衛女思歸，發乎情也；其卒也不歸，止乎礼義也。聖人著之於經，以示後世，使知適異國者父母終無歸寧之義，則能自克者知所處矣。

出自北門，叶眉貧反憂心殷殷。終窶其矩反且貧，莫知我艱。叶居銀反已焉哉，叶將其反，下同天實為之，謂之何哉。

比也。北門，背陽向陰。殷殷，憂也。窶者，貧而無以為礼也。○衛之賢者處亂世，事暗君，不得其志，故因出北門而賦以自比，又歎其貧窶，人莫知之，而歸之於天也。

附錄 北門詩只作賦，詩説如何？曰：當作賦而比。當時必欲出北門而後作此詩，亦有比意思。可學 北門詩只是

二三四

說官卑礼薄無可如何木之【纂疏】黄氏曰自比門出北以背明向陰喻暗君張氏曰怨則怨矣然歸之於天鄭氏曰詩人事君無二志故自央歸之於天

○王事適我政事一埤（避支反）益我我入自外室人交徧讁（知革反叶竹棘反）我巳焉哉天實爲之謂之何哉【傳】也王事王命使爲之事也適之也政事其國之政事也一猶皆也埤厚室家讁責也○王事既適我矣政事又一切以埤益我其勞如此而窶貧又甚室人至無以自安而交徧讁我則其困於内外極矣

○王事敦（叶都回反）我政事一埤遺（唯季反叶夷回反）我我入自外室人交徧摧（徂回反）我巳焉哉天實爲之謂之何哉【傳】也敦猶投擲

也遺加摧沮也【纂疏】疊山謝氏曰卷耳之觥罍羔羊之退食鹿鳴四牡之燕樂出車杕杜之勞來一人之勞苦君無不知一毫之事功君無不報此先王所以体群臣也千載治安根本在此北門之忠臣仕不得志至於終窶且貧祿不足以代耕矣出則當王事之獨勞入則當政事之煩使室人不能忍飢寒而交徧讁之此人情所難堪者上不怨其君下不怨其家窮而呼天亦無一毫怨天之辭此樂天知命之士也有臣如此而不能忠信重祿以勸之衛之所以亡也

北門三章章七句楊氏曰忠信重祿所以勸士也衛之忠臣至於窶貧而莫知其艱則無勸士之道矣仕之所以不得志也先王視臣如手足豈有以事投遺之而不知其艱哉然不擇事而安之無懟憾之辭知其無可奈何而歸之於天所以為忠臣也

北風其涼雨(于付反)雪其雱(普康反)惠而好(呼報反下同)我攜手同行(叶戶郎反)其虛其邪(音徐下同)既亟只(音紙下同)且(子餘反下同○比也)北風寒涼之風也涼寒氣也雱雪盛也惠愛行去也虛寬貌邪一作徐緩也亟急也只且語助辭○言北風雨雪以比國家危亂將至而氣象愁慘也故欲與其相好之人去而避之且曰是尚可以寬徐乎彼其禍乱之迫已甚而去不可不速矣

【纂疏】【疏】爾雅作其虛其徐嚴氏曰虛徐則尚有眷戀故國之意既亟則暴虐已甚不可以少留矣至此而後決為去計是欲留者其本心決去者其不得已也

○北風其喈(音皆叶居奚反)雨雪其霏(芳菲反)惠而好我攜手同歸其虛其邪既亟只且比也喈疾声也霏雨雪分散之狀歸者去而不反之辭也

【纂疏】疊山謝氏曰北風怒而有声不止於涼矣雨雪霏霏而密不止於雱矣喻虐政之害愈急

也○莫赤匪狐莫黑匪烏惠而好我攜手同車其虛其邪既亟只且比也狐獸名似犬黃赤色烏鵶黑色皆不祥之物人所惡見者也所見無非此物則國將危亂可知同行同歸猶賤者也同車則貴者亦去矣

附錄

時舉問狐與烏不知比何物曰不但指一物而言當國將危亂時凡所見者無非不好底景象也時舉

纂疏

程子曰同車亦偕行耳但卒章辭意益迫切同車有已駕之意鄭氏曰赤則狐也黑則烏也猶今君臣相承為惡如一疊山謝氏曰一章同行二章同歸三章同車一節急一節風人之法度也

北風三章章六句

靜女其姝赤朱反俟我於城隅愛而不見搔蘇刀反首踟直知反蹰直誅反○賦也靜者閒雅之意姝美色也城隅幽僻之處不見者期而不至也踟蹰猶躑躅也此淫奔期會之詩也

附錄

問靜女篇註以為淫奔期會之詩以靜為閒雅之意不知淫奔之人方相與狎暱又何取乎閒雅曰淫奔之人不知其為可醜但見其可愛耳以女而俟人於城隅安得謂之閒雅而此曰靜女者猶日月詩所謂德音無良也無良則不足以為德音矣而此曰德音亦愛之之辭也時舉

纂疏

嚴氏曰首章男女相期而未遂也歐陽氏曰衛宣公與二夫人

烝淫衛俗化之幽靜難誘之女且然其他可知

○靜女其孌，貽我彤徒冬反管叶古究反。彤管有煒于鬼反，説音悦懌音亦女美。

賦也。孌，好貌。於是則見之矣。彤管未詳何物，蓋相贈以結慇懃之意耳。煒，赤貌。言既得此物，而又悦懌此女之美也。

纂疏

嚴氏曰：此女贈男之物也。歐陽氏曰：古者鍼筆皆有管，樂器亦有管，不知此管是何物，但彤是色之美者。○一説李氏曰：毛鄭之意，謂彤管者，后夫人必有女史所書后妃羣妾功過之筆。左定九年《靜女》之三章取彤管焉，杜氏以爲三章之詩悦美女，義在彤管，則又以爲美事。今但闕以俟知者。○愚按左定九年，鄭駟歂市專反殺鄧析而用其竹刑。君子謂子然於是不忠，苟有可以加於國家者，棄其邪可也。《靜女》之三章取彤管焉。注：歂字子然，爲政。析，鄭大夫，私造刑法，書之竹簡。彤管亦管筆，女史所執。

○自牧歸荑徒兮、徒計二反，洵美且異夷、曳二音。匪女音汝之爲美，美人之貽與異同。

賦也。牧，外野也。歸，亦貽也。荑，茅之始生者。洵，信也。女，指荑而言也。○言靜女又贈我以荑，而其荑亦美且異。然非此荑之爲美也，特以美人之所贈，故其物亦美耳。

纂疏

○一説張氏曰：牧，牧地也。不耕種之牧地，多草木根芽。嚴氏曰：歸，歸孔子豚之歸，猶贈也。此男贈女之物，報彤管也。言采自牧地，歸女以荑，信美且異矣，然未足以比女色之美，姑以是爲美人之贈耳。

靜女三章章四句

新臺有泚（此礼反） 河水瀰瀰（莫迩反） 燕婉之求籧（音渠）篨（音除）不鮮（斯踐反叶想止反）○賦也泚鮮明也瀰瀰盛也燕安婉順也籧篨不能俯疾之醜者也盖籧篨本竹席之名人或編以爲囷其狀如人之擁腫而不能俯者故又因以名此疾也鮮少也○舊說以爲衛宣公爲其子伋娶於齊而聞其美欲自娶之乃作新臺於河上而要之國人惡之而作此詩以刺之言齊女本求與伋爲燕婉之好而反得宣公醜惡之人也

纂疏 李氏曰新臺臨河今澶州尚存遺址孔氏曰晉語云籧篨不可使俯戚施不可使仰○愚謂臺在河上曰泚曰洒皆從水義比

○新臺有洒（七罪反叶先典反） 河水浼浼（每罪反叶美辨反） 燕婉之求籧篨不殄 賦也洒高峻也浼浼平也殄絕也言其病不已也 纂疏 李氏曰洒鮮潔貌浼浼水濁流貌疊山謝氏曰籧篨乃惡疾宣公非有此疾國人惡其無禮義亂人倫故以惡疾比之既無人道亦非人形也

○魚網之設鴻則離之燕婉之求得此戚施 賦也鴻鳥之大者離麗也戚施不能仰亦醜疾也○言設魚網而反得鴻以興求燕婉而反得醜疾之人所得非所求也

新臺三章章四句 凡宣姜事首末見春秋傳然於詩則皆未有考也諸篇放此

纂疏 李氏曰聖人存此以戒後世後世之君苟戀其轍而乃有踵其惡者楚平王爲太子建娶于秦費无極言秦女美王遂自取之唐明皇爲壽王取楊妃聞其美色更爲壽王別取自納爲妃此三君者其惡一也其後宣公之子伋壽皆爲所殺惠公奔齊子懿爲狄所滅楚平王有鞭尸之禍唐明皇身竄南蜀幾失天下則知淫亂之禍其報如此可不戒哉

二子乘舟汎汎芳劍反其景叶舉兩反願言思子中心養養以兩反○賦也二子謂伋壽也乘舟渡河如齊也景古影字養養猶漾漾憂不知所定之貌○舊說以爲宣公納伋之妻是爲宣姜生壽及朔朔與宣姜愬伋於公公令伋之齊使賊先待於隘而殺之壽知之以告伋伋曰君命也不可以逃壽竊其節而先往賊殺之伋至曰君命殺我壽有何罪賊又殺之國人傷之而作是詩也

○二子乘舟汎汎其逝此字本與害叶今讀誤願言思子不瑕有害賦也逝往也不瑕疑詞義見泉水此則見其不歸而疑之也

纂疏 疊山謝氏曰又以大義斷之二子不能全身遠害遺其父以不慈之名二子順親之

心雖不可瑕玼二子愛父之道則未爲盡善使其父萬世被不慈之名是二子之死有害於大義也誰謂詩人之辭無春秋之義○愚謂不瑕有害與泉水義同而小異彼爲問辭乎此則謂雖不可瑕疵而亦不能不害於義也

二子乘舟二章章四句

太史公曰余讀世家言至於宣公之子以婦見誅弟壽爭死以相讓此與晉太子申生不敢明驪姬之過同俱惡傷父之志然卒死亡何其悲也或父子相殺兄弟相戮亦獨何哉

附錄

問此篇取太史公語謂二子與申生不明驪姬之過同其意似取之未知如何曰太史公之言有所抑揚謂二人皆惡傷父志而終於死之其情則可取雖於理爲未當然視夫父子相殺兄弟相戮者則大相遠矣 時李先生因說宣姜生衛文公宋桓夫人許穆夫人衛壽子以此觀之則人生自有秉彝不係氣類 燾

邶十九篇七十二章三百六十三句

詩卷第二

詩卷第三

朱子集傳

新安後學胡一桂附錄纂疏

鄘一之四 說見上篇

汎彼柏舟，在彼中河。髧徒坎反彼兩髦音毛，實維我儀叶牛何反。之死矢靡他湯何反。母也天叶鐵因反只音紙，下同，不諒人只。

興也。中河，中於河也。髧，髮垂貌。兩髦者，剪髮夾囟，子事父母之飾，親死然後去之。此蓋指共伯也。我，共姜自我也。儀，匹。之，至。矢，誓。靡，無也。只，語助辭。諒，信也。○舊說以爲衛世子共伯蚤死，其妻共姜守義，父母欲奪而嫁之，故共姜作此以自誓。言柏舟則在彼中河，兩髦則實我之匹，雖至於死，誓無他心。母之於我，覆育之恩如天罔極，而何其不諒我之心乎？不及父者，疑時獨母在，或非父意耳。

纂疏　曹氏曰：齊地西以河爲界，而衛居河之西。嚴氏曰：紂都河北，鄘在紂都之南，近河，故言中河，乂上風所見也。項氏曰：髦者，以髮作僞髻，垂兩眉之上，如今小兒用一帶連雙髻橫繫額上是也。又曰：內則注云：髦，象幼時鬌音朶。兒

時

生三月剪髮爲鬌，男角女羈。夾囟曰角，兩髻也。午達曰羈，三髻也。陳氏曰：衰亂之世，禮義消亡久矣。桑中之淫奔，宛丘之游蕩，滔滔皆是也。獨共姜能異於流俗，故聖人序於鄘國之首。東萊呂氏曰：髦者，子事父母之飾，諸侯既小歛則脫之。史記謂釐侯已葬而共伯自殺，則是時共伯已脫髦矣。詩安得猶謂之髧彼兩髦乎？是共伯未嘗有見弑之事，武公未嘗有簒弑之惡也。李氏曰：共姜自誓，若柏舟之物當常在中河，如婦人之義當常在夫家。若捨之而之他，則不可。後世婦人有改嫁者，謂飢寒所係，遂失節而再嫁，殊不知失節之人罪不容誅。飢寒之患所係者小，再嫁而失節所係者大。○

汎彼柏舟，在彼河側。髧彼兩髦，實維我特。之死矢靡慝。他得反 母也天只，不諒人只。

興也。特，亦匹也。慝，邪也。以是爲慝，則其絕之甚矣。

柏舟二章，章七句

牆有茨，不可埽也。叶蘇后反 中冓古候反之言，不可道也。叶徒厚反 所可道也，言之醜也。

興也。茨，蒺藜也。蔓生，細葉，子有三角，刺人。中冓，謂舍之交積材木也。道，言。醜，惡也。○舊說以宣公卒，惠公幼，其庶兄頑烝於宣姜，故詩人作此詩以刺之。言其閨中之事皆醜惡而不可言。理或然也【纂疏】歐陽氏曰蒺藜人所惡之草乃生於牆理當掃除然欲掃恐傷牆以比公子頑罪當誅戮欲誅則暴宣姜之惡傷惠公子母之道故不得而誅之耳 ○ 牆有茨不可襄也中冓之言不可詳也所可詳也言之長也【興】也襄除也詳詳言之也言之長者不欲言而託以語長難竟也【纂疏】李氏曰襄如攘猶子襄之襄也 ○ 牆有茨不可束也中冓之言不可讀也所可讀也言之辱也【興】也束束而去之也讀誦言也辱猶醜也

牆有茨三章章六句【楊氏】曰公子頑通乎君母閨中之言至不可讀其汙甚矣聖人何取焉而著之於經也蓋自古淫亂之君自以謂密於閨門之中世無得而知者故自肆而不及聖人所以著之於經使後世為惡者知雖閨中之言亦無隱而不彰也其為訓戒深矣

君子偕老副笄六珈音加叶居何反委委於危反佗佗待何反如山如河象服是宜叶牛何反子之不淑云如之何【賦】也君子夫也偕老言偕生而偕死也女子之生以身事人則當與之同生與之同死故夫死稱未亡人言亦待死而已不當復有他適之志

也副祭服之首飾編髮爲之笄衡笄也垂于副之兩旁當耳其
下以紞懸瑱珈之言加也以玉加於笄而爲飾也委委佗佗雍
容自得之貌如山安重也如河弘廣也象服法度之服也淑善
也○言夫人當與君子偕老故其服飾之盛如此而雍容自得
安重寬廣又有以宜其象服今宣姜之不善［疏］鄭氏曰副之
乃如此雖有是服亦將如之何哉言不稱也言覆所以覆
首爲之飾編音扁列他髮爲之假作紒音計形加於首上追師
云追衡笄注王后之衡笄皆以玉爲之垂于副之兩旁當耳其
下以紞懸瑱珈之言加由副既笄而加此飾故謂之珈六珈必
飾之以六但不可知又曰象服謂褕音遥翟音狄闕翟也人君
之象服孔氏曰翟而言象者象鳥羽而畫之○玼音此叶此兮玼兮其之翟也叶去聲
鬒眞忍反髮如雲不屑蘇節反髢徒帝反也玉之瑱吐殿反也
象之揥勑帝反也揚且子餘反之晳星曆反叶征例反也胡然而
天也胡然而帝也［賦］也玼鮮盛貌翟衣祭服刻繒爲翟雉之形而彩畫之以爲飾也鬒黑也如雲
言多而美也屑潔也髢髲也人少髮則以髲益之髮自美則
不潔於髢而用之矣瑱塞耳也象象骨也揥所以摘髮也揚眉
上廣也且語助辭晳白也胡然而天胡然而［疏］王肅曰玼衣
帝言其服飾容貌之美見者驚猶鬼神也服鮮明貌孔

氏曰禕翟名周禮三翟皆刻繒爲雉形而采畫爲飾不用真羽
嚴氏曰天官內司服王后六服鄭注云伊洛而南素質五色皆
備成章曰翬江淮而南青質五色皆備成章曰揄禕音暉衣畫
翬揄翟畫揄闕翟刻而不畫此三翟之別也侯伯夫人揄翟子
男夫人闕翟揄翟之上有禕衣祭統云夫人副禕謂公之夫人
衛侯爵夫人當服揄翟孔氏曰左哀十七年衛莊公以己氏之妻
髮美使髡之以爲呂姜髢嚴氏曰家梯傳云梯所以摘髮摘音
剔故踪以搔首飾之若今之篦比兒也揚眉目揚起容也白胡然
仰之如天胡然仰之如帝設爲問辭令宣姜自省悟○瑳七我
之豈可以如是尊嚴之服飾冒貌而爲不淑之行乎
反兮瑳兮其之展陟戰反叶諸延反也蒙彼縐側救反絺是紲
息列反袢薄慢反叶汾乾反也子之清揚揚且之顏叶魚堅反也展
如之人兮邦之媛于眷反叶于權反也賦也瑳亦鮮盛貌展衣者以禮見於君及見賓客之
服也蒙覆也縐絺之蹙蹙者當暑之服也紲袢束縛意以展
衣蒙絺綌而爲之紲袢所以自斂飭也或曰蒙謂加絺綌於褻
衣之上所謂表而出之也清視清明也揚眉上廣也顏額角豐
滿也展誠也美女曰媛見其徒有美色而无人君之德也
許文云瑳玉色鮮白嚴氏曰展周禮內司服張彥反在去聲
三十三線韻內司服作襢毛氏曰展以丹穀爲衣鄭氏曰后

二三七

妃六服之次展衣宜白此以礼見君及賓客盛服孔氏曰葛之精者曰絺其精尤細靡者縐也言細而縐絺○一說孔氏曰細去也袢袢延熱氣也紲袢去蒸熱之服

鄭氏曰媛者邦人所依倚以爲援助

君子偕老三章一章七句一章九句一章八句

東萊呂氏曰首章之末云子之不淑云如之何責之也二章之末云胡然而天也胡然而帝也問之也三章之末云展如之人兮邦之媛也惜之也辭益婉而意益深矣

爰采唐矣沬音妹之鄉矣云誰之思美孟姜矣期我乎桑中叶諸良反要於遙反我乎上宮叶居王反送我乎淇之上叶辰羊反矣

賦也唐蒙菜也一名兔絲沬衛邑也書所謂妹邦者也孟長也姜齊女言貴族也桑中上宮淇上又沬鄉之中小地名也要猶迎也○衛俗淫亂世族在位相竊妻妾故此人自言將采唐於沬而與其所思之人相期會迎送如此也

纂

疏 孔氏曰酒誥注妹邦紂所都朝歌即沬也○

爰采麥矣叶訖力反沬之北矣云誰之思美孟弋矣期我乎桑中要我乎上宮送我乎淇

之上矣。賦也。麥，穀名，秋種夏熟者。弋，春秋或作姒，蓋杞女，夏后氏之後，亦貴族也。○爰采葑矣，沬之東矣。云誰之思？美孟庸矣。期我乎桑中，要我乎上宮，送我乎淇之上矣。賦也。葑，蔓菁也。庸，未聞，疑亦貴姓也。

桑中三章，章七句。樂記曰：鄭衛之音，亂世之音也，比於慢矣。桑間濮上之音，亡國之音也。其政散，其民流，誣上行私而不可止也。按桑間即此篇，故小序亦用樂記之語。附錄 先生云：且如止乎禮義，桑中之詩禮義何在？某曰：它要存戒。答曰：正文中無戒意，只是直述他淫亂事耳。若鶉之奔奔、相鼠等篇，却是譏罵，可以為戒，此却不然。大雅 纂疏 禮記注云：濮音卜水之上，地有桑間者，亡國之音於此水出。昔紂使師延作靡靡之樂，已而自沈於濮水。後師涓過焉，夜聞而寫之，為晉平公鼓之，是之謂也。桑間在濮陽南。

鶉音純之奔奔，鵲之彊彊。彊音姜人之無良，我以為兄。叶虛王反 ○興也。鶉，鵪屬。奔奔、彊彊，居有常匹，飛則相隨之貌。人謂公子頑。良，善也。○衛人刺宣姜與頑非匹耦而相從也，故為惠公之言以刺之曰人之無良鶉鵲之不若而我反以爲兄何哉纂疏陸氏曰鶉無常居而有常匹奔奔鬭也彊彊剛也鵲能不淫其匹傳技受卵故曰乾鵲陳氏曰鶉寡合而善鬭故不乱其群鵲寡欲而知時故不乱其匹○鵲之彊彊鶉之奔奔叶逋琨反人之無良我以爲君興也人謂宣姜君小君也

鶉之奔奔二章章四句范氏曰宣姜之惡不可勝道也国人疾而刺之或遠言焉或切言焉遠言之者君子偕老是也切言之者鶉之奔奔是也衛詩至此而人道盡天理滅矣中国無以異於夷狄人類無以異於禽獸而国隨以亡矣胡氏曰楊時有言詩載此篇以見衛為狄所滅之因也故在定之方中之前因以是說考於歷代凡淫乱者未有不至於殺身敗国而亡其家者然後知古詩垂戒之大而近世有獻議乞於經筵不以国風進講者殊失聖經之旨矣

定丁佞反之方中作于楚宮揆之以日作于楚室樹之榛栗椅於宜反桐梓漆爰伐琴瑟賦也定北方之宿營室星也此星昏而正中夏正十月也於是時可以營制宮室故謂之營室楚宮楚丘之宮也揆度也樹八尺之臬而度其日出入之景以定東西又參日

中之景以正南北也楚室猶楚宮互文以叶韻耳榛栗二木其實榛小栗大皆可供籩實椅梓實桐皮桐梧桐也梓楸之疎理白色而生子者漆木有液黏黑可飾器物四木皆琴瑟之材也爰於也○衛爲狄所滅文公徙居楚丘營立宮室國人悦之而作是詩以美之嚴氏曰種木者求用於十年之後其不求近功凡此類也纂疏嚴氏曰建亥之月小雪中氣之時定星營室昏而正中農務始畢土功可興又曰陸璣言有青桐白桐赤桐此中琴瑟者白桐也山陰陸氏亦云桐有三種青白外復有岡桐即油桐也如陸説椅桐梓漆之桐爲白桐梧桐生矣之桐爲青桐椅桐可爲琴瑟榛栗可備籩實梓漆可供器用但言伐琴瑟者取成句耳

○升彼虛矣起居反叶起呂反以望楚矣望楚與堂景山與京叶居良反降觀于桑卜云其吉終然允臧賦也虛故城也楚楚丘也堂楚丘之旁邑也景測景以正方面也與既景迺岡之景同或曰景山名見商頌京高丘也桑木名葉可飼蠶者觀之以察其土宜也允信臧善也○此章本其始之望景觀卜而言以至於終而果獲其善也纂疏毛氏曰虛漕虛孔氏曰猶左傳晉侯登有莘之墟也程氏曰既度其可然後卜以決之卜洛亦然古人之爲皆如是也

○靈雨既零命彼倌音官人星言夙駕說如銳反于桑田叶徒因反匪

直也人秉心塞淵叶一均反騋音來牝三千叶倉新反○賦也靈善零落也倌人主駕者也星見星也說舍止也秉操塞實淵深也馬七尺以上爲騋○言方春時雨既降而農桑之務作文公於是命主駕者晨起駕車亟往而勞勸之然非独此人所以操其心者誠实而淵深也蓋其所畜之馬七尺而牝者亦已至於三千之衆矣蓋人操心誠实而淵深則无所爲而不成其致此富盛宜矣記曰問國君之富數馬以對今言騋牝之衆如此則生息之蕃可見而衛國之富亦可知矣錢氏曰直猶特也非特人也嚴氏此章又要其終而言也【纂疏】曰非直爲觀美也之直疊山謝氏曰文公之秉心也实故事事朴實不尚高虛之談文公之秉心也淵故事事深長而不爲淺近之計富國強兵豈談高虛務淺近者之所能辦哉

定之方中三章章七句

按春秋傳衛懿公九年冬狄入衛懿公及狄人戰于熒澤而敗死焉宋桓公迎衛之遺民渡河而南立宣姜子申以廬於漕是爲戴公是年卒立其弟燬是爲文公於是齊桓公合諸侯以城楚丘而遷衛焉文公大布之衣大帛之冠務材訓農通商惠工敬教勸學授方任能元年革車三十乘季年乃三百乘

蝃（丁計反）蝀（都動反）在東，莫之敢指。女子有行，遠（于萬反）父母兄弟（叶待里反）。○比也。蝃蝀，虹也。日與雨交，倏然成質，似有血氣之類，乃陰陽之氣不當交而交者，蓋天地之淫氣也。在東者，莫虹也。虹隨日所映，故朝西而莫東也。○此刺淫奔之詩。言蝃蝀在東，而人不敢指，以比淫奔之惡人不可道。況女子有行，又當遠其父母兄弟，豈可不顧此而冒行乎。【纂疏】孔氏曰：郭璞云俗名為美人。虹雙出，色鮮盛者為雄，雄曰虹；暗者為雌，雌曰蜺。東萊呂氏曰：女子有行，遠父母兄弟，此詩及泉水、竹竿辭同而意不同。此詩蓋國人疾淫奔者，言女子終當適人，非父在家者，何為而犯禮也。泉水、竹竿蓋衛女思家，言女子分當適人，雖欲常在父母兄弟之側，有所不可得也。一則欲常在家而不可得，一則欲亟去家而不能得，其善惡可見矣。

○朝隮（子西反）于西，崇朝其雨。女子有行，遠兄弟父母（叶蒲補反）。○比也。隮，升也。周禮十煇九曰隮，注以為虹，蓋忽然而見，如自下而升也。崇，終也。從旦至食時為終朝。言方雨而虹見，則其雨終朝而止矣。蓋淫慝之氣有害於陰陽之和也。今俗謂虹能截雨，信然。

○乃如之人也，懷昏姻也。大無信也（叶斯人反），不知命（叶彌并反）也。○賦也。乃如之人，指淫奔者而言。昏姻，謂男女之欲。【程子】曰：女子以不自失為信。命，正理也。○言此淫奔之人但知思念男女之欲是不能自守貞信之節而不知天理之正也程子曰人雖不能無欲然當有以制之無以制之而惟欲之從則人道廢而入於禽獸矣以道制欲則能順命

蝃蝀三章章四句

相（息亮反）鼠有皮（叶蒲何反）人而無儀（叶牛何反）人而無儀不死何爲（叶五禾反○興也相視也鼠蟲之可賤惡者○言視彼鼠而猶必有皮可以人而無儀乎人而無儀則其不死亦何爲哉【纂疏】鄭氏曰儀威儀也）○相鼠有齒人而無止人而無止不死何俟（叶羽巳反又音始○興也止容止也俟待也）○相鼠有體人而無禮人而無禮胡不遄死（叶想止反○興也體支體也遄速也【纂疏】嚴氏曰凡獸皆有皮齒体独言鼠者舉卑汚可惡之物以惡人之无礼也）

相鼠三章章四句

孑孑（居熱反）干旄在浚（蘇浚反）之郊（叶音高）素絲紕（符至反）之

良馬四之彼姝赤朱反者子何以畀必寐反之賦也子子特出之貌干旄以旄牛尾注於旗干之首而建之車後也浚衛邑名邑外謂之郊紕織組也蓋以素絲織組而維之也四之兩服兩驂凡四馬以載之也姝美也畀與也○言衛大夫乘此車馬建此旌旄以見賢者彼其所見之賢者將何以畀之而荅其禮意之勤乎

附錄 先生問文蔚曰干旄詩彼姝者子指誰而言文蔚曰集傳言大夫乘此車馬以見賢者賢者言車中之人德美如此我將何以告之曰此依舊是用小序說此只是傍人見此人有好善之誠曰彼姝者子何以告之蓋指賢者而言也如此說方不費力今若如集傳說是說斷了再起意得費力 文蔚

纂疏 程氏曰干之首有旄有羽旄者牛尾羽夏翟之羽其下有旒縿音衫孔氏曰旄干首九旗皆然九旗之物所建名不同若王建太常諸侯建旂孤卿建旃大夫士建物是也旄旟旌皆通言耳謂卿大夫建旟而來就浚之都禮下賢者于氏曰素絲織組所以帶馬

○子子干旟在浚之都素絲組祖音之良馬五之彼姝者子何以予音與之賦也旟州里所建鳥隼之旗也上設旌旄其下繫斿斿下屬縿皆畫鳥隼也下邑曰都五之五馬言其盛也

○子子干旌在浚之城素絲祝之良馬六之彼姝者

子何以告姑沃反之賦也析羽為旌干旌蓋析翟羽設於旗干之首也城都城也祝屬也六之六馬極其盛而言也纂疏毛氏曰祝織也王氏曰組成而祝之故初言紕中言組終言祝祝斷也

干旄三章章六句此上三詩小序皆以為文公時詩蓋見其列於定中載馳之間故尔他無所考也然衛本以淫乱無礼不楽善道而亡其国今破滅之餘人心危懼正其有以懲創往事而興起善端之時也故其為詩如此蓋所謂生於憂患死於安樂者小序之言疑亦有所本云

載馳載驅叶祛尤反歸唁衛侯驅馬悠悠言至於漕叶徂侯反大夫跋蒲末反涉我心則憂賦也載則也弔失国曰唁悠悠遠而未至之貌草行曰跋水行曰涉宣姜之女為許穆公夫人閔衛之亡馳驅而歸將以唁衛侯於漕邑未至而許之大夫有奔走跋涉而來者夫人知其必將以不可歸之義來告故心以為憂也既而終不果歸乃作此詩以自言其意尔纂疏李氏曰夫人言已欲驅馳往歸宗国以吊唁衛侯故願御者驅馬悠悠二遠行疾至曹邑亦猶泉水載脂載舝還車言邁遄皆是準擬之辭東萊引先生初解曰夫人父母不在當使大夫寧其兄弟夫人欲歸唁其兄弟而托以不欲勞其大夫之跋涉也愚謂今說則是夫人已至中途而復

返初說則託辭也○既不我嘉不能旋反視爾不臧我思不遠既不我嘉不能旋濟視爾不臧我思不閟賦也嘉臧皆善也遠猶忘也濟渡也自許歸衛必有所渡之水也閟閉也止也言思之不止也○言大夫既至而果不以我歸爲善則我亦不能旋反而濟以至於衛矣雖視爾不以我爲善然我之所思終不能自已也一說東萊呂氏曰許人既不以我歸衛則我亦不能旋反於衛矣爲許人者盍亦視爾父子兄弟之間有災患不臧其心如之何則我之思不遠矣不閟謂曉然易見初不閟也

○陟彼阿丘言采其蝱音盲叶謨郎反女子善懷亦各有行叶戶郎反許人尤之衆穉直吏反且狂賦也偏高曰阿丘蝱貝母也主療鬱結之疾善懷多憂思也猶漢書云岸善崩也行道尤過也○又言以其既不適衛而思終不止也故其在塗或升高以舒憂想之情或采蝱以療鬱結之疾蓋女子所以善懷者亦各有道而許國之衆人以爲過則亦少不更事而狂妄之人爾許人守禮非穉且狂也但以其不知己情之切至而言若是爾然而卒不敢違焉則亦豈真以爲穉且狂哉孔氏曰陸璣曰蝱今藥草貝母也葉如栝樓而細其子在根下如芋

○我行其野芃芃蒲紅反其麥叶訖力反

控苦貢反于大邦誰因誰極大夫君子無我有尤叶于其反百爾所思叶新齎反不如我所之賦也芃芃麥盛長貌控持而告之也因如因魏莊子之因極至也大夫即跋涉之大夫君子謂許國之衆人也○又言歸途在野而涉芃芃之麥又自傷許国之小而力不能救故思欲爲之控告于大邦而又未知其將何所因而何所至乎大夫君子无以我爲有過雖尔所以處此百方然不如使我得自盡其心之爲愈也

嚴氏曰味詩意夫人蓋欲赴愬於方伯以圖救衛而托歸唁爲辞因首章婉而未露也次章欲言而未言也三章始慨然責之四章乃言其情謂我之所思無它思所以救衛耳我欲代諸大夫之行者蓋大夫徒能唁之而已若我自歸將行郊野經麥田不憚勞苦以控告于大国而求其能救衛者諸国中誰可因藉誰肯來至多方圖之必有所濟我所思蓋在此非徒歸也爾大夫君子无以我爲有尤過尔爲我百方思所以處此者不如我之自往尔所思不如我思之切也以許之小而責其救衛則爲不通曉於事今欲求大国之援其説非迂遠難行也非闊塞不通也赴難乞師本非女子之事國許人當爲告急於方伯不當坐視其亡上遣大夫唁之而已至哀至切之情也其後齊桓卒救衛而存之然後信夫人所思爲有理而許人真狂穉無謀矣

載馳四章二章章六句二章章八句事見春秋傳舊說此

詩五章一章六句二章三章四句四章六句五章八句蘇氏合二章三章以爲一章按春秋傳叔孫豹賦載馳之四章而取其控于大邦誰因誰極之意與蘇說合今從之○范氏曰先王制禮父母沒則不得歸寧者義也雖国滅君死不得往是焉義重於亡故也

附錄

載馳詩致有首尾委曲討尽外大段會底說不得 祖道

鄘國十篇二十九章百七十六句

衛一之五

瞻彼淇奧於六反 綠竹猗猗於宜反叶於何反 有匪君子如切如磋七河反 如琢如磨叶莫婆反 瑟兮僩遐版反 兮赫兮咺況晚反 兮有匪君子終不可諼況元反叶況遠反 兮

○興也淇水名奧隈也綠色也淇上多竹漢世猶然所謂淇園之竹是也猗猗始生柔弱而美盛也匪斐通文章著見之貌也君子指武公也治骨角者既切以刀斧而復磋以鑢鐋

治玉石者旣琢以槌鑿而復磨以沙石言其德之脩飾有進而无已也瑟矜莊貌僩威嚴貌咺宣著貌諼忘也○衛人美武公之德而以綠竹始生之美盛興其學問自脩之進益也大學傳曰如切如磋者道學也如琢如磨者自脩也瑟兮僩兮者恂慄也赫兮咺兮者威儀也有斐君子終不可諠兮者道盛德至善民之不能忘也○瞻彼淇奥綠竹青青子丁反有匪君子充耳琇瑩音營會古外反弁如星瑟兮僩兮赫兮咺兮有匪君子終不可諼兮興也青青堅剛茂盛之貌充耳瑱也琇瑩美石也天子玉瑱諸侯以石會縫也弁皮弁也以玉飾皮弁之縫中如星之明也○以竹之堅剛茂盛興其服飾之尊嚴而見其德之稱也【纂疏】孔氏曰弁師云王之皮弁會五采玉璂音其諸侯及孤卿大夫之皮弁各以其等爲之注云會縫中也皮弁之縫中每貫結五采玉十二以爲飾謂之綦詩云會弁如星是也武公諸侯則玉用三采而璂飾也○瞻彼淇奥綠竹如簀音責叶側歷反有匪君子如金如錫如圭如璧寬兮綽兮猗重直恭反較古岳反兮善戲謔兮不爲虐兮興也簀棧也竹之密比似之則盛之至也金錫言其鍛鍊之精純圭璧言其生質之溫潤寬宏裕也綽開

大也猗歎辭也重較卿士之車也較兩輢上出軾者謂車兩傍也善戲謔不為虐者言其樂易而有節也○以竹之至盛興其德之成就而又言其寬廣而自如和易而中節也蓋寬綽無斂束之意戲謔非莊厲之時皆常情所忽而易致過差之地也然猶可觀而必有節焉則其動容周旋之間無適而非禮亦可見矣〔禮〕曰張而不弛文武不能也弛而不張文武不為也一張一弛文武之道也此之謂也

【附錄】文蔚曰淇澳一篇衛武公進德成德之序始終可見一章言切磋琢磨則學問自脩之功精密始此一章言威儀服飾之盛有諸中而形諸外也三章言如金錫圭璧則煅煉已精溫純深粹而德器成矣前二章皆有瑟僩咺赫之辭三章但言寬綽戲謔而已於此可見不事矜持而周旋自然中禮之意曰說得甚善衛武公學問之功甚不苟年九十五歲猶命群臣使進規諫畢竟周之卿士去聖人近氣象自是不同 文蔚

【纂疏】嚴氏曰檀弓注簀謂床第即床棧也

淇奧三章章九句

按〔国語〕武公年九十有五猶箴儆于国曰自卿以下至于師長士苟在朝者无謂我老耄而舍我必恪恭於朝以交戒我遂作懿戒之詩以自警而賓之初筵亦武公悔過之作則其有文章而能聽規諫以禮自防也可知矣衛之他君蓋无足以及此者故序以此詩為美武公而今從之也

考槃在澗叶居賢反碩人之寬叶區權反獨寐寤言永矢弗諼況元反○賦也考成也槃盤桓之意言成其隱處之室也陳氏曰考扣也槃器名蓋扣之以節歌如鼓盆拊缶之為樂也二說未知孰是山夾水曰澗碩大寬廣永長矢誓諼忘也○詩人美賢者隱處澗谷之間而碩大寬廣无戚戚之意雖獨寐而寤言猶自誓其不忘此樂也纂疏東萊曰孔叢子曰孔子曰吾於考槃見遯世之士无悶於世釋文云澗韓詩作干云墝埆之處也嚴氏曰碩人之寬易所謂肥遯也○考槃在阿碩人之薖苦禾反獨寐寤歌永矢弗過古禾反○賦也曲陵曰阿薖義未詳或云亦寬大之意也永矢弗過自誓所願不踰於此若將終身之意也纂疏釋文云薖韓詩作過美貌○考槃在陸碩人之軸獨寐寤宿永矢弗告姑沃反○賦也高平曰陸軸盤桓不行之意寤宿已覺而猶臥也弗告者不以此樂告人也

考槃三章章四句

碩人其頎其機反衣於既反錦褧苦迥反衣齊侯之子衛侯

之妻東宮之妹邢侯之姨譚公維私息夷反○賦也碩人指莊姜也頎長貌錦文衣也褧禪也錦衣而加褧焉爲其文之太著也東宮太子所居之宮齊太子得臣也繫太子言之者明与同母言所生之貴也女子後生曰妹妻之姊妹曰姨姊妹之夫曰私邢侯譚公皆莊姜姊妹之夫互言之也諸侯之女嫁於諸侯則尊同故歷言之○莊姜事見邶風綠衣等篇春秋傳曰莊姜美而无子衛人爲之賦碩人卽謂此詩而其首章極稱其族類之貴以見其爲正嫡小君所宜親厚而重歎莊公之昏惑也

李氏曰史記孔子世家所謂頎然而長也言莊姜容貌之偉嚴氏曰二衣字如字對裳錦褧裳褧亦如字褧禪音丹衣以縠爲之加於錦衣之上中庸所謂衣錦尚絅惡其文之著也東萊引先生初解曰褧儀礼作景礼記作絅鄭氏曰国君夫人當翟衣而嫁錦衣在塗所服蘇氏曰邶鄘公後譚近齊孔氏曰春秋譚子奔莒則譚子爵蘇氏曰白虎通云公伯子男臣子於其国中褒其君爲公嚴氏曰風人不直言莊姜不見荅之事但首章歷述其親族欲讀之者知其爲莊姜則不見荅之之詳国人自知之不待察二言之矣

○手如柔荑徒奚反膚如凝脂領如蝤似修反蠐音齊齒如瓠戶故反犀螓音秦首蛾我波反眉巧笑倩七薦反兮美目盼匹莧反叶也見反兮賦也茅之始生

曰荑言柔而白也凝脂脂寒而凝者亦言白也領頸也蝤蠐木蟲之白而長者瓠犀瓠中之子方正絜白而比次整齊也螓如蟬而小其額廣而方正蛾蠶蛾也其眉細而長曲倩口輔之美也盼白黑分明也○此章言其容貌之美猶前章之意也【纂疏】嚴氏曰釋虫云蟦音焚蠐螬蝤蠐蝎又云蝎蛣蜛又云蝎桑蠹孫炎云疏以爲蟦蠐也蠐螬也蝤蠐蝎也蛣蜛也桑蠹也蝎也一虫六名郭璞云蠐螬在糞土中蝎在木中故一山陰陸氏以爲蟦蠐也螬也蠐螬也爲一物蝤蠐蝎蜛又爲一物姑兩存之鄭氏曰螓謂蜻蜻孔氏曰蜻蜻如蟬而小有文

○碩人敖敖五刀反說始銳反于農郊叶音高四牡有驕起橋反叶音高朱幩符云反鑣鑣表驕反叶音褒翟茀音弗以朝直遥反叶直豪反大夫夙退無使君勞

【賦】也敖敖長貌說舍也農郊近郊也四牡車之四馬驕壯貌幩鑣飾也鑣者馬銜外鐵人君以朱纏之也鑣鑣盛也翟翟車也夫人以翟羽飾車茀蔽也婦人之車前後設蔽夙早也玉藻曰君日出而視朝退適路寢聽政使人視大夫大夫退然後適小寢釋服○此言莊姜自齊來嫁舍止近郊乘是車馬之盛以入君之朝國人樂得以爲莊公之配故謂諸大夫朝於君者宜早退无使君勞於政事不得與夫人相親而歎今之不然也【纂疏】釋文云鑣馬銜外鐵一名扇汗又曰排沫孔氏曰朱纏鑣之鑣字旁自解飾之所施排

經中之鑣也嚴氏曰敖二曹氏謂敖出游遨也通作遨則敖二是優游舒徐之意鑣二非一鑣也言四馬之鑣倩人馴介鑣二武貌無遨遨傍戟驅行人鑣二衆貌從寸人傍比鑣從金傍義各異○

河水洋洋北流活活古闊反叶户劣反施罛音孤濊濊呼活反叶許月反鱣陟連反鮪于軌反發發補末反叶方月反葭音加菼他覽反揭揭居謁反庶姜孼孼魚竭反庶士有朅欺列反○賦也河在齊西衛東北流入海洋洋盛大貌活活流貌施設也罛魚罟也濊濊罟入水聲也鱣魚似龍黃色銳頭口在頷下背上腹下皆有甲大者千餘斤鮪似鱣而小色青黑發發盛貌菼薍也亦謂之荻揭揭長也庶姜謂姪娣孼孼盛飾也庶士謂媵臣朅武貌○言齊地廣饒而夫人之來士女佼好禮儀盛備如此亦首章之意也嚴氏曰葭蘆葦又名葦見七月○一說嚴氏曰發發二說文魚著網尾撥撥二然

碩人四章章七句

氓之蚩蚩尺之反抱布貿莫豆反絲叶新齎反匪來貿絲來即我謀叶謨悲反送子涉淇至于頓丘叶祛奇反匪我愆期子無

良媒（叶謨悲反）將（七羊反）子無怒秋以為期（賦也氓民也蓋男子而不知其誰何之稱也蚩蚩無知之貌蓋怨而鄙之也布幣貿買也貿絲蓋初夏時也頓丘地名愆過也將願也請也○此淫婦為人所棄而自敘其事以道其悔恨之意也夫既與之謀而不遂往又責所无以難其事再為之約以堅其志此其計亦狡矣以御蚩蚩之氓宜其有餘而不免於見棄蓋一失其身人所賤惡始雖以欲而迷後必有時而悟是以无往而不困耳士君子立身一敗而萬事瓦裂者何以異此可不戒哉【纂疏】鄭氏曰幣所以貿買物也釋文云貿交易也嚴氏曰頓丘在朝歌紂都之東漢志陳郡有頓丘縣師古云以丘為縣也丘一成為頓丘謂一頓而成也）○乘彼垝（俱毀反）垣（音袁）以望復關（叶圭貟反）不見復關泣涕漣漣（音連）既見復關載笑載言爾卜爾筮體無咎言以爾車來以我賄（呼罪反）遷（賦也垝毀垣牆也復關男子之所居也不敢顯言其人故託言之耳龜曰卜蓍曰筮體兆卦之體也賄財遷徙也○與之期矣故及期而乘垝垣以望之既見之矣於是問其卜筮所得卦兆之休若无凶咎之言則以爾之車來迎當以我之賄往遷也）○桑之未落其葉沃若于（音吁下同）嗟鳩兮無食桑葚

音甚，叶知林反。于嗟女兮，无與士耽。叶持林反。士之耽兮，猶可説也；女之耽兮，不可説也。比而興也。沃若，潤澤貌。鳩，鶻鳩也，似山雀而小，短尾，青黑色，多聲。甚，桑實也。鳩食甚多則致醉。耽，相樂也。説，解也。○言桑之潤澤，以比己之容色光麗。然又念其不可恃此而從欲忘反，故遂戒鳩无食桑甚，以興下句戒女无与士耽也。士猶可説，而女不可説者，婦人被棄之後，深自愧悔之辭。主言婦人无外事，唯以貞信爲節，一失其正，則餘无可觀尔，不可便謂士之耽惑實无所妨也。

○桑之落矣，其黃而隕。叶于貧反。自我徂爾，三歲食貧。淇水湯湯，音傷。漸子廉反。車帷裳。女也不爽，叶師莊反。士貳其行。下孟反，叶户郎反。士也罔極，二三其德。興也。隕，落。徂，往也。湯湯，水盛貌。漸，漬也。帷裳，車飾，亦名童容，婦人之車則有之。爽，差。極，至也。○言桑之黃落，以比己之容色凋謝，遂言自我往之爾家，而値爾之貧，於是見棄，復乘車而度水以歸。復自言其過不在此，而在彼也。【纂疏】孔氏曰：以帷障車之旁，如裳以爲容飾。其丈夫車立乘，則有蓋，无帷裳。

○三歲爲婦，靡室勞矣。夙興夜寐，靡有朝矣。叶直豪反。言既遂矣，至于暴矣。兄弟不知咥許意反其笑叶音燥矣静言思之躬自悼矣賦也靡不夙早興起也咥笑貌○言我三歲為婦盡心竭力不以室家之務為勞早起夜卧无有朝旦之暇与尔始相謀約之言既遂而尔遽以暴戾加我兄弟見我之歸不知其然但咥然其笑而已蓋淫奔從人不為兄弟所齒故其見棄而歸亦不為兄弟所恤理固有必然者亦何所歸咎哉但自痛悼而已○及爾偕老老使我怨淇則有岸叶魚戰反隰則有泮音畔叶匹見反總角之宴言笑晏晏叶伊佃反信誓旦旦叶得絹反不思其反叶孚絹反反是不思叶新齎反亦已焉哉叶將黎反○賦而興也及与也泮涯也高下之判也總角女子未許嫁則未笄但結髮為飾也晏晏和柔也旦旦明也○言我与女本期偕老不知老而見棄如此徒使我怨也淇則有岸矣隰則有泮矣而我總角之時与尔宴樂言笑成此信誓曾不思其反復以至於此也此則興也既不思其反復而至此矣則亦如之何哉亦已而已矣傳曰思其終也思其復也思其反之謂也纂疏嚴氏曰此章言始也將与汝偕老今我未老而已見棄若我從尔至老其被暴戾必有甚者愈使我怨也舊說以老使我怨為今老而見棄據此詩言總角之宴則此婦人始笄便為此氓之婦又言自我徂尔三歲食貧又

二五八

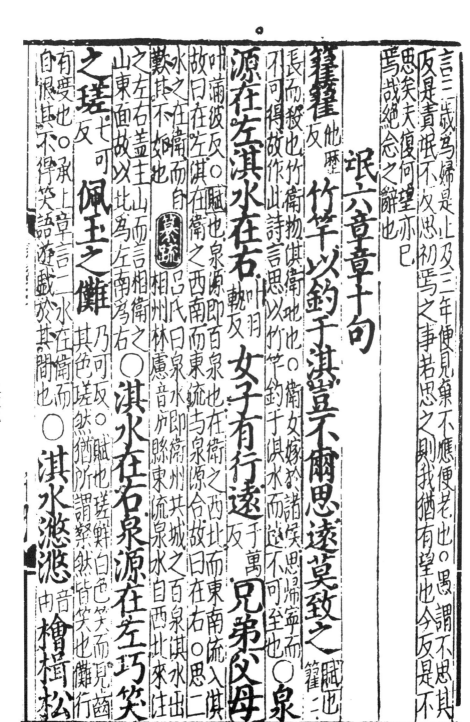

言三歲為婦是止及三年便見棄不應便老也○愚謂不思其反是責其不反思初為之事君思之則我猶有望也今反是不思矣夫復何望亦已焉哉絕念之辭也

氓六章章十句

籊籊他歷反竹竿以釣于淇豈不爾思遠莫致之賦也籊籊長而殺也竹衛物淇衛地也○衛女嫁於諸侯思歸寧而不可得故作此詩言思以竹竿釣于淇水而遠不可至也○泉源在左淇水在右叶羽軌反女子有行遠于萬反兄弟父母叶滿彼反○賦也泉源即百泉也在衛之西北而東南流入淇故曰在左淇在衛之西南而東流與泉源合故曰在右○思二水之在衛而自歎其不如也

纂疏呂氏曰泉水即衛州共城之百泉淇水出相州林慮音廬縣東流泉水自西北來注之左右蓋主山而言相衛之山東面故以北為左南為右○淇水在右泉源在左巧笑之瑳七可反佩玉之儺乃可反○賦也瑳鮮白色笑而見齒其色瑳然猶所謂粲然皆笑也儺行有度也○承上章言二水在衛而自恨其不得笑語遊戲於其間也○淇水滺滺音由檜楫松

舟駕言出遊以寫我憂〔賦〕也滺滺流貌檜木名似柏楫所以行舟也○與泉水之卒章同意

〔纂疏〕毛氏曰檜柏葉松身孔氏曰禹貢杶幹栝柏注柏葉松身曰栝與此一也

竹竿四章章四句

芄（音丸）蘭之支童子佩觿（許規反）雖則佩觿能不我知容兮遂兮垂帶悸（其季反）兮〔興〕也芄蘭草一名蘿摩蔓生斷之有白汁可啖支枝同觿錐也以象骨爲之所以解結成人之佩非童子之飾也知猶智也言其才能不足以知於我也容遂舒緩放肆之貌悸帶下垂之貌

〔纂疏〕陸氏曰芄蘭幽州謂雀瓢鬻（音煑）爲茹茹滑美其子長數寸似瓠子嚴氏曰陶隱居云去家千里勿食蘿摩枸杞○一說鄭氏曰容刀也孔氏曰大東鞙鞙佩璲佩玉也蘇氏曰遂璲通錢氏曰悸心動

○芄蘭之葉童子佩韘（失涉反）雖則佩韘能不我甲（古協反）容兮遂兮垂帶悸兮〔興〕也韘決也以象骨爲之著右手大指所以鉤弦闓躰鄭氏曰沓也即大射所謂朱極三是也以朱韋爲之用以彄沓右手食指將指无名指也甲長也言其才能不足以長於我也

〔纂疏〕先生初解引沈括云芄蘭之葉如佩韘之狀釋文甲

韓詩作狎

芄蘭二章章六句此詩不知所謂不敢強解○愚按諸家皆本序謂大夫刺惠公驕而無禮東萊曰杜預謂惠公即位時年十五六讒備

誰謂河廣一葦韋鬼反杭户郎反之誰謂宋遠跂丘豉反予望叶武方反之

賦也葦蒹葭之屬杭度也衛在河北宋在河南○宣姜之女為宋桓公夫人生襄公而出歸于衛襄公即位夫人思之而義不可往蓋嗣君承父之重與祖為體母出與廟絕不可以私反故作此詩言誰謂河廣乎但以一葦加之則可以渡矣誰謂宋國遠乎但一跂足而望則可以見矣明非宋遠而不可至也乃義不可而不得往耳○嚴氏曰跂舉踵也腳跟音根不著地又曰箋謂宋襄即位其母思之而作河廣之詩疏因以為衛文公時非也衛都朝歌在河北宋都睢陽在河南自衛適宋必涉河衛自魯閔二年狄入之後戴公始渡河而南河廣之詩言誰謂河廣一葦杭之則是作於衛未遷之前矣時宋桓猶在襄公方為世子衛戴文俱未立也舊說誤矣疏以河廣屬衛衛風當為衛人所作非宋襄公母所親作然宋襄公母本衛女又歸衛而作此詩不屬之衛何所屬乎○愚謂嚴氏辨證甚的但因此疑非襄公母親作恐未然母思子

於其未即位之前亦何害東萊先生引說苑云襄公為太子請於桓公曰請使目夷立公曰何故對曰臣之舅在衛愛臣若終立則不可以往味此詩而推其母子之心蓋不相遠所載似可信也不曰欲見母而曰欲見舅者恐傷其父之意也母慈子孝皆止於義而不敢過焉不幸處母子之變者可以觀矣至哉言乎若果如嚴氏說則詩作於襄公為太子之時公亦適有目夷之請鶴鳴子和安知其非出於自然之感應者即於此益可以觀矣

○誰謂河廣曾不容刀誰謂宋遠曾不崇朝賦也小船曰刀不容刀言小也崇終也行不終朝而至言近也音

疏嚴氏曰刀舠古字通用

河廣二章章四句范氏曰夫人之不往義也天下豈有無母之人歟有千乘之国而不得養其母則人之不幸也為襄公者將若之何生則致其孝沒則盡其礼而已衛有婦人之詩自共姜至於襄公之母六人焉皆止於礼義而不敢過也夫以衛之政教淫僻風俗傷敗然而女子乃有知礼而畏義如此者則以先王之化猶有存焉故也

伯兮朅丘列反兮邦之桀兮伯也執殳市朱反為于偽反王

前驅賦也伯婦人目其夫之字也朅武貌桀才過人也殳長丈二而无刃○婦人以夫久從征役而作是詩言其君子之才之美如是今方執殳而為王前驅也○
自伯之東首如飛蓬豈無膏沐誰適都歷反為容賦也蓬草名其華似柳絮聚而飛如亂髮也膏所以澤髮者沐滌首去垢也適主也
○言我髮亂如此非无膏沐可以為容所以不為者君子行役无所主而為之故也傳曰女為說己容東萊曰膏
所以膏首面沐盡潘也左傳遺之潘沐杜預云潘米汁可以沐頭魯遣展喜以膏沐勞齊師則膏非專婦人用也○愚按內則
女事父母舅姑五日燂湯請浴三日具沐其間面垢燂潘請靧足垢燂湯請洗注潘淅米汁靧洗面燂音尋潘音翻靧音悔
○其雨其雨杲杲古老反出日願言思伯甘心首疾比也
其者冀其將然之辭○冀其將雨而杲然日出以比望其君子之歸而不歸也是以不堪憂思之苦而寧甘心於首疾也○
焉於虔反得諼況袁反草言樹之背音佩願言思伯使我心
痗呼內反○賦也諼忘也諼草合歡食之令人忘憂者背北堂也痗病也○言焉得忘憂之草樹之於北堂以忘吾憂乎然
終不忍忘也是以寧不求此草而但願言思伯雖至於心痗而不辭爾心痗則其病益深非特首疾而已也嚴氏

皆音佩又姬字孔氏曰儀礼士昏礼云婦洗在北堂有司徹云主婦北堂房室所居之地揔謂之堂房半以北為北堂房半以南為南堂

伯兮四章章四句 范氏曰居而相離則思期而不至則憂此人之情也文王之遣戍役周公之勞歸士皆叙其室家之情男女之思以閔之故其民悅而忘死聖人能通天下之志是以能成天下之務兵者毒民於死者也孤人之子寡人之妻傷天地之和召水旱之災故聖王重之如不得已而行則告以歸期念其勤勞哀傷慘怛不啻在己是以治世之詩則言其君上閔恤之情乱世之詩則録其室家怨思之苦以為人情不出乎此也

有狐綏綏在彼淇梁心之憂矣之子無裳 比也狐者妖媚之獸綏綏獨行求匹之貌石絶水曰梁在梁則可以裳矣○国乱民散喪其妃耦有寡婦見鰥夫而欲嫁之故託言有狐独行而憂其无裳也 **纂疏** 嚴氏曰綏本訓安則綏綏安綏之意狐性淫又多疑毎涉冰且聽且渡故言疑若稱狐疑也今在淇梁綏綏然独行而遲疑有求匹之意喻无妻之人也鄭氏曰之子是子也疊山謝氏曰心之憂矣之子无裳未嘗直言願与此子為室

夫婦也見鰥夫無人縫裳而有憂則其情可知矣因其有言者以然其不言者意在辭外得其意不必泥其辭可與言風人之旨矣○有狐綏綏在彼淇厲心之憂矣之子無帶叶丁計反○比也厲深水可厲處也帶所以申束衣也在厲則可以帶矣纂疏王氏曰岸近淺曰厲○有狐綏綏在彼淇側心之憂矣之子無服叶蒲北反○比也濟乎水則可以服矣

有狐三章章四句

投我以木瓜叶攻乎反報之以瓊琚音居匪報也永以爲好呼報反也比也木瓜楙木也實如小瓜酢可食瓊玉之美者琚佩玉名○言人有贈我以微物我當報之以重寶而猶未足以爲報也但欲其長以爲好而不忘耳疑亦男女相贈荅之詞如靜女之類纂疏東萊引先生初解投我以木瓜而報之以瓊琚報之厚矣而猶曰非敢以爲報姑欲長以爲好而不忘耳蓋報人之施而曰如是報之足矣則報者之情倦而施者之德忘惟其謙然常若无物以報之則報者之情施者之德兩无窮也徐氏曰瓜有瓜瓞桃有羊桃李有雀李此皆枝蔓也故言木瓜木桃木李以別之說文瓊赤玉○愚按王氏詩致引晁氏詩序論云賈逵謂木瓜下報上也如是則集傳以爲疑

亦男女相贈之辭不首以爲实然之論然然矣

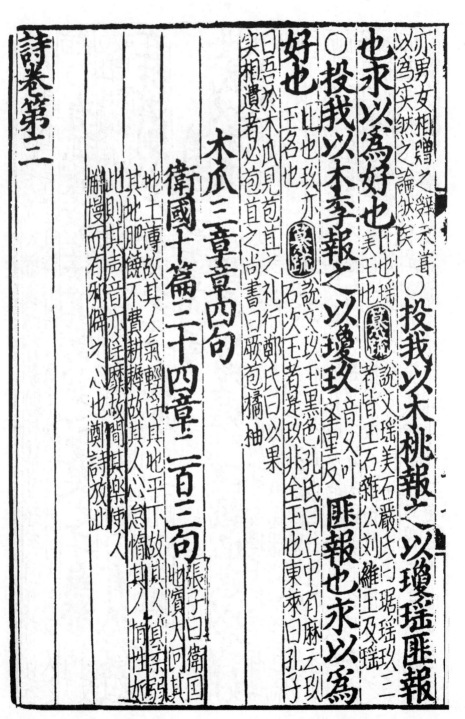

○投我以木桃報之以瓊瑤匪報也求以爲好也比也瑤美玉也纂疏說文瑤美石嚴氏曰琚瑤玖三者皆玉石雜公刘維玉及瑤

○投我以木李報之以瓊玖音久叶舉里反匪報也求以爲好也比也玖亦玉名也纂疏說文玖玉黑色孔氏曰丘中有麻云玖石次玉者是玖非全玉也東萊曰孔子曰吾於木瓜見苞苴之礼行鄭氏曰以果实相遺者必苞苴之尚書曰厥苞橘柚

木瓜三章章四句

衛國十篇三十四章二百三句張子曰衛国地濱大河其地土薄故其人氣輕浮其地平下故其人質柔弱其地肥饒不費耕耨故其人心怠惰其人情性如此則其声音亦淫靡故聞其樂使人懈慢而有邪僻之心也鄭詩放此

詩卷第三

元泰定本詩集傳附録纂疏

第二册

元 胡一桂撰

元泰定四年建安劉君優翠巖精舍刻本

山東人民出版社·濟南

詩卷第四

朱子集傳

新安後學胡一桂附録纂疏

王一之六

王謂周東都洛邑王城畿内方六百里之地在禹貢豫州太華外方之間北得河陽漸冀州之南也周室之初文王居豐武王居鎬至成王時周公始營洛邑爲時會諸侯之所以其土中四方來者道里均故也自是謂豐鎬爲西都而洛邑爲東都至幽王嬖褒姒生伯服廢申后及太子宜臼宜臼奔申申侯怒與犬戎攻宗周弑幽王于戲晉文侯鄭武公迎宜臼于申而立之是爲平王徙居東都王城於是王室遂卑與諸侯無異故其詩不爲雅而爲風然其王號未替也故不曰周而曰王其地則今河南府及懷孟等州是也

附録 問王風是他風如此不是降爲國風曰其辭語可見風多出於在下之人雅乃士夫所出雅雖有刺而其辭莊重與風異大雅 纂疏 嚴氏曰驪山之下地名亦水名孔氏曰平王東遷政遂微弱化之所被才及郊畿詩作後於衛頃國地狹於千里故次之於衛也尊之猶稱王在風則卑矣程氏曰刑政不能治天下

諸侯夾怨擅相并滅王迹息矣故雅亡而爲一国之風
蘇氏曰其風及其境内而不能被天下與諸侯比李氏
曰黍離以下之詩皆平王之詩安得謂詩亡然
後春秋作孟子所謂詩亡蓋雅頌之詩亡也

彼黍離離彼稷之苗行邁靡靡中心搖搖知我者謂我心憂不知我者謂我何求悠悠蒼天叶鐵因反下同此何人哉

賦而興也黍穀名苗似蘆高丈餘穗黑色實圓重離離垂
貌稷亦穀也一名穄似黍而小或曰粟也邁行也靡靡猶
遲遲也搖搖無所定也悠悠遠貌蒼天者據遠而視之蒼蒼然
也○周既東遷大夫行役至于宗周過故宗廟宮室盡爲禾黍
閔周室之顛覆徬徨不忍去故賦其所見黍之離離與稷之苗
以興行之靡靡心之搖搖既歎時人莫識己意又傷所以致此
者果何人哉

追怨之深也

【纂疏】毛氏曰彼彼宗廟宮室說文黍以大暑而種
故謂之黍嚴氏曰本草注云黍似粟而非粟
又圖經注云有二種米粘者爲秫可以釀酒不粘者爲黍如稻
之有秔糯爾孔氏曰粢者稷也曲禮曰稷曰明粢是也郭璞曰
今江東人呼粟爲粢然則黍粢也稷也粟也止是一物也而本草
稷米在下品別有粟米在中品又似二物搖搖楚威王謂蘇秦
曰寡人心搖搖然如懸旌而無所薄鄭氏曰謂我何求怪我久
留而不去李氏曰周大夫呼天而愬怨曰致此者何人哉蓋恰意

其辭不欲指斥其人也○彼黍離離彼稷之穗音遂行邁靡靡中心如醉知我者謂我心憂不知我者謂我何求悠悠蒼天此何人哉賦而興也穗秀也稷穗下垂如心之醉故以起興○彼黍離離彼稷之實行邁靡靡中心如噎於結反叶於悉反知我者謂我心憂不知我者謂我何求悠悠蒼天此何人哉賦而興也噎憂深不能喘息如噎之然稷之實猶心之噎故以起興

孔氏曰噎者咽喉閉塞之名李氏曰實其子過故殼堀作麥秀之詩曰麥秀漸漸兮禾黍油油与此詩意同漸音杉

黍離三章章十句

元城劉氏曰常人之情於憂樂之事初遇之則其心變焉次遇之則其變少衰三遇之則其心如常矣至於君子忠厚之情則不然其行役往來固非一見也初見稷之苗矣又見稷之穗矣又見稷之實矣而所感之心終始如一不少變而愈深此則詩人之意也

疊山謝氏曰天王而沒於夷狄天地之大變中国之大恥萬世聖賢之大恨不特東周臣民之大慟也文

武成康之宗廟而鞠爲禾黍聞者當流涕矣八提醒
而不忍去夫悠悠而不我知能爲閔周之詩者二一行
役大夫之外無人矣不知平王而聞此詩也亦有悅
于中否乎吾觀書至文侯之命知平王之不足与有
爲矣幽王之讐未復子孫万世不可忘也書命無一
語及之所以訓戒晋文侯者惟曰自保其国而已王
室之盛衰故都之興廢悉置度外文武成康在天之
靈必不樂矣王畿乃天子自治之国犨畿封八百里
要地悉付之他人秦日以強周日以弱諸侯日以横
天下日以亂雖德薄道微亦形勢使然也吾觀十二
国風羣臣庶民無一人知天下大義王于興師与子
同仇獨無衣一詩猶有義氣不知斯人何以生於秦
也秦人猶能以天王之仇爲天下之同仇平王不能
以暇考之怨爲一己之私怨人之度量相越如是哉
吾於黍离無衣二詩重有感也夫項氏曰按幽王娶
申后太子宜臼奔申申侯与犬戎攻周殺幽王晋文
鄭武迎宜臼于申而立之自天理觀之則申侯爲平
王不共戴天之讐自平王觀之則申侯乃其賈夯成
済也其戍之宜矣

君子于役不知其期曷至哉叶將黎反雞棲音西于塒音時日

之夕矣羊牛下來叶陵之反君子于役如之何勿思叶新齎反○賦也君子婦人目其夫之辭鑿牆而棲曰塒日夕則羊先歸而牛次之○大夫久役于外其室家思而賦之曰君子行役不知其還反之期且今亦何所至哉雞則棲于塒矣日則夕矣羊牛則下來矣是則畜產出入尚有旦暮之節而行役之君子乃无休息之時使我如何而不思也哉○君子于役不日不月曷其有佸户括反叶户劣反雞棲于桀日之夕矣羊牛下括古活反叶古劣反君子于役苟無飢渴叶巨列反○賦也佸會桀杙括至苟且也○君子行役之久不可計以日月而又不知其何時可以來會也亦庶幾其免於飢渴而已矣此憂之深而思之切也

【纂疏】疊山謝氏曰雨雪霏霏遣戍役而預言歸期也卉木萋萋勞還率而詳言歸期也卉木萋止勞還役而詳言歸期也四牡之使亦幾何時勞之曰我心傷悲吉甫在鎬不過千里勞之曰我行求久吾觀先王之心惟恐一人之勞苦惟恐一人之怨咨何也不如是非所謂体群臣也本於推己及物之恕發而爲序情閔勞之仁豈有行役無期度者哉今君子于役至於不知其期仁恕之意泯然矣文武宣王之治何時而可復見乎

君子于役二章章八句

君子陽陽左執簧(音黄)右招我由房其樂(音洛)只(音止)且(子餘反)○賦也陽陽得志之貌簧笙竽管中金葉也蓋笙竽皆以竹管植於匏中而竅其管底之側以薄金葉障之吹則鼓之而出声所謂簧也故笙竽皆謂之簧笙十三簧或十九簧竽三十六簧也由從也房東房也只且語助声○此詩疑亦前篇婦人所作蓋其夫既歸不以行役為勞而安於貧賤以自樂其家人又識其意而深歎美之皆可謂賢矣豈非先王之澤哉或曰序説亦通宜更詳之

【附録】由房只是人出入處古人屋於房處前有壁後無壁所以通内所謂焉得諼草言樹之背蓋房之北也

【纂疏】董氏曰莊子云以陽為充孔揚則陽陽者氣充於内容皃不枯也鄭氏曰由從也招我欲使我從之於房中俱在樂官也我者君子之友自謂也毛氏曰国君有房中之樂孔氏曰路寢之常樂天子以周南諸侯以召南是天子諸侯皆有房中之樂也嚴氏曰君子之樂如此蓋非所樂而樂焉知時事之不可為矣疊山謝氏曰天地不交否君子以儉德避難不可榮以禄今也進不能捐軀以報国退不能樂身以全道乃偷引類仕於伶官陽陽志得意滿曰其樂只且君子當如是耶古之仁人憂不在一身常以天下之憂為憂樂不在一身必以天下之樂為樂衣人之衣則分人之憂乘人之車則載人之難位其

朝食其祿視其國治亂安危漠然不加欣慼於吾心仁人不忍爲也東遷之後世衰道衰喪邑爲君子者如此嗚呼周轍何時而西乎

○君子陶陶左執翿徒刀反右招我由敖五刀反其樂只且纛也陶陶和樂之貌翿舞者所持羽旄之屬敖舞位也

君子陽陽二章章四句

揚之水不流束薪彼其音記之子不與我戍申懷叶胡威反下同哉懷哉曷月予還音旋歸哉興也揚悠揚也水緩流之貌彼其之子戍人指其室家而言也戍守也申姜姓之國平王之母家在今鄧州信陽軍之境懷思曷何也○平王以申國近楚數被侵伐故遣畿內之民戍之而戍者怨思作此詩也因取之不一字如小星之例纂疏張子詩云揚水悠揚緩不流不漂蒲楚弱堪憂戚詩若作奔湍解王鄭諸篇未易求歐陽氏曰揚之水不流束薪猶東周政衰不能召發諸侯獨使周人遠戍久而不得代爾嚴氏曰前漢地理志南陽宛縣故申伯國歐陽氏曰彼其之子周人謂他諸侯國人之當戍者也

○揚之水不流束楚彼其之子不與我戍甫懷哉懷哉曷月予還

歸哉。【興也】楚，木也。甫，即呂也，亦姜姓。書呂刑，禮記作甫刑，而孔氏以爲呂侯後爲甫侯是也。當時蓋以申故而并戍之。今未知其國之所在。計亦不遠於申許也。【纂疏】孔氏曰：周語云申呂雖衰，齊許猶在。是申與甫許同爲姜姓也。言甫許者，以其俱爲姜姓，既重章以變文，因借甫許以言申，其實不戍甫許也。六國時秦趙同爲嬴姓，史記漢書多謂秦爲趙，亦此類也。

○揚之水，不流束蒲。叶滂古反。彼其之子，不與我戍許。懷哉懷哉，曷月予還歸哉。【興也】蒲，蒲柳。春秋傳云：董澤之蒲。杜氏云：蒲，楊柳，可以爲箭者是也。許，國名，亦姜姓，今潁昌府許昌縣是也。【纂疏】嚴氏曰：毛以爲草，鄭以爲蒲柳，皆通。蒲草見陳澤陂，蒲柳見陳東門之楊。曹氏曰：楚小於薪，蒲尠於楚。嚴氏曰：至不流束蒲，則弱之極矣。錢氏曰：許在今許州。

揚之水三章，章六句。申侯與犬戎攻宗周而弑幽王，則申侯者，王法必誅不赦之賊，而平王與其臣庶不共戴天之讎也。今平王知有母而不知有父，知其立己爲有德而不知其弑父爲可怨，至使復讎討賊之師反爲報施酬恩之舉，則其忘親逆理而得罪於天已甚矣。又況先王之制，諸侯有故則方伯連帥以諸侯之師討之，王室有故則方伯連帥以諸侯之師救之。天子鄉遂之民供貢賦衛王室而已今平王不能行其威令於天下無以保其母家乃勞天子之民遠為諸侯戍守故周人之戍申者又以非其職而怨思焉則其衰懦微弱而得罪於民又可見矣嗚呼詩亡而後春秋作其不以此也哉

中谷有蓷吐雷反暵呼但反其乾矣有女仳匹指反離嘅口愛反其嘆土丹反矣嘅其嘆矣遇人之艱難矣

興也蓷鵻也葉似萑方莖白華華生節間即今益母草也暵燥仳別也嘅歎聲艱難窮厄也○凶年饑饉室家相棄婦人覽物起興而自述其悲歎之詞也

讀說毛氏曰中谷谷中也孔氏曰蓷釋草云萑蓷郭璞云今茺蔚也音充尉陸璣云舊說菴䕡嚴氏曰李巡謂臭穢草舊說以蓷草宜生高陸生谷中則傷於水非也按本草茺蔚下生海濱池澤其性宜濕舊說以蓷草暵乾喻夫婦相棄非也此詩但以歲旱草枯與凶年饑饉之憔悴無潤澤之氣象爾由此而致夫婦衰薄遂以相棄

○中谷有蓷暵其脩叶式竹反矣有女仳離條其歗叶息六反矣條其歗矣遇人之不淑矣

興也脩長也或曰乾也如脯之謂脩也條條然歗貌歗蹙口出聲也悲恨之深不止於嘆矣淑善也古者謂死喪饑饉皆曰不淑蓋以吉慶為善事凶禍為不善事雖今人語猶然也○曾氏曰凶年而遽相棄背蓋衰

薄之甚者而詩人乃曰遇斯人之艱難遇斯人之不淑而无怨懟過甚之辭焉厚之至也【集疏】程氏曰歗長吟也○

中谷有蓷暵其濕矣有女仳離啜張劣反其泣矣啜其泣矣何嗟及矣興也暵濕者旱甚則草之生於濕者亦不免也啜泣貌何嗟及矣言事之至此末如之何窮之甚也【集疏】疊山謝氏曰凶年飢歲上而王朝有司徒荒政十二以聚民下而有同能以時告其上發倉廩開府庫懋迁化居以賑民必无夫婦衰薄室家相棄之事矣此詩三章始暵其乾終暵其脩終暵其濕言民之窮蹙者一節急一節始嘆其歎中脩其歗中啜其泣民之怨恨者一節深一節始曰遇人之艱難憐其夫受窮苦也中曰遇人之不淑憐其夫遭凶禍也終曰何嗟及矣夫婦既已離別雖怨嗟亦无及也又曰吾讀詩至中谷有蓷始知天下有義婦人焉夫婦之大倫也雖饑饉而相棄人道之大變也婦无一語怨其夫曰遇人之艱難遇人之不淑始而歎中而歗終而泣憐其夫之不得已有哀矜惻怛之意焉知其无可柰何而安之共命有道者能之此義婦也与忠臣孝子同道人不幸而处三綱之變以此存心則綽綽然有餘裕矣

中谷有蓷三章章六句【劉氏】曰世治則室家相依者上之所養也世乱則室家相棄者上之所殘也其使之也勤其取之也厚則夫婦日以衰薄而凶年不免於離散矣伊尹曰

四夫四婦不獲自盡，民主罔與成厥功，故讀詩者於一物失所而知王政之惡，一女見棄而知人民之困。周之政荒民散而將无以爲国，於此亦可見矣。

有兔爰爰，雉離于羅。我生之初，尚無爲。叶吾禾反 我生之後，逢此百罹。叶良何反 尚寐無吪。

比也。兔性陰狡。爰爰，緩意。雉性耿介。離，麗。羅，網。尚，猶。罹，憂。吪，動也。○周室衰微，諸侯背叛，君子不樂其生，而作此詩。言張羅本以取兔，今兔狡得脱，而雉以耿介反離于羅，以比小人致亂而以巧計幸免，君子无辜而以忠直受禍也。爲此詩者，蓋猶及見西周之盛，故曰方我生之初，天下尚无事，及我生之後，而逢時之多難如此。然既无如之何，則但庶幾寐而不動以死耳。或曰興也，以兔爰興无爲，以雉離興百罹也。下章放此。毛氏曰：鳥網爲羅。東萊呂氏曰：孟子曰：雉兔者往焉。蓋採捕於野者多得雉兔，因以名之。又曰：此詩亦因所見而爲比也。兔之大以比諸侯，雉之小以比周人，周人以自比也。言諸侯之背叛者恣睢自如，而周人反受其禍也。○

有兔爰爰，雉離于罦。音孚，叶步廟反 我生之初，尚無造。我生之後，逢此百憂。叶一笑反 尚寐無覺。居孝反，叶居笑反 ○比也。罦，覆車也，可以掩兔。造，亦爲也。覺，寤也。

也。【音義】孔氏曰：郭璞云：罦，今之翻車也，有兩轅，中施罥以捕鳥，展轉相解也。下傳罿罬與此一也。釋器云：繴謂之罿，罿，罬也。罬謂之罦，罦，覆車也。罥音絹，繴音壁。

○有兎爰爰，雉離于罿（昌鍾反）。我生之初，尚無庸；我生之後，逢此百凶，尚寐無聰。（比也。罿，罬也，即罦也。或曰施羅於車上也。庸，用。聰，聞也。无所聞則亦死耳。）

兎爰三章，章七句。

緜緜葛藟（力軌反），在河之滸（呼五反）。終遠（于万反）兄弟，謂他人父（夫非反）。謂他人父，亦莫我顧（叶果五反○興也。緜緜，長而不絶之貌。岸上曰滸○世衰民散，有去其鄉里家族而流離失所者，作此詩以自歎，言緜緜葛藟，則在河之滸矣，今乃終遠兄弟而謂他人爲己父。己雖謂彼爲父，而彼亦不我顧，則其窮也甚矣。【纂疏】一說先生初解曰：葛藟其支蔓聯屬，自有宗族之義，葛藟汎見樛木。東萊呂氏曰：左傳曰：葛藟猶能庇其本根。葛藟生非其地，猶宗族失所依也。澂海胡氏曰：周南云：葛之覃兮，施于中谷。又云：南有樛木，葛藟纍之。邶風云：旄丘之葛兮，何誕之節兮。唐風云：葛生蒙楚，歛蔓于野。大雅云：莫莫葛藟，施于條枚。然則葛也藟也必生於山谷丘野之地延蔓于草木條枝之上不生於河滸水涯生不得其地則失扶之性也○緜緜葛藟在河之涘音俟叶矣始二音終遠兄弟謂他人母叶滿彼反謂他人母亦莫我有叶羽已反○【興】也水厓曰涘謂他人父者其妻則母也有識有也春秋傳曰不有寡君【纂疏】嚴氏曰莫我有言視之如无也○緜緜葛藟在河之漘順春反終遠兄弟謂他人昆叶古勻反謂他人昆亦莫我聞叶微勻反○【興】也夷上洒下曰漘漘之爲言脣也昆兄也聞相聞也【纂疏】孔氏曰郭璞云厓上平坦而下水深者爲漘

葛藟三章章六句

彼采葛叶居謁反兮一日不見如三月兮【賦】也采葛所以爲絺綌蓋淫奔者託以行也故因以指其人而言思念之深未久而似久也○彼采蕭叶疎鳩反兮一日不見如三秋兮【賦】也蕭荻也白葉莖麤科生有香氣祭則焫以報氣故采之曰三秋則不止三月矣○彼采艾兮一日不見如三歲本與艾叶兮【賦】也艾蒿屬乾之可灸故采之曰三歲則

不止三秋矣

采葛三章章三句〔纂疏〕愚按諸家皆本序說以為讒說之詩今姑纂一二備覽李氏曰小人之譖人多因其不見則乘間而說之如上官桀之謀霍光伺光出沐日奏之弘恭石顯欲譖蕭望之候望之出沐日上之嚴氏曰古語云一日不朝其間容刀

大車檻檻毳尺銳反衣如菼吐敢反豈不爾思畏子不敢

賦也大車大夫車檻檻車行声也毳衣天子大夫之服菼芦之始生也毳衣之屬衣繪而裳繡五色皆備其青者如菼爾淫奔者相命之辭也子大夫也不敢不敢奔也○周衰大夫猶有能以刑政治其私邑者故淫奔者畏而歌之如此然其去二南之化則遠矣此可以觀世變也〔纂疏〕劉濟曰毳衣即山龍華蟲宗彝藻火粉米毳衣五章以宗彝為首畫虎蜼隹抽畾三音虎蜼淺毛故謂之毳司服注毳冕衣三章裳二章九五也公之孤四命而服三章則知王之卿六命而服五章衣之毳冕矣此詩所謂周大夫者卿也王制云上大夫卿是也菼芦荻始生而黑所謂玄衣蒲玉外見而赤所謂纁裳○

大車啍啍他敦反毳衣如璊音門豈不爾思畏子不奔賦也啍重遲

之貌。璊，玉赤色。五色備則有赤。○穀則異室，死則同穴。叶户橘反。謂予不信，有如皦日。古了反。賦也。穀，生。穴，壙。皦，白也。○民之欲相奔者，畏其大夫，自以終身不得如其志也，故曰生不得相奔以同室，庶幾死得合葬以同穴而已。謂予不信，有如皦日，約誓之辭也。

大車三章，章四句。

丘中有麻，彼留子嗟。彼留子嗟，將七羊反其來施施。叶時遮反。○賦也。麻，穀名，子可食，皮可績為布者。子嗟，男子之字也。將，願也。施施，喜悅之意。○婦人望其所與私者而不來，故疑丘中有麻之處，復有與之私而留之者。今安得其施施然而來乎。○丘中有麥，彼留子國。彼留子國，將其來食。賦也。子國，亦男子字也。來食，就我而食也。○丘中有李，彼留之子。叶獎里反。彼留之子，貽我佩玖。叶舉里反。○賦也。之子，并指前二人也。貽我佩玖，冀其有以贈己也。

丘中有麻三章，章四句。

【衆說】愚按諸家皆本序說。毛氏曰：留，大夫

氏子嗟字曹曰留𦔮邑名其大夫以為氏李氏曰所謂
彼留子嗟亦猶陳風所謂子仲之子豈必求之他書
有子仲乃言其姓氏乎蓋詩中所陳便是實事亦猶蘇氏曰
子嗟隱居丘陵之間而殖麻麥果實以為生若民思其賢
麻其肯徐來以從我嚴氏曰莊王不能用賢使国人私
致其愛焉上栢与游從不能養賢使国人私致其慇
勤以飲食之不能使賢若金玉王毋使国人望其私淑
於己是可嘆也張平子四愁詩云美人贈我金琅玕何
以報之双玉盤其亭云屈原以珍宝為仁
義騷人之辭源流於風也姑備諸説觀焉

王國十篇二十八章百六十二句

鄭一之七

鄭邑名本在西都畿内咸林之地宣王以封其弟友為采地後為幽王司徒而死於犬戎
之難是為桓公其子武公掘突定平王於東都亦為司
徒又得虢檜之地乃徙其封而施舊號於新邑是為新
鄭咸林在今華州鄭縣新鄭即今之鄭州是也其封域山川詳見檜風
詩譜桓公為幽王大司徒
甚得周衆与東土之人問於史伯曰王室多故余懼及
焉其何所可以逃死史伯曰其済洛河潁之間乎是其
子男之国虢鄶為大虢叔恃勢鄶仲恃險皆有驕侈怠
慢之心加之以貪冒君若以周難之故寄帑与賄不敢

二八二

不許，是鄶而貪，必將背君。君以成周之衆奉辭罰罪，無不克矣。若克二邑，鄔、蔽、補、丹、依、疇、歷、莘，君之土也。修典刑以守之，惟是可以少固。桓公從之。後三年，桓公死犬戎之難。其子武公既定平王，卒取史伯所云十邑之地，右洛左濟，前華後河，食溱洧焉，今河南新鄭是也。武公又作卿士，国人宜之，鄭之變風又作。孔氏曰：鄔等八国皆在四水之間，克虢鄶則八邑可滅。對上鄶風已作，故云又作。程子曰：廢法失道，則王畿之內亦不能保。鄭本畿內之封，因周之衰，遂自爲列国，故次之以鄭。前漢地理志：鄭俗淫。季札聞鄭之歌，曰：美哉，其細已甚，民弗堪。後二十三世爲韓所滅。

緇衣之宜兮，敝予又改爲兮。適子之館兮，叶古玩反。還予授子之粲兮。

賦也。緇，黑色。緇衣，卿大夫居私朝之服也。宜，稱。改，更。適，之。館，舍。粲，餐也。或曰：粲，粟之精鑿者。○舊說鄭桓公、武公相繼爲周司徒，善於其職，周人愛之，故作是詩。言子之服緇衣也，甚宜，敝則我將爲子更爲之。且將適子之館，既還而又授子以粲，言好之無已也。【疏】朱子初解，漢有白粲之刑，給舂導之役，是也。○緇衣即士冠禮所云主人玄冠朝服緇帶素韠是也。諸侯與其臣服之以日視朝，故禮通謂此服爲朝服。玉藻云：天子皮弁以日視朝，則卿士朝於王服皮弁不服緇衣退適私朝服緇衣以聽其所朝之政也考工記鍾氏三入爲纁五入爲緅七入爲緇注染纁者三入而成又再染以黑則爲緅緅又復再染以黑則成緇矣孔館舍諸侯各有館舍朝

○緇衣之好兮敝予又改造叶在早反兮適子之館兮還予授子之粲兮賦也好猶宜也

○緇衣之蓆叶祥龠反兮敝予又改作兮適子之館兮還予授子之粲兮賦也蓆大也程子曰蓆有安舒之義服稱其德則安舒也

緇衣三章章四句記曰好賢如緇衣又曰於緇衣見好賢之至

將七羊反仲子兮無踰我里無折之舌反我樹杞豈敢愛之畏我父母叶滿彼反仲可懷叶胡威反下同也父母之言亦可畏叶於非反也賦也將請也仲子男子之字也我女子自我也里二十五家所居也杞柳屬也生水旁樹如柳葉麤而白色理微赤蓋里之地域溝樹也莆田鄭氏曰此淫奔者之辭附錄將仲子如何便見得是祭仲大雅纂疏○嚴氏曰樹杞猶言杞樹耳杞柔檀皆美木○愚謂作淫詩訓則一二三章皆有所畏而不墮身以從其所懷亦庶幾止乎禮義者矣此詩咏一二章皆有排

之之意○將仲子兮無踰我墻無折我樹桑豈敢愛之畏我諸兄叶虛王反仲可懷也諸兄之言亦可畏也圖墻垣也古者樹墻下以桑○將仲子兮無踰我園無折我樹檀叶徒沿反豈敢愛之畏人之多言仲可懷也人之多言亦可畏也圖園者圃之藩其內可種木也檀皮青滑澤材彊韌可爲車

將仲子三章章八句愚按諸家皆本序說毛氏曰仲子祭仲也曹氏曰祭仲足也祭氏仲名足字仲足東萊曰將仲子兮無踰我里無折我樹杞似離拒仲而意則予之如待人條相告昭公以去季氏之謀公執戈以拒之之類豈敢愛之畏我父母則然段非有所不忍也仲可懷也父母之言亦可畏也則拳拳於叔而不得已於姜氏也可見矣畏我諸兄畏人之多言將迫於宗族國人之議論非愛段也具文見意而莊公之情得矣嚴氏曰杞桑檀皆喻兄弟祭仲之謀迫而淺欲速去其偪曰早爲之所祭公之謀狡而深欲養成其惡曰子姑待之公與祭仲皆欲致段於死地所爭遲速之間爾公非拒

祭仲也國人知公與祭仲有殺段之謀乃反其意設爲公拒祭仲之辭以諷之一章諷公縱不愛段獨不畏父母乎蓋譎諫也時父亡與母凍言之爾二章諷公縱不愛段獨不畏公族之言乎三章諷公縱不愛段獨不畏國人之多言乎又曰此詩以天理感動之公論開悟之耳如此則不失詩人溫柔敦厚之旨也

謾備諸說

叔于田（叶地因反）巷無居人豈無居人不如叔也洵美且仁（賦也叔莊公弟共叔段也事見春秋田取禽也巷里塗也洵信美好也仁愛人也○段不義而得衆國人愛之故作此詩言叔出而田則所居之巷若無居人矣非實無居人也雖有而不如叔之美且仁是以若無人耳或疑此亦民間男女相說之詞也）

纂疏　鄭氏曰于往也孔氏曰巷里內之塗道也呂氏曰國人稱之如是者亦不義而得衆也以得衆爲仁以飲酒爲好以善服馬爲武楊氏曰叔段不義而爲衆所說者亦以褻俗好惡毀譽不當其實嚴氏曰段豈眞美且仁哉其黨私之之言猶河朔之人謂安史爲聖也

○叔于狩（叶始九反）巷無飲酒豈無飲酒不如叔也洵美且好（叶許厚反○賦也冬獵曰狩）○叔適野（叶上與反）巷

無服馬叶滿補反豈無服馬不如叔也洵美且武賦也適之也郊外曰野服乘也纂疏曹氏曰武言其有藝也

叔于田三章章五句

叔于田乘乘下繩證反馬叶滿補反執轡如組音祖兩驂如舞叔在藪素口反叶素苦反火烈具舉襢音但裼素歷反暴虎獻于公所將七羊反叔無狃女九反叶女古反戒其傷女音汝○賦也叔亦段也車衡外兩馬曰驂如舞謂諧和中節皆言御之善也藪澤也火焚而射也烈熾盛貌具俱也襢裼肉袒也暴空手搏虎也公莊公也狃習也国人戒之曰請叔无習此事恐其或傷女也蓋叔多材好勇而鄭人愛之如此纂疏嚴氏曰乘馬四馬轡今之轡錢氏曰組文五采相間手執六轡如組之文言其齊比董氏曰五御之法有舞交衢者蓋詩所謂如舞者也服制於衡不得如舞其言舞者驂也孔氏曰澤水所鍾水希曰藪鄭有圃田此言藪圃田也陳氏曰火烈具舉疏以爲宵田不知周礼中春蒐田用火弊嚴氏曰大司馬注火弊火止也春田用火因焚萊除陳草皆殺而火止曹氏曰王制云昆蟲未蟄不以火田故尔雅謂火

因爲狩惟冬田乃用火若夫刈草以爲防驅禽而納諸防中然後焚而射焉則四時之田皆然也嚴氏曰禮者裼衣○叔于田乘乘黃兩服上襄兩驂鴈行戶郎反叔在藪火烈具揚叔善射忌音記又良御叶魚駕反忌抑磬苦定反控口貢反忌抑縱送忌賦也乘黃四馬皆黃也衡下夾轅兩馬曰服襄駕也馬之上者爲上駕猶言上駟也鴈行者驂少次服後如鴈行也揚起也忌抑皆語助辭騁馬曰磬止馬曰控舍拔曰縱覆彇曰送纂疏鄭氏曰兩服中央夾轅者孔氏曰小戎云騏騮是中騧驪是驂〻〻與中對文則驂在外外者爲驂則知內者爲服故言兩服嚴氏曰今人稱馬轡爲磬控怳言善射家〻言其能後手絶音絶而縱前手擫而送則矢去勁而有力所以實其善射縱放前送〻前也○叔于田乘乘鴇音保叶補苟反兩服齊首兩驂如手叔在藪火烈具阜符有反叔馬慢叶黃半反忌叔發罕叶虛肝反忌抑釋掤音冰忌抑鬯敕亮反弓叶姑弘反忌賦也驪白雜毛曰鴇今所謂烏驄也齊首如手兩服並首在前而兩驂在旁稍次其後如人之兩手也阜盛慢遲也發〻矢也罕希釋解也掤矢箙蓋春秋傳作冰鬯弓囊也與韔同言其田事將畢

而從容整暇如此亦喜其無傷之詞也【纂疏】毛氏曰齊首馬首齊也鄭氏曰如手如左右手相助也嚴氏曰用矢則笒掤以開箙所用則納矢箙中釋下掤以覆箙孔氏曰鬯弓謂弢弓而納諸鬯中永嘉鄭氏曰叚以国君介弟之親京城大叔之貴而所好者蛇鷩弋獵也所矜者袒裼暴虎也所賢若射御足力也出而人思之者飲酒服馬之儔也氣習到此而又恃其君母之愛玩於莊公之惟其所欲而不誰何也欲不爲叛得乎是則置首段於必乱之地者莊公也東萊呂氏曰鷙鳥將擊必匿其形二詩所載叚之輕淺如此宜其爲莊公之所易也詩人乃若憂其不能制者豈其未得莊公之情也哉憂之二云者兄弟之心也欲比其惡者也弟迫而道之者也易之云者仇敵之心也欲養其惡者也哉咲而道之者也詩人直以兄弟之心爲莊公憂爾豈知其他哉

大叔于田三章章十句陸氏曰首章作大叔于田者誤鄭氏曰二詩皆曰叔于田故加大以別之不知若乃以段有大叔之號而讀曰泰又加大于首章失之矣

清人在彭叶普郎反駟介旁旁補彭反叶補岡反二矛重直龍反英叶於良反河上乎翺翔【賦】也清邑名清人清邑之人也彭河上地名駟介四馬而被甲也旁旁馳驅不息之

貌二矛酋矛夷矛也英以朱羽為矛飾也酋矛長二丈夷矛長二丈四尺並建於車上則其英重累而見翱翔遊戲之貌○鄭文公惡高克使將清邑之兵禦狄于河上久而不召師散而歸鄭人為之賦此詩言其師出之久无事而不得歸但相與遊戲如此其勢必至於潰敗而後已爾【纂疏】毛氏曰彭衛之河上鄭之郊也孔氏曰二矛長短不同其飾相累又云一矛而有二備折壞直是酋矛有二无夷矛也永嘉鄭氏曰夫擁大衆於外而无所事不為乱則潰散耳○

清人在消　駟介麃麃表驕反**　二矛重喬　河上乎逍遙**

【賦】也消亦河上地名麃麃武貌矛之上句曰喬所以懸英也英弊而盡所存者喬而已【纂疏】釋文重喬累荷毛音何謂刻矛頭為荷葉相重累沈氏曰荷明可反謂兩矛之飾相負荷孔氏曰喬高也以矛建車上五兵之最高者二矛同高復有等級故謂重喬為二矛刃有高下重累而相負揭鄭氏曰喬矛矜近上及室題所以懸毛羽孔氏曰矜謂矛柄室謂矛銎孔題者表識之也箋言喬者矛之柄近於上頭及矛之銎室之下當有物以表識之○愚按二說不同集傳從箋也東萊云釋文韓詩喬作鷮○

清人在軸叶音胄**　駟介陶陶**叶徒候反**　左旋右抽**叶敕救反**　中軍作好**叶許候反

○賦也軸亦河上地名陶陶樂而自適之貌左謂御在將車之左執轡而御馬者也旋還車也右謂勇力之士在將

車之右執兵以擊刺者也。抽，拔刃也。中軍謂將在鼓下，居車之中，即高克也。好，謂容好。○東萊呂氏曰：言師久而不歸，無所聊賴，姑遊戲以自樂，必潰之勢也。不言已潰而言將潰，其詞深，其情危矣。

纂疏 孔氏曰：此謂將之所乘車。若士卒兵甲，則左人持弓，右人持矛，中人御。東萊曰：說文云：左旋右搯。土刀反。搯者，拔兵刃以習擊刺。

清人三章章四句

事見春秋。○胡氏曰：人君擅一國之名寵，生殺予奪惟我所制爾。使高克不臣之罪已著，按而誅之可也；情狀未明，黜而退之可也；愛惜其才，以禮馭之亦可也。烏可假以兵權，委諸竟上，坐視其離散而莫之卹乎？春秋書曰鄭棄其師，其責之深矣。

羔裘如濡，叶而朱反，又而由反。洵直且侯。叶洪姑、洪鉤二反。彼其音記之子，舍音赦命不渝。叶容朱、容周二反。○賦也。羔裘，大夫服也。如濡，潤澤也。洵，信。直，順。侯，美也。其，語助辭。舍，處。渝，變也。○言此羔裘潤澤，毛順而美，彼服此者，當生死之際，又能以身居其所受之理而不可奪。蓋美其大夫之詞，然不知其所指矣。

纂疏 韓詩：侯，美也。鄭氏曰：是子處命不變，謂守死善道，見危授命之等。嚴氏曰：命者，天所賦予於我者，舍則居之而安也。人惟不安於命，所守不固，故不能剛大充實。君子能安於命，臨利害而不變，所以直而義也。

○羔裘

豹飾孔武有力彼其之子邦之司直（賦）也飾緣袖也禮君用純物臣下之故羔裘而以豹皮爲飾也孔甚也豹甚武而有力故服其所飾之裘者如之司主也○羔裘晏兮三英粲兮彼其之子邦之彥（叶魚肝反）兮（賦）也晏鮮盛也三英裘飾也未詳其制粲光明也彥者士之美稱（纂疏）濮氏曰羔羊曰素絲五紽五緎五總皆所以英裘是謂三英

羔裘三章章四句

遵大路兮摻（所覽反）執子之袪（叶起據反）兮無我惡（烏路反）兮不寁（市坎反）故也（賦）也遵循摻擥袪袂寁速故舊也○淫婦爲人所棄故於其共也擥其袪而留之曰子无惡我而不留故舊不可以遽絕也宋玉賦有遵大路兮攬子袪之句亦男女相說之詞也（纂疏）嚴氏曰擥手韻小作攬釋文擥持也袪袂口也孔氏曰袂屬幅袪尺二寸則袂是袪之本袪爲袂之末俱是衣袖○遵大路兮摻執子之手兮無我魗（市由反叶齒九反）兮不寁好（叶許口反）也（賦）也魗與醜同欲其不以己爲醜而棄之也好情好也

遵大路二章章四句愚按諸家皆本序說東萊曰武公之朝蓋多君子矣至於莊公尚權謀專武力氣象一變左右前後無非祭仲高渠彌祝聃之徒也君子安得不去之乎不寁故也不寁好也詩人豈徒勉君子遲遲其行也感於事變而懷其舊者亦深矣說備

女曰雞鳴士曰昧旦子興視夜明星有爛將翱將翔弋鳧音符與鴈賦也昧晦旦明也昧旦天欲旦晦明未辯之際也明星啟明之星先日而出者也弋繳射謂以生絲繫矢而射也鳧水鳥如鴨青色背上有文○此詩人述賢夫婦相警戒之詞言女曰雞鳴以警其夫而士曰昧旦則不止於雞鳴矣婦人又語其夫曰若是則子可以起而視夜之如何意者明星已出而爛然則當翱翔而往弋取鳧鴈而歸矣其相與警戒之言如此則不留於宴昵之私可知矣東萊曰昧旦列子曰將旦昧爽之交日夕昏明之際○弋

言加叶居之居何二反之與子宜叶魚奇魚何二反之宜言飲酒與子偕老叶魯吼反琴瑟在御莫不靜好叶許厚反○賦也加中也史記所謂以弱弓微繳加諸鳧鴈之上是也宜和其所宜也內則所謂鴈宜麥之屬是也○射者男子之事而中饋婦人之職故婦謂其夫既

得見鴈以歸則我當爲子和其滋味之所宜以之飲酒相樂期於偕老而琴瑟之在御者亦莫不安靜而和好其和樂而不淫可見矣○知子之來叶六直反之雜佩以贈叶音則之知子之順之雜佩以問之知子之好呼報反之雜佩以報之賦也來之致其來者如所謂脩文德以來之雜佩者左右佩玉也上横曰珩下繫三組貫以蠙珠中組之半貫一大珠曰瑀末懸一玉兩端皆銳曰衝牙兩旁組半各懸一玉長博而方曰琚其末各懸一玉如半璧而內向曰璜又以兩組貫珠上繫珩兩端下交貫於瑀而下繫於兩璜行則衝牙觸璜而有聲也呂氏曰非獨玉也觿燧箴管凡可佩者皆是也贈送順愛問遺也○婦又語其夫曰我苟知子之所致而來及所親愛者則將解此雜佩以送遺報答之蓋不惟治其門內之職又欲其君子親賢友善結其驩心而無所愛於服飾之玩也

纂疏 孔氏曰曲礼云凡以苞苴簞笥問人者左傳衛侯使人以弓問子貢皆遺人物謂之問

女曰雞鳴三章章六句

附錄 女曰雞鳴一詩意思亦好讀之使人有不知手之舞之足之蹈之者

有女同車，顔如舜華。叶芳無反將翱將翔，佩玉瓊琚。彼美孟姜，洵美且都。賦也。舜，木槿也。樹如李，其華朝生暮落。孟，字。姜，姓。洵，信。都，閑雅也。○此疑亦淫奔之詩。言所與同車之女，其美如此，而又歎之曰：彼美色之孟姜，信美矣，而又都也。纂疏陸氏曰：舜五月始華，故仲夏月令云木槿榮。舜取憐之義。曹氏曰：舜華易落而无實，以況有色而德不稱焉。毛氏曰：佩玉瓊琚，見衛木瓜。子孟姜，齊長女。

○有女同行，叶户郎反顔如舜英。叶於良反將翱將翔，佩玉將將。七羊反彼美孟姜，德音不忘。賦也。英，猶華也。將將，聲也。德音不忘，言其賢也。

有女同車二章，章六句。

愚按諸家多用序說。毛氏曰：親迎同車也。錢氏曰：同行，同以車行也。嚴氏曰：忽以將見逐，國人追恨其不取齊女，言忽所取他國之女，行親迎之禮而與之同車者，特取其色尒，朝榮暮落，不足恃也。今且翱翔佩玉，向益於事？曷若孟姜信美且都，若取之，則有大國之援，不致見逐矣。陳氏曰：不借助於大國而自求多福，忽非篤然誠有是志也。蓋其為人淺狹而多所拘攣，暗滯而動皆疑畏，浮易而不知審量，予然以文義自喜，而國勢人情與其身之安危，皆懵然莫之察

也適足以取亡而已矣使忽誠有是志而深求其實
則質之弱固可強而所以持國者固无待於外助也
推其爲善有名而无情所以卒見蚩於祭仲而爲詩
人所閔此功利之說所以多勝而信道者所以益寡
也文公於此序極辨其非而愚復纂用序說者聊以
見其鍛鍊羅織之辭而備說詩者覽焉耳下放此

山有扶蘇隰有荷華叶芳無反不見子都乃見狂且子餘反○

興也扶蘇扶胥小木也荷華芙蕖也子都男子之美者也狂狂人也且辭也○淫女戲其所私者曰山則有扶蘇矣隰則有荷華矣今乃不見子都而見此狂人何哉【纂疏】荷華釋文曰未開曰菡萏已發曰芙蕖○

山有橋松隰有游龍不見子充乃見狡童

興也上竦无枝曰橋亦作喬游枝葉放縱也龍紅草也一名馬蓼葉大而色白生水澤中高丈餘子充猶子都也狡童狡獪之小兒也【纂疏】孔氏曰龍草生於下隰而枝葉放縱釋草曰一名龍音蘢古其大者名蘬

山有扶蘇二章章四句愚按諸家皆本序說東萊曰山宜有扶蘇者也隰宜有荷華者也朝宜有賢俊者也今觀昭公之朝者不見子都乃見狂且焉則昭公所美非美可知范氏曰

山不惟有小木而又有大材豈不惟有華而又有草然則一國之大賢材無不有人君所羙宜得其美者也

蘀他落反兮蘀兮風其吹女音汝叔兮伯兮倡昌亮反予和胡卧反叶户圭反女興也蘀木槁而將落者也女指蘀而言也叔伯男子之字也予女子自予也女叔伯也○此淫女之詞也言蘀兮蘀兮則風將吹女矣叔兮伯兮則盍倡予而予將和女矣○蘀兮蘀兮風其漂四遥反女叔兮伯兮倡予要於遥反女興也漂飄同要成也

蘀兮二章章四句愚按諸家皆本序說鄭氏曰叔伯羣臣相謂也羣臣自以強弱相服女倡則我將和之東萊曰昭公微弱孤危其羣臣相謂国勢如槁葉之衝風難將及矣嚴氏曰小臣有憂国之心呼諸大夫而告之言豈有坐視而不相與扶持之乎叔伯諸大夫其急圖之汝倡則我和矣謂衆無其倡不患無和者也當時卒無倡之者由忽無忠臣良士也

彼狡童兮不與我言兮維子之故使我不能餐七丹反叶七宣反兮賦也此亦淫女見絕而戲其人之詞言悅己者衆子雖見絕未至於使我不能餐也附錄狡童本非

刺忽，于做刺忽，便甚得无限杜撰説話。鄭忽之罪不至已甚，往往如宋襄這般人，大言无當，有甚狡處？狡童刺忽全不近傍些子。若鄭突卻是狡，詩意本不如此。聖人云鄭声淫，盖周衰惟鄭国最爲淫俗，故諸詩多是此事。東萊將忽誣斥得可畏。賀孫。鄭忽如何做得狡童？若是狡童，自會托婚大国而借其助矣。謂之頑童可也。詩多鄭風，只是孔子一言斷了，曰鄭声淫。如將仲子自是男女相与之辞，卻干祭仲共叔段甚事？如褰裳自是男女相咎之辞，卻干忽与突争国甚事？但以意推看狡童便見所指是何人矣。琮。狡童當是男女相怨之辞。浩

○彼狡童兮，不與我食兮。維子之故，使我不能息兮。賦也。息，安也。

狡童二章，章四句。愚按：諸家皆本序説。嚴氏曰：狡童或以爲指忽，或以爲指祭仲。忽以世子爲鄭君，其當特国人作詩義不得目爲狡童也。若指祭仲，則祭仲自莊公時已爲卿，且爲莊公取鄧曼而生昭公。當昭公即位，仲已老矣，不應目爲狡童也。今考山有扶蘇之詩刺忽所美非美，乃見狂且狡童，是所用之人非狂則狡。此詩正指忽所用之人爾。聖人删詩以垂世教，安取目君爲狡童乎？又曰：忽信用狡童，賢者憂之，不欲斥忽而斥其所用之人也。爲告忽之言，故指狡童爲彼，而稱忽爲子，曰彼狡獪

之童少不更事恃權而侮老成故不與我言也彼狡童不足恤吾唯憂君之故恐爲所誤至於不能餐也又曰共食則可以從容謀事爾不能息謂不安息也食息俱廢憂之深也

子惠思我褰裳涉溱側巾反子不我思豈無他人狂童之狂也且子餘反○賦也惠愛也溱鄭水名狂童猶狂且狡童也且語辭也○淫女語其所私者曰子惠然而思我則將褰裳而涉溱以從子子不我思則豈無他人之可從而必於子哉狂童之狂也且亦謔之之辭纂疏東萊曰說文溱作潧潧水出鄭○子惠思我褰裳涉洧叶于已反子不我思豈無他士鉏里反狂童之狂也且賦也洧亦鄭水名士未娶者之稱纂疏前漢地理志曰洧水出潁州陽城山東南至長平入潁

褰裳二章章五句愚按諸家皆本序說嚴氏曰突以庶奪嫡忽位已定而篡之国人無如之何故思大國正其當立不當立又曰彼大國有惠然念亂欲來爲我討正之者非道遠難至但褰裳涉溱水則至矣子不我思豈無他國思我者乎所以然者突之狂已甚也

子之丰兮芳容反，叶芳用反，俟我乎巷兮叶胡貢反，悔予不送兮。

賦也。丰，豐滿也。巷，門外也。○婦人所期之男子已俟乎巷，而婦人以有異志不從，既則悔之，而作是詩也。【纂疏】孔氏曰：男親迎而女不從，後乃追悔。此陳其辭也。○

子之昌兮，俟我乎堂兮，悔予不將兮。

賦也。昌，盛壯貌。將，亦送也。【纂疏】孔氏曰：王肅云：升堂，以俟士婚禮主人揖賓入于廟，賓升堂北面奠雁，再拜稽首，降出，婦從。是則士禮受女於朝堂。庶人雖無廟，亦當受女於寢堂。○

衣於既反錦褧苦迥反衣，裳錦褧裳，叔兮伯兮，駕予與行叶户郎反。

○賦也。褧，禪也。叔伯，或人之字也。○婦人既悔其始之不送而失此人也，則曰我之服飾既盛備矣，豈無駕車以迎我而偕行者乎。【纂疏】嚴氏曰：二衣皆如字，解見衛碩人。鄭氏曰：褧，禪音丹者，蓋以禪縠為之中衣，裳用錦而上加禪縠焉，為其文之太著也。庶人之妻嫁服也。○

裳錦褧裳，衣錦褧衣，叔兮伯兮，駕予與歸。

賦也。婦人謂嫁曰歸。【纂疏】孔氏曰：婦人之服不殊裳，而經衣裳異文者，以詩須韻句，故別言之耳。其實婦人之服衣裳連，俱用錦，皆有褧，故互言之。

丰四章，二章章三句，二章章四句。

東門之墠（音善叶上演反）茹藘（音如力於反）在阪（音反叶孚臠反）其室則

邇其人甚遠 〔賦〕也東門城東門也墠除地町町者茹藘茅蒐也一名茜可以染絳陂者曰阪門之旁有墠墠之外有阪阪之上有草識其所與淫者之居也室邇人遠者思之而未得見之辭也

〔纂疏〕孔氏曰墠除也去草也封土為壇除地為墠嚴氏曰茹藘蒨草蒨韻亦作茜孔氏曰陂陀不平而可種者名阪劉熙曰墠平坦之地男子所以行禮昔公子圍聘於楚娶公孫段氏子產請墠地聽命則男子行禮於墠可知

○東門之栗有踐家室豈不爾思子不我即 〔賦〕也踐行列貌門之旁有栗栗之下有成行列之家室亦識其處也即就也

〔纂疏〕孔氏曰左傳云趙武魏絳斬行栗杜預云表道樹

東門之墠二章章四句

風雨淒淒（子西反）雞鳴喈喈（音皆叶居奚反）既見君子云胡不夷 〔賦〕也淒淒寒涼之氣喈喈雞鳴之聲風雨晦冥蓋淫奔之時君子指所期之男子也夷平也○淫奔之女言當此之時見其所期之人而心悅也

○風雨瀟瀟雞鳴膠膠（叶音驕）既見君子云

胡不瘳叶憐蕭反○賦也蕭蕭風雨之聲膠膠猶喈喈也瘳病愈也言積思之病至此而愈也纂疏錢氏曰膠聲雞嚴氏曰羣雞之聲也○風雨如晦叶呼洧反雞鳴不已既見君子云胡不喜賦也晦昏已止也纂疏如晦又甚於瀟瀟范

風雨三章章四句愚按諸家皆本序說毛氏曰風且雨淒淒然雞猶守時而鳴喈喈然嚴氏曰興君子雖居亂世不變改其節度得見此人豈不坦然而平夷哉或當時無此人思而不得見之辭也

青青子衿音金悠悠我心縱我不往子寧不嗣音賦也青青純緣之色具父母衣純以青子男子也衿領也悠悠思之長也我女子自我也嗣音繼續其聲問也此亦淫奔之詩纂疏黃氏曰石經作子衿說文衿交領也尔雅衣皆謂之襟嚴氏曰衿與襟意義同○青青子佩叶蒲眉反悠悠我思叶新齋反縱我不往子寧不來叶凌之反○賦也青青組綬之色佩佩玉也纂疏毛氏曰士佩瓀音軟珉而青組綬孔氏曰玉藻士佩瓀珉而縕音溫組綬毛云青者毛讀禮記其本與鄭

異也○挑他刀反兮達他末反叶他悅反兮在城闕兮一日不見

如三月兮【賦也】挑達輕儇跳躍之貌放恣也【纂疏】孔氏曰釋宮云觀謂之闕孫炎曰宮門雙闕此言在城闕兮城之上別有高闕非宮闕也

子衿三章章四句愚按諸家皆本序說劉氏君舉曰深衣曰具父母衣純以青此所謂子衿玉藻曰士佩瓀玟而縕組綬此所謂子佩子寧不嗣音所謂春誦夏弦子寧不來所謂禮聞來學挑者誘挑之所以進其善發蒙也達者開達之所以解其蔽達材也在城闕則以學校廢於鄉黨也學校禮義之所自出鄭雖衰世而禮義之出於人心者猶在不然何以思之深望之切所一日不見如三月兮

揚之水不流束楚終鮮息淺反兄弟維予與女女汝同無信人之言人實迋居望反女【興也】兄弟婚姻之稱禮所謂不得嗣為兄弟是也予女男女自相謂也人他人也迋與誑同○淫者相謂言揚之水則不流束楚矣終鮮兄弟則維予與女矣豈可以他人離間之言而疑之哉彼人之言特誑女耳【纂疏】揚之水解見王風○揚之水不流束薪終鮮兄

与艷有昔業◎看

弟維予二人無信人之言人實不信叶斯人反○興也

揚之水二章章六句愚按諸家皆本序說鄭氏曰作此詩者同姓臣也嚴氏曰此詩忽兄弟所作故曰維予二人昭公兄弟雖多無與忽同心者故言終竟是少謂要其終必不相助雖多猶少也孔氏曰兄弟爭國親戚相疑唯我與女二人而已范氏曰揚之水不流束楚弱也終鮮兄弟唯予與汝無判也無信人之言人實迋汝小人衆也朱子初解兄弟既不相容所與親者二人而已然亦不能自保於讒間此忽所以亡也東萊曰無信人之言非教之以不信人言也忽既微弱強公子復多其臣大抵懷二心以外市僅有一二人實心向之者乃暗於情僞也不知所備故提耳而告之也

出其東門有女如雲雖則如雲匪我思存縞古老反衣綦巨其反巾聊樂音洛我員于云反○賦也如雲美且衆也縞白色綦蒼艾色縞衣綦巾女服之貧陋者此人自目其室家也員與云同語辭也○人見淫奔之女而作此詩以爲此女雖美且衆而非我思之所存不如己之室家雖貧且陋而聊可自樂也是時淫風大行而其間乃有如此之人亦可謂能自好而不爲習俗所移矣羞惡之心人皆有

之豈不信哉【附錄】出其東門却是箇識道理人做大雅鄭詩雖淫亂然出其東門一詩却如此好又如女曰雞鳴一詩意思亦好讀之眞有不知手之舞之足之蹈之者【纂疏】孔氏曰縞細繒戰國策云強弩之餘不能穿魯縞則縞是薄繒不染故色白也綦青色之小別又謂青而微白為文章之色嚴氏曰縞衣綦巾衹其妻猶云荊釵布裙也○出其闉音因闍音都有女如荼雖則如荼匪我思且子餘反縞衣茹藘聊可與娛【賦】也闉曲城也闍城臺也荼茅華輕白可愛者也且語助辭茹藘可以染絳故以名衣服之色娛樂也【纂疏】陳氏曰門之外有副城回曲以障門者謂之闉孔氏曰闍是城上之臺謂當門臺也邶風荼苦苦菜之荼周頌荼蓼委葉之荼此荼非一種乃茅之秀者其穗色白吳王夫差黃池之會陳兵脅晉白常白旗素甲白羽之矰望之如荼韋昭云荼茅秀亦以白色為如荼

出其東門二章章六句愚按諸家皆本序說嚴氏曰國亂男女相棄有出門見弃女如雲之多我心所存在於縞衣綦巾縞衣茹藘有是我之室且得相娛樂也

野有蔓草零露漙兮徒端反叶上兖反有美一人清揚婉兮

邂逅相遇適我願叶五遠反兮賦而興也蔓延也漙露多貌清揚眉目之間婉然美也邂逅不期而會也○男女相遇於野田草露之間故賦其所在以起興言野有蔓草則零露漙矣有美一人則清揚婉矣邂逅相遇則得以適我願矣【纂疏】毛氏曰郊外曰野陳氏曰綢繆詩言婚姻云見此邂逅邂逅止謂婚姻非淫奔也嚴氏曰邂逅謂其議速成猶迨其今兮之意今人言事速成古云邂逅而成○野有蔓草零露瀼瀼有美一人婉如清揚邂逅相遇與子偕臧賦而興也瀼瀼亦露多貌臧美也與子偕臧言各得其所欲也

野有蔓草二章章六句

溱與洧方渙渙呼官反兮士與女方秉蕳古顏反叶古賢反兮女曰觀乎士曰既且子餘反且往觀乎洧之外洵訏況于反且樂音洛維士與女伊其相謔贈之以勺藥賦而興也渙渙春水盛貌蓋冰解而水散之時也蕳蘭也其莖葉似澤蘭廣而長節節中赤高四五尺且語辭洵信訏大也勺藥亦香草也三月開

花芳芭可愛○鄭國之俗三月上巳之辰采蘭水上以祓除不祥故其女問於士曰盍往觀乎士曰吾既往矣女復要之曰且往觀乎蓋洧水之外其地信寬大而可樂也於是士女相與戲謔且以芍藥相贈而結恩情之厚也此詩淫奔者自叙之詞

纂疏 前漢地理志曰鄭地右雒左泲食溱洧焉土陿而險山居谷汲男女亟聚會故其俗淫毛氏曰溱洧鄭兩水名李氏曰董仲舒云勺藥一名何離故相別以贈之孔氏曰鄭國淫風大行述其爲淫之事如是故陳之以刺亂

○溱與洧瀏音留其清矣士與女殷其盈矣女曰觀乎士曰既且且往觀乎洧之外洵訏且樂維士與女伊其將謔贈之以勺藥 賦而興也瀏深貌殷衆也將當作相聲之誤也

溱洧二章章十二句

鄭國二十一篇五十三章二百八十三句

鄭衛之樂皆爲淫聲然以詩考之衛詩三十有九而淫奔之詩才四之一鄭詩二十有一而淫奔之詩已不翅七之五衛猶爲男悦女之詞而鄭皆爲女惑男之語衛人猶多刺譏懲創之意而鄭人幾於

蕩然無復羞愧悔悟之萌是則鄭聲之淫有甚於衛矣故夫子論爲邦獨以鄭聲爲戒而不及衛蓋舉重而言固自有次第也詩可以觀豈不信哉【纂疏】范氏曰樂之淫者曰鄭衛如有王者必放鄭聲然則亂關雎者莫如鄭衛故鄭衛詩終於亂之極者焉嚴氏曰鄭衛多淫詩衛由上之化鄭由時之亂也漢地理志皆以爲風土之習固然若是則教化爲虛言而二南之義誣矣

詩卷第四

詩卷第五

朱子集傳

新安後學胡一桂附録纂疏

齊一之八

齊國名本少昊時爽鳩氏所居之地在禹貢為青州之域周武王以封太公望東至于海西至于河南至于穆陵北至于無棣太公姜姓本四岳之後既封於齊通工商之業便魚鹽之利民多歸之故為大國今青齊淄濰德棣等州是其地也

[纂疏] 詩譜周武王封太師呂望於齊是為齊太公都營丘孔氏曰漢地理志齊郡臨淄縣即營丘也今齊之城内有丘即營丘淄水過其南及東以丘臨淄水謂之臨淄又曰後五世哀公政衰荒淫怠慢紀侯譖之於周懿王使烹焉齊之變風始作孔氏曰太公卒子丁公伋立卒子乙公得立卒子癸公慈母立卒子哀公不辰立是為五世

雞既鳴矣朝音潮既盈矣匪雞則鳴蒼蠅之聲

[賦]也言古之賢妃御於君所至於將旦之時必告君曰雞既鳴矣會朝之臣既已盈矣欲令君早起而視朝也然其實非雞之鳴也乃蒼蠅之

声也蓋賢妃當夙興之時心常恐晚故聞其似者而以爲眞非其心存警畏而不留於逸欲何爲能此故詩人叙其事而美之也〔纂疏〕毛氏曰雞鳴而夫人作朝盈而君作○**東方明矣**叶謨郎反**朝既昌矣匪東方則明**同上**月出之光**〔賦〕也東方明則日將出矣昌盛也此再告也〔纂疏〕毛氏曰東方明則夫人纚山買反笄而朝朝已昌盛則君聽朝○**蟲飛薨薨甘與子同夢**叶莫滕反**會且歸矣無庶予子憎**〔賦〕也蟲飛夜將旦而百蟲作也甘樂會朝也○此三告也言當此時我豈不樂與子同寢而夢哉然群臣之會於朝者俟君不出將散而歸矣无乃以我之故而并以子爲憎乎

雞鳴三章章四句

子之還兮音旋**遭我乎峱**乃刀反**之間**叶居賢反**兮並驅從兩肩兮揖我謂我儇**許全反**兮**〔賦〕也還便捷之貌峱山名也從逐也獸三歲曰肩儇利也○獵者交錯於道路且以便捷輕利相稱譽如此而不自知其非也則其俗之不美可見而其來亦必有所自矣〔纂疏〕孔氏曰儇言其便利馳逐嚴氏曰荀子云鄉曲之儇子董氏曰前漢地理志引詩云子之營兮遭我乎嶩之間兮師古注毛詩作還

紞音膽
瑱音瑱与

齊詩作營嶩山名也字或作峱峱亦作嶩音皆乃高反 ○子之

董氏曰地理志嶩峱山名在齊郡故諸書或異

茂叶莫口反兮遭我乎峱之道叶徒厚反兮並驅從兩牡兮揖我謂我好叶許厚反兮 賦也茂美也 ○子之昌兮遭我乎峱之陽兮並驅從兩狼兮揖我謂我臧兮 賦也昌盛也山南曰陽狼似犬銳頭白頰高前廣後臧善也

纂疏 小雅狼牡貛音歡牝狼其子獥音叫絶有力迅今人絶有力者名迅東萊呂氏曰當是時齊以遊畋成俗詩人載其馳驅而相遇也意氣飛動㸌二見於眉睫之間求其神者深矣夫豈一朝一夕所能及哉疊山謝氏曰千万人之君給原於一人之好尚千百人之敝化生於一時之放心齊俗好田哀公实敎之爲人上者可不謹哉

還三章章四句

俟我於著直據反叶直居反乎而充耳以素叶孫租反乎而尚之以瓊華叶芳無反乎而 賦也俟待也我嫁者自謂也著門屏之間也充耳以纊懸瑱所謂紞也尚加也瓊華美石似玉者即所以爲瑱也○東萊呂氏曰昏禮婿往婦家親迎既奠鴈御輪而先歸俟于門外婦至則揖以入時齊俗不親迎故

三一一

女至壻門揖見其俟己也。

附錄 問著篇是刺何人曰不知所刺但竟是親迎呧詩古者五等之爵朝祭似皆以充耳亦不知是說何人親迎所謂尚之以青黃素瓊瑩英大抵只是押韻如鄘詩說良馬六此是天子禮衛安得而有之看來只是押韻不知古人充耳以瑱或用玉或用象不知是塞於耳中為復是垂在耳外看來恐只是以線穿垂在當耳如 子蒙

纂疏 孔氏曰著與宁音義同素為充耳所以懸瑱當耳故謂之塞耳是以素絲為紞音膽紞懸瑱之縄用雜綵線織之天子諸侯五色臣三色素色分明目所先見故先言之

○俟我於庭乎而充耳以青乎而尚之以瓊瑩音榮乎而

賦也庭在大門之內寢門之外瓊瑩亦美石似玉者○呂氏曰此昏禮所謂壻道婦及寢門揖之時也

纂疏 鄭氏曰青紞之青曹氏曰英華瑩皆光采也

○俟我於堂乎而充耳以黃乎而尚之以瓊英叶於良反乎而

賦也瓊英亦美石似玉者○呂氏曰升階而俟至堂此昏礼所謂升自西階之時也

纂疏 鄭氏曰黃紞之黃疊山謝氏曰其充耳則以素以青以黃其加飾則瓊華瓊瑩瓊英修容盛飾非不美也惜乎不知禮耳

著三章章三句

闥音撻

圃音布

東方之日兮彼姝（赤朱反）者子在我室兮在我室兮履

我即兮【興】也履躡即就也言此女躡我之跡而相就也【纂疏】鄭氏曰姝美也 ○ 東方之月

兮彼姝者子在我闥（叶它悅反）兮在我闥兮履我發（叶方月反）

兮【興】也闥門內也發行去也言躡我而行去也【纂疏】東萊曰韓詩門屏之閒曰闥

東方之日二章章五句

東方未明（叶謨郎反）顛倒（都老反）衣裳顛之倒（叶都妙反）之自公

召之【賦】也自從也羣臣之朝別色始入 ○ 此詩人刺其君興居無節號令不時言東方未明而顛倒其衣裳則既早矣而又已有從君所而來召之者焉蓋猶以為晚也或曰所以然者以有自公所而召之者故也 ○ 東方未

晞顛倒裳衣倒之顛（叶典因反）之自公令（力證反叶力呈反）之【賦】也晞明之始升也令號令也 ○ 折（音哲）柳樊圃（叶博故反）狂夫瞿瞿（俱具反）不能晨

夜（叶羊茹反）不夙則莫（音慕） ○【比】也柳楊之下垂者柔脆之木也樊藩也圃菜園也瞿瞿驚顧之貌夙

早也折柳樊圃雖不足恃然狂夫見之猶驚顧而不敢越以比晨夜之限甚明人所易知今乃不能知而不失之早則失之莫也【纂疏】孔氏曰折柳以爲藩園

東方未明三章章四句

南山崔崔子雖反雄狐綏綏魯道有蕩齊子由歸既曰歸止曷又懷止叶胡威反【比】也南山齊南山也崔崔高大貌狐邪媚之獸綏綏求匹之貌魯道適魯之道也蕩平易也齊子襄公之妹魯桓公夫人文姜襄公通焉者也由從也婦人謂嫁曰歸懷思也止語辭○言南山有狐以比襄公居高位而行邪行且文姜既從此道歸于魯矣襄公何爲而復思之乎○葛屨五兩如字又音亮冠緌如誰反雙叶所終反止魯道有蕩齊子庸止既曰庸止曷又從止【興】也兩二屨也緌冠上飾也屨必兩緌必雙物各有偶不可亂也庸用也用此道以嫁于魯也從相從也【纂疏】嚴氏曰天官屨人注複下曰舄禪音丹下曰屨士喪禮云夏葛屨冬皮屨曹氏曰屨人辨外內命夫命婦之命屨功屨散屨注云有繶屨黃屨白屨黑屨散屨所謂五兩也說文緌纓也○蓺麻如之何衡音橫

人告于齊曰寡君畏君之威不敢寧居來修舊好禮成而不反無所歸咎惡於諸侯請以彭生除之齊人殺彭生

從子容反其畝莫後反取七喻反妻如之何必告工毒反父母莫後反既曰告止同上曷又鞠居六反止【興】也藝樹鞠窮也○欲樹麻者必先縱橫耕治其田畝欲娶妻者必先告其父母今魯桓公既告父母而娶妻矣又曷為使之得窮其欲而至此哉【纂疏】曹氏曰齊民要術云種麻欲得良田耕不厭熟縱橫七遍以上則麻生无葉衡從其畝蓋古法也東萊曰韓詩東西耕曰横從韓詩作由一云南北耕曰由也○析薪如之何匪斧不克取妻如之何匪媒不得既曰得止曷又極止【興】也克能也極亦窮也

南山四章章六句春秋桓公十八年公與夫人姜氏如齊公薨于齊傳曰公將有行遂與姜氏如齊申繻曰女有家男有室无相瀆也謂之有禮易此必敗公會齊侯于濼遂及文姜如齊齊侯通焉公謫之以告夏四月丙子享公使公子彭生乘公公薨于車此詩前二章刺齊襄後二章刺魯桓也

無田音佃甫田維莠羊九反驕驕叶音高無思遠人勞心忉忉音刀○【比】也田謂耕治之也甫大也莠害苗之草也驕驕張王之意忉忉憂勞也○言無田甫田也田甫田而力不給則

濼水在濟南歷城縣西入濟 盧落又力角說文丑反

詩可與鶴鳴
詩參看此言
役言理可

草盛矣无思遠人也思遠人而人不至則心勞矣以戒時人厭小而務大忽近而圖遠將徒勞而无功也纂疏東萊曰驕驕桀桀二字皆稂莠侵凌嘉穀之狀○無田甫田維莠桀桀無思遠人勞心怛怛叶旦悅反○田也桀桀猶驕驕也怛怛猶忉忉也○婉兮孌兮叶龍眷反總角丱古患反叶古縣反兮未幾居豈反見兮突而弁兮田也婉孌少好貌丱兩角貌未幾未多時也突忽然高出之貌弁冠名○言總角之童見之未久而忽然戴弁以出者非其躐等而強求之也蓋循其序而勢有必至耳此又以明小之可大邇之可遠能循其序而脩之則可以忽然而至其極若躐等而欲速則反有所不達矣

纂疏釋文方言曰凡卒相見謂之突孔氏曰周礼掌冠冕者謂之弁弁師則弁者冠之大號

甫田三章章四句○愚按諸家皆本序說蘇氏曰總角之童而至於突然弁也豈其求之哉其道則有所必至也君子之得諸侯亦未嘗求之矣苟脩其身而治其政令諸侯不來而將安往

姑備
參看

盧令令音零其人美且仁田也盧田犬也令令犬頷下環聲○此詩大意與還略同纂疏

孔氏曰犬有田犬守犬戰國策韓國盧天下之駿犬東郭逡海内之狡兔是盧爲田犬○盧重直龍反環

其人美且鬈音權○賦也重環子母環也鬈鬚鬢好貌【纂疏】孔氏曰子母環謂大環貫一小環○

盧重鋂音梅其人美且偲七才反○賦也鋂一環貫二也偲多鬚之貌春秋傳所謂于思即此字古通用耳【纂疏】孔氏曰鋂一大環貫二小環

盧令三章章二句

○

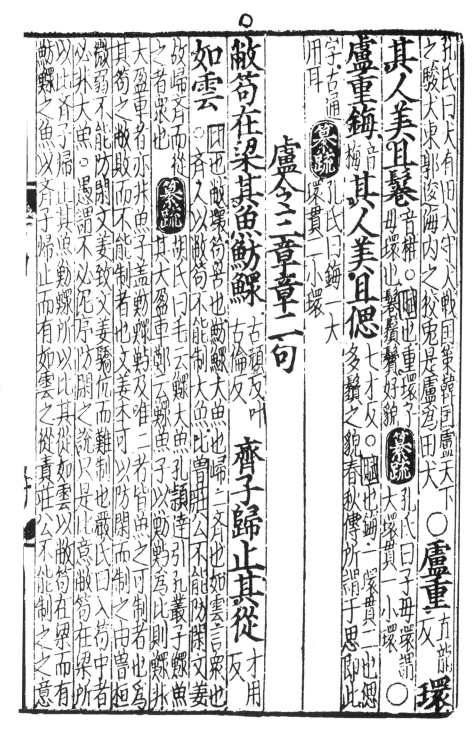

敝笱在梁其魚魴鰥古頑反叶古倫反齊子歸止其從才用反如雲○比也敝壞笱罟也魴鰥大魚也歸歸齊也如雲言衆也○齊人以敝笱不能制大魚比魯莊公不能防閑文姜故歸齊而從之者衆也【纂疏】胡氏曰毛云鰥大魚孔穎達引孔叢子鰥魚其大盈車鄭云鰥魚子以魴鰥爲比則鰥非大盈車者亦非魚子蓋魴鰥魴鱮及唯唯者皆魚之可制者也爲其笱之敝敗而不能制者也文姜本可以防閑而制之由魯桓微弱不能防閑文姜致文姜驕侈而難制也嚴氏曰入笱中者必非大魚○愚謂不必泥序防閑之說只是比意敝笱在梁所以比齊子歸止其魚魴鰥所以比其從如雲以敝笱在梁而有魴鰥之魚以齊子歸止而有如雲之從責莊公不能制之之意

音灼　齊也

在其中矣 ○ 敝笱在梁，其魚魴鱮（才呂反）。齊子歸止，其從如雨。（賦）也。鱮似魴，厚而頭大，或謂之鰱。如雨，亦多也。纂疏 陸氏曰：鱮似魴，厚而頭大，魚之不美者，故里語曰：網魚得鱮，不如啗茹。

○ 敝笱在梁，其魚唯唯（唯癸反）。齊子歸止，其從如水。（賦）也。唯唯，行出入之貌。如水，亦多也。纂疏 釋文曰：唯唯，韓詩作遺遺。○ 愚謂以其魚唯唯觀之，敝笱自在梁，魚之唯唯於水自若，則所謂魴鰥魴鱮，自在敝笱之外，非敝笱所能制，可見无非所以比魯桓不能制文姜也。

敝笱三章，章四句。按春秋：魯莊公二年，夫人姜氏會齊侯于禚；四年，夫人姜氏享齊侯于祝丘；五年，夫人姜氏如齊師；七年，夫人姜氏會齊侯于防，又會齊侯于穀。

載驅薄薄（蒲各反），簟茀朱鞹（苦郭反）。魯道有蕩，齊子發夕。叶洋各反。○（賦）也。薄薄，疾驅聲。簟，方文席也。茀，車後戶也。朱，朱漆也。鞹，獸皮之去毛者，蓋車革質而朱漆也。夕，猶宿也。發夕，謂離於所宿之舍。○ 齊人刺文姜乘此車而來會襄公也。纂疏 毛氏曰：車之蔽曰茀。孔氏曰：謂以竹爲簟，以蔽車之後戶也。蘇氏曰：發夕，夕發於宵。

○ 四驪（力馳反）濟濟（子禮反），垂轡濔濔（乃禮反）。魯道有蕩齊子豈開改反弟叶待礼反○賦也驪馬黑色也濟濟美貌濔濔柔貌樂易也言无忌憚羞恥之意也纂疏孔氏曰襄公乘一驪之馬皆是鐵驪之色○汶音問水湯湯失章反行

人彭彭必亡反魯道有蕩齊子翱翔賦也汶水名在齊南魯北二國之境湯湯水盛貌彭彭多貌言行人之多亦以見其无恥也纂疏曹氏曰汶水有二一許氏以為出琅邪朱虚縣東泰山東至安丘入濰桑欽以為出泰山萊蕪縣西南入濟說者于欽義以為在齊南魯北○汶水滔滔吐刀反行

人儦儦表驕反叶音褒魯道有蕩齊子遊遨賦也滔滔流貌儦儦衆貌遊遨猶翱翔也纂疏疊山謝氏曰四驪濟濟垂轡濔濔曰行人彭彭曰行人儦儦襄公之車馬堅强盛也如此不知會文姜于汶上者何名曰齊子豈弟曰齊子翱翔曰齊子遊遨文姜之情態歡欣快樂如此不知會襄公于汶上者何名无礼義无羞恥无忌憚盡見於此詩矣詩人鋪叙之詳形容之以刺之深疾之甚也

載驅四章章四句

○猗嗟昌兮頎音祈而長兮抑若揚兮美目揚兮巧趨蹌

兮射則臧兮賦也猗嗟歎辭昌盛也頎長貌抑而若揚美之盛也揚目之動也蹌趨翼如也臧善也○齊人極道魯莊公威儀技藝之美如此所以刺其不能以禮防閑其母若曰惜乎其獨少此耳纂疏孔氏曰周禮大射則張皮侯云二正以綵畫之侯身長一丈八尺者正方六尺侯身長一丈四尺者正方四尺六寸侯身長一丈者正方三尺三寸其外之廣雖不同其內皆方二尺王射五正畫中朱次白次蒼次黃玄居外諸侯射三正損玄黃孤卿大夫士同射二正去白蒼而畫以朱綠正之言正正也射者內志正則能中亦鳥名齊魯之間名肩題為捷黠射之難中以中為俊故射取名焉大射二鵠賓射二正此言不出正今據賓射為文也○猗嗟名兮美目清兮儀既成兮終日射食亦反侯不出正音征兮展我甥叶桑經反兮賦也名猶稱也言其威儀技藝之可名也清目清明也儀既成言其終事而禮無違也侯張布而射之者也正設的於侯中而射之者也大射則張皮侯而設鵠賓射則張布侯而設正展誠也姊妹之子曰甥言稱其為齊之甥而又以明非齊侯之子此詩人之微詞也按春秋桓公三年夫人姜氏至自齊六年九月子同生即莊公也十八年桓公乃與夫人如齊則莊公誠非齊侯之子矣○猗嗟變叶龍眷反兮清揚婉叶許顯反兮舞則選雪戀反兮射則貫叶扃

三三〇

僕姑矢名南宮長萬宋大夫　十一年乘丘之役公以金僕姑射南宮長万公右歂孫生搏之宋人請之公靳之曰始吾敬子今子魯囚也吾弗敬子矣病之　靳居魏及戟而相視曰靳服虔云恥而惡之曰靳

縣反

兮四矢反兮（叶孚絢反）以禦亂兮（叶靈眷反）

賦也孌好貌清目之美也揚眉之美也婉亦好貌選異於衆也或曰齊於樂節也貫中而貫革也四矢礼射每發四矢反復也中皆得其故處也言莊公射藝之精可以禦亂如以金僕姑射南宮長萬可見矣

嚴氏曰變風之体意在言外有全篇首尾皆許之他詩作讀之茫然不覺所謂但中間冷下一二語自然使人默會如此詩極言其人容貌威儀技藝之美而以久然之辭發之是其人所不足者必有在於容貌威儀技藝之外矣方山詩林得於齊未有亭詠不知所刺何人所言何事中間有展我甥兮一句只甥字便見得是刺魯莊公只一展字便見得是人以魯莊爲齊侯之子詩人設爲諱護之辭以譏之讀者既默會其意乃再三諷詠之方見得自猗嗟而下句句稱美處節節是嘆息不滿處辭不忘迫而意深切矣疊山謝氏曰一章射則臧兮射則善矣德則未見其善亦可惜也二章展我甥兮莊公誠是我齊國之甥今人誹笑者乃以爲齊侯之子亦可惜也三章以禦亂兮莊公之善射似可以禦亂也齊侯文姜之淫亂則无策以禦之亦可惜也

猗嗟三章章六句

或曰子可以制母乎趙氏曰夫死從子通乎其下況國君乎君者人神之主風教之本也不能正家如正国何若莊公者哀痛以思父誠敬以事母威刑以馭下車馬僕

從矣不俟命夫人徒往乎夫人之往也則公不欲之不至威命之不行耳東萊呂氏曰此詩三章譏刺之意皆在言外嗟嘆再三則莊公所大闕者不言可見矣

齊國十一篇三十四章二百四十三句

魏一之九

魏國名本舜禹故都在禹貢冀州雷首之北析城之西南枕河曲北涉汾水其地陿隘而民貧俗儉蓋有聖賢之遺風焉周初以封同姓後為晉獻公所滅而取其地今河中府解州即其地也蘇氏曰魏地入晉久矣其詩疑皆為晉而作故列於唐風之前猶邶鄘之於衛也今按篇中公行公路公族皆晉官疑實晉詩又恐魏亦嘗有此官蓋不可考矣

東萊曰前漢地理志魏在晉之南河曲故其詩曰彼汾一曲寘之河之側水經注故魏國城南西並去大河可二十餘里北去首山十餘里處河山之間土地迫隘故魏風著十畝之詩也孔氏曰左傳雲魏焦滑霍揚韓魏皆姬姓是與周同姓也詩譜今魏君嗇且褊急不務廣修德於民教以義方其與秦晉鄰國日見侵削國人憂之當周平桓之際魏之變風始作至春秋魯閔公元年晉獻公滅之以其地賜大夫畢萬自爾而後晉有魏氏

糾糾吉黝反葛屨可以履霜摻摻所銜反女手可以縫裳要於遥反之襋紀力反之好人服蒲北反之興也糾糾繚戾寒凉之意夏葛屨冬皮屨摻摻猶纖纖也女婦未廟見之稱也娶婦三月廟見然後執婦功要裳要襋衣領好人猶大人也○魏地陿隘其俗儉嗇而褊急故以葛屨履霜起興而刺其使女縫裳又使治其要襋而遂服之也此詩即縫裳之女所作

纂疏 嚴氏曰糾糾傳謂猶繚繚音了繚繞纏也糾二合繩亦繞纏之意鄭氏曰裳男子下服孔氏曰婦人服不殊裳故知男子下服也○

好人提提徒兮反宛然左辟音避佩其象揥勑帝反維是褊心是以為刺叶音砌○賦也提提安舒之意宛然讓之貌也讓而辟者必左揥所以摘髮用象為之貴者之飾也其人如此若无有可刺矣所以刺之者以其褊迫急促如前章之云耳

纂疏 毛氏曰婦至門夫揖而入不敢當尊宛然而左避嚴氏曰宛委曲遜避順貌

葛屨二章一章六句一章五句

廣漢張氏曰夫子謂與其奢也寧儉則儉雖失中本非惡德然而儉之過則至於吝嗇迫隘計較分毫之間而謀利之心始急矣葛屨汾

沮洳園有桃三詩皆言其急迫瑣碎之意

彼汾沮洳言采其莫音慕彼其音記之子美無度美無度殊異乎公路【興】也汾水名出太原府晉陽山西南入河沮洳水浸處下濕之地莫菜也似柳葉厚而長有毛刺可為羹无度言不可以尺寸量也公路者掌公之路車晉以卿大夫之庶子為之○此亦刺儉不中禮之詩言若此人者美則美矣然其儉嗇褊急【纂疏】蘇氏曰汾水出晉其流入渭陸氏之能殊不似貴人也曰莫莖大如筯赤節似柳葉云二其味酢亦作羹而滑可生食五方通謂之酸迷其子如楮实而紅今吳越人謂之茂子孔氏曰左傳驪姬之亂詛無畜群公子自是晉無公族及成公宦卿之適為公族庶子為公行趙盾請以括為公族許之冬盾為旄音毛車之族是其事也盾是以為庶子餘子為公族而為公行服虔云旄車戎車之倅杜預云公行之官也其公族則適子為之掌君宗族○彼汾一方言采其桑彼其之子美如英叶於良反美如英殊異乎公行戶郎反○【興】也一方彼一方也史記扁鵲視見垣一方人英華也公行即公路也以其主兵車之行列故以謂之公行也○彼汾一曲言采其藚音續彼其之子美如玉美如

玉殊異乎公族（興也。一曲謂水曲流處。藚，水舄也，葉如車前草。公族，掌公之宗族，晉以卿大夫之適子爲之。）

【纂疏】郭璞曰：藚，牛脣，釋草。如續斷，寸寸有節。

汾沮洳三章，章六句。

愚按：孔氏曰王肅、孫毓皆以爲大夫采菜，崔靈恩集註序二云君子儉以能勤。按今定本及諸本序直云其君義，亦得通。嚴氏曰：魏一云勤儉，采莫爲蔬，信美矣，然采莫特異乎公路之所爲，亦公路官猶不爲此，況君乎？公儀休爲魯相，猶拔園葵，今國君采莫，迫下甚矣，殆偏其說。

園有桃，其實之殽。心之憂矣，我歌且謠（音遥）。不知我者，謂我士也驕。彼人是哉（叶將黎反），子曰何其（音基）。心之憂矣，其誰知之。其誰知之，蓋亦勿思（叶新齎反）。○興也。殽，食也。合曲曰歌，徒歌曰謠。其，語辭。○詩人憂其國小而無政，故作是詩。言園有桃，則其實之殽矣；心有憂，則我歌且謠矣。然不知我之心者，見其歌謠而反以爲驕，且曰彼之所爲已是矣，而子之言獨何爲哉？蓋舉國之人莫覺其非，而反以憂之者爲驕也。於是憂者重嗟歎之，以爲此

之可憂初不難知彼之非我特未之思耳誠思之則將不暇非我而自憂矣【附錄】園有桃似比詩升御【纂疏】程氏

曰歌凡謠謡詠之為謠○園有棘其實之食心之憂矣聊以行國叶于逼反不知我者謂我士也罔極彼人是哉子曰何其心之憂矣其誰知之其誰知之蓋亦勿思【興】也棘棗之短者聊且畧之也歌謡之不足則出遊於國而寫憂也極至也罔極言其心縱恣無所至極【纂疏】疊山謝氏曰聊以行國猶駕言出遊以寫我憂也謂我士也罔極猶孔子曰爾責於人終無已夫吾讀園有桃一詩未嘗不流涕也使忠臣義士之心略見知於人通國上下不羣吠而衆惡之問其所憂者何說今之所當行者何事魏侯闇而大悔悟急為扶顛持危之謀豈能驟滅其國哉國雖亡亦未必亟是之速也嗚呼惜哉

園有桃二章章十二句

陟彼岵音戶兮瞻望父兮父曰嗟予子行役夙夜無已上慎旃哉猶來無止【賦】也山無草木曰岵上猶尚也○孝子行役不忘其親故登山以望其父

之所在因想像其父念己之言曰嗟乎我之子行役夙夜勤勞不得止息又祝之曰庶幾慎之哉猶可以來歸無止於彼而不來也蓋生則必歸死則止而不來矣或曰止獲也言無為人所獲也【纂疏】孔氏曰爾雅山多草木曰岵無草木曰屺傳言無草木岵有草木屺正相反當是傳寫誤也陳氏曰岵屺岡皆山之高處而可瞻望者詩人各取其一以協韻耳嚴氏曰上猶赴也謂赴役也如赴官曰上官赴工曰上工七月上入執宮功以由田野入都邑為上此以国家居赴道途為上今俗諺猶云上路毛氏曰旃之也

○陟彼屺音起兮瞻望母叶滿彼反兮母曰嗟予季行役夙夜無寐上慎旃哉猶來無棄【賦】也山有草木曰屺季少子也尤憐愛少子者婦人之情也無寐亦言其勞之甚也棄謂死而棄其尸也【纂疏】東萊曰母尚恩故曰無棄言無棄母而不歸也

○陟彼岡兮瞻望兄叶虛王反兮兄曰嗟予弟行役夙夜必偕叶舉里反上慎旃哉猶來無死叶想止反○【賦】也山脊曰岡必偕言與其儕同作同止不得自如也【纂疏】嚴氏曰必與同役者俱無失伍也

陟岵三章章六句

十畝之閒（叶居賢反）兮，桑者閑閑（叶胡田反）兮，行與子還（叶音旋）兮。

賦也。十畝之閒，郊外所受場圃之地也。閑閑，往來者自得之貌。行，猶將也。還，猶歸也。○政亂國危，賢者不樂仕於其朝，而思與其友歸於農圃，故其詞如此。張子曰：周制國郭之外有聽爲場圃之地者，疑家受十畝以毓草木。東萊曰：横渠指桑地爲場圃，合於古制。但又謂魏地侵削，外無井受之田，徒有近郭圃廛而已，則似不然。果如是，則民將何所食乎？政使周制果家賦園廛十畝，魏則削小，豈容尚守古法？容或數家共之也。況詩所謂十畝者，特甚言之耳，未可以爲定數也。○

十畝之外（叶五墜反）兮，桑者泄泄（以世反）兮，行與子逝兮。

賦也。十畝之外，鄰圃也。泄泄，猶閑閑也。逝，往也。

十畝之閒二章，章三句。

坎坎伐檀（叶徒沿反）兮，寘之河之干（叶居焉反）兮，河水清且漣（力廛反）猗（於宜反）。不稼不穡，胡取禾三百廛（直連反）兮？不狩不獵，胡瞻爾庭有縣（音玄）貆（音暄）兮？彼君子兮，不素餐（七丹反）兮。

反叶七兮賦也坎坎用力之聲檀木可為車者寘與置同干厓
宜反也漣風行水成文也猗與兮同語詞書斷斷猗大
學作兮莊子亦云而我猶為人猗是也種之曰稼斂之曰穡胡
何也一夫所居曰廛狩亦獵也貆貉類素空餐食也○詩人言
有人於此用力伐檀將以為車而行陸也今乃寘之河干則河
水清漣而无所用雖欲自食其力而不可得矣然其志則自以
為不耕則不可以得禾不獵則不可以得獸是以甘心窮餓而
不悔也詩人述其事而歎之以為是真能不空食者後世若徐
穉之流非其力不【纂疏】孔氏曰傳謂一夫之居曰廛謂百畝也
食其厲志蓋如此嚴氏曰三百廛是取三百夫之廛穀鄭
氏曰冬獵曰狩宵田曰獵貉子曰貆貆畧山謝氏曰君子不得仕
於朝入山伐檀以為車置於河水之干樂道而安貧勞力以自
養也河水清而成文君子觀之自得其樂忘其勞亦忘其貧如
衡門曰泌之洋洋可以樂飢也彼小人者無功而受禄譬如為
農不稼不穡何為取禾至於三百廛之多也譬如獵夫不狩不
獵何為瞻爾之庭中乃有貆獸懸於其上也汝不見彼河間之
君子乎不肯空食國家之俸禄而甘心伐檀以自給乎國之將
亡小人在位其受禄愈厚君子在野其為生甚勞詩人之所刺也
○坎坎伐輻音福叶筆力反兮寘之河之側叶莊力反兮河水清
且直猗不稼不穡胡取禾三百億兮不狩不獵胡瞻

爾庭有縣特兮彼君子兮不素食兮賦也輻車輻也伐木以爲輻也直波文之直也十万曰億蓋言禾秉之數也獸三歲曰特纂疏孔氏曰田方百里於今數爲九百万畝而王制云方百里爲九十億畝是億爲十万也三百億与三百墨三百囷相類若爲金斛之數則太多不類故爲禾秉之數謂刈禾之把數○坎

坎伐輪兮寘之河之漘順倫反兮河水清且淪猗不稼

不穡胡取禾三百囷丘倫反兮不狩不獵胡瞻爾庭有

縣鶉音純兮彼君子兮不素飧素門反叶素倫反兮賦也輪車輪也伐木以爲

輪也淪小風水成文轉如輪也囷圓倉也鶉鵪屬熟食曰飧纂疏毛氏曰漘厓也說文云韓詩順流而風曰淪二文貌

飧水澆飯也

伐檀三章章九句纂疏黃氏曰食君之祿而不任君之事者謂之素餐非不耕而後食也詩言君子有其功而无其祿小人有其祿而无其功因取物理之倒置者言之坎坎伐檀反置之河之干而不稼穡不狩獵反有禾囷特鶉之富其文意詳從而易明不必以艱深求之也

碩鼠碩鼠無食我黍三歲貫古亂反女音汝莫我肯顧叶果五反逝將去女適彼樂土音洛下同樂土樂土爰得我所叶

碩大也三歲言其久也貫習顧念也逝往也樂土有道之國也女汝也○民困於貪殘之政故託言大鼠害己而去之也

附錄 劉氏曰碩鼠刺其君不已畏乎碩鼠刺君重斂蠶食於民取虐民民怨之極則將棄君如仇讎故發爲死亡之計

纂疏 陸氏曰今河東有大鼠能人立交前兩足於頸上跳舞善鳴食人禾苗人逐之則走入樹空中魏國今河東郡河北縣是也言其方物宜謂此鼠東萊呂氏曰三歲貫汝盖言魏拑克民當去之久矣姑復事之至於三歲而莫我肯顧猶書所謂天惟五年須暇之之意也

○碩鼠碩鼠無食我麥叶訖力反三歲貫女莫我肯德逝將去女適彼樂國叶于逼反樂國樂國爰得我直

德歸恩也直猶宜也

纂疏 嚴氏曰莫我肯德不肯德惠我也

○碩鼠碩鼠無食我苗叶音毛三歲貫女莫我肯勞逝將去女適彼樂郊音交叶音高樂郊樂郊誰之永號戶毛反○

勞勤苦也謂不以我爲勤勞也永號長呼也言無所往

患適則无復有害己者當復爲誰而永號乎【纂疏】毛氏曰苗由嘉穀孔氏曰苗非鼠所食故云嘉穀二生於苗言苗以叶韻疊山謝氏曰食黍不足而食麥食麥不足而食苗二者禾方樹而未秀也食不止於此其貪甚矣

碩鼠三章章八句

魏國七篇十八章一百二十八句

詩卷第五

詩卷第六

朱子集傳

新安後學胡一桂附錄纂疏

唐一之十

唐國名本帝堯舊都在禹貢冀州之域大行恒山之西太原太岳之野周成王以封弟叔虞為唐侯南有晉水至子燮乃改國號曰晉後徙曲沃又徙居絳其地土瘠民貧勤儉質樸憂深思遠有堯之遺風其詩不謂之晉而謂之唐蓋仍其始封之舊號耳唐叔所都在今太原府曲沃及絳皆在今絳州嚴氏曰唐以堯得名晉以水得名其地一也晉迁徙不一叔虞三世至曾孫成侯自晉陽徙曲沃卽河東聞喜縣蟋蟀刺成侯曾孫僖侯則曲沃時詩八世至穆侯僖侯孫自曲沃徙絳卽河東絳縣十世至昭侯穆侯之孫自絳徙翼在平陽絳邑縣東山有樞揚之水椒聊綢繆杕杜羔裘刺昭公鴇羽刺大亂五世皆都翼時詩也自昭公以曲沃封桓侯至其孫武公并晉又自曲沃徙絳無衣美武公有杕之杜刺之葛生采苓刺獻公則皆都絳時詩也

蟋蟀在堂歲聿允橘反其莫音暮今我不樂音洛下同日月其

除直慮反無已大音泰康職思其居叶音據好呼報反樂無荒良士瞿瞿俱具反○賦也蟋蟀虫名似蝗而小正黑有光澤如漆有角翅或謂之促織九月在堂聿遂莫晚除去也太康過於樂也職主也瞿瞿却顧之貌○唐俗勤儉故其民間終歲勞苦不敢少休及其歲晚務閑之時乃敢相與燕飲爲樂而言今蟋蟀在堂而歲忽已晚矣當此之時而不爲樂則日月將舍我而去矣然其憂深而思遠也故方燕樂而又遽相戒曰今雖不可以不爲樂然不已過於樂乎盍亦顧念其職之所居者使其雖好樂而無荒若彼良士之長慮却顧焉則可以不至於危亡也蓋其民俗之厚而前聖遺風之遠如此【附錄】唐風自是尚有勤儉之意作詩是一箇不敢放懷底人說今我不樂日月其除便又說無已太康職思其居賀孫【纂疏】說文曰蟋蟀亦名蛬蛬蛩二音恭初生至夏鳴感寒則入陸氏曰一名蜻蛚里語促織鳴懶婦驚毛氏曰九月歲未暮而云聿莫故云聿爲遂遂者從始向末之言嚴氏曰十月以後至十二月皆可稱歲暮采薇歲亦莫止又云歲亦陽止十月爲陽是以十月爲歲莫也蟋蟀在堂是九月過此方是十月故云歲聿其莫哉曰周建子歟以十月爲歲莫又曰職思其居啓其憂也好樂無荒作其勤也良士瞿瞿警其懼也三言而君國之道盡矣詩人之言及此豈非堯之遺風乎蟋蟀在堂歲聿其逝今我不樂日

三三四

荎音遲

月其邁叶力制反無已大康職思其外叶五墜反好樂無荒良士蹶蹶俱衛反○賦也逝邁皆去也外餘也其所治之事固當思之而所治之餘亦不敢忽蓋以事變或出於平常思慮之所不及故當過而備之也蹶蹶動而敏於事也【纂疏】陳氏曰事變有出於非常思慮之所不及者皆當有備嚴氏曰後來昭公不能思其外則四鄰謀取其國家而不知矣○蟋蟀在堂役車其休今我不樂日月其慆叶吐刀反叶他侯反無已大康職思其憂好樂無荒良士休休○賦也庶人乘役車歲晚則百工皆休矣慆過也休休安閑之貌樂而有節不至於淫所以安也【纂疏】孔氏曰春官巾車云役車方箱可載任器以供役收納禾稼亦用此車李氏曰職思其憂當職其所憂之事

蟋蟀三章章八句

山有樞烏侯昌朱二反隰有榆夷周以朱二反子有衣裳弗曳弗婁力侯力俱二反子有車馬弗馳弗驅祛尤虧于二反宛於阮反其死矣他人是愉他侯以朱二反○興也樞荎也今刺榆也榆白枌也婁亦曳也馳走驅策也宛坐見貌愉樂也○此

詩蓋以荅前篇之意而解其憂故言山則有樞矣隰則有榆矣子有衣裳車馬而不服不乘則一日宛然以死而他人取之以爲己樂矣蓋言不可不及時爲樂然其憂愈深而意愈蹙矣【附錄】詩所以能興起人處全在興如山有樞隰有榆別無意義只是興起下面子有車馬子有衣裳耳必大【纂疏】樞針刺如柘葉如榆爲茹美於白榆榆之類有十種葉皆相似皮及理異耳爾雅曰榆之皮色白者名枌郭璞云枌榆先生葉却着莢皮色白

○山有栲音考叶去九反隰有杻女九反子有廷内弗洒弗埽叶蘇后反子有鍾鼓弗鼓弗考叶去九反宛其死矣他人是保叶補苟反○【興】也栲山樗也似樗色小白葉差狹杻檍也葉似杏而尖白色皮正赤其理多曲少有材可爲弓弩榦者也考擊也保居有也【纂疏】陸氏曰栲似樗亦類漆樹俗語曰種樗栲漆相似如一杻二月中開花如練而細蘂正白蓋樹今官園種之正名曰萬歲

○山有漆音七隰有栗子有酒食何不日鼓瑟且以喜樂音洛且以永日宛其死矣他人入室【興】也君子無故琴瑟不離於側永長也人多憂則覺日短飲食作樂可以永長此日也【纂疏】漆栗見定之方中疊山謝氏曰始言他人是愉中言他人是保末言他人入室一節

悲一節此亦憂深思遠也

山有樞三章章八句愚按諸家皆本序說東萊曰詩人豈是欲昭公馳驅歡樂者哉蓋曰是物也行其為他人所有曾不若及今為樂之為愈其激發感切之者深矣非勸其為樂也呂祿棄軍其婦呂須嫉怨出珠玉寶器散堂下曰毋為他人守也乃此詩之意末章尤可見嚴氏曰栢叔有禍晉之謀昭公禍在朝夕而不悟此詩非勸昭公為樂也謂可惜此衣裳車馬之物將為他人所有將以喚醒昭公使之覺悟托言何不曳婁馳驅耳昭公若會其言外之意必瞿然知懼汲汲然思所以為防患之計何暇曳衣裳驅車馬事鍾鼓琴瑟以為樂始備參看

揚之水。白石鑿鑿。子洛反素衣朱襮。音博從子于沃。叶鬱縛反

既見君子。云何不樂。音樂○興也。鑿鑿巉岩貌。襮領也。諸侯之服。繡黼領而丹朱純也。子指栢叔也。沃曲沃也。○晉昭侯封其叔父成師于曲沃。是為栢叔。其後沃盛強而晉微弱。國人將叛而歸之。故作此詩。言水緩弱而石巉岩。以比晉衰而沃盛。故欲以諸侯之服從栢叔于曲沃。且自喜其見君子而無不樂也。

纂疏 孔氏曰釋器黼領謂

之襮孫氏注云繡刺白黑文以褗領郊特牲云繡黼丹朱中衣大夫之僭禮也大夫服爲僭如諸侯當服也中衣者朝服祭服之裏衣也其制如深衣以素爲衣丹朱爲緣繡黼爲領此所謂素衣朱襮素衣朱繡卽郊特牲所謂繡黼丹朱中衣是也嚴氏曰冕服絲衣也中衣用素〻絲也皮弁服朝服玄端麻衣也中衣用布凡服先以明衣親身次加中衣冬則次加裘〻上加裼衣〻上加朝服此以素爲衣是以絲爲之謂冕及爵弁之中衣也公之孤及天子大夫四命皆爵弁自祭大夫士助祭於君亦服爵弁以上則中衣亦用素但不得用朱襮也李氏曰曲沃桓叔所封之地漢地理志河東聞喜縣故曲沃也今隆州有曲沃城○一說嚴氏曰從子于沃下又君子旣指桓叔則此言子者設言欲叛之人如潘父之徒也于往也謂子欲奉此服於桓叔我將從子往沃以見此桓叔則如何不樂乎謂從之則可免禍而無憂也其意謂國中有相與爲叛以應曲沃者矣此微辭以洩其謀欲昭公聞之而戒懼且爲之備也又曰時沃有篡宗國之謀而潘父陰主之將爲內應而昭公不知故此詩深警之謂昭公勿以沃爲患之在外而猶緩也今國內有謀應之者欲奉沃以爲君而篡汝之位腹心作難而外患乘之禍已迫矣此政發潘父之謀其忠告於昭公者可謂切至若眞欲從沃則是潘父之黨必不作此詩以泄漏其事沮自取敗也○揚之水白石皓皓古老反叶胡暴反素衣朱繡叶先妙反從子于鵠

叶居號反既見君子，云何其憂。叶一笑反。○【朱】也。朱繡，即朱襮也。鵠，曲沃邑也。【纂疏】李氏曰：鵠，曲沃別邑。○揚之水，白石粼粼。利新反我聞有命，叶弥并反不敢以告人。【朱】比也。粼粼，水清石見之貌。聞其命而不敢以告人者，為之隱也。桓叔將以傾晉，而民為之隱，蓋欲其成矣。○【李氏】曰：古者不軌之臣，欲行其志，必先施小惠以收衆情，然後民翕然從之。田氏之於齊，所獵民也，故其召公子陽生於魯，國人皆知其已至而不言。【纂疏】○一說，嚴氏曰：命謂桓叔所謂我聞有命，不敢以告人也。命其從以舉事，禍將作矣。我聞其事，不敢以告人也。言不敢告人，乃所以深告昭公。又曰：昭公諸詩皆以沃強為憂，山有樞言死亡之迫，最激切而微辭深意，未若此詩末章之云。蓋反辭以見意，故幽其謀，欲昭公知之，忠之至也。諸家皆謂国人助之而匿其情，且引陽生夜至於齊，国人知之而不言為比。晉人之心異於齊也。自桓叔至武公屢得志矣，而晉人終不服，相與攻而去之。其後更六世，踰六七十載，迫於王命而後不敢不聽。在昭公之初，晉人之心豈從沃哉？若助桓叔而匿其情，則此詩不作可也。亦既告之於詩，使昭詩者颺之以諷其君矣，安在其為匿之也？故言不敢告人者，乃所以告昭公；言我聞有命者，又以見其事已成，禍至甚迫，所以激發昭公者至切切也。執詩之辭而不能以逆志，固哉說詩！風人之旨遠矣。○愚謂不敢之云，亦以見桓叔之強有可畏

之勢不是不告人特不敢耳

揚之水三章二章章六句一章四句

椒聊之實蕃衍盈升彼其音記之子碩大無朋椒聊且子餘反遠條且興而比也椒樹似茱萸有針刺其實味辛而香烈聊語助也朋比也且歎詞遠條長枝也○椒之蕃盛則采之盈升矣彼其之子則碩大而無朋矣椒聊且遠條且歎其枝遠而實益蕃也此不知其所指序亦以為沃也

○椒聊之實蕃衍盈匊九六反彼其之子碩大且篤椒聊且遠條且興而比也兩手曰匊篤厚也纂疏曹氏曰椒薄累也薄累之實而為升盈匊蕃衍之不已也李氏曰本草曰古者為升上徑寸下徑六分其深八分則升小於匊然漢志又謂千二百黍為龠十龠為合十合為升則升又大於匊故陸農師云兩手為匊兩匊為升先曰升後曰匊互相備而已詩人之意止是言曲沃盛強如椒之蕃衍而乃區區於升匊小大之不同亦無益之言也嚴氏曰此詩言桓叔之強而不及昭公其意則憂昭公之弱而非主桓叔言在此而意在彼也又曰桓叔曰強昭公其危哉為告昭公故稱桓叔為彼也

椒聊二章章六句

綢直留反繆亡侯反束薪三星在天叶鐵因反今夕何夕見此良人子兮子兮如此良人何興也綢繆猶纏綿也三星心也在天昏始見於東方建辰之月也良人夫稱也○國亂民貧男女有失其時而後得遂其婚姻之禮者詩人叙其婦語夫之詞曰方綢繆以束薪也而仰見三星之在天今夕不知其何夕也而忽見良人之在此既又自謂曰子兮子兮其將奈此良人何哉喜之甚而自慶之詞也

纂疏孔氏曰綢繆言束薪之狀李氏曰鄭謂三星爲心星蓋以仲春昏而火星不見爲嫁娶之時至三月四月則見而在東方左昭七年云火出於夏爲三月周官季春出火言三月之時已失其時矣況於在隅在戶乎在隅則四月之末五月之中在戶則五月之末六月之中月令仲夏之月昏心中是也○愚按三星有二說毛以昏姻之月自季秋盡孟春皆可成昏不待初冬冰未開春之時以三星爲參星參謂白虎三星在天謂始見東方之時謂十月也在東南隅則十一月十二月在戶則正月月令孟春之月昏參中是也今朱子從鄭說蓋以見其失嫁娶之時也○

綢繆束芻叶側九反三星在隅叶語口反今夕何夕見此邂戶懈反逅胡豆反叶很口反子

兮子兮如此邂逅何賦也隅東南隅也昏見之星至此則夜久矣邂逅相遇之意此為夫婦相語之詞也○綢繆束楚三星在戶侯古反今夕何夕見此粲采旦反者叶章与反子兮子兮如此粲者何賦也戶室戶也戶必南出昏見之星至此則夜分矣粲美也此為夫語婦之詞也或曰女三為粲一妻二妾也

綢繆三章章六句〔纂疏〕李氏曰此詩与衛有狐鄭野有蔓草陳東門之楊皆言世变多故兵機喪乱婚姻不得其時然陳鄭衛詩淫亂為多蓋政教不修礼義不明此所以有相奔之俗至於唐風則不然蓋淫泆之禍在於奢侈唐之風俗尚儉雖不得其時猶未至於淫奔也

有杕之杜其葉湑湑私叙反獨行踽踽俱禹反豈無他人不如我同父扶雨反嗟行之人胡不比毗志反焉人無兄弟胡不佽七利反焉興也杕特也杜赤棠也湑湑盛貌踽踽無所親之貌同父兄弟也比輔佽助也○此無兄弟者自傷其孤特而求助於人之詞言杕然之杜其葉猶湑湑然而人無兄弟則独行踽踽曾杜之不如矣然豈無它人

之可與同行也哉特以其不如我父兄弟是以不免於踽踽耳於是嗟歎行路之人何不閔我之獨行而見親憐我之無兄弟而見助乎【音義】孔氏曰樊光曰赤者為杜白者為棠陸璣云赤棠與白棠同但子有赤白美惡白色為白棠甘棠也少酢滑美亦棠子澁而酢無味○有杕之杜其葉菁菁子零反獨行睘睘求營反豈無他人不如我同姓叫桑經反嗟行之人胡不比焉人無兄弟胡不佽焉【國】也菁二亦盛貌睘睘無所依貌

杕杜二章章九句○愚按諸家皆本序說李氏曰左文七年昭公欲去群公子樂豫曰公族公室之枝葉也葛藟猶能庇其根本故君子以為比況國君乎嚴氏曰昭公不親其兄弟則如道路獨行之人踽二睘二曾杕杜之不如也豈無它人不如我同父言它人不足恃也昭公既如道路獨行之人遂以同路之行人曉喻之嗟彼行路之人何不相親比乎必不相親也人之無兄弟者何不外求佽助乎必不佽助也信它人之不如同父也同姓亦謂兄弟變文成章田氏曰昭公不親其宗族其心必以為曲沃之封而反以篡晉然管蔡雖叛而周人不忘同姓不可以因噎而廢食也提設備

羔裘豹袪起居起據二反自我人居居斤於斤御二反豈無他人惟子之故攻乎古慕二反○【賦】也羔裘君純羔大夫以豹飾袪袂也居居未詳鄭氏曰羔裘豹袪在位卿大夫之服孔氏曰袂是袖之大名袪是袖頭之小稱○愚按居居義李氏獨取蘇氏謂卿大夫勢雖甚尊必由民以安其居而蘇氏訓究究二字爲久卿大夫所以能久於此者由有民也李氏猶以爲無據愚謂究自推究究極之義則久義已近之○

羔裘豹褎徐救反自我人究究豈無他人維子之好呼報反叶呼候反○【賦】也褎猶袪也究究未詳

羔裘二章章四句此詩不知所謂不敢強解○愚本蘇氏居究之訓而膚之曰爾卿大夫服羔裘豹袪豹褎之服皆自我民而得居其居究其究也乃不我恤如此我豈無它人而歸之乎猶念子故舊俗好而不忍去耳爾其可終不我恤也哉其怨恨祈憐之意皆在言語之表矣姑備一說

肅肅鴇羽集于苞栩況禹反王事靡盬音古不能蓺稷黍【比】也肅肅羽聲鴇鳥名似鴈而大無

父母何怙侯古反悠悠蒼天曷其有所

無衣美晉武

後趾集止也苞叢生也栩柞櫟也其子爲皂斗殼可以染皂者
是也盬不攻緻也蓺樹也怙恃也○民從征役而不得養其父母
故作此詩言鴇之性不樹止而今乃飛集于苞栩之上如民之
性本不便於勞苦今乃久從征役而不得耕田以供子職也悠悠
悠蒼天何時使　孔氏曰鴇連蹄性不樹止樹止則爲苦嚴
我得其所乎　氏曰栩徐州人謂櫟爲杼或謂之爲栩栩
柞也櫟也杼也周秦謂柞爲櫟孔氏曰盬與蠱字異義同蠱害
器敗穀皆謂之蠱盬是爲不攻牢不堅緻之意李氏曰王事靡盬
謂勤於王事而無不攻緻也嚴氏曰諸
侯爲人子牧民公家之事皆王事也○肅肅鴇翼集于
苞棘王事靡盬不能蓺黍稷父母何食悠悠蒼天曷
其有極極止也極已也○肅肅鴇行户郎反集于苞桑王事靡
盬不能蓺稻粱父母何嘗悠悠蒼天曷其有常比也行列
也稻即今南方所食稻米水生而色白者錢氏曰粱
也粱粟類也有數色嘗始食也常常復其常也似粟而大

鴇羽三章章七句

豈曰無衣七兮不如子之衣安且吉兮賦也侯伯七命其車旗衣服皆

以七爲節子天子也○史記曲沃桓叔之子武公伐晉滅之盡以其寶器賂周釐王王以武公爲晉君列於諸侯此詩蓋述其請命之意言我非無是七章之衣也而必請命者蓋以不如天子之命服之爲安且吉也蓋當是時周室雖衰典刑猶在武公旣負弒君篡國之罪則人得討之而无以自立於天地之間故賂王請命而爲說如此然其倨慢无礼亦已甚矣釐王貪其寶玩而不思天理民彝之不可廢是以誅討不加而爵命行焉則王綱於是乎不振而人紀或幾乎絶矣嗚呼痛哉

纂疏

毛氏曰侯伯之服七命冕服東萊呂氏曰周禮注鷩冕七章衣三章一曰華蟲畫以雉即鷩音鼈也二曰火三宗彝皆畫爲繢裳四章一曰藻二曰粉米三曰黼四曰黻皆絺爲繡孔氏曰就天子之使請衣故云子之衣李氏曰唐劉仁恭嘗謂使者曰旌節吾自有但要長安本色耳此詩言豈曰無衣不如子之衣安且吉與仁恭之言无以異嚴氏曰武公有無王之心而後動於惡篡弒大惡也王法之所不容誅也彼其請命于天子之使豈眞知有王哉正以人心所不與非假王寵則終不能定晉也夫王不命焉而請之非禮也不聞朝王而請命于王之使尤非禮也此正與唐藩鎮戕其主帥而代之以坐邀旌節者無以異聖人致嚴於名分之際征伐不出天子政逮於大夫蓋屢歎之陳成子之事至沐浴而請討蓋以人倫之大變天理之所不容人人得而誅之無衣之詩不刪者所以著世變之窮而傷周之衰也

○豈曰無衣六兮不如

子之衣安且燠於六反兮賦也天子之卿六命变七言六者謙也不敢必當侯伯之命得受六命之服也於天子之卿亦幸矣燠煖也言其可以久也〔纂疏〕六者子男之服也子男之服以五爲節而曰六者天子之卿六命與子男同服故也毛氏曰天子之卿六命車旗衣服以六爲節東萊呂氏曰以史記左傳考之平王二十六年晉昭侯封季弟成師於曲沃專封而王不問一失也平王三十二年潘父弒昭侯欲納成師而王又不問二失也平王四十七年曲沃莊公弒晉孝侯而王又不問三失也桓王二年曲沃莊伯攻晉王非特不能討曲沃反使尹氏武氏助之及曲沃叛王王尚能命虢公伐曲沃立晉哀侯使其初師出以正豈止於此乎四失也桓王十三年曲沃武公弒晉小子侯王雖不能即討明年猶能命虢仲立晉哀侯之弟緡于晉又明年猶能命虢仲芮伯梁伯荀侯賈伯伐曲沃至是武公篡晉僖王反受賂命爲諸侯五失也以此五失觀之則礼樂征伐移於諸侯降於大夫竊於陪臣其所由來者漸矣嚴氏曰武公之事國人所不與山有樞揚之水椒聊杕杜諸詩國人每以沃疆爲憂而拳拳顧忠於昭公以晉世家考之初潘父弒昭侯而迎桓叔欲入晉晉人發兵攻桓叔[redacted]桓叔敗還歸曲沃晉人共立昭侯子平是爲孝侯此桓叔欲降而国人不與也其後曲沃莊伯弒孝侯于翼晉人又攻莊伯莊伯復入曲沃晉人復立孝侯子郄是爲鄂侯此莊伯再學国人又不與也及鄂侯卒莊伯伐晉晉人立鄂侯子光是爲

以致之

哀侯此莊伯三舉而国人又不與也至武公虜哀侯晉人復立哀侯子小子是爲小子侯此武公四舉國人又不與也及武公誘小子侯殺之晉復立哀侯弟緡此武公五舉而國人終不與也最後武公伐晉侯緡滅之盡以其寶器賂周僖王王命武公爲諸侯然後晉人力不能討無如之何然則武公得国晉人特迫於王命不得已而從之耳

無衣二章章三句

有杕之杜生于道左彼君子兮噬韓詩作逝肯適我中心好呼報反之曷飲於鴆反食音嗣之比也左東也噬發語詞曷何也○此人好賢而恐不足故言此杕然之杜生于道左其蔭不足以休息如己之寡弱不足恃賴則彼君子者亦安肯顧而適我哉然其中心好之則不已也但無自而得飲食之耳夫以好賢之心如此則賢者安有不至而何寡弱之足患哉○有杕之杜生于道周周曲也彼君子兮噬肯來遊中心好之曷飲食之

有杕之杜二章章六句

又一說疊山謝氏曰曲沃以支代宗恃彊陵弱五世大乱而晉君死於弑者五人焉何忍於之武公得国豈有一毫仁義哉純乎詐力

而已矣焉君子者方以幽以惡其不義豈肯仕於其朝乎噬者以幽賢之也肯適我者必不肯適晉國事武公也國人思君子之切曰我中心好之何以得見其人而飲食之乎斯民秉彝好德之天固不可泯皆由守道秉義之士亦不爲无人也

葛生蒙楚蘞音廉蔓于野叶上與反予美亡此誰與獨處[興]也

蘞草名似栝樓葉盛而細蔓延也予美婦人指其夫也○婦人以其夫久從征役而不歸故言葛生而蒙於楚蘞生而蔓于野各有所依託而予之所美者獨不在是則誰與而獨處於此乎陸氏曰蘞子正黑如燕薁不可食幽州謂烏服其莖葉煑以哺牛除熱○嚴氏曰婦人指其夫征役所死之地言葛生而蒙楚蘞生而蔓野兮我所美之人死于此地不得卒于牖下〻章亦以野言域域塋域知爲征人所死之地

○葛生蒙棘蘞蔓于域予美亡此誰與獨息[興]也域塋域也息止也

○角枕粲兮錦衾爛兮予美亡此誰與獨旦[賦]也粲爛華美鮮明之貌獨旦獨處至旦也

○夏之日冬之夜叶羊茹反百歲之後歸于其居叶姬御反○[賦]也夏日永冬夜永居墳墓也○夏日冬夜獨居憂思

於是為均然。君子之歸，无期不可得而見矣，要死而相從耳。〔鄭氏〕曰：言此者，婦人專一，義之至，情之盡。〔輔氏〕曰：思之深而无異心，此唐風之厚也。〔叢說〕鄭氏曰：夫婦之道，生則異室，死則同穴，故曰歸于其居，歸于其室。曹氏曰：晉獻公在位二十八年，伐驪戎；閔元年，滅耿、滅霍、滅魏；二年，伐東山臯落氏；僖二年，滅下陽；五年，伐蒲，冬，滅虢，又執虞公；六年，伐屈；八年，敗狄于采桑。宜喪亡亦多也。弗戢自焚反，禍其子，與秦皇漢武畧同，戒哉。〇不備通釋，傳當矣，姑纂論之。〇愚按：嚴氏舞工此至三章。

冬之夜，夏之日。同上 百歲之後，叶音户 歸于其室。〔賦〕也。室，壙也。

葛生五章，章四句。

采苓采苓，首陽之巔。叶典因反 人之為言，苟亦無信。叶斯人反 舍音捨，下同旃之然反舍旃，苟亦無然。人之為言，胡得焉。〔比〕也。

首陽，首山之南也。巔，山頂也。旃，之也。〇此刺聽讒之詩。言子欲采苓於首陽之巔乎？然人之為是言以告子者，未可遽以為信也。姑舍置之，而无遽以為然，徐察而審聽之，則造言者无所得而讒止矣。或曰：〔興〕也。下章放此。〔叢說〕孔氏曰：吳之見邶鄘考首陽與所見也。首陽，山名，在河東蒲坂縣南。李氏曰：亦名首山，惑雷首山。歐陽氏曰：采苓之積，少以成多，如讒言漸積以成惑。與采舊義同其曰人之為言苟亦无信舍旃舍旃苟亦无然人之為言胡得焉者戒敵公聞人之言且勿聽信置之且亦勿以為然更考其言何所得謂徐察其虛實也嚴氏曰當考其言何從而得之推其所自來則虛實盡見讒言之得行由不問其所由來而褒信之耳漢昭悟燕王書詐蓋察其所由來也

○采苦采苦，首陽之下。叶後五反人之為言，苟亦無與。舍旃舍旃，苟亦無然。人之為言，胡得焉。比也苦苦菜生山田及澤中得霜甜脆而美與許也【纂疏】苦詳荼也見邶谷風

○采葑采葑，首陽之東。人之為言，苟亦無從。舍旃舍旃，苟亦無然。人之為言，胡得焉。比也從聽也【纂疏】葑蔓菁見邶谷風

采苓三章，章八句。

唐國十二篇，三十三章，二百三句。

秦一之十一 秦國名其地在禹貢雍州之域近鳥鼠山初伯益佐禹治水有功賜姓嬴氏其後中潏居西戎以保西垂六世孫大駱生成及非子非子事周孝王汧音牽養馬於汧渭之閒馬大蕃息孝王封為附庸而邑之秦至

宣王時犬戎滅成之族宣王遂命非子曾孫秦仲爲大夫誅西戎不克見殺及幽王爲西戎犬戎所殺平王東遷秦仲孫襄公以兵送之王封襄公爲諸侯曰能逐犬戎即有岐豐之地襄公遂有周西都畿内八百里之地至玄孫德公又徙於雍秦即今之秦州雍今京兆府興平縣是也【纂疏】疊山謝氏曰中国天理之聚中国而純乎人欲能化爲夷狄夷狄人欲之聚夷狄而知有天理能化爲中国秦本戎俗不得齒中国之會盟春秋夷之邑於岐豐用文武成康之遺民習文武成康之舊俗一旦惡人欲而崇天理无衣則知有夫婦之天蒹葭則知有人心禮義之天鄭衛齊晉亦有此詩乎季札聽其樂曰是謂能夏能夏始大夏其將有中国矣聖人編其詩於二南豳風之間逆知吞二周亡諸侯者必秦也唐虞三代之書不終於費誓而終秦誓何也一變至道聖人有望於魯矣周不能自立天下必彊有力者得之秦誓一書懲忿悔過未必有真知力行之學好善而能容慇懃有翕受一山人物之量六国皆勇辯力者安得不歸於秦乎世道愈降氣數隨之唐虞三代之正統而變於秦二帝三王之大道而絶於秦此聖人所前知而痛恨也誦其詩讀其書不知其世可乎 ○ 孔氏曰秦者隴西国名今秦州是也伯翳者皋陶之子伯益伯翳音轉字異猶一人也列女傳云皋子生五歲而佐禹曹大家注云皋子皋陶之子伯益也嚴氏曰翳唐弃舜

禹之故都至是而國亦變則帝王風教中国禮義蕩
然而夷狄來之故次之以秦中国將變於夷狄矣
有車鄰鄰有馬白顛都田反叶典因反未見君子寺人之令
力呈反○賦也鄰鄰衆車之聲白顛額有白毛今謂之的顙君
子指秦君寺人內小臣也令使也○是時秦君始有車馬及此
寺人之官將見君者必先使寺人孔氏曰的顙的白也顙頟
通之故国人創見而誇美之也【集疏】也今之戴星馬王氏曰蓋
仲之名馬有驖驪盜驪赤兔的盧之稱嚴氏曰寺人閹宦孔氏
曰寺傳齊有寺人貂晉有寺人披是諸侯有寺人也嚴曰未見
君乃于秦仲之時先令寺人通之
然後得見言侍御使令之備也○阪音反有漆隰有栗既見
君子並坐鼓瑟今者不樂音洛逝者其耋田節反叶地一反○賦也
八十曰耋○阪則有漆矣隰則有栗矣既見君【集疏】東萊呂氏
子則並坐鼓瑟矣失今不樂則逝者其耋矣曰地可食
者曰泉陂曰阪下濕曰隰阪音坂又曰阪陀不平而可種食者
名阪嚴氏曰漆栗見定之方中既見君子並坐鼓瑟簡易相親
之俗也今者不樂逝者其耋悲壯感慨之氣也秦之強以此而
止於為秦者亦以此又曰美秦之強者在此而周人之氣象変
矣又曰秦興而帝王之影響見矣車
鄰其濫觴也世道升降之機在是歟○阪有桑隰有楊既

三五三

見君子並坐鼓簧音黄今者不樂逝者其亡音無也簧笙中金葉吹笙則

鼓動之以出声者也〔疑難〕嚴氏曰楊一名蒲柳生澤中可爲箭音釋文曰楊有黄白青赤四種白楊葉圓青楊葉長赤楊霜降葉赤材理亦赤黄楊堅緻難長歲長一寸閏年倒長一寸白楊性勁直可爲矢材寧折不曲撓

車鄰三章一章四句二章章六句

駟驖田結反孔阜符有反六轡在手公之媚眉冀反子從公

于狩叶始九反○賦也駟驖四馬皆黑色如鐵也孔甚也阜肥大也六轡者兩服兩驂各兩轡而驂馬內兩轡納之於軜故惟六轡在手也媚子所親愛之人也此亦前篇之意也〔疑難〕毛氏曰驖驪孔氏曰檀弓夏后氏尚黑戎事乘驪則驪黑色也嚴氏曰冬獵曰狩馘音决馬之有轡所以制馬使隨人意在手言把握其轡能制馬遲速推手旦縣也在如師之耳目在吾旗鼓之在寡人公駟驖孔阜言馬之良也御者六轡皆在手言御之良也公之媚子從公于狩見便嬖足使令於前也○奉

時辰牡辰牡孔碩叶常灼反公曰左之舍音捨拔蒲末反則獲

叶黄郭反○賦也時是辰時也牡獸之牡者辰牡者冬獻狼夏獻麋春秋獻鹿豕之類奉之者虞人翼以待射也碩肥大也公曰

決与觼

左之者命御者使左其車以射獸之左也蓋射必中其左乃爲中殺五御所謂逐禽左者爲是故也拔矢括也自左之所捨拔

無不獲者言獸之多而射御之善也【集說】董氏曰五御三曰逐禽左自左膘音標而射之達于右腢音偶爲上殺李氏曰

舍拔拔括矢末也書所謂往省括于度則釋是也

○遊于北園四馬既閑叶胡田反輶音由車鸞鑣彼驕反載獫力驗反歇許竭反驕許喬反○賦也田事已畢故遊于北園閑調習也輶

輕也鸞鈴也效鸞鳥之聲鑣馬銜也驅逆之車置鸞於馬銜之兩旁乘車則鸞在衡和在軾也獫歇驕皆田犬名長喙曰獫短

喙曰歇驕以車載犬蓋以休其足力也韓愈畫記有騎擁田犬者亦此類【集說】鄭氏曰輕車驅逆之車孔氏曰夏官田僕

掌馭驅逆之車鄭注驅禽使前趨獲逆御還之使不出圍惟其驅逆之車所以從禽故推尚輶也黃氏曰狩曰田獵蒐于紅春秋皆譏之則田

狩之事園囿之樂何足爲美蓋以襄公有功王室始受天子之命人亦樂予之也

駟驖三章章四句

小戎俴錢淺反收五楘音木梁輈陟留反游環脅驅叶居攫反又居錄反陰靷音胤鋈音沃續叶辭屢反又如字文茵音因暢敕亮反轂叶[illegible]去聲

一音執

靳居覲反

駕我騏音其馵之樹反又之錄反言念君子溫其如玉在其板
屋亂我心曲賦也小戎兵車也俴淺也收軫也謂車前後兩端橫木所以收斂所載者也凡車之制廣皆六
尺六寸其平地任載者為大車則軫深八尺兵車則軫深四尺
四寸故曰小戎俴收也五五束也楘歷錄然文章之貌也梁輈
從前軫以前稍曲而上至衡則向下鉤之衡橫於輈下而輈形
穹隆上曲如屋之梁又以皮革五處束之其文章歷錄然也游
環靷環也以皮為環當兩服馬之背上游移前却无定處引兩
驂馬之外轡貫其中而執之所以制驂馬使不得外出左傳曰
如驂之有靳是也脅驅亦以皮為之前係於衡之兩端後係於
軫之兩端當服馬脅之外所以驅驂馬使不得內入也陰揜軓
也軓在軾前而以板橫側揜之以其陰映此軓故謂之陰也靷
以皮二條前係驂馬之頸後係陰版之上也鋈續陰版之上有
續靷之處消白金沃灌其環以為飾也蓋車衡之長六尺六寸
止容二服驂馬之頸不當於衡故別為二靷以引車亦謂之靷
左傳曰兩靷將絕是也文茵車中所坐虎皮褥也暢長也轂者
車輪之中外持輻內受軸者也大車之轂一尺有半兵車之轂
長三尺二寸故兵車曰暢轂騏騏文也馬左足白曰馵君子婦
人目其夫也溫其如玉美之之詞也板屋者西戎之俗以板為
屋心曲心中委曲之處也○西戎者秦之臣子所與不共戴天
之讎也襄公上承天子之命率其臣民往而征之故其從役者

之家人先誇車甲之盛如此而後及其私情蓋以義興師則雖婦人亦知勇於赴敵而無所怨矣【纂疏】孔氏曰騏馬之青黑者名為騏又曰漢地理志云天水隴西山多林木民以板為屋秦之西垂民亦板屋此想君子伐戎而居之○

四牡孔阜（扶有反）六轡在手騏駵（音留）是中（叶諸仍反）騧（古花反）驪是驂（叶疏簪反）龍盾（順允反）之合鋈以觼（古穴反）軜（音納）言念君子溫其在邑（叶烏合反）方何為期胡然我念之

賦也赤馬黑鬣曰駵中兩服馬也黃馬黑喙曰騧驪黑色也盾干也畫龍於盾合而載之以為車上之衛必載二者備破毀也觼環之有舌者軜驂內轡也置觼於軾前以係軜故謂之觼軜亦消沃白金以為飾也邑西鄙之邑也方將也將以何時為歸期乎何為使我思念之極也○

俴駟孔羣（音求）厹矛鋈錞（徒對反叶朱倫反）蒙伐有苑（叶音氳）虎韔（敕亮反）鏤膺交韔二弓（叶姑弘反）竹閉緄（古本反）縢（直登反）言念君子載寢載興厭厭（於鹽反）良人秩秩德音（叶一陵反）

○賦也俴駟四馬皆以淺薄之金為甲欲其輕而易於馬之旋習也孔甚羣和也厹矛三隅矛也鋈錞以白金沃矛之下

許東萊謂伊謂此理也其說得可與鶴鳴看故朱子曰知其何所指以不可知其所

端平底者也蒙雜也伐中干也盾之別名苑文貌畫雜羽之文於盾上也虎韔以虎皮為弓室也鏤膺鏤金以飾馬當胷帶也交韔交二弓於韔也謂顛倒安置之必二弓以備壞也閉弓檠也儀禮作䩛緄繩縢約也以竹為閉而以繩約之於弛弓之裏檠弓體使正也載寢載興言思之深而起居不寧也厭厭安也秩秩有序也【纂疏】孔氏曰厹矛刃有三角。嚴氏曰鏤膺補傳云韔以虎皮為之而以金鏤飾其膺膺胷也謂弓室之胷也爾雅金謂之鏤且辨云此章不言馬皆言弓補傳義長

小戎三章章十句

蒹古恬反葭音加蒼蒼白露為霜所謂伊人在水一方遡蘇路反洄音回從之道阻且長遡遊從之宛在水中央賦也

蒹似萑而細高數尺又謂之薕葭蘆也蒹葭未敗而露始為霜秋水時至百川灌河之時也伊人猶言彼人也一方彼一方也遡洄逆流而上也遡遊順流而下也宛然坐見貌在水之中央言近而不可至也○言秋水方盛之時所謂彼人者乃在水之一方上下求之而皆不可得然不知其何所指也【纂疏】嚴氏曰蒹一名薕又名荻一物而二名陸璣云水草牛食之肥強山陰陸氏曰今人以為薕絲因以得名葭蘆也葦也又名華一物而四名疏曰初生為葭長大為蘆成則名為葦葦亦作亂也又名

雖亦一物而四名兼○愚按說文兼者萑之未秀則是以兼萑
葭萑二物共十一名為一物而孔氏以兼似萑而細又不以
爲一物也○蒹葭淒淒白露未晞所謂伊人在水之湄遡
洄從之道阻且躋遡游從之宛在水中坻直尸反○賦也淒淒猶蒼
蒼也晞乾也湄水草之交也躋升也言難至也小渚曰坻○蒹葭采采叶此礼反白露未已
所謂伊人在水之涘叶以始一音遡洄從之道阻且右叶羽軌反
遡游從之宛在水中沚叶諸市反賦也采采言其盛而可采也已止也右不相直而出其右也小渚曰沚

蒹葭三章章八句愚按此詩毛氏謂詩人刺襄公能用周礼則可以固国如蒹葭得霜
露則可用諸家皆因之至伊人鄭氏以爲知周禮之
賢人乃在大水一邊盖言其遠也欲求而用之陳氏
歐陽氏謂伊人斥襄公歐謂襄公如水旁之人不知
所適欲逆流而上道遠不能達欲順流而下則困水
中以與襄公雖爲諸侯而不知所爲欲綮中國禮義
既遨不能及退循其舊又不究爲吏役至東都謂伊
人傳曰所謂此理也盖指周禮也襄公所以未能用
周禮者疑其过耳若孝公所謂安小能邑邑待數十百

年以成帝王也故詩人諷之以禮甚易且近特人求
之非其道耳此皆爲序所纏牽以詩說序愈巧而愈
鑿如此故畧纂之·
以見其必不然也
終南何有有條有梅叶莫悲反君子至止錦衣狐裘叶渠之反
顏如渥於角反丹其君也哉叶將黎反○賦也終南山名在
今京兆府南條山楸也皮葉白
色亦白材理好宜爲車板君子指其君也至止至終南之下也
錦衣狐裘諸侯之服也○藻曰君衣狐白裘錦衣以裼之渥漬
也其君也哉言容貌衣服稱其爲君也此李氏曰終南山
宗以美其君之詞亦秦鄰驪戎之意也在扶風武功縣
東西距鳳翔武功北距萬年長安左氏謂之中南毛氏曰條槄
音叨釋木槄山榎々与檟同郭云今之山楸也又云梅柟音髯
似杏實酢嚴氏曰此詩不泛說山而指終南下正是平王所賜之
地詩人之意在終南不在條梅紀堂也孔氏皆玉藻云君衣狐白
裘錦衣以裼之注云君衣狐白毛之裘則以素錦爲衣覆之使
可裼也又曰白狐毛爲裘裘其上加錦衣以爲裼其上又加皮弁
服正以錦文大著上有衣象裘裘是狐白則上亦白皮弁服以
白布爲之衣之白者惟皮弁服耳蓋以素錦爲裼衣其下有狐白
裘諸侯愚按其君也哉嚴氏謂哉者疑而未定之辭有諷諫
之服也○不盡之意愚謂亦言容貌衣服未足爲君在德而已

意在言外也○終南何有有紀有堂君子至止黻音弗衣繡裳

佩玉將將七羊反壽考不忘興也紀山之廉角也堂山之寬平處也黻之狀亞兩己相戾也

繡刺繡也將將佩玉聲也壽考不忘者欲其居此位服此服長久而安寧也纂疏毛氏曰黑與青謂之黻五色備謂之繡孔氏曰黻皆在裳衣之大名言衣與裳異其文耳

終南二章章六句

交交黃鳥止于棘誰從穆公子車奄息維此奄息百

夫之特臨其穴叶戶橘反惴惴其慄彼蒼者天叶鐵因反殲子廉

反我良人如可贖兮人百其身興也交交飛而往來之貌從穆公從死也子車氏奄息名特傑出之稱穴壙也惴惴懼貌慄懼殲盡良善贖貿也○秦穆公卒以子車氏之三子為殉皆秦之良也國人哀之為之

賦黃鳥事見春秋傳即此詩也言交交黃鳥則止于棘矣誰從穆公則子車奄息也蓋以所見起興也臨穴而惴惴蓋生納之壙中也三子皆國之良而一旦殺之若可貿以他人則人皆願百其身以易之矣纂疏孔氏曰穆公任好德公之子於襄公

爲玄孫之子殺人以殉環其左右曰殉不刺康公而刺穆公是穆命從己死董氏曰陳乾昔魏顆從其治命不以爲殉君子美之康公得無罪乎詩人特以傷賢者不得其死方責穆公死而弃民故舉其重者耳○愚按陳乾昔疾屬其子必大爲棺使二婢夾我及死子謂殉非正礼不果殺晉魏顆父疾命顆嫁嬖妾疾革又命以殉後子竟嫁之並見左傳○交交黃鳥止于桑誰從穆公子車仲行户郎反維此仲行百夫之防臨其穴惴惴其慄彼蒼者天殲我良人如可贖兮人百其身賦也防當也言一人可以當百夫也纂疏東萊呂氏曰訓防爲當者蓋如隄防之防水○交交黃鳥止于楚誰從穆公子車鍼虎維此鍼虎百夫之禦臨其穴惴惴其慄彼蒼者天殲我良人如可贖兮人百其身賦也禦猶當也

黃鳥三章章十二句春秋傳曰君子曰秦穆公不爲盟主也宜哉死而棄民先王違世猶詒之法而況奪之善人乎今縱无法以遺後嗣而又收其良以死難以在上矣君子是以知秦

之不復東征也。圖按穆公於此其罪不可逃矣，但或以爲穆公遺命如此，而三子自殺以從之，則三子亦不得爲無罪。今觀臨穴惴慄之言，則是康公從父之亂命，迫而納之於壙，其罪有所歸矣。又按史記，秦武公卒，初以人從死，死者六十六人，至穆公遂用百七十七人，而三良與焉。蓋其初特出於戎翟之俗，而無明王賢伯以討其罪，於是習以爲常，則雖以穆公之賢而不免。論其事者亦徒閔三良之不幸，而歎秦之衰，至於王政不綱，諸侯擅命，殺人不忌至於如此，則莫知其爲非也。嗚呼，俗之弊也久矣。其後始皇之葬，後宮皆令從死，工匠生閉墓中，尚何怪哉。

鴥伊橘反彼晨風，叶孚愔反鬱彼北林。未見君子，憂心欽欽。如何如何，忘我實多。賦也。鴥，疾飛貌。晨風，鸇也。鬱，茂盛貌。君子，指其夫也。欽欽，憂而不忘之貌。○婦人以夫不在而言：鴥彼晨風，則歸于鬱然之北林矣，故我未見君子而憂心欽欽也。彼君子者，如之何而忘我之多乎。此與扊扅之歌同意，蓋秦俗也。纂疏李氏曰：鸇，鷙鳥，鷂屬。陸氏曰：似鷂，黃色，燕頷句喙，嚮風搖翅，乃因風飛急，疾擊鳩鴿燕雀食之。

○山有苞櫟，盧狄反，叶歷各反隰有六駁。邦角反未見君子，憂心靡樂音洛如何如何忘我實多［興］也。駁，梓榆也，其皮青白如駁。○山則有苞櫟矣，隰則有六駁矣，未見君子則憂心靡樂矣。靡樂則憂之甚也。【纂疏】釋文曰：櫟實，棣棣盛實之房也。陸氏曰：秦人謂柞櫟為櫟，河內人謂木蓼為櫟，即橡斗也。言有棣彙自裹，椒榝之屬也。其子房生為棣，木蓼子亦房生。東海及徐州謂木蓮，其葉始生食之味辛，其棣子八月中成，摶以為燭，明如胡麻燭，研以為羹，美肥如胡麻羹美。孔氏曰：六駁，王肅云六據所見而言也。（）

山有苞棣音悌隰有樹檖未見君子憂心如醉如何如何忘我實多［興］也。棣，唐棣也。檖，赤羅也，實似梨而小，酢可食。如醉則憂又甚矣。【纂疏】郭氏曰：赤羅，今楊檖。陸氏曰：一名山梨，一名鹿梨，一名鼠梨，極有脆美者。山陰陸氏曰：其文細密如羅，又有白者。赤羅文棘，白羅文緩鮮，皆文木，赤羅為上。

晨風三章，章六句愚按：此詩諸家皆本序說。孔氏云：北林鬱然茂盛，故鸇飛而集。

亦猶穆公好賢，故未見君子則欽欽而憂，惟恐賢之不至；今康公何為弃我乎？如何如何，忘我實多，言康公忘之甚也。東萊云：此詩亦如權輿，刺康公與賢者有始而無終。未見君子，憂心欽欽，言康公初立，想望賢者如是之切也；如何如何，忘我實多，責其不能終也。秦之寡恩，於晨風、權輿二詩以見之。嚴氏謂此詩穆公舊說作言晨風疾飛入鬱盛之北林喻己初蒙秦國之盛而趍赴之今穆公死康公立我舊臣發棄不得遇見日望召己憂心欽欽然不忘其故比望之久而杳然無聞故問之云如何如何復嘆多見不記憶我矣言不復得進見也此所謂予日望之而王莫予追也諸說之不同又如此姑纂備覽焉

豈曰無衣與子同袍抱毛反叶步謀反王于興師修我戈矛與子同仇賦也袍襺也戈長六尺六寸矛長二丈王于興師以天子之命而興師也○秦俗強悍樂於戰鬭故其人平居而相謂曰豈以子之無衣而與子同袍乎蓋以王于興師則將修我戈矛而與子同仇也其懽愛之心足以相死如此蘇氏曰秦本周地故其民猶思周之盛時而稱先王焉或曰興也取與子同三字為義後章放此

纂疏嚴氏曰襺古顯反亦作䌚孔氏曰玉藻云纊為襺縕為袍純著新綿名為襺雜用舊絮名為袍

○豈曰無衣與子同澤叶徒路反王于興師脩我矛戟叶訖約反與子偕作賦也澤裏衣也以其親膚近於垢澤故謂之澤戟車戟也長丈六尺

纂疏程氏曰澤如今汗衫之類孔氏曰車戟常也

○豈曰無衣與子同裳王于興師脩我甲兵叶晡茫反與子偕行叶戶郎反○賦也行往也

【集疏】疊山謝氏曰犬戎滅宗周幽王殺於驪山此中国之大恥周家萬世不可忘之大讎也讀文侯之命可以知諸侯無復讎之志矣考春秋二百四十二年之傳可以知天下無復讎之志矣獨無衣一詩毅然以天下大義為己任秦国何人所作豈曰無衣与子同袍王于興師脩我戈矛与子同仇其忠而誠其氣剛而大其辭壯而直千載而下聞其風莫不興起况親炙其人乎吾乃知岐豐之地被文武周公之化最深雖世降俗末人心天理不可泯滅者尚異於列國也

無衣三章章五句

秦人之俗大抵尚氣槩先勇力忘生輕死故其見於詩如此然本其初而論之岐豐之地文王用之以興二南之化如彼其忠且厚也秦人用之未幾而一變其俗至於如此則已悍然招八州而朝同列之氣矣何哉雍州土厚水深其民厚重質直無鄭衛驕惰浮靡之習以善導之則易以興起而篤於仁義以猛驅之則其強毅果敢之資亦足以強兵力農而成富強之業非山東諸国所及也嗚呼後世欲為定都立国之計者誠不可不監乎此而凡為国者其於導民之路尤不可以不審其所之也

我送舅氏曰至渭陽何以贈之路車乘繩證反黃賦也舅氏

秦康公之舅晉公子重耳也出亡在外穆公召而納之時康公爲太子送之渭陽而作此詩渭水名秦時都雍至渭陽者蓋東行送之於咸陽之地也路車諸侯之車也乘黃四馬皆黃也【纂疏】毛氏曰毋之昆弟曰舅孔氏曰漢地理志右扶風渭城縣故咸陽也其地在渭水之北毛氏曰水北爲陽贈送也董氏曰巾車金路以封同姓象路以封異姓革路以封四衛木路以封蕃國皆諸侯也故人君之車曰路車嚴氏曰何以贈舅氏乎惟路車乘黃而已歉然猶以爲薄意有餘也如采菽云雖無予之路車乘馬也疊山謝氏曰下渭之陽送之遠也路車乘黃贈之厚也送舅氏之遠贈舅氏之厚念母之心可見矣○

我送舅氏悠悠我思叶新齎反何以贈之瓊瑰古回反玉佩叶蒲眉反○賦也悠悠長也序以爲時康公之母穆姬已卒故康公送其舅而念母之不見也或曰穆姬之卒不可考此但別其舅而懷思耳瓊瑰石而次玉【纂疏】孔氏曰瓊者玉之美名非玉名也瑰是美石之名曹氏曰玉佩珩璜琚瑀之屬嚴氏曰送舅而有所思則思母也瓊瑰玉佩雖贈之貴矣然未足以舒我心之思也

渭陽二章章四句按春秋傳晉獻公烝於齊姜生秦穆夫人太子申生娶犬戎胡姬生重耳小戎子生夷吾驪姬生奚齊其娣生卓子驪姬譖申生申生自殺又譖二公子二公子皆出奔

獻公卒奚齊卓子繼立皆爲大夫里克所弒秦穆公納夷吾是爲惠公卒子圉立是爲懷公立之明年秦穆公又召重耳而納之是爲文公王氏曰至渭陽者送之遠也悠悠我思者思之長也路車乘黄瓊瑰玉佩者贈之厚也廣漢張氏曰康公爲太子送舅氏而念母之不見是固良心也而卒不能自克於令狐之役怨欲害乎良心也使康公知循是心者養其端而充之則怨欲可消矣

於我乎夏屋渠渠今也每食無餘于音吁嗟乎不承權輿賦也夏大也渠渠深廣貌承繼也權輿始也○此言其君始有渠渠之夏屋以待賢者而其後禮意寖衰供億寖薄至於賢者每食而無餘於是嘆之言不能繼其始也陳氏曰作量自權始以準量由此而生造車自輿始以蓋軫由此而起故謂始曰權輿○於我乎每食四簋叶己有反今也每食不飽叶補苟反于嗟乎不承權輿賦也簋瓦器容斗二升方曰簠圓曰簋簠盛稻粱簋盛黍稷四簋禮食之盛也孔氏曰簋亦以木爲之圓曰簋內方外圓方曰簠內圓外方公食大夫禮是國君與聘客禮食故宰夫設黍稷六簋今惟四簋蓋謂之每食則燕食耳非禮食也疊山謝氏曰孟子曰古之君子所就三所去三迎之致敬以有禮言將行其

言也則就之禮貌未衰言弗行也則去之其次雖未行其言也
迎之致敬以有禮則就之禮貌衰則去之其下朝不食夕不食
飢餓不能出門戶君聞之曰吾大者不能行其道又不能從其
言也使飢餓於我土地吾恥之曰周之周之亦可受也免死而已
矣康公之用賢禮貌衰而不去至於每食不飽豈非飢餓
免死者乎康公固可刺當時號為賢者亦為可恥矣

權輿二章章五句

漢楚元王敬禮申公白公穆生穆生不嗜酒元王每置酒常為穆生設醴及王戊即位常設後忘設焉穆生退曰可以逝矣醴酒不設王之意怠不去楚人將鉗我於市遂稱疾申公白公強起之曰獨不念先王之德歟今王一旦失小禮何足至此穆生曰先王之所以禮吾三人者為道之存故也今而忽之是忘道也忘道之人胡可與以久處豈為區區之禮哉遂謝病去亦此詩之意也

秦國十篇二十七章一百八十一句

詩卷第十八

詩卷第七

朱子集傳

新安後學胡一桂附録纂疏

陳一之十二

陳國名。太皞伏羲氏之墟，在禹貢豫州之東。其地廣平，無名山大川。西望外方，東不及孟諸。周武王時，帝舜之胄有虞閼父爲周陶正。武王賴其利器用，與其神明之後，以元女大姬妻其子滿，而封之于陳，都於宛丘之側。與黃帝、帝堯之後共爲三恪，是爲胡公。大姬婦人，尊貴好樂巫覡歌舞之事，其民化之。今之陳州即其地也。覡音覿

纂疏 孔氏曰：左傳史趙云：胡公不淫，故周賜之姓，使祀虞帝。則胡公始爲武王所賜。又曰：鄭駁異義云：三恪尊於諸侯，卑於二王之後。樂記：武王未下車，封黃帝後於薊，封帝堯後於祝，封帝舜後於陳；下車乃封夏後於杞，封殷後於宋。則陳與薊、祝是爲三恪。又曰：孟諸，尚書作明豬，詩譜作明豬，明音孟，即爾雅宋有孟諸是也。

子之湯兮，湯，他郎、他浪二反 宛丘之上兮。上，辰羊、辰亮二反 洵有情兮，洵音荀 而無望兮。望，武方、武放二反

賦也。子，指遊蕩之人也。湯，蕩也。四方高中央下曰宛丘。洵，信也。望，人所瞻望也。○

國人見此人常游蕩於宛丘之上，故敘其事以刺之。言雖信有情思而可樂矣，然無威儀可瞻望也。【纂疏】濮氏曰：宛丘因以爲其地之名。東萊呂氏曰：湯雖訓蕩，與徑斥爲淫蕩者辭氣緩急猶不同。洵有情兮而無望兮，從容不迫而諷切之者深矣。

○坎其擊鼓，宛丘之下。叶後五反。無冬無夏，叶與下同。值直置反其鷺羽。【賦】也。坎，擊鼓聲。值，植也。鷺，舂鉏，今鷺鷥，好而潔白，頭上有長毛十數枚。羽，以其羽爲翳，舞者持以指翳也。言無時不出遊而鼓舞於是也。【纂疏】爾雅曰：鷺，齊魯謂舂鉏，遼東樂浪謂白鷺。孔氏曰：翳，持鷺羽翳身而舞。李氏曰：無冬無夏，但言常舞也。一說李氏曰：王氏以值爲遭，曰值者，百姓厭苦之言。東萊引先生注初解亦曰：值，遇。言無時不遇其出遊而舞於是也。

○坎其擊缶，方有反。宛丘之道。叶徒厚反。無冬無夏，值其鷺翿。音導，叶殖有反。○【賦】也。缶，瓦器，可以節樂。翿，翳也。【纂疏】孔氏曰：缶，易離卦鼓缶而歌，是樂器；坎卦樽酒簋貳用缶，注：大臣以王命出會諸侯，主國尊於簋副設玄酒以缶，又是酒器；左襄九年宋災具綆缶，則又是汲器。然則缶可節樂，若今擊甌，又可容水盛酒，即今瓦盆也。

宛丘三章，章四句。愚按：諸家皆本序作刺幽公。孔氏曰：幽公，寧慎公之子，當厲王時。謾倫東門之枌（符云反），宛丘之栩（況甫反）。子仲之子，婆娑（素何反）其下（叶後五反）。○【賦】也。枌，白榆也，先生葉，卻著莢，皮色白。子仲之子，子仲氏之女也。婆娑，舞貌。○此男女聚會歌舞，而賦其事以相樂也。【纂疏】嚴氏曰：枌見唐山有樞，栩見唐鴇羽。○一說毛氏曰：子仲，陳大夫氏。嚴氏曰：子女子。張氏曰：婆娑不必是舞，但裴徊翱翔之義。

○穀旦于差（初佳反，叶七何反），南方之原（無韻，未詳）。不績其麻（叶謨婆反），市也婆娑。【賦】也。穀，善；差，擇也。○既差擇善旦以會于南方之原，於是棄其業以舞於市而往會也。【纂疏】孔氏曰：日一早朝善，謂無陰雲風雨。一說嚴氏曰：味此詩「不績其麻」，正是詩責之辭，非相樂之辭。首序疾亂或然也。

○穀旦于逝，越以鬷（子公反）邁（叶力制反）。視爾如荍（祁饒反），貽我握椒。【賦】也。逝，往；越，於；鬷，衆也；邁，行也；荍，芘芣也，又名荊葵，紫色。椒，芳芬之物也。○言又以善旦而往，於是以其衆行，而男女相與道其慕悅之辭曰：我視女顏色之美如芘芣之華，於是遺我以一握之椒，而交情好也。【纂疏】濮氏曰：芘芣紫荊，春時開花，葉未生，花紫色，自根及幹而上連延，接甚密，有類蜂窠，故爾雅名蚍衃，俗曰火燒葉。大花落始生，立秋日人謂之名曰秋菜至也。

東門之枌三章章四句

衡門之下可以棲音西遲泌悲位反之洋洋可以樂音洛飢賦也衡門橫木為門也門之深者有阿塾堂宇此惟橫木為之棲遲游息也泌泉水也洋洋水流貌○此隱居自樂而無求者之詞言衡門雖淺陋然亦可以游息泌水雖不可飽然亦可以玩樂而忘飢也○豈其食魚必河之魴音房○豈其取音娶妻必齊之姜賦也齊姜姓輯疏孔氏曰衡古文橫字邶風有毖彼泉水知泌為泉嚴氏曰毖毖然流貌毛以毖泌字異義同亦當為泉水之流貌非謂泌為泉水也濮氏曰集傳以為隱居自樂無求於世如衛風考槃者興味深長也○豈其食魚必河之鯉豈其取妻必宋之子叶奬里反○賦也子宋姓輯疏陸氏曰魴一名魾江東呼為鯿音邊釋文曰伊洛濟潁魴廣而薄肥甜少肉細鱗漁陽泉州遼東梁水魴肥厚其美故其鄉語曰居就粮梁水魴是也山陰陸氏曰魴青鯿細鱗縮頭闊腹其廣方其厚褊故名魴亦曰鯿魴也鯿鯿也里語曰洛鯉河魴貴於牛羊

衡門三章章四句愚按諸家本序說嚴氏曰前一章喻陳國雖小亦足有為後二

卑喻不必大国而後可爲政讒靡備

東門之池，可以漚烏豆反麻叶謨婆反。彼美淑姬，可與晤五故反歌。興也。池，城池也。漚，漬也。治麻者必先以水漬之。晤，猶解也。○此亦男女會遇之詞，蓋因其會遇之地、所見之物以起興也。纂疏補傳曰：陳風三言東門，蓋指所見以起興也。孔氏曰：黃帝姓姬，炎帝姓姜，二姓子孫昌盛，女美尤多，遂以姬姜爲婦人美稱。董氏曰：周姬姓，陳因元女以封，故詩人猶言淑姬。鄭氏曰：晤猶對也。

○東門之池，可以漚紵直呂反。彼美淑姬，可與晤語。興也。紵，麻屬。纂疏陸氏曰：紵科生數十莖，宿根在地中，至春自生，不歲種。荊揚間一歲三收，剥之，去其表，但得其裏之韌音刃如筋，緝以織布。禹貢豫州貢紵。

○東門之池，可以漚菅古顏反，叶居賢反。彼美淑姬，可與晤言。興也。菅，葉似茅而滑澤，莖有白粉，柔韌，宜爲索也。纂疏濮氏曰：菅草與茅大小懸絕。左傳「雖有絲麻，無棄菅蒯」，蒯與菅皆謂茅也。黃華者名蕢，俗名黃芒，即蒯也。曲禮有蕢屨，玉藻有蒯席。白華者名茭，俗名白芒，即菅也。召棠召伯所茇，喪禮有菅屨。左傳狗鄙人之漚菅者曰：何故使吾水滋。

東門之池三章章四句愚按諸家皆本序說蘇氏曰陳君荒淫無度不可告語故其君子思得淑女以化之於内婦人之於君子曰夜覬而無閒庶可以漸革其暴如池之漚麻漸漬而不自知也說備

東門之楊其葉牂牂子桑反昏以為期明星煌煌興也東門相期之地也楊柳之揚起者也牂牂盛貌明星啓明也煌煌大明貌○此亦男女期會而有負約不至者故因其所見以起興也○東門之楊其葉肺肺普肺反昏以為期明星晢晢之世反○興也肺々猶牂々也晢々猶煌々也

東門之楊二章章四句愚按諸家皆本序說嚴氏謂東門之楊與鄭丰皆親迎而女不至言刺時猶言刺亂以時亂使然鄭氏謂親迎之禮以昏時李氏謂周衰婚姻禮廢春秋書紀裂繻來迎女是外之親迎也逆婦姜于齊是內親逆也著刺不親逆也故陽倡而陰不和男行而女不隨東門之楊雖行親迎而女不至蓋當時淫風大行遂相奔誘女有他志不肯行也所以至此非民之罪上之人之罪

而

也疊山謝氏曰男親迎而女不至此此風俗之弊人道之变淫乱而不知礼義者也謾備

墓門有棘斧以斯所宜反**之夫也不良國人知之知而不已誰昔然矣**[圖]也墓門凶僻之地多生荊棘斯析也夫指所刺之人也誰昔昔也猶言疇昔也○言墓門有棘則斧以斯之矣此人不良則国人知之矣国人知之猶不自改則自疇昔而已然非一日之積矣所謂不良之人亦不知其何所指也[纂疏]濮氏曰墓兆域域見唐葛生檀弓云葬于墓又云葬也者藏也欲人之弗見也又云古者墓而不墳墳則封之所以識也程氏曰人情不修治則邪惡生猶道路不修治則荊棘生故以興爲濮氏曰斯莊子斯而析之○

墓門有梅有鴞萃止夫也不良歌以訊叶息悴反**之訊予不顧**叶果五反**顛倒思予**叶寅女反○[圖]也鴞惡声之鳥也萃集訊告也顛倒狼狽之狀○墓門有梅則有鴞萃之矣夫也不良則有歌其惡以訊之者矣訊之而不予顧至於顛倒然後思予則豈有所及哉或曰訊予之予疑當依前章作而字[纂疏]陸氏曰鴞大如斑鳩綠色入人家凶賈誼所賦是也今謂之鵂鶹亦名梟鴟濮氏曰漢書霍山家鴞數鳴楚詞注鴟鴞二物又云鵩似鴞本草云其實一耳其肉甚美可爲羹臛又可爲炙莊子見彈而求鴞炙是也

○也.

墓門二章章六句 愚按諸家皆本序說蘇氏謂大指陳佗朱子舊說作文公

子桓公鮑之弟桓公疾病佗殺其太子免代之桓公

卒佗立明年為蔡人所殺事見左桓五年六年陳氏

曰此詩雖以刺佗乃是耆舊之賢者備見始末作追

咎先君不能為佗置良師傅致有弑逆之事也愚以

陳氏意推之前章墓門有棘以與陳佗之不良斧以

斯之以與國人雖知佗之不良而桓公乃不能為立

賢師傅輔道如斧之斯誰昔然矣猶云昔誰為此乎

歸咎桓公也後章墓門有梅梅美木以與佗性本善

有鴞萃止鴞惡聲鳥以與群小附和今佗之不良亦

有歌其惡以告者矣告而不顧至於顛倒而後思予

豈有及哉亦追咎之辭也謹備

防有鵲巢邛其恭反有旨苕徒雕反叶徒刀反誰侜陟留反予美

心焉忉忉都勞反○興也防人所築以捍水者邛丘旨美也苕苕饒也莖如勞豆而細葉似蒺藜而青其莖葉

綠色可生食如小豆藿侜侜張也猶鄭風所謂迋也予美指所與私者也忉忉憂貌○此男女之有私而憂或間之之詞故曰防則

有鵲巢矣邛則有旨苕矣今此何人而侜張予之所美使我憂之而至於忉忉乎【纂疏】陸氏曰苕幽州人謂之翹饒濮氏曰

迋

侜謂誑誕則字与譸同書譸張爲幻然以有裝載增加之意以其字之從舟也一說毛氏曰防邑邛丘東萊呂氏曰後漢地理志邛地在陳縣北防亭在焉○中唐有甓蒲歷反邛有旨鷊五歷反誰侜予美心焉惕惕吐歷反○興也廟中路謂之唐甓瓴甋也鷊小草雜色如綬惕惕猶忉忉也

疏嚴氏曰中唐乃堂下至門之徑鄭氏曰瓴甋甎甎也

防有鵲巢二章章四句○愚按諸家皆本序說歐公曰宣公好信讒國之君子皆憂懼及已以謂讒言惑人非一言一日之致必由積累而成如防之有鵲巢漸積構成之耳又如言讒蔓引牽連將及我也中唐有甓非一甓也亦以積累而成綬草雜衆色以成文猶多言交織以成惑義与貝錦同李氏曰与葛生予美同葛生婦人所指者夫此詩臣子所美者君誰侜予美愚謂其意若曰讒言誑惑吾君者誰乎使我心惕惕忉忉然言誰者不欲斥讒者之爲何人也謾備

月出皎兮古卯反佼人僚兮音了舒窈烏了反糾己小反兮勞心悄七小反兮○興也皎月光也佼人美人也僚好貌窈幽遠也糾愁結也悄憂也○此亦男女相悅而相念之

久上聲

言月出則皎然矣佼人則僚然矣安得見之而舒窈糾之情乎是以爲之勞心而悄然也〔纂疏〕李氏曰孟子云子都之佼揚雄方言云自關之東河濟之間謂好爲佼錢氏曰悄默憂也○月出皓（胡老反）兮佼人懰（力久反叶朗老反）兮舒懮（於久反）受（叶時倒反）兮勞心慅（七老反）兮

〔賦〕也懰好皃懮受憂思也慅猶悄也〔纂疏〕王氏曰慅言不安而騷動也○月出照兮佼人燎（力召反）兮舒夭（於表反）紹（實照反）兮勞心慘（當作懆七弔反）兮

〔賦〕也燎明也夭紹糾緊之意慘憂也〔纂疏〕王氏曰慘言不舒而憂愁東萊呂氏曰此詩用字聱牙意者其方言歟

月出三章章四句

胡爲乎株林從夏（戶雅反）南（叶尼心反下同）匪適株林從夏南

〔賦〕也株林夏氏邑也夏南徵舒字也○靈公淫於夏徵舒之母朝夕而往夏氏之邑故其民相與語曰君胡爲乎株林乎曰從夏南耳然則非適株林也特以從夏南故耳蓋淫乎夏姬不可言也故以從其子言之詩人之忠厚如此○駕我乘（繩證反）馬（叶滿補反）說（音稅）于株野（叶上與反）乘我乘駒朝食于

株【賦】也說舍也馬六尺以下曰駒【纂疏】李氏曰王氏以爲株邑也邑外曰郊郊外曰牧牧外曰野野外曰林據詩中曰
株林又曰株野又曰株王氏之言是也○一說東萊呂氏曰首
章蓋國人問靈公胡爲乎株林從夏南乎詩人則爲之隱曰
靈公非適株林從夏南乃他有所往耳然而駕我乘馬則舍于
株野矣乘我乘駒則又朝食于株矣雖欲爲之隱亦不可得也

株林二章章四句【春秋傳】夏姬鄭穆公之女也嫁於陳大夫夏御叔靈公與其大
夫孔寧儀行父通焉洩冶諫不聽而殺之後卒
爲其子徵舒所弒而徵舒復爲楚莊王所誅【纂疏】
靈公平國共公子左宣九年書陳夏徵舒弒其君平
國傳曰陳靈公與孔寧儀行父飲酒于夏氏公謂行
父曰徵舒似汝對曰亦似君徵
舒病之公出自其廄射而殺之

彼澤之陂叶音波有蒲與荷音何有美一人傷如之何寤
寐無爲涕他弟反泗音四滂普光反沱徒何反○【興】也陂澤障也蒲水草可爲席者荷芙蕖
也自目曰涕自鼻曰泗○此詩大旨與月出相類言彼澤之陂
則有蒲與荷矣有美一人而不可見則雖憂傷而如之何哉寤
寐無爲涕泗滂沱而已矣【纂疏】董氏曰澤水所鍾也說文曰蒲似莞而褊有脊直滑柔而溼荷芙蕖其莖茄其葉蕸其本蔤

其華菡萏其實蓮其根藕○彼澤之陂有蒲與蕑古顔反叶居賢反有美一人碩大且卷其員反寤寐無為中心悁悁烏玄反○【興】也蕑蘭也卷鬢髮之美也悁悁猶悒悒也【纂疏】李氏曰盧令其人美且鬈字雖不同其義則一嚴氏曰或疑碩大非婦人之稱遂疑此為慕賢之詩觀衛風以碩人稱莊姜車舝辰彼碩女則詩以碩大稱婦人多矣○彼澤之陂有蒲菡戶感反萏大感反叶待檢反有美一人碩大且儼魚檢反寤寐無為輾轉伏枕叶知險反○【興】也菡萏荷華也儼矜莊貌輾轉伏枕臥而不寐思之深且久也

澤陂三章章六句○愚按嚴氏云亭以此為淫詩則碩大且卷碩大且儼其矜莊甚矣不類御邪氣者意詩次株林後當是相臣而作国於天地必有與立公卿宣淫陳之乱極矣而洩冶獨以諫死有美一人其洩冶乎詩人所以痛傷之也而変風於是絕其亦可以有所感矣詩言彼澤障之水方潰決潰乃有辛烈之蒲芳馨之荷與蕑皆非所宜有也以興陳国危乱乃有如洩冶之賢欲不得其死當如何其傷之有碩大之德且勤拳以盡忠嚴恪以手上使我夢寐它无所為涕泗交流中心忩忩急展

轉反覆於枕席而不能起也按靈公與孔寧儀父通夏姬泄冶諫不聽而殺之

陳國十篇二十六章一百二十四句

東萊呂氏曰變風終於陳靈其間男女夫婦之詩一何多耶曰有天地然後有萬物有萬物然後有男女有男女然後有夫婦有夫婦然後有父子有父子然後有君臣有君臣然後有上下有上下然後有禮義有所錯男女者三綱之本萬事之先也正風之所以爲正者舉其正者以勸之也變風之所以爲變者舉其不正者以戒之也道之升降時之治亂俗之汙隆民之死生於是乎在錄之煩悉篇之重複亦何疑哉

檜一之十三

檜國名高辛氏火正祝融之墟在禹貢豫州外方之北滎波之南居溱洧之間其君妘姓祝融之後周衰爲鄭桓公所滅而遷國焉今之鄭州即其地也蘇氏以爲檜詩皆爲鄭作如邶鄘之於衛也未知是否

纂疏

鄭氏曰祝融氏名黎其後八姓惟妘姓檜者處其地孔氏曰祝融重黎也重黎之弟吳回生陸終陸終生子六人四曰檜人案世本會人即檜之祖釋文曰王肅云周武王封祝融之後於濟洛河潁之間爲檜子

羔裘逍遙狐裘以朝直遥反叶直勞反豈不爾思勞心忉忉

音刀。【賦】也緇衣羔裘諸侯之朝服錦衣狐裘其朝天子之服也。【舊說】檜君好潔其衣服逍遥遊宴而不能自強於政治故詩人憂之○羔裘翱翔狐裘在堂豈不爾思我心憂傷【賦】也翱翔猶逍遥也堂公堂也○羔裘如膏古報反日出有曜羊照反叶羊弔反豈不爾思中心是悼【賦】也膏脂所漬也日出有曜日照之則有光也【纂疏】蘇氏曰狐裘狐白裘也嚴氏曰狐裘有白有青有黃玉藻云君衣狐白裘錦衣以裼之此狐白裘也又云君子狐青裘豹褎玄綃衣以裼之此狐青裘也又云狐裘黃衣以裼之此狐黃裘也鄭氏以狐白之上加皮弁服天子以日視朝諸侯在天子之朝亦服之以黃衣狐裘爲大蜡之服作息民之祭則服之郊特牲云黃衣黃冠而祭息田夫也引此爲證以狐青爲臣下之服諸侯不服之玉藻称君子狐青裘注以君子爲大夫士也此詩狐裘不指何色鄭氏以爲黃衣狐裘爲檜君以祭服而朝也蘇氏以爲狐白謂檜君以朝天子之服而聽其国之朝也二說不同狐青臣下之服非檜君所服檜君好潔其衣服亦必不服狐黃當從蘇氏以爲狐白舊說檜君服羔裘之朝服以遊宴服狐裘朝天子之服以聽朝故大夫去之此非大惡何爲遽去蓋非以羔裘狐裘爲大故而以逍遥翱翔爲可憂也一說濮氏曰序但云大夫去国之詩詩言羔裘狐裘亦無異辭說者但因如膏有曜遂謂好潔其衣服因逍遥翱翔遂謂不能彊於政治尤將責之是皆臆說也然其去國則必有故矣詩言君平時服此服而燕居也服此服以朝群臣而在公堂也今豈不想像而思之至於勞憂傷悼焉則其去也非不愛君也直不得已耳

羔裘三章章四句

【纂疏】鄭氏曰周夷厲之時檜公不修政事好絜衣服大夫去之於是檜之變風始作

庶見素冠兮棘人欒欒力端反兮勞心慱慱徒端反兮賦也

庶幸也縞冠素紕既祥之冠也黑經白緯曰縞緣邊曰紕棘急也喪事欲其總總爾哀遽之狀也欒欒瘠貌慱慱憂勞之貌○祥冠祥則冠之禫則除之今人皆不能行三年之喪矣安得見此服乎當時賢者庶幾見之至於憂勞也【纂疏】李氏曰毛以素冠爲練冠謂練布使熟其色益白是謂之素三年之喪十有三月而練冠既練則衣亦練故曰素衣素韠也鄭以素冠爲既祥素紕之冠謂經傳之言素者皆謂白絹未有以布爲素者則知素冠非練也黑經白緯曰縞其冠用縞以素爲紕故謂之素冠也至於素衣則素裳也毛氏謂思則練服練是十三月之服未足以見其不能三年也不如鄭氏之說爲有據玉藻云縞冠素紕既祥之冠也注紕緣邊也既祥祭而服之喪服小記云除成喪者其祭也朝服縞冠注成成人也士冠礼主人玄冠朝

服縞帶素韠鄭氏以素為祥服皆本於礼本注紕音皮又曰詩
人思見服既祥之素冠棘人形貌之欒欒若今无此人所以此
心慱慱愚謂棘人只是如棘之人
而憂也○若所謂瘦瘠如柴之義也○**庶見素衣兮我心**
傷悲兮聊與子同歸兮賦也素冠則素衣矣與鄭氏
子同歸愛慕之詞也曰除
成喪者其祭也朝服縞冠朝服緇衣素裳鄭氏裳而言衣衣是
大祥曲礼云兩手摳衣謂摳裳也李氏曰此其言庶幾欲見服
既祥之素衣若今无此人欲我心悲傷也如有其人則我且與
之同歸也○疊山謝氏曰同歸如書云同歸于治同歸于亂衆
同歸其家也○**庶見素韠**音畢**兮我心蘊**於粉反**結**叶訖力反**兮聊**
與子如一兮賦也韠蔽膝也以韋為之冕服謂之韍其餘曰
韠韠從裳色素衣素裳則素韠矣蘊結思之不
解也與子如一鄭氏曰祥祭朝服素韠者韠從裳色項氏
甚於同歸矣曰檜當夷厲之時已如此則孔子孟子之
世可
知也

素冠三章章三句按喪礼為父為君斬衰三年昔
宰予欲短喪夫子曰予生三年
然後免於父母之懷予也有三年之愛於其父母乎
三年之喪天下之通喪也傳曰子夏三年之喪畢見

於夫子援琴而絃衎衎而樂作而曰先王制禮不敢
不及夫子曰君子也閔子騫三年之喪畢見於夫子
援琴而絃切切而哀作而曰先王制禮不敢過也夫
子曰君子也子路曰敢問何謂也夫子曰子夏哀已
盡能引而致之於禮故曰君子也閔子騫哀未盡能
自割以禮故曰君子也夫三年之喪賢者之所輕不
肖者之所勉 [疏] 李氏曰三年之喪皆出於人情之所同
然聖人因情而爲節文三日則不食既
殯則食粥既虞卒哭則食疏食水飲朞而小祥則食
菜果又朞而大祥則食醯醬中月而禫則飲酒醴練
祥與禫之衣食皆有隆殺如
此豈聖人爲此以强人哉

隰有萇丈羊切楚猗於可反儺乃可反其枝夭於驕反之沃沃烏毒反樂音洛子之無知[傳]也萇楚銚弋今羊桃也子如小麥亦似桃猗儺柔順也夭少好貌沃沃光澤貌子指萇楚也○政煩賦重人不堪其苦噫抑不如草木之无知而无憂也 [疏] 陸氏曰萇楚葉如桃而光尖長而狹花紫赤色其葉莖弱過一尺因蔓于草上東萊呂氏曰夭如皺草惟夭之夭謂始生時生意沃然可愛 ○隰有萇楚猗儺其華方九胡瓜二反夭之沃沃樂子之無家古胡古牙

二反○賦也无家言无累也○隰有萇楚猗儺其實夭之沃沃樂子之無室賦也無室猶無家也

隰有萇楚三章章四句愚按諸家本序說呂氏曰萇楚始生猶能自立長則引蔓于草東萊曰猗儺其枝柔弱牽蔓盡如人多慾者矣反思萇芽未牽蔓之時生意沃然可愛此所謂赤子志也檜君未有知識未有室家之時也曰无知无家无室者蓋疾其君之多慾故其辭過而激濮斗南曰亨言疾恣要是警言告少年之沉迷於色者以下隰之地有萇楚之草枝條華實柔弱裊嫋以興卑下之女少好妖饒光澤如沃盡態極姸以相媚悅者非愛子也樂子之无所知而未有室家耳

匪風發叶方月反兮匪車偈起竭反兮顧瞻周道中心怛都達反叶旦悅反兮賦也發飄揚貌偈疾驅貌周道適周之路也怛傷也○周室衰微賢人憂歎而作此詩言常時風發而車偈則中心怛然今非風發也非車偈也特顧瞻周道而思王室之陵遲故中心爲之怛然耳濮斗南七是時周末東遷王室陵遲賢者憂歎而作是詩周道與小雅大東周道如砥同○匪風飄符遙反叶匹妙反

兮匪車嘌兮符遥反叶匹妙反兮顧瞻周道中心弔兮賦也回風曰飄嘌嘌摇不安之貌弔亦傷也○誰能亨魚溉古愛反之釜符甫反鬵音尋誰將西歸懷之好音興也溉滌也鬵釜屬西歸〻于周也○誰能亨魚乎有則我願為之溉其釜鬵誰將西歸乎有則我願慰之以好音以見思之之甚但有西歸之人即思有以厚之也纂疏孫炎曰關東謂鬵為鬵孔氏曰亨魚用釜不用甑雙舉者以俱是食器故連言耳濮斗南曰誰能亨魚乎有則我願為之滌其釜鬵以與誰將歸周乎有則我願慰之以語檜國於秦循在周之東故因觀周道而云西周

匪風三章章四句

檜國四篇十二章四十五句

曹一之十四

曹國名其地在禹貢兗州陶丘之北雷夏菏澤之野周武王以封其弟振鐸今之曹州即其地也纂疏詩譜云昔堯嘗游成湯葬焉舜漁雷澤民俗化其遺風重厚多君子務稼穡薄衣食以致蓄積夾於魯衛之間又寡患難末時富而无教乃更驕侈十一世當周惠王時政衰昭公好奢而任小人曹變風始作

蜉蝣之羽衣裳楚楚（叶創舉反）心之憂矣於我歸處【比】比也蜉蝣渠畧
也以蛣蜣身狹而長角黃黑色朝生暮死楚楚鮮明貌○此詩
蓋以時人有玩細娛而忘遠慮者故以蜉蝣為比而刺之言蜉
蝣之羽翼猶衣裳之楚楚可愛也然其朝生暮死不能久存故
我心憂之而欲其於我歸處耳序以為刺其君或然而未有考
也【纂疏】嚴氏曰蜉蝣糞中蝎虫楚楚猶言濟楚賓之初筵籩豆凡
有楚同鄭氏曰喻昭公之朝徒整飾其衣裳不知君臣
死亡无日如渠畧然○蜉蝣之翼采采衣服（叶蒲北反）心之憂矣於我
歸息【比】也采采華飾也息止也○蜉蝣掘（求勿反○）閱（音悅）麻衣如雪心之
憂矣於我歸說（音稅叶輸爇反○）【比】也掘閱未詳說舍息也【纂疏】孔氏曰此虫土裏化生掘地而
出形容鮮閱也閱者悅懌之貌鄭氏曰麻衣深衣孔氏曰諸侯
之禮夕深衣呂氏曰曹之賢者見其君臣危亡將至猶驕浮自喜
而莫可告語也曰吾憂吾君危亡近在旦夕儻无所依其於我
處乎蓋欲如楚芋尹申亥舍靈王於家之為也彼曹君方絜其
衣服志氣揚揚而賢者已憫之如亡國喪家之人可哀也哉疊
山謝氏曰此忠臣愛君憂國之真情其慮深其思遠若禍至之無
日不自知其
辭之痛惻也

蜉蝣三章章四句

彼候人兮何何可反戈與祋都律都外二反彼其音記之子三百赤芾芳勿蒲昧二反○〔傳〕候人道路迎送賓客之官何揭祋殳也之子指小人芾冕服之韠也一命縕芾黝珩再命赤芾黝珩三命赤芾葱珩大夫以上赤芾乘軒○此刺其君遠君子而近小人之謂言彼候人而何戈与祋者宜也彼其之子而三百赤芾何哉晉文公入曹數其不用僖負羈而乘軒者三百人其謂是歟

〔疏〕孔氏曰夏官候人上士六人下士十有二人徒百有二十人身荷戈祋謂候人之屬非候人之官長也東萊呂氏曰曲礼疏曰戈鈎孑戟也如戟而橫安刃但頭不向上為鈎也直刃長八寸橫刃長六寸刃下接柄處長四寸並廣二寸周礼冬官戈柲六尺有六寸注柲音祕猶柄也孔氏曰考工記殳長尋有四戈殳俱是短兵嚴氏曰芾字當作韍古字通用采菽箋曰芾大古蔽膝之象冕服謂之芾其他服謂之韠以韋為之采菽疏曰古者佃漁而食因衣其皮先知蔽前後知蔽後後王易以布帛而猶存其蔽前者不忘本也疏曰玉藻說韠制云下廣二尺上廣一尺長三尺頸五寸肩革帶博二寸芾制同別言之祭服謂之芾他服謂之韠尊祭服也祭服冕以祭

○維鵜徒低反在梁不濡其翼彼其之子不稱尺證反

○鳲

其服叶蒲北反○興也鵜洿澤水鳥也俗所謂淘河也〔纂疏〕陸氏曰鵜鶘也好群飛沈水食魚故曰淘河歐
陽氏曰此鵜當居泥水中以自求魚而食今乃邈然高處魚梁
之上竊人之魚以食而得不濡其翼如小人竊祿高位而不稱
其服也○維鵜在梁不濡其咮陟救反彼其之子不遂其
媾古豆反○興也咮喙遂稱媾寵也遂之爲稱猶今人謂遂意曰稱意○薈烏會反兮蔚於貴反
兮南山朝隮子兮反婉於阮反兮孌力轉反兮季女斯飢比也
薈蔚草木盛多之貌朝隮雲氣升騰也婉少貌孌好貌○薈蔚朝隮言小人衆多而氣燄盛也季女婉孌自保不妄從人而反
飢困言賢者守道而反貧賤也〔纂疏〕嚴氏曰草木薈蔚撰若朝升於南山之上而采之喻小人肆志趨利於上

候人四章章四句

鳲鳩在桑其子七兮淑人君子其儀一兮其儀一兮
心如結叶訖力反兮○興也鳲鳩秸鞠也亦名戴勝今之布穀也飼子朝從上下莫從下上平均如一也如結如
物之固結而不散也○詩人美君子之用心均平專一故言鳲鳩在桑則其子七矣淑人君子則其儀一矣其儀一則心如結

矣然不知其所指也陳氏曰君子動容貌斯遠暴慢正顔色斯近信出辭氣斯遠鄙倍其見於威儀動作之間者有常度矣豈固爲是拘拘者哉蓋和順積中而英華發外是以由其威儀一於外而心如結於内者從可知也【纂疏】嚴氏曰鳲鳩布穀也即郯子所謂鳲鳩氏司空也鳲鳩平均故爲司空平水土釋文曰鳲鳩一名鴶鵴音吉菊亦作秸鞠秸音戛郭氏曰江東呼穫穀方言云戴勝陸氏曰一名擊鼓一名桑鳩仲春鷹化爲鳩也或謂之題肩齊人謂之擊正山陰陸氏曰一名膊黍江東呼郭公焉衍家婦書曰口如布穀言其多聲也○

鳲鳩在桑其子在梅叶莫悲反淑人君子其帶伊絲叶新齎反其帶伊絲其弁伊騏音其○賦也鳲鳩常言在桑其子每章異木子自飛去母常不移也帶大帶也大帶用素絲有雜色飾焉弁皮弁也騏馬青黑色者弁之色亦如此也書云四人騏弁今作綦○言鳲鳩在桑則其子在梅矣淑人君子則其帶伊絲矣其帶伊絲則其弁伊騏矣言常度不差忒也【纂疏】蘇氏曰子自飛去母常不移者從其在梅則失其在棘從其在棘則失其在榛居一以俟之無不及者李氏曰若毋无常処則其子不知所在孔氏曰知此是皮弁者以韋弁以即戎冠弁以從禽弁經又是吊凶之事且不得與絲帶相配惟皮弁是視朝之常服○

鳲鳩在桑其子在棘淑人君子其儀不忒

忒（他得反）其儀不忒，正是四國（叶于逼反）。○賦也。有常度而其心一，故儀不忒。儀不忒，則足以正四國矣。大學傳曰：其爲父子兄弟足法，而後民法之也。【纂疏】濮斗南曰：四國，四方諸侯之國。○

鳲鳩在桑，其子在榛（側巾反）。淑人君子，正是國人。正是國人，胡不萬年（叶尼因反）。○賦也。儀不忒，故能正國人。胡不萬年，願其壽考之詞也。【纂疏】榛見定之方中。

鳲鳩四章章六句

冽（音列）彼下泉，浸彼苞稂（音郎）。愾（苦愛反）我寤嘆，念彼周京（叶居良反）。○比而興也。冽，寒也。下泉，泉下流者也。苞，草叢生也。稂，童粱，莠屬也。愾，歎息之聲也。周京，天子所居也。○王室陵夷而小國困弊，故以寒泉下流而苞稂見傷爲比，遂興其愾然以念周京也。【纂疏】嚴氏曰：列旁三點者，從水，清絜也；二點者，從冰，寒也。今此詩與大東有冽氿泉，傳皆訓寒，則當從冰。今字乃從水者，當因爲清也，與大東異。陸氏曰：禾莠秀爲穗而不成，則嶷然謂之童粱，今人謂之宿田翁，或謂之守田。○

冽彼下泉，浸彼苞蕭（叶疏鳩反）。愾我寤嘆，念彼京周。比而興也。蕭，蒿也。京周，猶周京也。【纂疏】山陰陸氏曰：蕭即白蒿，葉白莖粗科

生多者數十莖有香氣故祭祀以脂爇之為香陸氏曰今俗謂之牛尾蒿

○洌彼下泉，浸彼苞蓍。音尸 愾我寤歎，念彼京師。叶霜夷反○賦也蓍筮草也京師猶京周也詳見大雅公劉篇

纂疏 孔氏曰周京與京周京師一也因其章而變文耳

○芃芃薄工反 黍苗，陰雨膏古報反 之。四國有王，郇音旬 伯勞力報反 之。比而興也芃芃美貌郇伯郇侯文王之後嘗為州伯治諸侯有功○言黍苗既芃芃然矣又有陰雨以膏之四國既有王矣而又有郇伯以勞之傷今之不然也

纂疏 李氏曰郇伯者郇伯為方伯也郇國今河中猗氏縣古有東西二伯每州有一伯公羊曰自陝以東周公主之自陝以西召公主之周公卒畢公代之是為天下二伯也王制謂二百一十國為州州有伯是九州中有九伯也毛謂二伯鄭謂州伯觀經言郇伯其為二伯其為州伯此不可知也

下泉四章章四句

程子曰易剝之為卦也諸陽消剝已盡獨有上九一爻尚存如碩大之果不見食將有復生之理上九亦變則純陰矣然陽無可盡之理變於上則生於下無間可容息也陰道極盛之時其亂可知亂極則自當思治故衆心願戴於君子君子得輿也詩匪風下泉所以居變

風之終也。○陳氏曰：乱極而不治，變極而不正，則天理滅矣，人道絶矣。聖人於變風之極，則係以思治之詩，以示循環之理，以言亂之可治，變之可正也。纂疏 東萊呂氏曰：匪風、下泉皆思周道之詩，然匪風作於東遷之前，此一時也；下泉作於齊桓之後，此又一時也。嚴氏曰：匪風思周而宣王中興，下泉思周而周不復興，無其人也。

曹國四篇十五章六十八句

詩卷第七

詩卷第八

朱子集傳

新安後學胡一桂附録纂疏

豳一之十五

豳國名在禹貢雍州岐山之北原隰之野虞夏之際棄爲后稷而封於邰及夏之衰棄稷不務棄子不窋失其官守而自竄於戎狄之間不窋生鞠陶鞠陶生公劉能復修后稷之業民以富實乃相土地之宜而立國於豳之谷焉十世而大王徙居岐山之陽十二世而文王始受天命十三世而武王遂爲天子武王崩成王立年幼不能涖阼周公旦以冢宰攝政乃述后稷公劉之化作詩一篇以戒成王謂之豳風而後人又取周公所作及凡爲周公而作之詩以附焉豳在今邠州三水縣郃在今京兆府武功縣

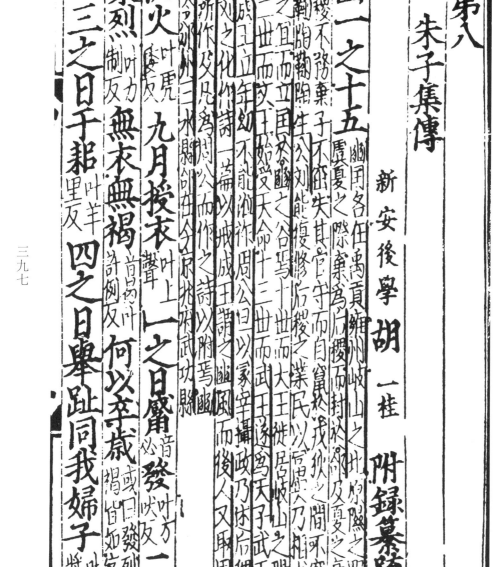

七月流火叶虎委反九月授衣叶上聲一之日觱音必發叶方吠反二之日栗烈叶力制反無衣無褐音曷叶許例反何以卒歲或曰發烈褐皆如字而歲讀如雪三之日于耜叶羊里反四之日舉趾同我婦子叶奬

里反饁炎輒反彼南畝叶滿彼反田畯音俊至喜賦也七月斗建申之月夏之七月也
後凡言月者放此流下也火大火心星也以六月之昏加於地
之南方至七月之昏則下而西流矣九月霜降始寒而蠶績之
功亦成故授人以衣使禦寒也一之日謂斗建子一陽之月二
之日謂斗建丑二陽之月也變月言日言是月之日也後凡言日
者放此蓋周之先公已用此以紀候故周有天下遂以爲一代
之正朔也觱發風寒也栗烈氣寒也褐毛布也歲夏正之歲也于
往也耜田器也于耜言往修田器也舉趾舉足而耕也我家長
自我也饁餉田也田畯田大夫勸農之官也○周公以成王未
知稼穡之艱難故陳后稷公劉風化之所由使瞽矇朝夕諷誦
以教之此章首言七月暑退將寒故九月而授衣以禦之蓋十
一月以後風氣日寒不如是則无以卒歲也正月則往修田器
二月則舉趾而耕少者既皆出而在田故老者率婦子而餉之
治田早而用力齊是以田畯至而喜之也此章前段言衣之始
後段言食之始二章至五章終前段之意六章至八章終後段
之張氏曰七月之詩皆以夏正爲斷曹氏曰公劉當夏
意時所用者夏正也孔氏曰一之日二之日猶言一月之
日二月之日日者十分之餘謂數從一而終於十更有餘
月還以一二紀之也黃氏曰或曰周公周臣言夏正不順乎謂
后稷居邰至公劉居豳正夏之時也當夏時而言夏正其說明
矣先儒乃以一之日爲周正因謂周公以月紀夏以日紀周不

三九八

知夫所謂日者特以一陽之復故以日言之豈謂周正乎如易
之言八月有凶七日來復初豈有異義哉○釋文曰耜易斲木
為耜揉木為耒耒手耕曲木曰耒耒端木曰耜二耒下刺也濮斗
南口此器本以兩字為名而可偏舉故周頌有畧其耜畟畟良
耜以起土者言之祭義天子諸侯躬秉耒以手所執柄言之孔
氏曰月令季冬命農計耦耕事修耒耜具田器孟春天子躬耕
帝籍令以正月修耒耜二月始舉足而耕故傳云豳土晚寒鄭
云于耜舉趾皆放中國一月也又曰周公陳先公在豳教民周
備與衣食充足寒暑及時民奉上教知其早晚各自勸勉以勤
事業故同我婦子饁彼南畝及嗟我婦子曰為改歲此述民人
之志為序先公疏令之辭○七月流火九月授衣春日載陽有鳴倉
庚叶古郎反女執懿筐遵彼微行叶戶郎反爰求柔桑春日遲
遲采蘩祁祁巨之反女心傷悲殆及公子同歸賦也載始也陽溫和也倉
庚黃鸝也懿深美也遵循也微行小徑也柔桑穉桑也遲遲日
長而暄也蘩白蒿也所以生蠶今人猶用之蓋蠶生未齊未可
食桑故以此啖之也祁祁衆多也或曰徐也公子豳公之子也○
再言流火授衣者將言女功之始故又本於此遂言春日始和有
鳴倉庚之時而蠶始生則執筐以求穉桑然又有生而未齊者
則采蘩者衆而此治蠶之女感時而傷悲蓋是時公子猶娶國中

條 桃音の ○た ○其

而貴家大疾連姻公室者小无不力於蠶桑之務故其許嫁之女預以將及公子同歸而遠其父母爲悲也其風俗之厚而上下之情交相忠愛如此後章凡言公子者放此

○七月流火八月萑 户官反 葦 韋鬼反 蠶月條 它彫反 桑取彼斧斨 七羊反 以伐遠揚猗 於宜反 彼女桑七月鳴鵙 圭覔反 八月載績載玄載黃我朱孔陽爲公子裳

賦也萑葦即蒹葭也蠶月治蠶之月條桑枝落之采其葉也斧隋銎斨方銎遠揚遠枝揚起者也取葉存條曰猗女桑小桑也小桑不可條取故取其葉而存其條猗猗然耳鵙伯勞也績緝也玄黑而有赤之色朱赤色陽明也○言七月暑退將寒而是歲禦冬之備亦庶幾其成矣又當預擬來歲治蠶之用故於八月萑葦既成之際而收蓄之將以爲曲薄至來歲治蠶之月則采桑以供蠶食而大小畢取見蠶盛而人力至也蠶事既備又於鳴鵙之後麻熟而可績之時則績其麻以爲布而凡此蠶績之所成者皆染之或玄或黃而其朱者尤爲鮮明皆以供上而爲公子之裳言勞於事而不自愛以奉其上蓋至誠慘怛之意上以是施之下以是報之也以上二章專言蠶績之事以終首章前段无衣之意

孔氏曰萑葦即蒹葭月令季春具曲植籧筐曲薄也植槌也薄用萑葦爲之以爲蠶用又曰條桑謂斬條於地采之也釋文曰斨

即斧也斨孔斧受柄處隋孔狹而長女桑荑桑郭氏曰今俗呼
桑樹小而條長者爲女桑樹孔氏曰鵙夏至來冬至去應陰氣
之動其声鵙鵙以声得名補傳曰仲夏始鳴七月則鳴之極曹
氏曰祭義云歲既單矣世婦卒蚕遂獻繭於夫人及良日夫人
繅三盆手遂朱綠之玄黃之以爲黼黻
文章君服之以祀先王先公敬之至也○四月秀葽於遥反
五月鳴蜩徒彫反八月其穫戶郭反十月隕于敏反蘀音託一
之日于貉戶各反取彼狐貍力之反爲公子裘叶渠之反二之
日其同載纘子管反武功言私其豵子公反獻豜古牟反于公
賦也不榮而實曰秀葽草名蜩蟬也穫禾之早者可穫也隕墜
蘀落也謂草木隕落也貉狐貍也于貉猶言于邾謂往取狐貍
也同嚮作以狩也纘習而繼之也豵一歲豕豜三歲豕也○言
自四月純陽而歷一陰四陰以至純陰之月則大寒之候將至
蚕桑之功尤所不備猶恐其不足以禦寒故于貉而取狐貍
之皮以爲公子之裘也獻之小者私之以爲己有而大者則献
之於上亦愛其上之厄已也比章專釋草曰木謂之華草
言狩獵以終首章前段無衣褐之意謂之榮鄭氏曰物成
自秀葽始曹氏曰葽遠志也劉向說葽味苦謂之苦葽本草遠
志一名棘菀一名葽繞一名細草四月采根葉陰乾孔氏曰蜩

方言楚謂蟬爲蜩秦晉謂之蟬釋文曰穫刈穀也孔氏曰蘀落葉爲蘀釋文曰貉似狐善睡其子名貆音暄孔氏曰禮无貉裘唯孔子狐貉以居明貉賤也嚴氏曰貉以爲自用之裘狐狸以爲公子裘賤自奉貴奉公也○五月斯螽（音終）動股六月莎（素和反）雞振羽七月在野（叶上與反）八月在宇九月在戶（後五反）十月蟋蟀入我牀下（叶後五反八字一句）穹（起弓反）窒（珍悉反）熏（許云反）鼠塞向墐（音覲）戶（同上）嗟我婦子（叶茲五反）曰爲改歲入此室處

（賦也斯螽莎雞蟋蟀一物隨時變化而異其名動股始躍而以股鳴也振羽能飛而以翅鳴也宇簷下也暑則在野寒則依人穹空隙也窒塞也向北出牖也墐塗也庶人篳戶冬則塗之東萊呂氏曰十月而曰改歲三正之通于民俗尚矣周特舉而迭用之耳○言覘蟋蟀之依人則知寒之將至矣於是室中空隙者塞之熏鼠使不得穴於其中塞向以當北風墐戶以禦寒氣而語其婦子曰歲將改矣天既寒而事亦已可以入此室處矣此見老者之愛也此章亦以終首章前段禦寒之意）

附錄

（問東萊曰十月而曰歲則三正之通於民俗尚矣商周而迭用之耳據七月詩如七月流火之類是用夏正一之日觱發之類即不見其用商正而呂氏以舉而迭用之何也先生曰周曆夏商其）

未有天下之時周用夏商之正朔然其因循遂不純臣之義又自有私記其時月者故三正皆得用之也輯奉〔纂疏〕嚴氏曰斯螽蚣蝑也音蔥須蜙蝑也舊說以為即螽斯非也螽斯見周南螽斯斯舍人云斯螽春黍陸璣云幽州謂春箕蝗類長而青長股長脚股鼓鳴者也或謂似蝗而小斑黑股似玳瑁叉五月中兩股相切作声聞數十步江東呼吒蜢音摘麥山陰陸氏謂蚱蜢善害田稼孔氏曰莎雞絡緯也促織之類陸璣云莎雞如蝗斑色毛翅數重其翅正赤六月中飛而振羽索索作声或謂大絲分絡緯是也山陰陸氏曰謂其鳴如紡緯也促織一名投機謂其声如急織也蟋蟀即促織解見唐蟋蟀按集傳本伊川程子說然二物名色誠異故備載之蓽户以荆竹織門以御風故從之○愚按東萊三正通于民俗之說以為商周特建而迭用之不能無疑盖公刘乃夏時也商正猶且未建何有於周況曰為改歲之文乃述夏時豳父老之語豈得預言之乎疊山謝氏曰七月一章云一之日觱發二之日栗烈無衣無褐何以卒歲是以十二月為歲之終矣既以十二月為歲之終必以正月為歲之始改歲乃大寒之候一變為立春則歲律改矣七月詩察天時之變於未至思人事之備於方來五月斯螽動股之時已知莎雞六月必振羽七月必在野八月必在宇九月必在户十月必入我牀下當蟋蟀未入牀下之時即為穹窒熏鼠塞向墐户之計所以為此者正為十一月觱發十二月栗烈至大寒則寒氣極而改為立春矣不入陳室可乎觀此則東萊之說不足疑矣

○六月食鬱及薁（於六反）七月亨（普庚反）葵及菽（音叔）八月剝（普卜反）棗（叶音走）十月穫稻（叶徒苟反）為此春酒以介眉壽（叶殖酉反）七月食瓜（叶音孤）八月斷壺九月叔苴（七餘反）采荼（音徒）薪樗（敕書反）食（音嗣）我農夫

賦也。鬱，棣屬。薁，蘡薁也。葵，菜名。菽，豆也。剝，擊也。穫稻以釀酒也。介，助也。介眉壽者，頌禱之辭也。壺，瓠也。食瓜斷壺，亦去圃為場之漸也。叔，拾也。苴，麻子也。荼，苦菜也。樗，惡木也。○自此至卒章，皆言農圃飲食祭祀燕樂，以終首章之意。而此章果酒嘉蔬以供老疾，奉賓祭，瓜瓠苴荼以為常食，少長之義，豐儉之節然也。

〔纂疏〕孔氏曰：鬱樹高五六尺，實大如李，正赤，食之甜。本草一名雀李，一名車下李，与棣相類。薁二李二者相類同時熟。濮氏曰：陸氏又云薁李一名車下李，蓋二者相類，故名稱相亂。山陰陸氏曰：薁有紫白二種。左傳鮑莊子之智不如葵，葵猶能衛其足。今葵心隨日光所轉，輒低覆其根。爾雅曰：莁，大葉小花，紫黃色，可茹。濮氏曰：戎葵一名蜀葵，秋種經冬至春作實。李氏曰：公儀子拔園葵，此也。濮氏曰：菽豆葉謂之藿。孔氏曰：眉壽，人老年者必有毫毛秀出。劉氏曰：瓠之析者可為瓢，嫩者可茹。濮氏曰：樗，莊子不材之木，惟可充薪。

○九月築場圃（博故反）十月納禾稼（叶古護反）

黍稷重直容反穋音六叶六直反禾麻菽麥叶訖力反嗟我農夫我稼既同上入執宮功晝爾于茅宵爾索綯徒刀反亟紀力其乘屋其始播百穀賦也場圃同地物生之時則耕治以為圃而種菜茹物成之際則築堅之以為場而納禾稼蓋自田而納之於場也禾者穀連藁秸之總名禾之秀實而在野者曰稼先種後熟曰重後種先熟曰穋再言禾者稻秫苽粱之屬皆禾也同聚也宮邑居之宅也古者民受五畝之宅二畝半為廬在田春夏居之二畝半為宅在邑秋冬居之功葺治之事也或曰公室官府之役也古者用民之力歲不過三日是也索絞也綯索也乘升也○言納於場者無所不備則我稼同矣可以上入都邑而執治宮室之事矣故晝往取茅夜而絞索亟升其屋而治之蓋以來歲將復始播百穀而不暇於此故也不待督責而自相警戒不敢休息如此呂氏曰此章終始農事以極憂勤艱難之意

纂疏 李氏曰黍稷見王黍離上入由田野上都邑故謂之上○愚按如集傳或說則晝爾于茅以下即是歸治其屋嚴氏曰宮功方畢即治野廬出○

二之日鑿冰沖沖三之日納于凌陰叶於容反四之日其蚤音早獻羔祭韭音九叶己小反九月肅霜十月滌徒力反

場朋酒斯饗（叶虛良反）曰殺羔羊躋（子奚反）彼公堂稱彼兕
觥（古彭反叶古黃反）萬壽無疆（鑿冰謂取冰於山也冲冲鑿冰之意周礼正歲十二月令斬冰
是也納藏也藏冰所以備暑也凌陰冰室也豳土寒多正月風
未解凍故冰猶可藏也蚤蚤朝也韭菜名獻羔祭韭而後啓之月
令仲春獻羔開冰先薦寢廟是也蘇氏曰古者藏冰發冰以節
陽氣之盛夫陽氣之在天地譬如火之著於物也故常有以解
之十二月陽氣蘊伏錮而未發其盛在下則納冰於地中至於
二月四陽作蟄蟲起陽始用事則亦始啓冰而廟薦之至於四
月陽氣畢達陰氣將絕則冰於是大發食肉之祿老病喪浴冰
无不及是以冬無愆陽夏无伏陰春无淒風秋无苦雨雷出不
震无災霜雹癘疾不降民不夭札也胡氏曰藏冰開冰亦聖人
輔相燮調之一事尒不專恃此以為治也肅霜氣肅而霜降也
滌場者農事畢而掃場地也兩尊曰朋鄉飲酒之礼兩尊壺于
房戶間是也躋升也公堂君之堂也稱斈也疆竟也○張子曰
此章見民忠愛其君之甚既勸趨其藏冰之役又
相戒速畢場功殺羊以獻于公斈酒而祝其壽也【附錄】問躋彼公堂稱
彼兕觥民何以得升君之堂曰周初国小君民相親其礼樂法
制亦未甚備而民事艱難君則尽得以知之成王之時礼樂備法
制立然但知為君之尊而未必知為国之初此等意
思也故周公特作此詩使之因是以知民事也（時斈）【纂疏】（左傳古者）

日在北陸而藏冰深山窮谷於是取之注云夏十二月日在虛危劉氏曰天官凌人十二月斬冰固陰之豳土晚寒故正月藏之嚴氏曰朔傳曰君民之間上下相親不啻如家人父子周之王業亦於得民出三十年八百基於此故國人以羔羊朋酒自詣公堂其礼甚野其意甚真豳亦国之初庶事草〻然非三代之時安得此風俗也

七月八章章十一句周礼籥章中春晝擊土鼓龡豳詩以逆暑仲秋夜迎寒亦

如之即謂此詩也王氏曰仰觀星日霜露之变俯察昆虫草木之化以知天時以授民事女服事乎内男服事乎外上以誠愛下下以忠利上父〻子〻夫〻婦〻養老而慈幼食力而助弱其祭祀也時其燕饗也節此七月之儀也○愚按補傳曰豳周公之詩不列正風何也豳非周之列国周公為遭变而作不得謂之正風也公刘入雅七月不入雅何也雅所言王者事也七月以周公故豳居風也又按黄实夫曰公刘乃召康公作以戒成王言公刘之學於民七月則豳国本有是教周礼春官迎寒暑而吹豳詩可見周公特陳之非公所作也故詩惟言豳国之風俗初不言后稷先公如何而率民此公刘所以入雅七月所以不得入雅也愚謂黄説似優補傳謂周公遭变而作尚可謂雅言王者事則公刘亦合不得入

雅也豳謂詩乃周家之詩豳特夏之列国耳况七月惟言豳民之風俗則不及於周之先公特以周公故得処变風之末亦猶商頌乃商詩因正考父得於周之太師故得敘周豈之詩末固不可與公劉並也豳疑豳風之作何以獨首七月豈亦如六月因於出征正月因於繁霜十月因於日食四月因於遭乱七月特因於遭变而作也歟至若豳風所載一歳間事獨缺建辰之三月毋亦周公偶忘之歟

鴟鴞鴟鴞既取我子又叶入声**無毀我室**又叶上声**恩斯勤斯鬻**由六反**子之閔**叶眉貧反**斯**〔比〕比也為鳥言以自比也鴟鴞鵂鶹惡鳥攫鳥子而食者也室鳥自名其巢也恩情愛也勤篤厚也鬻養閔憂也○武王克商使弟管叔鮮蔡叔度監于紂子武庚之国武王崩成王立周公相之而二叔以武庚叛且流言於国曰周公將不利於孺子故周公東征二年乃得管叔武庚而誅之而成王猶未知公之意也公乃作此詩以貽王託為鳥之愛巢者呼鴟鴞而謂之曰鴟鴞鴟鴞尓既取我之子矣無更毀我之室也以我情愛之心篤厚之意鬻養此子誠可憐憫今既取之其毒甚矣况又毀我室乎以比武庚既敗管蔡不可更毀我王室也

附録 或問既取我子无毀我室解者以為武庚既殺管蔡不可復乱王室不知是如此否畢竟當初是管蔡挾武庚為乱武庚是紂子豈有父為人

所殺而其子安然事之不報仇者曰詩人之言只得如此不成
歸怨管蔡又問不知當初合曰天下之力誅紂了却使自家屋裏
人自做出一場大疎脫這不是周公之過死疑然當初周公使
管蔡者想見那時是好在於不疑他後來有這般事管蔡後來
必是被武庚与商之頑民每日將酒去灌啗他乘醉以言語間
之曰你是兄却出在此周公是弟反執大權以臨天下管蔡獃
想得被這幾个唆動了所以流言說公將不利於孺子這个都
是武庚与商之頑民教他所以使得管蔡如此曰必是當日因
酒做出許多事而詩書傳所載得大槩其中更有幾多機變曲折在〖纂疏〗爾雅曰鴟鴞別名鸋鴂郭氏曰鴟類呂氏曰惡
聲之鷙鳥詩有鴞萃止翩彼飛鴞為梟為鴟蓋鴞之類也○迨
東萊呂氏曰周公謂管蔡為子者為周家語殷民之辭

天之未陰雨徹彼桑土音杜徒古反綢直留反繆莫侯反牖戶侯五反
今女下民或敢侮予叶演女反○〖比〗也迨及徹取也桑土桑根也綢繆纏綿也牖巢之通氣處戶其出入處
也○亦為鳥言我及天未陰雨之時而往取桑根以纏綿巢之隙穴
使之堅固以備陰雨之患則此下土之民誰敢有侮予者亦以比
己深愛王室而預防其患難之意故孔子贊之〖纂疏〗東萊呂氏
曰為此詩者其知道乎能治其國家誰敢侮之曰桑土之辟
詩作杜方言云東齊謂根曰杜○予手拮音吉据音居予所捋力活反荼予所

蓄租子胡反予口卒瘏音徒曰予未有室家叶古胡反○比也拮据手口共作之貌捋取也荼萑苕可藉巢者也蓄積租聚也卒盡瘏病也室家巢也○亦爲鳥言作巢之始所以拮据以捋荼蓄租勞苦而至於盡病者以巢之未成也以比己之前日所以勤勞如此者以王室之新造而未集故也

附錄 詩辭多是出於當時鄉談雜而爲之如鴟鴞云拮据捋荼之語皆此類也又曰此詩乃周公爲之公不知其人如何其言聱牙難考如周公之言便難讀如立政君奭篇是也最好若惟無逸一書中間用字亦有譸張爲幻之語若周官蔡仲等篇却是官樣文字必出於當時有司潤色之文非純周公語也

纂疏 毛氏曰拮据撠挶也音戟菊孔氏曰撠持也撠挶謂以手爪挶持草東萊呂氏曰韓詩曰口足爲事曰拮据孔氏曰亂爲萑萑苕謂亂之秀穗出其東門茭云荼茅秀然則茅亂之秀其物相類故各荼也王氏曰租與租賦之租同嚴氏曰手拮据而捋荼蓄租而口卒瘏交錯言之也○一說濮氏曰租蒩同藉也禮鄉師大祭祀供茅蒩司巫祭祀供蒩館蓄租言蓄之以爲藉

○予羽譙譙在消反予尾翛翛素彫反予室翹翹祈消反風雨所漂匹遙反搖予維音嘵嘵呼堯反○比也譙譙殺也翛翛敝也翹翹危也嘵嘵急也○亦爲鳥言羽殺尾敝以成其室而未定也風雨又從而飄搖之則我之哀鳴安得而不

盡

急哉以比己況勞悴甚至又未效而多難乘【附錄】問周公作鴟鴞詩以遺成之則其作詩以喻王亦不得而不汲汲也王其辭艱苦深奧不知當時成王如何便理會得曰當時事變在眼前故讀其詩者便知其用意所在自今讀之既不及見當時事所以謂其詩難曉然成王雖得此詩亦只是未敢誚公其心未必能遂无疑及至雷風之變啓金縢之書後方始釋然開悟先生卻問必大曰成王因何知有金縢後啓之必大曰此二公贊之也又問二公何故詩時不說若雷不響風不起時又如何必大曰聞之呂太著云此見二公功弋勳二公在裏面調護非一日矣但他人不得而知爾曰東萊說一般如此道理必太問其事畢竟如何曰是時周公握了大權成王自是轉動周公未得便假无風雷之變周公亦須別有道理李懷光反其子璀告德宗曰臣父能危陛下陛下不能制臣父借此可見當時事勢然於周公之事則不過使成王終於省悟耳

鴟鴞四章章五句事見書金縢篇

我徂東山慆慆吐刀反不歸元韻未詳我來自東零雨其濛我東曰歸我心西悲制彼裳衣勿士行戶郎反枚叶謨悲反蜎蜎烏玄反者蠋音蜀烝在桑野叶上與反敦都迴反彼獨宿亦

在車下叶後五反○賦也東山所征之地也慆慆言久也零落也濛雨貌裳衣平居之服也勿士行枚未詳其義鄭氏曰士事也行陳也枚如箸銜之有繣結項中以止語也蜎蜎動貌蠋桑虫似蠶者也烝發語声敦獨处不移之貌此則因也○成王既得鴟鴞之詩又感雷風之変始悟而迎周公於是周公東征已三年矣既歸因作此詩以勞歸士詩爲之述其意而言曰我之東征既久而歸途又有遇雨之勞因追言其在東而言歸之時心已西嚮而悲於是制其平居之服而以爲自今可以勿爲行陳銜枚之事矣及其在途則又覩物起興而自嘆曰彼蜎蜎者蠋則在彼桑野矣此敦然而独宿者則亦在此車下矣

附録 東山詩曲尽人情方其盛時則作之於上東山是也及其衰世則作之於下伯兮是也壽

纂疏 李氏曰周在豐鎬管蔡挾三監叛其地在王室之東周公自東而征之則是自西而東故謂之東征孔氏曰大司馬大閱教戰遂鼓銜枚而進一說濮氏曰慆疑作滔行當作銜不必析行陳與銜枚爲二事

○我徂東山慆慆不歸我來自東零雨其濛果臝力果反之實亦施羊豉反于宇伊威在室蠨音蕭蛸所交反在戶叶後五反町他頂反畽他短反鹿場熠以執反燿以照反宵行叶戶郎反不可畏叶於非反也伊可

懷叶胡威反也賦也果臝栝樓也施延也蔓生延施于宇下也伊威鼠婦也室不掃則有之蠨蛸小蜘蛛也戶無人
出入則結網當之町畽舍旁隙地也無人焉故鹿以為場也熠燿明不定貌宵行蟲名如蠶夜行喉下有光如螢○章首四句
言其往來之勞在外之久故每章重言見其感念之深遂言已
東征而室廬荒廢至於如此亦可畏矣然豈可畏而不歸哉亦
可懷思而已此則述其
歸未至而思家之情也

纂疏

果臝郭人謂之天瓜六月華七月
貫陸氏曰伊威亦名委黍在壁根
下甕底土中生似白魚蠨蛸名長踦音歟蟰也小如蜘蛛而足
長喜結網當戶人觸之則伸也掛後足如草使人不歸為寇故名
長踦毛氏曰町畽鹿迹畽吐短反嚴氏曰區種法曰伊尹作為區田
一畝中地長十八丈分十八丈作十五町町間分十四道通人
行畽為田里所聚濮氏曰舊說以熠燿即螢以宵行為夜飛與
下章熠燿其羽相矣當知宵行乃蟲名朱氏曰家無人夕則出
五物非可畏也但
起人懷思之情也

○我徂東山慆慆不歸我來自東零
雨其濛鸛古玩反鳴于垤田節反叶地一反婦歎于室洒埽穹
窒我征聿至叶入聲有敦都迴反瓜苦烝在栗薪自我不
見于今三年叶尼因反○賦也鸛水鳥似鶴者也垤蟻冢也穹窒見七月○將陰雨則穴處先知故蟻出

垤而鸛鳥就食之遂鳴于其上也行者之妻亦思其夫之勞苦而
歎息於家於是洒埽穹窒以待其歸而其夫之行忽已至矣因
見苦瓜繫於栗薪之上而曰自我之不見此亦已三年矣栗周
土所宜木與苦瓜皆微物也見之而喜則其行久而感深可知
矣〔纂疏〕嚴氏曰鸛似鶴而大長頸赤喙白身黑尾翅濮氏曰瓜
苦者不可食故過時而猶存蔓延於栗薪之上○一
說濮氏曰垤丘之高也孟子曰泰山之於丘垤舊以垤為蟻封
恐非蟻垤子猶云蜂房窠壘謂其似耳非先有彼而後取之以名
也○我徂東山慆慆不歸我來自東零雨其濛倉庚
于飛熠燿其羽之子于歸皇駁邦角反其馬叶滿補反親結
其縭叶离羅二音九十其儀叶宜俄二音其新孔嘉叶居宜居何二反
其舊如之何叶奚何二音○〔賦而興也〕倉庚飛昏姻時也熠燿鮮明也黃白曰皇駵白曰駁縭婦人之褘也
母戒女而為之施衿結帨也九其儀十其儀言其儀之多也○賦時物
以起興而言東征之歸士未有室家者及時而昏姻既甚美矣
其舊有室家者相見而喜當如何耶〔纂疏〕濮氏曰皇黃白馬也謂有黃處有白處
駁騮白馬也謂有赤處有白處爾雅曰
縭婦人之褘音暉謂之
縭孫氏曰褘帨也巾也

東山四章章十二句序曰一章言其完也二章言其思也三章言其室家之望女也四章樂男女之得及時也君子之於人序其情而閔其勞所以說也說以使民民忘其死其惟東山乎愚謂完謂全師而歸無死傷之苦思謂未至而思有愴恨之懷至於室家望女男女及時亦皆其心之所願而不敢言者上之人乃先其未發而歌詠以勞苦之則其歡欣感激之情為如何哉蓋古之勞詩皆如此其上下之際情志交孚雖家人父子之相語無以過之此其所以維持鞏固數十百年而無一旦土崩之患也

既破我斧又缺我斨七羊反周公東征四國是皇哀我人斯亦孔之將賦也隋銎曰斧方銎曰斨征伐之用也四國四方之國也皇匡也將大也○從軍之士以前篇周公勞歸士之辭故言此以答其意曰東征之役既破我斧而缺我斨其勞甚矣然周公之為此舉蓋將使四方莫敢不一於正而後已其哀我人也豈不大哉然則雖有破斧缺斨之勞而義有所不得辭矣夫管蔡流言以謗周公而公以六軍之衆往而征之使其心一有出於自私而不在於天下則撫之雖勤勞之雖至而從役之士豈能不怨也哉今觀此詩固足以見周公之心

大公至正天下信其無有一毫自愛之私抑又何以見當日是之時雖被堅執銳之人亦皆能以周公之心為心而不自為一身一家之計蓋亦莫或非聖人之徒也學者於此熟玩而有得焉則其心正大而天地之情真可見矣

附錄

破斧詩看聖人這般心下詩人直是形容得出這是答東山之詩古人做事苟利國家雖殺身為之而不辭如今人箇箇計較利害看你四國如何不安也得不寧也得只是護了我斨我斧莫得欠缺了此詩說出極分明毛註卻云四國是管蔡商奄詩裏多少處說四國如正是四國之類猶言四海他卻不照這例自是他說賀孫

破斧詩直看那周公東征四國是皇是匡見得周公用心始得這箇卻是箇好話頭義剛

問破斧詩何以謂被堅執銳皆聖人之徒曰不是聖人之徒便是盜賊之徒此語大槩是如此不必恁粘帶骨看不成聖人之徒便是聖人且如孳孳為善是舜之徒然孳孳為善亦有多少淺深先生謂淳曰破斧詩公當初說甚不合將緊了不知更有甚疑安卿對曰當初只是疑被堅執銳是截人如何謂之聖人之徒先生曰有麄底聖人之徒亦有讀書識文理底盜賊之徒義剛又曰此詩大有好理會處安卿適來只說那一句設緊要底淳曰此詩見得周公之心分明天地正大之情只被那一句礙了先生曰只泥那一句便是未見得他意味淳

○寓謂集傳蓋以此詩為軍士答周公前篇勞己之意而詩辭真有以知公之心所以有被堅執銳之人莫非聖人之徒之語而誠不必泥也

○既破我斧又

銶我錡（巨宜反，又巨何反）周公東征，四國是吪（五戈反）。哀我人斯，亦孔之嘉。（吪，五何反○【賦】也。錡（　）鑿屬。吪，化。嘉，善也。）

既破我斧，又缺我銶（音求）。周公東征，四國是遒（在由反）。哀我人斯，亦孔之休。（【賦】也。銶，木屬。遒，斂而固之也。休，美也。）

【纂疏】疊山謝氏曰：周公東征三年，出器械用之於所破缺者，不過斧斨錡銶耳。若車馬弓矢戈殳矛戟無[illegible]，果其不嗜殺人，不戰而勝，則見矣。○一說：臧氏曰：詩人言兵器必曰弓矢干戈矛戟，無專言斧斨錡銶者。斧斨錡兵器所用，而以此並言，乃農民所用以采桑斵錡銶，又非兵器。周公奉命討叛，將之二年，不為急攻之計，故未嘗從事於戰陳。惟行師有除道擬辦之事，斧斨之用為多，歷時之久，必弊。故此詩言管蔡亂何能為哉，但破我斧缺我斨而已，兵器元無損也。嘉周公東征，惟四國是正，即孟子言征者正也，各欲正己也，焉用戰。此雖自外於周，周公一視同仁，均為我民，不忍疾之，乃哀矜之。周公之德，如天地之無不覆載，豈不大哉。若為殺戮之多，不止於破斧缺斨，則是与之血戰，血戰勝之，亦疲斃甚矣，与下文哀我人斯及吪嘉遒休之意皆不相類。血流漂杵，孟子不信，據乃紛紜辭氏之陋也。

破斧三章，章六句。

【范氏曰】象日以殺舜為事，舜為天子也，則封之；管蔡啓商以叛周公之為相也則誅之迹雖不同其道則一也而象之禍及於舜而已故舜封之管蔡流言將危周公以間王室得罪於天下故周公誅之非周公誅之天下之所當誅也周公豈得而私之哉

伐柯如何匪斧不克取七喻反妻如何匪媒不得比也柯斧柄也克能也媒通二姓之言者也○周公居東之時東人言此以比平日欲見周公之難

○伐柯伐柯其則不遠我覯古豆反之子籩豆有踐賤淺反○比也則法也我東人自我也之子指其妻而言也籩竹豆也豆木豆也踐行列之貌○言伐柯而有斧則不過即此舊斧之柯而得其新柯之法娶妻而有媒則亦不過即此見之而成其同牢之禮矣東人言此以比今日得見周公之易深喜之之詞也濮氏曰籩豆禮器形制相似竹曰籩以薦果核木曰豆以薦菹醢其實容四升故量云四升曰豆也

伐柯二章章四句○愚謂首章云美周公猶未其失是美其禮法於籩豆有踐而所謂朝廷之不知己是詩中所無之意解者又推求不知二字謂不知所以還周公之道豈朱子所謂傳之愈失其真也哉朱子此之當矣意要欲以下篇比之九罭云我覯之子袞衣繡裳不過喜謂見公所服袞繡相

然艱深則所謂我覯之子籩豆有踐亦不過謂見公
踐行籩豆豈有所謂盡禮以迎公之意哉人槩看此
篇是東人欲取法周公礼法處所謂伐柯娶妻皆是
欲比取法周公礼法也斧以喻則是下章特籩豆處
故下章若教之曰伐柯伐柯其則不遠但以手中所執
之柯爲則可矣以比欲取法周公礼法亦不遠但就
公籩豆有踐處
取法之斯可矣

九罭（于逼反）之魚鱒（才損反）魴（音房）我覯之子衮（古本反）衣繡裳

興也九罭九囊之網也鱒似鯶而鱗細眼赤魴已見上此詩鱒魴之美者也我東人自我也之子指周公也衮衣裳九章一曰龍二曰山三曰華蟲雉也四曰火五曰宗彝虎蜼也皆繢於衣六曰藻七曰粉米八曰黼九曰黻皆絺於裳天子之龍一升一降上公但有降龍以龍首卷然故謂之衮也○此亦周公居東之時東人喜得見之而言九罭之網則有鱒魴之魚矣我覯之子則見其衮衣繡裳之服矣

附錄 覔見裕溫柔詩教也若如今人說九罭之詩乃責其君之辭何處討覔見裕溫柔之

纂疏 孔氏緵罟謂之九罭魚網也見爾雅孫炎謂魚之所入有九囊郭璞謂緵今之百囊網

○鴻飛遵渚公歸無所於女（音汝下同）信處

興也遵循也渚小洲也女東人自相女也再宿曰信○東

人聞成王將迎周公又自相謂而言鴻飛則遵渚矣公歸豈無所乎又今將於女信處乎而已【附錄】是何腰亦用五章亦飛歸興韻詩中亦有此体方予○

鴻飛遵陸公歸不復於女信宿【興】也高平曰陸

不復言將留相王○愚謂不復作豈不復其位乎○室而不復來東也○然與上章豈無所處乎相違

是以有衮衣兮無以我公歸兮無使我心悲兮【興】也承上二章言周公信處信宿於此是以東方有此服衮衣之人又願其留此無遽迎公以歸歸則將不復來而使我心之悲也

九罭四章一章四句三章章三句

【附錄】九罭詩分明是東人願其來故致願留之意公歸豈無所於汝但寓信處耳公歸將不復來於汝但寓信宿耳是以有衮衣兮是以兩字而今都不說蓋不謂緣公暫至於此是以此間有被衮衣之人無以我公歸兮無使我心悲兮其爲東人願留之詩豈不甚明白止緣序有刺朝廷不知之句故後之說詩者必委曲附會之費多少辭語到底鶻突大抵當時去後千百年須自有人知此意自看來直是盡得聖人之心賀孫○

狼跋蒲末反**其胡載疐**丁四反**其尾公孫**遜**碩膚赤舃**音昔

几几

賦也跋躐也胡頷下懸肉也載則也疐跲也老狼有胡進而躐其胡退而跲其尾公周公也孫讓碩大膚美也赤舄冕服之舄也几几安重貌○周公雖遭疑謗然所以處之不失其常故詩人美之言狼跋其胡則疐其尾矣公遭流言之變而其安肆自得乃如此蓋其道隆德盛而安土樂天有不足言者所以遭大變而不失其常也夫公之被毀以管蔡之流言也而詩人以爲此非四國之所爲乃公自讓其大美而不居耳蓋不使讒邪之口得以加乎公之忠聖此可見其愛公之深敬公之至而其立言亦有法矣

附錄

此只是反說亦有此意義剛以程子說但程子說得深如云狼性貪之類必大問公孫碩膚傳謂詩人以爲非四國所爲乃公自讓其美不居云云看來詩之意也回護委曲如此太傷巧得來不好曰自是作詩之体當如此詩人只得如此說如春秋公孫于齊不成說昭公出奔聖人也只得如此書自是体當如此僩又曰書曰公孫分明是爲季氏所逐春秋却書孫于齊如其自出云耳必大

纂疏

孔氏曰前行曰躐嚴氏曰中庸言前定則不跲注跲躓也釋文曰躐与疐皆顛倒之類進則躐其胡而前倒退則却頓而倒於尾○鄭氏曰屨人注王舄有三等赤舄爲上冕服之舄詩云王錫韓侯玄衮赤舄則諸侯与王同複下曰舄禪下曰屨毛氏曰几几絇音劬貌孔氏曰絇舄頭飾士冠禮注云絇之言拘也以爲行戒狀如刀衣鼻在屨頭繶縫中紃也程氏曰狼所以致禍難危困者以其有貪欲故也若周公至公不私進退以道无利欲之蔽故雖

危疑之地安於舒泰亦舄几几然安也范氏曰凡人處利害之際則牽於不安其常懼者或至於喪憂喜者或至於失折節詩人以赤舄几几見周公之聖其善觀聖人矣○狼疐其尾載跋其胡公孫碩膚德音不瑕叶洪孤反○圂也德音猶令聞也瑕疵病也○程子曰周公之處己也夔夔然存恭畏之心其存誠也蕩蕩然无顧慮之意所以不失其聖而德音不瑕也○愚謂詩人或称周公或称公或称之子或称公孫所以称之者不一其間公孫者特指其為公刘之孫耳孫讀作本字自可通公謂碩大膚公碩膚猶言体革豐盈亦是心廣体胖之意豈此詩是從周公身体上說上所服之赤舄所着之德音也耶戲觀上二句只是影說周公処危疑之地下二句便形狀其德容之盛末章明言其德音之不可得瑕疵也

狼跋二章章四句

范氏曰神龍或潛或飛能大能小其變化不測然得而畜之若犬羊然有欲故也唯其可以畜之是以亦得而食之也凡有欲之類莫不可制焉唯聖人无欲故天地萬物不能易也富貴貧賤死生如寒暑晝夜相代乎前吾何有一其心乎哉亦順受之而已矣舜受堯之天下不以為泰孔子阨於陳蔡而不以為戚周公遠則四国流言近則王不知而赤舄几几德音不瑕其

致一○愚謂上篇東人見周公遂且有踐知其貝礼而求
也○其法此篇東人見周公衮衣繡裳不忍其去
而願其　此段當附九罭篇後
留也
豳國七篇二十七章二百三句　程元問於文中子曰敢問豳風
何風也曰變風也元曰周公之際亦有變風乎曰君
臣相誚其能正乎成王終疑周公則風遂變矣非周
公至誠其孰卒正之哉元曰居變風之末何也曰夷
王以下變風不復正矣夫子蓋傷之也故終之以豳
風言變之可正也惟周公能之故係之以正變而克
正危而克扶始終不失其本其惟周公乎係之豳遠
矣哉○籥章籥豳詩以逆暑迎寒已見於七月之
詩一作篇
詩矣又曰祈年于田祖則籥豳雅以樂田畯祭蜡則
籥豳頌以息老物則考之於詩未見其篇章之所在
故鄭氏三分七月之詩以當之其道情思者爲風正
礼節者爲雅樂成功者爲頌然一篇之詩首尾相應
音折
乃剟取其一節而偏用之恐無此理故王氏不取而
但謂本有是詩而亡之其說近是或者又疑但以七月
全篇隨事而變其音節或以爲風或以爲雅或以爲
頌則於理爲通而事亦可行如又不然則雅頌之中
凡爲農事而作者皆可冠以豳號其說具於大田良

邦諸篇讀者
擇焉可也

詩卷第八

詩卷第九　朱子集傳

新安後學　胡一桂　附錄纂疏

小雅二

雅者，正也，正樂之歌也。其篇本有大小之殊，而先儒說又各有正變之別。以今考之，正小雅，燕饗之樂也；正大雅，會朝之樂，受釐陳戒之辭也。故或歡欣和說，以盡羣下之情；或恭敬齊莊，以發先王之德。詞氣不同，音節亦異，多周公制作時所定也。及其變也，則事未必同，而各以其聲附之。其次序時世，則有不可考者矣。

附錄　大雅小雅亦如今之商調宮調，作歌曲者亦按其腔調而作耳。大雅小雅是古作樂之体格，按大雅体格作大雅，按小雅体格作小雅，非是做成詩後旋相度其辭目為大雅小雅也。○或問二雅所以分。曰：小雅是所繫者小，大雅是所繫者大。呦呦鹿鳴，其義小；文王在上，於昭于天，其義大。大雅小雅燕禮用施之君臣之間，大雅饗禮用，則止人君可歌。問變雅。曰：亦是變用大小雅腔調耳。大雅問變風變雅如何說。曰：也是後人恁地說，今也只是依他寫。問詩之經詩之傳何也。曰：此得之呂東萊。風雅之正則為經，風雅之變則為傳。如屈平作離騷經也，如後人作反騷與九辯之類則為傳耳。

小雅　大雅

者周室居西都豐鎬之時詩也小雅自鹿鳴至魚麗皆文武時詩自南有嘉魚至菁菁者莪周公成王時詩凡十六篇爲小雅正經自六月至何草不黃五十八篇作於宣王至幽王時謂之變小雅釋文曰二雅正有文武成及厲宣幽六王皆居豐鎬文王居豐武王居鎬成王定鼎洛邑復都豐鎬孔鹿鳴至菁菁者莪凡二十二篇六篇亡惟十六篇東萊呂氏曰凡書非正經者謂之傳未知此傳在何書孔按楚辭屈原離騷謂之經自宋玉九篇以下皆謂之傳以此例考之鹿鳴以下小雅之經也六月以下小雅之傳也文王以下大雅之經也民勞以下大雅之傳也孔氏謂凡書非正經者謂之傳善矣又謂未知此傳在何書則非也東萊

鹿鳴之什二之一雅頌無諸國別故以十篇爲一卷而謂之什猶軍法以十人爲什也

呦呦音幽鹿鳴叶音芒食野之苹叶音旁我有嘉賓鼓瑟吹笙叶師莊反吹笙鼓簧音黃承筐是將人之好呼報反我示我周行叶戶郎反〇興也呦呦聲和也苹藾蕭也青色白莖如筯我主人也賓所燕之客或本國之臣或諸侯之使也瑟笙燕禮所用之樂也簧笙中之簧也承奉也筐所以盛幣帛者也將行也奉筐而行幣帛飲則以酬賓送酒食則以侑賓勸飽也

周行大道也古者於旅也語故欲於此聞其言也○山氏燕饗食賓客之詩也蓋君臣之分以嚴爲主朝廷之禮以敬爲主然一於嚴敬則情或不通而無以盡其忠告之益故先王因其飲食聚會而制爲燕饗之禮以通上下之情而其樂歌又以鹿鳴起興而言其禮意之厚如此庶乎人之好我而示我以大道也記曰私惠不歸德君子不自留焉蓋其所望於羣臣嘉賓者唯在於示我以大道則必不以私惠爲德而自留矣嗚呼此其所以和樂而不淫也與【纂疏】陸氏曰蘋蕭始生香可食又可蒸食嚴氏曰琴瑟見關雎笙以匏爲之十三管列匏中而施簧管端吹笙則鼓動其簧而發聲孔氏曰鄉射記曰古者於旅也語記注禮成樂備乃可言語記緇衣子曰私惠不歸德云云程氏曰既食則相呼物情相樂也故以興主賓燕樂如此○疊山謝氏曰古之聖賢無一時而忘學問無一事而非道德鹿鳴之具樂將幣人見其和樂而已不知吾君所望於嘉賓者有愛我之心則當示我以至道也講聖人之道德談先王之禮樂皆相示以道也○

呦呦鹿鳴食野之蒿我有嘉賓德音孔昭叶側豪反視民不恌他彫反叶音挑君子是則是傚胡教反叶胡高反我有旨酒嘉賓式燕以敖叶刀反○興也蒿菣也即青蒿也孔甚昭明也視與示同恌偷薄也敖游也○言嘉賓之德音甚明以示民使不偷薄而君子所當則傚則亦不

待言語之間而其所以示我者深矣【纂疏】孔氏曰荆楚間謂詐尚為敢·去刃切王晦叔曰嘉賓是公卿君子有官君子則大夫以下群臣僕氏曰燕礼名饗食燕三者皆賓礼彤弓一朝饗之饗食礼也此大陳饋八簋食礼也此及南有嘉魚式燕燕礼也周礼掌客凡諸侯之礼上公三饗三食三燕諸侯三饗再食再燕子男一饗一食一燕○**呦呦鹿鳴食野之芩**·其今反**我有嘉賓鼓瑟鼓琴鼓瑟鼓琴·和樂**音洛**且湛**都南反叶持林反**我有旨酒以燕樂嘉賓之心**興也芩草名莖如釵股葉如竹蔓生湛樂之久也燕安也○言安樂其心則非止養其體娛其外而已蓋所以致其慇懃之厚而欲其教示之无已也【纂疏】陸氏曰芩草蔓生澤中下地鹹處濮氏曰湛沉同言沉酣也音沉與韻皆協

鹿鳴三章章八句按序以此為燕群臣嘉賓之詩而燕礼亦云工歌鹿鳴四牡皇皇者華即謂此也鄉飲酒用樂亦然而學記言大學始教宵雅肄三亦謂此三詩然則又為上下通用之樂矣豈本為燕群臣嘉賓而作其後乃推而用之鄉人也歟然於朝曰君臣焉於燕曰賓主焉先王以礼使臣之厚於此見矣○范氏曰食之以礼樂之以樂將之以實求之以誠此所以得其心也賢者豈以飲

食幣帛為悦哉大婚姻不備則貞女不行也礼樂不
備則賢者不聽也賢者不聽則不得樂而盡其心乎

【附錄】時舉問鹿鳴四牡皇皇者華三詩儀礼皆以為上下通用之樂不知如君勞使臣謂王事靡盬之類庶人安得而用之曰鄉飲酒亦用而大學始教宵雅肄三官其始也正謂習此蓋入學之始須教他便知有君臣之義始得又曰上下常用之樂如鹿鳴三篇及南有嘉魚魚麗南山有臺三篇風則是關雎卷耳采蘩采蘋等篇皆是不知當初何故獨取此數篇也時舉大雅氣象宏闊小雅雖各指一事說得精切至到嘗見古人工歌宵雅之三將作重事近令孫子讀之則見其詩果是懇至如鹿鳴見得賓主相好之誠如德音孔昭以燕樂嘉賓之心情意懇切而不失義理之正四牡古注云无公義非忠臣也无私情非孝子也此語甚切當如既云王事靡盬又云不遑將母皆是人情少不得底說得懇切如皇皇者華首云每懷靡及其後便咨詢咨謀看此詩不用小序意義自然明白精

【纂疏】鄭氏曰學記大學始教宵雅肄三宵小也肄習也三謂鹿鳴四牡皇皇者華也李氏曰宴礼小臣納工四人二瑟工歌鹿鳴四牡皇皇者華笙入立於縣中奏南陔白華華黍乃間歌魚麗笙由庚歌南有嘉魚笙崇丘歌南山有臺笙由儀遂歌鄉樂周南關雎

葛覃卷耳召南鵲巢采蘩采蘋大師告于樂正曰正歌備徹蹕洗發而行无算爵无算樂則是文武以後以此詩爲燕樂群臣之歌也○輔氏曰鹿鳴以下二十二篇各賦其事而用之其周公之爲乎○愚按東萊引朱子初解一合舊說自鹿鳴至魚麗文武之世燕勞樂歌之辭周公所刪定南陔至菁莪周公相成王所制之樂歌蓋國之常政每事爲詩以寫其至誠和樂而被之音聲至是事則奏是詩焉

四牡騑騑芳非反周道倭於危反遲。豈不懷歸，王事靡盬音古，我心傷悲。

賦也。騑騑，行不止之貌。周道，大路也。倭遲，回遠之貌。盬，不堅固也。○此勞使臣之詩也。夫君之使臣，臣之事君，禮也。故爲臣者奔走於王事，特以盡其職分之所當爲而已，何敢自以爲勞哉？然君之心則不敢以是而自安也。故燕饗之際，敘其情以閔其勞，言駕此四牡而出使於外，其道路之回遠如此，當是時豈不思歸乎？特以王事不可以不堅固，不敢徇私以廢公，是以内顧而傷悲也。臣勞於事而不自言，君探其情而代之言，上下之間可謂各盡其道矣。傳曰：思歸者，私恩也；靡盬者，公義也；傷悲者，情思也。无私恩，非孝子也；无公義，非忠臣也。君子不以私害公，不以家事辭王事。○范氏曰：臣之事上也，必先公而後私；君之勞臣也，必先恩而後義。

【纂疏】嚴氏曰：文王未嘗稱王而言王事者，諸侯受天子之命以治其

国而伯受天子之命以統諸侯使臣往來也悍王事也靡盬見唐鴇羽○四牡騑騑嘽嘽他丹反

駱音洛馬叶滿補反豈不懷歸王事靡盬不遑啓處○【賦】也嘽嘽衆盛之貌白馬黑鬣曰駱遑暇啓跪處居也【纂疏】毛氏曰嘽嘽馬勞喘息之貌項氏曰古者席地故有跪有坐跪則起身居則坐也嚴氏曰跪者雙膝著地而直身坐者雙膝著地而坐也李氏曰大意謂不暇所處之義○翩翩音篇者

鵻當作隹朱惟反載飛載下叶後五反集于苞栩况甫反王事靡盬

不遑將父扶雨反○【興】也翩翩飛貌鵻夫不也今鵓鳩也凡鳥之短尾者皆鵻屬將養也○翩翩者鵻猶或飛或下而集於所安之處今使人乃勞苦於外而不遑養其父此君人者所以不能自安而深以爲憂也【范氏】曰忠臣孝子之行役未嘗不念其親君之使臣豈待其勞苦而自傷哉亦憂其憂如己而已矣此聖人所以感人心也【纂疏】孔氏曰春秋傳祝鳩氏司徒說鵻鵴也嚴氏曰左傳注祝鳩孝故主教民栩見鴇羽疊山謝氏曰忠孝不兩全此人情之所難也先王勞使臣而言之及此探人情眞切而言之也○翩翩者鵻載飛載止集于苞杞音起

王事靡盬不遑將母叶滿彼反○【興】也杞枸檵也【纂疏】嚴氏曰枸檵音苟計本草一名

仙人杖一名西王母杖根名地骨苏恭云三五尺作叢又曰詩有
三杞將仲子樹杞杞柳屬也南山有臺有杞湛露也杞棘山木也此
詩苞杞北山言采其杞四月杞桋狗杞也○駕彼四駱載驟助救反駸駸侵寢二音
豈不懷歸是用作歌將母來諗深審二音[illegible]也駸駸驟貌諗告也以其不獲養父
母之情而來告於君也非使人作是歌也設言其情以勞之耳獨言將母者因上章之文也纂疏毛氏曰駱馬白身黑
鬣者也疊山謝氏曰聖人以孝治天下視臣如手足聞有以
養母來告者安得不俞其請乎此章欲使人臣忠孝兩全也

四牡五章章五句按序言此詩所以勞使臣之來甚協詩意故春秋傳亦云
而外傳以為章使臣之勤所謂使臣雖叔孫之自
稱亦正合其本事也但儀禮又以為上下通用之
樂疑亦本為勞使臣而
作其後乃移以他用耳

皇皇者華芳無反与夫叶于彼原隰駪駪所巾反征夫每懷靡
及興也皇皇猶煌煌也華草木之華也高平曰原下溼曰隰駪駪衆多疾行之貌征夫使臣与其屬也懷思也○此遣使臣
之詩也君之使臣固欲其宣上德而達下情而臣之受命亦唯
恐其無以副君之意也故先王之遣使臣也美其行道之勤而

述其心之所懷曰彼煌煌之華則于彼原隰矣此駪駪然之征夫則其所懷思常若有所不及矣蓋亦因以為戒然其辭之婉而不迫如此詩之忠厚亦可見矣【纂疏】朱子初解此詩言以戒夫使臣者托於其自道之辭以發之詩之忠厚如此

○我馬維駒恭于恭侯二反六轡如濡如朱如由二反載馳載驅驅于驅由二反周爰咨諏子須子侯二反○[韻]也如濡鮮澤也周徧爰於也咨諏訪問也○使臣自以每懷靡及故廣詢博訪以補其不及而盡其職也程子曰咨訪使臣之大務【纂疏】駒見漢廣六轡見駟驖東萊呂氏曰國語曰叔孫穆子聘於晉悼公饗之樂及鹿鳴之三而後拜樂三晉侯使行人問焉對曰今伶簫詠歌及鹿鳴之三君之所以貺使臣臣敢不拜貺夫鹿鳴君所以嘉先君之好也敢不拜嘉四牡君所以章使臣之勤也敢不拜章皇皇者華君教使臣曰每懷靡及諏謀度詢必咨於周敢不拜教

○我馬維騏音其六轡如絲叶新齎反載馳載驅周爰咨謀叶謨悲反○[韻]也如絲調忍也謀猶諏也變文以協韻爾下章放此【纂疏】李氏曰騏見小戎如絲言調直也

○我馬維駱六轡沃若烏毒反載馳載驅周爰咨度待洛反○[韻]也沃若猶如濡也度猶謀也

○我馬維駰音因六轡既均載馳

載驅周爰咨詢賦也陰白雜毛曰駰均調也詢猶度也纂疏駰見駉

皇皇者華五章章四句按序以此詩為君遣使臣春秋內外傳皆云君教使臣其說已見前篇儀禮亦見鹿鳴疑亦本為遣使臣而作其後乃移以它用也然叔孫穆子所謂君教使臣曰每懷靡及諏謀度詢必咨於周敢不拜教可謂得詩之意矣范氏曰王者遣使於四方教之以咨諏善道將以廣聰明也夫臣欲助其君之德必求賢以自助故臣能從善則可以善君矣臣能聽諫則可以諫君矣未有不自治而能正君者也

常棣之華鄂五各反不韡韡韋鬼反凡今之人莫如兄弟待礼反○興也常棣棣也子如櫻桃可食鄂鄂然外見之貌不猶豈不也韡韡光明貌○此燕兄弟之樂歌故言常棣之華則其鄂然而外見者豈不韡韡乎凡今之人則豈有如兄弟者乎纂疏爾雅曰唐棣移常棣棣李氏曰何彼襛矣與論語言唐棣之華則爾雅所謂移也此常棣乃采薇言維常之華則爾雅所謂棣也陳氏曰榮於上而持鄂以周者華也周於下而持華以榮者鄂也孔氏曰鄂比弟華比兄疊山謝氏曰同根共榦相依而不相離如人之兄弟出於同氣以天屬者不可解也以

棠棣華鄂觀之凡今之人相親相愛生死可恃者莫如兄弟矣○死喪之威兄弟孔懷叶胡威反

原隰裒溥侯反矣兄弟求矣賦也威畏懷思裒聚也○言死喪之禍它人所畏惡惟兄弟爲相恤耳至於積尸裒集於原野之間亦惟兄弟爲相求也此詩蓋周公旣誅管蔡而作故此章以下專以死喪急難鬭鬩之事爲言其志切其情哀乃處兄弟之變如孟子所謂其兄關弓而射之則已垂涕泣而道之者序以爲閔管蔡之失道者得之而又以爲文武之詩則誤矣大抵舊說詩之時世皆不足信舉此自相矛盾者以見其一端後不能悉辨也

疊山謝氏曰原隰猶檀弓所謂升於堰丘觀於九原乃墟墓之間親戚朋友送葬者聚於原隰頃刻而散不復思念兄弟恩義之厚旣葬之後哭泣於扁振不得再見兄之思其容貌思其笑語思其居處同氣相求之情終然不忘檀弓曰皇皇如有求而弗得其往也如慕其反也如疑兄弟求矣亦猶是也○脊井益反令音零在原兄弟急難叶泥沿反每有良朋況也永歎吐丹反叶它涓反○興也脊令雝渠水鳥也況發語詞或曰當作怳○脊令飛則鳴行則搖有急難之意故以起興而言當此之時雖有良朋不過爲之長歎息而已力或不能相及也東萊呂氏曰疏其所親而親其所疏此失其本心者也故此詩反覆言朋友之不如兄弟蓋示之以親疏之分使之反循其本也本心旣得則

由親及疎秩然有序兄弟之親既篤朋友之義亦敦矣初非薄於朋友也苟雖施而不孫雖曰厚於朋友朋友無源之水朝滿夕除胡可保哉或曰人之在難朋友亦可以坐視敎曰每有良朋況也永歎則非不憂憫但視兄弟急難爲有差等耳詩人之詞容有抑揚然常棣周公作也聖人之言小大高下皆宜而前後左右不相悖【纂疏】陸氏曰脊令大如鷃雀長脚長尾尖喙背上青灰色腹下白頸下黑如連錢山陰陸氏曰俗呼雪姑其色蒼白似雪鳴則當大雪極驗程氏曰脊令首尾相應兄弟急難之際其相應亦如是也濮氏曰小宛題彼脊令載飛載鳴亦言於兄弟之詩董氏曰集注作鶺鴒亦雅左氏作䳭鴒○

兄弟鬩許歷反于牆外禦其務春秋傳作侮罔甫反每有良朋烝之承反也無戎叶而主反○興也鬩鬭很也禦禁也烝發語聲戎助也○言兄弟設有不幸鬭很于內然有外侮則同心禦之矣雖有良朋豈能有所助乎富辰曰兄弟雖有小忿不廢懿親【附錄】吳才老補韻極詳然亦有推不去者如外禦其務叶烝也无戎才老无尋處却云務字古人讀作蒙不知戎汝也汝戎二字古人通用是叶汝也戎汝音義同○愚按毛氏訓戎爲相去声即集傳助之意妄意如叶韻訓作汝亦可言當此時朋友但知有己而不知有人之意似通○

喪亂既平既安且寧雖有兄弟不如友生叶桑經反○賦也上章言患難

之時兄弟相救非朋友可比此章遂言安寧之後乃有視兄弟不如友生者特甚之甚也【附錄】雖有兄弟不如友生未必其人實以兄弟爲不如友生也猶言喪亂既平之後乃爲友不如友生乎蓋疑而問之辭也時峯【纂疏】疊山謝氏曰喪者死喪亂者外侮言患難憂苦之時也凡人喪亂既平既安且寧無貴賤無貧富各爲生計未必常相親也士則業於學農則耕於野工則藝於肆商則化於途與朋友交游相聚之時多與兄弟骨肉相聚之時少故曰雖有兄弟不如友生言其不如友生之親密也

○**儐**（賓胤反）**爾籩豆飲酒之飫**（於慮反）**兄弟既具和樂**（音洛）**且孺**

賦也儐陳飫饜具俱也孺小兒之慕父母也○言陳籩豆以醉飽而兄弟有不具焉則無與共享其樂矣【纂疏】嚴氏曰孺孺親慕之義兄弟具集則和樂而相親慕也疊山謝氏曰孺者孩提之童謂之孺子孩提之童無不愛其親無不敬其兄者人欲未萌天理無窮也凡人飲燕侍親戲朋友之禮常盛侍兄弟之禮常簡愛有餘者敬或不足觀情欲熟者禮文有時而脫略也籩豆畢陳飲酒而至於饜飫亦可樂矣向如兄弟無故飲酒於家庭之間不惟和樂其情親義厚且無異於孺子嬉戲之時乎

○**妻子好**（呼報反）**合如鼓瑟琴兄弟既翕**（許及反）**和樂且湛**（答南反叶持林反）

○賦也翕合也○言妻子好合如琴瑟之和而兄弟有不合焉則

無以父其樂矣【纂疏】疊山謝氏曰凡人兄弟不和則家庭之間無非乖氣雖有妻子之樂亦不安其樂矣惟兄弟和樂則一家之情無不相宜妻子之樂亦可長久蓋天合者綴有乖睽人合者亦不得康寧也○**宜爾室家**叶古胡反**樂爾妻帑**音奴**是究是圖亶其然乎**○就用乎字爲韻【賦】也帑子究窮圖謀亶信也○宜爾室家者兄弟具而後樂且孺也樂爾妻帑者兄弟翕而後樂且湛也兄弟於人其重如此試以是究而圖之豈不信其然乎【東萊呂氏】曰告人以兄弟之當親未有不以爲然者也苟非是究是圖實從事於此則亦未有誠知其然者也不識知其然則所知者特其名而已矣凡言蓋實不然【附錄】蘇宜父問六章七章就他逸樂時良心發勵指出謂酒食備而兄弟有不具則無以共其樂妻子合而兄弟有不翕則無以久其樂蓋居患難則人情不期而相親故以天理常易後處逸樂多爲物欲所轉移故天理常隱而難尋所以卒章有是究是圖亶其然乎之語反覆玩味真能使人孝友之心油然而生也先生曰所謂生於憂患死於安樂那二章正是遏人欲而存天理須是恁地看伯曹【纂疏】王蹠叔曰人情皆知保其室家私其妻子而卒知厚其兄弟然兄弟不咸以至於毀其室家危其身者有之矣管蔡是也今人欲室家之相宜妻子之相樂豈可獨忘兄弟哉誠能窮究樂妻子之理以圖謀好兄弟之事必以我之言爲言然常人思慮不能及遠以爲兄弟親疏無甚

意

貧益患其淺陋而不信故使深思而遠圖之也

常棣八章章四句此詩首章略言至親莫如兄弟之意次章乃以意外不測之事言之以明兄弟之情其切如此三章但言急難則淺於死喪矣至於四章則又以其情義之甚薄而猶有所不能已者言之其序若曰不待死喪然後相收但有急難便當相助言又不幸而至於或有小忿猶必共禦外侮其所以言之者雖若益輕以約而所以著夫兄弟之義者益深且切矣至於五章遂言安寧之後乃謂兄弟不如友生則是至親反爲路人而人道或幾乎息矣故下兩章乃復極言兄弟之恩異形同氣死生苦樂無適而不相須之意卒章又申告之使反覆窮極而驗其信然可謂委曲漸次說盡人情矣讀者宜深味之

伐木丁丁陟耕反鳥鳴嚶嚶於耕反出自幽谷遷于喬木嚶其鳴矣求其友聲相息亮反彼鳥矣猶求友聲矧伊人矣不求友生叶桑經反神之聽之終和且平興也丁丁伐木聲嚶嚶鳥

迎以鳥之求友

声之和也幽深遷升喬高相視矧況也〇此燕朋友故舊之樂歌故以伐木之丁丁興鳥鳴之嚶嚶而言鳥之求友喻人之不可无友也人能篤朋友之好則神之聽之終和且平矣

【附錄】問神之聽之終和且平曰若能盡其道於朋友雖鬼神亦必聽之相之而錫之以和平之福壽

【彙說】濮氏曰鳥鳴嚶嚶即黃鳥已見葛覃因其声故又名鸎鳥歐陽氏詩意鳥在木上聞伐木之声則驚鳴而飛遷于他木大其驚飛者卒之際猶不忘其類相呼而去其在人也可不求其友乎神其聞之吾儕為友當終久相與和平疊山謝氏曰鳥之在喬木者尚不忘在幽谷者矧人之為人自窮而達獨不能求其在下之同声同氣者乎人之常情以貧賤之交而責備富貴之交富貴者必有不平之心以富貴之交而厭薄貧賤之交貧賤者必有不平之心內不平而外相和者多矣心和而氣平者宗幾人古之君子達而在上必不遺故舊出於真情非勉強矯揉為之富貴者無悲貧賤若無怨可以質諸鬼神而無愧朋友之義始終如一故曰神之聽之終和且平

■伐木許許呼古反釃所宜反酒有藇象呂反既有肥羜直呂反以速諸父扶雨反寧適不來微我弗顧叶居五反於音烏粲灑所懈反埽蘇報反叶蘇吼反陳饋八簋叶己有反既有肥牡以速諸舅其九反寧適

不來微我有咎（其九反）○賦也許許衆人共力之聲淮南子曰舉大木者呼邪許蓋舉重勸力之歌也釃酒者或以筐或以草泲之而去其糟也礼所謂縮酌用茅是也藇美貌羜未成羊也速召也諸父朋友之同姓而尊者也微无顧念也於歎辭粲鮮明貌八簋器之盛也諸舅朋友之異姓而尊者也先諸父而後諸舅者親疏之殺也咎過也○言具酒食以樂朋友如此寧使彼適有故而不來而无使我恩意之不至也孔子曰所求乎朋友先施之未能也此可謂能先施矣

【附錄】問伐木大意皆自言待朋友不可不加厚之意所以感發之也曰然又問釃酒云縮酌用茅恐茅乃以酹曰某亦疑今人用茅縮酒古人芻狗乃酹酒之物則茅之縮酒乃今人漉酒也想古人不肯用絹帛故以茅縮酒也輯錄【纂疏】爾雅曰今俗呼五月羔為羜毛氏曰天子謂同姓諸侯諸侯謂同姓大夫皆曰父異姓則稱舅孔氏曰稱父舅親〻之辭也簋盛黍稷之器長樂劉氏曰簋八則籩豆倍之天子燕礼之數孔氏曰肥牡羜之壯者孔氏曰上章既言伐木丁〻鳥鳴嚶〻下章但言伐木許〻省文也言伐木〻之時鳥猶求友君子於閑暇之時有釃酒肥羜自召朋友宴樂之○伐木于阪（叶孚酉反）釃酒有衍籩豆有踐（在演反）兄弟無遠民之失德乾餱（音侯）以愆（叶起戔反）有酒湑（思呂反）我無酒酤（音古）我坎

坎坎鼓我，蹲蹲七旬反舞我。迨音待我暇，叶後五反矣，飲此湑矣。

【興】也。衍，多也。踐，陳列貌。兄弟，朋友之同儕者。无遠，皆在也。先諸舅而後兄弟者，尊卑之等也。乾餱，食之薄者也。愆，過也。湑亦釃也。酤，買也。坎坎，擊鼓聲。蹲蹲，舞貌。迨，及也。○言人之所以至於失朋友之義者，非必有大故，或但以乾餱之薄不以分人而至於有愆耳。故我於朋友不計有无，但及閑暇則飲酒以相樂也。【纂疏】王晦叔曰：下篇云阪，坡也。嚴氏曰：籩豆見伐柯。乾餱，乾食。公劉「乃裹餱糧」，王制乾豆，注謂腊之以為豆實。毛氏曰：以筐曰釃，以藪曰湑。孔氏曰：藪，草也。疊山謝氏曰：湑我，湑之也；酤我，酤之也；鼓我，鼓之也；舞我，舞之也。湑我、酤我、鼓我、舞我八字皆倒下，句法見古文之妙。

伐木三章，章十二句。【劉氏曰】此詩每章首輒云伐木，凡三云伐木，故知當為三章。舊作六章，誤矣。今從其說正之。

天保定爾，亦孔之固。俾爾單音丹厚，何福不除。直慮反俾爾多益，以莫不庶。

【賦】也。保，安也。爾，指君也。固，堅。單，盡也。除，除舊而生新也。庶，衆也。○人君以鹿鳴以下五詩燕其臣，臣受賜者歌此詩以答其君。言天之安定我君，使之獲福如此也。【附錄】臣歌天保詩以答上五詩之燕之

說序言得此意而古注言鹿鳴至伐木皆君所以下其臣臣亦
歸美於上崇君之尊而福祿之以荅其歌歟鄭說得尤分明道夫
何福不除除義如除戎器之除劝大
按此錄鄭不同集傳而義爲勝
【纂疏】
歐陽氏曰詩人爾其
君者蓋稱天以爲言
嚴氏曰厚謂忠厚益謂益利於民使爾每事盡厚則何福不消
受也使爾多行利益則民物無不蕃庶此詩曰厚曰益曰穀
皆以御爾言之況君之德也曰除曰庶曰宜曰興曰增皆以無
不莫不言之況君之福也俾爾單厚俾爾多益俾爾戩穀則欲
其每事皆厚益皆善謂有一之未厚未益未善不足爲君德
之全歸美之中有責難者寓若盡以爲言福祿則全篇皆容悅
之辭豈古者君臣相与之義耶凡詩人頌禱多兼德言之濮氏曰
之曰單舊訓盡不如訓獨疊山謝氏曰程子曰除有消去之義凡
人所稟之薄者雖小福不能容載推其甚厚故諸福之
來不問多寡皆若消去而未嘗有焉所謂何福不除也 ○ 天保

定爾俾爾戩子淺反穀罄無不宜受天百祿降爾遐福

維日不足【賦也】【聞人氏】曰戩与剪同盡也穀善也盡善云者
猶其曰單厚多益也罄盡遐遠也尒有以受天之
祿矣而又降爾以福言天人之際交相与也書
所謂昭受上帝天其申命用休語意正如此
【纂疏】
歐陽氏
曰既曰
何福不除矣又曰俾爾戩穀又曰罄無不宜而受天百祿又
曰降爾遐福其所以殷懃重複如此而猶曰維日不足也 ○

禩

天保定爾以莫不興如山如阜如岡如陵如川之方至以莫不增賦也興盛也高平曰陸大陸曰阜大阜曰陵皆高大之意川之方至言其盛長之未可量也

纂疏爾雅山脊曰岡歐陽氏曰此章則又欲其国家因盛如山阜岡陵之高大如川流之浸長而又增之○吉蠲古玄反爲饎尺志反是用孝享叶虛良反禴餘若反祠烝嘗于公先王君曰卜爾萬壽無疆賦也吉言諏日擇士之善蠲言齊戒滌濯之絜饎酒食也享獻也宗廟之祭春曰祠夏曰禴秋曰嘗冬曰烝公先公也謂后稷以下至公叔祖類也先王大王以下也君通謂先公先王也卜猶期也此尸傳神意以嘏主人之詞文王時周未有曰先王者此必武王以後所作也

纂疏孔氏曰自殷以上則禴禘烝嘗王制文也周去夏禘以春禴當之更名春曰祠尔雅曰禴於文戌從約祠言食約新菜可汋嘗嘗新穀烝進品物孔氏曰四時當云祠禴嘗烝詩便文也孔少牢云皇尸命工祝承致多福无疆于汝孝孫之等是傳神辭嘏主人也歐陽氏曰此又言非惟天之福我君如此至于四時豐絜酒食祀其先公先王神亦降之多福○神之弔都歷反矣詒以之反爾多福叶筆力反民之質矣日用飲食羣黎百姓

徧爲爾德【賦】也弔至也神之至矣猶言祖考來格也詒遺質實也言其質實無僞日用飲食而已羣衆也黎黑也猶秦言黔首也百姓庶民也爲爾德者言則而象之猶助爾而爲德也【纂疏】嚴氏曰德者民心所自有而曰徧爲爾德者民因君而全其天故民之德皆君之德猶曰莫匪爾極也○如月之恒胡登反如日之升如南山之壽不騫起虔反不崩如松柏之茂無不爾或承【賦】也恒弦升出也月上弦而就盈日始出而就明騫虧也承繼也言舊葉將落而新葉已生相繼而長茂也

【附錄】時齋說天保詩云第一章至第三章皆人臣頌祝其君之言然皆頌而不殺者以其愛君之心無已也四章則以祭祀先王先公爲言五章則以徧爲爾德爲言蓋謂人君之德必上無愧於祖考下無慊於斯民然後福祿愈遠而愈彰故末章終之以無不爾或承先生頷之叔重因云蓼蕭詩云令德壽考豈亦是此意蓋人君必有此德而後可以稱是福也先生曰然時舉問松柏之茂無不爾或承承是繼承相接續之義如何曰松柏非是葉不凋但舊葉凋時新葉已生木犀亦然壽

【纂疏】歐陽氏曰前既欲其因盛則又欲其永久故多引常久不壞之物以爲況末云無不爾或承者謂上六章所陳使我君皆承之大抵此詩六章文意重複以見愛其上深至如此爾

天保六章章六句

采薇采薇薇亦作止（叶則故反）曰歸曰歸歲亦莫止（音暮）靡室靡家（叶古乎反）玁（音險）狁（音允）之故不遑啓居玁狁之故【興】也

薇菜名作生出地也莫晚也靡無也玁狁北狄也遑暇啓跪也○此遣戍役之詩以其出戍之時采薇以食而念歸期之遠也故爲其自言而以采薇起興曰采薇采薇則薇亦作止矣曰歸曰歸則歲亦暮止矣然凡此所以使我舍其室家而不暇啓居者非上之人固爲是以苦我也直以玁狁侵陵之故有所不得已而然耳蓋叙其勤苦悲傷之情而又風以義也【程子】曰毒民不由其上則人懷敵愾之心矣又曰古者戍役兩朞而還今年春莫行明年夏代者至復留備秋至過十一月而歸又明年中春至春暮遣次戍者每秋與冬初兩番戍者皆在疆圉猶今之防秋也

【附錄】時峯說采薇首章言戍夫之出蓋以玁狁不可不征故捨其室家而不遑寧處至二章則既出而不能不念其家三章則竭力致死而無還心蓋不復念家矣四章五章則惟勉於王事而欲成其戰伐之功也卒章則言事成之後極陳其勞苦憂傷之情而念之也其事恐如此先生曰雅者正也乃王公大人所作之詩皆有次序而文意不苟極可玩味風則成於婦人小子之口故但可觀其大略耳　時峯

【纂疏】鄭氏曰薇見草蟲玁狁今

丗見

匈奴也程氏曰采薇采薇以薇爲遣戍之候也曰歸曰歸深念歸時在歲暮也嚴氏曰𢀖𢀖爲軍上自討之辭亦因示歸期以安其心○采薇采薇薇亦柔止曰歸曰歸心亦憂止憂心烈烈載飢載渴叶巨列反我戍未定靡使歸聘賦也柔始生而弱也烈烈憂貌載則也定止聘問也○言戍人念歸期之遠而憂勞之甚然戍事未已則無人可使歸而問其室家之安否也

纂疏李氏曰始遣時薇始生其後始長而柔又其後壯而剛以見天時之變亦○采薇采薇薇亦剛止曰歸曰歸歲亦陽止王事靡盬不遑啓處憂心孔疚叶訖力反我行不來叶六直反○賦也剛既成而剛也陽十月也時純陰用事嫌於無陽故名之曰陽月也孔甚疚病也來歸也○此見士之竭力致死無還心也○彼爾維何維常之華叶芳無胡瓜二反彼路斯何君子之車叶斤於尺奢二反戎車既駕四牡業業豈敢定居一月三捷興也爾華盛貌常常棣也路戎車也君子謂將帥也業業壯也捷勝也○彼爾然而盛者常棣之華也彼路車者君子之車也戎車既駕而四牡盛矣則何敢以定居乎庶乎一月之間三戰

而三捷爾【纂疏】孔氏曰爾爾雅注說文皆作薾薾華盛也○蓋以常棣之華色美喻君子車飾之盛也

駕彼四牡四牡騤騤（求龜反）君子所依小人所腓（符非反）四牡翼翼象弭（弥氏反）魚服（叶蒲北反）豈不日戒（叶訖力反）玁狁孔棘

騤也騤騤強也依猶乘也腓猶芘也【程子】曰腓隨動也如足之腓足動則隨而動也翼翼行列整治之狀象弭以象骨飾弓弰也魚獸名似猪東海有之其皮背上斑文腹下純青可為弓鞬矢服也戒警棘急也○言戎車者將帥之所依乘戍役之所芘倚且其行列整治而器械精好如此豈不日相警戒乎玁狁之難甚急誠不可以忘備也【纂疏】嚴氏曰遣將率戍役同歌是詩故以君子小人兼言左傳左執鞭弭曲禮右手執簫簫弭頭即受弦處以象齒飾之則弦之上下不至齟齬也

○昔我往矣楊柳依依今我來思雨（于付反）雪霏霏（芳菲反）行道遲遲載渴載飢我心傷悲莫知我哀（叶於希反）○賦也楊柳蒲柳也霏霏雪甚貌遲遲長遠也○此章又設為役人預自道其歸時之事以見其勤勞之甚也【程子】曰此皆極道其勞苦憂傷之情也上能察其情則雖勞而不怨雖憂而能勵矣【范氏】曰予於采薇見先王以人道使人後世則牛羊而已矣

【纂疏】嚴氏曰楊柳依依卽首章采薇之時雨雪霏霏卽首章歲亦莫止首尾中言亦不寧以安其心也王氏曰人情所患莫切於行役之勞飢渴之害故中心傷悲而莫有知其哀者則幾於不得其所而無所告訴今歌詩遣之述其勤苦則人不知其哀而上知之此君子能盡人之情故人忘其死也又曰玩味此詩戍役用命文王有以感之矣疊山謝氏曰采薇一詩見先王仁厚之至所謂躰羣臣所謂體人情所謂說以使民民忘其勞當以東山詩合觀

采薇六章章八句

我出我車于彼牧矣（叶莫狄反）自天子所謂我來矣（叶六直反）召彼僕夫謂之載矣（叶節力反）王事多難（乃旦反）維其棘矣

賦也牧郊外也自從也天子周王也僕夫御夫也○此勞還率之詩追言其始受命出征之時出車於郊外而語其人曰我受命於天子之所而來於是乎召御夫使之載其車以行而戒之曰王事多難是行也不可以緩矣【纂疏】嚴氏曰一章述其前時之忠敬以慰勞之也疊山謝氏曰此章有尊敬王命之禮有憂勤王事之義有整暇勇決之才有奔走犯難之忠傳稱文王有事君之忠於此可見○一說王氏曰天子紂也董氏曰文王爲西伯雖得專征必以王命行之王亦紂也下同

○我出我車于彼郊音叶高矣設此旐音兆矣建彼旄音毛
矣彼旟音餘旐斯胡不旆旆叶蒲寐反憂心悄悄僕夫況瘁
以醉反○賦也郊在牧內蓋前軍已至牧而后軍猶在郊也設
陳也龜蛇曰旐建立也旄注旄於旗干之首也鳥隼曰旟鳥隼
龜蛇曲禮所謂前朱雀而後玄武也楊氏曰師行之法四方之
星各隨其方以爲左右前後進退有度各司其局則士無失伍
離次矣旆旆飛揚之貌悄悄憂貌況兹也或云當作怳○言出
車在郊建設旗幟彼旗幟者豈不旆旆而飛揚乎但將帥方以
任大責重爲憂而僕夫亦爲之恐懼而憔悴耳東萊呂氏曰古
者出師以喪禮處之命下之日士皆泣涕夫子之言行三軍亦
曰臨事而懼【附錄】子善問胡不旆旆東萊以爲初出軍時旌旗
皆此意也未展惟卷而建之引左氏建而不旆故曰此
旗何不旆旆而飛揚乎蓋以命下之初我方憂心悄悄而僕夫
又憔悴亦若人意之不舒也先生曰此說雖精巧然胡不旆旆
一句語勢似不如此胡不猶言遐不作人之類言豈不旆旆乎
但我自憂心悄悄而僕夫又況瘁耳如此却自平正東萊說詩
忒巧詩正怕如此看古人意思自【纂疏】爾雅曰旄牛毛嚴氏
寬平何嘗如此纖細拘迫時本曰繼旐曰旆旐以全帛
爲之續旐末爲燕尾者名之爲旆言旆之本體也左傳建而不
旆言不張旆也此胡不旆旆乃飛揚之貌生民荏菽旆旆亦揚

趨也又曰二章述其前時之戒懼以慰勞之也曹氏曰子行三軍則誰與必也臨事而懼兵凶戰危事不可以易心處之為將帥者憂心則悄悄為僕夫者情況則憔悴皆臨事而懼善於用兵也 ○ 王命南仲往城于方出車彭彭叶鋪郎反旂旐央央於良反天子命我城彼朔方赫赫南仲玁狁于襄

賦也王周王也南仲此時大將也方朔方今靈夏等州之地彭彭衆盛貌交龍為旂此所謂左青龍也央央鮮明也赫赫威名光顯也襄除也或曰上也與懷山襄陵之襄同言勝之也○東萊呂氏曰大將傳天子之命以令軍衆於是車馬衆盛旂旐鮮明威靈氣燄赫然動人矣兵事以哀敬為本而所尚則威二章之戒懼三章之奮揚並行而不相悖也程子曰城朔方而玁狁之難除禦戎狄之道守備為本不以攻戰為先也

纂疏 毛氏曰朔方近玁狁之國王氏曰此章述其守衛之事也 ○ 昔我往矣黍稷方華叶芳无反今我來思雨于付反雪載塗王事多難不遑啓居豈不懷歸畏此簡書

賦也華盛也塗凍釋而泥塗也簡書戒命也鄰國有急則以簡書相戒命也或曰簡書策命臨遣之詞也○此言其既歸在塗而本其往時所見與今還時所遭以見其出之久也東萊呂氏曰采薇之

所謂往遣戍時也此詩之所謂往在道時也采薇之所謂來戍畢時也此詩之所謂來歸而在道時也

附錄 子善問簡書有二說先生曰後說爲長當以後說載前前說只據左氏簡書同惡相恤之謂然此是天子之所戒命不得謂之鄰國也冊牽

纂疏 王氏曰黍稷方華季夏時也雨雪載塗春凍始釋時也玁狁在北昆夷在西是謂多難故下章序伐西戎之功孔氏曰古者無紙若有事則書之於簡謂之簡書嚴氏曰此章述南仲承命西伐之事也

○喓喓於遙反草蟲趯趯他歷反阜螽未見君子憂心忡忡敕中反既見君子我心則降戶江反叶胡攻反赫赫南仲薄伐西戎

賦也此言將帥之出征也其室家感時物之變而念之以爲未見而憂之如此必既見然後心可降耳然此南仲今何在乎方往伐西戎而未歸也豈既却玁狁而還師以伐昆夷也與薄之爲言聊也蓋不勞餘力矣

纂疏 嚴氏曰喓喓草蟲六句與召南同義

○春日遲遲卉許貴反木萋萋七西反倉庚喈喈音皆叶居奚反采蘩祁祁巨移反執訊音信獲醜薄言還音旋歸赫赫南仲玁狁于夷

賦也卉草也萋萋盛貌倉庚黃鸝也喈喈聲之和也訊其魁首當訊問者也醜徒衆也夷平也○歐陽氏曰述其歸

時春日暄妍草木榮茂而禽鳥和鳴於此之時執訊獲醜而歸豈不樂哉鄭氏曰此時亦伐西戎獨言平玁狁者玁狁大故以爲始以爲終【纂疏】嚴氏曰蘩所以生蠶婦人之事述其所見知爲室家之言也獨言玁狁者本出師所主也采芑不戰亦言執訊獲醜此詩以不戰言之也

出車六章章八句

有杕大計反之杜有睆華板反其實王事靡盬繼嗣我日

日月陽止女心傷止征夫遑止【賦也】睆實貌嗣續也陽十月也遑暇也○此勞還役之詩故追述其未還之時室家感於時物之變而思之曰特生之杜有睆其實則秋冬之交矣而征夫以王事出乃以日繼日而無休息之期至于十月可以歸而猶不歸故女心悲傷而曰征夫亦可以暇矣曷爲而不歸哉或曰興也下章放此

【纂疏】杕杜見唐杕杜○有杕之杜其葉萋萋王事靡盬我心傷悲

悲卉木萋止女心悲止征夫歸止【賦也】萋萋盛貌春將暮之時也歸止可以歸也

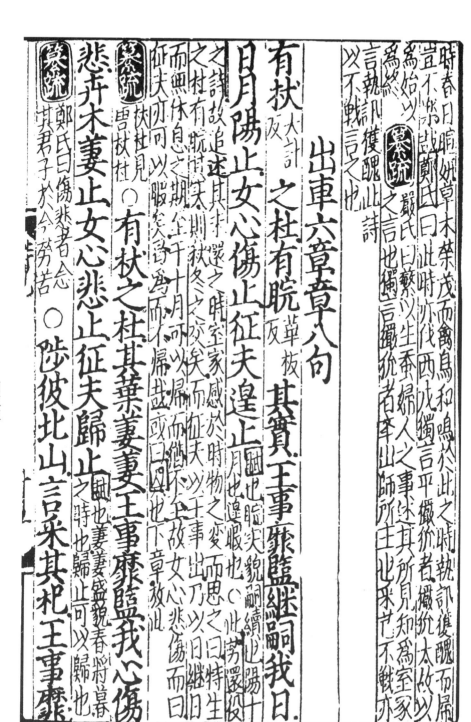

【纂疏】鄭氏曰傷悲者念其君子於今勞苦○陟彼北山言采其杞王事靡盬

盬。憂我父母。叶滿洧反 檀車幝幝。尺善反 四牡痯痯。古緩反，叶古轉反 征夫不遠。賦也。檀木堅宜爲車。幝幝，敝貌。痯痯，罷貌。○登山采杞，則春已莫而杞可食矣。蓋託以望其君子，而念其以王事詒父母之憂也。然檀車之堅而敝矣，四牡之壯而罷矣，則征夫之歸亦不遠矣。纂疏 杞，枸杞，見四牡。丘氏曰：我君子父母君子之父母。○

匪載匪來。叶六直反 憂心孔疚。叶訖力反 期逝不至。叶朱力反 而多爲恤。卜筮偕叶舉里反止，會言近叶渠紀反止，征夫邇止。賦也。載，裝。疚，病。逝，往。恤，憂。偕，俱。會，合也。○言征夫不裝載而來歸，固已使我念之而甚病矣。況歸期已過而猶不至，則使我多爲憂恤，且如何哉？故且卜且筮，相襲俱作，合言於繇而皆曰近矣，則征夫其亦邇而將至矣。范氏曰：以卜筮終之，言思之切而無所不爲也。纂疏 王氏曰：而多爲恤，飢渴疾病死傷蓋是向期逝不至也。上之人能知其下中心委曲之情而形於歌詠，則下悅之，出車、杕杜是也。上之人不能知，而其下自陳勞苦之狀、悲傷之情，則怨也，揚之水、鴇羽、采綠也。

杕杜四章，章七句。鄭氏曰：遣將帥及戍役，同歌同時，欲其同心也。反而勞之，異歌異日，殊尊卑也。記曰：賜君子小人不同日，此其義也。王氏曰：出而用兵，則均服同食，一般心也；入而振旅，則殊

尊卑辨貴賤定衆志也蹶民曰出車勞率故美其功杕杜勞衆故極其情先王以己之心為人之心故能曲盡其情使民忘其死以忠於上也

南陔 此笙詩也有声无詞舊在魚麗之後以儀礼考之其篇次當在此今正之説見華黍

鹿鳴之什十篇一篇無辭凡四十六章二百九十七句

白華之什二之二

毛公以南陔以下三篇無辭故升魚麗以足鹿鳴什數而附笙詩三篇於其後因以南有嘉魚為次什之首今悉依儀礼正之

白華 笙詩也説見上下篇

華黍 亦笙詩也鄉飲酒礼鼓瑟而歌鹿鳴四牡皇皇者華然後笙入堂下磬南北面立樂南陔白華華黍燕礼亦鼓瑟歌鹿鳴四牡皇華然後笙入立于縣中奏南陔白華華黍南陔以下今无以考其名篇之義然曰笙曰樂曰奏而不言歌則有声而无詞明矣所以知其篇第在此者意古經篇題之下必有譜

焉如投壺魯鼓薛鼓之節而亡之耳

魚麗力馳反于罶音柳与酒叶鱨音常鯊音沙叶蘇何反君子有酒旨且多賦也麗歷也罶以曲薄爲笱而承梁之空者也鱨揚也今黃頰魚是也似燕頭魚身形厚而長大頰骨正黃魚之大而有力解飛者鯊鮀也魚狹而小常張口吹沙故又名吹沙君子指主人旨且多旨而又多也○此燕饗通用之樂歌即燕饗所薦之羞而極道其美且多見主人礼意之勤以優賓也或曰賦也下二章放此

附錄 魚麗諸篇皆君臣燕飲之詩道主人意以答賓如今宴飲致語之類亦有間叙賓客辞者焉書載客歌驪駒主人歌客毋庸歸亦此意古人以魚爲重故魚麗南陔有嘉魚皆特奏以歌之必大

纂疏 毛氏曰罶曲梁寡婦之笱孔氏曰曲薄也以薄爲魚笱其功易成故號寡婦笱耳非真寡婦所作也王氏曰魚梁必用薄笱乃倒須梁可得大魚倒所得小魚耳濮氏曰鯊魚多種有極大者其皮如沙今人以爲刀劒鞘吹沙小魚耳又曰因其言竹罶何足以得巨魚而乃有魚如是之多自謙不足以致賢而乃賓客如是之衆雖衆也主人不患於无酒也美而且多多而且有則取之不竭矣言酒則殽隨之言物則所詠者其豈真謂罶中之魚哉謂曲梁之笱果可以得如是衆多之魚哉

○魚麗于罶魴鱧音礼君子有酒多且旨

四五六

鯇音睆

鱧也鱧鮦也又曰鯇也【纂疏】嚴氏曰魴鯿也見陳衡門毛鄭皆以鱧爲鮦與本草云今黑鯉魚道家以爲厭者也山陰陸氏亦謂今鱧與蛇通氣皆與毛同舍人謂鱧名鯇音睆陸璣謂鯇似鱧狹而厚嚴氏從鯇說〇魚麗于罶鰋音偃鯉君子有酒旨且有叶羽已反〇賦也鰋鮎也有猶多也【纂疏】嚴氏曰毛以鮎釋鰋郭璞一云各自一魚鰋今偃額白魚也毛質與吾當言似鮎耳本草曰鯉魚脊中鱗一道數至尾無大小並三十六鱗有赤白黃三種〇物其多矣維其嘉叶居何反矣賦也〇物其旨矣維其偕叶舉里反矣賦也〇物其有叶羽已反矣維其時叶上紙反矣賦也蘇氏曰多則患其不嘉旨則患其不齊有則患其不時今多而能嘉旨而能齊有而能時言曲全也

魚麗六章上三章章四句下三章章二句按儀禮鄉飲酒及燕禮前樂既畢皆間歌魚麗笙由庚歌南有嘉魚笙崇丘歌南山有臺笙由儀間代也言一歌一吹也然則此六者蓋一時之詩而皆爲燕饗賓客上下通用之樂毛公分魚麗以足前什而說者不察遂分魚麗以上爲文武詩嘉魚以下爲成王詩其失甚矣

由庚 此亦笙詩說見魚麗

南有嘉魚烝之承反然罩罩張教竹卓二反君子有酒嘉賓式燕以樂上九教歷止各二反○興也南謂江漢之間嘉魚鯉質鱒鯽肌出於沔南之丙穴烝然發語声也罩罩籗也編細竹以罩魚者也重言罩罩非一之詞也○此亦燕饗通用之樂故其辭曰南有嘉魚則必烝然而罩罩之矣君子有酒則必與嘉賓共之而式燕以樂矣此亦因所薦之物而道達主人樂賓之意也 纂疏 嚴氏曰嘉魚食乳泉出丙穴在漢中沔南縣北穴口向丙故曰丙也一說丙地名嘗以三月取之濮氏曰籗助角反亨云樂與賢已泛不切若太平之君子則衎衎矣遂淩後儒謂是專指成王而斷自此篇以下爲成王詩則寖失其本大不可也詩云南方有嘉魚或罩取之或汕取之以興君子有酒則必與嘉賓燕樂之○

南有嘉魚烝然汕汕所諫反君子有酒嘉賓式燕以衎苦旦反○興也汕樔也以薄汕魚也衎樂也 纂疏 鄭氏曰樔音嘲今之撩罟也○

南有樛居虯反木甘瓠音護纍力追反之君子有酒嘉賓式燕綏之興也○東萊呂氏曰瓠有甘有苦甘瓠則可食者也樛木下垂而美實纍之固結而不可解也愚謂此興

之取義者似比而實興也【纂疏】樛木見周南瓠見匏有苦葉

○翩翩者鵻（之誰反）烝然來（叶六直陵之二反）思君子有酒嘉賓式燕又（叶夷昔反或加字）思（興也）

此興之全不取義者也思語詞也又既燕而又燕以見其至誠有加而无已也或曰又思之言其又思念而不忘也

【纂疏】鵻見四牡

南有嘉魚四章章四句（說見魚麗）

崇丘（說見魚麗）

南山有臺（叶田飴反）北山有萊（叶陵之反）樂（音洛）只（音紙）君子邦家之基樂只君子萬壽無期（興也臺夫須即莎草也萊草名葉香可食者也君子指賓客也）

○此亦宴饗通用之樂故其辭曰南山則有臺矣北山則有萊矣樂只君子則邦家之基矣樂只君子則萬壽無期矣所以道達主人尊賓之意美其德而祝其壽也

【附錄】詩便有感發底意思讀之無所感發者正是被諸儒解殺了死着詩人興起人底意思如南山有臺序云得賢則能爲邦家立太平之基蓋爲見詩中有邦家之基故如此解此序自是好句但才如

此說定便爲了一詩之意必大【纂疏】陸氏曰萊兖州人烝以爲茹謂之萊烝○一說輔氏曰通上兩篇皆一時樂工之所歌前既以君子屬主人不應至此遽轉而之他此詩言南北山有如是不一之草木以興君子於人何所不容其心不亦樂哉宜其邦家之安榮斯民之愛戴壽考之無窮聲名之日盛而安養之福且及於後嗣申復而歌詠之莫非祝頌之辭也○愚亦疑臣庶詩分明稱天子萬年天子萬壽恐實不可當也

○南山有桑北山有楊樂只君子邦家之光樂只君子萬壽無疆【興】也【纂疏】曹氏曰桑可蠶以爲衣楊蒲柳見秦車鄰

○南山有杞北山有李樂只君子民之父母叶滿彼反樂只君子德音不已【興】也杞樹如樗一名狗骨【纂疏】陸氏曰杞山木理白而滑其子爲木蝱入藥

○南山有栲音考叶音口北山有杻女九反樂只君子遐不眉壽叶直酉反樂只君子德音是茂叶莫口反○【興】也栲山樗杻檍也遐何通眉壽秀眉也【纂疏】栲杻見唐山有樞

○南山有枸俱甫反北山有楰音庾樂只君子遐不黃耇音茍叶果五反樂只君子保艾五蓋

反

爾後叶下五反○興也枸枳枸樹高大似白楊有子著枝端大如指長數寸噉之甘美如飴八月熟亦名木蜜楰鼠梓樹葉木理如楸亦名苦楸黃老人髮復黃也耇老人面凍梨色如浮垢也保安艾養也【附録】子善問枸曰機枸子建陽謂之皆拱子俗謂之癩漢指頭吾鄉呼為郏勾味甘而解酒毒有人家酒房一柱是此木而醞酒不成左右前後有此則亦醞酒不成節【纂疏】曹氏曰楰宮室之良材

南山有臺五章章六句說見魚麗

由儀說見魚麗

蓼音六彼蕭斯零露湑息呂反既見君子我心寫叶想羽反兮燕笑語兮是以有譽處兮興也蓼長大貌蕭蒿也湑湑然蕭上露貌君子指諸侯也寫輸寫也燕謂燕飲譽善聲也處安樂也蘇氏曰譽豫通凡詩之譽皆言樂也亦通○諸侯朝于天子天子與之燕以示慈惠故歌此詩言蓼彼蕭斯則零露湑然矣既見君子則我心輸寫而無留恨矣是以燕笑語而有譽處也其曰既見蓋於其初燕而歌之也【纂疏】嚴氏曰蕭香蒿也萩也小至高也濮氏曰譽處有名譽而能居之也○蓼彼蕭斯零

露瀼瀼如羊反既見君子為龍為光其德不爽叶師莊反壽考不忘興也瀼瀼露蕃貌龍寵也為龍為光喜其德之詞也爽差也其德不爽則壽考不忘矣褒美而祝頌之又因以勸戒之也纂疏濮氏曰壽考不忘知其終老不忘君也○蓼彼蕭斯零露泥泥乃礼反既見君子孔燕豈弟宜兄宜弟待礼反令德壽豈開改反叶去礼反○興也泥泥露濡貌孔甚豈樂弟易也宜兄宜弟猶曰宜其家人蓋諸侯繼世而立多疑忌其兄弟如晉詛無畜群公子秦鍼懼選之類故以宜其兄弟美之亦所以警戒之也壽豈壽而且樂也纂疏濮氏曰其甚燕而情樂易則知其宜兄弟而德可久也○蓼彼蕭斯零露濃濃奴同反既見君子鞗徒彫反革沖沖敕弓反和鸞雝雝萬福攸同興也濃濃厚貌鞗轡也革轡首也馬轡所把之外有餘而垂者也沖沖垂貌和鸞皆鈴也在軾曰和在鑣曰鸞皆諸侯車馬之飾也庭燎亦以君子目諸侯而稱其鸞旂之美正此類也攸所同聚也纂疏東萊呂氏曰周礼注和鸞皆以金為鈴馬動則鸞鳴鸞鳴則和應舒則不鳴疾則失音故詩云和鸞雝雝言得其和也

蓼蕭四章章六句

湛湛直減反露斯匪陽不晞音希厭厭於鹽反夜飲不醉無

歸興也湛湛露盛貌陽日晞乾也厭厭安也亦久也足也夜飲私燕也燕禮宵則兩階及庭門皆設大燭焉○此天子燕諸侯之詩言湛湛露斯非日則不晞以興厭厭夜飲不醉則不歸蓋於其夜飲之終而歌之也纂疏歐陽氏曰露以夜降因其夜飲故近取以爲比天子燕諸侯當以晝而此詩但言夜飲者燕禮有宵則設燭之禮是古雖以禮飲酒有至夜者所以申燕私之恩盡殷勤之意○湛湛露斯在彼豐草厭厭夜飲在宗載

考興也豐茂也夜飲必於宗室蓋路寢之屬也考成也纂疏嚴氏曰燕禮云膳宰具官饌于寢東注云寢路寢也○湛湛露斯在彼杞棘顯允君子莫不令德興也顯明也允信也君子指諸侯爲賓者也令善也令德謂其飲多而不亂德足以將之也纂疏杞見鄭將仲子棘見邶凱風疊山謝氏曰古者用人多取其明允舜擧八元曰明允篤誠采芑曰顯允方叔而此詩曰顯允君子顯者其心明白洞達允者其心忠信誠慤無一毫可疑也○其桐其椅於宜反其實離離豈弟君子莫不

令儀（離也，離離垂也。令儀言醉而不喪其威儀也。）【纂疏】桐椅見定之方中。疊山謝氏曰：豈弟君子之情多樂易，小人之情多姦深，豈弟者必君子也。

湛露四章，章四句。（春秋傳甯武子曰：諸侯朝正於王，王宴樂之，於是賦湛露。曹氏曰：前兩章言厭厭夜飲，後兩章言令德令儀，雖過三爵，亦可謂不繼以淫矣。）【附錄】時舉說蓼蕭湛露二詩，先生云：文義也只如此，却更須要諷詠，實見他至誠和樂之意方好。時舉

白華之什十篇五篇無辭，凡二十三章，一百四句。

詩卷第九

詩卷第十

朱子集傳

新安後學　胡一桂　附録纂疏

彤弓之什二之三

彤弓弨（尺昭反）兮受言藏之我有嘉賓中心貺（叶虛王反）之

鍾鼓既設一朝饗（叶虛良反）之　賦也。彤弓，朱弓也。弨，弛貌。貺，與也。大飲賓曰饗。○此天子燕有功諸侯而錫以弓矢之樂歌也。東萊呂氏曰：受言藏之，言其重也。弓人所獻，藏之王府，以待有功，不敢輕與人也。中心貺之，言其誠也。中心實欲貺之，非由外也。一朝饗之，言其速也。以王府寶藏之弓，一朝舉以畀人，未嘗有遲留顧惜之意也。後世視府藏爲己私分，至有以武庫兵賜弄臣者，則與受言藏之者異矣。賞賜非出於利誘，則迫於事勢，至有朝賜鐵券而暮屠戮者，則與中心貺之者異矣。屯膏吝賞，功臣解体，至有印刓而不忍予者，則與一朝饗之者異矣。【纂疏】孔氏曰：彤，赤也。漆以樂霜露爲色，赤黑。彤是赤，旅爲黑。赤者周所尚，故賜弓赤一黑十，以赤爲重耳。王氏曰：說文弨，弓反也。弓弛而体反也。嚴氏曰：賜弓

四六五

不張孔氏曰饗者亨太牢以飲賓設牲俎豆盛於食燕周語曰王饗有体薦燕有折俎公當饗卿當燕是礼盛也長楽刘氏曰行饗賞必与神人共之故行饗礼於廟

○彤弓弨兮受言載（叶子利反）之我有嘉賓中心喜（叶去声）之鍾鼓既設一朝右（音又叶于詭反）之

賦也載抗之也喜樂也右勸也尊也【纂疏】鄭氏曰載謂出載之車疊山謝氏曰古人以右爲尊爲貴爲親以左爲卑爲賤爲疏左傳曰天子所右寡君亦右之天子所左寡君亦左之○一說嚴氏曰右与宥侑通助也左莊十八年王饗礼命之宥注以幣帛助歡

○彤弓弨兮受言櫜（古刀反叶古號反）之我有嘉賓中心好（呼報反）之鍾鼓既設一朝醻（市由反叶大到反）之

賦也櫜韜也好說也醻報也飲酒之礼主人獻賓〻酢主人主人又酌自飲而遂酌以飲賓謂之醻〻猶厚也勸也【纂疏】釋文曰櫜弓衣孔氏曰王肅云醻報功也嚴氏曰鄭以醻爲酬酢燕礼饗礼爲訓共儉爵盈不飲未必有醻酢也疊山謝氏曰飲酒之礼主人酌賓曰獻賓酌主人曰酢一獻一酢報施足矣主人又酌賓謂之醻所以見其意厚也饗之未足而右之右之未足而醻之此亦中心喜好之實也

音欬

一值我[illegible]

伐之法

彤弓三章章六句[春秋傳]甯武子曰諸侯敵王所愾而獻其功於是乎賜之彤弓一彤矢百玈弓矢千以覺報宴注曰愾恨怒也覺明也謂諸侯有四夷之功王賜之弓矢又爲歌彤弓以明報功宴樂[陳氏曰]凡諸侯賜弓矢然後專征伐[東萊呂氏]曰所謂專征者如四夷入邊臣子篡弑不容待報者其它則九伐之法乃大司馬所職非諸侯所專也与後世强臣拜表輒行者異矣陳氏曰春秋所載皆謂諸侯有功則王賜之彤弓以旌伐功而已未曾謂所賜然後得專征也王制言賜弓矢然後征蓋言天子命諸侯征伐故賜弓矢以將王靈耳安得有專征之言乎鄭氏遂謂賜弓矢然後得專征伐由漢而下有無君之心者邀求弓矢之賜脅諸侯而肆其姦者紛然蓋康成啓之也

菁菁子丁反者莪五何反在彼中阿既見君子樂音洛且有儀叶五何反○[興]也菁菁盛貌莪蘿蒿也中阿阿中也大陵曰阿君子指賓客也○此亦燕飲賓客之詩言菁菁者莪則在彼中阿矣既見君子則我心喜樂而有礼儀矣或曰以菁菁者莪[比]君子容貌威儀之盛也下章放此陸氏曰莪蘿蒿生澤田漸洳之処葉似邪蒿而細科生二月中莖可生食又可烝食味頗似蔞蒿東萊呂氏曰長育人才之道固多術矣而

莫先於礼仪礼仪者内外兼養非心過行无所從入此人材所
以成也疊山謝氏曰聖人之道峻極于天可謂大矣欲觀其道
特在於礼仪威仪之中耳見君子而蒙教育不惟有
道之可樂礼仪三百威仪三千皆爲吾身之所有矣 ○ 菁菁
者莪在彼中沚 音止 既見君子我心則喜 【興】也中沚沚中也喜樂也
○ 菁菁者莪在彼中陵既見君子錫我百朋 【興】也中陵陵中
也古者貨貝五貝爲朋錫我百朋 孔氏曰漢食貨志以爲
者見之而喜如得重貨之多也 大貝牡貝么貝小貝不
成貝爲五也爲朋者謂小貝以上四貝各二貝爲一朋而不成
者不爲朋鄭因經廣解之言有五種之貝其中以相与爲朋非
總五貝爲一朋也 ○ 汎汎 芳劒反 楊舟載沉載浮既見君子我心
則休 【比】也楊舟楊木爲舟也載則也載沉載浮猶言載清載
濁載馳載驅之類以比未見君子而心不定也休者休
休然言 疊山謝氏曰書曰作德心逸日休又曰其心休
安定也 然我心則休者其心休休然歡樂而寄泰又不止
於喜樂也

菁菁者莪四章章四句

一曰韎茅蒐染赤
一曰從口從干
一曰革熟曰韋又
獸皮去其毛熟如
牛如一循又後韋
□和不底韋也

六月棲棲（音西），戎車既飭（音敕）。四牡騤騤（求龜反），載是常服（叶浦北反）。玁狁孔熾（尺志反），我是用急（叶音棘）。王于出征，以匡王國（叶于逼反）。

○賦也。六月，建未之月也。棲棲，猶皇皇，不安之貌。戎車，兵車也。飭，整也。騤騤，強貌。常服，戎事之常服，以韎韋為弁，又以為衣，而素裳白舄也。玁狁，即獫狁，北狄也。孔，甚。熾，盛。匡，正也。○成康既沒，周室寖衰，八世而厲王胡暴虐，周人逐之，出居于彘。玁狁內侵，逼近京邑。王崩，子宣王靖即位，命尹吉甫帥師伐之，有功而歸。詩人作歌以敘其事如此。司馬法：冬夏不興師，今乃六月而出師者，以玁狁甚熾，其事危急，故不得已而王命於是出征，以正王國也。

濮氏曰：詩言四月維夏，六月徂暑，則為夏正可知。鄭氏曰：戎車有五，周禮車僕掌戎路、廣車、闕車、苹車、輕車是也。戎路，王在軍所乘；廣車，橫陳之車；闕車，所用補闕之車；苹車，所用對敵自隱蔽之車；輕車，所用馳敵致師之車也。疊山謝氏曰：戎車曰既飭，則車甲器械、士卒馬牛皆平時完備，無一物不整齊矣。四牡曰騤騤，則戰馬皆平時閑習，無一馬不精強矣。曰載是常服，則車中常服皆平時製造，無一衣一裳不經檢點，今特載之車上而已矣。一章曰戎車既飭，四牡騤騤；二章曰比物四驪，閑之維則；三章曰四牡脩廣，其大有顒；五章曰戎車既安，如輊如軒，四牡既佶，既佶且閑。西北平原廣野，率目千里，利於車戰，故此詩以車馬為重。

四六九

○比（毗志反）物四驪，閑之維則。維此六月，既成我服（叶蒲北反）。我服既成，于三十里。王于出征，以佐天子（叶將里反）。○賦也。比物，齊其力也。凡大事祭祀、朝覲、會同，毛馬而頒之；凡軍事，物馬而頒之。毛馬齊其色，物馬齊其力，吉事尚文，武事尚強也。則，法也。服，戎服也。三十里，一舍也。古者吉行日五十里，師行日三十里。○既比其物而曰四驪，則色又齊，可以見馬之有餘矣。閑習之而皆中法則，又可以見教之有素矣。於是出月之中，即成我服。既成我服，則日引道，不徐不疾，尺舍而止，又見其應變之速，從事之敏，而不失其常度也。王命於此而出征，欲其有以敵王所愾而佐天子耳。○四牡脩廣，其大有顒（玉容反）。薄伐玁狁，以奏膚公。有嚴有翼，共（音恭）武之服（叶蒲北反）。共武之服，以定王國（叶于逼反）。○賦也。脩，長。廣，大也。顒，大貌。奏，薦。膚，大。公，功。嚴，威。翼，敬也。共，與供同。服，事也。言將帥皆嚴敬以共武事也。呂氏曰：上三章皆自治之備。疊山謝氏曰：薄伐者，嚴則伐之，服則捨之，不窮征遠討也。為將必嚴，不嚴則軍心不齊；為帥必敬，不敬則軍事不整。故曰有嚴有翼。○玁狁匪茹（如豫反），整居焦穫（音護）。侵鎬（胡老反）及方，至于涇陽。

織音志文鳥章白旆央央於良反元戎十乘繩證反以先啓

行叶戶郎反○賦也茹度整齊也焦穫鎬方皆地名焦未詳所在穫郭璞以爲瓠中則今在耀州三原縣也鎬劉向以爲千里之鎬則非鎬京之鎬矣亦未詳其所在也方疑即朔方也涇陽涇水之北在豐鎬之西北言其深入爲寇也織幟字同鳥章鳥隼之章也白旆繼旐者也央央鮮明貌元大也戎戎車也軍之前鋒也啓開行道也猶言發程也○言玁狁不自度量深入爲寇如此是以建此旌旗選鋒銳進聲其罪而王氏曰焦致討焉直而壯律而臧有所不戰戰必勝矣穫周地接玁狁若鄭氏曰鎬方皆北方地名孔氏曰鳥隼之章畫急疾之鳥隼以爲章也東萊呂氏曰日月爲常交龍爲旂之類皆織之文也鳥章特其一耳曹氏曰白帛也白旆以絳帛爲旆也以帛續旐末爲燕尾者則旆之王氏曰軍前曰啓後曰殿元戎十乘以先車行之前者所謂選鋒也兵法兵无選鋒曰北疊山謝氏曰兵法所謂堅二之陣正二之旗也元戎十乘以先啓行其兵車可以摧鋒破陣此傳所謂先人有奪人之心也

○戎車既安叶於連反如輊竹二反如軒四牡既佶其乙反既佶且閑叶胡田反薄伐玁狁至于大音泰原文武吉甫萬邦爲憲叶許言反○賦也輊車之覆而前也軒車之却而後也凡車從

後視之如輊從前視之如軒然後適調也佶壯健貌大原地名
亦曰大鹵今在大原府陽曲縣至于大原言逐出之而已不窮
追也先王治戎狄之法如此吉甫尹吉甫此時大將也憲法也
非文无以附衆非武无以威敵能文能武則万邦以之爲法矣
【纂疏】東萊呂氏曰漢書馬援疏云居前不能令人輊居後不能
令人軒注言爲人無所輕重也疊山謝氏曰戎車既安矣
必曰如輊如軒制度工巧則利於戰鬬也四牡既強矣必曰佶
佶且閑教訓習熟則耐於馳驅也文武吉甫万邦爲憲漢唐而
下縉紳介胄分爲兩途愚儒武夫各持一說不知三代將帥必
文武全才可以爲万邦之法則者也○一說王氏曰集傳云大
原今太原陽曲縣詳焦穫涇陽地在鎬京西北而太原陽曲
乃在河東纔犯鎬京西北之地王師乃東行渉河與敵人兩
不相值何緣可以驅之出境深所未喻

○吉甫燕喜既多受祉來歸自鎬
我行永久叶舉里反飲於鴆反御諸友叶羽已反炰白交反鼈膾鯉
侯誰在矣張仲孝友叶羽已反○【賦也】祉福御進侯維也

張仲吉甫之友也善父母曰孝善兄
弟曰友○此言吉甫燕飲喜樂多受福祉蓋以其歸自鎬而行
永久也是以飲酒進饌於朋友而孝友之張仲在焉言其所與
燕者之賢所以賢吉甫而善是燕也【纂疏】鄭氏曰吉甫燕喜既多受祉天子以燕
禮樂之又多以賞賜也濮氏曰鼈膾屬

俗叶圓魚炰鱉炙烈魚皆以熟之也膾細切肉也語膾不厭細疊

謝氏曰孔明出師之際必擇良實忠純貞亮死節之臣以輔其君願其君咨諏善道察納雅言且曰討賊不效則治臣之罪以告先帝之靈責攸之禕允等以彰其慢吉甫用功成而歸宣王安得不飲御諸友乎宣王安得不歸功於張仲孝友乎

六月六章章八句

無羊十四篇是宣王之變小雅

纂疏 鄭譜曰小雅六月之後皆謂之變雅釋文從六月至

薄言采芑（音起）于彼新田于此菑（側其反）畝（叶每彼反）方叔涖（音利）止其車三千師干之試（叶詩止反下同）方叔率止乘其四騏四騏翼翼路車有奭（許力反）簟茀（音弗）魚服（叶蒲北反）鉤膺鞗（音條）革（叶訖力反）○賦也芑苦菜也青白色摘其葉有白汁出肥可生食亦可蒸爲茹即今苦賈菜宜馬食軍行采之人馬皆可食也田一歲曰菑二歲曰新田三歲曰畬方叔宣王卿士受命爲將者也涖臨也其車三千法當用三十萬衆蓋兵車一乘甲士三人步卒七十二人又二十五人將重車在後凡百人也然此亦極其盛而言未必實有此數也師衆干扞

也試肄習也言衆且練也率將率之也翼翼順序貌路車戎路
也奭赤貌簟茀以方文竹簟爲車蔽也鉤膺馬婁頷有鉤而在
膺有樊有纓也樊馬大帶纓鞅也鞗革見蓼蕭篇○宣王之時
蠻荊背叛王命方叔南征軍行采芑而食故賦其事以起興曰
薄言采芑則于彼新田于此菑畝矣方叔涖止則其車三
千師干之試矣又遂言其車馬之美以見軍容之盛也
附錄
宣王南征荊蠻想不甚費力不曾大段
戰鬭故只盛稱其軍容之盛而已時舉
纂疏
孔氏曰菑始災
殺其草木畬和也
田舒緩也長樂劉氏曰干楯言楯則戈矛弧矢在其中蘇氏曰
路車金路也奭赤飾鄭氏曰魚服矢服孔氏曰車上所有魚皮
爲矢服又曰巾車五路惟金路有鉤以金爲之馬頷之飾也在
馬膺之飾惟有樊纓故引樊纓以釋膺○一說王氏曰尒雅芑
白苗郭璞以爲白粱粟毛於豐水有芑以爲草維糜維芑以爲
穀薄言采芑以爲菜王以爲皆穀於曰采之田畝爲穀明矣但
穀不當言采先儒疑之炎按五穀稻粟菽麥麻詩采菽采菽
又曰中原有菽庶民采之菽可言采芑何爲而不可言采哉○

薄言采芑于彼新田于此中鄉方叔涖止其車三千

旂旐央央方叔率止約軝祈支反**錯衡**叶戶郎反**八鸞瑲瑲**

十羊反**服其命服朱芾**音典**斯皇有瑲葱珩**音衡叶戶郎反○因也中鄉民

居其田尤必約束軝轂也以皮纏束兵車之轂而朱之也錯文
也鈴在鑣曰鸞馬口兩旁各一四馬故八也瑲瑲声也命服天
子所命之服也朱芾黄朱之芾也皇猶煌煌也瑲玉声〇鄭
蔥蒼色如蔥者也珩佩首横玉也礼三命赤芾蔥珩氏
曰交龍爲旂龜蛇爲旐董氏曰旂諸侯所建諸臣之旗折爲上
旐爲下曹氏曰帝佩非車服金路非戎車和鸞非戎馬所以然
者方叔克壯其猶如吳起將戰不帶劒諸葛武侯臨陣不親戎
服羊祜輕裘緩帶而盛著威名杜預身不跨馬自能制勝故詩
人詠其車服之美而已〇

鴥惟必反彼飛隼息允反其飛戾天亦集爰止方叔涖止其車三千師干之試方叔率止鉦音征人伐鼓陳師鞠居六反旅顯允方叔伐鼓淵淵叶於巾反振旅闐闐徒顛反叶徒隣反

〇興也隼鷂屬急疾之鳥也戾至爰於也鉦鐃也鐲也伐擊也鉦以靜之鼓以動之鉦鼓各有人而言鉦人伐鼓互文也鞠告也二千五百人爲師五百人爲旅此言將戰陳其師旅而誓告之也陳師告旅亦互文耳淵淵鼓声平和不暴怒也謂戰時進士衆也振旅上旅衆也言戰罷而止其衆以入也春秋傳曰出曰治兵入曰振旅是也闐闐亦鼓声也或曰盛貌程子曰振旅亦以鼓行金止〇言隼飛戾天而亦集於所止以興師衆之盛而進退有節如下文所云也

纂疏 濮氏曰周礼鼓人以金錞和鼓以金鐲節鼓以金鐃止鼓以金鐸通鼓鄭氏曰鉦名則錞鐲鐃鐸通謂之鉦而和節止通實用於鼓故詩之言云然孔氏曰說文鉦鐃也似鈴柄中上下通又云鐲鉦也鐃也則鐃鐲俱得名鉦故鼓人注云鐲鉦也形如小鍾鐲似小鍾鐃似鈴是有大小之異耳嚴氏曰方誓師伐鼓以佐兵言振旅蠻夷望風畏服不待戰也〇

蠢尺允反**爾蠻荊大邦爲讎方叔元老克壯其猶方叔率止執訊**音信**獲醜**叶尺由反**戎車嘽嘽**吐丹反**嘽嘽焞焞**吐雷反**如霆如雷顯允方叔征伐玁狁蠻荊來威**叶音畏〇

賦也蠢者動而无知之貌蠻荊荊州之蠻也大邦猶言中国也元大猶謀也言方叔雖老而謀則壯也嘽嘽衆也焞焞盛也霆疾雷也方叔蓋嘗與於北伐之功者是以蠻荊聞其名而皆來畏服也

纂疏 王氏曰執訊獲醜見出車前三章詳序其治兵末章美其成功出戰之事略而不言蓋以宿將董大衆荊人自服不俟戰而後屈也濮氏曰細誦此二詩乃知宣王此伐南征未見其有赫赫功烈之可稱此其所以不編之大雅而亦无美与刺歟疊山謝氏曰顯允方叔者先王用人多取其顯分顯則其心明白洞達允則其心忠信誠愨上不欺君下不欺心无一毫可疑

采芑四章章十二句

我車既攻，我馬既同。四牡龐龐，鹿同反 駕言徂東。

攻，堅也。同，齊也。傳曰：宗廟齊豪，尚純也；戎事齊力，尚強也；田獵齊足，尚疾也。龐龐，充實也。東，東都洛邑也。○周公相成王，營洛邑爲東都，以朝諸侯。周室既衰，久廢其禮。至于宣王，内脩政事，外攘夷狄，復文武之竟土，脩車馬，備器械，復會諸侯於東都，因田獵而選車徒焉。故詩人作此以美之。首章汎言將往東都也。

附錄 時舉說車攻、吉日二詩，先生曰：好田獵之事，古人亦多刺之。然宣王之田，乃是因此見得其車馬之盛、紀律之嚴，所以爲中興之勢者在此。其所謂田，異乎尋常之田矣。

纂疏 濮氏曰：序云復古，而說者以復竟土、復會諸侯實之。今能外攘夷狄，可以見政事之修矣，不知前王廢墜者何，今果能盡復矣乎？不然，則但會諸侯以田獵便謂之復古可乎？復文武竟土，在大雅召虎平淮夷之一役。今不修車馬、備器械，復會諸侯於東都，因田以講武，乃是後來事，不可便以爲内修政事只此一端也。春秋書成周宣榭火，則實宣王講武東都之遺迹。

○田車既好，叶許厚反 四牡孔阜。符有反 東有甫草，叶此苟反 駕言行狩。叶始九反

○賦也。田車，田獵之車。好，善也。阜，盛大也。甫草，甫田也。後爲鄭地，今開封府中牟縣西圃田澤是也。宣王之時

未有鄭國圃田屬東都畿内故往田也○此章指言將往狩于圃田也○愚按集傳本鄭箋以甫草爲圃田之草甫音補
毛詩甫如字訓大也并纂其說于後甫大也田者大芟草以爲
爲防或舍其中褐纏旃以爲門裘纏質以爲槸閒容握驅而入
擊則不得入左者之左右者之右然後焚而射焉天子發然後
諸侯發諸侯發然後大夫士發天子發抗大綏諸侯發抗小綏獻禽於其
下故戰不出頃田不出防不逐奔走古之道也孔疏云設防立
門以織毛褐布纏通帛旃之竿以爲門門兩傍門南開並爲二門
用四旃四褐以裘纏椹質爲門中闑闑之車軌之裏而邊約車輪
者也門之廣狹兩軸頭去旃竿之間各容一握握人四指爲四
寸是門廣於軸八寸也馳走門入不得徐也軸頭擊著門傍旃
竿則不得入所以罰不工也以天子六軍分爲左右令各在一
方屬左者之左門屬右者之右門不得越離部伍教戰甲士卒
出門乃驅禽於防焚草而射之芟緌爲表因獻於下也戰場有
須教戰者自不出 ○之子于苗 毛叶音毛 選徒囂囂 五刀反 建旐
界限備參考
設旄搏 音博 獸于敖 國 也之子有司也苗狩獵之通名也選
數也囂囂聲衆盛也數車徒者其聲囂囂
囂則車徒之衆可知又車徒不譁而惟數者有聲又見其
靜治也敖近滎陽地名○此章言至東都而選徒以獵也
毛氏曰夏獵曰苗孔氏曰時宣王爲夏苗猶見出車東萊呂
氏曰敖山名在晉師救鄭在敖鄗之間士季設七覆于敖前則山

下平曠可屯兵敖蒼會可設伏宣王往東都以會諸侯爲主因巳獵以選車徒而二章三章言田獵者有同先爲戒具以待會同畢而田獵也又曰所謂東有甫草則敖地也 ○ 駕彼四牡四牡奕奕赤芾金舄會同有繹圖也奕奕連絡布散之貌赤芾諸侯之服金舄赤舄而加金飾亦諸侯之服也時見曰會殷見曰同繹陳列聯屬之貌也 ○ 此章言諸侯來會朝於東都也 纂疏 王氏曰諸侯人君宜朱芾而赤芾者會同故也涖其臣庶則朱芾君道也故方叔受其命服則朱芾會同於王則赤芾臣道也孔氏曰屨人注舄有三等赤舄爲上冕服之舄下有白舄黑舄此金舄即赤舄也箋云赤舄則尊莫是過故云達屨言赤舄是屨之最上達者此舄也而曰屨〻舄通名又曰時見无常期殷衆也 ○ 決拾既佽音次與柴叶 弓矢既調讀如同與同叶 射夫既同助我舉柴子智反 ○ 圖也決以象骨爲之著於右手大指所以鉤弦闓體拾以皮爲之著於左臂以遂弦故亦名曰遂佽比也調謂弓強弱與矢輕重相得也射夫蓋諸侯來會者同協也柴說文作㸂謂積禽也使諸侯之人助而舉之言獲多也 ○ 此章言既會同而田獵也 纂疏 嚴氏曰決即衞芄蘭所謂佩韘也疊山謝氏曰弓既上弦必審視之端正則可用纖有偏斜必加矯揉此弓之調也矢之輕重必視弓力之強弱弓強而矢輕則不中弓弱而矢重亦不中此矢之

調也○四黄既駕兩驂不猗於寄於箇二反不失其馳叶徒卧反舍音捨矢如破彼寄普過二反○賦也倚偏倚不正也馳驅之法也舍矢如破巧而力也蘇氏曰不善射御者詭遇則獲不然不能也今御者不失其馳驅之法而射者舍矢如破則可謂善射御矣○此章言田獵而見其射御之善也

【纂疏】王氏曰杜言力之強四黄言色之純兩驂不猗言御能正其馬不失其馳言車行節而有法舍矢如破言矢行巧而力也又曰四馬内有兩服外有兩驂○蕭蕭馬鳴悠悠旆旌徒御不驚大庖蒲交反不盈賦也蕭蕭悠悠皆閑暇之貌徒步卒也御車御也驚如漢書夜軍中驚之驚不驚言比卒事不諠譁也大庖君庖也不盈言取之有度不極欲也蓋古者田獵獲禽面傷不獻踐毛不獻不成禽不獻擇取三等自左膘而射之達于右腢為上殺以為乾豆奉宗廟達右耳本者次之以為賓客射左髀達于右䯚為下殺以充君庖每禽取三十焉每等得十其餘以與士大夫習射於澤宮中者取之是以獲雖多而君庖不盈也【張子】曰饌雖多而无餘者均及於衆而有法耳凡事有法則何患乎不均也舊説不驚驚也不盈盈也亦通○此章言其終事嚴而頒禽均也

【纂疏】釋文曰膘音縹脅後髀前肉也腢音愚肩前上殺中心死疾鮮絜也孔氏曰次之者以其遠心死稍遲肉已微惡髀股外䯚音杳水膁也右䯚右脅

髃下殺以其中心貫死最遲肉又益惡而傷謂當面射之翦毛謂在傍而逆射之不獻嫌誅降之義不成禽不獻惡害幼小○

之子于征有聞（音問）無聲允矣君子展也大成（賦也允信展誠也聞師之行而不聞其聲言至肅也信矣其君子也誠哉其大成也○此章總序其事之始終而深美之也）

車攻八章章四句（以五章以下考之恐當作四章章八句）

吉日維戊（叶莫吼反）既伯既禱（叶丁口反）田車既好（叶許口反）四牡孔阜（符有反）升彼大阜從其群醜（賦也戊剛日也伯馬祖也謂天駟房星之神也醜衆也謂禽獸之群衆也○此亦宣王之詩言田獵將用馬力故以吉日祭馬祖而禱之既祭而車牢馬健於是可以歷險而從禽也以下章推之是日也其戊辰歟　孔氏曰夏官校人春祭馬祖注馬祖天駟謂之伯者長也常祭在春將用馬力則又備禮禱之又曰大阜大陵阜也）

○吉日庚午既差我馬（叶滿補反）獸之所同麀（音憂）鹿麌麌（愚甫反）漆沮（七徐反）之從天子之所（賦也庚午亦剛日也差擇齊其足也同聚也鹿牝曰麀麌麌衆多也漆沮水名在西都畿內涇渭之北所謂洛水今自延韋流入鄜坊至

同州入河也○戊辰之日既禱遂擇其馬而乘之視獸之所聚麀鹿最多之處而從之惟漆沮之旁為盛宜為天子田獵之所也

○瞻彼中原其祁孔有叶羽已反儦儦表驕反俟俟叶于紀反或群或友叶羽已反悉率左右叶羽已反以燕天子叶奬礼反

○賦也中原原中也祁大也趨則儦儦行則俟俟獸三曰群二曰友燕樂也○言從王者視彼禽獸之多於是率其同事之人各共其事以樂天子也

○既張我弓既挾子洽反我矢發彼小豝音巴殪於計反此大兕徐履反以御賓客且以酌醴

賦也發發矢也豕牝曰豝壹矢而死曰殪兕野牛也言能中微而制大也御進也醴酒名周官五齊二曰醴齊注曰醴成而汁滓相將如今甜酒也○言射而獲禽以為俎實進於賓客而酌醴也

曹氏曰醴不可專飲天子之於羣臣不徒設醴而已此言酌醴者左傳天子饗諸侯每云饗醴命之宥是享有醴者天子飲酒之礼也故以醴言之杜預云先置醴酒示不忘古也疊山謝氏曰田而得禽天子不以自奉故大庖不盈命有司以進賓客須諸侯及羣臣也命有司且以酌醴燕諸侯及羣臣也先王躬羣臣懷諸侯常有恩惠其用心公溥而均齊常以一人養天下不以天下奉一人也

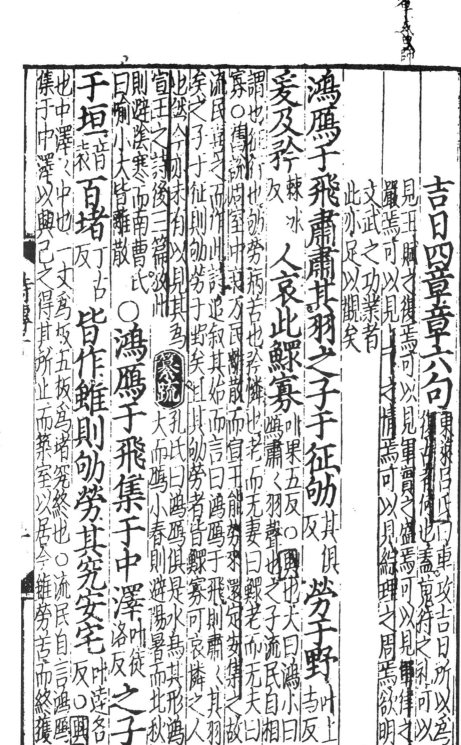

吉日四章章六句 東萊呂氏曰車攻吉日所以爲復古者何也蓋蒐狩之禮可以見王賦之復焉可以見軍實之盛焉可以見師律之嚴焉可以見上下之情焉可以見綜理之周焉欲明文武之功業者此亦足以觀矣

鴻鴈于飛肅肅其羽之子于征劬 其俱反 勞于野 叶上與反 爰及矜 棘冰反 人哀此鰥寡 叶果五反 ○興也大曰鴻小曰鴈肅肅羽聲也之子流民自相謂也征行也劬勞病苦也矜憐也老而无妻曰鰥老而无夫曰寡○舊說周室中衰萬民離散而宣王能勞來還定安集之故流民喜之而作此詩追敘其始而言曰鴻鴈于飛則肅肅其羽矣之子于征則劬勞于野矣且其劬勞者皆鰥寡可哀憐之人也然今亦未有以見其爲宣王之詩後三篇放此 孔氏曰鴻鴈俱是水鳥其形鴻大而鴈小春則避陽暑而北秋則避陰寒而南曹氏曰喻小大皆離散

○鴻鴈于飛集于中澤 叶徒洛反 之子于垣 音袁 百堵 丁古反 皆作雖則劬勞其究安宅 叶達各反 ○興也中澤澤中也一丈爲板五板爲堵究終也○流民自言鴻鴈集于中澤以興己之得其所止而築室以居今雖勞苦而終獲

安定也【集疏】曹氏曰鴻鴈卜連蹄不能握木故易以鴻漸于木爲失所不安之象書以彭蠡既豬陽鳥攸居爲得其所孔氏曰版廣二尺故周礼說一堵之牆長丈高一丈王氏曰垣牆也

○鴻鴈于飛哀鳴嗷嗷叶音高○五刀反維此哲人謂我劬勞維彼愚人謂我宣驕

【傳】也流民以鴻鴈哀鳴自比而作此歌也哲知宣示也知者聞我歌知其出於劬勞不知者謂我閒暇而宣驕也韓詩云勞者歌其事魏風亦云我歌且謠不知我者謂我士也驕大抵歌多出於勞苦而不知者常以爲驕也○愚按此詩諸家皆本序說指之子爲使臣然三章劬勞之義一章指使臣二章指民三章或指使臣或指民皆未的當朱子集傳以之子爲流民自捐謂而劬勞皆就民說但或謂不見勞來安集之意愚謂一章有取於鴻鴈羽翮之勞至言爰及矜人哀此鰥寡誰及之誰哀之實由於上之人矣二章有取於鴻鴈澤中之集而曰其究安宅以流民所止非其本土使可爲築室久安之計誰實使之亦出於在上之人矣三章有取於鴻鴈之哀嗷以離散之餘雖有定居而生理未復故不能不哀嗷述訴勞擾若哲人則以我爲劬勞愚人則以我爲宣驕然述訴之於誰亦訴之於在上之人耳請得以集傳之意而發明之

鴻鴈三章章六句

夜如何其音基夜未央庭燎之光君子至止鸞聲將將七羊反○賦也其語詞央中也庭燎大燭也諸侯將朝則司烜以物百枚并而束之設於門内也君子諸侯也將將鸞鑣聲○王將起視朝不安於寢而問夜之早晚曰夜如何哉夜猶未央而庭燎光矣朝者至而聞其鸞聲矣【纂疏】孔氏曰庭燎者樹之於庭燎之光明司烜云邦之大事供蕡燭庭燎樹於門外曰大燭門内曰庭燎郊特牲曰庭燎之百由齊桓公始也注僭天子也庭燎之差公五十侯伯子男皆三十是天子庭燎用百古制未得而聞要以物百枚并而纏束之今則用松葦竹灌以脂膏也

○夜如何其夜未艾音乂又如字庭燎晣晣之世反与艾叶君子至止鸞聲噦噦呼會反○賦也艾盡也晣晣小明也噦噦近而聞其徐行聲有節也

○夜如何其夜鄉許亮反晨庭燎有煇許云反君子至止言觀其旂叶渠斤反○賦也鄉晨近曉也煇火氣也天欲明而見其煙火相雜也既至而觀其旂則辨色矣

【附錄】說詩至庭燎有煇先生曰煇火氣也天欲明而見其煙火相雜此是吳才老之說說之此一字有功也時年【纂疏】東萊呂氏曰宣王將朝而蚤問其志雖勤然未能安定凝止躁然有喜事之心焉則其所以不能常也嚴氏曰所謂因以箴之

音鏘

者如有常德以立武事則可以爲戒謂美其武功之方盛因戒其後不可黷武庭燎以美其勤政而箴其勤之太過耳過則不可常而其終之怠勢所必至此詩乃繇意求治之初其後晏起至煩姜后脱簪乃未年怠政之事也濮氏曰合二雅而觀此詩必與常武相先後常武因以爲戒蓋自是無復有大雅之詩此因以箴之自是箴而規〻而誨〻而刺〻矣衰失之證以漸而形序之書必有所傳使皆若此可無負於詩也

庭燎三章章五句

沔(綿善反)彼流水，朝(直遥反)宗于海(叶虎洧反)。鴥(惟必反)彼飛隼(息允反)，載飛載止。嗟我兄弟，邦人諸友(叶羽軌反)。莫肯念亂，誰無父母(叶满洧反)。○興也。沔，水流滿也。諸侯春見天子曰朝，夏見曰宗。○此憂亂之詩。言流水猶朝宗于海，飛隼猶或有所止，而我之兄弟諸友乃无肯念乱者，誰獨无父母乎？乱則憂或及之，是豈可以不念哉。隼見采芑。疊山謝氏曰：一身之遇乱未足惜，父母之遇乱深可憂。誰無父母？不爲一身謀，獨不爲父母謀乎？爲父母謀，則當念乱，則必思所以救乱也。

○沔彼流水，其流湯湯(失羊反)。鴥彼飛隼，載飛載揚念彼不蹟井亦反載起載行叶戶郎反心之憂矣不可弭忘興也湯湯波流盛貌不蹟不循道也載起載行言憂念之深不遑寧處也弭止也水盛隼揚以興憂念之不能忘也

纂疏釋文曰蹟亦作跡迹也○愚謂載飛載揚飛隼之然以比也載起載行不蹟之然常也下文心之憂矣不可弭忘夫是以說憂憂深切之意所以憂之者亦以其載起載行如隼之飛揚耳

○鴥彼飛隼率彼中陵民之訛言寧莫之懲我友敬矣讒言其興興也率循訛僞懲止也○隼之高飛猶循彼中陵而民之訛言乃无懲止之者然我之友誠能敬以自持矣則讒言何自而興乎始憂於人而卒反諸己也

沔水三章二章章八句一章六句疑當作三章章八句卒章脱前兩句耳

○愚按諸家多本序說謂規宣王聽讒而諸侯攜貳愚嘗案于下李氏曰當時諸侯有朝有不朝者指第一章也二章言念彼不蹟則是不朝也三章言率彼中陵則是朝王也東萊曰當諸侯向背未定之際有脩守侯度如中陵之隼者夫豈易得民之訛言乃欲誣汙之時可不懲治以保持之乎若

可与蓼蕭參看。

不懲之，則諸侯皆不悟，各相語曰：我友其敬戒矣，讒言其將興矣。雖爲諸侯相語之辭，實規宣王當辨絕讒慝，使忠順者安意肆志而無所懼也。讒之在，乃諸侯疑畏之本，故於卒章明言之。

鶴鳴于九皋，聲聞音問**于野。**叶上與反**魚潛在淵，或在于渚。樂**音洛**彼之園，爰有樹檀，**叶徒沿反，下同**其下維蘀。**音託**它山之石，可以爲錯。**七落反

○賦也。鶴，鳥名，長頸竦身，高腳頂赤身白頸尾黑，其鳴高亮，聞八九里。皋，澤中水溢出所爲坎，從外數至九，喻深遠也。蘀，落也。錯，礪石也。○此詩之作不可知其所由，然必陳善納誨之詞也。蓋鶴鳴于九皋，而聲聞于野，言誠之不可揜也。魚潛在淵，而或在于渚，言理之無定在也。園有樹檀，而其下維蘀，言愛當知其惡也。他山之石，而可以爲錯，言憎當知其善也。由是四者引而伸之，觸類而長之，天下之理，其庶幾乎。

【附錄】鶴鳴做得巧，更含蓄意思，全不發露。

祖道【纂疏】毛氏曰：皋，澤也。濮氏曰：澤曲曰皋。楚詞注。嚴氏曰：渚，小洲。呂氏曰：蘀，落槀藏雜。濮氏曰：詩言鶴鳴九皋，其聲下聞于野，上聞于天，以比言有善惡，而無遠近，以見言之不可不謹也。魚潛淵水之下，而知其或在于渚，或亦于淵，以比行有顯晦，而無淺深，以見行之不可不謹也。樂彼之園，以其有樹檀之美，而不知其下有不材之木，以比愛而忘其惡，喜而容其依佞。

溺愛者不可不明也。它山之石，以其有磽确之惡而不知其中有礛䃴可以爲攻玉之錯，以比憎而忘其善、惡而昧其美，信偏惡者不可不審也。○鶴鳴于九皋，聲聞于天。叶鐵因反 魚在于渚，或潛在淵。叶一均反 樂彼之園，爰有樹檀，其下維穀。它山之石，可以攻玉。【比】也。穀，一名楮，惡木也。攻，錯也。○【程子】曰：玉之溫潤，天下之至美也；石之麄厲，天下之至惡也。然兩玉相磨，不可以成器；以石磨之，然後玉之爲器得以成焉。猶君子之與小人處也，橫逆侵加，然後脩省畏避，動心忍性，增益預防，而義理生焉，道德成焉。吾聞諸邵子云。【纂疏】孔氏曰：陸氏云幽州人謂之穀桑，荆揚交廣謂之穀，中州人謂之楮。殷中宗時桑穀共生是也。今江南人績其皮以爲布，又擣以爲紙，謂之穀皮紙。李氏曰：漢王符云攻玉以石，洗金以塩，濯以魚，浣布以灰。夫物固有以賤理貴、以醜化好者矣。智者棄短取長，以致其力。疊山謝氏曰：它山之石，可以爲錯，可以攻玉，只此兩句斷章取義，亦有一說。君子如玉，小人如石，它山者邪類與善類非同氣，猶玉石不同一山也。它山之石爲錯而攻玉，乃所以成玉之精粹也。是猶小人誣君子以有過，乃所以儆君子而進於無過之地也；小人謗君子之無德，乃所以儆君子而進於盛德之域也；小人欺君子之無才，乃所以敬君子而勉爲全才之人也。

[illegible]作之二章章八句

彤弓之什十篇四十章二百五十九句

疑脫兩句當爲二百六十一句

從[illegible]二百五十五句

詩卷之十

詩卷第十一

朱子集傳

新安後學胡一桂　附錄纂疏

祈父之什二之四

祈勤衣反父音甫，予王之爪牙。叶五胡反胡轉予于恤，靡所止居。○賦也。祈父，司馬也，職掌封圻之兵甲，故以爲號。康誥曰祈父薄違是也。予，六軍之士也。或曰司右虎賁之屬也。爪牙，鳥獸所用以爲威者也。恤，憂也。○軍士怨於久役，故呼祈父而告之曰：予乃王之爪牙，何轉我於憂恤之地，使我無所止居乎？

纂疏 孔氏曰：古者祈、圻、畿同字，得通用，故此作祈，尚書作圻。毛氏曰：宣王之末，司馬職廢，羌戎爲敗。孔氏曰：當分美宣王命程伯休父爲大司馬。此詩所刺者，蓋休父卒後他人代之。周語云：宣王三十九年戰於千畝，王師敗績於姜氏之戎。鄭氏曰：此責司馬之辭也。六軍之士出自六鄉，法不取於王之爪牙之士。董氏曰：司馬之屬有司右、虎賁、旅賁，皆奉事王之左右者也。故司右曰先國之勇力之士能用五兵者屬焉，虎賁曰掌先後王而趨以卒伍，旅賁曰[illegible]戈盾夾王車。此所謂爪牙者也。

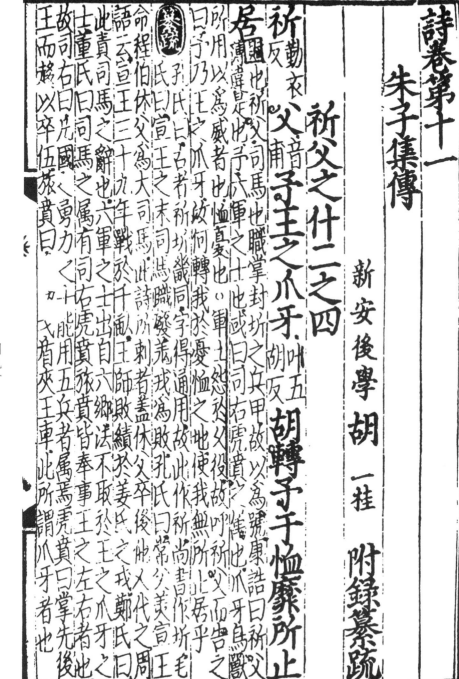

○祈父予王之爪上二反牙胡轉予于恤靡所底之履反止賦也爪士爪牙之士也底至也

○祈父亶不聰胡轉予于恤有母之尸饔賦也亶誠尸主也饔熟食也言不得奉養而使母反主勞苦之事也○東萊呂氏曰越勾踐伐吳有父母耆老而无昆弟者皆遣歸魏公子无忌救趙亦令獨子无兄弟者歸養則古者有親老而無兄弟其當免征役必有成法故責司馬之不聰其意謂此法人皆聞之汝獨不聞乎乃驅吾從戎使吾親不免薪水之勞也責司馬者不敢斥王也

祈父三章章四句

序以為刺宣王之詩說者又以為宣王三十九年戰于千畝王師敗績于姜氏之戎故軍士怨而作此詩東萊呂氏曰太子晉諫靈王之詞曰自我先王厲宣幽平而貪天禍至于今未弭宣王中興之主也至與幽厲並數之其詞雖過觀是詩所刺則子晉之言豈无所自歟但今考之詩文未有見其必為宣王耳下篇放此

東萊呂氏曰讀是詩見宣王變古制者二焉前兩章刺其以宿衛之士從征役末章見其有親老而無他兄弟者當免征役而驅之也

皎皎古了反白駒食我場苗縶陟立反之維之以永今朝

所謂伊人，於焉逍遥。賦也。皎皎，絜白也。駒，馬之未壯者，謂賢者所乘也。場，圃也。縶，絆其足。維，繫其靷也。永，久也。伊人，指賢者也。逍遥，游息也。○為此詩者，以賢者之去不可留也，故託以其所乘之駒食我場苗而縶維之，庶幾以永今朝，使其人得以於此逍遥而不去，若後人留客而投其轄於井中也。〔纂疏〕孔氏曰：苗宜云圃，而言場者，以場圃同地耳。言食苗藿，則夏時矣。苗見七月。○皎皎白駒，食我場藿。火郭反。縶之維之，以永今夕。叶祥籥反。所謂伊人，於焉嘉客。叶克各反。○賦也。藿猶苗也，夕猶朝也，嘉客猶逍遥也。〔纂疏〕嚴氏曰：藿，豆葉，用以作羹，見小爾雅。疊山謝氏曰：賢者高蹈遠引，吾知其不可留矣，猶欲縶維其白駒以強留之，雖一朝一夕亦滿吾志，好德之彝性、尊賢之良心在人自不能泯沒也。所謂伊人何人也？宜坐于朝堂，与共天位、治天職者也，今乃於此地而為嘉客乎？既幸其人之為此來而喜其人之為我留，又深惜其人之不遇而痛恨其時之不明也。○皎皎白駒，賁彼義反，又音奔。然來叶云俱反。思。爾公爾侯，叶洪孤反。逸豫無期。慎爾優游，叶汪胡反。勉爾遁思。叶新齎反。○賦也。賁然，光采之貌也。或以為來之疾也。思，語詞也。尔，指乘駒之賢人也。慎，勿過也。勉，毋決也。遁思，猶言去意也。○言此乘白駒者，若其肯來則以尒爲公以尒爲侯所以逸樂無期矣猶言横來大者王小者侯也豈可以過於優游決於遁思而終不我顧哉蓋愛之切而不知好賢之不足繫留之苦而不恤其志不得遂也

疊山謝氏曰賁者華采也賢人所過之地山川草木皆有精采蓬户蓽門皆有輝華坐于朝堂豈不足爲邦家之光尒公尒侯不爲王留行方且逸豫而無期度未知賢者之去就所關繫甚重也君之有賢臣如人之有元氣賢人去則国脉絶元氣喪則壽命危夏書終於汝鳩汝方商書終於微子賢臣盡去則宗社隨之此詩人之所憂也

○皎皎白駒在彼空谷生芻一束芻楚俱反其人如玉毋金玉爾音而有遐心

【賦】也賢者必去而不可留矣於是歎其乘白駒入空谷東生芻以秣之而其人之德美如玉也蓋已邈乎其不可親矣然猶冀其相聞而無絶也故語之曰毋貴重尒之音聲而有遠我之心也

白駒四章章六句

黃鳥黃鳥無集于穀無啄啄陟角反我粟此邦之人不我肯穀言旋言歸復我邦族

【比】也穀木名穀善旋回復反也

○民適異國不得其所故作此

詩託爲呼其黃鳥而告之曰爾無集于穀而啄我之粟苟此邦之人不以善道相與則我亦不久於此而將歸矣〔纂疏〕穀則鶴鳴

○黃鳥黃鳥無集于桑無啄我粱此邦之人不可與明叶謨郎反言旋言歸復我諸兄叶虛王反○〔比〕也〔纂疏〕疊山謝氏曰不可與明者言見識昏暗如無目之人不明者不可與明明若並行也王晦叔曰不可與明言其不相知則緩急休戚不可相語也

○黃鳥黃鳥無集于栩況甫反無啄我黍此邦之人不可與處言旋言歸復我諸父扶雨反○〔比〕也〔纂疏〕嚴氏曰栩杼也櫟也凡見鴇羽王晦叔曰莫我肯穀則不相恤矣不可與明則不相知矣是以不可與處也

黃鳥三章章七句〔東萊呂氏〕曰宣王之末民有失所者意他國之可居也及其至彼則又不若故鄉焉故思而欲歸使民如此亦異於還定安集之時矣今按詩文未見其爲宣王之世下篇亦然

我行其野蔽必制反芾方味反其樗敕雩反昏姻之故言就

爾居爾不我畜復我邦家叶古胡反○賦也樗惡木也壻之父婦之父相謂曰婚姻畜養也○民適異國依其婚姻而不見收卹故作此詩言我行於野中依惡木以自蔽於是思婚姻之故而就爾居而爾不我畜也則將復我之邦家矣【纂疏】蔽芾見其棠孔氏曰七月采荼薪樗樗惟取薪惡木也李氏曰樗不才之木莊子吾有大樹人謂之樗大枝擁腫不中繩墨小枝卷曲不中規矩孔氏曰樗惡木尚可茈息今以婚姻之故言就爾居而爾不我畜則樗之不如也復我邦家與訣之辭○我行其野言采其蓫勑六反婚姻之故言就爾宿爾不我畜言歸思復興也蓫牛蘈惡菜也今人謂之羊蹄菜【纂疏】嚴氏曰蓫音畜仲春時生似蘆菔葉長赤黄爲茹滑美可以治疾王氏曰此言其蓫之不如也○我行其野言采其葍音福叶筆力反不思舊姻求爾新特成論語作誠不以富亦祇音支以異叶逸織反○興也葍惡菜也特匹也○言爾之不思舊姻而求新匹也雖實不以彼之富而厭我之貧亦祇以其新而異於故耳此見詩人責人忠厚之意【纂疏】陸氏曰葍一名䔰音富河内謂之蓫幽州謂燕葍一名蕢音讀其根正白可著熱灰中温噉之飢荒之歲可烝禦飢王氏曰此言其葍之不如也

我行其野三章章六句[王氏]曰先王躬行仁義以道民厚矣猶以爲未也又建官置師以孝友睦婣任恤六行教民爲其有父母也故教以孝爲其有兄弟也故教以友爲其有同姓也故教以睦爲其有異姓也故教以婣爲其有鄉黨相保相愛也故教以任爲其有相賙相救也故教以恤以爲徒教之或不率也故使官師以時書其德行而勸之以爲徒勸之或不率也於是乎有不孝不睦不婣不弟不任不恤之刑焉方是時也安有如此詩所刺之民乎

秩秩斯干叶居焉反幽幽南山叶所旃反如竹苞叶補苟反矣如松茂叶莫口反矣兄及弟矣式相好呼報反叶許厚反矣無相猶叶余久反矣

[賦]也秩秩有序也斯此也干水厓也南山終南之山也苞叢生而固也猶謀也○此築室既成而燕飲以落之因歌其事言此室臨水而面山其下之固如竹之苞其上之密如松之茂又言居是室者兄弟相好而无相謀則頌禱之辭猶所謂聚國族於斯者也[張子]曰猶似也人情大抵施之不報則輟故恩不能終兄弟之間各盡己之所宜施者无學其不相報而廢恩也君臣父子朋友之間亦莫不用此道盡己而已愚按此於文義或未必然然意則善矣或曰猶當作尤

閒横渠說斯干兄弟宜相好不要相學指何事而言曰不要相學不好處且如兄去友弟〻却不能恭其兄〻豈可學弟之不恭而遂亦不友爲兄者但當盡其友可也如弟能恭其兄〻乃不友其弟爲弟者豈可亦因兄之不友而遂忘其恭但當亦盡其恭而已如寇萊公撻倒用印事王文正公謂他底既不是則不可學他不是亦是此意然詩之本意猶字作相圖謀說導富錄同

纂疏 嚴氏曰鎬京臨大水對終南故宣王作室之地在秩秩然整齊之干岸面對幽〻然深遠之南山言地勢之壯也其盤基之厚如竹之叢生其結架之密如松之茂盛言宮室之美也於是頌禱之願其入居此室之後兄弟各相和好無有相圖者矣濮氏曰首章遂言兄弟相好說者謂是頌禱之辭如禮弓張老所謂聚國族於斯者然彼則先言歌於斯哭於斯不如是之失其序也切意厲王被逐時王爲太子尚幼匿召公家二相治國謂之共和十有四年厲王死而後立之當其王位未定兄弟尊卑閒豈無嫌疑或王既即位而恩禮有不周至皆然隙所從生不於是廣新宮而族居焉循章句節次而詳味之居然可見矣

○似續妣必履反祖築室百堵西南其戶胡五反爰居爰處爰笑爰語

賦也似嗣也妣先妣也祖先祖也者協下韵亦或曰謂姜嫄后稷也西南之戶天子之宮其室非一在東者西其戶在北者南其戶猶言南東其畝也爰於也

纂疏 濮氏曰百堵見鴻鴈兄弟本同氣而似續吾先

也於是居處於是笑語所以終上文相好無相猶之意居兄弟之室度其地在丁宮之左○約之閣閣椓陟角反之橐橐音託風雨攸除直慮反鳥鼠攸去君子攸芋香于反叶王遇反○賦也約束板也閣閣上下相乘也椓築也橐橐杵聲也除亦去也無風雨鳥鼠之害言其上下四旁皆牢密也芋尊大也君子之所居以爲尊且大也

嚴氏曰芋音吁濮氏曰恐芋乃宇字之誤上下四方曰宇嚴氏曰此章言築牆垣之固約之閣閣即所謂縮版以載也濮氏曰此以下乃及王宮由外而內由垣牆而堂寢次第當然也君子指宣王此章言君子之所居也

○如跂音企斯翼如矢斯棘如鳥斯革叶訖力反如翬音輝斯飛君子攸躋子西反○賦也跂竦立也翼敬也棘急也矢行緩則枉急則直也革變翬雉躋升也○言其大勢嚴正如人之竦立而其恭翼翼也其廉隅整飭如矢之急而直也其棟宇峻起如鳥之警而革也其簷阿華采而軒翔如翬之飛而矯其翼也蓋其堂之美如此而君子之所升以聽事也

釋文曰跂腳跟音根不着地嚴氏曰如語翼如也之翼人企踵則聳臂翼然如鳥舒翼也鄭氏曰翬見雄雉篇素質五色備曰翬濮氏曰此君子之所升也

○殖殖市力反其庭有覺其楹噲噲音快其正叶音征噦

噦呼會反其宜君子攸寧賦也殖〻平正也庭宮寢之前庭也覺高大而直也楹柱也噲〻猶快〻也正向明之處也噦〻深廣之貌冥奧窔之間也言其室之美如此而君子之所休息以安身也疏呂氏曰正謂正寢嚴氏曰窔音要烏叫反濮氏曰此君子之所止也○下莞音官上簟叶徒檢徒錦二反乃安斯寢叶于檢于錦二反乃寢乃興乃占我夢叶弥登反吉夢維何維熊維羆彼宜反叶彼何反維虺許鬼反維蛇市奢反叶于其于何二反

賦也莞蒲席也竹葦曰簟羆似熊而長頭高腳猛憨多力能拔樹虺蛇屬細頸大頭色如文綬大者長七八尺○祝其君安其室居夢兆而有祥亦頌禱之詞也下章放此疏孔氏曰西方人呼蒲為莞釋文曰莞草叢生水中莖圓江南以為席濮氏曰又云燈心草生池澤中即苻離是也下莞則鋪席其上則竹葦之簟所以覆席孔氏曰羆黃白文黃白色嚴氏曰憨音蚶陸氏曰有黃羆有赤羆大於熊孫炎曰江淮以南曰蝮江淮以北曰虺廣三寸頭如擘指有牙最毒嚴氏曰頌禱設為之辭非實有是夢也○大音泰人占之維熊維羆男子之祥維虺維蛇女子之祥賦也大人大卜之屬占夢之官也熊羆陽物在山彊力壯毅男子之祥也虺蛇陰物穴處柔弱隱伏

女子之祥也○或曰夢之有占何也曰人之精神與天地陰陽
流通故晝之所爲夜之所夢其善惡吉凶各以類至是以先王
建官設屬使之觀天地之會辨陰陽之氣以日月星辰占六夢
之吉凶獻吉夢贈惡夢其於天人相與之際察之詳而敬之至
矣故曰王前巫而後史宗祝瞽侑皆
在左右王中心無爲也以守至正
○乃生男子載寢之
牀載衣於既反之裳載弄之璋其泣喤喤華彭反叶胡光反朱芾
音弗斯皇室家君王
賦也半圭曰璋喤大聲也芾天子純朱諸侯黃朱皇猶煌煌也君諸侯也○寢
之於牀尊之也衣之以裳服之盛也弄之以璋尚其德也言男
子之生於是室者皆將服朱芾煌煌然有室有家爲君爲王矣
纂疏嚴氏曰古者男女初生即表異之衣之下飾之裳臣道也
弄之璋玉以他日行禮之事也啼聲長而大爲福壽于氏
曰泣之美所以爲吉祥故羊食我之生
也聞其聲者知其滅羊舌氏也食音異
○乃生女子載寢之
地載衣之裼他計反載弄之瓦叶魚位反無非無儀叶音義唯
酒食是議無父母詒以之反罹叶音麗○
賦也裼褓也瓦紡磚也儀善罹憂也○寢之於
地卑之也衣之以褓即其用而無加也弄之以瓦習其所有事
也有非非婦人也有善非婦人也蓋女子以順爲正无非足矣

有善則亦非其吉祥可願之事也唯酒食是議而無遺父母之憂則可矣易曰无攸遂在中饋貞吉而孟子之母亦曰婦人之禮精五飯冪酒漿養舅姑縫衣裳而已矣時李說詩至載故有閨門之脩而無境外之志此之謂也【附錄】弄之瓦先儒云瓦紡塼也瓦紡時所用之物舊見人畫列女傳漆室乃手執一物如今銀子樣者意其爲紡塼也然未可必 時李 孔氏曰褓縛兒被也婦【纂疏】人所用瓦維紡塼而已

斯干九章四章章七句五章章五句 舊說屬王既流于彘宮室圮壞故宣王即位更作宮室既成而落之今亦未有以見其必爲是時之詩也或曰儀礼下管新宮春秋傳宋元公賦新宮恐即此詩然亦未有明證

誰謂爾無羊三百維羣誰謂爾無牛九十其犉 而純反 爾羊來思其角濈濈 莊立反 爾牛來思其耳濕濕 始立反 ○賦也黃牛黑唇曰犉羊以三百爲羣其羣不可數也牛之犉者九十非犉者尚多也聚其角而息濈濈然呞而動其耳濕濕然王氏曰濈濈和也羊以善觸爲患故言其和謂聚而不相觸也濕濕潤澤也牛病則耳燥安則潤澤也○此詩言牧事有成而

牛羊衆多也【纂疏】陸氏曰古之視牛者以耳祭義所謂大夫袒而毛牛尚耳○或降于阿或飲于池叶唐何反或寢或訛爾牧來思何河可反蓑素戈反何笠或負其餱音侯三十維物叶微律反爾牲則具叶居律反○賦也訛動何揭也蓑笠所以備雨三十維物齊其色而別之凡爲色三十也○言牛羊无驚畏而牧人持雨具齎飲食從其所適以順其性是以生養蕃息至於其色无所不備而於用无所不有也【纂疏】孔氏曰三十維物謂青赤黃白黑毛色別異者各三十也○一說濮氏曰一章總言牛羊之聚知其多如此也然牛羊性異牧事亦殊牧牛或自早至暮牧羊則推近晚一時牧牛頗勞牧羊甚逸言牛則觀其在野羊則觀其歸棧牛羊前後互見牧人亦前後互言二章專說牧牛矣承上章言牛而未及羊也三章專說牧羊○愚謂羊統言三百爲群蓋以色純白但以羣計不辨毛色矣○牛以九十爲犉使以色論矣一二章曰三十維物則區別愈嚴濮氏之說恐或然也○爾牧來思以薪以蒸之承反以雌以雄叶于陵反爾羊來思矜矜兢兢不騫不崩麾之以肱畢來既升賦也麄曰薪細曰蒸雌雄禽獸也矜矜兢兢堅強也騫虧也崩群疾也肱臂也既皆也升入牢也○言牧人有餘力則出

取薪蒸搏禽獸其羊亦馴擾從人不假箠楚。○愚按釋以雌以
但以手麾之使來則畢來使升則既升也　雌為搏禽獸之
說本鄭氏歐陽破鄭說但謂牛羊以時合其牝牡切
意此章推言羊耳牛則以色分羊特以雌雄分之歟　○牧人

乃夢衆維魚矣旐音兆維旟音餘矣大人占之衆維魚矣

實維豐年叶尼因反旐維旟矣室家溱溱側巾反。○賦也占夢之說未詳溱溱

衆也或曰衆謂人也旐郊野所建統人少旟州里所建統人多
蓋人不如魚之多旐所統不如旟所建之衆故夢人乃是魚則
為豐年旐乃是旟則為人衆

纂疏

歐陽氏曰周官司常縣鄙建旐州里建旟
王氏曰衆言魚之多也今農家以魚之多
少占年之豐耗是以夢魚之多則為年穀豐熟之祥旐旟田官
所建旐統人少旟統人多旐而又有旟則聚者衆夢旐旟之建
則為室家衆多之祥李氏曰此章言占夢之事亦如斯干言古
夢之事也嚴氏曰考牧之詩亦當有頌禱之語以終之宣王承
饑饉離散之後所願者年豐民
庶以蕃牧事設夢以頌禱之耳

無羊四章章八句

節音截下同彼南山維石巖巖赫赫師尹民具爾瞻叶側銜反

憂心如惔徒藍反不敢戲談國既卒子律反斬側銜反何用不監古銜反○興也節高峻皃巖巖積石皃赫赫顯盛皃師尹大師尹氏也大師三公尹氏蓋吉甫之後春秋書尹氏卒公羊子以爲譏世卿者卽此也具俱瞻視惔燔卒盡斬絕監視也○此詩家父所作刺王用尹氏以致亂言節彼南山則維石巖巖矣赫赫師尹則民具爾瞻矣而其所爲不善使人憂心如火燔灼又畏其威而不敢言也然則國既終斬絕矣汝何用而不察哉纂疏嚴氏曰首章言所以失民望鎬京面對終南故以所見起興不敢戲談懼其以疑似而加誹謗之罪

○節彼南山有實其猗於宜反叶於何反赫赫師尹不平謂何天方薦徂殿反瘥才何反喪息浪反亂弘多民言無嘉叶居何反憯七感反莫懲嗟叶遭哥反○興也有實其猗未詳其義傳曰實滿猗長也箋云猗倚也言草木蒲其旁倚之畎谷也或以爲草木之實猗猗然皆不甚通薦荐通重也瘥病弘大憯曾懲創也○節然南山則有實其猗矣赫赫師尹而不平其心則謂之何哉蘇氏曰爲政者不平其心則下之榮瘁勞佚有大相絕者矣是以神怒而重之以喪亂人怨而謗讟其上然尹氏曾不懲創咨嗟求所以自改之也纂疏孔氏曰綠竹猗猗是草木長茂之皃此章言幽王之亂由

猗字之解諸家皆不甚通按其一字乃指物辭以文意推恐是椅字之譌湛露有曰其桐其椅其實離離或是一

於師尹云云不弔而已。○尹氏大音泰師維周之氐丁礼反，叶都黎反。秉國之均，四方是維。天子是毗婢尸反，俾民不迷。不弔昊天，不宜空我師叶霜夷反。○賦也。氐，本。均，平。維，持。毗，輔。弔，愍。空，窮。師，衆也。○言尹氏大師維周之氐，而秉國之均，則是宜有以維持四方，毗輔天子，而使民不迷，乃其職也。今乃不平其心，而既不見愍弔於昊天矣，則不宜久在其位，使天降禍乱，而我衆并及空窮也。附錄 林武子說節南山詩，先生曰：自古小人其初只是他自竊国柄，少間又自不柰何，又引得別人來，一齊不好了。如尹氏太師，却只是他一箇不好，少間到那瑣瑣姻婭，忽是我箇人不好了。義剛 時舉說詩至秉国之均，先生曰：均本當從金，如所謂泥之在鈞者，不知鈞是何物。時舉曰：恐只是爲瓦器者，所謂車盤是也。盖運得愈急，則其成器愈快。先生曰：秉国之均，只是此義。今集傳訓平者，此物亦推平乃能運也。纂疏 東萊呂氏曰：空我師，如空其国、空其地之類，盖曰人之類將滅矣，甚言之也。嚴氏曰：二章言太師重任，惟在均平。尹氏不平，不稱其任也。○弗躬弗親，庶民弗信叶斯人反。弗問弗仕鉏里反，下同，勿罔君子叶獎里反。式夷式已，無小人殆叶養里反。瑣瑣素火反姻亞，則無膴音武仕。

欺也仕事罔欺也君子指王也夷平已止殆危也瑣瑣小貌揩
此父曰姻兩壻相謂曰婭膴厚也○言王委政於尹氏尹氏又
委政於姻婭之小人而以其未嘗問未嘗事者欺其君也故戒
之曰汝之弗躬弗親庶民已不信矣其所弗問弗事則宜可以
罔君子哉當平其心視所任之人有不當者則已之无以小人
之故而至於危殆其因也瑣瑣姻婭而必皆膴仕則小人進矣
【纂疏】孔氏曰已發退也孟子所謂士師不能治事則已之之已
東萊呂氏曰式夷式已无小人殆謂尹氏所與倫事者也
瑣瑣姻婭則无膴仕謂尹氏
以親暱而置之高位者也
○**昊天不傭**敕龍反**降此鞠**九六反**訩**音凶**昊天不惠降此大戾君子如屆**音戒叶居例反**俾民心闋**苦穴反叶苦桂反**君子如夷惡**烏路反**怒是違**
賦也傭均鞠窮訩亂
戾乖屆至闋息違遠也○言昊天不均而降此窮極之亂昊天
不惠而降此乖戾之變然所以靖之者亦在夫人而已君子无
所苟而用其至則必躬必親而民之亂心息矣君子无所偏而
平其心則式夷式已而民之惡怒遠矣傷王與尹氏之不能也
夫爲政不平以召禍亂者人也而詩人以爲天實爲之者蓋无
所歸咎而歸之天也抑有以見君臣隱諱之義焉有以見天人
合一之理焉
後皆放此
【纂疏】嚴氏曰謂五章言惟用君子可以已亂也羅師
尹之禍而歸之於天曰降此鞠訩降此大戾

謂天生小人以禍天下也所以救禍者惟在用君子而已君子若至則民心自息矣君子若平夷其心則民心之惡怒亦已遠矣所患君子不至耳至則所爲必平夷刺師尹不平也○

不弔昊天叶鐵因反**亂靡有定**叶唐丁反**式月斯生**叶桑經反**俾民不寧憂心如酲**音呈**誰秉國成不自爲政**叶諸盈反**卒勞百姓**叶桑經反○平卒終也○

酲也酒病曰酲成

嚴氏曰天不之恤故乱未有所止而禍患与歲月增長君子憂之曰誰秉国成者乃不自爲政而以付之姻婭之小人其卒使民爲之受其勞弊以至此也

纂疏

嚴氏曰六章憂乱也憂心如酲猶黍離言中心如醉○愚謂秉国成即上章秉国之均同義斥尹氏也○

駕彼四牡四牡項領令**我瞻四方蹙蹙**子六反**靡所騁**敕領反○

賦也項大也蹙蹙縮小之貌○言駕四牡而四牡項領可以騁矣而視四方則皆昏亂蹙蹙然无可往之所亦将何所騁哉

東萊呂氏曰本根病則枝葉皆瘁是以无可往之地也

纂疏

嚴氏曰七章思避乱也家父知禍乱之将作思欲駕此四牡而去之其四牡大領非不肥壯然視四方蹙蹙然縮小无可馳騁之地是以留而不去蓋世乱則一身无所容若見天地之狹如唐人詩云出門即有礙誰謂天地寬也彼特爲一身言之此則爲天下国家而言之也○

方茂爾惡

相息亮反爾矛矣既夷既懌如相醻市由反矣賦也茂盛相視懌說也○
言方盛其惡以相加則視爾矛戈欲戰闘及既夷平悅懌則相与歡然如賓主而相醻酢不以爲怪也蓋小人之性無常而
習於闘亂其喜怒之不可期如此是以君子無所適而可也【纂疏】嚴氏曰八章言小人情狀也○昊天
不平我王不寧不懲其心覆芳服反怨其正叶諸盈反○賦也尹氏之
不平若天使之故曰昊天不平若是則我王亦不得寧矣然尹氏猶不自懲創其心乃反怨人之正己者則其爲惡何時而已
哉【纂疏】嚴氏曰九章一章推原亂本於王心也王信任小人由其心蔽惑今王不自懲創反怨正救之者言王不能從
諫改過也○愚按此說雖異集傳證以次章義亦通故纂之○家父音甫作誦叶疾容反以究
王訩式訛爾心以畜許六反萬邦叶卜工反○賦也家氏父字周大夫也究窮訛
化畜養也○家父自言作爲此誦以窮究王政昏亂之所由冀其改心易慮以畜養萬邦也【陳氏】曰尹氏乃威使人不得戲談
而家父又作詩乃復自表其出於己以身當尹氏之怒而不辭者蓋家父周之世臣義与國俱存亡故也【東萊呂氏】曰篇終矣故
窮其亂本而歸之王心焉致亂者雖尹氏而用尹氏者則王心之蔽也【葉氏】曰孟子曰人不足与適也政不足与間也惟大人

爲能格君心之非蓋用人之失政事之過雖皆君之非然不必先論也惟格君心之非則政事无不善矣用人皆得其當矣

纂疏 孔氏曰家父盡忠竭誠不憚誅罰故載字焉寺人孟子亦此類也

節南山十章章八句四章章四句序以此爲幽王之詩而春秋桓十五年有家父來聘於周爲桓王之世上距幽王之終已七十五年不知其人之同異大抵序之時世皆不足信今姑闕焉可也 纂疏 東萊呂氏曰按左傳韓宣子來聘季武子賦節之卒章杜氏謂取式訛尔心以畜万邦之義然則此詩在古止名節也釋文曰自節南山至何草不黄四十四篇幽王之變小雅

正音政月繁霜我心憂傷民之訛言亦孔之將念我獨兮憂心京京叶居良反哀我小心癙音鼠憂以痒音羊○賦也正月夏之四月謂之正月者以純陽用事爲正陽之月也繁多也訛僞將大也京京亦大也癙憂也痒病也○此詩亦大夫所作言霜降失節不以其時既使我心憂傷矣而造爲姦僞之言以惑羣聽者又方甚大然衆人莫以爲憂故我獨憂之以至於病也

纂疏東萊呂氏曰此詩張為幻以罔上惑衆者謂之訛言王晦叔曰訛言又甚大人妖重於天妖也○愚謂將然之將有末已之意○父母生我胡俾我瘉音臾不自我先不自我後叶下五反好言自口叶孔五反下同莠餘久反言自口憂心愈愈是以有侮賦也瘉病自從莠醜也愈愈益甚之意以疾痛故呼父母而傷己適丁是時也訛言之人虛偽反覆言之好醜皆不出於心而但出於口是以我之憂心益甚而反見侵侮也纂疏王氏曰莠惡也穀謂之善則莠惡可知○憂心惸惸其營反念我無祿民之無辜并必政反其臣僕哀我人斯于何從祿瞻烏爰止于誰之屋賦也惸惸憂意也无祿猶言不幸爾辜罪并俱也古者以罪人為臣僕亡國所虜亦以為臣僕箕子所謂商其淪喪我罔為臣僕是也○言不幸而遭國之將亡與此無罪之臣將俱被囚虜而同為臣僕未知將復從何人而受祿如視烏之飛不知其將止於誰之屋也纂疏疊山謝氏曰哀我人斯于何從祿忠臣不事二君義士不食周粟所可哀者一世之人不知當從何人而受祿乎○瞻彼中林侯薪侯蒸之承反民今方殆視天夢夢莫工反叶莫登反

既克有定靡人弗勝音升有皇上帝伊誰云憎[興]也中林林中也侯維殆危也夢夢不明也皇大也上帝天之神也[程子]曰以其形体謂之天以其主宰謂之帝○言瞻彼中林則維薪維蒸分明可見也民今方危殆疾痛號訴於天而視天反夢夢然若无意於分別善惡者然此特值其未定之時耳及其既定則未有不為天所勝者也夫天豈有所憎而禍之乎福善禍淫亦自然之理而已[申包胥]曰人衆則勝天天定亦能勝人疑出於此

[纂疏]蘇氏曰中林之木莫不摧毀而維薪蒸在焉其殘之也甚矣幽王播其虐於天下大家世族散為皂隸亦猶是也

○謂山蓋卑為岡為陵民之訛言寧莫之懲召彼故老訊音信之占夢叶莫登反具曰予聖誰知烏之雌雄叶胡陵反

○[賦]也山脊曰岡廣平曰陵懲止也故老舊臣也訊問也占夢官名掌占夢者也具俱也烏之雌雄相似而難辨者也○謂山蓋卑而其實則岡陵之崇也今民之訛言如此矣而王猶安然莫之止也及其詢之故老訊之占夢則又皆自以為聖人亦誰能別其言之是非乎[子思]言於衛侯曰君之國事將日非矣公曰何故對曰有由然矣君出言自以為是而卿大夫莫敢矯其非卿大夫出言亦自以為是而士庶人莫敢矯其非君臣既自賢矣而羣下同聲賢之賢之則順而有福矯之則逆而有禍如

此則善安從生詩曰具曰予聖誰知烏之雌雄抑亦似君之君臣乎〖纂疏〗歐陽氏曰凡禽鳥雌雄多以首尾毛色不同別
之烏之首羣毛色雌雄不異人所難別故引以為言孔氏曰王既任小人不止訛言而愛好鄙碎共信讖祥召彼宿舊但問占
夢之事言其○愚謂山卑岡陵與民之訛言也謂山蓋卑矣而侮慢長老也○岡陵如此民若不促畏矣而訛言其興訛言如
岡陵突兀之意○謂天蓋高不敢不局叶居亦反謂地蓋厚不敢不
蹐井亦反維號音豪斯言有倫有脊哀今之人胡為虺吁鬼
反蜴星歷反○〖賦〗也局曲也蹐累足也號長言之也脊理蜴螈也虺蜴皆毒螫之蟲也○言遭世之亂天雖高而不
敢不局地雖厚而不敢不蹐其所號呼而為此言者又皆有倫理而可考也哀今之人胡為肆毒以害人而使之至此乎〖纂〗
〖疏〗疊山謝氏曰身在天地間如無所容則人之害人者為虺為蜴世道亦可哀矣嚴氏曰虺見斯干蜴一名蜥蜴一名蝘
蜓一名守宮在草澤中名蠑螈蜥蜴在壁者名蝘蜓守宮○瞻彼阪音反田有菀音鬱其
特天之扤五忽反我如不我克彼求我則如不我得執
我仇仇亦不我力〖賦〗也阪田崎嶇墝埆之處菀茂盛之貌特特生之苗也扤動也力謂用力○瞻

彼阪因，猶有菀然之特，而天之扤我，如恐其不我克，何哉？亦無所歸咎之詞也。甙始而求之，以爲法則，惟恐不我得也；及其得之，則又執我堅固如仇讎然，然終亦莫能用也。求之甚艱，而弃之甚易，其无常如此。【纂疏】王氏曰：險阪之世，有菀然特盛之尙，如昏亂之朝有挺然特立之賢，而群小思中傷之，惟恐不及，是所謂天之扤我如不我克也。○愚謂扤我有齟齬頓挫之意。

○心之憂矣，如或結之。今茲之正，胡然厲（叶力桀反）矣。燎（力詔反）之方揚，寧或滅之。赫赫宗周，褒姒（音似）烕（呼悅反）之。

賦也。正，政也。厲，暴惡也。火田爲燎。揚，盛也。宗周，鎬京也。褒姒，幽王之嬖妾，褒國女，姒姓也。烕，亦滅也。○言我心之憂如結者，爲國政之暴惡故也。燎之方盛之時，則寧有能撲而滅之者乎？然赫赫然之宗周，而一褒姒足以滅之，蓋傷之也。時宗周未滅，以褒姒淫妬讒諂而王惑之，知其必滅周也。或曰：此東遷後詩也，時宗周已滅矣。其言褒姒滅之，有監戒之意，而无憂懼之（古作）似，亦道已然之事，而非慮其將然之詞。今亦未能必其然否也。【纂疏】孔氏曰：結，纏結也。李氏曰：火之燎于原，寧有能滅之乎？今也赫赫然之宗周乃爲褒姒所滅，誠可救也。歐陽氏曰：上七章皆述王信讒言亂政，至此皆言滅周七於褒姒者，謂王溺女色而致昏惑，推其禍亂之本以歸罪也。○愚謂燎之方揚，與赫赫宗周也；寧或滅之，與褒姒滅之也。

○終其

永懷又窘（求隕反）陰雨其車既載（才再反）乃棄爾輔（叶扶雨反）

載（字如字）輸（式朱反）爾載（才再反）將（七羊反）伯助予（演女反）○比也陰雨則泥濘而車易以陷也載車所載也輔如今人縛杖於輻以防輔車也輸墮也將請也伯或者之字也○蘇氏曰王為淫虐譬亦行險而不知止君子永思其終知其必有大難故曰終其永懷又窘陰雨王又不虞難之將至而弃賢臣焉故曰乃棄爾輔君子求助於未危故難不至苟其載之既墮而後號伯以助予則无及矣

輯疏

毛氏曰窘困也東萊呂氏曰前章既言周之必亡矣此懷不能已復謪幽王曰此何等時乃棄賢者不以自助乎無至於傾覆而悔之也

○無棄爾輔員（音云）于爾輻（方六反叶筆力反）屢顧爾僕不輸爾載（叶節力反）終踰絕險曾是不意（叶乙力反）○比也員益也輔所以益輻也屢數顧視也僕將車者也○此承上章言若能无弃爾輔以益其輻而又數數顧視其僕則不墮爾所載而踰於絕險若初不以為意者蓋能謹其初則厥終无難也一說王曾不以是為意乎

○愚謂此章尚欲救其危亡教之用賢而王不能聽也曰終踰絕險者言苟能如上文所戒尚可以踰歷絕險之地而保其終也顧乃曾是不以為意乎

○魚在于沼（之紹反叶音灼）亦匪克樂（音洛）

潛雖伏矣，亦孔之炤。音灼 憂心慘慘，七感反，當作懆，七各反。念國之爲虐。興也。沼，池也。炤，明易見也。○魚在于沼，其爲生已蹙矣。其潛雖深，然亦炤然而易見。言禍亂之及，无所逃也。

纂疏 嚴氏曰：魚相忘於江湖者也。今在池沼，非是所樂矣。喻君子立衰亂之朝，亦非所樂也。魚之深潛，雖云藏伏，然沼之水淺，亦甚炤然易見，無所逃於罔罟之害。喻君子雖自韜晦，亦未以能避患也。王氏曰：𤫊而困之如此，故君子憂心慘慘，念國之爲虐也。○愚謂上章既不能救其危亡，故此章遂憂禍亂之及己而無所逃也。

○彼有旨酒，又有嘉殽。戶交反，无韻，未詳。洽比其鄰，毗志反。昏姻孔云。念我獨兮，憂心慇慇。賦也。洽、比，皆合也。云，旋也。慇慇然痛也。○言小人得志，有旨酒嘉殽，以合比其鄰里，怡懌其昏姻，而我獨憂心，至於疢痛也。昔人有言：燕雀處堂，母子相安，自以爲樂也，突決棟焚，而怡然不知禍之將及，其此之謂乎！

纂疏 嚴氏曰：昏姻孔云，謂其言云云相稱譽之也。

○佌佌彼有屋，音此。蔌蔌方有穀。音速。民今之無祿，天夭是椓。於遥反。陟角反，叶都木反。哿矣富人，哥我反。哀此惸獨。賦也。佌佌，小貌。蔌蔌，窶陋貌，指王所用之小人也。穀，祿。夭，禍。椓，害。哿，可。獨，單也。○佌佌然之小人既已有室矣蔌蔌窶陋者又將有穀矣而民今獨无祿者是天禍椓喪之爾亦無所歸怨之詞也亂至於此富人猶或可勝惸獨甚矣此孟子所以言文王發政施仁必先鰥寡孤獨也○愚謂前章念我獨兮憂心慇慇若惟及其私矣卒章哿矣富人哀此惸獨其不忘天下之情如此

正月十三章八章章八句五章章六句

十月之交朔日辛卯叶莫後反日有食之亦孔之醜彼月而微此日而微今此下民亦孔之哀叶於希反○賦也十月以夏正言之建亥之月也交日月交會謂晦朔之閒也曆法周天三百六十五度四分度之一左旋於地一晝一夜則其行一周而又過一度日月皆右行於天一晝一夜則日行一度月行十三度十九分度之七故日一歲而一周天月二十九日有奇而一周天又逐及於日而與之會一歲凡十二會方會則月光都盡而為晦已會則月光復蘇而為朔朔後晦前各十五日日月相對則月光正滿而為望晦朔而日月之合東西同度南北同道則月揜日而日為之食望而日月之對同度同道則月亢日而月為之食是皆有常度矣然王者修德行政用賢去奸能使陽盛足以勝陰陰衰不能侵陽則日月之行雖或當食而月常避日故其

遲速高下必有參差而不正相合不正相對者所以當食而不食也若國無政不用善使臣子背君父妾婦乘其夫小人陵君子夷狄侵中國則陰盛陽微當食必食雖曰行有常度而實爲非常之變矣蘇氏曰日食天變之大者也然正陽之月古尤忌之夏之四月爲純陽故謂之正月十月純陰疑其无陽故謂之陽月純陽而食陽弱之甚也純陰而食陰壯之甚也微虧也彼月則宜有時而虧矣此日不宜虧而今亦虧是亂亡之兆也疊山謝氏曰日爲陽之宗而爲陰所食其惡甚矣非日之醜乃天之變國之災也臣子背君父妻妾乘其夫小人陵君子夷狄侵中國人事所感則陰盛陽微而日爲之食矣幽王之時臣欺君妾惑主小人臨君子犬戎侵中國陰道長陽道消人事所感天象示之此日所以微也有感必有應國亡則民之受禍烈矣今此下民亦可哀之甚也李氏曰唐志云十月之交以暦推之在幽王之六年蘇氏曰交當朔則日食然亦有交而不食者交而食陽微而陰乘之交而不食陽盛而陰不能掩也○愚按朱子集傳此章但本孔疏謂天左旋日月右轉而謂日行遲月行速蓋是以暦法退數筭之也其實日月皆隨天左旋天行健一日一夜周天三百六十五度四分度之一而又過一度日之行健次於天一日一夜恰周得三百六十五度四分度之一而無過數視天爲不及一度積三百六十五日九百四十分日之二百三十五而與天一會而成一年月行最遲一日一夜常不及天十三度十九分度之七積二十九日九百四十

分日之四百九十九而與日會而成一月見之前定蔡氏書傳堯典以閏月定四時成歲章其詳讀集傳者所當參看也○

日月告凶不用其行叶戶郎反四國無政不用其良彼月而食則維其常此日而食于何不臧

賦也行道也○凡日月之食皆有常度矣而以為不用其行者月不避日失其道也然其所以然者則以四國无政不用善人故也如此則日月之食皆非常矣而以月食為其常日食為不臧者陰亢陽而不勝猶可言也陰勝陽而揜之不可言也故春秋日食必書而月食則無紀焉亦以此尒

纂疏孔氏曰行道度也不用者謂相干犯左昭七年晉侯問於士文伯曰詩所謂彼日而食于何不臧者何也對曰不善政之謂也國無政不用善則自取謫于日月之災李氏曰春秋書日食三十六○

爗爗丁輒反震電不寧不令叶盧經反百川沸騰山冢崒徂恤反崩高岸為谷深谷為陵哀今之人胡憯七感反莫懲

賦也爗爗電光貌震雷也寧安徐也令善沸出騰乘也山頂曰冢崒崔嵬也高岸崩陷故為谷深谷塡塞故為陵憯曾也○言非但日食而已十月而雷電山崩水溢亦災異之甚者是宜恐懼修省改紀其政而幽王曾莫之懲也董子曰國家將有失道之敗而天乃先出災異以譴告之不

知自省又出怪異以警懼之尚不知變而傷敗乃至此見天心仁愛人君而欲止其亂也〔纂疏〕疊山謝氏曰哀今之人胡憯莫懲天變如此幽王之心曾不懲創詩人不指幽王而曰哀今之人譏而婉也嚴氏曰十月震電天道乖矣川沸山崩陵谷遷變地道亂矣胡爲處可痛而莫懲創也○一說嚴氏曰憯錢氏訓爲痛○愚謂雷霆乃天之號令十月震電號令不時

○皇父音甫卿士番維司徒家伯爲宰仲允膳夫聚側留反子內史蹶俱衛反維趣七走反馬叶滿補反楀音矩維師氏豔餘贍反妻煽音扇方處〔賦〕也皇父家伯仲允皆字也番聚蹶楀皆氏也卿士六卿之外更爲都官以總六官之事也或曰卿士蓋卿之士周礼太宰之屬有上中下上公羊所謂宰上左氏所謂周公以蔡仲爲己卿士是也蓋以宰屬而兼總六官位卑而權重也司徒掌邦教冢宰掌邦治皆卿也膳夫上士掌王之飲食膳羞者也內史中大夫掌爵祿廢置殺生予奪之法者也趣馬中士掌王馬之政者也師氏亦中大夫掌司朝得失之事者也美色曰豔豔妻即褒姒也煽熾也方處方居其所未變徙也○言所以致變異者由小人用事於外而嬖妾蠱惑王心於內以爲之主故也〔纂疏〕嚴氏曰左傳鄭武公莊公爲平王卿士注卿士王之執政者王氏曰皇父爲卿士蓋首惡而皇父者其黨與也變異所生在於聚子用事而

七子之見寵則以交結豔妻於内故也。○抑此皇父，豈曰不時。胡爲我作，不即我謀。叶謨悲反。徹我牆屋，田卒汙萊。汙音烏，萊叶陵之反。曰予不戕，在良反。禮則然矣。叶於姬反。○賦也。抑，發語辭。時，農隙之時也。作，動。即，就。卒，盡也。汙，停水也。萊，草穢也。戕，害也。○言皇父不自以爲不時，欲動我以徙，而不與我謀，乃遽徹我牆屋，使我田不獲治，卑者汙而高者萊，又曰：非我戕汝，乃下供上役之常禮耳。

纂疏陳氏曰：豈曰不時，不問其非時。孔氏曰：皇父以親寵封於畿内，既封則築都邑，令邑人居之，役之不以時，先毀牆屋而後令遷邑，人廢其家業，故述其情以告之。范氏曰：前章備舉朝之小人，而皇父尸之，其餘以類聚而已。王氏曰：故此章專言皇父專恣而害及于民也。疊山謝氏曰：皇父之不仁，如人四體痿痺而不知痛癢。徹民牆屋，田卒汙萊，民無以爲生矣，皇父乃曰予不戕害汝也，下供上役，禮則當然，其不仁甚矣。

○皇父孔聖，作都于向。式亮反，下同。擇三有事，亶侯多藏。才浪反。不慭魚覲反。遺一老，俾守我王。叶于放反。擇有車馬，以居徂向。賦也。孔，甚也。聖，通明也。都，大邑也。周礼畿内大都方百里，小都方五十里，皆天子公卿所封也。向，地名，在東都畿内，今孟州河陽縣是也。三有事，三卿也。

亶信侯維藏蓄也愁者心不欲而自強之詞有車馬者亦富民也徂往也。言皇父自以爲聖而作都則不求賢而但取富人以爲卿又不自強留一人以衛天子但有車馬者則悉與俱往不忠於上而但知貪利以自私也【纂疏】嚴氏曰幽王君臣具曰予聖皇父亦以聖自居故詩人因其自聖而譏之謂皇父甚聖也孔氏曰皇父封畿內當二卿今立三有事是增一卿以比列國也疊山謝氏曰皇父棄舊人耆德而不用不能強勉留一老以守我王其不忠甚矣平王東遷作文侯之命推原召亂之由亦曰罔有耆壽俊在厥服西周之亡实兆於此使皇父秉政之時能留一老以守我王如周召之師保如仲山甫之保王躬則幽王有馮有翼未至於身辱國亡也皇父之罪莫大於此

○黽民允反勉從事不敢告勞無罪無辜讒口囂囂五刀反下民之孽魚列反匪降自天叶鐵因反噂子損反沓徒合反背蒲昧反憎職競由人【賦也】囂囂衆多皃孽災害也噂聚也沓重複也職主競力也。言黽勉從皇父之役未嘗敢告勞也猶且無罪而遭讒然下民之孽非天之所爲也噂噂沓沓多言以相說而背則相憎專力爲此者皆由讒口之人耳【纂疏】陳氏曰噂聚談也沓猥并也小人相見之狀如此背則憎疾也用如此小人在位所以與孽未可歸於天也蘇氏曰專力爲此者人也而豈天哉

○悠悠

我里亦孔之痗（莫背反，叶呼洧反）四方有羨（徐面反）我獨居憂民莫不逸我獨不敢休天命不徹（叶直質反）我不敢傚我友自逸

賦也。悠悠，憂也。里，居。痗，病。羨，餘。逸，樂。徹，均也。〇當是之時，天下病矣，而獨憂我里之甚病，且以為四方皆有餘，而我獨憂；衆人皆得逸豫，而我獨勞者，以皇父病之而被禍尤甚故也。然此乃天命之不均，吾豈敢不安於所遇而必傚我友之自逸哉。

纂疏 嚴氏曰：悠悠，遠也。里，鄉里。周禮五鄰為里。并八字句。王氏曰：我不敢傚我友自逸，時蓋有潔身而去者，已獨不去，故有是言。此詩前三章言災異之變，四章言致災由於小人，而皇父小人之魁也，故五六章專言皇父之惡，七章言小人在位，天降之災，則天変生於人妖也，八章言己之憂勞，而一篇之義終矣。疊山謝氏曰：天命不徹，我不敢傚我友自逸，君子不以一身之憂勤為賢，亦不以衆人之逸樂為非。凡人命有窮通，我之憂勤，乃天之所付者如是，命不通，不可惡其窮，我安之而已。我不敢傚我友之自逸也，其辭甚婉，其志堅而不可変矣。

十月之交八章，章八句。

浩浩昊天不駿其德降喪（息喪反）饑饉（其靳反）斬伐四國

叶于逼反。昊冡巾反天疾威，弗慮弗圖。舍音赦彼有罪，既伏其辜。若此無罪，淪胥以鋪。普烏反。○賦也。浩浩，廣大也。昊亦廣大之意。駿，大。德，惠也。穀不熟曰饑，蔬不熟曰饉。疾威，猶暴虐也。慮、圖，皆謀也。舍，置。淪，陷。胥，相。鋪，徧也。○此時饑饉之後，羣臣離散，其不去者作詩以責去者，故推本而言昊天不大其惠，降此饑饉而殺伐四國之人，如何昊天曾不思慮圖謀而遽為此乎？彼有罪而饑死，則是既伏其辜矣，舍之可也。此无罪者亦相與而陷於死亡，則如之何哉？【纂疏】○一說李氏曰：昊天之威如此，訊烈幽王非之謀。有罪既服其辜者，今則捨之而不問；無罪者乃淪胥陷溺而徧及焉，豈畏天者所當為哉？嚴氏曰：首章言刑罰不中也。

○周宗既滅，靡所止戾。正大夫離居，莫知我勩。夷世反三事大夫，莫肯夙夜。叶弋灼反邦君諸侯，莫肯朝夕。叶祥龠反庶曰式臧，覆芳服反出為惡。賦也。宗，族姓也。戾，定也。正，長也。周官八職，一曰正，謂六官之長，皆上大夫也。離居，蓋以饑饉散去，而因以避讒譖之禍也。我，不去者自我也。勩，勞也。三事，三公也。大夫，六卿及中下大夫也。臧，善。覆，反也。○言將有易姓之禍，其兆已見，而天變人離又如此，庶幾曰王改而為善，乃覆出為惡而不悛也。或曰：疑此亦東遷後詩也。【纂疏】

惨与憯同

【疏】李氏曰周宗姬姓之宗族皆破滅無所底定君臣解散又如此夫幽王上爲天所怒下爲民所怨内則宗族破滅外則羣臣諸侯攜貳孤立而不懼此所謂安其危而利其菑樂其所以亡者苟不然則何亡國敗家之有嚴氏曰次章言人心離散也○

如何昊天叶鐵因反下同辟言不信叶斯人反如彼行邁則靡所臻凡百君子各敬爾身胡不相畏不畏于天【賦】也如何昊天呼天而訴之也辟法臻至也凡百君子指羣臣也○言如何乎昊天也法度之言而不聽信則如彼行往而无所底至也然况凡百君子豈可以不各敬其身哉不敬尔身不相畏也不相畏不畏天也【發疏】嚴氏曰三章言已必然言不用也

○戎成不退叶吐類反下同飢成不遂曾在登反我暬思列反御憯憯七感反日瘁徂醉反凡百君子莫肯用訊叶息悴反聽言則荅譖言則退【賦】也戎兵遂進也易曰不能退不能遂是也暬御近侍也國語曰居寢有暬御之箴蓋如漢侍中之官也憯憯憂貌瘁病訊告也○言兵寇已成而王之爲惡不退飢饉已成而王之遷善不遂使我暬御之臣憂之而憯憯日瘁也凡百君子莫肯以是告王者雖王有問而欲聽其言則亦荅之而已不敢尽言也一有譖言及已則皆退而離居

五二一五

莫肯夙夜朝夕於王矣其意若曰王雖不善而君臣之義豈可以若是恝乎【纂疏】嚴氏曰四章言羣臣無忠心也○一說嚴氏曰兵戎之禍已成而其勢不退外患之熾也飢困之災已成而其生不遂內憂之迫也○哀哉不能言匪舌是出（尺遂反）維躬是瘁哿矣能言巧言如流俾躬處休【賦】也出出之也瘁病哿可也○言之忠者當世之所謂不能言者也故非但出諸口而適以瘁其躬佞人之言當世所謂能言者也故巧好其言如水之流無所凝滯而使其身處於安樂之地蓋亂世昏主惡忠直而好諛佞類如此詩人所以深歎之也○愚謂五章言忠佞不分禍福反易也○維曰于仕（鉏里反）孔棘且殆（叶養里反）云不可使得罪于天子（叶獎里反）亦云可使怨及朋友（叶羽已反）○【賦】也于往棘急殆危也○【蘇氏】曰人皆曰仕往耳曾不知仕之急且危也當是之時直道者王之所謂不可使而枉道者王之所謂可使也直道者得罪于君而枉道者見怨于友此仕之所以難也【纂疏】嚴氏曰六章言亂世進退皆有咎也從道則違時從時則違道寧得罪於天子不可得罪於公議也○謂爾遷于王都曰予未有室家（叶古胡反）鼠思（息嗣反）泣血（叶虛屈反）無言不疾昔

字疑作也

爾出居誰從作爾室一圖也尔謂離居者鼠思猶言癙憂也○當是時言之難能而仕之多患如此故羣臣有去者有居者居者不忍王之无臣已之无徒則告去者使復還于王都去者皆不聽而託於无家以拒之至於憂思泣血有无言而不痛疾者蓋其懼禍之深至於如此然所謂无家者則非其情也故詰之曰昔尔之去也誰爲尔作室者而今以是辭我哉〔總論〕嚴氏曰七章責引去者也

雨無正七章二章章十句二章章八句二章章六句

歐陽公曰古之人於詩多不命題而篇名往往无義例其或有命名者則必述詩之意如巷伯常武之類是也今雨無正之名据序所言与詩絕異當闕其所疑元城劉氏曰嘗讀韓詩有雨无極篇序云雨无極正大夫刺幽王也至其詩之文則比毛詩篇首多雨无其極傷我稼穡八字愚按劉說似有理然第一二章本皆十句今遽增之則長短不齊非詩之例又此詩實正大夫離居之後暬御之臣所作其曰正大夫刺幽王者亦非是且其爲幽王詩亦未有所考也

祈父之什六十四章四百二十六句

詩卷第十一

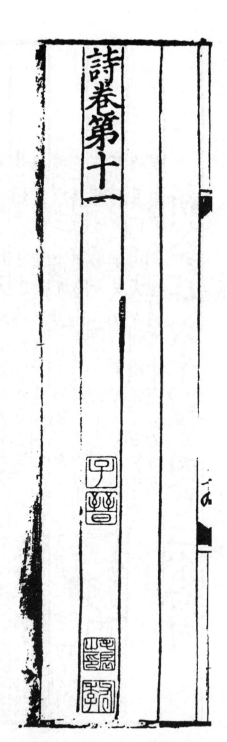

詩卷第十二

朱子集傳

新安後學胡一桂附錄纂疏

小旻之什二之五

旻天疾威，敷于下土。謀猶回遹，音聿何日斯沮。在呂反謀臧不從，不臧覆用。叶孚封反我視謀猶，亦孔之邛。○其凶反

賦也。旻，幽遠之意。敷，布。猶，謀。回，邪。遹，辟。沮，止。臧，善。覆，反。邛，病也。○大夫以王惑於邪謀，不能斷以從善，而作此詩。言旻天之疾威，布於下土，使王之謀猶邪辟，無日而止。謀之善者則不從，而其不善者反用之，故我視其謀猶，亦甚病也。

○潝潝許急反訿訿，音紫亦孔之哀。叶於希反謀之其臧，則具是違。謀之不臧，則具是依。我視謀猶，伊于胡底。之履反，叶都黎反

○賦也。潝潝，相和也。訿訿，相詆也。具，俱。底，至也。○言小人同而不和，其慮深矣。然於謀之善者則違之，其不善者則從之，亦何能有所定乎。

○我龜既厭不我告猶叶于救反謀夫孔多是用不集韓詩
作就叶疾救反發言盈庭誰敢執其咎叶巨又反如匪行邁謀是
用不得于道叶徒候反○賦也集成也○卜筮數則瀆而龜猒之故不復告其所圖之吉凶謀夫衆則是非
相奪而莫適所從故所謀終亦不成蓋發言盈庭各是其是無肯任其責而決之者猶不行不邁而坐謀所適謀之雖審而亦
何得於道路哉纂疏李氏曰左傳楚子伐鄭其六卿三欲從楚三欲待晉子駟曰請從楚騑也受其咎○一說嚴氏曰如
人欲行路必問於曾行之人非行邁之人而與之謀宜其無得於道路之事也○哀哉為猶匪先
民是程匪大猶是經維邇言是聽叶平声維邇言是爭
叶側陘反如彼築室于道謀是用不潰于成賦也先民古之聖賢也程法猶
道經常潰遂也○言哀哉今之為謀不以先民為法不以大道為常其所聽而爭者皆淺末之言以是相持如將築室而與行
道之人謀之人人得為異論其能有成也哉古語曰作舍道邊三年不成蓋出於此纂疏孔氏曰民者人之大名賢其實是
聖賢也嚴氏曰書曰相古先民有夏○國雖靡止或聖或否方九反叶補美反民

雖靡膴（火吳反）或哲或謀（叶莫徒反）或肅或艾（音乂）如彼泉流

無淪胥以敗（叶蒲寐反）○【賦】也。止，定也。聖，通明也。膴，大也，多也。艾，與乂同，治也。淪，陷。胥，相也。○言國論雖不定，然有聖者焉，有否者焉。民雖不多，然有哲者焉，有謀者焉，有肅者焉，有艾者焉。但王不用善，則雖有善者，不能自存，將如泉流之不反，而淪胥以至於敗矣。聖、哲、謀、肅、乂，即洪範五事之德，豈作此詩者亦傳箕子之學也與。○不敢暴

虎，不敢馮（皮冰反）河。人知其一，莫知其它（湯何反）。戰戰兢

兢，如臨深淵（叶一均反）。如履薄冰。【賦】也。徒搏曰暴，徒涉曰馮，如馮几然也。戰戰，恐也。兢兢，戒也。如臨深淵，恐墜也。如履薄冰，恐陷也。○衆人之慮不能及遠，暴虎馮河之患近而易見，則知避之；喪國亡家之禍隱於無形，則不知以為憂也。故曰戰戰兢兢，如臨深淵，如履薄冰，懼及其禍之詞也。

小旻六章，三章章八句，三章章七句。

【蘇氏】曰：小旻、小宛、小弁、小明四詩，皆以小名篇，所以別其為小雅也。其在小雅者，謂之小，故其在大雅者，謂之召旻、大明，獨宛、弁闕焉。意者孔子刪之矣，雖去其大，而其小者猶謂之小，蓋即用其舊也。

宛於阮反彼鳴鳩翰胡旦反飛戾天叶鐵因反我心憂傷念昔
先人明發不寐有懷二人興也宛小貌鳴鳩班鳩也翰羽戾至也明發謂將旦而光明開
發也二人父母也。此大夫遭時之亂而兄弟相戒以免禍之
詩故言彼宛然之小鳥亦翰飛而至于天矣則我心之憂傷豈
能不念昔之先人哉是以明發不寐而
而有懷乎父母也言此以爲相戒之端
集說
嚴氏曰鳴鳩鶻鵃骨嘲鶻即泯詩會
棲之鳩鄭子所謂鶻鳩氏司事莊子所謂鷽鳩也郭璞云似山
鵲而小短尾青黑色多聲呼爲鶻鵃杜預云春來秋去故爲司事
山陰陸氏曰莊子所謂鷽鳩是也多聲故名鳴鳩鳴鳩小物決
起而飛槍榆枋今飛鳴戾天勉強故也陸璣云斑鳩似鵓鳩項
有綉文與此鶻鳩全異舊說釋此爲斑鳩非也濮氏曰朱子謂
此詩兄弟相戒之辭自今觀之或是其人嘗有酒德之敗則序
謂刺王非矣感念存殁意極懇至而所謂之令人悲愴又曰先人
謂父母二人謂兄弟謂追念父母嘗黎明而興不能安寢懷我
兄弟二人〇人之齊聖飲酒溫克彼昏不知壹醉日富叶筆
力反各敬爾儀天命不又叶夷益反。賦也齊肅也聖通明也克勝也富猶甚也又復也。言
齊聖之人雖醉猶溫恭自持以勝。所謂不爲酒困也彼昏然而
不知者則一於醉而日甚矣於是言各敬謹爾之威儀天命已

法；則不復來，不可以不恐懼也。時王以酒敗德，臣下化之，故此兄弟相戒，首以爲諭。○中原有菽，音叔。庶民采叶此礼反。之。螟亡丁反。蛉，音零。有子。蜾音果。蠃，力果反。負叶蒲美反。之。教誨爾子，式穀似叶養里反。之。興也。中原，原中也。菽，大豆也。螟蛉，桑上小青蟲也，似步屈。蜾蠃，土蜂也，似蜂而小腰，取桑蟲負之於木空中，七日而化爲其子。式，用；穀，善也。○中原有菽，則庶民采之矣；以興善道人皆可行也。螟蛉有子，則蜾蠃負之；以興不似者可教而似也。教誨爾子，則用善而似之可也。善也似也，終上文兩句所興而言也。戒之以不惟獨善其身，又當教其子使爲善也。【纂疏】嚴氏曰：蜾蠃若細腰蜂，俗呼爲蠮螉，詩所謂蒲盧也。○題大計反。彼脊令，音零。載飛載鳴。我日斯邁，而月斯征。夙興夜寐，無忝爾所生。叶桑經反。○興也。題，視也。脊令飛則鳴，行則搖。載，則也。忝，辱也。○視彼脊令，則且飛而鳴矣。我既日斯邁，則汝亦月斯征矣。言當各務努力，不可暇逸取禍，恐不及相救恤也。夙興夜寐，各求无辱於父母而已。【纂疏】脊令見常棣。○交交桑扈，音户。率場啄粟。哀我填都田反。寡，宜岸宜獄。握粟出卜，自何能穀。興也。交交，往來之貌。桑扈，竊脂也，俗呼青觜，肉食不食粟與瘨塡同病也岸亦獄也韓詩作犴鄉亭之繫曰犴朝廷曰獄○愚按不食粟而今則率場啄粟矣病寡不宜岸獄今則宜岸宜獄矣言上不恤鰥寡喜陷之於刑辟也然不可不求所以自善之道故握持其粟出而卜之曰何自而能善乎言握粟以見其貧窶之甚【纂疏】鄭氏曰桑扈俗呼青雀嘴曲食肉喜盜脂膏食之因名竊脂山陰陸氏曰所謂交交桑扈率場啄粟者正以其性之竊脂者言之也交交桑扈有鶯其羽者以其色之竊脂者言之也補傳曰或指其色或指其性實一物耳

○溫溫恭人如集于木惴惴之瑞反小心如臨于谷戰戰兢兢如履薄冰【賦】也溫溫和柔貌如集于木恐隊也如臨于谷恐隕也

小宛六章章六句此詩之詞最爲明白而意極懇至說者必欲爲刺王之言故其說穿鑿破碎無理尤甚今悉改定讀者詳之○愚按朱子於此篇力斥刺幽王之說非而嚴氏後用舊說今姑纂之以備覽焉嚴氏曰一章刺王不能自彊曾鳴鳩之不若也先人指宣王二人文武謂宣王懷文武之烈遂致中興今幽王曾不念之乃令臣下念之乎二章刺王君臣沈湎恐天命之不又故戒羣臣各敬其儀也三章刺王黜太子宜臼申侯挾而有之四章申首章之意謂脊令之載飛載鳴無有止息可

以人而自暴自棄乎宣王承衰亂之後而能中興幽王繼中興之後反致衰亂故一則曰先人二則曰所生以其所親見者況之所生宣王也五章述民病以粟非桑扈所宜啄與岸獄非民所宜入末章則自懼禍也

弁蒲干反彼鸒音豫斯叶先爾反歸飛提提是移反民莫不穀我獨于罹何辜于天我罪伊何心之憂矣云如之何【興】也

弁飛拊翼貌鸒雅烏也小而多羣腹下白江東呼為鵯烏斯語詞也提提羣飛安閒之貌穀善罹憂也。舊說幽王太子宜臼被廢而作此詩言弁彼鸒斯則歸飛提提矣民莫不善而我獨于憂則鸒斯之不如也何辜于天我罪伊何者怨而慕也舜號泣于旻天曰父母之不我愛於我何哉蓋如此矣心之憂矣云如之何則知其无可奈何而安之之詞也【附錄】問古今說者皆以為此詩之意與舜怨慕之意同切以為只我罪伊何一句與舜於我何哉之意同至後面君子秉心維其忍之與君子不惠不舒究之分明是怨其親今却與舜怨慕之意似不同曰作小弁者自是未到得舜地位蓋亦常人之情耳只我罪伊何上面說何辜于天亦一自以為无罪相似未可與舜同日而語也時舉【纂疏】孔氏曰此為名鸒而云斯者語辭猶蓼彼鸒斯菀彼柳斯嚴曰首章負罪引慝也。○踧踧徒歷反周道叶徒苟反鞫九六反為茂草叶此苟反。我心憂傷，惄乃歷反焉如擣丁老反叶丁口反。假寐永嘆，維憂用老叶魯口反。心之憂矣，疢丑覲反如疾首。○賦也。踧踧，平易也。周道，大道也。鞫，窮。惄，思。擣，舂也。不脫衣冠而寐曰假寐。疢，猶疾也。○踧踧周道，則將鞫為茂草矣。我心憂傷，則惄焉如擣矣。精神憒眊，至於假寐之中而不忘永歎，憂之之深，是以未老而老也。疢如疾首，則又憂之甚矣。【纂疏】疊山謝氏曰：我心憂傷，惄焉如擣，深愁不主肩，如有物之擣其心也。事關心者，夢中亦長吁，故曰假寐永歎。憂愁多者，年少而鬢白，故曰維憂用老。孔氏曰：疢疾首，頭痛也。嚴氏曰：次章憂國將亡也。○維桑與梓，叶將里反必恭敬止。靡瞻匪父，靡依匪母叶滿彼反。不屬音燭于毛，不離于裏。天之生我，我辰安在叶此里反。○興也。桑梓二木。古者五畝之宅，樹之牆下，以遺子孫給蠶食、具器用者也。瞻者尊而仰之，依者親而倚之。屬，連也。毛，膚體之餘氣末屬也。離，麗也。裏，心腹也。辰，猶時也。○言桑梓父母所植，尚且必加恭敬，況父母至尊至親，宜莫不瞻依也。然父母之不我愛，豈我不屬于父母之毛乎？豈我不離于父母之裏乎？無所歸咎，則推之於天曰：

豈我生時不善哉何不祥至是也嚴氏曰二章怨而慕也范氏曰此言宜曰孝敬工不察也疊山謝氏曰桑梓吾
父母之所植以遺子孫者也見其樹則思其人思其人則愛其樹所以必恭必敬也敬其桑梓尚敢忘其父母乎此孝子之至
情也父母不我愛求其說而不可得於是歸之於天曰天之生我我辰安在不知天生我之時我之日月星辰果在何處吉歟
凶歟不可得而知也韓文公詩予生之初月在南斗牛奮其角箕張其口即在辰所在也○菀音鬱彼柳斯
鳴蜩音條嘒嘒呼惠反有漼千罪反者淵萑音丸葦韋鬼反淠淠孚計反
譬彼舟流不知所屆音戒叶居氣反心之憂矣不遑假
寐興也菀茂盛貌蜩蟬也嘒嘒聲也漼深貌淠淠眾也屆至遑暇也○菀彼柳斯則鳴蜩嘒嘒矣有漼者淵則萑葦淠淠矣今
我獨見棄逐如舟之流于水中不知其何所至乎是以憂之之深昔猶假寐而今不暇也蜩萑葦俱見七月嚴氏曰
四章言如窮人無所歸矣○鹿斯之奔維足伎伎其宜反雉之朝雊古豆
反尚求其雌叶千西反譬彼壞胡罪反木疾用無枝心之憂
矣寧莫之知興也伎伎舒貌宜疾而舒留其羣也雊雉鳴也壞傷病也寧猶何也○鹿斯之奔則足伎伎然

雉之朝雊亦知求其妃匹今我獨見棄逐如傷病之木憔悴而无枝是以憂之而人莫之知也【纂疏】孔氏曰斯碎也李氏曰此章言王之無恩遇其子禽獸之不如也○相息亮反彼投兔尚或先蘇薦反叶蘇晉反之行有死人尚或墐音覲之君子秉心維其忍之心之憂矣涕既隕音蘊之【賦】也相視投奔行道墐埋秉執隕墜也○相彼被逐而投人之兎尚或有哀其窮而先脫之者道有死人尚或有哀其暴露而埋藏之者蓋皆有不忍之心焉今王信讒棄逐其子曾視投兎死人之不如則其秉心亦忍矣是以心憂而涕隕也【纂疏】李氏曰道墐相望是也嚴氏曰八章述親親之然也○君子信讒如或醻之市由反叶市救反之君子不惠不舒究之伐木掎寄彼反叶居何反矣析薪杝勑氏反叶湯何反矣舍音捨彼有罪予之佗吐賀反叶湯何反矣【賦而興】也醻報惠愛舒緩究察也掎倚也以物倚其顛也杝隨其理也佗加也○言王惟讒是聽如受醻爵得即飲之曾不加惠愛舒緩而究察之夫苟舒緩而究察之則讒者之情得矣伐木者尚倚其巔析薪者尚隨其理皆不妄挫折之今乃捨彼有罪之譖人而加我以非其罪曾伐木析薪之不若也此則興也【纂疏】鄭氏曰醻

旅醻孔氏曰醻酬古字通用酬有二等旅酬而酬賓者賓奠之不舉謂之奠酬至三爵之後乃舉向者所奠之爵以行之於後交錯相醻名曰旅酬此喻得讒即受而行之知是旅酬也猗者畏木倒以物倚其巔也范氏曰此章言王信讒然其子而不循理也○莫高匪山叶所旃反莫浚蘇俊反匪泉君子無易夷豉反由言耳屬音燭于垣無逝我梁無發我笱我躬不閱遑恤我後

賦而比也山極高矣而或陟其巔泉極深矣而或入其底故君子不可易於其言恐耳屬于垣者有所觀望左右而生讒譖也王於是卒以褒姒為后伯服為太子故告之曰毋逝我梁毋發我笱我躬不閱遑恤我後蓋比詞也東萊呂氏曰唐德宗將廢太子而立舒王李泌諫之且曰願陛下還宮勿露此意左右聞之將樹功於舒王太子危矣此正君子無易由言耳屬于垣之謂也小弁之作太子既廢矣而猶云尔者蓋推本亂之所由生言語以為階也附錄問莫高匪山四句集傳作賦体疑莫是以上兩句興下兩句耶曰此只是賦蓋以為莫高如山莫浚如泉而君子亦不可易而言亦恐有人聞之也時舉纂疏梁笱見邶谷風

小弁八章章八句

幽王娶於申生太子宜臼後得褒姒而惑之生子伯服信其讒

黜申后逐宜臼而宜臼作此以自怨也序以爲太子
之傅述太子之情以爲是詩不知其何所據也【傳】曰
高子曰小弁小人之詩也孟子曰何以言之曰怨曰
固哉高叟之爲詩也有人於此越人關弓而射之則
己談笑而道之無他疏之也其兄關弓而射之則己
垂涕泣而道之無他戚之也小弁之怨親親也親親
仁也固矣夫高叟之爲詩也曰凱風何以不怨曰凱
風親之過小者也小弁親之過大者也親之過大而
不怨是愈疏也親之過小而怨是不可磯也愈疏不
孝也不可磯亦不孝也孔子曰舜其至孝矣五十而慕

悠悠昊天曰父母且子餘反無罪無辜亂如此憮火吳反昊天已威叶紆胃反予慎無罪叶音悴昊天泰憮予慎無辜

【賦】也悠悠遠大之貌且語詞憮大也已泰皆甚也慎審也○大夫傷於讒無所控告而訴之於天曰悠悠昊天爲人之父母胡爲使無罪之人遭乱如此其大也昊天之威已甚矣我審無罪也昊天之威甚大矣我審無辜也此自訴而求免之詞也

【疏】嚴氏曰首章傷己被讒也○

亂之初生僭側蔭反始既涵音含亂之又生君子信讒君子如怒叶奴五反亂庶遄市專反沮慈呂反君

五四〇

君子如祉（音恥），亂庶遄已。（賦也。）僭始，不信之端也。涵，容受也。君子指王也。遄，疾。沮，止也。祉，猶喜也。○言亂之所以生者，以讒人以不信之言始入，而王涵容不察其眞僞也。亂之又生者，則既信其讒言而用之矣。君子見讒人之言若怒而責之，則亂庶幾遄沮矣；見賢者之言若喜而納之，則亂庶幾遄已矣。今涵容不斷，讒信不分，是以讒者益勝而君子益病也。［蘇氏］曰：小人爲讒於其君，必以漸入之。其始也進而嘗之，君容之而不拒，知言之无忌，於是復進。既而君信之，然後亂成。

［纂疏］嚴氏曰：次章言亂生於讒，讒生於優柔不斷，所謂懷狐疑之心者，來讒賊之口；持不斷之意者，開羣枉之門也。今忠讒不分，是以邪正渾殽，是非易位，而亂天下也。

○君子屢盟（叶謨郎反），亂是用長（丁丈反，叶直良反）。君子信盜，亂是用暴。盜言孔甘，亂是用餤（音談）。匪其止共（音恭），維王之邛（其恭反）。○（賦也。）屢，數也。盟，邦國有疑則殺牲歃血告神以相要束也。盜，指讒人也。餤，進。邛，病也。○言君子不能已亂，而屢盟以相要，則亂是用長矣。君子不能堲讒而信盜以爲虐，則亂是用暴矣。讒言之美，如食之甘，使人嗜之而不厭，則亂是用進矣。然此讒人不能供其職事，徒以爲王之病而已。夫良藥苦口而利於病，忠言逆耳而利於行。維其言之甘而悅焉，則其國豈不殆哉。［纂疏］嚴氏曰：二章言信讒致亂也。李氏曰：考之春秋

書朕堲讒說殄行 疾也音

鄭伯有之亂鄭伯與其臣下盟盟者生於君臣相疑而致也
又邦国有疑歃血告神事見周官司盟○一說嚴氏曰止共嚴
氏以爲人臣止於敬之義○奕奕寢廟君子作之秩秩大猷聖人莫
之他人有心予忖七損反度待洛反之躍躍他歷反毚士咸反
兔遇犬獲叶黃郭反之興而比也奕奕大也秩秩序也猷道莫定也躍躍跳疾皃毚狡也○奕奕寢廟則君
子作之秩秩大猷則聖人莫之以興他人有心則予得而忖度之
之而又以躍躍毚兔遇犬獲之比焉反覆興比以見讒人之心
我皆得之不能隱其情也附錄因言詩人所見極大如巧言詩奕奕寢廟一章本意只是惡巧言讒譖之人却以奕奕寢
廟與秩秩大猷起興便見其所見極大形於言者無非義理之
極致也時舉云此亦是先王之澤未泯禮義根於其心故其形
於言者自無非僻義理先生頷之時舉纂疏嚴氏曰四章言巳知讒人之情也○荏而甚反染柔木
君子樹叶上主反之往來行言心焉數所主反之蛇蛇以支反
碩言出自口叶孔五反矣巧言如簧顏之厚叶胡五反矣興也荏染
柔貌柔木桐梓之屬可用者也行言行道之言也數辨也蛇蛇
安舒也碩大也謂善言也顏厚者頑不知恥也○荏染柔木則

君子樹之矣。往來行言，則心能辨之矣。若善言而出於口者，宜也。巧言如簧，則豈可出於口哉！言之徒可羞愧，而彼顏之厚，不知以為恥也。孟子曰：為機變之巧者，無所用恥焉。其斯人之謂與。○愚謂本上章例訓，則上二句見與下二句是實事，五句以下申言之也。荏染柔木，君子樹之，因與往來行言，心焉數之。柔木所宜樹而樹，行言亦不足數而數也。夫所謂往來行言者，多委蛇碩大之言，出口而無實，多如簧巧好之言，顏厚而無恥，果何足數哉！李氏曰：出口與好言自口、莠言自口同，言之好惡惟口所出而無實也。巧言與巧言令色鮮矣仁同，惟其巧言，其心必嶮巇，而外皃則令善无偶，此所以鮮矣仁也。此章言王之信讒也。荏染柔木與抑詩同。○**彼何人斯，居河之麋。**音眉**無拳**音權**無勇，職為亂階。**叶居奚反**既微且尰，**市勇反**爾勇伊何？為猶將多，爾居徒幾？**音紀，叶居希反**何**

賦也。何人，斥讒人也。此必有所指矣，賤而惡之，故為不知其姓名而曰何人也。斯，語詞也。水草交謂之麋。拳，力；階，梯也。骭瘍為微，腫足為尰。猶，謀；將，大也。○言此讒人居下濕之地，無拳無勇，可以為亂，而讒口交鬬，專為亂之階梯。又有微尰之疾，亦何能勇哉！而為讒謀則大且多如此，是必有助之者矣。然其所與為之徒眾，戕何人哉？言亦不能甚多也。李氏曰：左氏所謂五吾賜汝孟諸之麋是也。東萊呂氏曰：說文：脛氣足腫。嚴氏曰：骭，骭同，脚脛瘍。

音羊瞻也又曰此章斥讒人而惡之也

巧言六章章八句 以五章巧言二字名篇

彼何人斯其心孔艱 叶居銀反 胡逝我梁不入我門 叶眉貧反 伊誰云從維暴之云 賦也何人亦若不知其姓名也孔甚艱險也我舊說以爲蘇公也暴二公皆畿內諸侯也○舊說暴公爲卿士而譖蘇公故蘇公作詩以絕之然不欲直斥暴公故但指其從行者而言彼何人者其心甚險胡爲往我之梁而不入我之門乎既不而問其所從則暴公也夫以從暴公而不入我門則暴公之譖己也明矣但舊說於詩無明文可考未敢信其必然耳 附錄 因言小序多不可信且如蘇公刺暴公則固是姓暴者多萬一不見得是暴公則維暴之云者只作一箇狂暴底人說亦可大雅 纂疏 鄭氏曰梁魚梁在蘇國門外○

二人從行誰爲此禍 胡果反 胡逝我梁不入唁我始者不如今云不我可 賦也二人暴公与其徒也唁弔失位也○言二人相從而行不知誰譖己而禍之乎既使我得罪矣而其逝我梁也又不入而唁我女始者与我親厚之時豈嘗如今不以我爲可乎 纂疏 蘇氏曰始謂我可而今謂我不可也○

彼何人斯胡逝我陳我聞其聲不見其身不愧于人不畏于天叶鐵因反○賦也陳堂塗也堂下至門之徑也○在我之陳則入近矣聞其聲而不見其身言其蹤跡之詭秘也不愧于人則以人爲可欺也天不可欺女獨不畏于天乎奈何其譖我也○彼何人斯其爲飄風叶孚愔反胡不自北胡不自南叶尼心反胡逝我梁祇音支攪交卯反我心賦也飄風暴風也攪擾亂也○言其往來之疾若飄風然自北自南則與我不相值也今則逝我之梁則適所以攪亂我心而已○爾之安行亦不遑舍叶商居反爾之亟紀力反行遑脂爾車一者之來云何其盱況于反○賦也安徐遑暇舍息亟疾盱望也字林云盱張目也易曰盱豫悔三都賦云盱衡而語是也○言爾平時徐行猶不暇息而況亟行則何暇脂其車哉今脂其車則非亟也以託以亟行而不入見我則非其情矣何不一來見我如何而使我望汝之切乎孔氏曰極其情以疑之東萊呂氏曰謂汝行之幾乎何爲不少舍息而見我也謂汝行之急乎何爲復有暇而脂車也○爾還而入我心易以豉反叶以支反也還而不入否難知也一

者之來俾我祇也賦也還反易說祇安也○言爾之往也既不入我門矣儻還而入則我心猶庶乎其說也還而不入則爾之心我不可得而知矣何不一來見我而使我心安乎董氏曰是詩至此其詞益緩若不知其爲譖矣丘氏曰儻爾還而入則我心平易無疑今還而不入請不譖我則誰知李氏曰亦以見讒譖之人愧不敢來也

○伯氏吹壎況袁反仲氏吹篪音池及爾如貫諒不我知出此三物以詛側助反爾斯叶先齎反○賦也伯仲兄弟也俱爲王臣則有兄弟之義矣樂器土曰壎大如鵝子銳上平底似稱錘六孔竹曰篪長尺四寸圍三寸七孔一孔上出徑三分凡八孔橫吹之如貫如繩之貫物也言相連屬也諒誠也三物犬豕雞也刺其血以詛盟也○伯氏吹壎而仲氏吹篪言其心相親愛而聲相應和也與汝如物之在貫豈誠不我知而譖我哉苟曰誠不我知則出此三物以詛之可也孔氏曰壎周禮小師職作塤古今字異耳注云燒土爲之王氏曰三物蓋若鄭莊公令出犬雞猳以詛射潁考叔者毛遂取雞狗馬之血以盟也盖古盟詛如此孔氏曰詛小於盟在襄十一年季武子將作三軍盟諸僖閎詛諸五父之衢定六年陽虎盟國人於亳社詛諸五父之衢又曰若實不譖者則當共出豕犬雞之三物以詛盟使讒否有決令我不疑○爲鬼爲蜮音域則不

可得有靦士典反面目視人罔極作此好歌以極反側

蜮也蜮短狐也江淮水皆有之能含沙以射水中人影其人輒病而不見其形也靦面見人之貌也好善也反側反覆不正直也○言汝為鬼為蜮則不可得而見矣汝乃人也靦然有面目与人相視无窮極之時豈其情終不可測哉是以作此好歌以究極尔反側之心也【纂疏】孔氏曰洪範五行傳蜮如鼈三足生於南越南越婦多淫故多蜮淫女惑亂之氣所生也陸璣疏云一名射影江淮水皆有之人影見水中投人影則殺之故曰射影或曰含沙射人皮肌其瘡如疥是也毛氏曰靦姡也姡音活孔氏曰靦姡皆面目見人之貌李氏曰後世用此句者以為愧恥之貌

何人斯八章章六句此詩与上篇文意相似疑出一手但上篇先刺聽者

此篇專責讒人耳【王氏】曰暴公不忠於君不義於友所謂大故也故蘇公絕之然其絕之也不斥暴公言其從行而已不著其譖也示以所疑而已既絕之矣而猶告以壹者之來俾我祇也蓋君子之處已也忠其遇人也恕使其由此悔悟更以善意從我固所願也雖其不能如此我固不為已甚豈若小丈夫哉一与人絕則醜詆固拒惟恐其復合也

萋七西反兮斐孚匪反兮成是貝錦彼譖人者亦已大音泰
甚食荏反○比也萋斐小文之貌貝水中介虫也有文彩似錦○時有遭讒而被宮刑為巷伯者作此詩言因萋斐之形而
文致之以成貝錦以比讒人者因人之小過而飾成大罪也彼為是者亦已大甚矣纂疏毛氏曰萋斐文章相錯也鄭氏
曰文如餘泉餘蚳音池之貝文孔氏曰釋魚說貝文狀餘蚳黃白文餘泉白黃文李巡云餘蚳貝甲黃為質白為文綵餘泉貝
甲白為質黃為文綵陸璣云貝文之異小大之殊甚眾古者貨貝是也○哆昌者反兮侈尺是反兮
成是南箕彼譖人者誰適丁歷反下同與謀叶謨悲反○賦也哆侈微張之
貌南箕四星二為踵二為舌其踵狹而舌廣則大張矣適主也誰適與謀言其謀之閟也纂疏孔氏曰二十八宿有箕星
無南箕故曰南箕即箕星也○緝緝七立反翩翩音篇叶批賓反謀欲譖人慎
爾言也謂爾不信叶斯人反○賦也緝緝口舌聲或曰緝緝人之罪或曰有條理貌皆通翩翩往
來貌譖人者自以為得意矣然不慎爾言聽者有時而悟且將以爾為不信矣纂疏嚴氏曰讒人情狀接續增益緝緝然
如女之績往來輕飄翩翩然如鳥之飛相與經營謀為讒譖而已○捷捷幡幡芳煩反叶芬邅反謀

欲譖言豈不爾受既其女音汝遷賦也捷捷儇利貌幡幡反覆貌王氏曰上好譖則固將受女然好譖不已則遇譖之禍亦既遷而及女矣曾氏曰上章及此皆忠告之詞纂疏錢氏曰捷捷利口皃嚴氏曰汝能譖人人亦能譖汝其禍將延及汝矣○驕人好好勞人草草蒼天蒼天叶鐵因反視彼驕人矜此勞人賦也好好樂也草草憂也驕人譖行而得意勞人遇譖而失度其狀如此纂疏王氏曰蒼天蒼天蓋以王之不明無所告愬而告之於天也○彼譖人者叶掌與反誰適與謀叶滿補反取彼譖人投畀豺士皆反虎豺虎不食投畀有北有北不受叶承呪反投畀有昊叶許候反○賦也再言彼譖人者誰適與謀者甚嫉之故重言之也或曰衍文也投棄也北北方寒涼不毛之地也不食不受言讒譖之人物所共惡也昊昊天也投畀昊天使制其罪○此皆設言以見欲其死亡之甚也故曰好賢如緇衣惡惡如巷伯纂疏說文曰豺狼屬狗聲○楊園之道猗於綺反于畝丘叶祛奇反寺人孟子作爲此詩凡百君子敬而聽之興也楊園下地也猗加也畝丘高地也寺人內小臣蓋以讒被宮而

為此官也孟子其字也。揚園之道而猗于畝丘以興賤者之
言或有補於君子也蓋譖始於微者而其漸將及於大臣故作
詩使聽而謹之也劉氏曰其後王毛氏曰揚園園名畝丘
后太子及大夫東多以讒廢者丘名嚴氏曰揚園況卑
人畝丘況大臣欲陵畝丘則必道
揚園言將譖大臣必始於卑人也

巷伯七章四章章四句・一章五句・一章八句

一章六句巷是宮內道名秦漢所謂永巷是也伯長也主宮內道官之長即寺人也故以
名篇班固司馬遷贊云迹其所以自傷悼小雅巷伯
之倫其意亦謂巷伯本以被譖而遭刑也而楊氏曰
寺人內侍之微者出入於王之左右親近於王而日
見之宜無間之可伺矣今也亦傷於讒則疏遠者可
知故其詩曰凡百君子敬而聽之使在位
知戒也其說不同然亦有理姑存於此云

習習谷風維風及雨將恐丘勇反將懼維予與女音汝將
安將樂音洛女轉棄予叶演女反。興也習習和調貌谷風東風也將且也恐懼謂危難憂患之
時也。此朋友相怨之詩故言習習谷風則維風及雨矣將恐
將懼之時則維予與女矣奈何將安將樂而女轉棄予哉

【纂疏】。一説嚴氏曰：來自大谷之風，怒風也。又習習不斷，繼之以雨，猶後以震風淩雨喻不安也。○舊説谷風爲長又生，習習爲和調。今考二章維風及頽，暴風也，非和調之類；三章草木萎死，無生長之意，詳難通矣。

○習習谷風，維風及頽。徒雷反將恐將懼，寘之豉反予于懷。叶胡隈反將安將樂，棄予如遺。叶夷回反

○興也。頽，風之焚輪者也。寘與置同，置，置于懷，親之也。如遺，忘去而不復存省也。【纂疏】○一説嚴氏曰：郭璞云：頽風，暴風從上下也。論事變益甚。疊山謝氏曰：寘予于懷，是進人若將加諸膝也；棄予如遺，是退人若將墜諸淵也。

○習習谷風，維山崔徂回反嵬。五回反無草不死，無木不萎。叶於回反忘我大德，思我小怨。叶韻未詳

○崔嵬，山巔也。○習習谷風，維山崔嵬，則風之所被者廣矣，然猶无不死之草，无不萎之木，况於朋友，豈可以忘大德而思小怨乎？或曰興也。【纂疏】○一説大風摧物，維山獨存，草木無不萎死矣，喻大患難也。此時賴朋友以濟，今豈可忘我共患難之大德而思我小怨乎？

谷風三章，章六句

蓼蓼(音六)者莪(五何反)，匪莪伊蒿(叶毛反)。哀哀父母，生我劬勞。【興】也。蓼，長大貌。莪，美菜也。蒿，賤草也。○人民勞苦，孝子不得終養，而作此詩。言昔謂之莪，而今非莪也，特蒿而已。以比父母生我，以為美材，可賴以終其身，而今乃不得其養以死。於是乃言父母生我之劬勞，而重自哀傷也。【纂疏】東萊呂氏曰：我莪蒿無以酬天地之恩，人子不能報父母之德。疊山謝氏曰：孟郊詩云：誰言寸草心，報得三春暉。嚴氏曰：菁菁者莪傳曰：我，蘿蒿也。陸璣曰：生澤田漸洳之處，葉似邪蒿而細，科生三月中，莖可生食，又可蒸，香美，味頗似蔞蒿。山陰陸氏曰：晏子云：蒿，草之高者也。艾，治也。蒿，亂也。莊子云：將妄鑿垣墻而植蓬蒿。蓬蒿以言穢亂。管子云：嘉穀不生，而蓬蒿藜莠。

○蓼蓼者莪，匪莪伊蔚(音尉)。哀哀父母，生我勞瘁(似醉反)。○【比】也。蔚，牡菣也。三月始生，七月始華，如胡麻華而紫赤。八月為角，似小豆角，銳而長。瘁，病也。【纂疏】嚴氏曰：蔚，一名馬新蒿，蒿之尤龐大者也。

○缾之罄矣，維罍之恥。鮮(息淺反)民之生，不如死之久(叶舉里反)矣。無父何怙，無母何恃。出則銜恤，入則靡至。【比】也。缾，小；罍，大；皆酒器也。罄，盡；鮮，寡；恤，憂；靡，無也。○言缾資於罍，而罍資缾，猶父母與子相依為命也。故缾之罄矣，乃罍之恥，猶父母不得其所乃子之責所以窮獨之民生不如死也言無父則無所怙無母則無所恃是以出則中心銜恤入則如無所歸也【纂疏】孔氏曰罍形似壺大者受一斛○父兮生我母兮鞠我拊我（音撫）畜我（許六反）我長我（丁丈反）育我顧我復我出入腹我欲報之德昊天罔極【賦也】生者本其氣也鞠畜皆養也拊循也育覆育也顧旋視也復反覆也腹懷抱也罔無極窮也○言父母之恩如此欲報之以德而其恩之大如天無窮不知所以為報也【纂疏】疊山謝氏曰此章形容父母愛子之心盡矣父兮生我如天之生物也母兮鞠我如地之養物也拊者常以手撫摩其身体察其肥瘠憂其疥癬也畜者有以聚之養謹其出入察其起居藏之堂奧之中不敢縱之出門庭之外惟恐其病疾也長者如南風之長養万物調和其身而滋養其血氣寒則煖之暑則涼之飢則食之渴則飲之疾病則藥之日夜望其長大育者如易曰育德如孟子曰教育英才涵養其德性發舒其志氣開導其聰明日夜望其成人也書曰若保赤子心誠求之無一事不順其意也顧者父母行而兒不隨則回首以顧之如有所遺也復者兒行而父母不隨則追尋而喚其歸如有所失也出入腹我者懷抱其兒於腹間也父母有所往將出門懷抱其子而未忍捨父母自外歸既入門懷抱其子而不肯置人能深思生我鞠我拊我畜我長我育我顧我

復我出入腹我九字之義必不忘父母之恩矣○南山烈烈飄風發發民莫不穀我獨何害叶音曷○興也烈烈高大貌發發疾貌穀善也○南山烈烈則飄風發發矣民莫不善而我独何爲遭此害也哉【纂疏】嚴氏曰孝子行役念親之役瞻南山之烈烈感飄風之發發觸目皆悲傷也故嘆民莫不得以養其父母我独何爲遭此害而不得終養乎○南山律律飄風弗弗叶分聿反民莫不穀我獨不卒興也律律猶烈烈也弗弗猶發發也卒終也言終養也

蓼莪六章四章章四句二章章八句晉王裒以父死非罪每讀詩至哀哀父母生我劬勞未嘗不三復流涕受業者爲廢此篇詩之感人如此

有饛音蒙簋音軌飧音孫有捄音求棘匕必履反周道如砥之履反其直如矢君子所履小人所視叶善止反睠音眷言顧之潸所姦反焉出涕音躰○興也饛滿簋貌飧熟食也捄曲貌棘匕以棘爲匕所以載鼎肉而升之於俎也砥礪石言平也矢言直也君子在位履行小人下民也睠反顧也潸涕下貌○序以爲東國困於役而傷於財譚大夫作此以告病言

有饛簋飧則有捄棘匕周道如砥則其直如矢是以君子履之而小人視焉今乃顧之而出涕者則以東方之賦役莫不由是而西輸於周也【纂疏】鄭氏曰周之所以取於諸侯若均平正直凡今之君子猶及行之小人猶及見之至於幽王遂不然是以顧之而出涕蓋傷今之不如古也孔氏曰譚國在京師之東杜氏左傳注曰譚在濟南平陵縣西南○

小東大東叶都郎反杼直呂反柚音逐其空叶枯郎反糾糾葛屨可以履霜佻佻徒彫反公子行彼周行叶戶郎反既往既來叶六直反使我心疚叶訖力反○賦也小東大東東方小大之國也自周視之則諸侯之國皆在東方杼持緯者也柚受經者也空盡也佻佻輕薄不奈勞苦之貌公子諸侯之貴臣也周行大路也疚病也○言東方小大之國杼柚皆已空矣至於以葛屨履霜而其貴戚之臣奔走往來不勝其勞使我心憂而病也【纂疏】說文曰杼盛緯器曹氏曰梭也○一說濮氏曰糾二葛屨宜於夏暑者也而謂可以履霜以其輕薄驕貴之公子不奈勞苦若乃今役於大路往來奔走之不暇使我心病也○

有洌音列氿音軌泉叶才勻反無浸穫薪契契苦計反寤歎哀我憚丁佐反人薪是穫薪尚可載叶節力反也哀我憚人亦可

息也賦也。冽，寒意也。側出曰氿泉。穫，艾也。契契，憂苦也。憚，勞也。尚，庶幾也。載，載以歸也。○蘇氏曰：薪已穫矣，而復侵之則腐；民已勞矣，而復事之則病。故已艾則庶其載而畜之，已勞則庶其息而安之。纂疏毛氏曰：側出氿泉。歐陽氏曰：此告病之辭也。

○東人之子，職勞不來。音賚，叶六直反。西人之子，粲粲衣服。叶蒲北反。舟人之子，熊羆是裘。叶渠之反。私人之子，百僚是試。叶申之反。○賦也。東人，諸侯之人也。職，專主也。來，慰撫也。西人，京師人也。粲粲，鮮盛貌。舟人，舟楫之人也。熊羆是裘，言富也。私人，私家皁隸之屬也。僚，官。試，用也。舟人、私人，皆西人也。○此言賦役不均，羣小得志也。纂疏李氏曰：此章言東人之勞，西人之逸，小人得志紛然，綱紀敗壞，無復王室之舊也。

○或以其酒，不以其漿。鞙鞙胡犬反佩璲，音遂不以其長。維天有漢，監古暫反亦有光。跂丘豉反彼織女，終日七襄。賦也。鞙鞙，長貌。璲，瑞也。漢，天河也。跂，隅貌。織女，星名，在漢旁，三星跂然如隅也。七襄，未詳。傳曰：反也。箋云：駕也。駕謂更其肆也。蓋天有十二次，日月所止舍，所謂肆也。經星一晝一夜左旋一周而有餘，則終日之間，自卯至酉，當更七次也。○言東人或饋之以酒，而西人曾不以爲漿；東人或與之以鞙

五五六

然之佩而西人曾不以為長維天之有漢則庶乎其有以監我而織女之七襄則庶乎其能成文章以報我矣無所赴愬而言惟天庶乎其恤我耳【纂疏】孔氏曰楊泉物理論云漢水之精也氣發而升精華浮上宛轉隨流名曰天河一曰雲漢又曰孫毓云織女三星跂然如隅然則三星鼎足而成三角望之跂然○

雖則七襄不成報章睆華板反彼牽牛不以服箱東有啓明叶謨郎反西有長庚叶古郎反有捄天畢載施之行户郎反○賦也睆明星貌牽牛星名服駕也箱車箱也啓明長庚皆金星也以其先日而出故謂之啓明以其後日而入故謂之長庚蓋金水二星常附日行而或先或後但金大水小故獨以金星為言也天畢畢星也狀如掩兔之畢行行列也○言彼織女不能成報我之章牽牛不可以服我之箱而啓明長庚天畢者亦无實用但施之行列而已至是則知天亦无若我何矣【纂疏】孔氏曰兩較之間謂之箱是車內容物之處較音角謂車兩傍也長樂劉氏曰金星朝在東所以啓日之明夕在西所以續日之長○

維南有箕不可以簸波我反揚維北有斗不可以挹音揖酒漿維南有箕載翕許急反其舌維北有斗西柄之揭居竭反○賦也箕斗二星以夏秋之

間見於南方云北斗者以其在箕之北也或曰北斗常見不隱
者也翕引也舌下二星也南斗柄固指西若北斗而西柄則亦
秋時也○言南箕既不可以簸揚糠粃北斗既不可以挹酌酒
漿而箕引其舌反若有所吞噬斗西揭其柄反若有所挹取於
東是天非徒無若我何乃亦若
助西人而見困甚怨之詞也
歐陽氏曰自維天有漢監
亦有光以下皆述譚人仰
訴於天之辭言我民困矣天之雲漢有光亦能下監我民乎天
雖有織女不能為我織而成章雖有牽牛不能為我駕車而輸
物雖有啓明長庚不能助日為晝俾我營作雖有天畢不能為
我掩捕鳥獸雖有箕不能為我簸揚糠粃雖有斗不能為我挹
酒漿其意言我譚人困於供億取資於地者皆已竭矣欲取於
天又不可得也末言箕斗非徒不可用箕張舌反有所噬斗西
柄反有所挹取於東
是皆怨訴之辭也

大東七章章八句

四月維夏叶後五反六月徂暑先祖匪人胡寧忍予叶演女反
○興也徂往也四月六月亦以夏正數之建巳建未之月也○
此亦遭亂自傷之詩言四月維夏則六月徂暑矣我先祖豈非
人乎何忍使我遭此禍
也無所歸咎之辭也
毛氏曰徂往也六月火星中暑盛
而往矣孔氏曰月令季夏六月昏

火中○秋日淒淒七西反百卉許貴反具腓芳非反亂離瘼音莫矣爰家語作奚其適歸賦也淒淒涼風也卉草腓病離憂瘼病奚何適之也○秋日淒淒則百卉俱腓矣亂離瘼矣則我將何所適歸乎哉纂疏孔氏曰離離散也李氏曰言下民困病如秋日淒淒然而百草俱病也○

冬日烈烈飄風發發民莫不穀我獨何害叶音曷○賦也烈烈猶栗烈也發發疾貌穀善也○夏則暑秋則病冬則烈烈言禍亂日進無時而息也纂疏李氏曰幽王虐政愈甚如冬日烈烈然而虐飄風發發然而疾我獨何害傷已遭亂之甚也輔氏曰三章言夏秋冬獨不及春蓋天氣和暢萬物發育治之象也自古治世少亂世多觀四時可知矣○一說嚴氏曰穀善也言民遂其安養○

山有嘉卉侯栗侯梅叶莫悲反廢為殘賊莫知其尤叶于其反○興也嘉善侯維廢變尤過也○山有嘉卉則維栗與梅矣在位者變為殘賊則誰之過哉纂疏錢氏曰卉草也通言之則草木皆卉也○一說李氏曰民猶嘉卉也今君忍而殘虐之曾莫知其所以得罪之由也疊山謝氏又曰山必有嘉卉嘉果而後成山朝廷必有善人君子而後成朝廷今善人君子廢棄不用又殘賊之莫知其過云何而受此禍也○愚謂亦楊子幼所謂田彼南山蕪穢不治種一頃豆落而

爲其之意○相息亮反彼泉水載清載濁叶殊玉反我日構禍曷
云能穀賦也。相，視。載，則。構，合也。○相彼泉水猶有時而清，有時而濁，而我乃日日遭害，則曷云能善乎。纂疏
嚴氏曰：構猶言結也。○一說嚴氏曰：穀與上文民莫不穀同。○滔滔吐刀反江漢南國之
紀盡瘁以仕寧莫我有叶羽巳反○賦也。滔滔，大水貌。江漢，二水名。紀，綱紀也，謂經帶包絡
之也。瘁，病也。有，識有也。○滔滔江漢猶爲南國之紀。今也盡瘁以仕，而王何其不我有哉。纂疏嚴氏曰：大夫行役由西周
至于南國，因感江漢之水滔滔盛大，爲南方之紀綱，衆水聯絡而歸之，猶王者爲天下宗，臣子皆歸心也。今我盡瘁以從仕，而
曾不有我，此在外思君之辭也。○匪鶉徒丸反匪鳶以專反，叶以旬反翰飛戾天
叶鐵因反匪鱣張連反匪鮪于軌反潛逃于淵叶一均反○賦也。鶉，鵰也。鳶亦鷙鳥
也，其飛上薄雲漢。鱣鮪，大魚也。○鶉鳶則能翰飛戾天，鱣鮪則能潛逃于淵，我非是四者，則亦無所逃矣。纂疏李氏曰：鶉
若以爲鶚鶚之鶉，則无突天之理。鵰似鷹而大，其飛上薄雲漢。孔氏曰：鳶，鴟也。鴟鳥之類，其飛也布翅翱翔。鱣鮪身碩人。○
山有蕨薇，隰有杞桋音夷。君子作歌，維以告哀。叶於希反○興

也杞枸檵也楰赤楝也樹葉細而岐銳皮理錯戾好叢生山中中為車輞○山則有蕨薇隰則有杞桋君子作歌則維以告哀而已

【纂疏】嚴氏曰枸音苟檵音計即枸杞楰本亦作萸音臾茅始生也釋木雖有楰赤楝所草反之文味此詩上下文意與蕨薇杞並言當作萸也蕨薇杞萸四物皆可食承上章欲逃世患之意思遁迹山林采草木而食之如伯夷食薇四皓茹芝之意作此詩歌以訴其哀其情迫矣

四月八章章四句

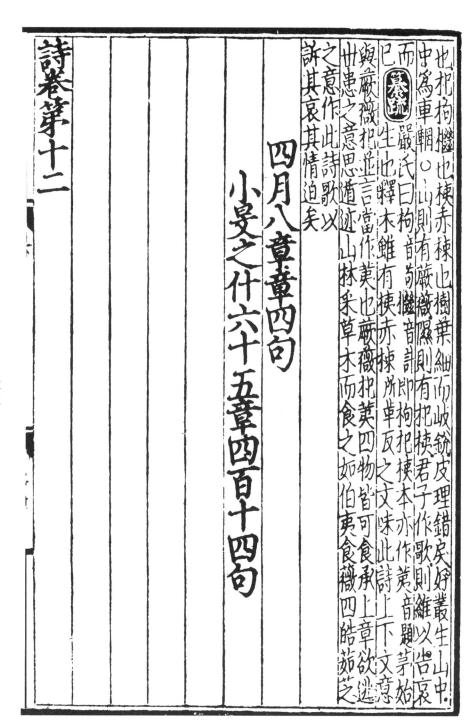

小旻之什六十五章四百十四句

詩卷第十二

元泰定本詩集傳附録纂疏

第三册

元 胡一桂撰

元泰定四年建安劉君優翠巖精舍刻本

山東人民出版社·濟南

詩卷第十三

朱子集傳

新安後學胡一桂附録纂疏

北山之什二之六

陟彼北山言采其杞偕偕士子叶奬里反朝夕從事叶上止反王事靡盬憂我父母叶滿彼反○賦也偕偕強壯貌士子詩人自謂也○大夫行役而作此詩自言陟北山而采杞以食者皆強壯之人而朝夕從事者也蓋以王事不可以不勤是以貽我父母之憂耳纂疏杞見四牡○一說嚴氏曰偕偕同也士子己之偁也○溥音普天之下莫非王土叶後五反率土之濱莫非王臣大夫不均我從事獨賢叶下珍反○賦也溥大率循濱涯也○言土之廣臣之衆而王不均平使我從事獨勞也不斥王而曰大夫不言獨勞而曰獨賢詩人之忠厚如此纂疏孔氏曰九州海環之濱是四畔近水處王氏曰取數多謂之賢礼記曰某賢於某若干與此同義東萊吕氏曰孔叢子曰我從

事獨賢勞事獨多也疊山謝氏曰自古君子小人克己不同其事君亦異君子常任其勞小人常處其逸君子常任其盡瘁小人常享其樂雖曰役使不均我獨賢勞勞然君子本心亦不敢以逸樂也〇四牡彭彭叶鋪郎反王事傍傍布彭反叶布光反嘉我未老鮮息淺反我方將旅力方剛經營四方賦也彭彭然不得息也傍傍然不得已也嘉善鮮少也以為少而難得也將壯也旅與膂同〇言王之所以使我者善我之未老而方壯旅力可以經營四方耳猶上章之言獨賢也纂疏疊山謝氏曰此詩本為役使不均獨勞於王事而作此章乃曰天子嘉我之未老善我之方壯喜我之旅力方剛而可以經營四方故獨見任使反以王為知己忠厚之至也〇或燕燕居息或盡瘁事國叶越逼反或息偃在牀或不已于行叶户郎反〇賦也燕燕安息貌瘁病已止也〇言役使之不均也下章放此〇或不知叫號户刀反或慘慘七感反劬勞或棲音西遲偃仰或王事鞅於兩反掌賦也不知叫號深居安逸不聞人聲也鞅掌失容也言事煩勞不暇為儀容也纂疏李氏曰有棲遲於家而偃仰者劉氏曰彼或不知叫號我則慘慘劬勞彼或棲遲偃仰我則王事鞅掌彼或湛樂飲酒我則慘慘畏

咎彼或出入風議我則非事不爲以彼爲賢耶則因事待我而集以我爲賢耶則厚禄居彼爲多○或湛都南

反樂飲酒或慘慘畏咎巨九反或出入風音諷議則出魚羈反或

靡事不爲〖賦〗也咎猶罪過也出入風議言親信而從容也〖纂疏〗陳氏曰出入風議從事口舌也

北山六章三章章六句三章章四句

無將大車祇音支自塵兮無思百憂祇自疧劉氏曰當作疷與㾖同眉

貧反兮〖興〗也將扶進也大車平地任載之車駕牛者也祇適疧病也○此亦行役勞苦而憂思者之作言將大車則塵

汚之思百憂則病及之也〖附錄〗疧當作疷番○無將大車維塵冥冥叶莫迥反無

思百憂不出于熲古迥反○〖興〗也冥冥昏晦也熲與耿同小明也在憂中耿耿然不能出也○

無將大車維塵雝於勇於容二反兮無思百憂祇自重直勇直龍

二反兮〖興〗也雝猶蔽也重猶累也

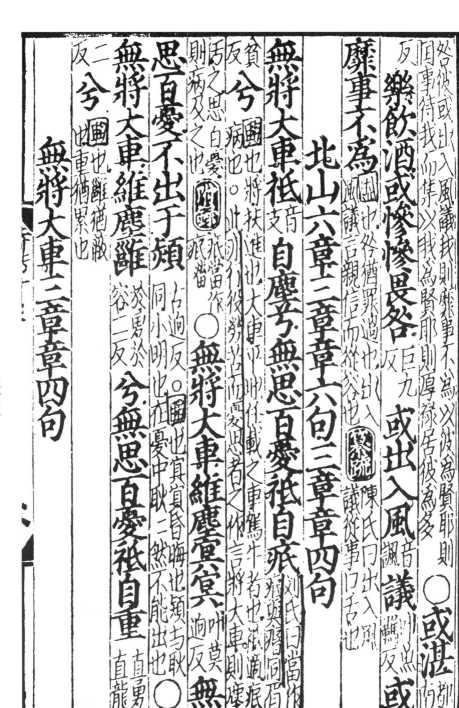

無將大車三章章四句

明明上天，照臨下土。我征徂西，至于艽音求野叶上與反。二
月初吉，載離寒暑。心之憂矣，其毒大音泰苦。念彼共音恭下章並同
人，涕零如雨。豈不懷歸，畏此罪罟音古。○[賦也]征，行。徂，往也。艽野，
地名，蓋遠荒之地也。二月，亦以夏正數之，建卯月也。初吉，朔日
也。毒，言心中如有藥毒也。共人，僚友之處者也。懷，思。罟，網也。○
大夫以二月西征，至于歲莫而未得歸，故呼天而訴之，復念其僚友之處者，且自言其畏罪而不敢歸也。孔氏曰：離，
歷也。○昔我往矣，日月方除音直慮反。曷云其還，歲聿云莫
音慕。念我獨兮，我事孔庶。心之憂矣，憚丁佐反我不暇叶胡
故反。念彼共人，睠睠音眷懷顧。豈不懷歸，畏此譴怒。[賦也]除，除
舊生新也，謂二月初吉也。庶，衆。憚，勞也。睠睠，勤厚之意。譴怒，罪責也。○言昔以是時往，今未知何時可還，而歲已莫矣。蓋身獨
而事衆，是以勤勞而不暇也。疊山謝氏曰：念彼共人，涕零如雨；念彼共人，睠睠懷顧。共人如此，詩所謂靖共爾位
敬共朝夕者，此君子人也，詩人志同道合者也。詩人勤勞于外，又念斯人，亦恐人之朝夕與恐人共事，難以恭敬自持，然亡

无明君下无賢相无受皆善類者不知果能免於禍否所以念之深愛之至既嘆息於內又睠睠懷顧也○昔我往矣日月方奧於六反曷云其還政事愈蹙子六反歲聿云莫采蕭穫菽心之憂矣自詒伊戚叶子六反念彼共人興言出宿豈不懷歸畏此反覆芳福反○賦也奧煖蹙急詒遺戚憂興起也反覆傾側无常之意也○言以政事愈急是以至此歲莫而猶不得歸又自咎其不能見幾遠去而自遺此憂至於不能安寢而出宿於外也【纂疏】王氏曰奧即春煖亦謂二月也長樂劉氏曰蕭見蓼蕭菽見小宛采蕭穫菽冬事也王氏曰因時物之變而有感焉心之憂矣自貽伊戚此悔辭也疊山謝氏曰興言出宿又不止於睠睠懷顧矣○嗟爾君子無恒安處上聲靖共爾位正直是與神之聽之式穀以女音汝○賦也君子亦指其僚友也恒常也靖與靜同與猶助也穀祿也以猶與也○上章既自傷悼此章又戒其僚友曰嗟女君子无以安處爲常言當有勞時勿懷安也當靖共爾位惟正直之人是助則神之聽之而以穀祿與女矣【纂疏】李氏曰蘇氏以爲久勞於外又有久安處於內者矣言我亟勞於外在內之君子无常安處也謀共爾位所與之人皆正直然後神

聽之用以福女苟貪安処不共尔位則神禍尔矣以見憂勞者
在外告於內者故出是言也疊山謝氏曰靖如自靖自獻之靖
凡事謀之以正而安也共如敬共朝夕執事有恪之共凡事共敬
而不敢慢也○愚謂此詩豈西征之大夫寄其僚友之仕者乎

○嗟爾君子無恒安息靖共爾位好是正直神之聽之介爾景福 叶筆力反○賦也息猶処也好呼報反是正直愛此正直之人也介景皆大也

疏 疊山謝氏曰嗟尔君子即一二三章所謂念彼共人也君子本共又勉之靖共君子居処共執事敬与人忠雖行乎夷狄亦无患難况事君乎執事敬共接物敬共雖仕乱世亦可免禍

小明五章三章章十二句二章章六句

鼓鐘將將七羊反 淮水湯湯音傷 憂心且傷淑人君子懷允不忘 賦也將將二声也淮水出信陽軍桐柏山下楚州漣水軍入海湯湯二沸騰之貌淑善懷思允信也○此詩之義未詳王氏曰幽王鼓鐘淮水之上為流連之樂久而忘反聞者憂傷而思古之君子不能忘也○愚按歐文忠公之論曰鼓鐘序但言刺幽王不知刺何事據詩文則是作樂於淮上矣然考詩書史記皆无幽王東巡之事書曰徐夷並興又其盛自

成王時徐戎及淮夷已皆不爲周臣宣王時嘗遣將征之亦不
自往初无幽王東至淮徐之事然則不得作樂於淮上矣當闕
其所未詳横渠張子以爲淮水爲害幽王不恤作樂不止詩人
憂而傷之今以書所謂湯湯洪水方割觀之則湯二固可言淮
水爲害也若下文湝二三州又不得謂爲害矣嚴氏謂古事亦
有不見於史而因經以見者詩即史也其論固當然而詩文亦
不明言其爲幽王也故集傳以爲
未詳又曰未敢信其必然得之矣○鼓鍾喈喈音皆叶居奚反淮水
湝湝户皆反叶賢雞反憂心且悲淑人君子其德不回叶乎爲反
○賦也喈二猶將二湝二
猶湯二悲猶傷也回邪也○鼓鍾伐鼛古毛反叶居尤反淮有三洲
憂心且妯敕留反淑人君子其德不猶○賦也鼛大鼓也周
礼作皋二大皋鼓尋
有四尺三洲淮上地蘇氏曰始言湯二水盛也中言湝二水流
也終言三洲水落而洲見也言幽王之久於淮上也妯動猶若
也言不若今
王之荒亂也【纂疏】東萊呂氏曰地官鼓人以鼛鼓役事注長丈
二尺韗人云尋有四尺又曰淮有三洲作詩
者識當時
所見也○鼓鍾欽欽鼓瑟鼓琴笙磬同音以雅以南
叶尼心反以籥以灼反不僭子念反叶七心反○賦也欽欽亦声也
磬樂器以石爲之琴瑟在堂笙磬在下

同音言其和也雅二雅也南二南也籥籥舞也僭亂也言三者
皆不僭也○蘇氏曰言幽王之不德豈其樂非古歟樂則是而
人則非也【集疏】爾雅曰琴瑟見關雎笙見鹿鳴爾雅疏曰禮圖舊云
雅瑟長八尺一寸廣一尺八寸二十三絃其常用者
十九絃頌瑟長七尺二寸廣尺八寸二十五絃盡用之廣雅云
琴長三尺六寸六分五絃後加文武二絃小蘇氏曰將作樂則
鼓鍾所謂金奏也既鼓鍾欽欽於是乃鼓瑟與琴笙磬皆相和
以至於二雅二南播之以籥皆不僭差濮氏曰但時非古之時
聞其樂祗見其可傷也孟
子告齊宣王者可以觀矣

鼓鍾四章章五句此詩之義有不可知者今姑釋其訓詁名物而略以王氏蘇氏之說解之未敢信其必然也

楚楚者茨言抽其棘敕留反自昔何為我蓺我魚世反黍我稷我
黍與與音餘我稷翼翼我倉既盈我庾維億以為酒食
以享以祀叶逸織反以妥湯果反以侑音又叶夷益反以介景福叶筆
力反○賦也楚楚盛密貌茨蒺藜也抽除也我為有田祿而奉
祭祀者之自稱也與與翼翼皆蕃盛貌露積曰庾十萬曰億享

献也〻妥安坐也礼曰詔妥尸盖祭祀筮族人之子為尸既奠迎之使處神坐而拜以安之也侑勸也恐尸或未飽祝侑之曰皇尸未實也介大也景亦大也○此詩述公卿有田禄者力於農事以奉其宗廟之祭故言蒺藜之地有抽除其棘者古人何乃為此事乎盖将使我於此蓺黍稷也故我之黍稷既盛倉庾既實則為酒食以享祀妥侑而介大福也

附録 楚茨一詩精深宏博如何做得變雅 朱子

纂疏 東萊呂氏曰茨見牆有茨甫田言曾孫之稼如茨如梁此聚稼也又曰曾孫之庾如坻如京是積庾粟也下言乃求千斯倉乃求萬斯箱欲以万倉載稼千倉納庾是庾未入倉故曰露積周礼云礼有庾積東萊呂氏曰少牢饋食礼尸升筵祝主人皆拜妥尸〻荅拜遂坐尸告飽祝侑曰皇尸未實侑尸又食主人不言拜侑尸又三飯注祝言而不拜主人不言而拜親嗽之宜○一説謝氏曰幽王之時田萊多荒今田中楚〻然〻為茨〻而抽其棘者在先王之時与与然為黍稷異〻然為稷之地也黍稷茂盛所收以富我倉則尽盈我庾則維億於是以為酒食用之大享用之常祀妥尸侑礼侑神有礼神歆其祀助以大福此以苟為本也謾倫○

濟濟子礼反蹌蹌七羊反絜爾牛羊以往烝嘗或剝或亨普庚反叶鋪郎反或肆或將祝祭于祊補彭反叶補光反祀事孔明叶謨郎反先祖是皇神保是饗叶虛良反

孝孫有慶叶祛羊反 報以介福萬壽無疆 賦也濟濟蹌蹌言有容也冬祭曰烝秋祭曰嘗剥解剥其皮也亨煑熟之也肆陳之也將奉持而進之也祊廟門內也孝子不知神之所在故使祝博求之于門內待賓客之處也孔甚也明猶備也著也皇大也君也保安也神保蓋尸之嘉號楚詞所謂靈保亦以巫降神之稱也孝孫主祭之人也慶猶福也 附録 問集傳謂神保是鬼神之嘉號引楚詞語思靈保兮賢姱但詩中旣説先祖是皇又說神保是饗似語意重複如何曰近見洪慶善説靈保是巫今詩中不說巫當便是尸却是向來辯錯了此兩字文蔚按集傳云神保尸之嘉號則是已改正矣○愚按劉氏曰孝孫天子也鄭氏云君婦后也而集傳但謂此詩述公卿有田祿者力農以奉其宗廟之祭又不同然詩中稱萬壽稱皇尸似述王者之祭矣 ○ 執爨七亂反 踖踖七亦反叶七略反 爲俎孔碩叶常約反 或燔音煩 或炙之夜反叶陟略反 君婦莫莫音麥叶木各反 爲豆孔庶叶陟略反 爲賓爲客叶克各反 獻醻市由反 交錯禮儀卒度叶徒洛反 笑語卒獲叶黄郭反 神保是格叶剛鶴反 報以介福萬壽攸酢 賦也爨竈也踖踖敬也俎所以載牲體也碩大也燔燒肉也炙炙肝也皆所以從獻也特牲主人獻

尸賓長兄以所從主婦獻尸兄弟以燔從是也君婦主婦也莫莫言
清靜而敬至也豆所以盛內羞庶羞主婦薦之也庶多也賓客
筵而戒之所謂繇祭者既獻尸而遂與之相獻酬也主人酌賓曰
獻賓飲主人曰酢主人又自飲而復飲賓曰酬賓受之奠於席
前而不舉至旅而後少長相勸而交錯以徧也【纂疏】毛氏曰爨
卒盡也度法度也獲得其宜也格來酢報也　饔爨廩爨
也孔氏曰饔爨以煮肉廩爨以炊米少牢云饔爨在門東南北
上廩爨在饔爨之北燔者火燒之名炙者遠火之稱九嬪贊后
薦徹豆籩是后主供籩豆○我孔熯而善反矣式禮莫愆叶起巾反工祝致
告徂賚孝孫叶須倫反苾蒲必反芬孝祀叶逸織反神嗜飲食卜
爾百福叶筆力反如幾音機如式既齊既稷既匡既敕永錫
爾極時萬時億【賦】也熯竭也善其事曰工苾苾芬芬香也卜予也幾期也春秋傳曰易幾而哭是也式法齊整
稷疾匡正敕戒極至也○禮行既久筋力竭矣而式禮莫愆敬
之至也於是祝致神意以嘏主人曰爾飲食芳潔故報爾以福
祿使其來如幾其多如法爾禮容莊敬故報爾以衆善之極使
爾無一事而不得乎此各隨其事而報之以其類也少牢嘏詞
曰皇尸命工祝承致多福無疆于女孝孫來女孝孫使女
受祿于天宜稼于田眉壽萬年勿替引之此大夫之禮也【纂疏】

說文曰熯乾貌陳氏曰以勞而乾竭嚴氏曰詩人祝君以福多言致福之本人君能建其極則五福備矣○禮儀

既備（叶蒲北反）鐘鼓既戒（叶訖力反）孝孫徂位（叶力入反）工祝致告（叶古得反）

神具醉止皇尸載起鼓鐘送尸神保聿歸諸宰

君婦廢徹（直列反）不遲諸父兄弟備言燕私（叶息夷反）○賦也戒告也

徂位祭事既畢主人往阼階下西面之位也致告祝傳尸意告利成於主人言孝子之利養成畢也於是神醉而尸起送尸而

神歸矣曰皇尸者尊稱之也鼓鐘者尸出入奏肆夏也鬼神無形言其醉而歸者誠敬之至如見之也諸宰家宰非一人之稱

也廢去也不遲以疾為敬亦不留神惠之意也祭畢既歸賓客之俎同姓則留與之燕以盡私恩所以尊賓客親骨肉也○

樂具入奏（叶音族）以綏後祿爾殽既將莫怨具慶（叶祛羊反）

既醉既飽（叶補苟反）小大稽首神嗜飲食使君壽考（叶去久反）

孔惠孔時維其盡之（叶子忍反）子子孫孫勿替（天帝反）引之

賦也凡廟之制前廟以奉神後寢以藏衣冠祭於廟而燕於寢故於此將燕而祭時之樂皆入奏於寢也且於祭既受祿矣故

以燕爲將受後祿而綏之也亦翻所進與燕之人亦有然者乎皆歡慶醉飽稽首而言曰向者之祭神既嗜君之飲食矣是以使君壽考也。又言君之祭祀甚順甚時無所不盡子子孫孫當不廢而引長之也【集疏】鄭氏曰小大猶長幼也董氏曰稽首謂頭拜至地也孔氏曰上章云備言燕私故此章即陳燕私之事

楚茨六章章十二句【呂氏】曰楚茨極言祭祀所以事神受福之節致詳致備所以推明先王致力於民者盡則致力於神者詳觀其威儀之盛物品之豐所以交神明逮羣下至於受福無疆者非德盛政修何以致之【附錄】問詩次序合當如此否曰也不見得只是如楚茨信南山甫田大田諸詩元初却當作一片　賀孫

信彼南山維禹甸之田見反叶徒鄰反畇畇音匀原隰曾孫田之叶地因反我疆我理南東其畝叶滿彼反○賦也南山終南山也甸治也畇畇墾辟貌曾孫主祭者之稱曾重也自曾祖以至無窮皆得稱之也疆者爲之大界也理者定其溝塗也畝壟也長樂劉氏曰其遂東入于溝則其畝南矣其遂南入于溝則其畝東矣○此詩大指與楚茨略同此即其篇首四句之意也言信乎此南山者本禹之所治

故其原隰墾闢而我得田之於是爲之疆理而順其地勢水勢之所宜或南其畝或東其畝也【纂疏】嚴氏曰言禹甸治之則平水患理溝洫皆在其中韓奕亦云維禹甸之孔氏曰畇畇墾耕其地闢除草萊以成柔田也李氏曰原隰見皇皇者華一章所言地利也一説東萊呂氏曰曾孫之指周之盛王周自后稷教民播種故詩言後王務農者皆本之后稷而謂之曾孫

○上天同雲雨于付反雪雰雰敷云反益之以霢莫革反霂音木既優既渥叶烏谷反既霑既足生我百穀【賦】也同雲雲一色也將雪之候如此雰雰雪貌霢霂小雨貌優渥霑足皆饒洽之意也冬有積雪春而益之以小雨潤澤則饒洽矣【纂疏】李氏曰二章所言天時也

○疆場音亦翼翼黍稷彧彧於六反叶于逼反曾孫之穡以爲酒食畀必寐反我尸賓壽考萬年叶尼因反○【賦】也場畔也翼翼整飭貌彧彧茂盛貌畀與也○言其田整敕而穀茂盛者皆曾孫之穡也於是以爲酒食而獻之於尸及賓客也陰陽和萬物遂而人心懽悅以奉宗廟則神降之福故壽考萬年也【纂疏】王氏曰曾孫之穡公田所收也疊山謝氏曰天子躬耕千畝之籍田以爲粢盛以奉祭祀籍田必在京師近郊之地此章言曾孫之穡意者其籍田歟長樂劉氏曰公田所收以爲酒食祭祀丘氏曰與

尸謂獻孰食尸酌齊獻尸是也與賓謂助祭之賓酬齊獻尸二因酌以酢賓并祭末燕同姓於燕寢是也此祭始終用酒食之事

○中田有廬疆埸有瓜叶攻乎反是剝是菹側居反獻之皇祖曾孫壽考叶孔五反受天之祜候古反○賦也中田田中也田其中百畝爲公田內以二十畝分八家爲廬舍以便田事於畔上種瓜以盡地利瓜成剝削淹漬以爲菹而獻皇祖貴四時之異物順孝子之心也【纂疏】孔氏曰古者宅在都邑田於野外農時則出而就田須有廬舍董氏曰井九百畝其中爲公田八家每家廬舍二畝半東萊呂氏曰前漢食貨志瓜瓠果蓏植於疆埸

○祭以清酒從以騂息營反牡享于祖考叶去久反執其鸞刀以啓其毛取其血膋音聊叶音勞○賦也清酒清潔之酒鬱鬯之屬也騂赤色周所尚也祭禮先以鬱鬯灌地求神於陰然後迎牲執者主人親執也鸞刀刀有鈴也膋脂膏也啓其毛以告純也取其血以告殺也取其膋以升臭也合之黍稷實之於蕭而燔之以求神於陽也記曰周人尚臭灌用鬯臭鬱合鬯臭陰達於淵泉灌以圭璋用玉氣也既灌然後迎牲致陰氣也蕭合黍稷臭陽達於墻屋故既奠然後焫蕭合羶薌凡祭愼諸此魂氣歸于天形魄歸于地故祭求諸陰陽之義也【纂疏】嚴氏曰詩人言清酒皆謂

清絜之酒循先醫言不酒既清烈祖況載清酤也疊山謝氏曰祭祀之事各有司存執鸞刀啓其毛取血膋必天子躬親之何也事死如事生事亡如事存子孫之養祖考必身親其勞自致其力然後盡其心焉耳

○是烝是享叶虛良反苾苾芬芬祀事孔明叶謨郎反先祖是皇報以介福萬壽無疆

賦也烝進也或曰冬祭名嘗烝嚴氏曰烝畀祖妣之烝不必謂烝嘗之烝

信南山六章章六句

倬陟角反彼甫田叶地因反歲取十千叶倉新反我取其陳食音嗣我農人自古有年叶尼因反今適南畝叶滿彼反或耘或耔音子叶獎里反黍稷薿薿魚起反攸介攸止烝我髦士音毛叶鉏里反

○賦也倬明貌甫大也十千謂一成之田地方十里爲田九万畝而以其万畝爲公田蓋九一之法也我食祿主祭之人也陳舊粟也農人私百畝而養公田者也有年豐年也適往也耘除草也耔雝本也蓋后稷爲田一畝三畎廣尺深尺而播種於其中苗葉以上稍耨壠草因隤其土以附苗根壠尽畎平則根深而能風與旱也薿茂盛貌介大烝進髦俊也俊士秀民也古者士出於

農而丁，尚不与焉。管仲曰：農之子，但為農野處而不暱，其秀民之能為士者必足賴也。正謂此也。○此詩述公私有田，稼者於農事以奉方社田祖之祭，故言於此人田歲取方畝之入以為禄食，及其積之久而有餘，則又存其新而散其舊，以食農人、補不足、助不給也。蓋以自古有年，是以陳陳相因，所積如此。然其用之之節，又合宜而有序如此，所以粟雖甚多而無紅腐不可食之患也。又言自古既有年矣，今適南畝，農人方且或耘或耔，而其黍稷又已茂盛，則是又將復有年矣。故於其所美大止息之處，進我俊士而勞之也。

纂疏

疊山謝氏曰：人有常言：民生於三代之前，其命制乎君；民生於三代之後，其命制乎天。古人求其所以制命之道矣，取民常少，与民常多，斂散得宜，豐凶有備，新者收之而入倉廩，陳者即取之以食農人，補不足，助不給，皆取其陳者也。夫如是，家家足食，歲歲无飢。從古以來豈无水患？豈无霜蝗？吾民常如有年者，上之人斂散得其道也。戰国諸侯倉廩非不實，府庫非不充，凶年飢歲，老弱死而壯者散，何也？有司不以告，国君无所聞，不能取其陳以食農人也。毛氏曰：漢食貨志：春令民畢出在野，冬入于邑。冬既入，餘子弟在序室。八歲入小學，十五入大學，有秀異者，移鄉學于庠序，庠序之異者，移国學于少學；諸侯歲貢少學之異者于天子，學于太學，命曰造士。行同能偶，則別之以射，然後爵命焉。此先王制士処民，富而教之之大略也。東萊呂氏曰：今指周盛王時，言周王適南畝，以勞農見或耘或耔，黍稷薿薿，乃相助而休息之。又於其

○稷曰。

閭進髦俊以勞勉之也○以我齊（音咨）明（叶謨郎反）與我犧羊以社以方。我田既臧農夫之慶（叶祛羊反）琴瑟擊鼓以御（牙嫁反）田祖。以祈甘雨以介我稷黍以穀我士女。賦也齊與粢同曲礼曰稷曰明粢此言齊明便文以協韻耳犧羊純色之毛也社后土也以句龍氏配方秋祭四方報成万物周礼所謂羅弊獻禽以祀祊是也臧善慶福御迎也田祖先嗇也謂始耕田者即神農也周礼籥章凡国祈年于田祖則吹豳雅擊土鼓以樂田畯是也穀養也又曰善也言倉廩實而知礼節也○言奉其齊盛犧牲以祭方社而曰我田之所以善者非我之所能致也乃頼農夫之福而致之耳又作樂以祭田祖而祈雨庶有以大其稷黍而養其民人也

疏 毛氏曰器実曰齊孔氏曰謂六穀也又曰中庸郊社相對郊是天則社是地后土者地之大名也鄭云社者五土之神能生万物者也以古之有大功者配之祭法共工氏之霸九州也其子曰句龍能平九州死以配神社而祭之又曰曲礼天子祭四方注謂祭五官之神於四郊句芒在東祝融后土在南蓐收在西玄冥在北此祀在秋而并言四方以秋成報功總祭也○愚按此章分两節農夫之慶以上秋祀所以報也琴瑟擊鼓以下又是春祀所以祈也李氏曰立春既郊而始耕則又擊琴瑟与鼓以迎田祖先嗇之神而祭之所以祈甘雨介黍稷

賦也

穀士女盖言終則有始也第恐非仲春之社耳○曾孫來止以其婦子叶獎里反饁于輒反彼南畝叶滿彼反田畯音俊至喜攘如羊反其左右叶羽已反嘗其旨否叶補美反禾易以豉反長畝同上終善且有叶羽已反曾孫不怒農夫克敏叶母鄙反○賦也曾孫主祭者之稱非獨宗廟為然曲禮外事曰曾孫某侯某武王禱名山大川曰有道曾孫周王發是也饁餉攘取旨美易治長竟有多敏疾也○曾孫之來適見農夫之婦子來饁耘者於是與之偕至其所而田畯亦至而喜之乃取其左右之饋而嘗其旨否言其上下相親之甚也既又見其禾之易治竟畝如一而知其終當善而且多是以曾孫不怒而其農夫益以敏於其事也○王氏曰畝大抵以南為正故每曰南畝鄭氏曰田畯司嗇今之嗇夫也東萊呂氏曰漢百官志鄉有嗇夫職聽訟收賦稅○一說李氏曰曾孫成王也此孟子所謂省耕是也東萊呂氏曰此章言省耕之時王者在上耕者在下田畯往來其間勸勞而撫摩之熙然其如一家也不曰喜而曰不怒者若不敏於農則譴怒矣○曾孫之稼如茨才私反如梁曾孫之庾羊主反如坻直基反如京叶居良反乃求千斯倉乃求萬斯箱黍稷稻粱農

夫之慶（叶祛羊反）報以介福萬壽無疆（賦也。茨，屋蓋，言其密比也。梁，車梁，言其穹隆也。坻，水中之高地也。京，高丘也。箱，車箱也。○此言收成之後，禾稼既多，則求倉以處之，求車以載之，而言凡此黍稷稻粱，皆賴農夫之慶而得之，是宜報以大福，使之万壽无疆也。其歸美於下而欲厚報之如此。【纂疏】鄭氏曰：稼，禾也，謂有藁者也。孔氏曰：墨子「積茅茨不翦」，謂以茅覆屋，故箋以茨爲屋蓋，言其積聚高大如屋茨耳。鄭氏曰：庾，露積也。東萊呂氏曰：此詩後二章皆述前二章之意。三章所言，述首章「今適南畝」勞農之事也，故曰「曾孫來止，田畯至喜」。四章所言，述二章「以御田祖」祈福之事也，故曰「報以介福，万壽无疆」。自「曾孫之稼」以下，所謂大福也。○愚謂集傳歸美於下之說善矣，但農夫不當得此重辭，恐只是田祖報曾孫介福，如曾孫之稼以下事，而万壽无疆則頌禱之辭也。）

甫田四章，章十句。

大田多稼，既種（章勇反）既戒，既備乃事（叶上止反）。以我覃（以冉反）耜（叶養里反），俶載南畝（叶滿洧反）。播厥百穀（叶工洛反），既庭且碩，曾孫是若（叶常約反）。（賦也。種，擇其種也。戒，飭其具也。覃，利。俶，始。載，事。庭，直。碩，大。若，順也。○鄭氏曰：田大而種多故於今歲之冬具來歲之種戒來歲之事凡既備矣然後事之取其利耜而始事於南畝既耕而播之其耕之也勤而種之也時故其生者皆直而大以順曾孫之所欲此詩為農夫之詞以頌美其上若以答前篇之意也【纂疏】東萊呂氏曰耒耜上句木手耕曲木也耜耒端木亦曰耒下刺廣五寸大田多稼總言之也既種既戒以下至於卒章自始及末以次陳之也○

既方既皁叶子苟反既堅既好叶許苟反不稂音郎不莠餘久反去起呂反其螟莫延反螣音特及其蟊莫侯反賊無害我田穉音雉田祖有神秉畀炎火叶虎委反○賦也方房也謂孚甲始生而未合時也實未堅者曰皁稂童梁莠似苗皆害苗之草也食心曰螟食葉曰螣食根曰蟊食節曰賊皆害苗之蟲也穉幼禾也○言其苗既盛矣又必去此四蟲然後可以無害田中之禾然非人力所及也故禱田祖之神為我持此四蟲而付之炎火之中也姚崇遣使捕蝗引此為證夜中設火火邊掘坑且焚且瘞蓋古之遺法如此【纂疏】孔氏曰孚者米外之粟皮甲者在孚外若鎧甲之在人表又曰稂莠苗既似禾實亦類粟○

有渰於檢反萋萋七西反興雨祁祁雨于付反我公田遂及我私叶息夷反彼有不穫穉此有不斂力檢反

穧才計反彼有遺秉此有滯穗伊寡婦之利

賦也。渰，雲興貌。萋萋，盛貌。祁祁，徐也。雲欲盛，盛則多雨；雨欲徐，徐則入土。公田者，方里而井，井九百畝，其中爲公田，八家皆私百畝，而同養公田也。穧，束。秉，把也。滯，亦遺棄之意也。○言農夫之心，先公後私，故望此雲雨而曰：天其雨我公田，而遂及我之私田乎。冀怙君德而蒙其餘惠，使收成之際，彼有不及穫之穉禾，此有不及歛之穧束；彼有遺棄之禾把，此有滯漏之禾穗，而寡婦尚得取之以爲利也。此見其豐成有餘而不盡取，又与鰥寡共之，既足以爲不費之惠，而亦不棄於地也。不然，則粒米狼戾，不殆於輕視天物而慢棄之乎。豐山謝氏曰：三代盛時，君之愛民，无所不用其極；民之愛君，亦无所不用其極。農夫望雨，如飢渴之望飲食也。惟願其田中之洋溢兮，曰雨我公田，遂及我私。所願者公田之雨，優渥霑足，其餘波及我私田也。尊君親上之心亦厚矣。將有不穫穉，有不歛秉，有遺穗，有滯。此樂歲粒米狼戾之時也，農夫何見而乃能留有餘不盡之利以養鰥寡，此上好仁而下好義也。

○曾孫來止，以其婦子，饁彼南畝子畝並見前篇，田畯至喜。來方禋音因祀叶逸織反，以其騂黑，與其黍稷。以享以祀同上，以介景福叶筆力反。

○賦也。精意以享謂之禋。○農夫相告曰：曾孫來矣。於是与其婦子饁彼南畝之穫者而田畯亦至而喜之也曾孫之來又禋祀四方之神而賽禱焉四方各用其方色之牲此言騂黑舉兩此以見其餘也以介景福農夫欲曾孫之受福也【纂疏】東萊呂氏曰來南方則用騂牲來北方則用黑牲獨舉騂黑者孔氏所謂略舉二方以爲韻句是也

大田四章二章章八句二章章九句

前篇有擊鼓以御田祖之文故或疑此楚茨信南山甫田大田四篇即爲豳雅其詳見於豳風之末亦未知其是否也然前篇上之人以我田旣臧爲農夫之慶而欲報之以介福此篇農夫以雨我公田遂及我私而欲其享祀以介景福上下之情所以相賴而相報者如此非盛德其孰能之

瞻彼洛矣維水泱泱於良反无韻未詳君子至止福祿如茨韎音昧韐音閤有奭許力反以作六師

【賦】也洛水名在東都會諸侯之處也泱泱深廣也君子指天子也茨積也韎茅蒐所染色也韐韠也合韋爲之周官所謂韋弁兵事之服也奭赤貌作猶起也六師六軍也天子六軍○此天子會諸侯于東都以講武事而諸侯美天子之詩言天子至此洛水之上御戎服而起六師也【附錄】詩問

洛水或云兩処曰此只就洛邑言之問有爽韎韐毛鄭以爲祭服王氏以爲戎服曰只是戎服左傳云有韎韋之跗注是也又曰詩多有酬酢應答之篇瞻彼洛矣是臣歸美其君君子指君也當時朝會於洛水之上而臣祝其君如此裳裳者華又是君報其臣桑扈鴛鴦皆然賀孫

【纂疏】王氏曰洛水有二其一在宗周其一在東都在宗周則周官職方氏所謂河西曰雍州其浸渭洛是也在東都則書康誥所謂周公初基作大邑于東国洛是也故此詩鄭謂在宗周王謂在東都皆通蓋宗周諸侯所會之地而東都宣王亦會諸侯於此是亦諸侯所會之地也○濮氏曰洛邑初成二王嘗徃受諸侯之朝宣王復命諸侯于此亭所謂明王即指此矣安知非當時美宣之詩而錯乱在幽王之世何以别其爲思古欤以君子至止爲諸侯來受爵命以作六師爲使之攝卿士以行軍而因以賞善罰惡稱之何其謬妄而不作也孔氏曰韎韐是蔽膝之衣合韋爲之韎草名

○瞻彼洛矣維水泱泱君子至止鞞補頂反琫必孔反有珌賓一反君子萬年保其家室

賦也鞞容刀之鞞今刀鞘也琫上飾珌下飾亦戎服也

【纂疏】毛氏曰天子玉琫而珧音遥珌諸侯璗琫而璆珌大夫鐐音遼琫而鏐珌士珕力計反琫而珕珌孔氏曰珧似琫蜃甲也黄金謂之璗其美者謂之鏐二即紫磨金也白金美者謂之鐐珕蜃屬而不及蜃用其甲以飾物○瞻

彼洛矣維水泱泱君子至止福祿既同君子萬年保
其家邦（叶卜工反○）〔賦〕（也同猶聚也）

瞻彼洛矣三章章六句

裳裳者華其葉湑（思呂反）兮我覯之子我心寫（叶想與反）兮
我心寫兮是以有譽處兮〔興〕（也裳裳猶堂堂〔董氏〕云古本作常常棣也湑盛貌覯見處安也○此天子美諸侯之辭蓋以答瞻彼洛矣也言裳裳者華則其葉湑然而美盛矣我覯之子則其心傾寫而悅樂之矣夫能使見者悅樂之如此則其有譽處宜矣此章与蓼蕭首章文勢全相似〔纂疏〕董氏曰裳裳又作常字為裳者或篆体也疊山謝氏曰語曰大名之下不可久居又曰盛名難居○有譽而能處此有道之王能居其令名者令名無窮矣○）裳裳
者華芸其黃矣我覯之子維其有章矣維其有章矣
是以有慶（叶墟羊反）矣〔興〕（也芸黃盛也章文章也有文章斯有福慶矣○）裳裳者華
或黃或白（叶僕各反）我覯之子乘其四駱乘其四駱六轡

沃若興也言其車馬威儀之盛【纂疏】疊山謝氏曰愛其人見其車馬之盛亦喜之德足以稱其車服者也○

左叶祖戈反之左同上之君子宜叶牛何反之右叶羽己反之右同上之

君子有叶羽己反之維其有同上之是以似叶養里反之○賦也言其才全德備以左之則無所不宜以右之則無所不有維其有之於內是以形之於外者無不似其所有也【纂疏】疊山謝氏曰賢者功臣之子孫有先世之全才淳德必能似先世之功名福祿

裳裳者華四章章六句

北山之什四十六章三百三十四句

詩卷第十三

詩卷第十四

朱子集傳

新安後學胡一桂附録纂疏

桑扈之什二之七

交交桑扈侯古反有鶯其羽君子樂胥音洛叶思呂反受天之祜侯古反○興也交交飛往來之貌桑扈竊脂也鶯然有文章也君子指諸侯胥語詞祜福也○此亦天子燕諸侯之詩言交交桑扈則有鶯其羽矣君子樂胥則受天之祜矣頌禱之詞也纂疏李氏曰桑扈見小宛夫所謂樂者豈流連而忘返哉蓋有法度存於其間也觀其末章則可以見其和樂而不流矣○

交交桑扈有鶯其領君子樂胥萬邦之屏叶郢反○興也領頸屏蔽也言其能爲小國之藩衛蓋任方伯連帥之職者也纂疏王氏曰屏之爲扞禦外以蔽内也○

之屏之翰叶胡見反百辟音璧爲憲不戢莊立反不難叶乃多反受福不那賦也翰幹也所以當墻兩邊障土者也辟君憲

法也。言其所統之諸侯皆以之爲法也。戢，斂；難，慎；那，多也。不戢戢也，不難難也，不那那也。蓋曰豈不斂乎，豈不慎乎，其受福豈不多乎。古語聲急而然也。後放此。纂疏○一說，蘇氏曰：苟不以禮自戢難，而求肆情焉，則亦不足以受多福矣。王氏曰：戢則不肆，不放逸；難則不易，不傲慢，然後受福多也。○愚謂不戢不難，受福不那，亦戒辭也。○兕徐履反觥古橫反其觩音求，旨酒思柔。彼交匪敖五報反，萬福來求。賦也。兕觥，爵也。觩，角上曲貌。旨，美也。思，語詞也。敖，傲通。交際之間無所傲慢，則我無事於求福，而福反來求我矣。纂疏東萊呂氏曰：兕觥如卷耳，罍觥竝陳，則不必指爲罰爵。如此詩，則指爲罰爵也。○愚謂旨酒大禹所惡，今旨酒而能柔，則常自戢難而不傲慢，不但無事於罰，而萬福日來求矣。

桑扈四章，章四句

鴛鴦于飛，畢之羅之。君子萬年，福祿宜叶牛何反之。興也。鴛鴦，匹鳥也。畢，小罔長柄者也。羅，罔也。君子，指天子也。○此諸侯所以答桑扈也。鴛鴦于飛，則畢之羅之矣。君子萬年，則福祿宜之矣。亦頌禱之詞也。纂疏鄭氏曰：匹鳥，言其止則相偶，飛則爲双，性馴偶也。○鴛鴦在梁，戢其左翼君子萬年宜其遐福叶筆力反○興也石絕水爲梁戢斂也張子曰禽鳥並棲一正一倒戢其左翼以相依於內舒其右翼以防患於外蓋左不用而右便故也遐遠也久也

纂疏○愚按東萊謂梁橋梁魚梁皆是不必專以爲石絕水之梁也愚謂外火水鳥其在石梁可必石梁亦魚梁矣必不在橋梁也又按此詩上二句集傳皆以爲興則不勞餘力而自適若本序穿鑿无理之說則歐公嘗論之矣云鄭氏謂匹鳥止則偶飛則双此爲交萬物之紋匹鳥之双自是物之本性了不干人事幽王之山外以飛止亦自双何必古明王之時其一章謂明王時人不驚駭而自若无恐懼然則人不驚駭鳥遭畢羅正相反鄭皆謂明王之時理豈得通可謂明辨矣

○乘繩證反馬在廐音救摧采卧反之秣音末叶莫佩反之君子萬年福祿艾魚蓋反叶魚肺反之

興也摧莝秣粟艾養也蘇氏曰艾老也言以福祿終其身也亦通○乘馬在廐則摧之秣之矣君子萬年則福祿艾之矣

纂疏釋文曰摧莝芻也秣穀馬也

○乘馬在廐秣之摧叶祖爲采卧二反之君子萬年福祿綏叶宣佳土果二反之興也綏安也

鴛鴦四章章四句

有頍缺婢反者弁實維伊何爾酒既旨爾殽既嘉叶居何反
豈伊異人兄弟匪他湯何反蔦音鳥與女蘿力多反施以豉反
于松柏叶逋莫反未見君子憂心弈弈叶弋灼反既見君子庶
幾說音悅懌叶弋灼反○賦而比也頍弁貌或曰舉首貌弁皮弁嘉旨皆美也匪他非他人也蔦寄生也葉似當
盧子如覆盆子赤黑甜美女蘿兔絲也蔓連草上黃赤如金此則比也君子兄弟為賓者也弈弈憂心無所薄也○此亦燕兄
弟親戚之詩故言有頍者弁實維伊何乎爾酒既旨爾殽既嘉則豈伊異人乎乃兄弟而匪他也又言蔦蘿施于木上以比兄
弟親戚纏綿依附之意是以未見而憂既見而喜也【纂疏】董氏曰頍者圍項而結之也禮緇布冠頍弁凡笄者着頍圍髮
際結項中隅四綴則有笄者亦以固頍孔氏曰弁者冠之大名稱弁者多矣但爵弁則上際服常弁即戎冠弁從禽非常服也
惟皮弁上下通服故知皮弁也陸氏曰女蘿今合藥兔絲子是也○愚按君子集傳指兄弟親戚○有頍者
弁實維何期爾酒既旨爾殽既時豈伊異人兄弟具
來叶陵之反蔦與女蘿施于松上叶時亮反未見君子憂心怲

怲(兵命反叶兵旺反)既見君子庶幾有臧(叶才浪反)○賦而興又比也何期猶伊何也時善具俱也怲怲憂盛滿也臧善也

○有頍者弁實維在首爾酒既旨爾殽既阜(方九反)豈伊異人兄弟甥舅(巨九反)如彼雨(于付反)雪先集維霰(蘇薦反)死喪(息浪反)無日無幾(居豈反)相見樂(音洛)酒今夕君子維宴○賦而興又比也阜猶多也甥舅謂母姑姊妹妻族也霰雪之始凝者也將大雨雪必先微溫雪自上下遇溫氣而摶謂之霰久而寒勝則大雪矣言霰集則將雪之候以比老至則將死之徵也故卒言死喪無日不能久相見矣但當樂(音洛)飲以盡今夕之歡篤親親之意也

頍弁三章章十二句

間關車之舝兮(胡瞎下介二反)思孌(力兗反)季女逝兮(石列石例二反)匪飢匪渴德音來括雖無好友(叶羽已反)式燕且喜○賦也間關設舝聲也舝車軸頭鐵也無事則脫行則設之昏禮親迎者乘車孌美貌逝往括會也○此燕樂其新昏之詩故言間關然設

此車舝者蓋思彼孌然之季女故乘此車以往而迎之也匪飢也匪渴也望其德音來括而心如飢渴耳雖無他人亦當宴飲以相喜樂也【纂疏】毛氏曰間關設舝也言設此車舝之間關王氏曰舝之在車間以閑之閑以通之然後足以与行○

依彼平林有集維鷮音驕辰彼碩女令德來教叶居爻反式燕且譽好呼報反爾無射音亦叶都故反○興也依茂木貌鷮雉也微小於翟走而且鳴其尾長肉甚美辰時碩大也爾即季女也射厭也○依彼平林則有集維鷮辰彼碩女則以令德來配己而教誨之是以式燕且譽而悅慕之无厭也【纂疏】毛氏曰平林林木之在平地者也孔氏曰鷮長尾雉肉甚美故語曰四足之美有麃兩足之美有鷮

○雖無旨酒式飲庶幾雖無嘉殽式食庶幾雖無德與女音汝式歌且舞賦也旨嘉皆美也汝亦指季女也○言我雖无旨酒嘉殽美德以与汝汝亦當飲食歌舞以相樂也

○陟彼高岡析星歷反其柞才洛反薪叶音陵析其柞薪其葉湑思呂反兮鮮思淺反我覯爾我心寫叶想羽反兮興也陟登柞櫟湑盛貌鮮少覯見也○陟岡而析其柞薪則其葉湑兮矣我得見爾則我心寫兮矣

○高山仰

叶戶郎反 止景行行叶戶郎反 止四牡騑騑芳非反 六轡如琴覯爾新昏以慰我心

[賦]也。仰，瞻望也。景行，大道也。如琴，謂六轡調和如琴瑟也。慰，安也。○高山則可仰，景行則可行，馬服御良則可以迎季女而慰我心也。○又舉其始終而言也。[表記]曰：小雅曰高山仰止，景行行止。子曰：詩之好仁如此。鄉道而行，中道而廢，忘身之老也，不知年數之不足也。俛焉日有孳孳，斃而後已。

[纂疏]歐陽氏曰：四牡六轡見前。四牡騑騑，六轡如琴者，謂調和車馬往迎之，如首章車舝也。

車舝五章，章六句

營營青蠅，止于樊。音煩，叶汾乾反 豈弟君子，無信讒言。

[比]也。營營，往來飛聲，亂人聽也。青蠅汙穢，能變白黑。樊，藩也。君子，謂王也。○詩人以王好聽讒言，故以青蠅飛聲比之，而戒王以勿聽也。

[纂疏]長樂劉氏曰：蛆蟲所變而成者青蠅也。其飛聲則營營然亂人聽，止於物則穢敗之，又從而生蛆，復變為蠅，其穢敗物無有紀極也。李氏曰：毀灰曰青，蠅糞敗物，雖玉猶不免，所謂青蠅點玉也。陳氏曰：青蠅穢不潔之物，驅之使去而復還，以比小人態狀可惡而又難除。歐陽氏曰：齊詩匪雞則鳴，蒼蠅之聲，蓋古人取其飛聲之衆可以亂聽，猶言聚蚊成雷也。○營

衛武作此

營營青蠅，止于棘。讒人罔極，交亂四國。叶越逼反。○興也。棘，所以爲藩也。極，猶已也。【纂疏】孔氏曰：棘、榛，即爲藩之物。李氏曰：四國，四方也。○營營青蠅，止于榛。士巾反。讒人罔極，構古豆反。我二人。興也。構，合也，猶交亂也。己與聽者爲二人。

青蠅三章，章四句。

賓之初筵，左右秩秩。首无韻未詳後二四章放此。籩豆有楚，殽户交反。核。户革反。維旅。酒既和旨，飲酒孔偕。音皆，叶舉里反。鐘鼓既設，叶書質反。舉醻市由反。逸逸。大侯既抗，叶居郎反。弓矢斯張。射夫既同，獻爾發功。發彼有的，叶丁藥反。以祈爾爵。賦也。初筵，初即席也。左右，筵之左右也。秩秩，有序也。楚，列貌。殽，豆實也。核，籩實也。旅，陳也。和旨，調美也。孔，甚也。偕，齊一也。設，設而又遷於下也。大射，樂人宿縣，厥明將射，乃遷樂于下，以避射位是也。舉，舉所奠之爵也。逸逸，往來有序也。大侯，君侯也。天子熊侯白質，諸侯麋侯赤質，大夫布侯畫以虎豹，士布侯畫以鹿豕。天子侯身一丈，其中三分居一，白質畫熊，其外則丹地，畫以雲氣。抗，張也。凡射張侯而不繫左下綱中掩束之至將射司馬命張侯弟子脫束遂繫下綱也大侯張而弓矢亦張節也射夫既同比其耦也射禮選羣臣為三耦三耦之外其餘各自取匹謂之衆耦獻猶奏也發發矢也的質也祈求也爵射不中者飲豐上之觶也○衛武公飲酒悔過而作此詩此章言因射而飲者初筵禮儀之盛酒既調美而飲者齊一至於設鍾鼓舉醻爵抗大侯張弓矢而衆耦拾發各心競云我以此求爵汝也

纂疏 孔氏曰舗陳曰筵籍之曰席殽是揔名此文殽核與籩豆相對故分之耳其實核亦為殽鄭氏曰豆實葅醢也籩實桃梅之屬儀禮曰主人酬賓曰獻賓既酢主人主人又自飲而酬賓曰醻賓受之奠於席前而不舉至旅而遂舉所奠之爵交錯以徧也禮射義曰祈求也求中以辭爵也酒者所以養病也求中以辭養也嚴氏曰謂求勝以爵不勝者不若射義求中以辭爵之為寬大也

○籥舞笙鼓樂既和奏叶宗五反烝衎苦旦反烈祖以洽百禮百禮既至有壬有林錫爾純嘏子孫其湛都南反叶持林反其湛曰樂音洛各奏爾能叶奴金反賓載手仇音拘叶求其二音室人入又叶由怡二音酌彼康爵以奏爾時叶酬時二音○賦也籥舞文舞也烝進衎樂烈業洽合也百禮言其備也壬大林盛也言禮之盛大

也錫神錫之也爾主祭者也嘏福甚樂也各奏爾能謂子孫各
酌而獻尸尸酢而卒爵也仇讀曰𣪠室人有室中之事者謂佐
食也又復也賓手挹酒室人復酌爲加爵也康安也酒所以安
體也或曰康讀曰抗記曰崇坫康圭此亦謂坫上之爵也時時
祭也孔氏曰時物也○此言因祭
而飲者始時禮樂之盛如此也纂疏毛氏曰秉籥而舞與笙
鼓相應長樂劉氏曰籥
舞文舞也干舞武舞也言文則武見矣言笙鼓則八音舉矣王
氏曰大射禮爲將祭擇士故也既祭矣於是乎燕燕則又射先
王用酒常以祭祀其飲也常以射射必有禮樂有大禮斯有大
樂以和之有備樂斯有備禮以成之籥舞笙鼓樂既和奏則所
謂有備樂也烝衎烈祖以洽百禮則所謂有備禮以成之也孔
氏曰酌彼安體養病之爵以飲不中者也蘇氏曰以奏爾時薦
之以時物也嚴氏曰上章言未祭之燕故擇士而射
爲大射此章言既祭之燕故因燕而射爲燕射也○賓之

初筵溫溫其恭其未醉止威儀反反叶分邅反曰既醉止
威儀幡幡叶分邅反舍音捨其坐遷屢舞僊僊其未醉止威
儀抑抑曰既醉止威儀怭怭毗必反是曰既醉不知其
秩賦也反反顧禮也幡幡軟數也遷徙屢數也僊僊軒舉之狀
抑抑慎密也怭怭媟嫚也秩常也○此言凡飲酒者常始乎

沼而卒 〔纂疏〕鄭氏曰賓初筵之時能自勑戒以禮至於旅酬而
爭亂也 小人之態出長樂劉氏曰君臣賓主各有定位以
象天地日月之居其所也今則舍其坐而遷其位是君臣可得
而亂也賓主可得而易也舞之奏各有其時非可以屢也董氏
曰字書以恍爲儀蓋溺於儀而不知禮此宜以其媟慢終也犯
貴朝廷犯齒稚帑所謂不知其秩也疊山謝氏曰周書數紂之
惡曰用燕喪威儀成王之戒羣臣曰思夫人自亂于威儀聖人
以威儀爲重人之禍福死生於此覘之國之安危存亡於此覘
之
○賓既醉止載號乎毛反載呶女交反亂我籩豆屢舞
僛僛起其反是曰既醉不知其郵叶于其反側弁之俄屢舞
傞傞素多反既醉而出並受其福叶筆力反醉而不出是謂
伐德飲酒孔嘉叶居何反維其令儀叶牛何反○〔賦〕也號呼
呶讙也僛僛傾側之狀
郵與尤同過也側傾也俄傾貌傞傞不止也出去伐害孔甚令
善也○此章極言醉者之狀因言賓醉而出則與主人俱有美
譽醉至若此是害其德也飲酒之所以甚美
者以其有令儀爾今若此則無復有儀矣〔纂疏〕東萊呂氏曰
燕禮賓醉北
面坐取其薦脯以降奏陔賓所執脯以賜鍾人於門內霤遂出
鄉大夫皆出所謂既醉而出也長樂劉氏曰福謂徹俎歸胙也

愧

上下皆醉受福而歸可也孔氏曰醉前無失為有德既醉為愆以懲之是伐其德也○凡此飲酒或醉或否（叶補美反）既立之監或佐之史彼醉不臧不醉反恥式勿從謂無俾大怠（音泰叶養里反）匪言勿言匪由勿語由醉之言俾出童羖（音古）三爵不識（叶失志反）矧（失引反）敢多又（叶夷益夷質二反）○賦也監史司正之屬燕禮鄉射恐有解倦失禮者立司正以監之察儀法也謂詒由從也童羖無角之羖羊必無之物也識記也○言飲酒者或醉或不醉故既立監而佐之以史則彼醉者所為不善而不自知使不醉者反為之羞愧也安得從而告之使勿至於大怠乎告之若曰所不當言者勿言所不當從者勿語醉而妄言則當罰汝使出童羖矣設言必無之物以恐之也女飲至三爵已昏然無所記矣況敢又多飲乎又丁寧以戒之也孔氏曰禮有獻酢有旅酬及無筭爵旅與無筭不止三爵而已故知三爵是獻也酬也酢也指獻酬酢為三爵者言行三爵飲之時非謂人飲三爵也

賓之初筵五章章十四句毛氏序曰衛武公刺幽王也韓氏序曰衛武公飲酒悔過也今按此詩意與大雅抑戒相類必武公自悔之作當從韓義

魚在在藻，有頒（符云反）其首。王在在鎬，豈（苦在反）樂（音洛）飲酒。【興】也。藻，水草也。頒，大首貌。豈，亦樂也。○此天子燕諸侯而諸侯美天子之詩也。言魚何在乎？在乎藻也，則有頒其首矣。王何在乎？在乎鎬京也，則豈樂飲酒矣。【纂疏】孔氏曰：藻見采蘋。鎬在長安西上林苑中。○魚在在藻，有莘（所巾反）其尾。王在在鎬，飲酒樂豈。【興】也。莘，長也。○魚在在藻，依于其蒲。王在在鎬，有那（乃多反）其居。【興】也。那，安。居，處也。

魚藻三章，章四句

采菽采菽，筐（音匡）之筥（音舉）之。君子來朝（音潮），何錫予（音與）之。雖無予之，路車乘（繩證反）馬（叶蒲補反）。又何予之，玄袞（古本反）及黼（音斧）。○【興】也。菽，大豆也。君子，諸侯也。路車，金路以賜同姓，象路以賜異姓也。玄袞，玄衣而畫以卷龍也。黼如斧形，刺之於裳也。周制，諸公袞冕九章，已見九罭篇；侯伯鷩冕七章，則自華蟲以下；子男毳冕五章，衣自宗彝以下，而裳黼黻；孤卿絺冕三章，則衣粉米而裳黼黻；大夫玄冕，則玄衣黻裳而已。○此天子所以答魚藻也。采菽采菽，則必以筐筥盛之；君子來

朝則必有以錫予之又言今雖无以予之然已有路車乘馬【纂】
玄袞及黼之賜矣其言如此者好之无已意猶以爲薄也
【疏】鄭氏曰采菽采其葉以爲藿三牲芼以藿王饗賓客有牛俎
乃用鉶羹故采之孔氏曰以鼎煮牛取骨体置俎汁芼以藿
謂以醯醢酸盛之於鉶曰鉶羹羣臣皆受所采菽束莢呂氏曰
袞者九章之第一章黼九章之第八章也皆上公之服也○觱
音必沸音弗檻胡覧反泉叶才勻反言采其芹巨斤反君子來朝言
觀其旂巨依反叶巨斤反其旂淠淠匹弊反鸞聲嘒嘒呼惠反載
驂七南反載駟君子所屆叶居氣反○興也觱沸泉出貌檻泉正出也芹水草可食淠淠動貌
嘒嘒聲也屆至也○觱沸檻泉則言采其芹諸侯來朝則言【纂】
觀其旂見其旂聞其鸞聲又見其馬則知君子之至於是也
【疏】蘇氏曰既駕而三之曰驂四之曰駟○赤芾音弗在股邪幅在下叶後五反彼
交匪紓音舒叶上與反天子所予音與樂音洛只音止君子天子命
之叶弥并反樂只君子福祿申之○賦也脛本曰股邪幅偪也邪纏於足如今行縢所以束脛
在股下也交交際也紓緩也○言諸侯服此芾偪見于天
子恭敬齊遫不敢紓緩則爲天子所予而申之以福祿也【纂疏】

鄭氏曰芾太古蔽膝之象冕服謂芾他服謂韠以韋爲之其制上廣一尺下廣二尺長三尺其頸五寸肩革帶博二寸邪幅如今行縢偪束其脛自足至膝故曰在下孔氏曰古者田漁而食因衣其皮先知蔽前後知蔽後二王易以布帛而猶存其蔽前者重古道不忘本也又曰幅訓偪者左傳帶裳幅舄内則亦云偪則偪自是一服名邪纏於足謂之邪幅說文縢緘也名行縢者言行而緘束之也○一說愚按王晦叔云夏休以爲芾上狹下廣則其幅必邪未聞朝服亦有行縢也又按歐公謂赤芾邪幅天子所予其曰彼交匪紓者直自言邪幅耳

○維柞之枝其葉蓬蓬樂只君子殿多見反天子之邦叶卜工反樂只君子萬福攸同平平婢延反左右亦是率從

興也柞枝見車舝篇蓬蓬盛貌殿鎮也平平辨治也左右諸侯之臣也率循也○維柞之枝則其葉蓬蓬然樂只君子則宜鎮天子之邦而爲萬福之所聚又言其左右之臣亦從之而至此也孔氏曰軍行在後曰殿取鎮重之義堯典平章百姓書傳作辯章則平辯義通故云平平辯治○

汎汎芳劍反楊舟紼音弗纚力馳反維之樂只君子天子葵之樂只君子福祿膍頻尸反之優哉游哉亦是戾叶郎之反矣

興也紼繂纚緌也維繫也言

以大索纚其舟而繫之也葵揆也揆猶度也膍厚也戾至也○汎汎楊舟則必以紼纚維之樂只君子則天子必葵之福禄必膍之於是又歎其優游而至於此也

采菽五章章八句

騂騂息營反角弓翩匹然反其反叶分邅反矣兄弟昏姻無胥遠叶于圓反矣興也騂騂弓調和貌角弓以角飾弓也翩反貌弓之為物張之則內向而來弛之則外反而去有似兄弟昏姻親疏遠近之意胥相也○此刺王不親九族而好讒佞使宗族相怨之詩言騂騂角弓既翩然而反矣兄弟昏姻則豈可以相遠哉歐陽氏曰弓之為物其体往來張之則內嚮而來弛之則外反而去詩人引以諭九族之親王若親之以恩則內附若不以恩結之則亦離叛而去矣○爾之遠同上矣民胥然矣爾之教矣民胥傚矣賦也爾王也上之所為下必有甚者○此令兄弟綽綽有裕[illegible]不令兄弟交相為瘉同上○賦也令善綽寬裕饒瘉病也○言雖王化之不善然此善兄弟則綽綽有裕而不變彼不善之兄弟則由此而交相病矣蓋指讒己之人而言也○民之

着直略反

無良相怨一方受爵不讓叶女羊反至于己斯亡賦也一方彼一
方也○相怨者各據其一方耳若以責人之心責己愛己之心
愛人使彼己之間交見而無蔽則豈有相怨者哉必兄弟相怨
相讓以取爵位而不知遜讓終亦以亡而已矣【纂疏】○一說濮氏曰至有因一飲酒失
於辭讓遂生仇隙而亡其身者坊
記觴酒豆肉讓而受惡民猶犯齒云云遂引此詩
實之則亦乾餱以愆之意不必以爲取爵位也○老馬反
爲駒叶去声不顧其後叶下故反如食音嗣宜饇於據反如酌孔
取叶音娶○比也饇飽孔甚也○言其但知讒害人以取爵位
而不知其不勝任如老馬憊矣而反自以爲駒不顧其後將
有不勝任之患也又如食之已多
而宜飽矣酌之所取亦已甚矣○毋教猱升木如塗塗
附君子有徽猷小人與屬音蜀叶殊遇反○比也猱獼猴
也性善升木不待教而能也塗泥
泥附著徽美猷道屬附也○言小人骨肉之恩本薄王又好讒
佞以來之是猶教猱升木又如於泥塗之上加以泥塗附之也
苟王有美道則小人將反爲
善以附之不至於如此矣【纂疏】長樂劉氏曰小人爲不善皆
其所自能不必教之也今幽
王踈薄骨肉爲不善於上以倡之是教猱升木也小人樂於不
善王又益以不善之教是以塗塗附其塗且相着不可脫矣非

爲上之道也故諫爲上之道曰君子有徽猷小人與屬也先王有至德要道民用和睦正其五品爲之孝友此之謂徽猷東萊呂氏曰親親長長之道乃民之良心宜其與屬而不可解也○愚謂毋教申二章爾教之義而禁止之也君子小人以於言

○雨于付反雪瀌瀌符驕反見晛乃見反曰音越韓詩劉向作聿下章放此消莫肯下遐稼反遺式居婁力住反荀子作屢驕【賦】也瀌瀌盛貌晛日氣也荀子曰讒言遇明者當自止而王甚信之不肯貶下而遺棄之更益以長慢也

○雨雪浮浮見晛曰流如蠻如髦叶莫侯反我是用憂【賦】也浮浮猶瀌瀌也流流而去也蠻南蠻也髦夷髦也書作髳言其無禮義而相殘賊也【纂疏】歐陽氏曰末二章述骨肉相怨之意王氏曰不親視同姓之親如蠻髦言其無禮義仁恩乃大亂之道骨肉相怨有危亡之禍焉此詩人所憂也

角弓八章章四句

有菀音鬱者柳不尚息焉上帝甚蹈【戰國策作上天甚神】無自暱焉俾予靖之後予極焉【比】也柳茂木也尚庶幾也上帝指王也蹈當爲神言威靈可畏也暱

近。靖，治。極，求之盡也。○王者暴虐諸侯，不朝而作此詩。言彼有菀然茂盛之柳，行路之人豈不庶幾欲就止息乎？以比人誰不欲朝事王者，而王甚威神，使人畏之而不敢近耳。使我朝而事之，以靖王室，後必將極其所欲以求於我。蓋諸侯皆不朝，而己獨至，則王必責之無已，如齊威王朝周，而後反爲所辱也。或曰：興也。下章放此。○有菀者柳，不尚愒欺例反焉。上帝甚蹈見上，無自瘵側界反，叶子例反焉戰國策作也。俾予靖之，後予邁叶力制反焉。比也。愒，息。瘵，病也。邁，過也，求之過其分也。○有鳥高飛，亦傅音附于天叶鐵因反。彼人之心，于何其臻。曷予靖之，居以凶矜。興也。傅、臻，皆至也。彼人，斥王也。居，猶徒然也。凶矜，遭凶禍而可憐也。○鳥之高飛，極至於天耳。彼王之心，於何所極乎？言其貪縱無極，求責無已，人不知其所至也。如此，則豈予能靖之乎？乃徒然自取凶矜耳。○一說東萊呂氏曰：居以凶矜，謂王方自居以凶暴驕矜，其惡日熾也。即角弓所謂式居婁驕也。

菀柳三章，章六句。

桑扈之什四十二章，二百八十二句。

詩說卷第十四

詩卷第十五

朱子集傳

新安後學胡一桂附録纂疏

都人士之什二之八

彼都人士狐裘黄黄其容不改出言有章行歸于周萬民所望叶音亡○賦也都王都也黄黄狐裘色也不改有常也章文章也周鎬京也○亂離之後人不復見昔日都邑之盛人物儀容之美而作此詩以歎惜之也【纂疏】呂氏曰都人士者記所謂都邑之士所以别野人也孔氏曰孔子曰黄衣狐裘狐之黄者多黄狐之衣非貴服也都邑之士近政化有道德先被其德無道先化其淫此時奢淫巧僞都邑尤甚故舉古以駁今○東萊呂氏曰左襄十四年楚子囊卒君子謂子囊忠忠民之望也詩曰行歸于周萬民所望忠也服虔注云逸詩也孔氏曰緇衣注云此章毛氏有之三家則亡今韓詩實無此首章時三家列於學官毛詩不得立故服以爲逸也按釋周字又一説○彼都人士臺笠緇撮七活反叶租悦反彼君子女

綢直留反直如髮叶方月反我不見兮我心不說音悅○賦也臺夫須也緇
撮緇布冠也其制小僅可撮其髻也君子女都人貴家之女也綢直如髮未詳其義然以四章五章推之亦言其髮之美耳
【纂疏】陸氏曰夫須莎草可爲蓑笠王氏曰綢密也女之首服其綢緣如髮之直然有華飾士女首服皆言素儉也又曰此
章言士女之賤者○彼都人士充耳琇音秀實彼君子女謂之尹
吉我不見兮我心苑於粉反結叶繳質反○【賦】也琇美石也以美石爲瑱尹吉未詳【鄭氏】
曰吉讀爲姞尹氏姞氏周之昏姻舊姓也人見都人之女咸謂尹氏姞氏之女言其有禮法也【李氏】曰所謂尹吉猶晉言王謝
唐言崔盧也苑猶屈也積也【纂疏】孔氏曰瑱所以塞實其耳又曰常武王謂左氏春秋尹氏立王子朝世爲公卿周之
舊族也韓奕亦云韓姞汾王之甥左傳鄭石癸曰姞吉人也后稷之元妃也是姞周舊之昏姻也世貴家風不替故見都人士有禮
法者謂之尹吉王氏曰此章言士女之貴者也下同○彼都人士垂帶而厲叶落蓋反彼
君子女卷音權髮如蠆初邁反我不見兮言從之邁【賦】也厲垂
帶之貌卷髮鬢傍短髮不可斂者曲上卷然以爲飾也蠆螫蟲也尾末揵然似髮之曲上者邁行也蓋曰是不可得見也得見

則我從之邁矣思之甚也【纂疏】孔氏曰礼人帶垂三尺說文曰長尾爲蠆短尾爲蠍東萊呂氏曰揵其言反夆也疊山謝氏曰綢直如髮非取其態度卷髮如蠆非取其容飾曰君子之女其德性必有起人之敬心者出之降也上以奢靡爲化下以驕淫爲美无復見此賢女矣

○匪伊垂之帶則有餘匪伊卷之髮則有旟我不見兮云何盱喜俱反矣

【賦】也旟揚也盱望也說見何人斯篇○此言士之帶非故垂之也帶自有餘耳女之髮非故卷之也髮自有旟耳言其自然閑美不假修飾也然不可得而見矣則如何而不望之乎

都人士五章章六句

終朝采綠不盈一匊弓六反予髮曲局薄言歸沐

【賦】也自旦及食時爲終朝綠王芻也兩手曰匊局卷也猶言首如飛蓬也○婦人思其君子而言終朝采綠而不盈一匊者思念之深不專於事也又念其髮之曲局於是舍之而歸沐以待其君子之還也【纂疏】郭氏曰蒸蓐也今呼鵖腳莎疊山謝氏曰婦人夫不在家不事容飾伯兮曰自伯之東首如飛蓬豈無膏沐誰適爲容今采綠于野閭有言其夫之歸者故歸家膏沐以待之

曰薄言歸沐○終朝采藍（盧談反）不盈一襜（尺占反叶都甘反）五日爲期六日不詹（音占叶多甘反○賦也藍染草也衣蔽前謂之襜則蔽膝也詹與瞻同五日爲期去時之約也六日不詹過期而不見也）纂疏 孔氏曰藍可染青月令仲夏無刈藍以染濮氏曰藍可以爲靛染青以之東萊呂氏曰後漢劉瑜上疏曰天地之性陰陽正紀隔絶其道水旱爲并詩云五日爲期六日不詹怨曠作歌仲尼所録○一說疊山謝氏曰此日乃五月六月也如易七日來復如七月詩一之日二之日夫之行也期五六月來歸今六月矣猶不見其面也○之子于狩（尺救反）言韔（敕亮反）其弓（叶姑弘反）之子于釣言綸之繩（賦也之子謂其君子也理絲曰綸○言君子若歸而欲往狩耶我則爲之韔其弓欲往釣耶我則爲之綸其繩望之切思之深欲無往而不與之俱也）纂疏 孔氏曰韔謂射訖弛弓納于韔中也綸繩繳生絲縷謂繫繩於釣竿也與繫繩於弓而射謂之繳射同○其釣維何維魴（音房）及鱮（音敘叶音湑）維魴及鱮薄言觀者（叶掌與反○賦也於其釣而有獲也又將從而觀之亦上章之意也）

采綠四章章四句

芃芃（蒲東反）黍苗，陰雨膏（古報反）之。悠悠南行，召伯勞（力報反）之。

興也。芃芃，長大貌。悠悠，遠行之意。○宣王封申伯於謝，命召穆公往營城邑，故將徒役南行，而行者作此。言芃芃黍苗，則唯陰雨能膏之；悠悠南行，則唯召伯能勞之也。

○我任（音壬）我輦（力展反），我車我牛（叶魚其反）。我行既集，蓋云歸哉（叶將黎反）。

賦也。任，負任者也。輦，人輓車也。牛，所以駕大車也。集，成也。營謝之役既成而歸也。

纂疏：毛氏曰：有負任者，有輓輦者，有將車者，有牽傍牛者。孔氏曰：我車，謂大車，以駕牛者。傳云將車，謂車中有牛而將之。下文云牽傍牛者，此牛在輓之外，以助轉徙，故別牽傍之。呂氏曰：召伯知其勞苦憂思，故皆呼而諭之曰：俟我南行之功已集，盍云歸哉，解之使說也。王氏曰：此章見召伯之遇役夫如此。

○我徒我御，我師我旅。我行既集，蓋云歸處。

賦也。徒，步行者。御，乘車者。五百人爲旅，五旅爲師。春秋傳曰：君行師從，卿行旅從。

纂疏：王氏曰：此章見召伯之遇征夫如此。

○肅肅謝功，召伯營之。烈烈征師，召伯成之。

賦也。肅肅，嚴正之貌。謝，邑名，申伯所封國也，今在鄧州信陽軍。功，工役之事也。營，治也。烈烈，威武貌。征，行也。

纂疏：王氏曰：召伯營謝功之肅，成征師之威，完申伯之宅，平淮夷之故。

也○原隰既平泉流既清召伯有成王心則寧賦也土治曰平水治曰清○言召伯營謝邑相其原隰之宜通其水泉之利此功既成宣王之心則安也纂疏疊山謝氏曰疆其土田事畢則原隰平矣治其溝洫事畢則泉流清矣東萊呂氏曰天子子萬姓者也大臣慮四方者也方伯分一面者也申伯之體勢不重則無以鎮定南服召穆公爲卿士豈得辭其憂責哉宣王雖深居九重宵旰之慮周未嘗一日忘之也必待召公告厥成功而王心始寧焉此真知職分者也

黍苗五章章四句此宣王時詩與大雅崧高相表裏

隰桑有阿其葉有難乃多反既見君子其樂如何樂音洛下同興也隰下濕之處宜桑者也阿美貌難盛貌皆言枝葉條垂之狀○此喜見君子之詩言隰桑有阿則其葉有難矣既見君子則其樂如何哉詞意大槩與菁莪相類然所謂君子則不知其何所指矣或曰比也下章放此纂疏東萊呂氏曰是詩三以隰桑爲興皆形容樂見君子之精神情意也○隰桑有阿其葉有沃烏酷反叶鬱縛反既見君子云何不樂興也沃光澤貌○隰桑有阿其葉有幽

叶孔心反既見君子德音孔膠音交○【興】也幽黑色也膠固也○心乎愛叶許
既反矣遐不謂矣中心藏之何日忘之【賦】也遐與何同表記作瑕鄭氏注曰瑕之
言胡也謂猶告也○言我中心誠愛君子而既見之則何不遂
以告之而但中心藏之將使何日而忘之邪楚詞所謂思公子
兮未敢言意蓋如此愛之根於
中者深故發之遲而存之久也

隰桑四章章四句

白華音花菅音姦兮白茅束兮之子之遠俾我獨兮【比】也白華
野菅也已漚爲菅之子斥幽王也俾使也我申后自我也○幽
王娶申女以爲后又得褒姒而黜申后故申后作此詩言白華
爲菅則白茅爲束二物至微猶必相【附錄】讀詩之法且如白茅
須爲用何之子之遠而俾我獨耶菅兮白茅束兮之子
之遠俾我獨兮蓋言白華與茅尚能
相依而我與子乃相去之遠何哉僃【纂疏】孔氏曰白華一名野
菅漚之柔韌異其名
謂之菅因謂在野未漚者爲野菅刈白華漚爲菅又取白茅
纏束之疊山謝氏曰之子之遠俾我獨兮此申后之怨辭也○
英英白雲露彼菅茅叶莫侯反天步艱難之子不猶【比】也英英

輕明之貌白雲水土輕清之氣當夜而上騰者也露即其散而下降者也步行也天步猶言時運也猶圖也或曰猶如也○言雲之澤物無微不被今時運艱難而之子不圖不如白雲之露菅茅也〔纂疏〕疊山謝氏曰豈天運當艱難国家將亡幽王之心所以不能如天之公溥乎○滮（符彪反）池北流浸彼稻田（叶徒因反）嘯歌傷懷念彼碩人〔比〕也滮流貌北流豐鎬之間水多北流碩人尊大之稱亦謂幽王也○言小水微流尚能浸灌王之尊大而反不能通其寵澤所以使我嘯歌傷懷而念之也〔纂疏〕疊山謝氏曰嘯歌傷懷所謂長歌之哀過於慟哭也○樵（徂焦反）彼桑薪卬（五綱反）烘（火東反）于煁（市林反）維彼碩人實勞我心〔比〕也樵采也桑薪薪之善者也卬我烘燎也煁無釜之竈可燎而不可以飪者也○桑薪宜以烹飪而但為燎燭以比嫡后之尊而反見卑賤也〔纂疏〕毛氏曰煁烓竈也孔氏曰樵彼桑薪猶薪是穫薪也烓竈止以燃火照物若今火爐也歐陽氏曰此章棄妻自傷失職也○鼓鍾于宮聲聞（音問）于外念子懆懆（七到反）視我邁邁〔比〕也懆懆憂貌邁邁不顧也○鼓鍾于宮則聲聞于外矣念子懆懆而反視我邁邁何哉〔纂疏〕嚴氏曰鼓鍾于宮其声則聞于外喻宮庭之事不可掩也我念王則懆懆而愁不申

六一六

王視我則邁邁而不顧

○有鶖音秋在梁有鶴在林維彼碩人實勞我心比也鶖禿鶖也梁魚梁也○蘇氏曰鶖鶴皆以魚為食然鶴之於鶖清濁則有間矣今鶖在梁而鶴在林鶖則飽而鶴則饑矣幽王進褒姒而黜申后譬之養鶖而棄鶴也

○鴛鴦在梁戢其左翼之子無良二三其德比也戢其左翼言不失其常也良善也二三其德則鴛鴦之不如矣纂疏疊山謝氏曰鴛鴦不失其匹似幽王乃喪其良心變妾發后有愧於鴛鴦矣衛詩云女也不爽士貳其行士也罔極二三其德亦刺夫婦之相棄背也與此章意合鄭氏曰戢斂也斂左翼者謂右掩左也鳥之雌雄不可別者以翼右掩左雄左掩右雌

○有扁步典反斯石履之卑兮之子之遠俾我疧都禮反叶喬移反兮比也扁卑貌俾使疧病也○有扁然而卑之石則履之者亦卑矣如妾之賤則寵之者亦賤矣是以之子之遠而俾我疧也纂疏毛氏曰扁乘石貌王乘車履石鄭氏曰乘石所登上車之石也蘇氏曰石之扁然下者可施於履之卑而不可施於貴譬人之賤者可以為妾而不可以為后歐陽氏曰石常在下如妾止當在下耳今遠我而進彼使我病也

白華八章章四句

緜蠻黃鳥止于丘阿道之云遠我勞如何飲於鴆反之食音嗣之教之誨之命彼後車謂之載之[比]也緜蠻小鳥聲阿曲阿也後車副車也◯此微賤勞苦而思有所託者爲鳥言以自比也蓋曰緜蠻之黃鳥自言止于丘阿而不能前蓋道遠而勞甚矣當是時也有能飲之食之教之誨之又命後車以載之者乎[疏]孔氏曰夏官戎僕掌倅車之政道僕掌二車之政田僕掌佐車之政是朝祀之副曰二戎之副曰倅田獵之副曰佐箋謂後車所倅車也◯緜蠻黃鳥止于丘隅豈敢憚行畏不能趨飲之食之教之誨之命彼後車謂之載之[比]也隅角憚畏也趨疾行也◯緜蠻黃鳥止于丘側豈敢憚行畏不能極飲之食之教之誨之命彼後車謂之載之[比]也側傍極至也國語云齊朝駕則夕極于魯國

緜蠻三章章八句

幡幡孚煩反瓠葉采之亨之叶鋪郎反君子有酒酌言嘗之

[賦]也。幡幡，瓠葉貌。○此亦燕飲之詩。言幡幡瓠葉，采之亨之，至薄也。然君子有酒，則亦以是酌而嘗之。蓋述主人之謙詞，言物雖薄，而必與賓客共之也。[纂疏]李氏曰：瓠葉新生，可以爲葅。

○有兔土故反斯首，炮白交反之燔音煩，叶汾乾反之。君子有酒，酌言獻叶虛言反之。

[賦]也。有兔斯首，一兔也，猶數魚以尾也。毛曰炮，加火曰燔，亦薄物也。獻，獻之於賓也。[纂疏]毛氏曰：爛毛而炮曰炮。疊山謝氏曰：瓠葉以爲葅，不必嘉蔬；一兔以爲殽，不必異饌。先王之燕賓客，貴德意而已矣。

○有兔斯首，燔之炙音隻，叶陟略反之。君子有酒，酌言酢才洛反之。

[賦]也。炕火曰炙，謂以物貫之而舉於火上以炙之。酢，報也。賓既卒爵，而酌主人也。

○有兔斯首，燔之炮叶蒲侯反之。君子有酒，酌言醻市周反之。

[賦]也。醻，導飲也。[纂疏]孔氏曰：醻者，欲以醻賓，而先自飲以道之。此卒醻之初其實飲訖進酒於賓，乃謂之醻也。○愚謂主人既飲酢爵，欲以醻賓，又酌而先自飲以道之，然後復酌而進於賓，故謂之醻。

瓠葉四章，章四句。

漸漸並士銜反下同之石維其高矣山川悠遠維其勞矣武人東征不遑朝矣叶直高反賦也漸漸高峻之貌武人將帥也遑暇也言無朝旦之暇也○將帥出征經歷險遠不堪勞苦而作此詩也歐陽氏曰漸漸高石悠遠山川皆自其東征之人序其所經歷險阻之勞耳

○漸漸之石維其卒在律反矣山川悠遠曷其沒矣叶莫筆反武人東征不遑出矣賦也卒崔嵬也謂山巔之末也曷何沒盡也言所登歷何時而可盡也不遑出謂但知深入不暇謀出也

○有豕白蹢音的烝涉波矣月離于畢俾滂普郎反沱徒何反矣武人東征不遑他湯何反矣賦也蹢蹄烝衆也離月所宿也畢星名豕涉波月離畢將雨之驗也○張子曰豕之負塗曳泥其常性也今其足皆白衆與涉波而去水患之多可知矣此言久役又逢大雨甚勞苦而不暇及他事也孔氏曰豕猪四蹢皆白曰豥豥者蹢疾之言是白蹢蹢疾於蹄豕爾雅曰豥駭字異義同長樂劉氏曰中國有豕純黑爲常南蠻有豕无非白蹢謂四足連肚皆白孔氏曰離歷也李氏曰月離于畢則有雨星有好風星有好雨正謂此也○愚謂箕星好風畢星好雨月水之精離畢而雨星象之相感

如此

漸漸之石三章章六句 愚按序謂下国刺幽王戎狄叛之荆舒不至乃命將率東征役久病於外故作是詩朱子亦謂序得詩意孔氏䟽武曰惟汝荆楚是楚稱荆已久傳有舒鳩舒鄝舒庸又有舒龍謂之群舒

苕音條之華音花芸音云其黃矣心之憂矣維其傷矣【比也】苕陵苕也本草云即今之紫葳蔓生附於喬木之上其華黃赤色亦名淩霄○詩人自以身逢周室之衰如苕附物而生雖榮不久故以爲比而自言其心之憂傷也【纂疏】疊山謝氏曰芸一說衰也一說隕也○苕之華其葉青青子零反知我如此不如無生叶桑經反○【比也】青青盛貌然亦何能久哉【纂疏】毛氏華落葉青青然蘇氏曰言華已落矣徒見其葉亦嚴氏曰如我所遇之世如此則不如不生之爲愈也○牂子桑反羊墳扶云反首三星在罶音柳人可以食鮮息淺反可以飽叶補苟反○【興也】牂羊牝羊也墳大也羊瘠則首大也罶笱也罶中無魚而水靜但見三星之光而已○言饑饉之餘百

物彫耗如此苟且得食足矣豈可望其飽哉【纂疏】鄭氏曰牝羊首小今龐瘠首反大而身小牂羊而墳首心星而罶皆不久也

苕之華三章章四句【陳氏】曰此詩其辭簡其情哀周室將亡不可救矣詩人傷之而已

何草不黃何日不行叶户郎反何人不將經營四方【賦】也草衰則黃將亦行也○周室將亡征役不息行者苦之故作此詩言何草而不黃何日而不行何人而不將以經營於四方也哉

○何草不玄叶胡匀反何人不矜古頑反韓詩作鰥叶居陵反哀我征夫獨爲匪民【賦】也玄赤黑色也既黃而玄也无妻曰矜言從役過時而不得歸失其室家之樂也哀我征夫豈獨爲非民哉【纂疏】疊山謝氏曰東山采薇出車杕杜諸詩序情閔勞皆以室家之望者爲説同爲天民血氣嗜慾豈有異哉先王以民待民出王之待民如犬馬耳故曰哀我征夫獨爲匪民其意曰可哀哉我征夫獨爲非民類乎

○匪兕徐履反匪虎率彼曠野叶上與反哀我征夫朝夕不暇叶後五反

○賦也。率，循。曠，空也。○言征夫非兕非虎，何為使之循曠野而朝夕不得閑暇也。○有芃[薄工反]者狐，與車叶。率彼幽草。有棧[士板反]之車，行彼周道。興也。芃，尾長貌。棧車，役車也。周道，大道也。言不得休息也。

何草不黃四章章四句

都人士之什十篇四十三章二百句

詩卷第十五

詩卷第十六

朱子集傳

新安後學　胡一桂　附録纂疏

大雅三說見小雅【附録】大雅非聖賢不能爲其間平易明白正大光明大雅【纂疏】熊去非詩說曰

按小雅傳云正大雅會朝之樂受釐陳戒之辭文王大明綿三篇按國語皆以爲兩君相見之樂朱子謂特舉其一端而言其實則成王治定功成之時周公制作以此爲天子諸侯會朝之樂也今誦其詩則於其詠歌洋溢之中而凛然有嚴重齊莊之意猶使人有所興起况親聞其樂者乎皇矣追述大王王季文王之盛德大業與大明綿詩同意生民又推本后稷所以積行累功之由朱子疑爲郊祀之後受釐頒胙之詩若棫樸旱麓二篇詩中有奉璋玉瓚等語要亦君臣從王祭祀之詩上篇乃方祭從行之初下篇則既祭受福之後當是祭祀之樂思齊追述大任大姒太姜之德疑此必入而燕處之樂也靈臺與民同樂豈亦出而遊觀之樂乎下武文王有聲二篇皆是言武王之事其樂或用之宗廟或用之朝廷今皆不可知若行葦以下四篇爲受釐之辭公劉以下三篇爲陳戒之辭則又明白曉然者矣惜其徵之聲歌者其音節

已不復存然善觀詩者但玩其辭氣亦足以識先王之雅道矣

文王之什三之一

文王在上於音烏下同昭于天叶鐵因反周雖舊邦其命維新叶斯人反

有周不顯帝命不時叶上紙反文王陟降在帝左右叶羽已反

○賦也於歎辭昭明也命天命也不顯猶言豈不顯也帝上帝也不時猶言豈不時也左右旁側也○周公追述文王之德明周家所以受命而代商者皆由於此以戒成王此章言文王既沒而其神在上昭明于天是以周邦雖自后稷始封千有餘年而其受天命則自今始也夫文王在上而昭于天則其德顯矣周雖舊邦而命則新則其命時矣故又曰有周豈不顯乎帝命豈不時乎蓋以文王之神在天一升一降無時不在上帝之左右是以子孫蒙其福澤而君有天下也春秋傳天王追命諸侯之詞曰叔父陟恪在我先王之左右以佐事上帝語意與此正相似或疑恪亦降字之誤理或然也

附錄 問周受命如何曰命如何受於天只是人與天同然觀周自后稷以來積仁累義到此時人心奔赴自有不容已 可學 問文王陟降在帝左右曰理是如此若道真箇有一上一下則不可 子蒙 在帝左右察天理而左右之謂古注亦如此左傳天子所右寡君亦右之所左

亦左之之
蘇氏曰文王陟降在帝左右聖人先天而天弗
意人餘
纂疏
違後天而奉天時與天如一故也詩人於天人
之際多以陟降言之○又一説黄氏曰不顯亦臨亦可以爲甚
顯于不顯者言周家之君不自顯耀如不矜不伐之意○愚謂
此篇周公作於成王之時推本周家受天命之由而歸美文王
之詩此章首言文王在上於昭于天言文王雖已没而其神靈
之德昭明于天故武王得以舊邦之周而受維新之天命次言
有周不顯帝命不時則又原其初而述之文王以前不過侯伯
之邦周本不顯也九年大統未集命本不時也文王之靈一陟
一降在帝左右若陰有以相之於是子孫蒙其福澤以有天下
周邦於此乎顯帝命於此乎時焉一章分爲兩節互文見意反
覆歸美文王之德而武王由之以受命不過如斯而已然亦後
世子孫推原歸美之辭文王以大聖之德宜王不王孟津之會
豈計其事勢之至此也哉文王之心終不得以直遂矣後之説
詩者不此之察乃因此篇小序有文王受命作周之辭又見大
明四章云有命既集大作之合六章云有命自天命此文王文
王有聲二章又明言文王受命有此武功既伐于崇作邑于豐
於是直謂文王受命代商作周其詩又謂文王受命改元稱王
則不勝其誣矣殊不知二詩所言天命文王文王受命特不過
作配作邑伐崇之事初未嘗出乎侯伯職分之外若曰三分天
下有其二而謚之以爲文王受命之實恐亦不過言文王德化
所及人心歸往者衆如虞芮質成漢廣被化之類豈曰殷家三

分天下已奄有其二分之七也哉又按雅頌稱不顯凡廿一文王三大明思齊抑崧高韓奕清廟維天之命烈文執競各一其七爲文王詩文王大明思齊清廟維天之命是也蓋文王自是一般渾然深潛純懿之德所處又當用晦其明之時故見之詩者如此

○亹亹(音尾)文王令聞(音問)不已陳錫哉周侯文王孫子(叶奬里反)文王孫子本支百世凡周之士不顯亦世

國也亹亹強勉之貌令聞善譽也陳猶敷也哉語辭侯維也本宗子也支庶子也○文王非有所勉也純亦不已而人見其若有所勉耳其德不已故今旣沒而其令聞猶不已也令聞不已是以上帝敷錫于周維文王孫子則使之本宗百世爲天子支庶百世爲諸侯而又及其臣子使凡周之士亦世世脩德與周匹休焉

纂疏

嚴氏曰補傳云不曰子孫而曰孫子謂孫又之子言其遠也士者王朝公卿大夫總稱王晦叔曰凡周之士於文王未興之時雖曰不顯亦世世修德與周匹休黃氏曰非惟周召尚父閎夭泰顛散宜生之徒與周相爲無窮而不顯之士於世無稱者亦皆世守其爵祿世竭其忠敬以輔周家子孫也

○世之不顯厥猶翼翼思皇多士生此王國(叶于逼反)王國克生維周之楨(音貞)濟濟(子禮反)多士文王以寧(歷也)

六二八

猶謀也翼翼恭敬也思語辭皇美楨幹也濟濟多貌○此承上章而言其傳世豈不顯乎而其謀猶皆能勉敬如此也美哉此衆多之賢士而生於此文王之國也文王之國能生此衆多之士則足以爲國之幹而文王亦賴以爲安矣蓋言文王得人之盛而宜其傳世之顯也【纂疏】釋文曰楨榦墻所立兩木○

穆穆文王於緝七入反熙敬止假古雅反哉天命有商孫子商之孫子其麗不億上帝既命侯于周服叶蒲北反○【賦】也穆穆深遠之意緝續熙明亦不已之意止語辭假大麗數也不億不止於億也侯維也○言穆穆然文王之德不已其敬如此是以大命集焉以有商孫子觀之則可見矣蓋商之孫子其數不止於億然以上帝之命集於文王而今皆維服于周矣【附錄】緝熙是工夫敬止是功效收殺處寓【纂疏】嚴氏曰少儀言語之美穆穆皇皇曲禮天子穆穆諸侯皇皇鄭註以爲容止之貌○愚按鄭氏謂周服周之服大意謂上帝方命殷之先殷爲天子周爲諸侯上帝既命周之後則周爲天子殷反爲周之侯服矣下文侯服于周特互文而言之○

侯服于周天命靡常殷士膚敏祼古亂反將于京叶居良反厥作祼將常服黼音甫冔況甫反王之藎才刃反臣無念爾

祖賦也諸侯之大夫入天子之國曰某士則殷士者商孫子之
臣屬也膚美敏疾也祼灌鬯也將行也酌而送之也京周之
京師也黼黻裳也冔殷冠也蓋先代之後統承先王脩其禮物
作賓于王家時王不敢變焉而亦所以為戒也王指成王也藎
進也言其忠愛之篤進進無已也無念猶言豈得無念也爾祖
文王也○言商之孫子而侯服于周以天命之不可常也故殷
之士助祭於周京而服商之服也於是呼王之藎臣而告之曰
得無念爾祖文王之德乎蓋以戒王而不敢斥言猶所謂敢告
僕夫云爾○劉向曰孔子論詩至於殷士膚敏祼將于京喟然嘆
曰大哉天命善不可不傳于後嗣是以富貴無常蓋傷微子之
事周而痛嚴氏曰殷士猶書稱爾殷遺多士及洛殷庶士
殷之亡也郊特牲云灌以圭璋註灌謂以圭瓚酌鬱鬯始
獻尸也洛誥王入太室祼賈氏解祼灌也謂以圭瓚酌於爵以
獻尸尸受酒不飲灌於地故謂灌祼祼灌古字通用小宰註云人
道宗廟有祼天地大神不灌孔氏曰小宰云凡祭祀贊祼將之
士以將為送言灌時送爵行之也宗廟之祭以祼為主於禮王以
正祼后亞祼則祼將主人之事而殷士來周助祭行灌鬯者以
小宰贊祼將觀之則灌將之事有臣助之矣白與黑謂之黼殷
之諸侯祭服亦九章而不止於黼舉一章以表之耳董氏曰黼
繡於裳常服則不變其服矣不變其服存商制也能夫非詩說
曰讀詩至厥作祼將常服黼冔一章有以見周家忠厚之至一
代之興雖改正朔易服色以示作新之政然考之詩書先代之

後作賓王家脩其禮物則一代之禮樂因未嘗廢也常服黼冔
猶用商之衣冠也王訪于箕子稱十有二祀斧走臣我監稱五
祀猶用商之紀年也一則曰商王士二則曰殷多士何嘗敢有
一毫鄙夷之心其視後世亡人之國則絕人之祀衣冠禮樂能
存先代之舊蓋亦鮮矣此皆出於疑慮之過而不知以
公天下為心者周家忠厚之澤所以為不可及也夫○無
念爾祖聿于筆反脩厥德永言配命自求多福叶筆力反殷
之未喪息浪反師克配上帝宜鑒于殷駿音峻命不易以豉反
反○賦也聿發語辭永長配合也命天理也師衆也上帝天之
主宰也駿大也不易言其難也○言欲念爾祖在於自脩其德
而又常自省察使其所行無不合於天理則盛大之福自我致
之有不外求而得矣又言殷未失天下之時其德足以配乎上
帝矣今其子孫乃如此宜以為鑒而自省焉則知天命之
難保矣大學傳曰得衆則得國失衆則失國此之謂也○命
之不易無遏爾躬叶姑弘反宣昭義問有虞殷自天叶鐵因反
上天之載無聲無臭叶初尤反儀刑文王萬邦作孚叶房尤反
○賦也遏絕宣布昭明義善也問聞通有又通虞度載事儀象
刑法孚信也○言天命之不易保故告之使無若紂之自絕于

天而布明其善響於天下又度殷之所以發興者而折之於天然上天之事無聲無臭不可得而度也惟取法於文王則萬邦作而信之矣【子思子】曰維天之命於穆不已蓋曰天之所以為天也於乎不顯文王之德之純蓋曰文王之所以為文也純亦不已夫知天之所以為天又知文王之所以為文則夫與天同德者可得而言矣是詩首言文王在上於昭于天文王陟降在帝左右而終之以此其旨深矣【附錄】甘節之問無遏爾躬曰無自遏絕於爾躬如家自毀國自伐蓋卿【纂疏】歐陽氏曰知天命之不易無使天命至爾躬而止○又一說鄭氏曰義問以禮義問於老成之人謝氏曰書闢四門明四目達四聰宣昭也堯衢室之問舜總章之訪義問也○愚按有又虞度固毛鄭之說切謂此章承上章指天之亡殷者命之不易以戒成王而欲其以乃祖文王為法也虞與警戒無虞四方無虞之虞同易曰進退者憂虞之象虞憂也變也詩意若曰天命甚難不可至爾躬而遏絕宜宣布昭明以義問於人我周之得天下行一不義弗為也初何嘗有剪殷之意有虞於殷乃自天耳始之命殷者自天今則有虞於殷者亦自天一予一奪其難如此可不畏天之命哉然而天無聲臭之可尋文王陟降在帝左右文王即天矣但以爾祖文王為法則萬邦自孚信之天命庶乎其可保不至爾躬而遏絕也味此辭旨凜乎其嚴哉此篇首言文王陟降在帝左右終言天無聲臭儀刑文王天其文王乎文王其天乎

文王七章章八句

東萊呂氏曰呂氏春秋引此詩以爲周公所作味其詞意信非周公不能作也○今按此詩一章言文王有顯德而上帝有成命也二章言天命集于文王則不唯尊榮其身又使其子孫百世爲天子諸侯也三章言命周之福不唯及其子孫而又及其羣臣之後嗣也四章言天命既絶于商則不唯誅罰其身又使其子孫亦來臣服于周也五章言絶商之禍不唯及其子孫而又及其羣臣之後嗣也六章言周之子孫臣庶當以文王爲法而以商爲監也七章又言當以商爲監而以文王爲法也其於天人之際興亡之理丁寧反覆至深切矣故立之樂官而因以爲天子諸侯朝會之樂蓋將以戒乎後世之君臣而又以昭先王之德於天下也國語以爲兩君相見之樂特舉其一端而言耳然此詩之首章言文王之昭于天而不言其所以昭次章言其令聞不已而不言其所以聞至於四章然後所以昭明而不已者乃可得而見焉然亦多詠歎之言而語其所以爲德之實則不越乎敬之一字而已然則後章所謂修厥德而儀刑之者豈可以它求哉亦勉於此而已矣

明明在下赫赫在上叶辰羊反天難忱市林反斯不易以豉反

維天位殷適（音的），使不挾（子燮反）四方。〔賦〕也。明明，德之明也。赫赫，命之顯也。忱，信也。不易，難也。天位，天子之位也。殷適，殷之適嗣也。挾，有也。○此亦周公戒成王之詩。將陳文武受命，故先言在下者有明明之德，則在上者有赫赫之命，達于上下，去就無常。此天之所以難忱而爲君之所以不易也。紂居天位，爲殷嗣，乃使之不得挾四方而有之，蓋以此爾。〔纂疏〕嚴氏曰：首二句言天人之理。明明在下，君之善惡不可掩也；赫赫在上，天之予奪爲甚嚴也。在下而明明，則達乎上；在上而赫赫，則監乎下。天人相與之際，甚可畏也。

○摯（音至）仲氏任（音壬），自彼殷商，來嫁于周，曰嬪（毗申反）于京（叶居良反）。乃及王季，維德之行（叶户郎反）。大（音泰）任有身（叶尸羊反），生此文王。〔賦〕也。摯，國名。仲，中女也。任，摯國姓也。殷商，商之諸侯也。嬪，婦也。京，周京也。曰嬪于京，疊言以釋上句之意，猶曰釐降二女于嬀汭，嬪于虞也。王季，文王父也。身，懷孕也。○將言文王之聖而追本其所從來者如此。蓋曰自其父母而已然矣。〔纂疏〕曹氏曰：摯仲氏任，繫於姓而言之，以爲王季之配也；今曰太任，繫其子而言之，以爲文王之母也。

○維此文王，小心翼翼，昭事上帝，聿懷多福（叶筆力反）。厥德不回，以受方國。

叶越逼反○賦也小心翼翼恭慎之貌即前篇之所謂敬也文王之德於此爲盛昭明懷來回邪也方國四方來附之國也

纂疏 ○愚謂虞芮質成之後諸侯之來歸者四十餘國要亦道化之所漸被非謂其疆土版圖也

○天監在下有命既集叶作合反文王初載天作之合在洽之陽在渭之涘音上叶羽已反

文王嘉止大邦有子叶獎禮反○賦也監視集就載年合配也洽水名本在今同州郃陽夏陽縣今流已絕故去水而加邑渭水亦逕此入河也嘉婚禮也大邦莘國也子大姒也○將言武王伐商之事故此又推其本而言天之監照實在於下其命既集於周矣故於文王之初年而默定其配所以洽陽渭涘當文王將昏之期而大邦有子也蓋曰非人之所能爲矣

纂疏 孔氏曰穀梁傳云水北爲陽尚書蹟渭水出隴西首陽縣至京兆北司空縣入河涘涯也

○大邦有子俔牽遍反天之妹文定厥祥親迎魚敬反于渭造舟爲梁不顯其光賦也俔磬也韓詩作磬說文云俔譬也孔氏曰如今俗語譬喻物曰磬作然也文禮祥吉也言卜得吉而以納幣之禮定其祥也造作梁橋也作船於水比之而加版於其上以通行者即今之浮橋也傳曰天子造舟諸侯維舟大夫方舟士特舟張子曰造舟爲梁文王所制而周世遂

以爲天子之禮【纂疏】王晦叔曰：天之妹，言其德可以配天也。
也，不顯，顯也。孔氏曰：比其舟而渡之曰造舟，中央左右
相維持曰維舟，併兩船曰方舟，一舟曰特舟。○愚按：毛氏云聖
賢之配，王基始於是，造舟然後可以顯其光輝。切謂聖賢之配
光輝何必待造舟而後顯？且詩但謂不顯其光耳，
豈造舟爲梁，制度樸素，不事華美，以爲光輝乎？○有命自
天，命此文王，于周于京。叶居良反。纘子管反女維莘，所巾反。長
丁丈反子維行。叶戶郎反。篤生武王，保右音祐命爾，燮伐大商。
賦也。纘，繼也。莘，國名。長子，長女大姒也。行，嫁。篤，厚也。言既生文
王，而又生武王也。右，助。燮，和也。○言天既命文王於周之京矣，
而克纘大任之女事者，維此莘國以其長女來嫁于我也。天又
篤厚之，使生武王，保之助之命之，而使之順天命以伐商也。
【纂疏】段氏曰：文王十五歲生武王。陳氏
曰：書言燮友柔克，有和順之意。○殷商之旅，其會
如林，矢于牧野，維予侯興。叶音歆。上帝臨女，音汝。無貳爾
心。賦也。如林，言衆也。書曰：受率其旅若林。矢，陳也。牧野，在朝歌
南七十里。侯，維。貳，疑也。爾，武王也。○此章言武王伐紂之時，
紂衆會集如林，以拒武王，而皆陳于牧野，則維我之師爲有興
起之勢耳。然衆心猶恐武王以衆寡之不敵而有所疑也，故勉

之日上帝臨女毋貳爾心蓋亦天命之必然而贊其決也然【案】武王非必有所疑也設言以見衆心之同非武王之得已耳【疏】孔氏曰牧野紂南郊地名○鄭氏曰侯諸侯謝氏曰武王繼文王而爲西伯亦自諸侯而起呂氏曰紂以天子之威如林之衆來戰武王方自耿然諸侯而起若較強弱計衆寡其心疑貳矣然當是時武王方一心以奉天討若上帝實臨之較計之私豈得而容哉曰上帝臨汝無貳爾心蓋設爲勉之之辭以形容武王奉天討之心也○牧野洋洋檀車煌煌駟騵彭彭音元叶鋪郎反維師尚父時維鷹揚涼音亮彼武王肆伐大商會朝清明叶謨郎反○賦也洋洋廣大之貌檀堅木宜爲車者也煌煌鮮明貌騵馬白腹曰騵彭彭強盛貌師尚父太公望爲大師而號尚父也鷹揚如鷹之飛揚而將擊言其猛也涼漢書作亮佐助也肆縱兵也會朝會戰之旦也○此章言武王師衆之盛將帥之賢伐商以除穢濁不崇朝而天下清明所以終首章之意也【案疏】孔氏曰郭璞云騵赤色黑鬣檀弓亦言戎事乘騵因武王所乘遂爲一代常法○一說曹氏曰六韜云武王東伐至河上雨甚雷疾太公率衆先涉至畢陳乃雨止而清明嚴氏曰史載行師以雨敗者多矣故以會朝清明爲得天助

大明八章四章章六句四章章八句名義見小旻篇

一章言天命無常惟德是與二章言王季大任之德以及文王三章言文王之德四章五章六章言文王太姒之德以及武王七章言武王伐紂八章言武王克商以終首章之意其章以六句八句相間又國語以此及下篇皆爲兩君相見之樂說見上篇

緜緜瓜瓞田節反民之初生自土沮七余反漆音七古公亶都但反父音甫陶音桃復音福陶穴叶戶橘反未有家室

賦也緜緜不絕貌大曰瓜小曰瓞瓜之近本初生者常小其蔓不絕至末而後大也民周人也自從土地也沮漆二水名在豳地古公號也亶父名也或曰字也後乃追稱大王焉陶窯竈也復重窯也穴土室也家門內之通名也豳地近西戎而苦寒故其俗如此○此亦周公戒成王之詩追述大王始遷岐周以開王業而文王因之以受天命也此其首章言瓜先小後大以比周人始生於漆沮之上而古公之時居於窯竈土室之中其國甚小至文王而後大也纂疏毛氏曰瓞瓝也瓝音雹孔氏曰以其小如瓝故謂之瓞呂氏曰水經曰沮水出北地直路縣東過馮翊祋祤縣北入于洛漆水出扶風杜陽縣俞山東北入于渭孔氏曰舜封棄於邰號曰后稷周語曰夏之衰棄稷不務我先王不窋用失其官而自竄于戎狄之閒盇不窋時已當失官竄豳地猶往來他國

至公劉盡以邠民遂往居焉是定國於豳自公劉始也曹氏曰不窋三世至公劉毛氏曰古公豳公也孔氏曰言其在世久古曰古公猶言先公也陶瓦器竈覆蓋以陶去其上而爲之故謂之陶七月云入此室處即豳事也豈究居乎○古公

亶父來朝走馬叶滿補反率西水滸呼五反至于岐下叶後五反爰

及姜女聿來胥宇

賦也朝早也走馬避狄難也率循也滸水厓也漆沮之側也岐下岐山之下也姜女大王妃也胥相宇宅也孟子曰大王居邠狄人侵之事之以皮幣珠玉犬馬而不得免乃屬其耆老而告之曰狄人之所欲者吾土地也吾聞之也君子不以其所以養人者害人二三子何患乎無君我將去之去邠踰梁山邑于岐山之下居焉邠人曰仁人也不可失也從之者如歸市

呂氏曰來朝走馬形容其初遷之時略地相宅精神風采也鄭氏以爲避患乎且疾苟如是之迫遽則豈杖策去邠雍容之氣象哉鄭氏曰爰於也及與也王晦叔曰與其妃大姜共相其居又著大姜之賢智也○周

原膴膴音武堇音謹荼如飴音移爰始爰謀叶謨悲反

爰契苦計反我龜曰止曰時築室于茲叶津之反○賦也周地名在岐山之南廣平曰原膴膴肥美貌堇烏頭也荼苦菜蓼屬也飴餳也契所以然火而灼龜者也儀禮所謂楚焞是也或曰以刀刻龜甲

𥎊鑽之爇也○言周原土地之美雖物之苦者亦甘於是大王始與豳人之從已者謀居之又契龜而卜之旣得吉兆乃告其民曰可以止於是而築室矣或曰時謂土功之時也【纂疏】孔氏曰內則堇荁枌榆則堇是美菜非苦荼之類釋草云芨堇草郭璞注即烏頭也江東人呼為堇說文堇根如薺葉如細柳蒸食之甘嚴氏曰內則言婦事舅姑公食禮言君待其臣皆以堇則堇是美菜也七月言食農夫以荼則荼非美菜也周原膴膴堇荼如飴言其美惡皆宜耳孔氏謂堇即烏頭且引晉語驪姬寘鴆於酒寘堇於肉以為證蓋以為爾雅芨堇之堇也說若旨祖之若為驪姬寘肉之堇則與鴆毒同類與荼菜可食之物非其類矣荼雖苦得霜而甜脆故可言如飴烏頭毒物不可食何由而知其如飴乎賈山言河皐河濱雖有惡種無不猥大地之美者能使物無美惡皆猥大耳安能變毒物而為美物毛氏以堇為菜釋文云是堇菜烝食之甘知為內則公食禮堇荁之堇非爾雅芨堇之堇也孔氏曰飴乾糖也春官菙氏掌共燋契以待卜事註士喪禮楚焞置于燋在龜東楚焞即契所用灼龜者也士喪禮註楚荆也卜者以楚焞之木燒之於燋炬之火旣然執以灼龜也呂氏曰古之建國必相土地之宜然後稽之卜筮衛文公遷于楚丘始曰升彼虛矣以望楚矣望楚與堂景山與京降觀于桑則是旣相土地之宜矣其後曰卜云其吉終然允臧

○迺慰迺止迺左迺右叶羽已反迺疆迺理迺宣迺畝叶滿彼反

自西徂東周爰執事叶上止反○賦也慰安止居也左右東西列之也疆謂畫其大界理謂別其條理也宣布散而居也或曰導其溝洫也畝治其田疇也自西徂東自西水滸而徂東也周徧也言靡事不爲也【纂疏】王氏曰既築室于茲矣乃勞來其臣民而慰之乃安集而止之孔氏曰公宫在中民居左右故王肅云乃左右開地置邑以居其民

○乃召司空乃召司徒俾立室家叶古胡反其繩則直縮所六反版以載叶節力反作廟翼翼賦也司空掌營國邑司徒掌徒役之事繩所以爲直凡營度位處皆先以繩正之既正則束版而築也縮束也載上下相承也言以索束版投土築訖則升下於上以相承載也君子將營宮室宗廟爲先廄庫爲次居室爲後翼翼嚴敬。正也【纂疏】孔氏曰司空之屬有匠人其職有營國廣狹之度廟社朝市之位司徒之屬有小司徒其職凡用衆庶則掌其政教曹氏曰量地以制邑度地以居民司空之職故先召之致衆庶今徒役司徒之職故次召之嚴氏曰其繩則直者以繩正之擬其基址則方正而直矣依此繩直之處起而築之也劉氏曰一章言遷於岐三章四章言先營民之居處授民之耕種此章始營公室焉曹氏曰此章俾立室家則定其規模而已若其營作則先於廟故其序如此

○捄音俱之陾陾耳升反度待洛反之薨薨築之

登登削屢馮馮扶冰反百堵丁古反皆興鼛音皋鼓弗勝音升

○賦也捄盛土於器也陾陾衆也度投土於版也薨薨衆聲也登登相應聲削屢牆成而削治重複也馮馮牆堅聲五版爲堵興起也此言治居室也鼛鼓長一丈二尺以鼓役事弗勝者言其樂事勸功鼓不能止也纂疏毛氏曰捄虆也釋文虆盛土籠也錢氏曰捄扱也盛於虆也李氏曰公羊傳及五板爲堵五堵爲雉何休以爲堵四十尺許愼五經異義戴禮及韓詩說八尺爲板五板爲堵一板廣二尺積高五板爲一丈其說與同姑兩存之毛氏曰鼛鼓大鼓也呂氏曰周禮鼓人以鼛鼓鼓役事韓人云鼛鼓長尋有四尺八尺曰尋李氏曰凡此皆是形容築牆之意○愚謂上章雖言板築而重在作廟此章雖言治居室而重在板築謂之曰百堵皆興者蓋不但宗廟有牆居室之牆亦皆興作矣曰薨薨曰登登曰馮馮則詠其聲也故終之曰鼛鼓弗勝者鼛鼓鼓役事者也若曰其聲之相雜鼓聲反不能勝焉且以見其樂事勸功之甚也

○乃立皋門皋門有伉苦浪反叶苦郎反乃立應門應門將將七羊反乃立冢土戎醜攸行叶戶郎反○賦也傳曰王之郭門曰皋門伉高貌王之正門曰應門將將嚴正也大王之時未有制度特作二門其名如此及周有天下遂尊以爲天子之門而諸侯不得立焉冢土大社也亦大王所立而後因以爲

天子之制也戎醜大衆也起大事動〔纂疏〕段氏纂先生初解曰
大衆必有事乎社而後出謂之宜毛鄭二說皆無明文
可據但言天子有應門春秋書魯有雉門禮記云魯有庫門家
語云衛有庫門皆無云諸侯有皋應者則皋應爲天子之門明
矣爲鄭學者曰魯衛得有雉庫者所以褒周公康叔也按明堂
記魯事曰庫門天子之皋門雉門天子之應門然則魯但得天
子門制而不得同其門名猶曰周公之廟文世室魯公之廟武
世室也云耳爲鄭學者又引左傳宋有皋門按今作澤門陸氏
釋文云本或作皋者非則宋亦未嘗有皋門宋先代之後安知
其不得有天子之門哉此不足爲據愚謂太王之時未有制度
特作二門其名如此及周有天下遂尊爲天子之門而諸侯不
得立焉○愚按毛氏因戴記明堂位言魯以庫門爲天子皋門
雉門爲天子應門遂謂天子郭門爲皋正門爲應而諸侯門當
名庫雉鄭氏謂諸侯宮內門曰皋門朝門曰應門內有路門天
子加以庫雉朱子取毛氏說證之書春秋禮記家語而自斷之
曰太王初作皋應二門後尊爲天子之制諸侯不得立焉當矣
曹氏曰鄭謂天子加以庫雉然魯有庫雉則非天子制矣其汏
明堂位則曰天子五門皋庫雉路應諸侯三門庫雉路二說不
同陸佃謂天子五門皋雉庫路應諸侯則外門曰雉門朝門曰
庫門內有路門明堂位所言者謂魯用王禮故作庫門以天子
皋門之制作雉門以天子應門之制是諸侯本無
皋應也其辨鄭氏取毛氏與 子合故詳纂焉

○肆不殄

桵音緌

田典反厥慍紆問反亦不隕韻敏反厥問柞子洛反棫音域拔蒲貝反矣行道兌吐外反矣混音昆夷駾徒對反矣維其喙吁貴反矣

【傳】肆故今也猶言遂也承上起下之辭殄絕慍怒隕墜也問聞通謂聲譽也柞櫟也枝長葉盛叢生有刺棫白桵也小木亦叢生有刺拔挺拔而上不拳曲蒙密也兌通也始通道於柞棫之間也駾突喙息也○言大王雖不能殄絕混夷之慍怒亦不隕墜己之聲問蓋雖聖賢不能必人之不怒己但不廢其自脩之實耳然大王始至此岐下之時林木深阻人物鮮少至於其後生齒漸繁歸附日衆則木拔道通混夷畏之而奔突竄伏維其喙息而已言德盛而混夷自服也蓋已爲文王之時矣

【纂疏】○一說東萊呂氏曰軍國之容雖衛然太王猶未敢輕用其民也故不敢殄絕所慍之夷狄亦不隕廢其聘問之禮蓋寒暑之節龍蛇之蟄未有不積而能施不屈而能伸者也重以王季三以文王蓄之可謂厚矣然猶有樂天之事焉至於王業光大而不可掩邠闕之內鬱鬱葱葱輪蹄輻湊則昆夷不得攘斥自奉頭鼠竄之不暇矣是固消長之理也此章或以爲專指太王或以爲專指文王義皆未安孟子曰文王事昆夷文王猶事昆夷則太王安得有昆夷駾矣維其喙矣之事乎皇矣之詩曰帝省其山柞棫斯拔松柏斯兌帝作邦作對自太伯王季然則柞棫拔矣行道兌矣安可專指以爲文王之時乎蓋總敘

周家王業積施屈伸之理始於太王而終於文王呂嚴氏曰不絕慍怒昆夷之心内爲之備不廢聘問隣國之禮外與之和内備外和待夷狄之道盡矣丘氏曰混當爲昆字誤毛氏曰駾馬疾行貌呂氏曰喙張喙而息殆竭者其狀如此鄭氏曰小聘曰問

○虞芮如銳反質厥成文王蹶居衛反厥生叶桑經反 予曰有疏附叶上聲 予曰有先息薦反後胡豆反叶下五反 予曰有奔奏與走通叶宗五反 予曰有禦侮

〔賦〕也虞芮二國名質正成平也〔傳〕曰虞芮之君相與爭田久而不平乃相與朝周入其境則耕者讓畔行者讓路入其邑男女異路斑白不提挈入其朝士讓爲大夫大夫讓爲卿二國之君感而相謂曰我等小人不可以履君子之境乃相讓以其所爭田爲閒田而退天下聞之而歸者四十餘國〔鄭氏〕曰虞在陝之平陸芮在同之馮翊平陸有閒原焉則虞芮之所讓也蹶生未詳其義或曰蹶動而疾也生猶起也予詩人自予也率下親上曰疏附相道前後曰先後喻德宣譽曰奔奏武臣折衝曰禦侮○言昆夷既服而虞芮來質其訟之成於是諸侯歸周者衆而文王由此動其興起之勢是雖其德之盛然亦由有此四臣之助而然故各以予曰起之其詞繁而不殺者所以深歎其得人之盛也

〔附錄〕蹶動也生是興起之意當時一日之間虞芮質成而來歸者四十餘國其勢張盛一時見之如忽然蹶起

又曰黿說時一如今人纂疏曹氏曰地理志河東大陽縣有吳
言蹶勢益張樣（義剛）山其上有吳城周武王封太伯於
此是為虞公其後為晉所滅又馮翊臨晉縣有芮鄉故芮國是
虞芮二國皆在岐周之東也○一說嚴氏曰虞芮以爭田之訟
質正而求其平意謂文王所在曲直必無偏陂也文王有以感
動其本然之良心乃使之自忘其爭焉人之良心如木之有根
生生不窮故謂之生虞芮以忿爭汨其良心如本有物以遏其
生理不得遂其暢茂然其所謂生生不窮者未嘗絕也迨夫感
文王之化而翻然自悟如去其壅遏而生意欣然矣一念既改
百行萬善皆出此而充之此之謂蹶厥生言撥發其生意也非
有以增益之皆彼所自有也詩人推原致化之妙以為我謂其
有疏附之臣而致之歟我謂其有先後之臣而致之歟我謂其
有奔走之臣而致之歟我謂其有禦侮之臣而致之歟詩言四
臣之所致而不敢為一定之辭見文王之化有非四臣之所能
為若
矣

緜九章章六句（一章言在豳二章言至岐三章言定宅四章言授田居民五章言作宗廟六章言治宮室七章言作門社八章言至文王而服混夷九章遂言文王受命之事餘說見上篇）

芃芃（薄紅反）棫（雨逼反）樸（音卜）薪之槱（音酉）之濟濟（子禮反）辟（音璧）

此頁在前

王左右趣之叶此苟反興也芃芃木盛貌樸叢生也言根枝迫迮相附著也槱積也濟濟容貌之美也辟君也君王謂文王也○此亦以詠歌文王之德言芃芃棫樸則薪之槱之矣濟濟辟王則左右趣之矣蓋德盛而人心歸附趨向之也○濟濟辟王左右奉璋奉璋峩峩五歌反髦士攸宜叶牛何反○賦也半圭曰璋祭祀之禮王祼以圭瓚諸臣助之亞祼以璋瓚左右奉之其判在內亦有趣向之意峩峩盛壯也髦俊也

【纂疏】曹氏曰半圭曰璋以爲瓚柄所以祼也孔氏曰玉人云大璋中璋邊璋皆是璋瓚也郊特牲曰祼以圭璋故知璋爲璋瓚祭之用瓚惟祼爲然祭統云君執圭瓚祼尸大宗執璋瓚亞祼小宰云凡祭祀贊亞祼之事非獨一人錢氏曰峩峩衣冠偉壯之貌髦士攸宜言在宗廟則奉璋助祭皆髦俊之士

○淠匹世反彼涇音經舟烝徒楫音接叶籍入反之周王于邁六師及之興也淠舟行貌涇水名烝衆楫櫂于往邁行也六師六軍也○言淠彼涇舟則舟中之人無不楫之周王于邁則六師之衆追而及之蓋衆歸其德不令而從也

【纂疏】王氏曰地理志涇水出今安定涇陽西开頭山東南至京兆陵陽入渭楫謂之橈或謂櫂王氏曰涇在周地與所見也嚴氏曰詩人指山川爲喻皆以土地所見者言之若文王始居岐則當言渭水若後居豐則當言豐水涇非耳目所見而言

涇舟沓盖述行師所見也文王之時北有玁狁之難以天子之命命將遣戍討之必渡涇水當王時玁狁嘗侵至涇陽則周伐玁狁度涇水可見矣毛氏曰天子曰六軍⊙倬涉角反彼雲漢爲章于天叶鐵因反

周王壽考遐不作人興也倬大也雲漢天河也在箕斗二星之間其長竟天大章文章也文王九十七乃終故言壽考遐與何同作人謂變化鼓舞之也【附錄】只是說雲漢任他爲章于天周王壽考豈不能作人也上二句皆是引起下面說略有些意思傍着不須深求只如此讀過便得僩遐古註并諸家皆作遠字甚無道理禮記註訓胡字甚好人傑【纂疏】曹氏曰作者鼓舞振動之意商之末世士氣卑弱甚矣非鼓舞振動之焉能自奮而有成哉嚴氏曰人心之善作之則興凡自暴自棄習俗益流於下者由上之人無以興起之耳又曰人同此心心同此理非外立一道以強其所無特作而興之使之自不能已不知所以然而然如樂則生矣生則烏可已不知手之舞之足之蹈之也○追對迴反琢陟角反

其章金玉其相勉勉我王綱紀四方興也追雕也金曰雕玉曰琢相質也勉勉猶言不已也凡網罟張之爲綱理之爲紀○追之琢之則所以美其文者至矣金之玉之則所以美其質者至矣勉勉我王則所以綱紀乎四方者至矣【附錄】遐不作人却是說他鼓舞作興底事功夫細密處又在此

一章如曰勉勉我王綱紀四方四方都便在他線索内牽着都
動文蔚曰勉勉即是純亦不已否曰然如追琢其章金玉其相
是那工夫到後文章眞箇是
盛美資質眞箇是堅實 文蔚
纂疏 鄭氏曰春官追師掌追衡笄
則追亦治玉孔氏曰說文綱
網紘紀別絲綱者網之大繩舉綱能張網之目故張之為綱紀
者別理絲縷故理之為紀以喻為政有舉大綱者有理細微者

棫樸五章章四句 此詩前三章言文王之德為人所歸後二章言文王之德有以振作綱紀天下之人而人歸之自此以下至假樂皆不知何人所作疑多出於周公也

瞻彼旱麓音鹿榛楛音户濟濟子禮反豈弟君子干祿豈弟
興也旱山名麓山足也榛似栗而小楛似荆而赤濟濟眾多也
豈弟樂易也君子指文王也○此亦以詠歌文王之德言旱山
之麓則榛楛濟濟然矣豈弟君子則其干祿也豈弟矣
干祿豈弟言其干祿之有道猶曰其爭也君子云爾
纂疏 曹氏
曰地理志漢中郡南鄭縣有旱山沱水所出東北入漢在梁州
地與漢廣相近故取以興焉嚴氏曰詩人託山川以起興皆取
在境内者漢中遠於豐鎬豐鎬高山多矣何獨遠取漢中旱山
乎既非耳目所及何言瞻也旱山不知所指闕其所不知可也
東萊呂氏曰陸璣草木疏楛似荆而赤莖似蓍上黨
人織為牛莒箱器又屈為釵曹氏曰楛可以為箭

○瑟所乙

反彼玉瓚才早反黃流在中豈弟君子福祿攸降叶乎攻反○興也瑟縝密貌玉瓚圭瓚也以圭爲柄黃金爲勺青金爲外而朱其中也黃流鬱鬯也釀秬黍爲酒築鬱金煮而和之使芬芳條鬯以瓚酌而祼之也攸所降下也○言瑟然之玉瓚則必有黃流在其中豈弟之君子則必有福祿下其躬明寶器不薦於褻味而黃流不注於瓦缶則知盛德必享於祿壽而福澤不降於淫人矣【纂疏】孔氏曰瓚器名以圭爲柄圭以玉爲之指其體謂之玉瓚據成器謂之圭瓚瓚盛鬯酒以黃金爲勺有鼻口酒從中流出黃流秬鬯釀秬爲酒以鬱金香草和之使芬芳條鬯酒色如金在器流動故曰黃流孔叢子記子思云吾聞之子夏曰殷王帝乙之時王季以九命作伯於西受圭瓚秬鬯之賜故文王因之得專征伐東萊呂氏曰此章申上章干祿之義○鳶弋專反飛戾天叶鐵因反魚躍于淵叶一均反豈弟君子遐不作人【興】也鳶鴟類戾至也【李氏】曰抱朴子曰鳶之在下毋力及至乎上聳身直翅而已蓋鳶之飛全不用力亦如魚躍怡然自得而不知其所以然也遐何通○言鳶之飛則戾于天矣魚之躍則出于淵矣豈弟君子而何不作人乎言其必作人也【纂疏】鄭氏曰鳶鳥之貪惡者孔氏曰說文鳶鷙鳥擊小鳥風作之則高飛謝氏曰鳶飛戾天魚躍于淵猶韓愈謂魚川泳而鳥雲飛上下自然各得其所也詩人之意言如此

氣象周家作人似之程氏曰作興起之於善也○清酒既載叶節力反騂息營反牡既備叶蒲北反以享以祀叶逸織反以介景福叶筆力反○【賦】也載在尊也備全具也承上章言有豈弟之德則祭必受福也【纂疏】鄭氏曰清酒祭祀之酒謂清酒今中山冬醲接夏而成孔氏曰騂牡赤牡之牲董氏曰文王時未有所尚而騂牡用牲時以色自別耳李氏曰君子受福豈以清酒騂牡得之哉古人奉牲以告所謂馨香無讒慝也如此則降之以福○瑟彼柞棫民所燎力召反矣豈弟君子神所勞力報反矣【興】也瑟茂密貌燎爨也或曰熂燎除其旁草使木茂也勞慰撫也【纂疏】嚴氏曰柞棫瑟然茂密茂則民取以為薪而燎之矣文王有豈弟之德則神所祐助而錫之福矣岐山柞棫斯拔亦所見之實也集傳或說熂音餼茇草燎之曰熂○莫莫葛藟力軌反施以豉反于條枚莫回反豈弟君子求福不回【興】也莫莫盛貌回邪也【纂疏】鄭氏曰葛藟延蔓於木之枝本而茂盛喻子孫依緣前人而起嚴氏曰文王豈弟樂易求福不回表記言得之自是不得自是以聽天命遂引此章蓋有一毫覬倖之心則邪矣

旱麓六章章四句

思齊（側皆反）大（音泰）任，文王之母（莫後反）。思媚（美記反）周姜，京室之婦（房九反）。大（同上）姒嗣徽音，則百斯男（叶尼心反）。○賦也。思，語辭。齊，莊。媚，愛也。周姜，大王之妃大姜也。京，周也。大姒，文王之妃也。徽，美也。百男，舉成數而言其多也。○此詩亦歌文王之德而推本言之，曰：此莊敬之大任，乃文王之母，實能媚于周姜而稱其爲周室之婦。至于大姒，又能繼其美德之音，而子孫衆多。上有聖母所以成之者遠，內有賢妃所以助之者深也。【纂疏】孔氏曰：左傳定四年祝鮀曰：武王之母弟八人。是通武王與伯邑考十人。史記管蔡世家：武王同母兄弟十人，母太姒，文王正妃。長伯邑考，次武王，次管叔鮮，次周公旦，次蔡叔度，次曹叔振鐸，次郕叔武，次霍叔處，次康叔封，次聃叔季。王晦叔曰：大姒嗣徽音，此雖大姒之賢，非文王有以儀刑之，豈能全此婦德之懿乎？故下章言其儀刑之德也。

○惠于宗公，神罔時怨，神罔時恫（音通），刑于寡妻，至于兄弟，以御（牙嫁反）于家邦（叶卜工反）。○賦也。惠，順也。宗公，宗廟先公也。恫，痛也。刑，儀法也。寡妻，猶言寡小君也。御，迎也。○言文王順于先公，而鬼神歆之，無怨恫者。其儀法內施於閨門，而至于兄弟，以御于家邦也。【程子】曰：家齊而后國治。【孟子】曰：言舉斯心加諸彼而已。【張子】曰：言接神人各得其道也。【纂疏】孔氏曰：書班宗

和敬

彝卣備陳其宗器皆謂宗廟爲宗張氏曰未追王故稱公嚴氏曰御毛音迓鄭如字訓治也陳氏曰取其謂適之意嚴氏曰說者多謂文王有賢妃之助以成其德固也此詩所言文王之德皆聖人極致之事豈必由內助而後聖哉刑于寡妻美文王能嚴刑之非美寡妻也斷此美后妃之德所以見文王之德亦此意也○雝雝於容反在宮肅肅

在廟叶音貌不顯亦臨無射音亦亦保叶音鮑○賦也雝雝和之至也肅肅敬之至也不顯幽隱之處也射與斁同厭也保猶守也○言文王在閨門之內則極其和在宗廟之中則極其敬雖居幽隱亦常若有臨之者雖無厭射亦常有所守焉其純亦不已蓋如是東萊呂氏曰聖人神人之主也如前章所載神人爭格可謂得爲主之道矣故求所以爭格者當於此章觀之熊去非詩說曰此章承上章而言雝雝在宮即刑于寡妻以下之事肅肅在廟即惠于宗公以下之事在宮幽隱乃人所不睹之處而我則常若有鑒臨之者此不顯亦臨也在廟神雖不厭射於我而我則常保守而不懈此無射亦保也無射即上文罔怨罔恫之意○

肆戎疾不殄烈假古雅反不瑕不聞亦式不諫亦入此與下皆用韻未詳○賦也肆故今也戎大也疾猶難也大難如羑里之囚及昆夷玁狁之屬也殄絕烈光假大瑕過也此兩句與不殄厥慍不隕厥問相表裏聞前聞也式法也○承

上章言文王之德如此故其大難雖不殄絕而光大亦無玷缺雖事之無所前聞者而亦無不合於法度雖無諫諍之者而亦未嘗不入於善傳所謂性與天合是也【纂疏】熊去非詩說曰人處大患難則所守必移而文王則其德不至於殄絕人處顯融盛大之際則所守必易而文王則無可得而瑕疵玷缺○肆成人有德小子有造

古之人無斁音亦譽髦斯士賦也冠以上爲成人小子童子也造爲也古之人指文王也譽名髦俊也○承上章言文王之德見於事者如此故一時人材皆得其所成就蓋由其德純而不已故[illegible]此士皆有譽於天下而成其俊乂之美也【纂疏】孔氏曰長者道德已成[illegible]東萊呂氏曰聖人澤流萬世者[illegible]以續天地生生之大德也故此詩以是終焉[illegible]子之不倦其心一也典謨作於虞夏其稱堯舜[illegible]君稽古則此詩追述文王以爲古人復何疑哉

思齊五章二章章六句三章章四句

皇矣上帝臨下有赫叶黑各反監觀四方求民之莫維此二國其政不獲叶胡郭反維彼四國爰究爰度叶待洛反上帝

耆之憎其式廓乃眷西顧此維與宅叶達各反○賦也皇大臨視也赫威明也監亦視也莫定也二國夏商也不獲謂失其道也四國四方之國也究尋度謀也耆憎式廓未詳其義或曰耆致也憎當作增式廓猶言規模也此謂岐周之地也○此詩敘大王大伯王季之德以及文王伐密伐崇之事也此其首章先言天之臨下甚明但求民之安定而已彼夏商之政既不得矣故求於四方之國苟上帝之所欲致者則增大其疆境之規模於是乃眷然顧視西土以此岐周之地與大王為居宅也曹氏曰宅者宅都于岐自商視周為西天去商而就周故謂之西顧○鄭氏曰耆老也耆久也歐陽氏曰耆久也言天意遲久之謹其所擇○愚按耆憎式廓集傳以為未詳而又引或曰之說矣愚謂耆久之義亦以通式廓雖未詳其義要只是指四國言憎只是憎惡之意憎惡之於彼乃眷顧之於此也

○作之屏之必須反其菑其翳莊持反一計反脩之平之其灌其栵音例啓之辟之婢亦反其檉其椐丑貞反羌居反叶紀庶反攘之剔之它歷反其檿其柘烏劍反章夜反叶都故反帝遷明德串夷載路古患反天立厥配受命既固賦也作拔起也屏去之也菑木立死者也翳自

斃者也或曰小木蒙密蔽翳者也脩平皆治之使疏密正直得宜也灌叢生者也栵行生者也啓辟芟除也檉河柳也似楊赤色生河邊椐樻也腫節似扶老可為杖者也攘剔謂穿剔去其繁冗使成長也檿山桑也與柘皆美材可為弓幹又可蠶也明德謂明德之君即大王也串夷即混夷載路未詳或曰串夷載路謂滿路而去所謂混夷駾矣者也配賢妃也謂大姜○此章言大王遷於岐周之事蓋岐周之地本皆山林險阻無人之竟而近於昆夷大王居之人物漸盛然後漸次開闢如此乃上帝遷此明德之君使居其地而昆夷遠遁天又為之立賢妃以助之是以受命堅固而卒成王業也

毛氏曰栵栭也孔氏曰郭璞云栭樹似槲樕而庳小子如細栗嚴氏曰禹貢檿絲註桑蠶絲中琴絃

○帝省（息井反）其山柞棫斯拔（蒲貝反）松柏斯兌（徒外反）帝作邦作對自大（音泰）伯王季維此王季因心則友（叶羽已反）則友其兄（叶虛王反）則篤其慶（叶祛羊反）載錫之光受祿無喪（息浪反叶平聲）奄有四方

賦也拔兌見緜篇此亦言其山林之間道路通也對猶當也作對言擇其可當此國者以君之也大伯大王之長子王季大王之少子也因心非勉強也善兄弟曰友兄謂大伯也篤厚載則也奄字之義在忽遽之間○言帝省其山而見其木拔道

通則知民之歸之者益衆矣於是既作之邦又與之賢君以嗣其業蓋自其初生大伯王季之時而已定矣於是大伯見王季生文王又知天命之有在故適吳不反大王沒而國傳於王季及文王而周道大興也然以大伯而避王季則王季疑於不友故又特言王季所以友其兄者乃因其心之自然而無待於勉強既受大伯之讓則益脩其德以厚周家之慶而與其兄以讓德之光猶曰彰其知人之明不爲徒讓耳其德如是故能受天祿而不失至于文武而奄有四方也

附錄

論語或問云太伯之讓無揖讓授受之迹人但見其逃去不返而已而不知所以使文武有天下者實由於此則是以天下讓也曰太王有廢長立少之意非禮也大伯又探其邪志而成之至於父死不顧傷毀髮膚皆非賢者之事就使必於讓國而爲之則亦過而不合於中庸之德矣其爲至德何耶曰太王之欲立賢子聖孫爲其道足以濟天下而非有愛憎之間利欲之私也是以太伯去之而不爲狷王季受之而不爲貪父死不赴傷毀髮膚而不爲不孝蓋處君臣父子之變而不失乎中庸此所以爲至德也與魯隱公吳季子之事不同矣曰逃去可矣何必斷髮文身哉曰使王季之心但如顯宗元宗則可若有叔齊之義則亦不能以一朝居矣使大伯而不有以深自絕焉則亦何以必致國於王季而安其位哉

纂疏

東萊曰大伯長也季歷少也尚太伯語及於讓則季歷必以兄在爲辭兄在而已立季其肯爲之乎二人俱遜則名固美矣而周之王業未可知也太伯初無一言

及於讓乃棄宗國乃逃荆蠻乃斷髮文身以自置其身於不可復用則季歷無以辭其責矣○維此王季
帝度待洛反其心貊武伯反其德音其德克明克明克類
克長丁丈反克君王如字或于況反此大邦克順克比必里反比
毗至反于文王其德靡悔叶虎洧反既受帝祉音恥施以豉反于
孫子叶獎禮反○賦也度能度物制義也貊春秋傳樂記皆作莫謂其莫然清靜也克明能察是非也克類能察善
惡也克長教誨不倦也克君賞慶刑威也言其賞不僭故人以爲慶也刑不濫故人以爲威也順慈和徧服也比上下相親也
比于至于也悔遺恨也○言上帝制王季之心使有尺寸能度義又清靜其德音使無非閒之言是以王季之德能此六者至
於文王而其德尤無遺恨是以既受上帝之福而延及于子孫也纂疏嚴氏曰度如字忖度之之度天初省視岐周之
山眷命已定今又監度王季之心知其能以靜養令名非有心於干譽者然其德明而類長而君順而比自不可掩比及文王
其德無有可悔人有過則悔恨靡悔則無過從容中道無毫髮之慊也言王季之德傳於文王而益盛故能受天之福而延于
孫子○愚謂王季之心何心也因心則友則友其兄之心也初何嘗有一毫得國之意惟其有是心所以其德音自彰彰乎不

可掩而其德之備則如下文云也上帝於此亦欲度其心以考
察其爲人耳豈有一毫私於王季之意哉曰度其心初不過如
出其山之義意者如嚴氏忖度之說自左氏以制義爲度孔氏
從有天開度其心之說使天脣脣焉開度其心以成其德音之
清淨則天心亦已自不能不私徇於王季王季若不因天開度
其心則亦將無以成其德音之清淨矣果何足以爲天哉何足
以爲王季哉 ○ 帝謂文王無然畔援（于願反） 無然歆羨（餞面反）
誕先登于岸（叶魚戰反） 密人不恭敢距大邦（叶卜攻反） 侵阮（魚宛反） 徂共（音恭） 王赫斯怒（叶暖五反） 爰整其旅以按（音遏） 徂旅以篤于周祜（候五反） 以對于天下（叶後五反） ○賦也帝謂文王設爲天命文王之詞如下所
言也無然猶言不可如此也畔離畔也援攀援也言舍此而取
彼也歆欲之動也羨愛慕也言肆情以徇物也岸道之極至處
也密密須氏也姞姓之國在今寧州阮國名在今涇州徂往也
共阮國之地名今涇州之共池是也其旅周師也按遏也徂旅
密師之往共者也祜福也對答也○人心有所畔援有所歆羨則
溺於人欲之流而不能以自濟文王無是二者故獨能先知先
覺以造道之極至蓋天實命之而非人力之所及也是以密人
不恭敢違其命而擅興師旅以侵阮而往至于共則赫怒整兵

汉密

而往遏其衆以厚周家之福而荅天下之心蓋亦因其可怒而怒之初未嘗有所畔援歆羨也此文王征伐之始也【附錄】詩人稱文王伐崇伐密事皆以帝謂文王言之若曰此蓋天意云爾文王既戡黎又伐崇伐密已做得事勢如此只是尚不肯伐紂故曰至德必大此詩稱文王德處是從無然畔援無然歆羨上說起後面却說不識不知順帝之則見得文王先有簡工夫此心無一毫之私故見於伐崇伐密皆是道理合着恁地初非聖人之私怒也【纂疏】曹氏曰阮共近岐周之地自太王避狄不事干戈民之望周舊矣於是而用師所以對荅天下之心也○王氏曰經以涉川譬涉難登岸者無難之地程氏曰登岸既濟之義也○愚謂文王雖負濟出之聖德前乎此猶未見施濟出之實事故常因密人之不恭命文王而謂之曰爾不可徒如此畔援不可徒如此歆羨以自陷於欲須是勇往直前出師必濟若涉淵水設先登于岸可也於是文王赫怒整旅以遏其徂共之旅以厚我周家之福以慰荅天下之心焉此是文王興師之始詩人必原於天之所命以見文王之怒非出於己私也阮共距周不遠故云敢距大邦○

依其在京叶居良反侵自阮疆陟我高岡無矢我陵我陵我阿無飲我泉我泉我池叶徒河反度待洛反其鮮息淺反原居岐之陽在渭之將萬邦之方下

民之王。賦也。依，安貌。京，周京也。矢，陳。鮮，善。將，側。方，鄉也。○言文王安然在周之京，而所整之兵既遏密人，遂從阮疆而出以侵密，所陟之岡即爲我岡，而人無敢陳兵於陵，飲水於泉，以拒我也。於是相其高原而徙都焉，所謂程邑也。其地於漢爲扶風安陵，今在京兆府咸陽縣。嚴氏曰：文王以西伯討密之罪，先駐兵幽都，依憑此在京之師以爲聲勢，然後出兵自阮疆以侵密。密在寧州，阮在涇州，涇、寧接境也。下所言高岡陵阿泉池，皆師行所經阮疆之地。軍行右背山陵，必依山而止，故升其高岡。我者，對爾之辭。文王爲阮伐密，故問罪於密，捅阮疆之地皆以爲我，言我所陟者是我之高岡，爾密人無得陳兵於我陵，此我之陵，我之阿也；無得飲我之泉，此我之泉，我之池也。罪其前之侵軼而戒其後之無復然也。密人恃强以侵弱，文王興問罪之師，視阮之地如己之地，可謂公天下以爲心矣，豈有一豪畔援歆羨之私邪？阮不幸而與密爲鄰，幸而遇文王爲伯也。文王用心廣大，威德暢洽，人之歸者益衆，非舊邑所能容，於是就周境之内，謀度鮮善之平原而徙都之，乃在岐山之南，渭水之側，謂程邑也。此萬邦之所法則，下民之所歸往也。文王雖未爲君師天下，已心歸之矣。伐崇有訊馘伐肆之事，而伐密止述問罪之辭，是師次其境而密人即服，不待戰也。舊説謂所侵密地即爲我之陵泉，則是貪其土地矣。或又謂戒軍以無擾，師行而布陣，飲泉遽爲擾乎。○愚謂侵字正與侵于之疆侵義同，切意阮疆去周京不遠，故文王君依然在京，不動而出師侵密取自阮疆者蓋密人侵阮徂共文王從阮疆以應之陟阮疆之高岡而以爲我高岡過密人無矢阮疆之陵無飲阮疆之泉而以爲我陵我阿我泉我池者視阮疆猶一家也豈貪其土地哉此即上章赫怒整旅以遏徂旅之事不動干戈而密人自服度其鮮原以下其字與我字對却指密而言即上章以篤周祜以對于天下之實事也蓋文王於密不過遏止其侵阮共之旅密人即服於崇則眞有以致其伐矣

○帝謂文王予懷明德不大聲以色不長丁丈反夏以革不識不知順帝之則帝謂文王詢爾仇方同爾兄弟以爾鉤援音爰與爾臨衝以伐崇墉韻

也予設爲上帝之自稱也懷眷念也明德文王之明德也以猶與也夏革未詳則法也仇方讎國也兄弟與國也鉤援鉤梯也所以鉤引上城所謂雲梯者也臨臨車也在上臨下者也衝衝車也從旁衝突者也皆攻城之具也崇國名在今京兆府鄠縣墉城也史記崇侯虎譖西伯於紂紂囚西伯於羑里西伯之臣閎夭之徒求美女奇物善馬以獻紂紂乃赦西伯賜之弓矢鈇鉞得專征伐曰譖西伯者崇侯虎也西伯歸三年伐崇侯虎而作豐邑○言上帝眷念文王而言其德之深微不暴著其形迹又能不作聰明以循天理故又命之以伐崇也呂氏曰此言文王德不形而功無迹與天同體而已雖興兵而伐崇莫

非順帝之則而非我也

【纂疏】毛氏曰夏大革更也東萊呂氏曰聲以色謂聲音笑貌夏以革謂侈大與變革不大聲以色則不事外飾不長夏以革則不從私意明德之實也嚴氏曰不識不知不作聰明也所謂順者由仁義行非行仁義之謂天理自然謂之則乃見天則所謂理之不可踰也孔氏曰鉤援一物以梯倚城相鉤引而上援即引也

○臨衝閑閑（叶胡貞反）崇墉言言執訊（音信）連連攸馘（古獲反）安安（叶於肎反）是類是禡（馬嫁反叶滿補反）是致是附（叶上聲）四方以無侮臨衝茀茀（音弗叶分聿反）崇墉仡仡（魚乞反）是伐是肆是絶是忽（叶虛屈反）四方以無拂（叶分聿反）

○【賦】也閑閑徐緩也言言高大也連連屬續貌馘割耳也軍法獲者不服則殺而馘其左耳安安不輕暴也類將出師祭上帝也禡至所征之地而祭始造軍者謂黃帝及蚩尤也致致其至也附使之來附也茀茀強盛貌仡仡堅壯貌肆縱兵也忽滅拂戾也春秋傳曰文王伐崇三旬不降退脩教而復伐之因壘而降○言文王伐崇之初緩攻徐戰告祀羣神以致附來者而四方無不畏服及終不服則縱兵以滅之而四方無不順從也夫始攻之緩戰之徐也非力不足也非示之弱也將以致附而全之也及其終不下而肆之也則天誅不可以留而罪人不可以不得故也此所

謂文王【纂疏】鄭氏曰訊言執所生得者訊問之孔氏曰玉藻云
之師也聽鄉任左故不服者殺而獻其左耳曰馘罪其不
聽命服罪故取其耳以計功也又曰傳云因壘而降則似兵合
不戰此言執馘必當戰矣蓋知戰不敵然後乃降彼子魚欲勸
宋公修德故隱其戰事而言降耳曹氏曰四方無侮容有革面
者焉至於無拂則有順化之心矣○愚謂言言恐與于時言言
同義蓋車入崇境未即攻城崇墉之人言文王之來
攻也言言多口貌仡仡韓詩云搖也孔云將壞之貌

皇矣八章章十二句一章二章言天命大王三章四章言天命王季五章六章言天命文王伐密七章八章言天命文王伐崇

經始靈臺叶田節反經之營之庶民攻之不日成之經始勿亟居力反庶民子來叶六直反○賦也經度也靈臺文王所作謂之靈者言其倏然而成如神靈之所爲也營表攻作也不日不終日也亟急也○國之有臺所以望氛祲察災祥時觀游節勞佚也文王之臺方其經度營表之際而庶民已來作之所以不終日而成也雖文王心恐煩民戒令勿亟而民心樂之如子趣父事不召自來也孟子曰文王以民力爲臺爲沼而民歡樂之謂其臺曰靈臺謂其沼曰靈沼此之謂也【纂疏】毛氏曰四方而高曰臺孔氏曰天子

臺之 觀游 民樂 力以遂 功之閒 其樂 心以爲 父事者 由其之 民傍

曰靈臺。諸侯曰觀臺。左傳十五年秦伯獲晉侯以歸舍諸靈臺。杜預云在京兆鄠音戶縣周之故臺也。王氏曰經其南北而四營之也。劉氏曰經謂制其廣深。營謂定其基址。鄭氏曰營表其位也。○**王在靈囿**叶音郁 **麀**音憂**麀攸伏麀鹿濯濯**直角反 **白鳥翯翯**户角反 **王在靈沼**叶音灼 **於**音烏下同 **牣**音刃 **魚躍**。賦也。靈囿臺之下有囿所以域養禽獸也。麀牝鹿也。伏言安其所處不驚擾也。濯濯肥澤貌。翯翯潔白貌。靈沼囿之中有沼也。牣滿也。魚滿而躍言多而得其所也。○**虡**音巨 **業維樅**七凶反 **賁**扶云反 **鼓維鏞**音庸 **於論**盧門反下同 **鼓鐘於樂**音洛 **辟**音璧 **廱**。賦也。虡植木以懸鍾磬。其橫者曰栒。業栒上大板刻之捷業如鋸齒者也。樅業上懸鍾磬處以綵色為崇牙其狀樅樅然者也。賁大鼓也長八尺鼓四尺中圍加三之一。鏞大鍾也。論倫也言得其倫理也。辟璧通。廱澤也。辟廱天子之學大射行禮之處也。水旋丘如璧以節觀者故曰辟廱。先生初解云王制論學曰天子曰辟廱諸侯曰頖宮。說者以為辟廱大射行禮之處也水旋丘如璧以節觀者泮宮諸侯鄉射之宮也其水半之蓋東西門以南通水北無也故振鷺之詩曰振鷺于飛于彼西廱說者以廱為澤蓋即旋丘之水而其學即所謂澤宮也蓋古人之學與今不同孟子所謂序者射也則學蓋有以射爲主者矣蘇氏引莊周言文王有辟廱之樂遂以辟廱亦爲樂名而曰古人以樂教胄子則未知學以樂而得名歟樂以學而得名歟則身又以爲習樂之所也張子亦曰辟廱古無此名則其制蓋始於此及周有天下遂以名天子之學而諸侯不得立焉記所謂魯人將有事於上帝必先有事於頖宮者蓋將以擇士云耳段氏曰樂書云寓於器則器異異虡見於文則文同同筍鐘虡飾以羸屬磬虡飾以羽屬器異異虡故也鐘磬之筍皆飾以鱗屬其文若竹之有筍然又同同筍故也筍則横之設以崇牙其形高以峻虡則植之設以業其形直以舉是筍之上有業業之上有崇牙筍之兩端又有璧翣鄭氏謂戴璧垂羽是也蓋簨虡所以架鐘磬崇牙璧翣所以飾筍虡夏后氏飾以龍而無崇牙商飾以崇牙而無璧翣至周則極文而三者具矣此有瞽所以言設業設虡崇牙樹羽也○蘇氏曰因民之樂而講求鐘鼓之度以作辟廱之樂也莊子曰文王有辟廱之樂嚴氏曰辟廱文王之樂名而說者以爲文王之學名天子之學曰辟廱與所謂鎬京辟廱者蓋作辟廱之樂於天子之學宫而遂以名之耳此詩所謂於樂辟廱者自於論鼓鐘而言之蓋文王作樂於靈臺之中而民歡樂之想其聞鐘鼓管籥之音欣欣然有喜色而相告樂之不能已而言之不能盡故曰於論於樂於者歎辭也○愚謂王在靈囿靈沼乃云作樂於辟廱之學若不相關東萊謂或疑是詩叙臺池苑囿與民同樂胡爲以辟廱勦入之彼蓋未嘗知三代人君與士大夫甚親游宴之暬御征行

之扂衡無往而不與髦俊俱焉樂正司業父師司成則樂者固學士之所常肄也夫豈有二事哉其詠善矣然所謂與士大夫甚親亦言其人耳終始延與李校無相關故備蘇黃之說以俟參攷云

○於論鼓鍾於樂辟廱

鼉徒何反鼓逢逢薄紅反矇音蒙瞍音叟奏公賦也鼉似蜥蜴長丈餘皮可冒鼓逢逢和也有眸子而無見曰矇無眸子曰瞍古者樂師皆以瞽者為之以其善聽而審於音也公事也聞鼉鼓之聲而知矇瞍方奏其事也【纂疏】嚴氏曰月令季夏命漁師取鼉樂之更端曰奏故九成謂之九奏言方奏其事樂之不厭之辭也

靈臺四章二章章六句二章章四句

東萊呂氏曰前二章樂文王有臺池鳥獸之樂也後二章樂文王有鍾鼓之樂也皆述民樂之詞也

下武維周世有哲王三后在天王配于京叶居良反○賦也下義未詳或曰字當作文言文王武王實造周也哲王通言大王王季也三后大王王季文王也在天既沒而其精神上與天合也王武王也配對也謂繼其位以對三后也京鎬京也此章美武王能纘大王王季文王之緒而有天下也○【纂疏】鄭氏曰下猶後也東萊呂氏曰下者繼上之辭下武之繼文即頌所謂嗣武受之也武王一戎衣而天下大定其樂曰大武故言周王業

之成必曰武焉○王配于京世德作求永言配命成王之孚叶孚尤反○賦也言武王能繼先王之德而長言合於天理故能成王者之信於天下也若暫合而遽離暫得而遽失則不足以成其信矣【纂疏】蘇氏曰作起也李氏曰武王所以配三后者則以維世德是求故也起而求其先世之德以繼之也

○成王之孚下土之式永言孝思孝思維則賦也式則皆法也○言武王所以能成王者之信而爲四方之法者以其長言孝思而不忘是以其孝可爲法耳若有時而忘之則其孝者僞耳何足法哉【纂疏】曹氏曰孝思猶舜見堯於羹墻

○媚茲一人應侯順德永言孝思昭哉嗣服叶蒲北反○賦也媚愛也一人謂武王應如不應徯志之應侯維服事也○言天下之人皆愛戴武王以爲天子而所以應之維以順德是武王能長言孝思而明哉其嗣先王之事也【纂疏】王晦叔曰武王之順德在於繼志而天下應之則其孝能嗣先王之事著不可掩矣

○昭茲來許繩其祖武於萬斯年受天之祜侯古反○賦也昭茲承上句而言茲哉聲相近古蓋通用也來後世也許猶所也繩繼武迹也○言武王之道昭明如此來世能繼其迹則久荷天祿而不替矣【附録】昭茲來許漢碑作昭哉供氏隸

末秦強天子胙諸侯皆以蓋朱子引以釋賀字義但上下疑闕文

釋茲哉叶韻方予

纂疏陳氏曰許語助也嚴氏曰繩以為準繩而取正也武祖先之蹤也。○愚按集傳釋祖武自來世謂武王言之也若然則萬年受祐與下章皆為期望後世之辭矣也謂此詩專詠武王也言武王能明其道於來世使繩其先祖之武於萬斯年即詩人期武王壽考之辭受天之祐則祝其福祿之延洪也如是則下章皆詠武王之事矣○

受天之祜四方來賀於萬斯年不遐有佐

賦也賀朝賀也周末秦強天子致胙諸侯皆賀遐何通佐助也蓋曰豈不有助乎云爾

纂疏王晦叔曰受天之福則四方諸侯皆來朝賀雖千万年相與佐助不以為遠

下武六章章四句

或疑此詩有成王字當為康王以後之詩然考尋文意恐當只如舊說且其文體亦與上下篇血脉通貫非有誤也

文王有聲遹尹橘反駿音峻有聲遹求厥寧遹觀厥成文王烝哉

賦也遹義未詳疑與聿同發語詞也駿大烝君也○此詩言文王遷豐武王遷鎬之事而首章推本之曰文王之有聲也甚大乎其有聲也蓋以求天下之安寧而觀其成功耳文王之德如是信乎其克君也哉

纂疏曹氏曰文

王在書稱寧王又稱寧人蓋以其道務在安民而已是以視民如傷○文王受命有此武功

既伐于崇作邑于豐文王烝哉賦也伐崇事見皇矣篇作邑徙都也豐即崇國之地在今鄠縣杜陵西南纂疏孔氏曰武功非獨伐崇而已所伐邘耆須密昆夷之屬皆是也別言伐崇者以其功最大其伐最後故特言之爲作邑張本言功成乃作邑也○

築城伊淢況域反作豐伊匹匪棘居力反其欲禮記作猶遹追來孝叶許六反或呼侯反王后烝哉賦也

淢成溝也方十里爲成成間有溝深廣各八尺匹稱棘急也王后亦指文王也○言文王營豐邑之城因舊溝爲限而築之其作邑居亦稱其城而不侈大皆非急成己之所欲也特追先人之志而來致其孝耳纂疏釋文云淢韓詩作洫洫深也孔氏曰上言作邑于豐此章遂述作豐之制蘇氏曰自其克崇作豐而王業成故以王后名之○

王公伊濯直角反維豐之垣音袁四方攸同王后維翰叶胡田反王后烝哉賦也公功也濯著明也○王之功所以著明者以其能築此豐之垣故爾四方於是來歸而以文王爲楨幹也纂疏呂氏曰濯如滌言明白而不昧毛氏曰翰幹曹氏曰垣非翰不立猶四方以豐爲根本而豐以文王爲根本孔氏曰垣牆卑曰

垣嚴氏曰池如城城如垣不為高城深池也○東萊呂氏曰王
公如易所謂王公設險以守其國蓋總言之也○禹謂減從水
溝亦從水城成而有減減成而有溝減者城下積水之池溝者
池中積水清潔而同濯者曰王公伊濯者維豐之垣耳卽築城
伊減之義意同而文異者 ○豐水東注維禹之績四方攸
以上言池而此言水也
同皇王維辟皇王烝哉 賦也豐水東北流經豐邑之東入
渭而注于河績功也皇王有天下
之號指武王也辟君也○言豐水東注由禹之功故四方 纂疏
得以來同於此而以武王為君此武王未作鎬京時也
孔氏曰帝王世紀云豐鎬在長安西南言豐邑在豐水之西鎬
京在豐水之東鄭氏曰變王后言皇王者武王之事益大也嚴
氏曰此章以武王之功
歸禹治除害濟民也 ○鎬京辟廱自西自東自南自
北無思不服 叶蒲北反 皇王烝哉 賦也鎬京武王所營也在豐
水東去豐邑二十五里張子
曰周家自后稷居邰公劉居豳大王邑岐而文王則遷于豐至
武王又居于鎬當是時民之歸者日衆其地有不能容不得不
遷也辟廱說見前篇張子曰靈臺辟廱文王之學也鎬京辟廱
武王之學也至此始為天子之學矣無思不服心服也孟子曰
天下不心服而王者未之有也○此言武 附錄 問鎬至豐邑二
王徙居鎬京講學行禮而天下自服也 十五里武王何

故自豐遷鎬曰此只以後來事推之可見秦始皇營朝宮渭南安以爲咸陽人多先王之宮廷小故作之想得遷鎬之意亦是
如此周得天下諸侯盡來朝覲豐之故宮不足以容之耳廣【纂疏】劉濟曰都鎬而先建學育善之地教化之原也○曹
氏曰辟廱文王時爲樂之名而已至武王則遂以爲天子之學蓋古者教養之道必使之成於樂因以爲學名舜命夔典樂教
胄子而商人之學謂之瞽宗皆此意也○考卜維王宅是鎬京叶居良反維龜
正叶諸盈反之武王成之武王烝哉【賦】也考稽宅居正決也成之作邑居也張子曰
此舉諡者追述其事之言也【纂疏】曹氏曰周官大卜國大遷則貞龜然筮人九筮之名一曰筮更說者謂更爲遷都邑
也則武王之遷當亦用筮而獨言龜者蓋凡國之大事先筮而後卜筮有吉凶然後斷之於龜維龜正之則筮可知矣○
豐水有芑武王豈不仕叶鉏里反詒厥孫謀以燕翼子叶獎
里反武王烝哉【興】也芑草名仕事詒遺燕安翼敬也子成王也○鎬京猶在豐水下流故取以起興言豐水猶
有芑武王豈無所事乎詒厥孫謀以燕翼子則武王之事也謀及其孫則子可以無事矣或曰【賦】也言豐水之旁生物繁茂武
王豈不欲有事於此哉但以欲遺孫謀以安翼子故不得而不遷耳【纂疏】郭璞曰芑今白粱粟好穀也○李氏曰豐水旁

有芑以喻人才仕官謂官使之也翼輔翼之翼表記舉此章注云安翼其子又曰聖人爲子孫計莫大乎遺之以人才所謂數求哲人俾輔于爾後嗣孔子舉此章曰數世之仁也武王誠得若人之道哉●愚謂豐水猶有芑以武王之聖豈無人才之欲仕乎武王之得人才若此則其所以爲詒謀燕翼者至矣

文王有聲八章章五句

此詩以武功稱文王至於武王則言皇王維辟無思不服而已蓋文王既造其始則武王續而終之無難也又以見文王之文非不足於武而武王之有天下非以力取之也

文王之什十篇六十六章四百一十四句

鄭譜此以上爲文武時詩以下爲成王周公時詩今按文王首句即云文王在上則非文王之詩矣又曰無念爾祖則非武王之詩矣大明有聲幷言文武者非一安得爲文王之時所作乎蓋正雅皆成王周公以後之詩但此作皆爲追述文武之德故譜因此而誤耳

詩卷第十六

詩卷第十七

朱子集傳

新安後學胡一桂附録纂疏

生民之什三之二

厥初生民，時維姜嫄。音原，叶魚倫反。生民如何？克禋音因克祀，叶養里反。以弗無子。叶獎里反。履帝武敏，叶母鄙反。歆攸介攸止，載震載夙，叶相即反。載生載育，叶日逼反。時維后稷。

賦也。民，人也。謂周人也。時，是也。姜嫄，炎帝後，姜姓，有邰氏女，名嫄，爲高辛之世妃。精意以享謂之禋。祀，祀郊禖也。弗之言祓也，祓無子，求有子也。古者立郊禖，蓋祭天於郊，而以先媒配也。變媒言禖者，神之也。其禮以玄鳥至之日，用太牢祀之，天子親往，后率九嬪御，乃禮天子所御，帶以弓韣，授以弓矢，于郊禖之前也。履，踐也。帝，上帝也。武，迹。敏，拇。歆，動也，猶驚異也。介，大也。震，娠也。夙，肅也。生子者及月辰居側室也。育，養也。○姜嫄出祀郊禖，見大人迹而履其拇，遂歆歆然如有人道之感，於是即其所大所止之處而震動有娠，乃周人所由以生之始也周公制禮尊后稷以配天故作此詩以推本其始生之祥明其受命於天固有以異於常人也然巨跡之說先儒或頗疑之而張子曰天地之始固未嘗先有人也則人固有化而生者矣蓋天地之氣生之也蘇氏亦曰凡物之異於常物者其取天地之氣常多故其生也或異麒麟之生異於犬羊蛟龍之生異於魚鱉物固有然者矣神人之生而有以異於人何足怪哉斯言得之矣

【附錄】時舉說生民詩履帝武敏歆攸介攸止夙先生曰敏字當為絕句蓋作毋鄙反叶上韻耳履巨跡之事有此理且如契之生詩中亦云天命玄鳥降而生商蓋以為稷契皆天生之耳非有人道之感非可以常理論也漢高祖之生亦類此此等不可以言盡當意會之可也時舉問履帝武敏曰此亦不知其如何但詩中有此語自歐公不信祥瑞故後人纔見說祥瑞皆闢之若如後世所謂祥瑞固多是僞妄然豈可因後世之僞妄而并真實者皆以為無乎鳳鳥不至河不出圖孔子之言不成亦以為非廣

【纂疏】嚴氏曰大戴禮史記諸書皆謂姜嫄為帝嚳元妃孔氏曰左傳昭元年曰邑姜方震哀元年曰后緡方震皆謂有身為震也○愚觀姜嫄誕后稷之事毛傳初無異說不過謂姜嫄為帝嚳元妃帝嚳也姜嫄從帝嚳禋祀郊禖履帝跡而行將事齊敏神歆其祀美大之福遂小其身於是震動夙然而覺生子而長養之是為后稷其說甚正至鄭氏乃有大神跡之說并改敏字為拇字謂姜嫄履大跡不能滿履其拇指之處遂歆歆然如有人道之感已而

有身鄭氏出於毛氏之後不知何以有是說也嚴氏謂列子異端司馬遷好奇鄭氏信讖緯而爲是說耳故歐陽氏深辨之云秦漢學者喜爲異說高辛四妃皆以神異而生子蓋堯有盛德稷契後世皆王天下數百年學者喜爲之稱述欲神其事故務爲之說洪駒父亦云堯舜與人同耳血氣之類父施母生耳聽目視是聖智愚不肖之所同也何必有詼詭譎誕之事然後爲聖且賢哉不特此也天命玄鳥降而生商歐公意亦不過謂高辛次妃簡狄當玄鳥至之辰祈郊禖而生契所以生商也未必有吞鳦卵之事其辨尤詳而朱夫子猶信鄭氏云者夫豈好怪哉亦以聖人之生異於凡人耳而集傳謂巨跡之說先儒或頗疑之歐公不信祥瑞又言於語錄愚故詳及之以備參考云

○**誕彌厥月先生如達**他末反**不坼**敕宅反**不副**孚逼反叶孚迫反**無菑**音災**無害**叶音曷**以赫厥靈上帝不寧不康禋祀**叶養里反**居然生子**叶獎里反○疏

也誕發語辭彌終也終十月之期也先生首生也達小羊也羊子易生無留難也坼副皆裂也赫顯也不寧寧也不康康也居然猶徒然也○凡人之生必坼副災害其母而首生之子猶難今姜嫄首生后稷如羊子之易無坼副災害之苦是顯其靈異也上帝豈不寧乎豈不康我之禋祀乎而使我無人道而徒然生是子也

纂疏 嚴氏曰此章述后稷生之之易也○王晦

敘曰鄭氏以達爲羊子按說文羊子羍也非達也達只訓通義陸終子副脅而生則古有裂脅而生者矣○愚謂上帝所以不安寧者不康安其禋祀耳不寧不康若有不遑之意故保佑之使之居然生子如達之易以顯其靈異也此章下三句是再提起推本言之以足上文之義○

誕寘之隘於懈反巷牛羊腓符非反字之誕寘之平林會伐平林誕寘之寒冰鳥覆敷救反翼叶音異之鳥乃去矣后稷呱叶去聲矣實覃實訏叶去聲厥聲載路

賦也隘狹腓芘字愛會值也值人伐木而收之覆蓋翼藉也以一翼覆之以一翼藉之也呱啼聲也覃長訏大載滿也滿路言其聲之大也○無人道而生子或者以爲不祥故棄之而有此異也於是始收而養之嚴氏曰此章述后稷生而見棄之事孔氏曰姜嫄以玄鳥至月禋祀在毋十月而生正當冰月蘇氏曰呱泣声書曰啓呱呱而泣○愚按集傳釋腓爲芘而於釆薇小人所腓則引程子曰腓隨動也如足之腓足動則隨而動如是則正與易咸其腓同義意者牛羊見稷於隘巷以足肚遮護之如有愛之之意故謂之腓字朱子訓芘其意亦說牛羊以足肚遮芘之云矣正如下文鳥覆翼之義或曰牛羊無足肚愚謂牛羊雖無足肚而跡之上股之下亦謂之腓矣或又曰如是則字義難訓作亂化曰字謂牛羊以足肚依倚而乳哺

之故謂之胖字正與左傳闕穀於菟之事類似通但未敢質言也○誕實匍音蒲匐蒲北反克

岐克嶷魚極反以就口食蓺之荏而甚反荏菽旆旆禾

役穟穟音遂麻麥幪幪莫孔反瓜瓞唪唪布孔反○賦也匍匐手足並行也岐

嶷峻茂之狀就向也口食自能食也蓋六七歲時也蓺樹也荏

菽大豆也旆旆枝旟揚起也役列也穟穟苗美好之貌也幪幪

然茂密也唪唪然多實也○言后稷能食時已有種殖之志蓋

其天性然也史記曰棄為兒時其游戲好種殖麻麥麻麥美及

為成人遂好耕農

堯舉以為農師纂疏嚴氏曰此章述后稷幼好種植之事鄭

氏曰能匍匐則岐岐然意有所知也其

貌嶷嶷然有所別識也曹氏曰岐嶷言其能立錢氏曰旆旆如

旟之旆孔氏曰役種禾使有行列錢氏曰穟與穟通穟穟禾多

穗也○誕后稷之穡有相息亮反之道叶徒口反茀音弗厥豐草

叶此苟反種去聲之黄茂叶莫口反實方實苞叶補苟反實種上聲實褎

叶徐久反實發實秀叶思久反實堅實好叶許口反實穎營井反實栗

即有邰他來反家室賦也相助也言盡人力之助也茀治也種布之也黄茂嘉穀也方房也苞甲而

未坼也此漬其種也種甲坼而可爲種也褎漸長也發盡發也秀始䅘也堅其實堅也好形味好也穎實繁碩而垂末也栗不秕也既收成見其實皆栗栗然不秕也邰后稷之母家也豈其或滅或遷而遂以其地封后稷歟○言后稷之穡如此故堯以其有功於民封於邰使即其母家而居之以主姜嫄之祀故周人亦世祀姜嫄焉【纂疏】嚴氏曰此章述后稷掌稼穡而封邰也張子曰有相之道贊化育之一端嚴氏曰有相之道即茀草一端可類見王氏曰草盛曰茀治茀亦謂之茀猶治亂謂之亂○鄭氏曰發發管時孔氏曰苗之將秀心如竹管穟發中而出嚴氏曰語秀而不實朱子解云吐華曰秀是禾生花而將實也孔氏曰左傳嘉栗旨酒服虔云穀之初熟爲栗釋文曰邰今京兆武功縣曹氏曰封邰不其所自出所以彰其要也○李氏曰以邰爲姜嫄父母之國於經無所考○愚謂此章言后稷輔相稼穡以至有家室茀厥豐草始治地也種之黃茂擇其種之嘉穀者種上聲實方實苞如卝所謂蓮房蜂房種不一也苞則漬種而甲坼矣實種實褎種去聲始布種之褎然漸長實發實秀抽管而開華實堅實好充實而且好實穎實栗所垂之穗栗栗然而不秕亦既收成之矣即有邰家室特結上文后稷種植於邰而自即邰以成其家室乎○

誕降嘉種，維秬音巨維秠孚鄙反維穈音門維芑音起，恒古鄧反之秬秠，是穫是畝叶滿甫反，恒之穈芑，是任（音壬）是負（叶扶委反），以歸肇祀（叶養里反）。○賦也。降，降是種於民也。書曰稷降播種是也。秬，黑黍也。秠，黑黍一稃二米者也。穈，赤粱粟也。芑，白粱粟也。恒，徧也，謂徧種之也。任，肩任也。負，背負也。既成則穫而棲之於畝，任負而歸以供祭祀也。秬秠言穫畝，穈芑言任負，互文耳。肇，始也。稷始受國為祭主，故曰肇祀。纂疏 嚴氏曰此章述后稷封部之後教其國人播種嘉穀，將以祭神宗廟也。釋白汁中。稃音孚，穀皮也。郭璞曰穈芑赤白二粟，皆好穀也。○誕我祀如何？或舂（傷容反）或揄（音由），或簸（波我反）或蹂（音柔）。釋之叟叟（所留反），烝之浮浮。載謀載惟，取蕭祭脂。取羝（都禮反）以軷（蒲末反，叶蒲蚏反），載燔載烈（如字，叶力制反），以興嗣歲（叶音雪，又如字）。○賦也。我祀，承上章而言后稷之祀也。揄，抒臼也。簸，揚去糠也。蹂，踐禾取穀以繼之也。釋，淅米也。叟叟，聲也。浮浮，氣也。謀，卜日擇士也。惟，齋戒具脩也。蕭，蒿也。脂，膟膋也。宗廟之祭，取蕭合膟膋爇之，使臭達牆屋也。羝，牡羊也。軷，祭行道之神也。燔，傅諸火也。烈，貫之而加于火也。四者皆祭祀之事，所以興來歲而繼往歲也。纂疏 嚴氏曰此章述后稷祭祀之事。鄭氏曰惟，思也。孔氏曰祭不用牲。釋畜云羊牡羒牝牂。鄭氏曰周礼注山行曰軷，封土為山象，以菩（音負，又音倍）芻棘柏為神主，既祭以車轢之而去。孔氏曰用羝伏體軷上燔近火燒之炙遠火炙之疊山謝氏曰上古者社日卜來歲之稼冬至祈來年于天宗皆與祀求歲之農事繼嗣往歲之豐年也○卬五郎反盛音成于豆于登其香始升上帝居歆下與今叶胡臭亶時叶上止反后稷肇祀叶養里反庶無罪悔叶呼委反以迄許乙反于今上與歆叶○【賦也】卬我也木曰豆以薦葅醢也瓦曰登以薦大羹也居安也鬼神食氣曰歆胡何臭香亶誠也時言得其時也庶近迄至也○此章言其尊祖配天之祭其香始升而上帝已安而饗之言應之疾也此何但芳臭之薦信得其時哉蓋自后稷之肇祀則庶無罪悔而至于今矣【曾氏】曰自后稷肇祀以來前後相承兢兢業業惟恐一有罪悔獲戾于天閱數百年而此心不易故曰庶無罪悔以迄于今言周人世世用心如此也

【疏】孔氏曰公食大夫禮云大羹湆不和實於登大古之羹不調以鹽菜湆者肉汁也疊山謝氏曰其香始升上帝居歆者天地間惟理與氣有此理則有此氣有此氣則有此理鬼神無形無聲惟有理有氣在冥漠之間耳凡祭皆以心感神以氣合神者也黍稷必馨香酒殽必苾芬用椒用桂用蕭用鬱金草皆以香氣求神神亦歆饗此氣耳故曰其香始升上帝居歆○愚按鄭氏曰我后稷盛葅醢之屬當於豆者當於登者其馨香始上行上帝則安而歆享之何芳臭之誠得其時乎蓋美之也鄭氏

承毛氏之說如川諸家多不取之朱子亦歸之成王將祀配天之祭公以然以愚觀之此章但說上帝居歆后稷肇祀初無尊后稷以配天之意至庶無罪悔以迄于今乃是說歸成王時思文郊祀后稷以配天自有彼屬詩人未必於此爲本章勸入后稷配天之事也鄭說以爲得之或曰自謂我祀如何以下二章是說成王之時以爲我祀則成王之祀也其說固善矣然以文勢考之前章言以歸肇祀是收成之後歸肇祀典既屬之后稷後章言以興嗣歲是肇祀之後以新來歲不應屬之成王況末章又總之以后稷肇祀則三章言祀皆當歸之后稷文甚明白不必以后稷不當祀天而疑之也且詩前三章是指本后稷之生後二章是說后稷種植稼穡末二章是說后稷肇祀而後結之以歆上帝之時即無后稷配天之意序言文武之功起於后稷故推之以配天亦詩外意也如必就末章論配天之事而求合序文則不免於強通矣

生民八章四章章十句四章章八句此詩未詳所用當郊祀之後亦有發釐頒胙之禮也與舊說第二章八句第四章十句今按第三章當爲十句第四章當爲八句則去呱訏路皆韻諧協呱聲載路文勢通貫而此詩八章皆以十句八句相間爲次又二章以後七章以前每章之首皆有誕字

（附錄）生民詩是序事詩只得恁地蓋是序那首尾要盡下

武文王作聲等詩邦有反覆歌詠底意思義剛

敦（徒端反）彼行葦，牛羊勿踐履。方苞方體，維葉泥泥（乃礼反）。戚戚兄弟（待礼反），莫遠具爾。或肆之筵，或授之几。興也。

敦，聚貌。勾萌之時也。行，道也。勿，戒止之辭也。苞，甲而未坼也。體，成形也。泥泥，柔澤貌。戚戚，親也。莫，猶勿也。具，俱也。爾，與邇同。肆，陳也。○疑此祭畢而燕父兄耆老之詩，故言敦彼行葦，而牛羊勿踐履，則方苞方體而葉泥泥矣。戚戚兄弟，而莫遠具爾，則或肆之筵而或授之几矣。此方言其開燕設席之初，而殷勤篤厚之意藹然已見於言語之外矣，讀者詳之。附錄此詩上四句本是興起下四句，以行葦興兄弟，勿踐履是莫遠意也。卓纂疏孔氏曰：葦，葭也。初生為葭，長大為蘆，成則名葦。東萊呂氏曰：敦彼行葦，方苞方體，維葉泥泥，其可使牛羊踐履之乎？戚戚兄弟，其可疏遠而不親近之乎？忠厚之意藹然見於言語之外矣。廣漢張氏曰：戚戚若親愛之情隱於胷中，非形於聲音笑貌也。

○肆筵設席（叶祥勺反），授几有緝御（叶魚駕反）。或獻或酢（才洛反），洗爵奠斝（古雅反，叶居訝反）。醓（他感反）醢以薦（叶即略反），或燔或炙（叶陟略反）。嘉殽脾（婢支反）臄

渠略反或歌或咢五洛反○賦也設席重席也緝續代也御侍也有相續代而侍者言不乏使也進酒於客曰獻
客答之曰酢主人又洗爵醻客客受而奠之不舉也斝亦爵也夏
曰醆殷曰斝周曰爵醓醢之多汁者也燔用肉炙用肝臄口上
肉也歌者比於琴瑟也徒擊鼓曰咢孔氏曰春官司几筵
○言侍御獻醻飲食歌樂之盛也注筵亦席也鋪陳曰
筵藉之曰席然則為鋪陳在下人所蹈藉故在下者稱筵在上
者稱席李氏曰司几筵所設莞筵加繅席蒲筵加莞席重席是
也劉氏曰肆之筵宴禮也授之几優尊者也曹氏曰几尊者所凭
以安身孔氏曰緝御更僕是也孔氏曰斝畫禾稼斝傳諸言歌者
皆以琴瑟和之孫炎曰咢聲驚咢也○敦音彫弓既堅叶古因反四鍭音侯既鈞舍
音捨矢既均序賓以賢叶下珍反敦弓既句古候反叶古侯反既挾
子協反四鍭如樹叶上主反序賓以不侮賦也敦雕通畫也天子雕弓堅
猶勁也鍭金鏃翦羽矢也鈞參亭也謂參分之一在前二在後
三訂之而平者前有鐵重也舍釋也謂發矢也均皆中也賢射
多中也投壺曰某賢於某若干純奇則曰奇均則曰左右均是
也句彀通謂引弓滿也射禮搢三挾一既挾四鍭則徧釋矣如樹
如手就樹之言貫革而堅正也不侮敬也令弟子辭所謂無憮
無敖無偝立無踰言者也或曰不以中病不中者也射以中多

爲雋以不侮爲德。○言既燕而射以爲樂也。【纂疏】孔氏曰：敦與雕古今之字之異，雕是畫飾之義，弓惟用漆，漆上又畫之。荀子云：天子雕弓，諸侯彤弓，大夫黑弓。方言云：關西曰箭，江淮謂之鍭。鍭者，鐵鍭之矢名。曹氏曰：後漢南蠻傳：其民戶出雞羽三十鍭。孔氏曰：鄉射禮云：右勝則曰右賢於左，左勝則曰左賢於右。射禮搢三挾一個。搢，插也；挾，謂手挾之。射用四矢，故插三於帶間，挾一以扣絃而射也。○今言挾四鍭，故知偏釋之也。東萊呂氏曰：四鍭既鈞，泛言射者也，故繼之曰序賓以賢；四鍭如樹，專言勝者也，故繼之曰序賓以不侮。又曰：儀禮燕射如鄉射之禮。射雖畢而燕未終，舉觶無筭爵，獻酬尚多，言酌大斗祈黃耇於既射之後，豈不可乎。

○曾孫維主，如字，或叶當口反。酒醴維醹。如主反，或叶奴口反。酌以大斗，叶腫庾反，或如字。以祈黃耇。叶果五反，或如字。黃耇台湯來反背，叶必墨反。以引以翼。壽考維祺，音其。以介景福。叶筆力反。○賦也。曾孫，主祭者之稱。今祭畢而燕，故因而稱之也。醹，厚也。大斗，柄長三尺。祈，求也。黃耇，老人之稱。以祈黃耇，猶曰以介眉壽云爾。古器物款識云：用蘄萬壽，用蘄眉壽，永命多福，用蘄眉壽萬年無疆，皆此類也。台，鮐也，大老則背有鮐文。引，導；翼，輔；祺，吉也。○此頌禱之詞，欲其飲此酒而得老壽，又相引導輔翼，以享壽祺，介景福也。【纂疏】毛氏曰：曾孫，成王。王氏曰：醴酒所謂醴齊也成而汁滓相將如今甜酒矣孔氏曰嘗考漢禮器制注勺五升徑六寸長三尺所謂大斗也此蓋從大斗挹之以樽用此勺耳此在樽中不當如此之長勺也鄭氏曰郭璞云老人氣衰皮膚消瘠背若鮐魚劉熙釋名云九十曰鮐背介助也景大也東萊呂氏曰此言黃耇台背之老成相導左右我成王或引之當道或翼之為善成王壽考且吉又得老成人以助其大福也

行葦四章章八句毛七章二章章六句五章章四句鄭八章章四句毛首章以四句興二句不成文理二章又不協韻鄭首章有起興而無所興皆誤今正之如此

既醉以酒既飽以德君子萬年介爾景福賦叶筆力反○也德恩惠也君子謂王也爾亦指王也○此父兄所以答行葦之詩言享其飲食恩意之厚而願其受福如此也纂疏疊山謝氏曰君子万年介尔景福臣子愛君願其壽考又願天助以大福祝頌之辭也○

既醉以酒爾殽既將君子萬年介爾昭明叶謨郎反○賦也殽俎實也將行也亦奉持而進之意昭明猶光大也纂疏丘氏曰介尔昭明謂發其智慮黃氏曰猶錫王勇智之意疊山謝氏曰如傳云天誘其衷啓敝邑心隱然增益成王之明德也昭明者天孛之明明德易之自昭明明德也○

昭明有融高朗令終令

終有俶。尺六反公尸嘉告。叶姑沃反○賦也。融，明之盛也。春秋傳曰明而未融。朗，盡明也。令終，
善終也。洪範所謂考終命，古器物銘所謂令終令命是也。俶，始也。公尸，君尸也。周稱王而尸但曰公尸，蓋因其舊，如秦已稱皇
帝而其男女猶稱公子公主也。嘉告，以善言告之，謂嘏辭也。蓋欲善其終者，必善其始。今固未終也，而既有其始矣，於是公尸
以此告之。【纂疏】東萊呂氏曰：周之追王止於太王，則宗廟之祭，尸之尊者乃公尸也。曹氏曰：公，君也，謂后稷群公之尸。其
有曰皇尸者，皇，王也，謂太王王季文武之尸也。詩人互舉之耳。黃氏曰：二說謾備。有祝辭，有嘏辭。祝以孝告，嘏以慈告。公尸嘉
告，先儒以爲奉牲以告之辭，愚以爲此非祝辭，嘏辭也。宗祝傳公尸之辭以告主人。○其告維何，籩
豆靜嘉。叶居何反朋友攸攝，攝以威儀。叶牛何反○賦也。靜嘉，清潔而美也。朋友，
指賓客助祭者，說見楚茨篇。攝，檢也。○公尸告以汝之祭祀籩豆之薦既靜嘉矣，而朋友相攝佐者又皆有威儀，當神意也。自
此至終篇，皆述尸告之辭。【纂疏】爾雅云：竹豆謂之籩，木豆謂之豆。鄭氏曰：攸，所也。○威儀孔時。叶上
止反君子有孝子。叶獎里反孝子不匱，求位反永錫爾類。賦也。孝子，
主人之嗣子也。儀禮祭祀之終有嗣舉奠。匱，竭。類，善也。○言汝之威儀既得其宜，又有孝子以舉奠，孝子之孝誠而不竭，則宜

求錫汝以善矣【東萊呂氏】曰君子既孝而嗣子又孝其孝可謂源源不竭矣【纂疏】鄭氏曰匱竭也曹氏曰祭義曰宗廟之祭也主人則其辭也愨其行也趨趨以數宮之中則濟濟漆漆然各致其至敬威儀其得其時也黃氏曰求錫爾類如錫考叔愛母而施及宗公姊妹斯而已○愚謂黃氏訓類似通下文其類維何室家之壼是指室家之壼以爲類耳○其類

維何室家之壼苦本反叶苦俊反君子萬年永錫祚才故反胤羊刃反○【賦】也壼宮中之巷也言深遠而嚴肅也祚福祿也胤子孫也錫之以善莫大於此○愚謂此章承上文類字而言指室家之壼以爲類君曰君子不但其嗣子如此之孝能錫及其室家亦如此之孝不曰室家而曰室家之壼不敢斥言之耳故下文繼之以祚胤有室家則有胤嗣可見○其胤維何天被皮寄反爾祿君

子萬年景命有僕【賦】也僕附也○言將使爾有子孫者先當以爾被天祿而爲天命之所附屬下章乃言子孫之事【纂疏】鄭氏曰被覆被孔氏曰僕御必附近於人故傳以僕爲附○愚謂此章承上文胤而言曰天被祿謂天被其胤子以福祿也又不但被其胤子以福祿而所以景命之者使之有僕焉所謂僕者何也即下文女士之謂也○其僕維何釐力之反爾女士鉏里反釐爾女士從以

孫子叶奬里反○【賦】也釐予也女士女之有士行者謂生淑媛使為之妃也從隨也謂又生賢子孫也【附錄】時齋王氏說既醉詩以為古人祝頌多以壽考及子孫衆多為言如華封人祝堯以為願聖人壽願聖人多男子亦是此意況此曰兩事孰有大於此者乎曰觀行葦及既醉二詩見古之人君盡其誠敬於祭祀之時極其恩義於燕飲之際凡父兄耆老所以祝望之者如此則其獲福也宜矣此所謂福無不自己求之者也先生頌之○愚謂此章承上文從而言而曰釐爾女士釐爾女士即所謂景命有僕也以女士而命之耳故又繼之曰釐爾女士從以孫子有女士則有孫子可知矣

既醉八章章四句

鳧音扶鷖於雞反在涇公尸來燕來寧爾酒既清爾殽既馨公尸燕飲福祿來成【賦】也鳧水鳥如鴨者鷖鷗也涇水名爾自歌工而指主人也馨香之遠聞也○此祭之明日繹而賓尸之樂故言鳧鷖則在涇矣公尸則來燕來寧矣酒清殽馨則公尸燕飲而福祿來成矣【附錄】古者宗廟之祭有尸既祭之明日則煖具祭食以燕為尸之人故有此詩道夫【纂疏】地理志涇水出今安定涇陽嚴氏曰文王居豐在豐水之西則越豐而後至涇武王居鎬在豐水之東去涇近矣指土地所見言之孔氏曰燕尸之禮大夫謂

之賓尸即用祭之日今有司徹是其事也天子諸侯謂之繹以祭之明日春秋宣八年辛巳有事於太廟壬午猶繹是謂祭之明日也此公尸來燕是繹祭之事○鳧鷖在沙叶桑何反公尸來燕來宜叶牛何反爾酒既多爾殽既嘉叶居何反公尸燕飲福祿來爲叶吾禾反○興也爲助也○鳧鷖在渚公尸來燕來處爾酒既湑爾殽伊脯公尸燕飲福祿來下叶後五反○興也渚水中高地也湑酒之泲者也毛氏曰渚沚也伐木傳曰湑莤之也莤酒與縮音義同謂以茅泲之而去其糟也泲亦作济乚声○鳧鷖在潀在公反公尸來燕來宗既燕于宗福祿攸降叶乎攻反公尸燕飲福祿來崇○興也潀水會也來宗之宗尊也于宗之宗廟也崇積而高大也纂疏說文潀小水入大水也○鳧鷖在亹音門公尸來止熏熏叶胥貧反旨酒欣欣燔炙芬芬叶豐勻反公尸燕飲無有後艱叶居銀反○興也亹水流峽中兩岸如門也熏熏和說也欣欣樂也芬芬香也纂疏歐陽氏曰鳧鷖在涇在沙謂公尸和樂如水鳥在水中及水旁得其所耳

在渚在㴸在亹皆水旁耳鄭氏曲爲分別以譬在宗廟等處者皆臆說也

鳧鷖五章章六句

假（中庸春秋傳皆作嘉今當作嘉）樂（音路）君子（叶音側）顯顯令德宜民宜人（賦也嘉美也君子指王也民庶民也人在位者也申重也○言王之德既宜民人而受天祿矣而天之於王猶反覆眷顧之不厭既保之右之命之而又申重之也疑此即公尸之所以答鳧鷖者也【纂疏】疊山謝氏曰保右命之自天申之天心之眷成王無窮也）受祿于天（叶鐵因反）保右（音又）命之（叶弥并反）自天申之（既保之又右助之既命之又申之命之詩人善於形容天眷之厚也）

○干祿百福（叶筆力反）子孫千億穆穆皇皇宜君宜王不愆不忘率由舊章（賦也穆穆敬也皇皇美也君諸侯也王天子也愆過率循也舊章先王之禮樂政刑也○言王者干祿而得百福故其子孫之蕃至于千億適爲天子庶爲諸侯無不穆穆皇皇以遵先王之法者【附錄】干祿百福子孫千億是頌其子孫之衆多穆穆皇皇宜君宜王不愆不忘率由舊章是頌其子孫之賢道夫不愆是不得過不忘是不得忘能如此則能率由舊章可考【纂疏】疊山

謝氏曰不愆則無聰明亂舊章之過不忘則常有繼志述事之心○威儀抑抑德音秩秩無怨無惡烏路反率由羣匹受福無疆四方之綱賦也抑抑密也秩秩有常也匹類也○言有威儀聲譽之美又能無私怨惡以任衆賢是以能受無疆之福爲四方之綱此與下章皆稱願其子孫之辭也或曰無怨無惡不爲人所怨惡也○愚謂匹如匹夫匹婦之匹曰羣匹者猶所謂羣黎指天下之人而言之上文不愆不忘以其率由先王之舊章也此言無怨無惡以其率由天下之群匹也率由舊章則無愆忘於先王率由群匹則無怨惡於天下鼂錯所謂人情莫不欲壽三王生之而不傷人情莫不欲富三王厚之而不困人情莫不欲安三王扶之而不危人情莫不欲逸三王節其力而不盡即所謂率由群匹之義也○之綱之紀燕及朋友叶羽已反百辟卿士鉏里反媚眉備反于天子叶奬里反不解佳賣反于位民之攸塈許既反○賦也燕安也朋友亦謂諸臣也解音塈息也○言人君能綱紀四方而臣下賴之以安則百辟卿士媚而愛之維欲其不解于位而爲民所安息也東萊呂氏曰君燕其臣臣媚其君此上下交而爲泰之時也泰之時所憂者怠荒而已此詩所以終於不解于位民之攸塈也方嘉之又規之者蓋臯陶賡歌之意也民之勞逸在下而

樞機在上，上逸則下勞矣；上勞則下逸矣。不解于位，乃民之所由休息也。【附錄】此詩末章承上章之意，故上章云四方之綱，而下章即繼之曰之綱之紀，蓋張之為綱，理之為紀。下而百辟卿士，至於庶民，皆是賴君以為綱紀。所謂不懈于位者，蓋欲綱紀常張而不弛也。時舉

假樂四章，章六句。

篤公劉，匪居匪康。迺埸音易迺疆，迺積迺倉。迺裹音果餱音侯糧音良，于槖他洛反于囊乃郎反。思輯音集用光，弓矢斯張。干戈戚揚，爰方啓行叶戶郎反。○賦也。篤，厚也。公劉，后稷之曾孫也。事見豳風。居，安；康，寧也。埸、疆，田畔也。積，露積也。餱，食；糧，糗也。無底曰槖，有底曰囊。輯，和。戚，斧。揚，鉞。方，始也。○舊說召康公以戒成王，將涖政，當戒以民事，故詠公劉之事以告之曰：厚哉公劉之於民也！其在西戎，不敢寧居，治其田疇，實其倉廩。既富且強，於是裹其餱糧，思以輯和其民人而光顯其國家，然後以其弓矢斧鉞之備，爰始啓行，而遷都於豳焉。蓋亦不出其封內也。【纂疏】釋文：公，號；劉，名。尚書傳：公，爵也。王基云：公劉字。周人以諱事神，王者祫百世，召公不當斥名。然則公劉其號也。疊山謝氏曰：周人以忠厚為家法，召

公作詩六章皆曰篤公劉篤者厚之至也言公劉之厚于子孫不可忘也董氏曰疆界疆者為之大界埸是小界分之小田塍也嚴氏曰餱乾食糧米食毛氏曰橐小曰囊大孔氏曰左傳趙盾見靈輒餓為之簞食與肉寘諸橐與之是其小也公羊傳陳乞欲立公子陽生盛之巨囊內是其大也鄭氏曰干盾戈句孑戟也戚揚斧鉞之別名鉞大而斧小蘇氏曰后稷始封於邰傳子不窋失其官而犇戎狄之間再世不顯其孫公劉復修后稷之業始居豳故召公稱之以教成王東萊曰國都雖遷而向之疆埸積倉固在其封內也

○篤公劉，于胥斯原。既庶既繁，叶紛乾反既順迺宣，而無永歎。他安反陟則在巘，魚輦反，叶魚軒反復降在原。何以舟叶之遥反之？維玉及瑶，音遥鞞必頂反琫必孔反容刀。叶徒招反○賦

也胥相也庶繁謂居之者衆也順安宣徧也言居之徧也无永嘆得其所不思舊也巘山頂也舟帶也鞞刀鞘也琫刀上飾也容刀容飾之刀也或曰容刀如言容臭謂鞞琫之中容此刀耳○言公劉至豳欲相土以居而帶此劍佩以上下於山原也東萊呂氏曰以如是之佩服而親如是之勞苦斯其所以為厚於民也歟

附錄 問二章之說既庶既繁既順乃宣而四章又言居邑之成不知未成居邑之時何以得民居之繁庶也曰公劉始於草創而人之從之者已若是其盛是以居邑由是而

戎也又問此詩与豳七月詩皆言公刘得民之盛想周自后稷以來至公刘始稍盛耳先生曰自后稷之後至不窋盖已失其官守故文武不先不窋至於公刘乃始復修其業故周室由是而興也又問如何謂之容臭曰如今香囊是也時奈〔纂疏〕嚴氏曰胥聿來胥宇之胥鄭氏曰廣平曰原嚴氏曰瑤言玉之美者曹氏曰琫乃鞞上飾琫天子以玉諸侯以金公刘相廣平之地民之從迁者十有八国可謂衆且繁矣○疊山謝氏曰宣〻布其湮鬱之氣宣布其湮鬱則必无長〻太息者○篤

公劉逝彼百泉瞻彼溥原音普迺陟南岡乃覯于京叶居良反京師之野叶上与反于時處處于時廬旅于時言言于時語語

〔賦〕也溥大覯見也京高丘也師衆也京師高山而衆居也〔董氏〕曰所謂京師者盖起於此其後世因以所都爲京師也時是也處二居室也廬寄也旅賓旅也直言曰言論難曰語○此章言營度邑居也自下觀之則往百泉而望廣原自上觀之則陟南岡而觀于京於是爲之居室於是處其賓旅於是言其所言於是語其所語无不於斯焉〔纂疏〕曹氏曰百泉在漢爲朝那縣屬安定郡在唐爲百泉縣屬平凉郡魏於地置原州唐因之百泉溥原即其処也嚴氏曰百泉衆水也今曹氏據杜佑云二當是其地因詩百泉而得名猶因杜詩不夜月臨關後人遂置不夜關耳○篤公劉于

京斯依（於豈反）蹌蹌（七羊反）濟濟（子禮反）俾筵俾几既登乃依（同上）乃造（七到反）其曹執豕于牢酌之用匏（步交反）食（音嗣）之飲（於鴆反）之君之宗之

就用之字為韻。○賦也。依，安也。蹌蹌濟濟，羣臣有威儀貌。俾，使也。使人為之設筵几也。登，登筵也。依，依几也。曹，群牧之處也。以豕為殽，用匏為爵，儉以質也。宗，尊也，主也。嫡子孫主祭祀而族人尊之以為主也。○此章言宮室既成而落之，既以飲食勞其羣臣，而又為之君，為之宗焉。東萊呂氏曰：既饗燕而定經制，以整屬其民，上則皆統於君，下則各統於宗。蓋古者建國立宗，其事相須。楚執戎蠻子而致邑立宗，以誘其遺民，即其事也。問君之宗之，曰：東萊以為二之立君立宗，恐未必是如此，只是公劉自為群臣之君宗耳。蓋此章言其一時燕饗，恐未說及立宗事也。脯宰 纂疏 孔氏曰：曲禮凡行容，大夫濟濟，士蹌蹌。王臨叔曰：牢，豕牢也。君之者，以燕禮而待群臣；宗之者，以燕禮而待族屬也。疊山謝氏曰：宗法始見於禮記大傳，曰：別子為祖，繼別為宗，繼禰者為小宗。二也者，宗其所自出也。有百世不遷之宗，有五世則遷之宗。○

篤公劉既溥既長既景迺岡相（息亮反）其陰陽觀其流泉其軍三單（音丹，叶多涓反）度（待洛反）其隰原徹

用爲糧度同上其夕陽豳居允荒豳也溥廣也言其安夷巽辟土地既廣而且長
也景考日景以正四方也岡登高以望也相視也陰陽向背寒
暖之宜也流泉水泉灌溉之利也三單未詳徹通也一井之田
九百畝八家皆私百畝同養公田耕則通力而作收則計畝而
分也周之徹法自此始其後周公蓋因而脩之耳山西曰夕陽
允信荒大也○此言辨土宜以授所徙之民定其軍賦與
其稅法又度山西之田以廣之而豳人之居於此益大矣【附錄】
問徹田爲糧先生以爲徹通也之說乃是橫渠說然以孟子考
之只曰八家皆私百畝同養公田又公羊亦公田不治則非民
私田不治則非吏似又與橫渠說
不同蓋未必是計畝而分也時舉【纂疏】疊山謝氏曰此章自觀
其流泉以上言公劉建
國之初度地居民爲百姓立室宅也自其軍三單以下言公劉
制民之產因井田以定軍賦也鄭氏曰邰后稷上公之封大國
之制三軍以其餘卒爲羨今公劉遷豳民始從之丁夫適滿三
軍之數單者無羨卒也孔氏曰小司徒云凡起徒役無過家一
人以其餘爲羨二謂家之副丁也今言其軍三單而無副以周
禮言三軍三萬七千五百人【嚴氏曰】三軍惟單賦法以徹兵食
皆不病民厚之至也王晦叔曰大國三軍之法以治兵徹田什
一之法以儲粟周家軍制徹法皆起於此鄭氏曰夕陽豳之所
處孔氏曰豳在山西不知是何山書傳說太王去豳踰梁山注
云梁山在岐山東北然則豳國之東有大山者其惟梁山乎嚴

氏曰：豳在梁山西，公劉相此夕陽地以建豳居。○篤公劉，于豳斯館。古玩反涉渭為亂，丁亂反取厲取鍛。丁亂反止基迺理，爰衆爰有。叶羽已反夾其皇澗，遡其過。古禾反止旅迺密，芮鞫居六反之即。賦也。館，客舍也。亂，舟之截流橫渡者也。厲，砥。鍛，鐵。止，居。基，定也。理，疆理也。衆，人多也。有，財足也。遡，鄉也。皇、過，二澗名。芮，水名，出吳山西北，東入涇。周禮職方作汭。鞫，水外也。○此章又總叙其始終，言其始來未定居之時，涉渭取材而為舟以來往，取厲取鍛而成宮室。既止基於此矣，乃疆理其田野，則日益繁庶富足。其居有夾澗者，有遡澗者。其止居之衆日以益密，乃復即芮鞫而居之，而豳地日以廣矣。【纂疏】鄭氏曰：水之內曰澳，水之外曰鞫。曹氏曰：公劉所以治內者既善且備矣，至於列國亦聘之，賓四方皇適之旅，不可以無歸也，於是復治館舍焉。王氏曰：周官遺人之職，十里有廬，五十里有館。廬者館也，所以待行旅。前言廬旅，後言館。疊山謝氏曰：民日以繁庶，國日以強，此周家王業所以興也。

公劉六章，章十句。

泂音迥酌彼行潦，音老挹音揖彼注茲，可以餴甫云反饎。尺志反，叶

昌里反

豈弟君子，民之父母。叶滿彼反○賦也。洞，遠也。行潦，流潦也。餴，烝米一熟而以水沃之，乃再烝也。饎，酒食也。君子，指王也。○舊說以爲召康公戒成王。言遠酌彼行潦，挹之於彼而注之於此，尚可以餴饎，況豈弟之君子，豈不爲民之父母乎。傳曰：豈以強教之，弟以悅安之，民皆有父之尊，有母之親。又曰：民之所好好之，民之所惡惡之，此之謂民之父母。【纂疏】曹氏曰：雨後行道上流潦，黃濁不可飲，然遠取之，蓄之大器，澄渟既久，挹取其清者而注之於此也。疊山謝氏曰：曰餴饎，曰濯罍，曰濯溉，宗廟祭祀之事。

○泂酌彼行潦，挹彼注茲，可以濯罍。音雷 豈弟君子，民之攸歸。叶古回反○賦也。濯，滌也。【纂疏】毛氏曰：罍，祭器。孔氏曰：四時祭祀皆有罍，卷耳「酌彼金罍」，則燕饗亦有罍。

○泂酌彼行潦，挹彼注茲，可以濯溉。古愛反，叶古氣反 豈弟君子，民之攸塈。許既反○賦也。溉，亦滌也。塈，息也。【纂疏】孔氏曰：特牲注「濯，溉也」，則溉亦是洗名。

泂酌三章，章五句。

有卷音權者阿，叶於歌 飄風自南。叶尼心反 豈弟君子，來游來

戒

歌叶与阿以矢其音賦也卷曲也阿大陵也豈弟君子指王也矢陳也○此詩舊說亦召康公作疑公從成王游歌於卷阿之上因王之歌而陳此以爲戒此章總序以發端也

○伴音判奐音喚爾游矣優游爾休矣豈弟君子俾爾彌爾性似先公酋在由反矣賦也伴奐優游閑暇之意爾君子皆指王也彌終也性猶命也酋終也○言爾既伴奐優游矣又呼而告之言使爾終其壽命似先君善始而善終也自此至第四章皆極言壽考福祿之盛以廣王心而歆動之五章以後乃告以所以致此之由也

纂疏毛氏曰伴奐廣大有文章鄭氏曰伴奐自縱弛之意王氏曰弥者充而成之使无間之謂如易弥綸之弥東萊曰自此章以下皆召公陳其詠歌之辞也国家閑暇君臣游衍可謂伴奐而優游矣所願乎成王者惟充其性似先公之克終而已俾爾者祝辞也弥爾性者祝其進益成就至於无虧闕之地也似先公者召公周之尊老故其祝成王表本先公不忘舊也祝之所以戒之也

○爾土宇昄符版反章亦孔之厚叶狠口反下主二反矣豈弟君子俾爾彌爾性百神爾主叶當口腫庾二反矣賦也昄大明也或曰昄當作版版章猶版圖也○言爾土宇昄章既甚厚矣又使爾終其身常爲天地山川鬼神之主也

纂疏錢氏曰土疆上

章

宇字內謝氏曰七宇恍厚惟祝其彌爾性長爲百神之主而已矣東萊呂氏曰天子者百神之主也苟以逆欲斲其性則天位雖保將无以主百神矣上二句嘆而美之下二句祝而戒之也而後兩章亦然 ○ 爾受命長矣茀芳弗反祿爾康矣豈弟君子俾爾彌爾性純嘏爾常矣

賦也茀嘏皆福也常常享之也 纂疏 曹氏曰茀多謂之茀二祿言得福之蕃茂也疊山謝氏曰彌爾性者彌縫其性使渾全而无虧純粹而无缺也鄭氏曰純大也 ○ 有馮符冰反有翼有孝有德以引以翼豈弟君子四方爲則

賦也馮謂可爲依者翼謂可爲輔者孝謂能事親者德謂得於己者引導其前也翼相其左右也 東萊呂氏曰賢者之行非一端必曰有孝有德何也蓋人主常與慈祥篤實之人處其所以因起善端涵養德性鎭其躁而消其邪日改月化有不在言語之間者矣 ○ 言得賢以自輔如此則其德日脩而四方以爲則矣自此章以下乃言所以致上章福祿之由也 纂疏 疊山謝氏曰或問王所馮翼之人不取非常之才而止曰有孝有德何也曰孝於親者必忠於君取其孝正求其忠也唐虞而上取人以德子才德之分如臯謨九德皆才也舜舉八元八凱之才皆德也有德則才在其中矣 ○ 顒顒卬卬如圭如璋令聞音問令望叶無

方反豈弟君子四方爲綱【傳】也顒顒卬卬尊嚴也如圭如璋純絜也令聞善聲也令望威儀可
望也○承上章言得馮翼孝德之助則能如此而四方以爲綱矣【纂疏】鄭氏曰体貌則顒顒然敬順志氣則卬卬然高
明如玉之如璋也○鳳凰于飛翽翽呼會反其羽亦集爰止藹藹
王多吉士鉏里反維君子使媚于天子【傳】也鳳凰靈鳥也雄曰鳳雌曰凰翽
翽羽聲也鄭氏以爲因時鳳凰至故以爲喻理或然也藹藹衆多也媚順愛也○鳳凰于飛則翽翽其羽而集於其所止矣藹
藹王多吉士則維王之所使而皆媚于天子矣旣曰君子又曰天子猶曰王于出征以佐天子云尔【纂疏】劉濟曰鳳凰見
以時類賢者之出東萊曰自此以下廣言人才之盛也疊山謝氏曰媚于天子愛君也○鳳凰于飛翽
翽其羽亦傅音附于天叶鐵因反藹藹王多吉人維君子命
叶弥并反媚于庶人【傳】也媚于庶人順愛于民也【纂疏】鄭氏曰傅猶戾命猶使也疊山謝氏曰媚于庶
人爲王愛其民也○鳳凰鳴矣于彼高岡梧桐生矣于彼朝陽
菶菶布孔反萋萋七西反雝雝喈喈叶居奚反○【比】也又以興下章之事也山之東

曰朝陽鳳凰之性非梧桐不棲非竹實不食菶菶萋萋梧桐生之盛也雝雝喈喈鳳凰鳴之和也【纂疏】鄭氏曰山脊曰崗嚴氏曰山陰陸氏云梧即梧桐也今人以其皮青号曰青桐華淨妍雅極可愛橐鄂皆五焉其子似乳綴其橐鄂上多或五六少或一二○君子之車既庶且多君子之馬既閑且馳叶唐何反矢詩不多維以遂歌【賦】也承上章之興也菶菶萋萋則雝雝喈喈矣君子之車馬則既衆多而閑習矣其意若曰是亦足以待天下之賢者而不厭其多矣遂歌蓋繼王之聲而遂歌之猶書所謂賡載歌也○愚謂言車多馬閑亦應前來游之意言矢詩遂歌亦應前來歌之意曰矢音曰矢詩矢詩即矢音也若曰今所陳之詩雖不多亦維以遂成其歌致其嘆詠進戒之意而已由此觀之所謂來游來歌以矢其音者因稱成王而亦召公所以自謂矣

卷阿十章六章章五句四章章六句

民亦勞止汔許乙反可小康惠此中國以綏四方無縱詭居毀反隨以謹無良式遏寇虐憯七感反不畏明叶謨郎反柔遠能邇以定我王【賦】也汔幾也中國京師也四方諸夏也京師諸夏之根本也詭隨不顧是

非而安隨人也謹斂束之意憯曽也明天之明命也柔安也能順習也○序說以此爲召穆公刺厲王之詩以今考之乃同列相戒之詞耳未必專爲刺王而發然其憂時感事之意亦可見矣【鄭氏】曰人未有無故而安從人者維無良之人將悅其君而竊其權以爲寇虐則爲之故無縱詭隨則無良之人肅而寇虐無畏之人止然後柔遠能邇而王室定矣穆公名虎康公之後厲王名胡成王七世孫也【纂疏】濮氏曰每章首言周民今亦勞弊可少休息京師者諸夏之本欲安四方之民當自恤京師始戢氏曰詭隨者心知其非而懷詐以從此姦人也書所謂面從孟子所謂面諛也曹氏曰不畏明者大白日之下公爲寇敢曾無畏憚戢氏曰遠謂夷狄邇謂中國治道略外而詳內夷狄則撫柔之而已中國則禮樂之治其邇詳故必能其事也又曰朱氏以此詩乃同列相戒之辭未必專爲刺王而發然其憂時感事之意亦可見矣其說是也詩言以定我王又言以爲王休又言戎雖小子皆語同列之辭以時之亂戒同列所以刺王也○

民亦勞止汔可小休惠此中國以爲民逑無縱詭隨以謹惛怓女交反叶尼猶反式遏寇虐無俾民憂無棄爾勞以爲王休【賦】也逑聚也惛怓猶讙譁也勞猶功也言無棄爾之前功也休美也【纂疏】鄭氏曰休止息戢氏曰惛怓惑亂言聽疊山謝氏曰小人欺君之初不過詭隨

得君之後寧為悖慢而獲明夷之心于出門庭必大无咎悖也曹氏曰自一章而下皆衍而成篇以暢其意不甚相遠也○愚按關雎君子好逑朱子釋云逑匹也今此章曹氏曰周官太宰以九兩繫邦國之民自牧長師儒宗主吏友藪皆所以協偶乃民而繫屬之使不離散所謂民逑者如此姑備其說

○民亦勞止汔可小息惠此京師以綏四國叶于逼反無縱詭隨以謹罔極式遏寇虐無俾作慝叶得反敬慎威儀以近有德[賦]也罔極為惡无窮極之人也有德有德之人[纂疏]毛氏曰息止慝惡東萊曰此章謹遠小人近君子嚴也氏曰然非脩身則賢不可得而親故必敬謹威儀而後可以近有德疊山謝氏曰威儀所以定命也有德之士未有无威儀者王若不敬謹威儀則驕淫傲惰何所不為侮老成遠耆舊德賢者不可近其朝矣

○民亦勞止汔可小愒起例反惠此中國俾民憂泄以世反無縱詭隨以謹醜厲式遏寇虐無俾正敗叶蒲寐反戎雖小子而式弘大叶特計反○[賦]也愒息泄去厲惡也正敗正道敗壞也戎女也言女雖小子而其所為甚廣大不可不謹也[纂疏]嚴氏曰舊說以此詩戎雖小子及板小子蹻蹻二詩皆指王小子非

君臣之辭二詩皆以責同寮故稱小子介小聲小謝氏曰康誥王以戒康叔曰汝惟小子乃服惟弘亦此意也○民亦勞止汔可小安惠此中國國無有殘無縱詭隨以謹繾綣式遏寇虐無俾正反王欲玉女音汝是用大諫春秋傳荀子書並作簡音簡○賦也繾綣小人之固結其君者也正反反於正也玉寶愛之意言王欲以女爲玉而寶愛之故我用王之意大諫正於女蓋託爲王意以相戒也

曹氏曰殘賊王氏曰正敗者敗而已未尽之反而爲不正也正反則无正矣疊山謝氏曰繾綣者恩意纏綿不忍相捨之意明皇之自賢林甫德宗不覺盧杞奸邪皆繾綣也嚴氏曰此詩五章言无良惛怓罔極醜厲繾綣皆極小人之情狀而懲之以詭隨蓋小人之媚君子其始皆以詭隨入之其終無所不至孔子所謂佞人殆也鄭氏曰玉女者言我欲令女如玉然東萊曰民勞皆諫辭也

民勞五章章十句

上帝板板下民卒癉當簡反出話不然爲猶不遠靡聖管管不實於亶猶之未遠是用大諫叶音簡○賦也板板反也卒盡癉病

猶謀也管管無所依也亶誠也○序以此爲凡伯刺厲王之詩今考其意亦与前篇相類但責之益深切耳此章首言天反其常道而使民盡病矣而女之出言皆不合理爲謀又不以遠其心以爲无復聖人但恣己妄行而无所依據又不實之於誠信言其謀之不遠而然乎世亂乃人所爲而曰上帝板板者无所歸咎之詞耳【讀疏】李氏曰愛民若天之常道耳今天使下民皆病則反其常道矣言爲猶不遠又言猶之未遠蓋反覆言之自下文以至末章皆是大諫也嚴氏曰朱氏以此詩爲切責其僚友用事之人而義歸於刺王与上篇同味詩意信然又曰一章至五章皆切責僚友之辭厲王邪辟凡伯不欲斥王而歸之於天疊山謝氏引先生初解曰人苟知聖人之法度則必戰戰兢兢不敢苟作此心若无聖人矣則管管然无所依據矯誣詐僞向所不至其出言行事不以真實而歸於誠道无准定○愚謂厲王无道召穆公凡伯以親賢之故宜極言而力救之以盡其義顧乃不直致其諫而姑責同寮以使之聞之者豈非亦以其監謗之故不欲嬰其鋒以陷於罪而甚吾君之惡也耶吁二公忠愛之懷於此益可見矣○天之方難叶泥涓反無然憲憲叶虛言反天之方蹶俱衛反無然泄泄以世反辭之輯音集叶徂合反矣民之洽矣辭之懌叶弋灼反矣民之莫矣

賦也憲憲欣欣也蹶動也泄泄猶沓沓也蓋弛緩之意孟

子曰事君无義進退无礼言則非先王之道者猶沓沓也輯和洽合懌悦莫定也辭輯而懌則言必以先王之道矣所以民無不合無不定也【疏】疊山謝氏曰孔子曰辭之不可以已也子産有辭四国賴之鄭小国也介於齊楚秦晋四強国之間能保其社稷者惟有辭命足以動人耳裨諶草創世叔討論子羽修飾子産潤色鄭之辭命皆有不善者乎僅王之无道極矣出其言善民未有不應之者信乎辭之不可以已也嚴氏曰此詩首章責其同寮出話不然爲猶不遠故二章因戒之以言論之間宜相和協然可措民於安然愚而自用若終不能舍己從人故三章言我即尓謀聽我囂囂四章言匪我言耄尓用憂謔乃大言虛誕謏言阿附善人見其如此不肯復言矣故五章言無爲夸毗善人載尸也五章皆説寮友論不相協猶小旻詩六章其前五章皆説謀猶之不臧也

○我雖異事及爾同僚我即爾謀聽我囂囂許驕反我言維服勿以爲笑叶思邀反先民有言詢于芻初俱反蕘如謠反○賦也異事不同職也同寮同爲王臣也即就也囂囂自得不肯受言之貌服事也猶曰我所言者乃今之急事也先民古之賢人也芻蕘采薪者古人尚詢及芻蕘況其寮友乎

○天之方虐無然謔謔虛虐反老夫灌灌小子蹻蹻其略反匪

我言耄，莫報反，叶毛博反。爾用憂謔。多將熇熇，叶許各反。不可救藥。賦也。謔，戲侮也。老夫，詩人自稱。灌灌，款款也。蹻蹻，驕貌。耄，老而昏也。熇熇，熾盛也。○蘇氏曰：老者知其不可，而盡其款誠以告之；少者不信而驕之，故曰非我老耄而妄言，乃汝以憂為戲耳。夫憂未至而救之，猶可為也。苟俟其益多，則如火之盛，不可復救矣。【纂疏】濮氏曰：天方降禍，不可如此戲謔。鄭氏曰：老夫，凡伯自謂。嚴氏曰：小子承上章同僚之文，指用事之人。李氏曰：蹻蹻字，足高驕意。疊山謝氏曰：不可救藥，如所謂死病無良醫也。

○天之方懠，才細反，叶箋西反。無為夸毗。苦花反。威儀卒迷，善人載尸。民之方殿屎，許伊反。則莫我敢葵。喪息浪反亂蔑資，叶箋西反。曾莫惠我師。叶霜夷反。○賦也。懠，怒也。夸，大。毗，附也。小人之於人，不以大言夸之，則以諛言毗之也。尸，則不言不為，飲食而已者也。殿屎，呻吟也。葵，揆也。蔑，猶滅也。資，與咨同，嗟歎聲也。惠，順。師，衆也。○戒小人毋得夸毗，使威儀迷亂，而善人不得有所為也。又言民方愁苦呻吟，而莫敢揆度其所以然者，是以至於散亂滅亡，而卒無能惠我師者也。【纂疏】疊山謝氏曰：威儀卒迷，書曰「夫人自亂于威儀」是也。濮氏曰：威儀盡亂，侮老慢賢，善人則如尸而不復言語矣。嚴氏曰：無以為資，言其無生生之計。曾莫有施惠我衆民者皆責之辟似通○天之牖民如壎許元反如篪音池如璋如圭如取如攜攜無曰益牖民孔易以豉反叶夷益反民之多辟匹亦反下同無自立辟賦也牖開明也猶言天啓其心也壎唱而篪和璋判而圭合取求攜得而無所費皆言易也辟邪辟也○言天之開民其易如此以明上之化下其易亦然今民既多邪辟矣豈可又自立邪辟以道之邪說文在屋曰囪在墻曰牖毛氏曰土曰壎竹曰篪孔氏曰半珪為璋合二璋則成珪毛氏曰如壎如篪言相和也如珪如璋言相合也嚴氏曰六章至八章皆責寮友而因以誨王也○价音介人維藩叶分邅反大師維垣大邦維屏大宗維翰叶胡田反懷德維寧宗子維城無俾城壞叶胡罪反又胡威二反無獨斯畏叶紆會於非二反○賦也价大也大德之人也藩籬師衆也垣墻也大邦強國也屏樹也所以為蔽也大宗強族也翰幹也宗子同姓也○言是六者皆君之所恃以安而德其本也有德則得是五者之助不然則親戚叛之而城壞城壞則藩垣屏翰皆壞而獨居獨居而所可畏者至矣李氏曰价人或以為大人或以為善人或以為掌軍事者元所經見始兼存之宗子維城言同姓之宗子亦當以德懷之左氏曰君其修

德而固，宗子何城。如之所謂宗子維城是也。曹氏曰：藩垣屏翰脩宮室，可以安矣。若夫城則周乎其外而爲之固守。宗子之譬也，國之枝葉休戚同之，藩垣屏翰恃之以爲固，故大封同姓以爲盤石之宗，此周之所以宗强也。○

敬天之怒，無敢戲豫。敬天之渝，用朱反。無敢馳驅。昊天曰明，叶謨郎反。及尔出王。音往，叶如字。昊天曰旦，叶得絹反。及尔游衍。叶怡戰反。

○賦也。渝，變也。王，往通，言出而有所往也。旦，亦明也。衍，寬縱之意。○言天之聰明无所不及，不可以不敬也。板板也，難也，蹶也，虐也，懠也，其怒而變也。其昊天而不之敬也，亦知其有日監在茲者乎？張子曰：天体物而不遺，猶仁体事而无不在也。礼仪三百，威仪三千，無一事而非仁也。昊天曰明，及尔出王；昊天曰旦，及尔游衍，無一物之不体也。附錄 時舉問：天体物而不遺，是指理而言；仁体事而无不在，是指人而言否？曰：体事而无不在，是指心而言也。天下一切事皆此心發見耳。時舉曰：與明祗一意。這個豈是人自如此？皆有來處。才有些放肆，則他便知，所以曰日監在茲。又曰：敬天之怒至无敢馳驅。道夫問：渝字如何？曰：變也，如迅雷風烈必變之變。道夫。道夫問：昨所論昊天曰明云云，此意莫秖是言人之所以爲人者，皆天之所爲，故雖起居動作之頃，而所謂天者未嘗不在也。曰：公說天体物而不遺既說得是，則所謂仁体事而无不在者，亦不過如此。今所以理會不透徹是以天與仁爲有二也今須將聖賢言仁處就自家身上思量久之自見 同上 纂疏 戴氏曰戲豫即无逸所謂般樂驅馳即无逸所謂遊田鄭氏曰及與游行衍溢昊天在上仰之皆謂之明常與汝出入往來游溢相從可不謹乎

板八章章八句

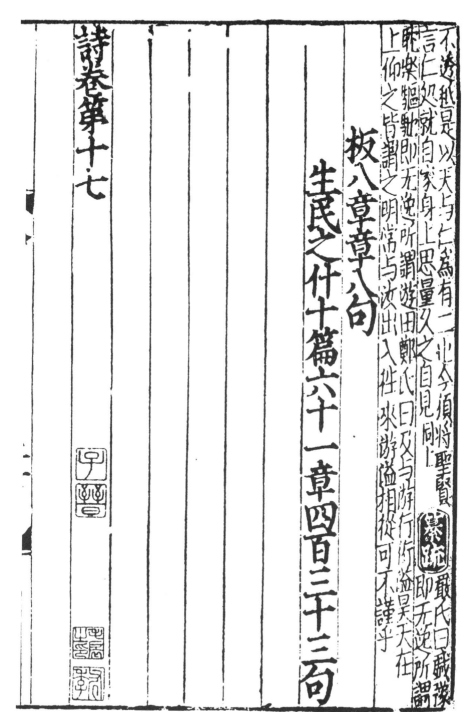

生民之什十篇六十一章四百三十三句

詩卷第十七

王有聲
璽璽鎬京辟雍自西自東自南自北元思不服　王教首善於内　民心四服於外

詩卷第十八

朱子集傳

新安後學胡一桂附錄纂疏

蕩之什三之三

蕩蕩上帝下民之辟必亦反疾威上帝其命多辟匹亦反
天生烝民其命匪諶市林反或叶市隆反靡不有初鮮克有終
叶諸深反或如字○賦也蕩蕩廣大貌辟君也疾威猶暴虐也
多辟多邪辟也烝衆諶信也○言此蕩蕩之上帝乃下民之君
也今此暴虐之上帝其命乃多邪辟者何哉蓋天生衆民其命
有不可信者蓋其降命之初無有不善而人少能以善道自終
是以致此大亂使天命亦罔克終如疾威而多辟也蓋託爲怨
天之辭而卒自解之如此劉康公曰民受天地之中以生所謂
命也能者養之以福不能
者敗以取禍此之謂也
附錄 時舉說蕩之首章前四句有怨
天之辭後四句乃解前四句謂
天之降命本無不善惟人不以善道自終故天命亦不克終如
疾威而多邪辟也此章意既如此故自次章以下托文王言紂

之辭而皆就人君身上說使知其非天之過如汝只是力汝德不明與天不湎汝以酒既上帝不時之類是皆發明首章之意大略如此未知是否先生頷之 時舉 〔纂疏〕嚴氏曰疾威者厲王所爲而天實命之是天爲此疾威也天實爲之則無所歸怒也然天亦豈欲令厲王爲惡乎天生衆民其命有不可信者其初皆善而其終鮮善是人自暴自棄非天使之然也自不爲善豈天賦予以惡哉

○文王曰咨咨女（音汝）殷商曾是彊禦曾是掊（蒲侯反）克曾是在位曾是在服（叶蒲北反）天降慆（他刀反）德女興是力

〔賦〕也此設爲文王之言也咨嗟也殷商紂也強禦暴虐之臣也掊克聚斂之臣也服事也慆慢也興起也力如力行之力○詩人知厲王之將亡故爲此詩託於文王所以咨嗟殷紂者言此暴虐聚斂之臣在位用事乃天降慆慢之德而害民然非其自爲之也乃汝興起此人而力爲之耳 〔纂疏〕曹氏曰自契始封商地在上洛湯受命遷殷地在亳今曰殷商并言之也○嚴氏曰強強梁禦禦如禦人之於國門之外今之諸侯取之於民由禦也之禦王氏曰強禦掊克是謂滔德

〔曹氏曰〕治生乎君子亂生乎小人然而治世未嘗無小人亂世亦未嘗無君子厲王之世天非獨生榮夷衛巫之徒也凡伯召穆衛武皆在焉柰王不用何嚴氏曰三章以下設爲文王嘆商之亂蓋陳厲王之失而託之商也所謂借秦爲諭耳○文

王曰咨咨女殷商而秉義類彊禦多懟（直類反）流言以對寇攘式內侯作（側慮反）侯祝（周救反）靡屆靡究〔賦〕也而汝也義善懟怨也流言浮浪不根之言也侯維也作讀爲詛詛祝怨謗也○言汝當用善類而反任此暴虐多怨之人使用流言以應對則是爲寇盜攘竊而反居內矣或是以致怨謗之無極也○愚謂強禦多懟流言以對者正如論語所謂禦人以口給之意強禦與前章相應當指爲所用之人就屬王言之者非也○文王曰咨咨女殷商女炰（白交反）烋（火交反）于中國（叶于逼反）斂怨以爲德不明爾德時無背（布內反）無側爾德不明以無陪（蒲回反）無卿〔賦〕也炰烋氣健貌斂怨以爲德多爲可怨之事而反自以爲德也背後側傍陪貳也言前後左右公卿之臣皆不稱其官如無人也〔纂〕〔疏〕疊山謝氏曰炰烋以傲狠作氣勢以暴虐作威聲如虎狼炰烋之狀毛氏曰無背無側後無臣側無人也鄭氏曰陪貳謂副貳王者則三公也毛氏曰卿卿士也李氏曰亂世之君是非顛倒邪正錯亂無人以輔弼之故也故曰不明尔德時無背無側尔德不明以無陪無卿○文王曰咨咨女殷商天不湎（面善反）爾以

酒不義從式叶式吏反既愆爾止靡明靡晦叶呼洧反式號式
呼叶火故反俾晝作夜叶羊茹反賦也湎飲酒変色也式用也言天不使汝沈湎於酒而惟不義是從是
用也止容止也【纂疏】嚴氏曰非天使之是汝自為惡也爾之容止飭自取愆過又無明無晦而飲酒不息叫號讙呼使晝
作夜荒亂甚矣○文王曰咨咨女殷商如蜩如螗音唐如沸如
羹叶盧當反小大近喪叶息浪反人尚乎由行叶戶郎反內奰皮器
反于中國覃及鬼方賦也蜩螗皆蟬也如蟬鳴如沸羹皆亂意也小者大者幾於喪亡矣尚且
由此而行不知變也奰怒也覃延也鬼方遠夷之國也言自近及遠無不然怒也○愚謂小大近喪人尚乎由行正如孟子所
謂安其危而利其菑樂其所以亡者矣鬼方夏曰獯鬻商曰鬼方周曰獫狁漢曰匈奴魏曰突厥見唐書高祖紀其實一國而異
其名也○文王曰咨咨女殷商匪上帝不時叶上止反殷不
用舊叶巨已反雖無老成人尚有典刑曾是莫聽湯經反大
命以傾賦也老成人舊臣也典刑舊法也○言非上帝為此不善之時但以殷不用舊故此禍爾雖無老成人與

圖先王舊政然典刑尚在可以循守乃無纂疏嚴氏曰不時者猶言厄運當此

聽用之者是以大命傾覆而不可救也

謝氏曰老成人先王之故老元臣典先王之訓典刑先王之法

度三代而上國有大政有大議有大疑皆決於老成人之言曰

圖任舊人共政殷先王所以立國也曰人惟求舊曰無侮老成

人盤庚所以興也曰汝惟尚耆成人宅心知訓周公所以誨康

叔也遺老播棄格人罔敢知吉紂所以亡也在位罔有耆舊俊

在厥服平王所以東遷也召彼故老訊之占夢幽王所以亡也

○文王曰咨咨女殷商人亦有言顛沛之揭紀竭去例二反枝葉未有害許曷暇憇二反本實先撥蒲末反叶方吠筆烈二反殷鑒不遠在夏后之世叶始制私列二反○賦也顛沛仆拔也揭本根蹶起之貌撥猶絕也鑒視也夏后桀也○

言大木揭然將蹶枝葉未有折傷而其根本之實已先絕然後

此木乃相隨而顛拔爾蘇氏曰商周之衰典刑未廢諸侯未畔

四夷未起而其君先為不義以自絕於天莫可救止正猶此

爾殷鑒在夏蓋為文王歎紂之辭然周鑒之在殷亦可知矣纂

疏嚴氏曰王者天下之本也天下未有禍敗而

王身無道本先撥矣枝葉蓋將從之也

蕩八章章八句

抑抑威儀維德之隅人亦有言靡哲不愚庶人之愚亦職維疾叶集二反哲人之愚亦惟斯戾賦也抑抑密也隅廉角也鄭氏曰人密審於威儀者是其德必嚴正也故古之賢者道行心平可外占而知內如宮室之制內有繩直則外有廉隅也哲知庶衆職主戾反也○衛武公作此詩使人日誦於其側以自警言抑抑威儀乃德之隅則有哲人之德者固必有哲人之威儀矣而今之所謂哲者未嘗有其威儀則是無哲而不愚矣夫衆人之愚蓋有稟賦之偏宜有是疾不足爲怪哲人而愚則反戾其常矣

纂疏 嚴氏曰詩人自警之言脩身治國平天下之道皆中庸大李[illegible]抑表裏首章第一義言威儀之當慎威儀云者聲音笑貌云乎哉容貌顏色曾子所謂道動容周旋中禮孟子所謂盛德蓋有諸中形諸外也蘇氏曰人亦有言者時人之語也歐陽氏曰哲人不自脩飾則哲自爲昏愚矣如書言惟聖罔念作狂

○無競維人四方其訓之有覺德行下孟反四國順之訏況于反謨定命遠猶辰告敬慎威儀維民之則叶古得反賦也競強也覺直大也訏大謨謀也大謀謂不爲一身之謀而有天下之慮也定審定不改易也命號令也猶圖也遠謀謂不爲一時之計而爲長久之規也辰時告戒也辰告謂以時播告

也則法也〇言天地之性人爲貴故能盡人道則四方皆以爲訓有覺德行則四國皆順從之故必大其謀定其命遠圖時告敬其威儀然後可以爲天下法也【纂疏】疊山謝氏曰人君當以敬謹威儀爲人容止必可觀聲氣必可樂進退必可度羣臣庶民畏而愛之則而象之以一身之法爲天下之法也〇其在于今叶音經興迷亂于政叶音征顛覆厥德荒湛都南反下同于酒叶子小反女音汝雖湛樂音洛從弗念厥紹市沼反罔敷求先王克共九勇反明刑叶胡光反〇【賦】也今武公自言已今日之所爲也興尚也女武公使人誦詩而命已之辭也後凡言女言爾言小子者放此湛樂從言惟湛樂之從也紹謂所承之緒也敷求先王廣求先王所行之道也共執刑法也【附錄】抑詩東萊硬要做刺厲王緣以尔汝字碍先生曰如幕中之辨人反以汝爲叛臺中之評人反以汝爲傲等類亦是自謂古人此樣亦多享【纂疏】劉氏曰迷昏也黃氏曰廢事謂之荒無厭謂之湛王氏曰惟弗念厥紹故罔敷求先王〇肆皇天弗尚叶平聲如彼泉流無淪胥以亡夙興夜寐洒埽廷內維民之章脩爾車馬弓矢戎兵叶晡亡反用戒戎作用逷

他歷反蠻方【賦】也弗尚厭棄之也淪陷胥相章表戒備戎兵作起逷遠也○言天所不尚則無乃淪陷相與而亡如泉流之易乎是以內自庭除之近外及蠻方之遠細而寢興洒埽之常大而車馬戎兵之變慮無不周備無不斂也上章所謂訏謨定命遠猶辰告者於此見矣【纂疏】李氏曰洒埽庭內只是脩繫其朝廷耳黄氏曰武公之意非止於洒埽云耳廷內云者纖悉也夫讒遠色賤貨而貴德豈非洒埽廷內之意乎知墻有茨之詩則知洒埽廷內之意李氏曰當時沈荒于酒貪目前之樂而忘意外之變故又戒之以脩武備也王氏曰用逷蠻夷而遂之也鄭氏曰蠻方九州之外不服者○質爾人民謹爾侯度用戒不虞叶元其反慎爾出話敬爾威儀叶牛何反無不柔嘉叶居何反白圭之玷丁簟反尚可磨也斯言之玷不可為也叶吾禾反【賦】也質成也定也侯度諸侯所守之法度也虞慮話言柔安嘉善玷缺也○言既治民守法防意外之患矣又當謹其言語蓋玉之玷缺尚可磨鑢使平言語一失莫能救之其戒深切矣故南容一日三復此章而孔子以其兄之子妻之【纂疏】嚴氏曰民之質矣之質質亦猶云樸以皇質使之淳也又曰毋導之以浮藥鄭氏曰話謂教令蘇氏曰怨不在大言話之不慎威儀之不敬禍之所從起也呂氏曰柔者巽順之辭也○無

易（以豉反）由言無曰苟矣（此二句不用韵）莫捫朕舌言不可逝（音折叶與舌叶）矣無言不讎（叶市又反）無德不報（叶蒲救反）惠于朋友（叶羽已反）庶民小子（叶奬里反）子孫繩繩萬民靡不承（[illegible]也易輕）

捫持逝去讎答承奉也○言不可輕易其言蓋無人為我執持其舌者故言語由己易致差失常當執守不可放去也且天下之理無有言而不讎無有德而不報者若爾能惠于朋友庶民小子則子孫繩繩而萬民靡不承矣皆謹言之效也

嚴氏曰由言者自由之言所謂唯其言而莫予違也孔氏曰朕我也周以前朕為通言濮氏曰朕兆朕亦取微細之義鄭氏曰惠順也孔氏曰朋友謂諸侯卿大夫等下及庶民之子弟小子

嚴氏曰酒誥文王誥教小子此云民之子孫也繩繩如繩之牽連不絕也

○視爾友君子輯（音集）柔爾顏（叶魚堅反）不遐有愆相（息亮反）在爾室尚不愧于屋漏無曰不顯莫予云覯神之格（叶剛鶴反）思不可度（待洛反）思矧可射（音亦叶弋灼反）思（賦也輯和也）

也遐何愆過也尚庶幾也屋漏室西北隅也覯見格至度測矧況也射斁通厭也○言視爾友於君子之時和柔爾之顏色

其戒懼之意常若自省曰豈不至於有過乎蓋常人之情其脩於顯者無不如此然視爾獨居於室之時亦當庶幾不愧于屋漏然後可爾無曰此非顯明之處而莫予見也當知鬼神之妙無物不體其至於是有不可得而測者不顯亦臨猶懼有失況可厭射而不敬乎此言不但脩之於外又當戒謹恐懼乎其所不睹不聞也子思子曰君子不動而敬不言而信又曰夫微之顯誠之不可揜如此此正心誠意之疊山謝氏曰中庸曰極功而武公及之則亦聖賢之徒矣戒謹乎其所不睹恐懼乎其所不聞莫見乎隱莫顯乎微故君子愼其獨也又曰君子之所不可及者其唯人之所不見乎又曰莊子曰爲不善於顯明之中者人得而非之爲不善於幽闇之中者鬼神得而責之君子無人非無鬼責此皆神之格思不可度思矧可射思之意○一說濮氏曰或謂屋有漏處而天見之盍無愧乎要見漏與霤聲易訛正指中霤見天之處言之通典古者穴居故名室曰霤說文曰屋水流也以人家準之則堂有天井處也謂設備

○辟爾爲德，俾臧俾嘉。叶居何反

淑愼爾止，不愆于儀。叶牛何反 不僭不賊，鮮息淺反不爲則。

投我以桃，報之以李。彼童而角，實虹戶公反小子。叶獎里反

○賦也。辟，君也，指武公也。止，容止也。僭，差。賊，害。則，法也。無角曰童。虹，潰亂也。○既戒以脩德之事，而又言爲德而人法之，猶投

桃報李之必然也彼謂不必脩德而可以服人者是牛羊之童者而求其角也亦徒潰亂汝而已豈可得哉【纂疏】李氏曰臧善否惡濮氏曰童而角見賓之初筵觀其始終使人呼之曰小子以爲謙抑之辭猶周公年老而君奭篇中自稱予小子旦也曹氏曰虹蝃蝀也嚴氏曰虹謂幻惑也如蝃蝀不正之氣暫見于天須臾散滅黃氏曰武公極言君臣相應之機必即物理之易見者言之

○荏而甚反染而漸反柔木言緡之絲叶新夷反溫溫恭人維德之基其維哲人告之話言順德之行叶與言其維愚人覆謂我僭叶七尋反民各有心

興也荏染柔貌柔木柔忍之木也緡綸也被之綸以爲弓也話言古之善言也覆猶反也僭不信也民各有心言人心不同愚智相越之遠也【纂疏】張氏曰柔忍之木乃弓之材溫溫恭之人乃德之質

○於音烏乎音呼小子叶獎禮反未知臧否音鄙匪手攜之言示之事叶上止反匪面命之言提其耳借曰未知亦既抱子同上民之靡盈誰夙知而莫音慕成

賦也非徒手攜之也而又示之以事非徒面命之也而又提其耳所以喻之者詳且切矣假令言汝未有知識則汝既長大而

抱子宜有知矣人若不自盈滿能受教戒則豈有既早知而反晚成者乎【纂疏】嚴氏曰曲禮云長者與之提攜則兩手奉長者之手負劍辟咡詔之注云傾頭與語又云口耳之間曰咡是攜手提耳皆長者教誨小子之常○辟咡音僻二○李氏曰言民苟蓋論凡民皆如此

○昊天孔昭叶音灼我生靡樂音洛視爾夢夢莫公反我心慘慘當作懆七到反叶七各反誨爾諄諄之純反聽我藐藐美角反匪用為教叶入聲覆用為虐借曰未知亦聿既耄叶音莫○賦也夢夢不明亂意也慘慘憂貌諄諄詳熟也藐藐忽略貌耄老也八十九十曰耄左史所謂年九十有五時也【纂疏】孔氏曰以其明察則知己情故以我生言之王氏曰匪以我諄諄為教之也覆以我為虐之也

○於乎小子見上章告爾舊止聽用我謀庶無大悔叶虎委反天方艱難曰喪息浪反厥國叶于逼反取譬不遠昊天不忒他得反回遹于橘反其德俾民大棘賦也舊舊章也或曰久也止語詞庶幸悔恨忒差遹僻棘急也○言天運方此艱難將喪厥國矣我之取譬夫豈遠哉觀天道禍福之不差忒則知之矣今汝乃回遹其

巳字恐作芑

德而使民至於困急（纂疏）王氏曰於是不復與其憮悔也庶
則喪厥國也必矣無大悔而已蘇氏曰天方艱難曰
吾將喪其國譬如夏商其類不
遠矣豈復有差忒不然者哉

抑十二章三章章八句九章章十句（國語）左史倚相

曰昔衛武公年數九十五矣猶箴儆於國曰自卿以下至于師長士茍在朝者無謂我老耄而舍我必恭恪於朝夕以交戒我在輿有旅賁之規位宁有官師之典倚几有誦訓之諫居寢有褻御之箴臨事有瞽史之道宴居有師工之誦史不失書矇不失誦以訓御之於是作懿戒以自儆及其沒也謂之睿聖武公（韋昭）曰懿讀為抑即此篇也（嚴氏）曰侯包言武公行年九十有五猶使人日誦是詩而不離於其側然則序說為刺厲王者誤矣

（附錄）小序武公刺厲王亦以自警不應一詩既刺人又自警之理且厲王無道一日彼人言提其耳以小子呼之必不素休且厲王監謗暴虐無所不至此詩無限大過都不問着却只點檢威儀之末此決不然以史記考之乃武公即位在厲王死之後宣王之時說者謂是追刺尤不是伯恭主張小序又云史記不可信恐是武公必曾事厲王若以為武公自警之詩則其意味甚長

宁

國語云武公九十餘歲作此詩其閒匪我言耄可以
爲據又如謹尓侯度注家二公所以制侯國之度只是
侯國之度耳曰喪厥國則是諸侯自謂無疑蓋武公
作此詩使人日夕諷誦以警已耳所以有小子告尓
之類皆是箴戒作文之躰自
指尓後漢侯苞亦有此説當

蔡疏

濮氏曰武公即
位於宣王二十
六年不與厲王同時若謂追刺則聽用我謀庶無大
悔等語又非所望於既往之人亭謂刺厲王者非矣
謂之自警則有國語可憑弁儒愚按抑詩國語之
謂必去其失取其得而後可也○説既明竊之初從
韓詩作武公飲酒悔過皆爲有據矣但不知二雅王
者事也何武公二詩獨得入二雅乎敢識疑於此

菀音鬱彼桑柔與劉憂叶篇內多放此其下侯旬捋力活反采其劉瘼音莫此下民不殄心憂倉初亮反兄與怳同塡舊説古塵字兮倬彼昊天叶鐵因反寧不我矜比也菀茂旬徧劉殘殄絕也倉兄與愴怳同悲悶之意也塡未詳舊説與塵陳同蓋言久也或疑與瘨字同爲病之義但以叶韻內二字協出又恐未然今姑闕之倬明貌○舊説此爲芮伯刺厲王而作春秋傳亦曰芮良夫之詩則其説是也以桑爲比者桑之爲物其葉最盛然及其采之也一朝而盡無黄落之漸故取

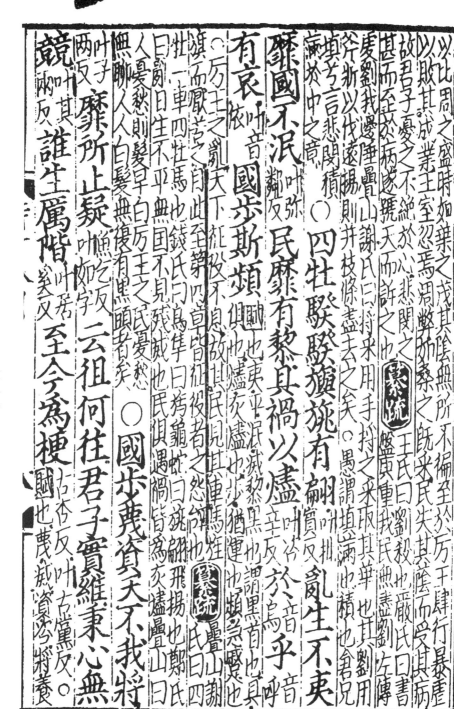

以比周之盛時如葉之茂其陰無所不徧至於厲王肆行暴虐以敗其成業王室忽焉凋弊如葉之既采民失其蔭而受其病故君子憂之不絕於心悲閔之甚而至於病也遂號天而訴之也〔纂疏〕王氏曰劉殺也嚴氏曰書盤庚重我民無盡劉注傳虔劉我邊陲疊山謝氏曰捋采用手捋之采取其華也其劉用斧斤斬以伐遠揚則并枝條盡去之矣○愚謂填滿也積也倉兄填兮言悲閔積滿於中之意

○四牡騤騤旟旐有翩叶批賓反亂生不夷靡國不泯叶弥鄰反民靡有黎具禍以燼叶咨辛反於音烏乎音呼有哀叶音依國步斯頻

賦也夷平泯滅黎黑也謂黑首也具俱也燼灰燼也步猶運也頻急蹙也○厲王之亂天下征役不息故其民見其車馬旌旟而厭苦之自此至第四章皆征役者之怨辭也〔纂疏〕疊山謝氏曰四牡一車四牡馬也錢氏曰鳥隼曰旟龜蛇曰旐翩飛揚也鄭氏曰亂日生不平無國不見殘滅也民俱遇禍皆為灰燼疊山曰人憂愁則髮早白厲王之民憂愁無聊人人白髮無復有黑頭者矣

○國步蔑資天不我將叶子兩反靡所止疑叶魚乞反如字云徂何往君子實維秉心無競叶其兩反誰生厲階叶居奚反至今為梗古杏反叶古黨反○

賦也蔑滅資咨將養

也疑讀如儀禮疑立之疑定也徂亦往也競爭厲惡梗病也○
言國將危亡天不我養居無所定徂無所往然非君子之有爭
心也誰實為此禍階使至今為病乎【纂疏】李氏曰資賴也蔑
盡曰禍有根原其所從來也遠矣氏曰梗水上浮木
壅水者斷梗也李氏曰靡所止疑云徂何往無所逃於天地之
間矣嚴氏曰君子指厲王嚴強也○愚謂將方來之義也天不
我將君曰國步蔑資已止於是更
無方來之運矣春秋無將之義同○憂心慇慇念我土宇
我生不辰逢天僤都但反怒叶暖五反自西徂東叶音丁靡所
定處多我覯痻武巾反孔棘我圉賦也士鄉也宇居辰時僤厚覯見痻病棘急圉邊也或
曰禦也多矣我之見病也多矣我之在邊也【纂疏】歐陽氏曰靡所定処不知避亂之所嚴氏曰自根生於亂世也
鎬京在西中原在東自西至東無有寧居者言京師及中原皆
亂又曰內外皆不得其安也疊山謝氏曰多我覯痻孔棘我圉
此兩句皆倒文法○為謀為毖叶音必亂況斯削告爾憂恤誨爾
序爵誰能執熱逝不以濯其何能淑載胥及溺叶奴學反
○賦也毖慎況滋也序爵辨別賢否之道也執熱手持熱物也
○蘇氏曰王豈不謀且慎哉然而不得其道適所以長亂而自

削耳故告之以其所當憂而誨之以序爵且曰誰能執熱而不濯者賢者之能已亂猶濯之能解熱耳不然則其何能善哉相與入於溺溺而已

曹氏曰外之公侯伯子男以之孤卿大夫士皆爵也李氏曰爵自有序上賢則加以上爵中賢則次之下賢則又次之若小加大淫破義遠間親新間舊則失其序矣

○如彼遡風（叶孚音反）亦孔之僾（音愛）民有肅心荓（普耕反）云不逮好（呼報反）是稼穡力民代食稼穡維寶代食維好

賦也溯鄉僾唈肅進荓使也○蘇氏曰君子視蜀王之亂悶然如遡風之人唈而不能息雖有欲進之心皆使之曰世亂矣非吾所能及也於是退而稼穡盡其筋力與民同事以代祿食而已當是時也仕進之憂甚於稼穡之勞故曰稼穡維寶代食維好言雖勞而無患也

○天降喪（息浪反）亂滅我立王降此蟊賊稼穡卒痒（音羊）哀恫（音通）中國具贅（之芮反）卒荒靡有旅力以念穹蒼

賦也恫痛具俱也贅屬也言危也春秋傳曰君若綴旒然與此贅同卒盡荒虛旅與膂同穹蒼天也穹言其形蒼言其色也○言天降喪亂固已滅我所立之王矣又降此蟊賊則我之稼穡又病而不得以代食矣哀此中國皆危墜無所有以危困之極無力以念天禍也此詩之作不知的

存何據其言哉我立王則嫌在共和之後也【纂疏】曹氏曰災沴爲孽兵寇爲亂鄭氏曰蟲食苗根曰蟊食節曰賊耕種曰稼收斂曰穡痒病也嚴氏曰中国之人皆贅屬而治今卒遭流歷而空矣濮氏曰其言哉我立王則如朱子所云在共和之世又言嗟尒朋友欲追悼厲王之禍以戒同列若謂在當時以刺厲王非也○愚謂王者以民爲天民以食爲天病其稼穡者所以病其民病其民者所以病其君也今曰天降喪亂滅我立王亦曰降此蟊賊稼穡卒痒稼穡事之有關於国也如此○

維此惠君民人所瞻叶側姜反秉心宣猶考慎其相息亮反叶平聲維彼不順川自獨俾臧自有肺腸俾民卒狂

賦也惠順也順於義理也宣徧猶謀相輔狂惑也○言彼順理之君所以爲民所尊仰者以其能秉持其心周徧謀度考擇其輔相必衆以爲賢而後用之彼不順理之君則自以爲善而不考衆謀自有私見而不通衆志所以使民眩惑至於狂亂也【纂疏】呂氏曰善惡出於天下之所同然者易見不順之君其肺腸不與人同不可曉解此民所以惑亂也又曰此章言治亂之分蓋其君嚮背用舍所由異路思古而傷今也○

瞻彼中林甡甡所巾反其鹿朋友已譖子念反叶子林反不胥以穀人亦有言進退維谷

興也甡甡衆多並行之貌

譖不信也胥相穀善谷窮也言朋友相譖不能相善曾鹿
之不如也○言上無明君下有惡俗是以進退皆窮也
曹氏曰甡性善群得食則相呼而共之憂患則環居以禦之蘇
氏曰朋友相譖不能相善曾鹿之不如是以進退無不陷焉者
呂氏曰此章言君惛於上故讒毀之俗成於下自傷斯世之難也○維此聖人瞻言百里
維彼愚人覆狂以喜匪言不能胡斯畏忌叶巨己反○賦也聖人炳
於幾先所視而言者無遠而不察愚人不知禍之將至而反狂
以喜今用事者蓋如此我非不能言也如此畏忌何哉言王暴
虐人不敢諫也○維此良人弗求弗迪叶徒沃反維彼忍心是顧
是復芳六反民之貪亂寧為荼毒賦也迪進也忍殘忍也顧念復重也荼苦菜也
味苦氣辛能殺物故謂之荼毒也○言不求善人進而用之其
所顧念重復而不已者乃忍心不仁之人民不堪命所以肆行
貪乱而安為荼毒也鄭氏曰貪猶欲也天下之人苦王
之政欲其乱亡故安為荼毒之行○大風有
隧音遂有空大谷維此良人作為式穀維彼不順征以
中垢古口反叶居六反○興也隧道式用穀善也征以中垢
未詳其義或曰征行也中闇晦也垢污穢也○大風之

行有隧隧蓋多出於空谷之中以興下文君子小人所行亦各有道耳【纂疏】鄭氏曰作起用也蘇氏曰言善人之作也以用其善小人之行也以播其穢中指發其中之所有於外也東萊呂氏曰此章言治亂有所自來治由君子而亂由小人也

○大風有隧貪人敗類聽言則對誦言如醉匪用其良覆俾我悖叶蒲寐反○【賦】也敗類猶言圮族也王使貪人為政我以其或能聽我之言而對之然亦知其不能聽也故誦言而中心如醉由王不用善人而反使我至此悖眊也厲王說榮夷公芮良夫曰王室其將卑乎夫榮公好專利而不備大難夫利百物之所生也天地之所載也而或專之其害多矣此詩所謂貪人其榮公也與芮伯之憂非一日矣【纂疏】蘇氏曰風之起有道類之敗有自貪人在上則類所由敗也○一說疊山謝氏曰聞道聽之言則欣然而答聞先王之言則昏然如醉係用蘇氏說匪用其良不用善人也覆俾我悖反使善人改節降志而為貪人之事是欲使人人悖謬天下無一善人矣

○嗟爾朋友予豈不知而作如彼飛蟲時亦弋獲叶胡郭反既之陰女於鴆反女音汝反予來赫叶黑各反○【興】也如彼飛蟲時亦弋獲言己之所言或亦有中猶曰千慮而一得也之往陰覆也赫威怒之貌我以言告女其往陰覆於女女反來加赫然之怒於

作僉

了也。【張子】曰既往密告爾【纂疏】蘇氏曰朋友其僚友也孔氏曰汝反謂我來恐動也亦通虫爲之名曹氏曰陰盡覆不暴揚之嚇以言拒人也鄭氏曰嚇本亦作嚇莊子以梁國嚇我是也○民之罔極職涼善背叶必墨反爲民不利如云不克民之回遹職競用力【賦】也職專也涼義未詳傳曰涼薄也鄭讀作諒信也疑鄭諒爲得之背工爲反覆也克勝也回遹邪僻也○言民之所以貪亂而不知所止者專由此人名爲直諒而實善背又爲民所不利之事如恐不勝而力爲之也又言民之所以邪僻者亦由此輩專競用力而然也反覆其言所以深惡之也○民之未戾職盜爲寇涼曰不可覆背善詈力智反雖曰匪予既作爾歌叶韻未詳○【賦】也戾定也民之所以未定者由有盜臣爲之寇也蓋其爲信也以小人爲不可矣及其反背也則又工爲惡言以詈君子是其色厲內荏真可謂穿窬之盜矣然其人又自文飾以爲此非我言也則我已作爾歌矣言得其情且事已著明不可揜覆也【纂疏】一說總論一章孔氏曰涼薄如左傳號多涼德之涼嚴氏曰競強也謂強禦也涼言刻薄競言強禦盜言貪贓三者皆小人當時必有所指由此三人致亂故能以職言之民之亂無窮極者主由此刻薄之人善背爲反背之事也彼爲民所不利之事如恐不勝也民之所以形辭者主由此強禦之人用力爲虐也民之所以未定者主由此盜臣爲寇攘之行也群小不和自相訾毁其涼者負盜者貪黷尸甚亦言其不可而覆背以詈之矣謂其黨亦自知其非也涼背盜而詈之故上章言職涼善背也善詈工於罵也涼者雖歸咎於盜欲自文飾言此亂非我所致言我已作爾歌不可隱諱矣成前章予豈不知而作之意呂氏曰此詩本厲王之亂在於用小人故於聽任之際要致意焉○愚謂如嚴氏說則分別職涼職競職盜三等之臣明白但訓雖曰匪予既作爾歌亦歸之涼者之所作而且謂成上章予豈不知而作之意恐其未然蓋所謂予豈不知而作與既作爾歌皆詩人自言其作歌之意也此詩豈涼者之所作乎切謂此二章言民之罔極皆由職涼之臣爲之害民之回遹皆由職競之臣爲之害民之未戾皆由職盜之臣爲之害而涼者又以盜爲不可而覆背以善詈之矣於同惡之中又自相攻擊也凡所以爲民害者大約是亦三等之臣爲之也今亦二臣者雖自曰匪予則我蓋已知之而既作爾歌以述其事矣言得其情而不可掩覆也此章末二句蓋是總結此二章所論三等之臣而且知所謂歌者乃詩人之作非涼者之所作矣匪予二字是不認過之辭

桑柔十六章八章章八句八章章六句

纂疏 王晦叔曰風雅未有如此詩十六章若其言反覆不已而詩後亦有倫次大意在於刺王

用小人。一章言其興以庇民。二章言其征伐不息。三四章皆言其亂離。五章言以救亂。六章言仕於朝則有禍。七章言退處田野亦不能安存。八章刺其獨用小人。九章刺在位之不善。十十一章以聖愚善惡相對言之，所以刺愚人不能遠慮、忍人不可信用也。十二章言民之不善。十三章言王之不善，皆由在位之不賢也。十四章至十六章則皆規誨其僚友之辭也。

倬彼雲漢，昭回于天。叶鐵因反 王曰於音烏乎音呼，何辜今之人。天降喪息浪反亂，饑饉薦在甸反臻。靡神不舉，靡愛斯牲。叶桑經反 圭璧既卒，寧莫我聽。吐丁反。○賦也。雲漢，天河也。昭，光。回，轉也。言其光隨天而轉也。薦，荐通，重也。臻，至也。靡神不舉，所謂國有凶荒則索鬼神而祭之也。圭璧，禮神之玉也。卒，盡也。寧猶何也。○舊說以爲宣王承厲王之烈，内有撥亂之志，遇災而懼，側身脩行，欲銷去之。天下喜於王化復行，百姓見憂，故仍叔作此詩以美之。言雲漢者，夜晴則天河明，故述王仰訴於天之詞如此也。孔氏曰：倬，明大貌。曹氏曰：雲合散不常，漢常隨天轉。漢在天似雲非雲，故曰雲漢也。曹氏：漢者，金之散氣，其本曰水。張衡曰：水精爲漢。天將雨，其光先見於漢，故閔雨則望雲漢而占之也。大漢起于東方經尾箕之間是爲漢津委蛇向西南行至七星南而没此其回旋之度也宣王卬內於雲漢之間而見其倬然昭回于上則其非雨之候可知矣　疊山謝氏曰桑柔以稼穡卒痒爲天降喪亂雲漢以饑饉薦臻爲天降喪亂王以民爲天民以食爲天民無食皆可言大降喪亂也古人之重民食如此　孔氏曰天子用特牲諸侯或用太牢少牢曹氏曰祀謂天災有幣無牲此諸侯之禮耳若祭法所謂禳祈於坎壇雩禜祭水旱皆用少牢則天子有牲矣　孔氏曰大宗伯以蒼璧禮天黄琮禮地青圭禮東方赤璋禮南方白琥禮西方玄璜禮北方典瑞云四圭有邸以祀天兩圭有邸以祀地裸圭有瓚以祀先王圭璧以祀日月星辰璋邸射以祀山川皆祭神所用言圭璧爲其總稱

○旱既大音泰甚蘊隆蟲蟲不殄禋祀自郊徂宮上下奠瘞靡神不宗后稷不克上帝不臨叶力中反耗斁丁故反下土寧丁我躬

賦也蘊蓄隆盛也蟲蟲熱氣也殄絕也郊祀天地也宮宗廟也上祭天下祭地奠其禮瘞其物宗尊也克勝也言后稷欲救此旱災而不能勝也臨享也稷以親言帝以尊言也斁敗丁當也何以當我之身而有是災也或曰與其耗斁下土寧使災害當我身也亦通　曹氏曰蘊者陽氣之鬱積也隆者陽氣之驕亢也蟲蟲者鬱積驕亢之氣熏炙而病人者也濮氏曰蟲蟲與爞爞同旱熱熏人祭畢

凡幣帛圭璧之屬燎而瘞之孔氏曰奠謂置之於地瘞謂埋之於地王氏曰自郊徂宮上下奠瘞則天神地示人鬼內外上下無不禋祀矣曹氏曰宮之神莫尊於后稷因言臨我而其力不足以勝旱災郊之神莫尊於上帝其力能勝旱災而不肯臨我劉氏曰前曰靡神不舉則秩而祭之後曰靡神不宗則尊而事之 ○旱既大甚則不可推吐雷反兢兢業業如霆如雷周餘黎民靡有孑遺叶夷回反昊天上帝則不我遺下同胡不相畏先祖于摧在雷反○賦也推去也兢兢恐也業業危也如霆如雷言畏之甚也孑無右臂貌遺餘也言大亂之後周之餘民無復有半身之遺者而上天又降旱災使我亦不見遺也摧滅也言先祖之祀將自此而滅也纂疏嚴氏曰不可推如孟子言王無罪歲宋景公不欲移災於股肱之意孔氏曰孑然孤獨之貌李氏曰民無孑遺則上天不我遺乎蓋無民則無君曹氏曰宣王自謂不足以當天意而庶幾以先祖之靈尚存其宗社 ○旱既大甚則不可沮在呂反赫赫炎炎云我無所大命近止靡瞻靡顧叶果五反羣公先正則不我助叶牀所反父母先祖胡寧忍予叶演女反○賦也沮止也赫赫旱氣也炎

炎熱氣也。無所，無所容也。大命近止，死將至也。瞻，仰；顧，望也。羣公先正，月令所謂雩祀百辟卿士之有益於民者，以祈穀實者也。羣公先正但言其不見助，至父母先祖，則以恩望之矣，所謂無溺泣而道之也。【纂疏】孔氏曰：上，長也。先世爲官之長。月令注云：百辟卿士，古之上公以下，勾龍、后稷之類也。○旱既大甚，滌滌（徒歷反）山川（叶相倫反）。旱魃（蒲末反）爲虐，如惔（音談）如焚（叶符勻反）。我心憚暑，憂心如熏。羣公先正，則不我聞（叶微勻反）。昊天上帝，寧俾我遯（叶徒勻反）。○【賦】也。滌滌，言山無木、川無水，如滌而除之也。魃，旱神也。惔，燎之也。憚，勞也，畏也。熏，灼。遯，逃也。言天不肯使我得逃遯而去也。【纂疏】李氏曰：宣王所以祈旱者甚至矣，而莫之荅，故曰苟吾已之不善，不當天心。蘇氏曰：前謂寧丁我躬，今曰寧俾我遯，不敢有其身，又不敢居其位，以見畏天之至也。○旱既大甚，黽勉畏去。胡寧瘨（都田反）我以旱，憯（七感反）不知其故。祈年孔夙，方社不莫（音慕）。昊天上帝，則不我虞（叶元具反）。敬恭明神，宜無悔怒。【賦】也。黽勉畏去，出無所之也。瘨，病。憯，曾也。祈年，孟春祈穀于上帝，孟冬祈來年于天宗，是也。方，祭四方也。社，祭土神也。虞，度。憯，恨也。言天曾不虞度我之心，如我之敬事明神，宜可以無恨怒也。〔纂疏〕曹氏曰：月令祈穀注一云謂以上辛郊祭天也。天宗注云：天宗謂日月星辰也。周官籥章氏：凡國祈年于田祖，歟豳雅，擊土鼓，以樂田畯。注云：田祖，始耕田者，謂神農也，后稷配食焉。大臣去歲之孟冬已祈會歲之豐於其祖，至于上帝、日月星辰、神農、后稷，無不徧及，可謂夙矣。載芟春耤田而祈社稷，𦙍禮天子祭四方，歲徧則方與社亦不宜矣。疊山謝氏曰：古之聖王無一日不為民憂稼穡，纔祈來年于天宗與農始耕，先祈穀于上帝，春祈社稷，已願百穀之堅實，秋報社稷，又願嗣歲之豐登，所謂祈年孔夙，方社不莫也。〇旱既大

甚，散無友紀。鞫居六反哉庶正，疚哉冢宰。叶奬里反趣七口反馬師氏，膳夫左右。叶羽已反靡人不周，無不能止。瞻卬音仰昊天，云如何里。

〔國〕也。友紀，猶言綱紀也。或曰：友疑作有。鞫，窮也。庶正，衆官之長也。疚，病也。冢宰，又衆長之長也。趣馬，掌馬之官。師氏，掌以兵守王門者。膳夫，掌食之官也。歲凶年穀不登，則趣馬不秣，師氏弛其兵，馳道不除，祭事不縣，膳夫徹膳，左右布而不脩，大夫不食粱，士飲酒不樂。周，救也。無不能止，言諸臣無有一人不周救百姓者，無有自言不能而遂止不為也。里，憂也。與漢書無俚之俚同，聊賴之意也。〔纂疏〕曹氏曰：大宰以九兩繫邦國之民，八曰友，以任得民。注：友謂同

井相合耦耕作者孟子曰鄉田同井出入相友今歲凶不救兄
弟妻子且將离散尚何朋友之綢繆哉民散則莫解之勢成矣
○一說里居也宣王遭旱始欲以身當之而不得申欲以身進
之而不能故其終仰而訴之於天曰將使我如何其居哉蘇氏曰
田里也旱則田里無聊也嚴氏○瞻卬昊天有嘒呼惠反其星大夫君子
昭假音格無贏音盈大命近止無棄爾成何求為我于偽反
以戾庶正叶諸盈反瞻卬昊天曷惠其寧賦也嘒明貌昭明假至也○久旱而
仰天以望雨則有嘒然之明星未有雨徵也然羣臣竭其精誠
而助王以昭假于天者已無餘矣雖今死亡將近然不可以棄
其前功當益求所以昭假者而修之固非求為我之一身而已
乃所以定眾正也於是語終又仰天而訴之曰果何時而惠我
以安寧乎張子曰不敢斥言雨
者畏懼之甚且不敢必云爾
纂疏呂氏曰贏餘也所以事神者無餘矣王氏曰掄曰倬
彼雲漢則夜也今曰有嘒其星則
將晨也以見宣王憂災之甚通夕不寐

雲漢八章章十句

崧息中反高維嶽駿音峻極于天叶鐵因反維嶽降神生甫及

申維申及甫維周之翰叶胡干反四國于蕃叶分邅反四方于

宣【傳】崧山大而高曰崧嶽山之尊者東岱南霍西華北恒是也駿大也甫甫侯也即穆王時作呂刑者或曰山是宣王時人而作呂刑者之子孫也申申伯也皆姜姓之國也翰幹也蕃蔽也

○宣王之舅申伯出封于謝而尹吉甫作詩以送之言嶽山高大而降其神靈和氣以生甫侯申伯實能爲周之楨榦蔽而宣其德澤於天下也蓋申伯之先神農之後爲唐虞四嶽總領方嶽諸侯而奉嶽神之祭能修其職嶽神享之故

【纂疏】黄氏曰此詩推本申伯之所以生以爲嶽降神而爲之也維嶽降神乃詩人形容之辭以見上天因周之意不必泥其有無也○一說釋生甫范氏曰申甫皆仲山甫申伯也說者泥四嶽之說以爲神祐其子孫在周則齊許申甫遂以甫爲穆王之甫侯申爲宣王之申伯夫遠取穆王之臣以配申伯已不可信而謂神尊祐掌祀者之子孫抑又近誣其失蓋自以嶽爲四嶽耳且方美申伯而并言四嶽誠爲迂闊周禮職方雍州其山鎮曰嶽山吳嶽也鎬京在雍州之境吉甫占風土而爲詩謂高且大西周之嶽山故能降神而生賢詩人吟詠或兼言姓名子車奄息是也或止言字仲氏任只是也或言國而不言名維暴之云是也或言名而不及姓虎拜稽首是也於申伯言國山甫言字皆有義例安用遠取甫侯哉一詩作於一時崧高以申甫爲嶽之降神烝民以山甫爲天所生其義既同而維申及甫維周之翰其

事亦同彼掌四嶽之齊許申甫何與宣王之中興哉又曰二人一在外以爲方伯一在内以爲輔相同功一躰之人非仲山甫在内申伯亦不能成功也嚴氏亦曰鄭氏注禮記以甫爲山甫而箋詩乃以甫爲甫侯自爲異義且申伯光輔中興而遠取周道始衰之甫侯以匹之非所以褒揚申伯也

○亹亹申伯。王纘之事。(叶祖管反)于邑于謝。南國是式。(叶失吏反)王命召伯。定申伯之宅。(叶達各反)登是南邦。(叶卜工反)世執其功。

賦也。亹亹，強勉之貌。纘，繼也。使之繼其先世之事也。邑，国都之處也。謝在今鄧州南陽縣，周之南土也。式，使諸侯以爲法也。召伯，召穆公虎也。登，成也。世執其功，言使申伯後世常守其功也。或曰大封之禮，召公之世職也。嚴氏曰：次章述封謝也。孔氏曰：杜預云申在南陽宛縣。曹氏曰：後漢地理志南陽宛縣有申伯国，棘陽縣東北百里有謝城，其地蓋相近。申伯先封于申，厲王之亂，周或弗綱，宣王使經封于謝也。李氏曰：史記申侯爵，以其爲方伯，故謂申伯。鄭氏曰：南国是式，南方之国皆其統理。孔氏曰：王肅云召公司空，主繕治營築城郭，召伯所主其事也。

○王命申伯。式是南邦。(叶卜工反)因是謝人。以作爾庸。王命召伯。徹申伯土田。(叶地因反)王命傅御。遷其私

人
【傳】也庸城也言因謝邑之人而爲國也【鄭氏曰】庸功也爲國
以起其功也徹定其經界也正其賦稅也傳御申伯家臣之長
也私人家人也遷使就國也漢明帝送侯印與東平　嚴氏曰
王蒼諸子而以手詔賜其國中傅蓋古制如此【纂疏】申上章
營謝之事也李氏曰徹治之法也錢氏曰周宣王後徹法漸壞
故彼召伯正之【劉氏曰】由周以來功臣賜田地者多矣未
聞天子命元勳重德重其事者定申伯宅徹申伯土田皆曰王
命召伯召伯亦不以元勳重德自爲受王命不俾申伯必有非
常之功爲天下所敬仰者悟于經史皆不載也又曰遷其私人
特細故耳亦以王命遣之部治其事之臣任之漢以後待功臣無
此恩
矣
○申伯之功召伯是營有俶尺叔反其城寢廟既
成既成藐藐王錫申伯[illegible]通名反四牡蹻蹻渠略反鉤膺濯
濯【傳】也俶始作也藐藐深貌
蹻蹻壯貌鉤膺樊纓濯濯光明貌【附錄】問嵩高烝民二詩皆是遣大
臣出爲諸侯築城曰此也不
時得封諸侯國尋人事者未必出詩當初【纂疏】嚴氏曰四章述召
召伯帶領許多車徒人馬去也自營撥伯既營謝及王錫
申伯也曹氏曰申伯之功宜以建國召伯營之得其時制故并
美之毛氏曰鉤膺樊纓曹氏曰鉤者馬婁頷之鉤纓者馬當胸
纓之飾削革爲之飾以采罽所謂馬鞅也孔氏曰按巾車金路
鉤樊纓九就同姓以封申伯異姓而得此賜者以其命爲侯伯

故得申如上公曹氏曰以親同姓之禮賜王之舅也○王遣申伯路車乘（繩證反）馬（叶滿補反）我圖爾居莫如南土錫爾介圭以作爾寶（叶音補）往近（鄭音記按說文从辺从丌今从斤訛）王舅南土是保（叶音補）○賦也介圭諸侯之封圭也近辭也

纂疏 嚴氏曰五章末遣之也孔氏曰路車大路之車毛氏曰乘馬四馬孔氏曰毛以爲桓圭九寸鄭以爲圭長尺二寸謂之介又曰非諸侯之圭故以爲寶諸侯之瑞圭自九寸而下王氏曰介圭非諸侯所宜有也寶玉非所以分異姓也錫尔介圭以作尔寶則加錫焉非常禮也曹氏曰王所以加賜之者亦以元舅故親之如同姓也呂氏曰介圭在周官雖天子所服韓奕云以其介圭入覲于王則當是諸侯之瑞圭蓋介之爲言大也詩人特美大其圭而稱之非周官之介圭也毛氏曰申伯宣王之舅孔氏曰下云王之元舅知姜氏生宣王○申伯信邁王餞（淺賤反）于郿（芒悲反）申伯還南謝于誠歸王命召伯徹申伯土疆以峙（直里反）其粻（音張）式遄（市專反）其行（叶户郎反）○賦也郿在今鳳翔府郿縣在鎬京之西岐周之東而申在鎬京之東南時王在岐周故餞于郿也言信邁誠歸以見王之數留疑於行之不果故也峙積粻糧遄速也召伯

之營謝也則已歛其稅賦積其餱糧使廬市有止宿之委積故能使申伯無留行也【纂疏】嚴氏曰六章述申伯往謝也郿即董卓所築郿塢曹氏曰祭統曰明君爵有德而祿有功必錫爵祿於太廟示不敢專也按漢地理志郿右扶風之縣地近岐周先王之廟在岐申伯之受封則冊命於先王之廟故王在岐而餞設于郿也江漢言召虎之封亦曰于周受命於此可見矣呂氏曰是詩載封申伯如遷其私人以峙其粻莫不曲盡宣王之待元舅其恩意周浹綜理微密蓋如此也

○申伯番番音波叶分邅反既入于謝徒御嘽嘽吐丹反周邦咸喜戎有良翰叶胡千反不顯申伯王之元舅文武是憲叶虚言反

○【賦】也番番武勇貌嘽嘽衆盛也戎女也申伯既入于謝周人皆以為喜而相謂曰汝今有良翰矣元長憲法也言文武之士皆以申伯為法也或曰申伯能以文王武王為法也【纂疏】嚴氏曰七章述申伯至謝此方決行而豫道其事也毛氏曰徒御徒行者御車者李氏曰申伯為四國之蕃故其所至之國莫不喜其有良翰也蘇氏曰文武是憲言其文武皆足法也愚按文武是憲并此說有二義姑備之　○愚謂不顯申伯亦只言其不自矜耀得韜晦之意所以能為王之元舅而能以文武為法也

○申伯之德柔惠且直揉汝又反此萬邦聞音問于

懿德
〻所賦於人焉
人〻衆其天者

四國（叶于逼反）吉甫作誦其詩孔碩其風肆好以贈申伯

賦也揉治也吉甫尹吉甫周之卿士誦工師所誦之詞也碩大風聲肆遂也【纂疏】疊山謝氏曰人臣之事君柔而順者多流於邪曰柔惠且直異乎小人之佞柔矣又曰此雅也正言其事形容宣王眷遇申伯之意有風人之體故曰風王氏曰雅而謂之風則以辭不迫切而能感動人之善心故謂之風

崧高八章章八句

【纂疏】嚴氏曰此詩多申複之辭既曰王命召伯定申伯之宅又曰申伯之功召伯是營既曰南國是式又曰式是南邦既曰于邑于謝又曰因是謝人以作尔庸既曰王命召伯徹申伯土田又曰王命召伯徹申伯土疆既曰謝于誠歸又曰既入于謝既曰登是南邦世執其功又曰南土是保既曰四牡蹻蹻鉤膺濯濯又曰路車乘馬此詩每事申言之寓丁寧鄭重之意自是一體難以一一穿鑿分別也○愚按崧高與小雅黍苗相表裏黍苗不過征夫述召伯營謝之功崧高則尹吉甫送申伯雖美申伯多述王命故雅有大小不同也

天生烝民有物有則民之秉彝（音夷）好（呼報反）是懿德天

監有周，昭假音格于下。叶後五反保兹天子，生仲山甫。賦也。烝，衆；則，法；秉，執；彝，常；懿，美；監，視；昭，明；假，至；保，祐也。仲山甫，樊侯之字也。○宣王命樊侯仲山甫築城于齊，而尹吉甫作詩以送之。言天生衆民，有是物必有是則，蓋自百骸九竅五藏而達之君臣父子夫婦長幼朋友，無非物也，而莫不有法焉。如視之明、聽之聰、貌之恭、言之順，君臣有義、父子有親之類是也。是乃民所執之常性，故其情無不好此美德者。而況天之監視有周，能以昭明之德感格于下，故保祐之而為之生此賢佐曰仲山甫焉。則所以鍾其秀氣而全其美德者，又非特如凡民而已也。昔孔子讀詩至此而贊之曰：為此詩者，其知道乎！故有物必有則，民之秉彝也，故好是懿德。而孟子引之以證性善之說，其旨深矣。讀者其致思焉。

附錄 看烝民詩、左傳、國語，周人說底話多有好處，也是文武周公立學校教養得許多人，所以傳得這些言語。如烝民詩，大故細膩。夔孫

纂疏 孔氏曰：僖二十五年左傳說晉文公納定襄王，王賜之樊邑，則樊在東都之畿內。杜預云：經傳不見畿內之國稱諸侯者，天子不以此爵賜畿內也。如預言，畿內本無侯爵，則樊侯不知何按據。嚴氏曰：民皆秉此常性，故皆好此懿德。於均稟同賦之中，而有賢者獨鍾氣之粹焉，是有關於國家盛衰之數，而非偶然也。

○仲山甫之德，柔嘉維則。令儀令色，小心翼翼。古訓是式，威

儀是力天子是若明命使賦叶韻若賦未詳○賦也嘉美令善也儀威儀也色顏色也翼翼恭敬貌古訓先王之遺典也式法力勉若順賦布也○東萊呂氏曰柔嘉維則不過其則也過其則斯爲弱不得謂之柔嘉矣令儀令色小心翼翼言其表裏柔嘉也古訓是式威儀是力言其學問進修也天子是若明命使賦言其發而措之事業也此章蓋備舉仲山甫之德

附錄 文蔚問柔嘉維則傳中用東萊說先生曰記得他甚主張那柔字文蔚曰他後面二章亦云柔亦不茹剛亦不吐此言仲山甫之德剛柔不偏也而二章首舉仲山甫之德獨以柔嘉維則蔽之蔽高稱申伯終論其德亦曰柔惠且直然則入德之方其可知矣曰如此則乾卦不用得了人之資稟自有柔德勝者自有剛德勝者如宋朝范文正富鄭公輩是以剛德勝如范忠宣范淳夫趙清獻蘇子容輩是以柔德勝只是他柔却柔得好如仲山甫令儀令色小心翼翼執是柔但其中自有骨子不是一向如此柔去便是人看文字要得言外之意若以仲山甫柔嘉維則必要以爲入德之方則不可人之進德須用剛健不息文蔚問仲山甫以冢宰兼太保何以知之曰其言式是百辟則是爲宰相可知其曰保養天子王躬是保則是爲太保可知此正召康公之舊職廣論既明且哲以保其身曰只是上文肅肅王命仲山甫將之邦國若否仲山甫明之便是明哲所謂明哲者只是曉天下事理順理而行自然災害不及其身可以保其祿位今人以邪心讀詩謂明哲

見幾知微先去云占前便宜如揚子雲說明哲煌煌旁燭無疆遜于不虞以保天命便是占便宜底說話所以他一生被這幾句誤然明哲保身亦只是常法若到那舍生取義處又不如此論文蔚

○王命仲山甫式是百辟音璧無韻未詳纘戎祖考王躬是保出納王命王之喉舌賦政于外四方爰發叶方月反

○賦也式法戎汝也王躬是保所謂保其身體者也然則仲山甫蓋以冢宰兼太保而太保抑其世官也與出承而布之也納行而復之也喉舌所以出言也發發而應之也○東萊呂氏曰仲山甫之職外則總領諸侯內則輔養君德入則典司政本出則經營四方此章蓋備舉仲山甫之職曰出納則居中以通上下之情賦政則出外以經營四方之治喉舌冢宰也

纂疏 毛氏

○肅肅王命仲山甫將之邦國若否音鄙仲山甫明之叶謨郎反既明且哲以保其身夙夜匪解佳賣反以事一人

○賦也肅肅嚴也將奉行也若順也順否猶臧否也明謂明於理哲謂察於事保身蓋順理以守身非趨利避害而偷以全軀之謂也解怠也一人天子也

○人亦有言柔則茹忍與反之剛則吐之維仲山甫柔亦不

茹剛亦不吐不侮矜古頑反寡叶果五反不畏彊禦賦也人亦有言世俗之言也茹納也○不茹柔故不侮矜寡不吐剛故不畏彊禦以此觀之則仲山甫之柔嘉非軟美之謂而其保身未嘗枉道以徇人可知矣【纂疏】維仲山甫柔亦不茹剛亦不吐不侮矜寡不畏強禦此寬之強仁者之勇仲山甫柔嘉維則者也謝氏○人亦有言德輶羊久反如毛民鮮息淺反克舉之我儀圖叶丁五反之維仲山甫舉之愛莫助叶牀五反之袞職有闕維仲山甫補之賦也輶輕儀度圖謀也袞職王職也天子龍袞不敢斥言王闕故曰袞職有闕也○言人皆言德甚輕而易舉然人莫能舉也我於是謀度其能舉之者則惟仲山甫而已是以心誠愛之而恨其不能有以助之蓋愛之者秉彝好德之性也而不能助者能舉與否在彼而已固無待於人之助而亦非人之所能助也至於王職有闕失亦惟仲山甫獨能補之蓋惟大人爲能格君心之非未有不能自舉其德而能補君之闕者也【纂疏】劉濟曰駟驖曰輶車皆可取其馳逐之輕故輶有輕之義黃氏曰助者生於有所不足今仲山甫能舉衆人不能舉之德則無所不足何助之有故雖愛之而莫能助之也嚴氏曰此章推尊其德足以格君也○仲山甫出祖四牡業業征夫

捷捷在接反每懷靡及叶極業反四牡彭彭叶鋪郎反八鸞鏘鏘叶七羊反王命仲山甫城彼東方【賦】也祖行祭也業業健貌捷捷疾貌東方齊也【傳】曰古者諸侯之居逼隘則王者遷其邑而定其居蓋去薄姑而遷於臨菑也【孔氏】曰史記齊獻公元年徙薄姑都治臨菑計獻公當夷王之時與此傳不合豈徙於夷王之時至宣王而始備其城郭之守歟【纂疏】曹氏曰顏師古注漢書曰祖者送行之祭因饗飲焉昔黃帝之子纍祖好遠遊而死於道故後人祭以爲行神其祭設軷於門外是出門而後祖祭故此云仲山甫出祖也東方春秋傳齊表東海濮鄭氏曰彭彭行貌鏘鏘鳴声

四牡騤騤求龜反八鸞喈喈音皆叶居奚反仲山甫徂齊式遄其歸吉甫作誦穆如清風叶孚愔反仲山甫永懷以慰其心【賦】也式遄其歸不欲其久於外也穆深長也清風清微之風化養万物者也以其遠行而有所懷思故以此詩慰其心焉【周氏】曰賦政于外雖仲山甫之賢然保王躬補王闕尤其所急城彼東方其心亦懷蓋有所不安者吉甫深知之作誦而告以遄歸所以安其心也【纂疏】王晦叔曰大臣承王命城国邑暫去朝廷其心豈得遽有不安誠以行役之勞土築之勤不若朝廷之間暇故於其將行作詩以慰安之乃同別相愛之情也毛氏

曰騤騤猶彭彭喈喈猶鏘鏘遄疾也

烝民八章章八句

奕奕梁山，維禹甸之，有倬其道（下與考叶），韓侯受命，王親命之，纘戎祖考（上與道叶），無廢朕命，夙夜匪解（音懈，叶訖力反），虔共爾位，朕命不易，榦（古旦反）不庭方，以佐戎辟（音璧）。○賦也。奕奕，大也。梁山，韓之鎮也，今在同州韓城縣。甸，治也。倬，明貌。韓，國名。侯，爵。武王之後也。受命，蓋即位除喪，以士服入見天子而聽命也。纘，繼。戎，汝也。言王錫命之，使繼世而為諸侯也。虔，敬。易，改。榦，正也。不庭方，不來庭之國也。辟，君也。此又戒之以修其職業之詞也。○韓侯初立來朝，始受王命而歸，詩人作此以送之。序亦以為尹吉甫作，今未有據。下篇云召穆公、凡伯者倣此。

（纂疏）曹氏曰：梁山在雍州。漢地理志云：禹貢梁山在馮翊夏陽縣西北，而唐同州馮翊縣有韓城，古韓國，即此梁山也。鄭氏曰：梁山之野，堯時俱遭洪水，禹甸之者，決除其災，使成平田，定貢賦。蘇氏曰：將言韓侯，故先敘其國曰：梁山之下有倬然之道，山韓侯所從朝周以受命者也。黃氏曰：朕命不易，蓋君之於臣，任之不專，信之不篤，則彼亦將苟且以自安矣。○

四

四牡奕奕，孔脩且張。韓侯入覲，以其介圭，入覲于王。王錫韓侯，淑旂綏章，簟茀錯衡。叶户郎反 玄袞赤舄，鉤膺鏤音漏鍚，音羊 鞹苦郭反鞃音弘淺幭，莫歷反 鞗音條革金厄。叶於栗反

○賦也。脩，長。張，大也。介圭，封圭，執之為贄，以合瑞于王也。淑，善也。交龍曰旂。綏章，染鳥羽或旄牛尾為之，注於旂竿之首，為表章者也。鏤，刻金也。馬眉上飾曰鍚，今當盧也。鞹，去毛之革也。鞃，式中也，謂兩軾之間橫木可凴者，以鞹持之使牢固也。淺，虎皮也。幭，覆式也，字一作幦，又作幎，以有毛之皮覆式上也。鞗革，轡首也。金厄，以金為環，纏搤轡首也。

【纂疏】王晦叔曰：此章乃言所錫之多，以見恩寵之厚也。嚴氏曰：四牡形甚脩長而且腹幹肥張。曹氏曰：周官典瑞：五等諸侯各執其圭璧。公執桓圭，侯執信圭，伯執躬圭，子執穀璧，男執蒲璧，以朝覲宗遇會同于王。介圭非五等之瑞，意者韓侯為同姓之國，得以寶玉為分，故贄介圭以入覲也。有鈴曰旂，注旄首曰旌，旂畫蛟龍而垂綏於竿者也。孔氏曰：綏，王制所謂天子殺下大綏者。夏采注云：綏以貢夏翟之羽，有虞氏以為綏，後世或無，染鳥羽而用之，或以旄牛尾為之，綴於幢上，所謂注旄於竿首者。然則綏者即蛟龍旂竿所建，與旂共一竿，為貴賤之表章，故云綏章。鄭氏曰：茀者，車之蔽。簟者，席之名，用席為蔽。孔氏曰：錯衡，錯置文采為車之衡。鄭氏曰：玄

衮以玄爲衣而畫以衮龍赤舄赤色之舄鉤膺樊纓也曹氏曰鉤者馬婁頷之鉤也膺者馬當胷之樊纓也鍚者馬之當盧刻金以爲飾者也鄭氏曰以鏤金加於馬面之鍚釋器云金謂之鏤故知刻金爲飾若今之當盧巾車注亦云鍚馬面當盧刻金爲之所謂鏤鍚當盧者當馬之額盧在眉眼之上所謂鏤鍚指此文也鞹鞃者蓋以去毛之皮施於軾之中央持車使牢固也毛氏曰淺虎皮淺毛也幭禮記作幦周禮作複玉藻言有羔幦鹿幦春官金車言犬複豻複皆以有毛之皮爲幦幦是蓋覆之名覆在軾上也曹氏曰以鞗皮爲轡其有餘而垂者謂之革鄭氏曰此覲乃受命先言受命者顯其美也曹氏曰既覲則王賜圭而復之乃以車馬旂服賜焉

○韓侯出祖出宿于屠顯父音甫餞之清酒百壺其殽維何炰白交反鼈鮮魚其蔌音速維何維筍恤尹反及蒲其贈維何乘繩證反馬路車籩豆有且子余反侯氏燕胥【賦】也既覲而反國必祖者尊其所往去則如始行焉屠地名或曰即杜也顯父周之卿士也蔌菜殽筍竹萌也蒲蒲蒻也且多貌侯氏覲禮諸侯來朝者之稱胥相也或曰語辭【纂疏】王晦叔曰此章言已覲而返北畳山謝氏曰申伯之行王親餞之韓侯之行王使卿士顯父餞之親親尊賢禮亦有等差也又曰申伯之行有路車乘馬韓侯之行

亦贈以路車乘馬易曰康侯用錫馬蕃庶鄭氏曰鮮魚魚膾也孔氏曰醢人加豆之實有深蒲蒲始生水中取其中心入地蒻大如匕柄正白生噉之甘脆○韓侯取七住反妻汾符云反王之甥蹶俱衛反父音甫之子叶獎里反韓侯迎魚敬反止于蹶之里百兩音亮又如字彭彭叶蒲郎反八鸞鏘鏘不顯其光諸娣大計反從之祁祁巨移反如雲韓侯顧之爛其盈門叶眉貧反○賦也此言韓侯既覲而還遂以親迎也汾王厲王也厲王流于彘彘在汾水之上故時人以目王焉猶言莒郊公黎比公也蹶父周之卿士姞姓也諸娣眾妾也諸侯一娶九女二國媵之皆有娣姪也祁祁徐靚也如雲眾多也

孔氏曰彘於漢則河東永安縣也永安西臨汾水戴氏曰爛爛鮮明貌語曰猶晉侯居翼謂之翼侯晉人納諸鄂謂之鄂侯鄭叔段居京謂之京城太叔及出奔共謂之共叔也又楚人謂王不終者為敖葬郟者曰郟敖葬訾者曰訾敖其汾王之類乎說者以莒郊公黎比公為比非也按左氏傳莒展輿無謚於是有黎比公郊公茲丕公著丘公皆以號為稱与汾王以地為稱不類矣鄭氏曰姊妹之子為甥百兩百乘也孔氏曰毋車皆有八鸞之声○愚謂雖不顯其光而自有光輝之可見也○蹶父孔武靡國不到

為于偽反韓姞其一反相息亮反攸莫如韓樂音洛叶力告反孔樂

韓土川澤訏訏況甫反魴鱮甫甫麀鹿噳噳愚甫反有熊

有羆有貓苗茅二音有虎慶既令居叶斤御反於二反韓姞燕譽

叶羊茹芋諸二反。賦也。韓姞，蹶父之子，韓侯妻也。相攸，擇可嫁之所也。訏訏、甫甫，大也。噳噳，衆也。貓，似虎而淺毛。慶，喜。令，善也。喜其有此善居也。燕，安。譽，樂也。[illegible]疊山謝氏曰：此章專言韓姞從夫而樂其家。毛氏曰：姞，蹶父姓。王氏曰：婦人稱姓，今以姓配夫之國，故謂之韓姞。韓姞，韓侯娶妻，何預王政，而詩言及此？蓋汾王失道，諸侯所畀侮，則王甥亦安能相依？惟宣王能任賢使能，然後汾王之甥更為樂國賢君之所願取，而威儀備具，光顯如此，乃所謂邦之榮懷也。○溥彼韓城，

燕因肩反師所完。以先祖受命，因時百蠻。王錫韓侯，其

追其貊母伯反，奄受北國，因以其伯。實墉實壑，實畝實

籍。獻其貔音毗皮，赤豹黃羆。賦也。溥，大也。燕，召公之國也。師，衆也。追、貊，夷狄之國也。墉，城。壑，池。籍，稅也。貔，猛獸名。○韓初封時，召公為司空，王命以其衆為築此城，如召伯營謝、山甫城齊、春秋諸侯城邢城楚丘之類也。

王以韓侯之先因是百蠻而長之故錫之追貊使爲之伯【附錄】以脩其城池治其田畝正其稅法而貢其所有於王也溥彼韓城燕師所完汴多說是燕安之衆即召公所封燕國之師不知當初何故不只教本土人築又須去別處發人來豈不太勞擾古人重勞民如此等事却又不然更不可曉強說便成穿鑿又曰如漢築長安城却是去別處調人來又只是數日便休又曰如今建州南劍上下築城却去建康府發人來這般都曉不得（輯錄）【纂疏】毛氏曰先祖武王子也鄭氏曰韓侯先祖封韓侯居韓城爲侯伯李氏曰因以其伯即上文纘戎祖考也孔氏曰釋獸云貔白狐虎豹之屬陸璣曰似虎或曰似熊赤豹毛亦而文黑羆大於熊有黃熊赤熊貔言皮則豹羆亦獸皮也疊山謝氏曰高城深池可以固圉徹田爲糧可以足食宣王爲邊方慮亦詳矣

韓奕六章章十二句

江漢浮浮武夫滔滔（叶他侯反）匪安匪遊淮夷來求既出我車既設我旟匪安匪舒淮夷來鋪（賦也浮浮水盛貌滔滔順流貌淮夷夷之在淮上者也鋪陳也陳師以伐之也○宣王命召穆公平淮南之夷詩人美之此章總序其事言行者皆莫敢安徐而曰

○詩一作也

吾之來詩惟淮夷是求是伐耳【疏】鄭氏曰車戎車鳥隼曰旟孔氏曰嶓冢導漾東流為漢又東為滄浪之水過三澨至于大別南入于江是到大別之南漢與江合東流也漢地理志大別在盧江安豐縣界則江漢合處在揚州之境也如此則召公伐淮夷當在淮水之南曾傳所伐淮夷應在淮水之北當淮之南北皆有夷也陳氏曰淮夷之地不一徐州在淮北徐州有夷則淮夷之在北者也揚州在淮南揚州有夷則海夷之在南者也江漢常武二篇同為宣王之詩而同言淮夷召虎既平淮夷而告成于王矣常武又曰鋪敦淮濆仍執醜虜故知淮夷之地不一以地理考之曰江漢之滸王命召虎者是淮南之夷也若在淮北則江漢非所出入之路矣曰率彼淮浦省此徐土者是淮北之夷也若在淮南則徐土非聯接之地矣胡氏曰杜預云禹貢漢水至大別南入江在江夏界疏謂大別在盧江安豐縣按漢水入江乃今漢陽軍之大別山山之漢口是也漢口亦曰沔口亦曰夏口即江夏鄂州江夏郡也至安豐一千五百里豈江漢相合古今有不同哉呂氏曰胡氏辨江漢合流既得之矣拒去淮夷絕遠於經文頗不合或者會江漢諸侯之師以伐之歟林賢良曰高宗伐楚蓋裒荊旅武王伐商實用西土至於爭徐以曾平淮夷以江漢名見於經可考也陳氏曰尹吉甫謂召虎所伐之淮夷自江漢之滸而入故遂指江漢以名篇也

○江漢湯湯書羊反武夫洸洸音光經營四方告成于王

四方既平王國庶定叶唐丁反時靡有爭叶甾經反王心載寧

織也洸洸武貌庶幸也
此章言既伐而成功也【纂疏】曹氏曰宣王之初因夷狄交侵於是厲志
開復始則北伐玁狁次則南征蠻荊至
於常武江漢而夷之居淮南北者悉已討定之矣故召伯於是
以經營四方之功告成于王也嚴氏曰江漢不言戰事首章言
王師之持重二章即言告成蓋淮夷望風而服不待戰也又曰
周興西北岐豐去江漢最遠故淮夷最難服從化則後倡亂則
先周人經理淮夷用力最多成王初年淮夷同三監以叛其後
又同奄國以叛伯禽就封又同徐戎以叛至厲王時四夷交侵
宣王一命吉甫北方旋定繼命方叔伐蠻荊其後又命召公平
淮南之夷又命皇甫平淮北之夷蓋南方之役至再至三淮夷
未平則一方倡亂天下皆危故至淮夷平然後四方定此江
漢常武所以爲宣王之終事而繫之於宣王大雅之末也○

江漢之滸音虎王命召虎式辟叶入四方徹我疆土匪疚
匪棘王國來極于疆于理至于南海叶虎委反○賦也
虎召穆公名也辟
與闢同徹井其田也疚病棘急也極中之表也居中而爲四方
所取正也○言江漢既平王又命召公闢四方之侵地而治其
疆界井以病之非以急之也但使其來取正
於王國而已於是遂疆理之盡南海而止也【纂疏】嚴氏曰尚求
涯古人伐叛

討貳之後必去其苛政平其賦斂以慰民心故此章言徹法之
事然武事僅定即行疆理稅賦之法疑於病民且疑於急迫矣
宣王謂我非疚也非棘也蓋什一天下之中正乃我周之定制
欲天下皆於王國來取中焉耳召公於是往而疆之以正其疆
界往而理之以分其土宜推而至於南海之遠淮夷在
南故曰至于南海李氏曰此以見復文武之境土也　○王命
召虎來旬來宣文武受命召公維翰叶胡干反無曰予小
子叶獎里反召公是似叶養里反肇敏戎公用錫爾祉賦也旬徧宣布
也自江漢之滸言之故曰來召公召康公奭也翰幹也予小子
王自稱也肇開戎汝公功也　○言王命召虎來此江漢之滸
徧治其事以布王命而曰昔文武受命惟召公爲楨幹今女無
曰以予小子之故也但自爲嗣女召公之事耳能開敏女功則
我當錫女以祉福　呂氏曰自召康公之後其風烈寂寥無聞矣至穆公始復敏於從事以繼其烈
如下章所云也
○釐力之反爾圭瓚才旱反秬音巨鬯初亮反一卣音酉無韻未詳告
于文人錫山土田叶地因反于周受命叶彌并反下同自召祖命
虎拜稽首天子萬年叶彌因反　○賦也釐賜也卣尊也文人先祖之有文德者謂文王也周岐周

也召祖穆公之祖康公也○此叙王賜召公策命之詞言錫介圭瓚秬鬯指使之以祀其先祖又告于文人而錫之山川土田以廣其封邑蓋古者爵人必於祖廟示不敢專也又使往受命於岐周從其祖康公受命於文王之所以寵異之而召公拜稽首以受王命之策書也人臣受恩無可以報謝者而言使君壽考而已

纂疏 毛氏曰九命錫圭瓚秬鬯孔氏曰賜汝以圭柄之玉瓚釋器云彝卣罍器也卣中尊孫炎云尊彝為上罍為下卣居中郭璞云彝受三斗卣受五斗罍受一斗春官鬯人掌和鬱鬯以實彝而陳之則鬯當在彝而此及尚書左傳皆云秬鬯一卣者當祭之時乃在彝未祭則在卣賜時未祭故卣盛之嚴氏曰此周當指豐也文王之廟在焉鄭以為岐周蹟宇鄭義以為岐周有別廟錢氏以為鎬京今皆不從又嵩高王餞于郿解云祭統云賜爵必於太廟召誥王朝步自周則至于豐注云文王之廟在豐受命諸侯必至豐告廟于周受命亦豐廟也王晦叔曰天子万年此祝頌之辭也疊山謝氏曰錫山川土田必使召虎受賜於岐周周文武封康公之禮以待之此時此意賞非宣王之賞於稟命於乃祖文武也功非召虎之功如受教於乃祖康公也召虎思文武之德思康公之德必能盡心盡力以報宣王之德矣三代令王不責人子以事功推勉臣子以忠孝本於人心天理而感動之也盤庚亦得此意○

虎拜稽首對揚王休叶虛久反作召公考叶虛久反天子萬壽叶殖酉反

音升
作尊敦者之居也

明明天子叶獎里反令聞音問不已矣其文德洽此四國叶越逼反○賦也對答揚稱休美考成矢陳也○言穆公既受賜遂答稱天子之美命作康公之廟器而勒王策命之詞以考其成且祝天子以萬壽也古器物銘云郿拜稽首敢對揚天子休命用作朕皇考龔伯尊敦郿其眉壽萬年無疆語正相類但彼自祝其壽而此祝君壽耳既又美其君之令聞而進之以不已勸其君以文德而不欲其極意於武功古人愛君之心於此可見矣○愚謂考如三載考績之考虎於此乎有成績之可考矣必曰作召公考者蓋不自有其功歸美於乃祖康公之意耳

江漢六章章八句

赫赫明明王命卿士叶音所南仲大音泰下同祖大師皇父音甫整我六師以脩我戎叶音汝既敬既戒叶訖力反惠此南國叶越逼反○賦也卿士即皇父之官也南仲見出車篇大祖始祖也大師皇父之兼官也我為宣王之自我也戎兵器也○宣王自將以伐淮北之夷而命卿士之謂南仲為大祖兼太師而字皇父者整治其從行之六軍脩其戎事以除淮夷之亂而惠此南方之國詩人作此以美之必言南仲大祖者稱其世功以美大之也嚴氏曰赫赫威嚴也明明光顯也鄭

氏曰南仲文王時武臣也王氏曰所命之卿士言其世則以南仲為太祖言其官則太師言其字則皇父也蘇氏曰皇父以卿士而兼太師孔氏曰十月之交皇父與此皇父得為一人或皇氏父字傳世称之亦未可知也李氏曰十月之交所称皇父疑是此詩皇父之後也陳氏曰自冢宰而下謂之六卿太師而下謂之三公既曰王命卿士又曰太師皇父古者三公官不常有或以卿士之長者上行其事春秋之時所謂宰周公是也周家不特設三公皆兼職而已如周公以冢宰兼太師也董氏曰師嚴器備當恭敬以臨之戒懼以勵之伐其暴亂所以惠之也疊山謝氏曰宣王中興命將多取之世臣何也文事武備素講於家庭父孫相持習在其念慮一日用之必老成持重不以輕易誤國事矣○愚謂既敬則不敢輕肆既戒則不敢妄殺此其所以為士者之師嚴重詳審而為南國之惠也

○王謂尹氏命程伯休父左右陳行戶郎反戒我師旅率彼淮浦省此徐土不留不處三事就緒象呂反○賦也尹氏吉甫也蓋為內史掌策命卿大夫也程伯休父周大夫三事未詳或曰三農之事也○言王詔尹氏策命程伯休父為司馬使之左右陳其行列循淮浦而省徐州之土蓋伐淮北徐州之夷也上章既命皇父而此章又命程伯休父者蓋王親命太師以三公治其軍事而使內史命司馬以六卿副之耳孔氏曰吉甫卿

土而掌命官者蓋爲御而兼内史又曰楚語云重黎氏世叙天
地其在周程伯休父其後也當宣王時失其官守而爲司馬氏
則是宣王始命程伯休父而爲司馬也韋昭云程国伯爵休父
名也按甫凝是字而昭以爲名也濮氏曰程畿内邑在豐毛氏
曰浦涯也曹氏曰按禹貢海岱及淮爲徐州徐州東至海北至
岱南及淮其地廣人衆矣若淮夷則東夷之種散処於淮浦者
耳費誓云徂兹淮夷徐戎並興孔安国謂此戎夷帝王所羈縻
統叙故錯居九州之内今此詩所叙先伐淮夷次征徐国蓋先
其小而易者後其大而難者用兵之法當然也嚴氏曰徐戎淮
夷自伯禽受封之初同惡相濟其來有素今又相挻而起爲禍
不淺故王親征之也孔氏曰上命元帥此命司馬鄭氏曰軍礼
司馬掌其誓戒蘇氏曰故使之左右陳其行列而戒令之曰往
循淮之上而視徐土無久留処其地以憂苦其民孔氏曰太宰
九職一曰三農生九穀注云三農原隰及平地也鄭氏曰緒業
也錢氏曰緒事端也
就其緒不中斁也
○赫赫業業叶宜却反有嚴天子王舒
保作匪紹匪遊徐方繹騷叶蘇侯反震驚徐方如雷如霆
徐方震驚賦也赫赫顯也業業大也嚴威也天子自將其威可畏也王舒保作未詳其義或曰舒徐保安作行
也言王師舒徐而安行也紹糾緊也遊遨遊也繹連絡也騷擾
動也○夷厲以來周室衰弱至是而天子自將以征不庭其師

始出不疾不遲而徐方之人皆已震動如雷霆作於其上不遑安矣【纂疏】曹氏曰雖以天子之威重如此亦必使徐詳諦而後動王氏曰此章但言徐方則知宣王之兵及淮而未及徐方而徐方已震驚也以此見先聲也次章則言征淮方章則言征徐末章則言徐方之服其次序皆可考也曹氏曰雷能震物而霆則雷迅擊者也陳氏曰徐大而淮夷小淮夷則徐州之夷而服屬於徐曰徐方者兼淮而言之曰徐國者特言徐戎也

〇王奮厥武如震如怒叶暖五反進厥虎臣闞呼檻反如虓火交反虎鋪普吳反敦淮濆符云反仍執醜虜截彼淮浦王師之所【賦】也進鼓而進之也闞奮怒之貌虓虎之自怒也鋪布也布其師旅也敦厚也厚集其陳也仍就也老子曰攘臂而仍之截截然不可犯之也【纂疏】嚴氏曰闞聲也孔氏曰醜衆也虜若囚繫之名爲人虜獲是服也

〇王旅嘽嘽吐丹反如飛如翰如江如漢如山之苞叶補鈎反如川之流綿綿翼翼不測不克濯征徐國叶越逼反

〇【賦】也嘽嘽衆盛貌翰羽苞本也如飛如翰疾也如江如漢衆也如山不可動也如川不可禦也綿綿不絕也翼翼不可亂也不測不可知也不克不可勝也濯大也【纂疏】孔氏曰王旅王之師旅鳥飛巳

疾翰又疾於飛若鷹鸇之類摯擊衆鳥者也江漢其廣長似之也兵法有動有靜靜則不可驚動故以山喻動則不可禦故以川喻嚴氏曰五章述移師征徐也上既克淮浦此又進而伐徐○王猶允塞徐方既來叶六直反徐方既同天子之功四方既平徐方來庭徐方不回王曰還歸叶古回反○賦也猶道允信塞實庭朝回違也還歸班師而歸也○前篇召公帥師以出歸告成功故備載其褒賞之詞此篇王實親行故於卒章反復其辭以歸功於天子言王道甚大而遠方懷之非獨兵威然也序所謂因以爲戒者是也【纂疏】鄭氏曰既來已來告服孔氏曰既同與他國同服於王鄭氏曰來庭來王庭也回猶違也曹氏曰宣王待夷狄以誠實之道不用詐謀詐譎徐方於是服而來歸來未必同也至於上下內外咸服而無二心然後謂之同徐方來同則由宣王推赤心置其腹中故也故以徐方既同爲天子之功宣王北伐玁狁西征羌戎南威蠻荆獨徐方未服今徐方來朝於王庭則四方既平矣於是王命凱旋而行飲至策勳之禮焉

常武六章章八句【纂疏】濮氏曰詩中無常武字乃因講師續說而命名此所創見也

瞻卬昊天則不我惠孔塡音塵說文云古塵字不寧降此大厲邦
靡有定士民其瘵側界反又側例反蟊音牟賊音賊蟊疾靡有夷屆音戒叶居氣反
罪罟不收靡有夷瘳敕留反○【傳】塡久厲惡瘵病也蟊賊害苗之蟲也疾害居
夷平屆極罟網也○此刺幽王變壞如任奄人以致亂之詩首言昊天不惠而降亂無所歸咎之辭也
【蘇氏】曰國有所定則民受其福無所定則民受其病於是有小人
爲之蟊賊刑罪爲之罔罟 纂疏 孔氏曰蟊疾○愚謂塡如桑柔
凡此皆民之所以病也 害禾稼之狀○君兄塡兮之塡
皆塡滿積中之義厲亂也亦病也幽王之亂如天降此厲氣以
爲民病也民之病瘵者其形憔悴苗之病虫者其穡枯槁皆有
物以蟲之於內也○人有土田女音汝反有酉由一音之人有民人女
覆奪徒活反之此宜無罪女反收殖酉殖由二反之彼宜有罪
女覆說音脫之【傳】收拘說赦也反覆 纂疏 鄭氏曰人有土田女反有之人有民人女覆奪之此言王削黜
諸侯及卿大夫無罪者曁亂之謝氏曰宜無罪者反拘之○哲夫
宜有罪者反赦之亂也皆君刑罰不中皆此類也
成城哲婦傾城懿厥哲婦爲梟古堯反爲鴟處之反婦有

長舌維厲之階（叶居奚反）亂匪降自天（叶鐵因反）生自婦人匪
教匪誨（叶呼位反）時維婦寺 賦也哲知也城猶國也哲婦蓋指褒姒也傾覆懿美也梟鴟惡聲之
鳥也長舌能多言者也階梯也寺奄人也○言男子正位乎外為國家之主故有知則能立國婦人以無非無儀為善無所事
哲哲則適以覆國而已故此懿美之哲婦而反為梟鴟蓋以其多言而能為禍亂之梯也若是則亂豈真自天降如首章之說
哉特由此婦人而已蓋其言雖多而非有教誨之益者是惟婦人與奄人耳豈可近哉上文但言婦人之禍末句兼以奄人為
言蓋二者常相倚而為奸不可不并以為戒也歐陽公常言宦者之禍甚於女寵其言尤為深切有國家者可不戒哉 纂
疏 李氏曰谷永舉懿厥哲婦顏師古注云幽王以哲婦為美陸氏曰說文云梟不孝鳥也梟食母破獍食父濮氏曰以日至
捕梟而磔之俗呼為土梟梟又非豳風之鴟陸氏曰鴟者怪鴟也鵋鶀也鵂鶹也即墓門有鴞萃止也王氏曰幽王如上所刺則其荒昏
故也其荒昏則婦言是用故也 ○鞫人忮（之豉反）忒譖（子念反）始竟背（音佩叶必
墨反）豈曰不極伊胡為慝如賈（音古）三倍君子是識婦無
公事休其蠶織 賦也鞫窮忮害忒變也譖不信也竟終背反極已慝惡也賈居貨者也三倍獲利之多也

公事朝廷之事蠶織婦人之業○言婦寺能以其知辨窮人之言其心技害而變詐無常既以譖妄唱始於前而終或不驗於後則亦不復自謂其言之放恣無所極已而反曰是何足為慝乎夫商賈之利非君子之所宜識如朝廷之事非婦人之所宜與也今賈三倍而君子識其所以然婦人無朝廷之事而舍其蠶織以圖之則豈不為慝哉【纂疏】嚴氏曰婦寺之輩以技害變詐而窮屈人不可究詰始則譖毀之終則弃背之其為惡豈曰不極至乎何敢為惡而不已也○愚謂此章極言婦寺譖毀君子而弃背之以空人之國也鞫如鞫獄之鞫推勘窮究之意婦寺之所以鞫人者其心技害變忒譖誘之而已今王乃因其譖誘之於始而竟反背之於後可謂極矣而反曰何足為慝譬如君子當求仁義賈利三倍不當君子是識婦人當事蠶織朝廷公事不當婦人是預今也不推不使預於公事又且聽其譖毀竟背君子則舉朝皆無人矣安得而不亂乎一褒姒在君側猶有君子焉尚可以匡救扶持如狄梁公張柬之輩左右武氏亦足以一二十年而不亂今則推婦言是聽而君子是背矣欲不速亡得乎故下兩章皆以人之云亡繼之可見矣背猶反道背德之背謝氏曰君子當皇皇求仁義不當識市賈之事婦人當汲汲務蠶織不當與公朝之事今也婦人廢其蠶桑機織之事而干與公朝之事如君子忘其仁義之道不但識市賈三倍之利皆反常背理之人也○天何以刺叶音砌何神不富叶方未反舍

音捨爾介狄，維予胥忌。不弔不祥，威儀不類。人之云亡，邦國殄瘁。【附錄】也刺責介大胥相弔閔也○言天何用責王神何用不富王哉凡以王信用婦人之故也是必將有夷狄之大患今王乃舍之不忌而反以我之正言不諱爲忌何哉夫天之降不祥庶幾王懼而自脩今王遇災而不恤又不謹其威儀又無善人以輔之則國之殄瘁宜矣或曰介狄卽指婦寺猶所謂女戎者也【纂疏】疊山謝氏曰君有君之威儀臣有臣之威儀今幽王自亂于威儀不類乎人君之威儀矣又曰國有賢人如一身之有元氣元氣竭則身必喪賢人亡則國必危殄如藏絕瘁如病危

○天之降罔，維其優矣。人之云亡，心之憂矣。天之降罔，維其幾矣。人之云亡，心之悲矣。【附錄】也罔罟優多幾近也蓋承上章之意而重言之以警王也【纂疏】蘇氏曰天降禍以執有罪如罔之執禽獸也優多於前也呂氏曰前章弔不弔不祥威儀不類故此譬之曰維其優矣維其幾矣前章曰人之云亡邦國殄瘁故此傷之曰心之憂矣心之悲矣嚴氏曰六章七章憂亂也

○觱音必沸音弗檻胡覽反泉，維其深矣。心之憂矣，寧自今矣。不自我先，不自我後。叶下五反藐藐昊天，無

不克鞏叶音古無忝皇祖式救爾後同上○賦也觱沸泉涌貌檻泉泉正出者藐藐高遠貌鞏固也○言泉之瀕涌上出其源深矣我心之憂亦非適今日然也然而禍亂之極適當此時蓋已無可為者惟天高遠雖若無物然其功用神明不測雖危亂之極亦無不能鞏固之者苟能改過自新而不忝其祖則天意可回來者猶必可救而子孫亦蒙其福矣纂疏吕氏曰幽王之國勢自人觀之則不可扶持天則無不能鞏固也雖然所謂天者亦豈可外求哉

瞻卬七章三章章十句四章章八句

昊天疾威天篤降喪息浪反叶桑郎反瘨都田反我饑饉民卒流亡我居圉魚呂反卒荒賦也篤厚瘨病卒盡也居國中也圉邊陲也○此刺幽王任用小人以致饑饉侵削之詩也纂疏鄭氏曰疾猶急也喪亂也民卒流亡民盡流移荒虛也國中至于邊境盡空虛疊山謝氏曰天之降威何如是其急天之降亂何如是其厚嫉怨之極也○天降罪罟蟊賊內訌戶工反昏椓丁角反靡共音恭潰潰回遹實靖夷我邦叶卜功反○賦也訌

七七三

潰也。昏椓，昏亂椓喪之人也。共與恭同。一說與供同，謂其共其職也。潰潰，亂也。回遹，邪僻也。靖，治。夷，平也。○言此蟊賊昏椓者，皆潰亂邪僻之人，而王乃使之治平我邦，所以致亂也。呂氏曰：天降罪罟，所謂天之降罔也。孔氏曰：天宦閽人司晨昏以啓閉者。鄭氏曰：𢿱毀其陰者也。蘇氏曰：小人為蟊賊以潰其內。王氏曰：靖與俾與靖之同意，夷與亂生不夷同意。○愚謂犬戎之害在外，小人之害在內。幽王之亂，其國乃任內之小人耳。彼詩人形容之曰：蟊賊內訌，蓋蟊賊之害稼，亦在內而不在外也。指昏椓以為言，并閹宦在其中矣。或曰：夷，傷也。小人實靖傷我之邦也。○

皐皐訿訿音紫，曾不知其玷丁險反。兢兢業業，孔填已見上篇。不寧我位孔貶。

賦也。皐皐，頑慢之意。訿訿，務為謗毀也。玷，缺也。填，久也。○言小人在位，所為如此，而王不知其缺，至於戒敬恐懼甚久而不寧者，其位乃更見貶黜，其顛而錯亂之甚如此。鄭氏曰：兢兢，戒；業業，危也。嚴氏曰：兢兢業業，危動恐懼之貌。○愚謂皐如曾皐之皐，亦縵縵之意；填亦填滿積中之義。言君子兢兢業業，填滿於中而不安寧者，反貶黜其位也。○

如彼歲旱，草不潰傳注潰作遂茂。如彼棲音西苴七如反，我相息亮反此邦，無不潰止。

叶韻未詳。○賦也。潰，遂也。棲苴，水中浮草棲於木上者也。言枯槁無潤澤也。相，視。潰，亂也。

【纂疏】曹氏曰：潰訓散，訓乱。草散乱則茂盛，故歲旱无雨澤，則草不潰茂。王氏曰：民潰，析離散无復生理，如彼棲草也。孔氏曰：我視此邦，无有不乱。嚴氏曰：今考《邶·谷風》「有洸有潰」，二怒也；《小旻》「是用不潰于成」，《召旻》「草不潰茂」，潰，遂也。潰二回適，无不潰止。潰，乱也。項氏一云：水之潰者，其勢橫暴而四出，故怒之盛者爲潰怒，遂之盛者爲潰遂，乱之潰者爲潰乱，皆一理也。

○維昔之富不如時，維今之疚不如茲。彼疏斯粺，薄賣反。胡不自替，職兄斯引。兄，音況，下同。引，叶韻未詳。

○賦也。時，是。疚，病也。疏，糲也。粺則精矣。替，廢也。兄，況同。引，長也。○言昔之富未嘗若是之疚也，而今之疚又未有若此之甚也。彼小人之與君子，如疏之与粺，其分審矣，而曷不自替以避君子乎？而使我心專爲此，故至於愴怳引長而不能自已也。【纂疏】鄭氏曰：米之率，糲十，粺九，鑿八，侍御七。孔氏曰：《九章》粟米之法云：粟率五十，糲米三十，粺二十七，鑿二十四，侍御二十一。言粟五升爲糲米三升，以下則米漸細，故數益少。四種之米皆以三約之，得此數也。言此明糲麤於粺。

○池之竭矣，不云自頻。泉之竭矣，不云自中。叶諸仍反。溥斯害矣，職兄斯弘，不烖我躬。弘，叶姑弘反。

○賦也。頻，厓。溥，廣。弘，大也。○池，水之鍾也。泉，水之發也。故池之竭由外之不入，泉之竭由內之不出。言禍乱有所從起，而今不一云然也此其為害亦已廣矣是使我心專為此故至於愴怳日益弘大而憂之曰是豈不烖及我躬也乎【附錄】看詩不須得着意去裏面訓解但只平平地涵泳自好因舉池之竭矣不云自頻泉之竭矣不云自中四句吟詠者久之夔孫【纂疏】鄭氏曰溥斯害矣今時遍有此內外之害矣嚴氏曰前內外耗竭也溥徧被害而小人猶主弘大之是豈不烖及我身乎亂則小人亦受禍也亦通○

昔先王受命有如召公日辟音闢國百里今也日蹙子六反國百里於音烏乎音呼哀哉維今之人不尚有舊叶巨已反○

【賦】也先王文武也召公康公也辟開蹙促也○文王之世周公治內召公治外故周人之詩謂之周南諸侯之詩謂之召南所謂日闢國百里云者言文王之化自北而南至於江漢之間服從之國日以益眾及虞芮質成而其旁諸侯聞之相帥歸周者四十餘國焉今謂幽王之時促國蓋犬戎內侵諸侯外畔也又歎息哀痛而言今世雖亂豈不猶有舊德可用之人哉言有之而不用耳【纂疏】嚴氏曰此章思召公而惜王之不用舊人也曹氏曰當是時禍亂雖已窮極然去宣王中興之日不遠其舊臣故老死尚存者乎

召旻七章四章章五句三章章七句因其首章稱旻

因卒章稱召公故謂之召旻以别小旻也

蕩之什十一篇九十二章七百六十九句

詩傳卷第十八

詩卷第十九

朱子集傳

新安後學胡一桂　附錄纂疏

頌四　頌者宗廟之樂歌大序所謂美盛德之形容以其成功告於神明者也蓋頌與容古字通用故序以此言之周頌三十一篇多周公所定而亦或有康王以後之詩魯頌四篇商頌五篇因亦以類附焉凡五卷【纂疏】詩譜曰周頌成功致太平德洽之詩其作在周公攝政成王即位之初蘇氏曰周頌皆有所施於禮樂蓋因其禮而作頌非如風雅有徒作而不用者也補傳曰周頌皆一章商周二頌皆用以告神明而魯頌用以善頌善禱後世文人獻頌特效魯耳非商周之舊也上饒徐氏曰傳魯頌皆以美其君於宗廟先預其詩然用以燕樂此頌之變也

周頌清廟之什四之一

於音烏穆清廟肅雝顯相息亮反濟濟子禮反多士秉文之德對越在天駿奔走在廟不顯不承無射音亦與斁同於

人斯周頌多不叶韻未詳其說○〔賦〕也。於，歎辭。穆，深遠也。清，清靜也。肅，敬。雝，和。顯，明。相，助也，謂助祭之公卿諸侯也。濟濟，衆也。多士，與祭執事之人也。越，於也。駿，大而疾也。承，尊奉也。斯，語辭。○此周公既成洛邑而朝諸侯，因率之以祀文王之樂歌。言於穆哉此清靜之廟，其助祭之公侯皆敬且和，而其執事之人又無不執行文王之德，既對越其在天之神，而又駿奔走其在廟之主。如此則是文王之德豈不顯乎，豈不承乎，信乎其無有厭斁於人也。

〔纂疏〕杜氏曰：清廟者，肅然清靜之稱。東萊呂氏曰：士虞禮祝辭曰「哀子某哀顯相夙興夜處不寧」，然則主人之外餘皆顯相也。成王，祭王也；周公及助祭之諸侯，皆顯相也。濟濟多士，廣言助祭之人，凡執事者皆在也。秉文之德，顯相多士凡助祭者莫不秉文之德也。相維辟公，天子穆穆，言顯相之肅雝，則成王穆然奉祭之氣象不言可見矣。○愚謂此詩只第一句說文王之廟，餘皆就祀文王者身上說，雖未嘗明頌文王之德，自有隱然見於辭意之表者。何則？文王往矣，今助祭之公侯執事之人，所對越者還名之曰在天，已不見其有顯然之迹；所奔走者強名之曰在廟，亦不見其有可承之實。影響迹絕之餘，而人心之敬恭嚴事者無厭射乃如此，於此可以見盛德至善漸磨浹洽淪肌浹髓，沒世自有不能忘者矣。

清廟一章八句〔書〕稱王在新邑烝祭歲，文王騂牛一，武王騂牛一，實周公攝政之七年而出其升歌之辭也【書大傳】曰周公升歌清廟苟在廟中嘗見文王者愀然如復見文王焉【纂疏】曰清廟之瑟朱弦而疏越壹倡而三歎有遺音者矣【鄭氏】曰朱弦練朱弦練則聲濁越瑟底孔也疏之使聲遲也唱發歌句也三歎三人從歎之耳漢因秦樂乾豆上奏登歌獨上歌不以筦弦亂人聲欲在位者徧聞之猶古清廟之歌也【附錄】清廟一倡三歎者人多理會他不得注下分明說一人倡之三人和之譬如今人換歌之類 祖道

維天之命於音烏穆不已於同上乎音呼不顯文王之德之純韻也天命即天道也不已言無窮也純不雜也○此亦祭文王之詩言天道無窮而文王之德純一不雜與天無間以贊文王之德之盛也【子思子】曰維天之命於穆不已蓋曰天之所以為天也於乎不顯文王之德之純蓋曰文王之所以為文也純亦不已【程子】曰天道不已文王純於天道亦不已純則無二無雜不已則無間斷先後【纂疏】疊山謝氏曰即天道也言天之自然者曰天道言天之賦予萬物者曰天命◎愚謂不顯對不已言王氏謂不顯乃所以甚言其顯則不已亦所以甚言其已乎意者文王之德所謂不顯者深潛純粹栗密不露之謂而非謂其不明顯也故易稱之曰用晦其明斯亦

不顯之義歟　假（春秋傳作何）以溢（春秋傳作恤）我我其收之駿惠我
文王曾孫篤之（何之爲假，聲之轉也；恤之爲溢，字之訛也。收，受；駿，大；惠，順也。曾孫，後王也。篤，厚也。○言文王之神將何以恤我乎？有則我當受之，以大順文王之道，後王又當篤厚之而不忘也。）〔纂疏〕鄭氏曰：自孫之子而下，事
先祖皆稱曾孫。○愚謂假以溢我，我其收之，前王之惠後王也，正與易有孚惠心、洪範用敷錫厥庶民同義，皆上之惠乎下也。
駿惠我文王，曾孫篤之，後王之惠前王也，正與易有孚惠我德、洪範錫汝保極同義，皆下之惠乎上也。後王亦豈真有以惠前
王哉？栽封植之餘，使文王之流風餘澤傳之無窮，施之罔極，常如日張，是即所謂惠文王矣。

維天之命一章八句

維清緝熙文王之典肇禋（音因）迄（計乞反）用有成維周之
禎（〔賦〕也。清，清明也。緝，續；熙，明；肇，始；禋，祀；迄，至也。○此亦祭文王之詩。言所當清明而緝熙者，文王之典也。故自始祀至今有
成，實惟周之禎祥也。然此詩疑有闕文焉。）〔纂疏〕東萊呂氏曰：周公祀文王於明堂，以配上帝，所謂肇禋，以文王配帝，始於
此也。大宗伯曰：以禋祀祀昊天上帝。蘇氏曰：迄于周公，遂以有成。其成雖當周公之世，然其禎祥見於文王矣。李氏曰：國家將

興以有禎祥

維清一章五句

烈文辟[音璧下同]公錫茲祉福惠我無疆子孫保之[賦也]烈光也辟公諸侯也○此祭於宗廟而獻助祭諸侯之樂歌言諸侯助祭使我獲福則是諸侯錫此祉福而惠我以無疆使我子孫保之也[纂疏]黃氏曰烈功烈文文章也輔廣曰爲國君故稱辟秉五等之貴故稱公

無封靡于爾封靡之義未詳或曰封專利以自封殖也靡汰侈也崇尊尚也戎大也皇大也○言汝能无封靡于爾邦則王當尊汝又念汝有此助祭錫福之大功則使汝之子孫繼序而益大之也邦維王其崇之念茲戎功繼序其皇之

無競維人四方其訓之不顯維德百辟其刑之於[音烏]乎[音呼]前王不忘又言莫強於人莫顯於德先王之德所以人不能忘者用此道也此戒飭而勸勉之也[中庸]引不顯惟德百辟其刑之而曰故君子篤恭而天下平[大學]引於乎前王不忘而曰君子賢其賢而親其親小人樂其樂而利其利此以沒世不忘也[纂疏]李氏曰訓戒也東萊呂氏曰於乎前王不忘如其自唐叔以下

實龐嘉之黃氏曰此成王感發諸侯不盡之意也○愚按中庸三十三章引此詩末章朱子釋之曰此借引不顯惟德以爲幽深玄遠之意承上文言天子有不顯之德而諸侯法之則其德愈深而效愈遠矣篤恭言不顯其敬也篤恭而天下平乃聖人至德淵微自然之應也中庸下文又曰詩云予懷明德不大聲以色子曰聲色之於以化民末也詩曰德輶如毛毛猶有倫上天之載無聲無臭至矣朱子又釋之曰所引孔子之言以爲聲色乃化民之末務今但言不大之而已則猶有聲色者存是未足以形容不顯之妙不若所言德輶如毛則庶乎可以形容矣而又以爲毛猶可比亦未盡其妙又不若所言上天之載無聲無臭然後乃爲不顯之至耳故惟此可以形容不顯篤恭之妙以此觀之則不顯之義文公亦未嘗執一於豈不顯乎之說在學者融而通之可也

烈文一章十三句此篇以公疆兩韻相叶未詳當從何讀意亦可互用也

天作高山，大音泰王荒之，彼作矣，文王康之，彼徂矣，岐沈括曰後漢書西南夷傳作彼岨者岐今按彼書岨但作徂而引韓詩薛君章句亦但訓爲往獨矣字正作者如沈氏說然其山末復云岐雖阻僻則似又有岨意韓子亦云彼岐有岨疑或別有所據故今從之而定讀岐字絕句有夷之

岨

行叶户郎反子孫保之賦也高山謂岐山也荒治康安也岨險僻之意也夷平行路也○此祭太王之詩言
天作岐山而太王始治之太王既作而文王又安之於是彼險
僻之岐山人歸者衆而有平易之道路子孫當世世保守而不
失也【纂疏】張氏曰荒闢而大之曹氏曰遂荒大東是也王氏曰治
荒謂之荒曹氏曰康有康濟斯民之意嚴氏曰太王攺
王之業子孫當保守而不隊墜也成功告神明之頌多言子
孫當保守之意蓋子孫能保守則可以慰祖宗之心也

天作一章七句

昊天有成命二后受之成王不敢康夙夜基命宥密
於音烏緝熙單厥心肆其靖之賦也二后文武也成王名誦武王之子也基積累於下以
承藉乎上者也宥宏深也密靜密也於歎詞靖安也○此詩多
道成王之德疑祀成王之詩也言昊天祚周以天下既有定命而
文武受之矣成王繼之又能不敢康寧而其夙夜積德以承藉
天命者又宏深而靜密是能繼續光明文武之業而盡其心故
今能安靜天下而保其所受之命也○國語叔向引此詩而言曰
是道成王之德也成王能明文昭定武烈者也以此證之則其
為祀成王之詩無疑矣【附錄】安卿問康王何緣無詩曰某切以昊天有成
命之類便是康王詩而今只要解那成王做

成王業後便不可曉且如左傳不明說作成王詩故韋昭又且費盡氣力要從那王業上說去不知怎生地義剛〔纂疏〕王氏曰緝續熙廣蘇氏曰單盡嚴氏曰肆故也濮氏曰朱文公采歐公時世論以斥序之非而獨表章國語說斷其無可疑今觀其命所定命之語意與洛誥合其爲頌成王審矣何以必委曲謂文武成此王業乎

昊天有成命一章七句此康王以後之詩

我將我享維羊維牛維天其右叶音由之賦也將奉享獻右尊也神坐東向在饌仕戀之右所以尊之也○此宗祀文王於明堂以配上帝之樂歌言奉其牛羊以享上帝而曰天庶其降而在此牛羊之右乎蓋不敢必也〔附錄〕問所解右字與舊說不同曰周禮有尊右祭祀之文如詩中此例亦多如既右烈考亦右文母之類如我將所云作保佑更難方說維羊維牛如何便說保右到伊嘏文王既右享之也說未得佑助之佑賀孫〔纂疏〕孔氏曰告朔則祭於明堂巡守之歸則祭於明堂其祭以用特牲此云牛羊知是大饗詩故曰郊特牲云帝牛不吉以爲稷牛是知明堂用牛夏官羊人曰釁積共其羊牲積柴祭天是知祭帝用羊以父配帝則牲牢不得異食嚴氏曰釁謂釁邦器及軍器成則釁之

儀式刑文王之典日靖四方伊嘏古雅反文王既右

享叶虚良反之儀式刑皆法也嘏錫福也○言我儀式刑文王之典以靖天下則此能錫福之文王既降而在此之右以享我祭若有以見其必然矣我其夙夜畏天之威于時保之又言天與文王既皆右享我矣則我其敢不夙夜畏天之威以保天與文王所以降鑒之意乎【纂疏】東萊呂氏曰明堂祀上帝而文王配焉故此詩雖文王之樂歌必先言祀天而次言祀文王我將我享維羊維牛維天其右之言祀天也儀式刑文王之典曰靖四方伊嘏文王既右饗之言祀文王也陳氏曰歌是詩於文王并言所以配享之意

我將一章十句

【程氏】曰萬物本乎天人本乎祖故冬至祭天而以祖配之以冬至氣之始也萬物成形於帝人成形於父故季秋享帝而以父配之以季秋成物之時也【陳氏】曰古者祭天於圜丘掃地而行事器用陶匏牲用犢其禮極簡聖人之意以為未足以盡其意之委曲故於季秋之月有大享之禮焉天即帝也郊而曰天所以尊之也故以后稷配焉后稷遠矣配稷於郊亦以尊稷也明堂而曰帝所以親之也以文王配焉文王親也配文王於明堂亦以親文王也尊尊而親親周道備矣然則郊者古禮而明堂者周制也周公以義起之也【東萊】呂氏曰於天維庶其饗之不敢加一辭焉於文王則

言儀式其典日靖四方天不待贊法文王所以法天
也卒章推言畏天之威而不及文王者統於尊也畏
天所以畏文王也【附錄】問我將之詩乃祀文王於明
天與文王一也堂之樂章集傳謂物成形於
帝正季秋成物之時也此乃周公以義起之非古禮
也不知周公以後將以文王配耶以時王之父配耶
曰諸儒正持此二義至今不決看來只得以文王配
且周公所制之禮不知在武王之時成王之時若在
成王之時則文王乃其祖也亦自可見又【纂疏】濮氏
問繼周者如何曰只得以有功者配之僴曰文
王之祀既不敢同后稷於郊又無至天神於宗
廟之理故特尊其祀於明堂斯其爲曲盡矣

時邁其邦昊天其子之【賦】也邁行也邦諸侯之国也周制十有二年王巡守邦国柴望祭告諸侯畢朝、此巡守而朝會祭告之樂歌也言我之以時巡行諸侯也天其子我乎哉蓋不敢必也【纂疏】徐氏曰時邁猶時巡也子之者覲而愛之實右序有周薄言震之莫不震疊懷柔百神及河喬嶽允王維后右尊序次震動疊懼懷來柔安允信也○既而曰天實右序有周矣是以使我薄言震之而四方諸侯莫不震懼又能懷柔百神以至于河之深廣嶽之崇高而莫不感格則是信乎周王之爲天

下君【纂疏】程氏曰薄言發語辭曹氏曰周官大司馬及師大合
矣軍以行禁令救無辜伐有罪說者謂王巡守會同則
司馬統師合軍以從是王者巡守必以師從行也故有震疊之
事焉李氏曰古者人君巡守因以考諸侯功過賞罰之如孟子
所謂有慶有讓若王制言不敬者君削以地不孝者君黜以爵
不從者君流畔者君討有功德於民者加地進律是也曹氏曰
祭法有天下者祭百神故巡守所至百神皆祭焉毛氏曰喬高
嶽岱宗孔氏曰巡守之初於東方故以岱宗言之其實兼四嶽
也

明昭有周式序在位載戢則立反干戈載櫜古刀反弓矢我求懿德肆于時夏戸雅反允王保之

戢聚櫜韜肆陳也夏中國也○又言明昭乎我周也既以慶讓黜陟之典式序在位之諸侯又收斂其干戈弓矢而益求懿美之德以布陳于中国則信乎王之能保天命也或曰此詩即所謂肆夏以其有肆于時夏之語而命之也【纂疏】釋文曰戢止也斂也孔氏曰櫜弓衣一名韜故納弓於衣謂韜弓嚴氏曰右序有周与明昭有周語意一同明昭不言矣承上省文也言天之右序有周而結之以允王維后謂膺天命而無愧也言天之明昭有周而結之以允王保之謂保天命於無窮也

時邁一章十五句

春秋傳曰昔武王克商作頌曰載戢干戈而外傳又以爲周文

公之頌則此詩乃武王之世周公所作也外傳又曰金奏肆夏繁遏渠天子以饗元侯也韋昭注云肆夏一名樊韶夏一名遏納夏一名渠即周禮九夏之三也呂叔玉云肆夏時邁也繁遏執競也渠思文也

執競武王無競維烈不顯成康上帝是皇〔賦〕也此祭武王成王康王之詩競强也言武王持其自强不息之心故其功烈之盛天下莫得而競豈不顯哉成王康王之德亦上帝之所君也〔纂疏〕李氏曰觀武王一戎衣而天下大定功烈莫强焉又曰歐陽氏以成康為成王康王〇愚謂不顯只是不表顯之意

自彼成康奄有四方斤斤紀覲反其明叶謨郎反〇斤斤明之察也言成康之德明著如此也

鍾鼓喤喤華彭反叶胡光反磬筦音管將將七羊反降福穰穰如羊反〇喤喤和也將將集也穰穰多也言今作樂以祭而受福也

降福簡簡威儀反反既醉既飽福祿來反簡簡大也反反謹重也反覆也言受福之多而愈益謹重是以既醉既飽而福祿之來反覆而不厭也〔纂疏〕李氏曰既醉既飽蓋祭終而飲福耳言祭時鍾鼓管磬之樂皆和故神降之福祭終而飲威儀備具此福祿所以反覆日至而與而未艾也

上亦極
極与天一民心
極一
能与天合
者必能為民
命者也

執競一章十四句此昭王以後之詩國語說見前篇

纂疏濮氏曰諸儒信序之過往往放肆其辭而意終不慊故朱文公辨而正之尚復何疑

思文后稷克配彼天立我烝民莫匪爾極貽我來牟帝命率育叶日逼反無此疆爾界叶訖力反陳常于時夏賦也思語辭文言有文德也立粒通極至也德之至也貽遺也來小麥牟大麥也率徧育養也○言后稷之德真可配天蓋使我烝民得以粒食者莫非其德之至也且其貽我民以來牟之種乃上帝之命以此徧養下民者是以無有遠近彼此之殊而得以陳其君臣父子之常道於中國也或曰此詩即所謂納夏者亦以其有時夏之語而命之也

纂疏嚴氏曰極者民之所自有特后稷有以養之而勿喪耳故曰莫匪爾極康衢所詠亦極洪範所謂汝極天保所謂爾德君牙所謂推爾之中其意一也段氏曰詩言來牟者二蓋麥者五穀成就之最先一歲豐稔之占又以正闕乏之時故養民者以此為急也李氏曰陳常于時夏所謂富而教之也若民無常產則因無常心矣

思文一章八句國語說見時邁篇

纂疏濮氏曰此郊祀獻后稷之樂歌祭天

宜有詩而今亡矣決不可以昊天有成命當之

清廟之什十篇十章九十五句

周頌臣工之什四之二

嗟嗟臣工敬爾在公王釐力之反爾成來咨來茹如預反○賦也嗟嗟重歎以深敕之也臣工羣臣百官也公公家也釐賜也成成法也茹度也○此戒農官之詩先言王有成法以賜女女當來咨度也

嗟嗟保介維莫音暮之春亦又何求如何新畬音余於音烏皇來牟將受厥明明昭上帝迄用康年命我衆人庤持恥反乃錢子踐反鎛音博奄觀銍珍栗反艾音刈○保介見月令呂覽其說不同然皆爲籍田而言蓋農官之副也莫春斗柄建辰夏正之三月也畬三歲田也於皇歎美之辭來牟麥也明上帝之明賜也言麥將熟也迄至也康年猶豐年也衆人甸徒也庤具也錢銚鎛鉏皆田器也銍穫禾短鐮也艾穫也○此乃言所戒之事言三月則當治其新畬矣今如何哉然麥亦將熟則可以受上帝之明賜而此明昭之上帝又將賜我新畬以豐年

也於是命甸徒具農器以治其新畬而又將終見其收成也保介之御間以為車右在是保介者故曰保介按呂氏春秋亦有此文高誘注云保介副也鄭說近之賜不若高誘之明白毛氏曰田一歲曰菑二歲曰新田三歲曰畬謝氏曰來小麥牟大麥王氏曰菑觀錢艾畬忽之閒已觀銍艾矣

【纂疏】先生初解曰鄭氏據月令天子親載耒耜措之于參保介之御間以為車右在是保介者故曰保介按呂氏春秋亦有此文高誘注云保介副也

臣工一章十五句

噫嘻成王，既昭假爾。音格率時農夫，播厥百穀。駿發爾私，終三十里。亦服爾耕，十千維耦。

嘻音僖○賦也噫嘻亦歎詞也昭明假格也爾田官也時是駿大發耕也私私田也三十里方三十里之地四旁有川內方三十三里有奇言三十里舉成數也耦二人並耕也○此連上篇亦戒農官之詞昭假爾猶言格汝眾庶蓋成王始置田官而嘗戒命之也爾當率是農夫播其百穀使之大發其私田皆服其耕事萬人為耦而並耕也蓋耕本以二人為耦今合一川之眾為言故云萬人畢出并力齊心如合一耦也此必鄉遂之官司稼之屬其職以萬夫為界者溝洫用貢法無公田故皆謂之私

【輯錄】曰民曰雨我公田遂及我私而君曰駿發爾私終三十里其上下之間必相忠愛如此

【纂注】鄭氏曰周禮曰凡治野田夫間有遂十夫有溝百夫有洫千夫有澮

鷺有容白駁
凡周頌言
容者惟宋
耳言二王
後者非

萬夫有川此萬夫之地方三十三里少半里也言三十里者舉
成數於是民人事其田萬耦同時舉也一川之間萬夫故有万
耦孔氏曰一夫百畝方百步積萬夫方之是廣長各百夫以百
乘百是萬也既廣長皆百夫夫有百步三夫為一里則百夫為
三十三里餘百步即三分里之一為少半里是三十三○愚謂
里又少半里也李氏曰服如周官謂服田力穡之服同一二人
為耦鄭氏曰萬夫為萬耦非是曰十千
維耦指盡萬夫合耦而耕實五千耦耳

噫嘻一章八句

振鷺于飛于彼西雝我客戾止亦有斯容【興】也振羣飛貌鷺白鳥雝
澤也客謂二王之後夏之後杞商之後宋於周為客天子有事
膰焉有喪拜焉者也○此二王之後來助祭之詩言鷺飛于西
雝之水而我客來助祭者其容貌賀孫問振鷺詩不是正
脩整亦如鷺之絜白也或曰興也【附錄】祭之際歌乃獻助祭之
臣未審如何曰看此文意都無告神之說是獻助祭之臣古
者祭祀每一受胙主與賓尸皆有獻酬之禮既畢然後徧獻陪
獻其後受胙如此禮意甚好有接續意思到尊時尚然今併受
胙於諸獻既畢之後主與賓尸意思皆闌了古者一祭之中所
以多事【纂疏】釋文曰鷺二名春鉏王氏曰西雝辟雝孔氏曰先
賀孫 代之後特謂之客昭二十五年左傳宋樂大心云

我於周爲客。皐陶謨「虞賓在位」，此及有瞽皆云「我客」。有客篇以微子爲客，皆以二王之後特稱客也。濮氏曰：宋承殷後，周人待以客禮。微子來朝，始至而工歌助勞之，工所奏之樂歌也。序言二王之後，皆於傳聞，亦不見其來助祭之意。又曰：凡周頌之言客，皆指宋耳，況言二王之後，非也。

在彼無惡，烏路反。在此無斁。叶丁故反。庶幾夙夜，叶弋灼反。以永終譽。

彼，其國也。在國無惡之者，在此無厭之者，如是則庶幾其能夙夜以永終此譽。

陳氏曰：在彼不以我革其命而有惡於我，知天命無常，惟德是與，其心服也。在我不以彼墜其命而有厭於彼，崇德象賢，統承先王，忠厚之至也。

振鷺一章八句

豐年多黍多稌，音杜。亦有高廩。力錦反。萬億及秭，咨履切。爲酒爲醴，烝畀祖妣。以洽百禮，降福孔皆。叶舉里反。○賦也。稌，稻也。黍宜高燥而寒，稌宜下濕而暑。黍稌皆熟，則百穀無不熟矣。亦，助語辭。數萬至萬曰億，數億至億曰秭。烝，進。畀，予。洽，備。皆，徧也。○此秋冬報賽田事之樂歌，蓋祀田祖、先農、方社之屬也。言其收入之多，至於可以供祭祀、備百禮，而神降之福將甚徧也。

〔疏〕李氏曰說文云黍禾屬而黏曰黍天官云牛宜稌鄭注稉也取方氏謂雍冀爲燥其穀宜黍荆揚下溼其穀宜稌釋文廪倉毛氏曰廪藏穗孔氏亦曰地官廪人注藏米曰廪明堂位米廪則廪兼容米粟曹氏曰酒正辨三酒清酒供祭祀鄭氏謂中山冬釀接夏成又辨五齊音劑醴酒最濁鄭氏謂成而汁滓相將如今甜酒詩故曰周以后。稷爲祖姜嫄爲妣然祭祀無不在也故總以祖妣言之疊山謝氏曰百礼如礼儀三百之類民知礼則風俗厚風俗厚則天下平君臣上下皆樂年豐矣

豐年一章七句

○愚按濮氏謂此年穀始登而薦宗廟之樂歌豈非以其有烝畀祖妣之筭故

有瞽有瞽在周之庭 賦也瞽樂官無目曰瞽也○序以此爲始作樂而合乎祖之詩兩句總序其事也

〔疏〕鄭氏曰周礼上瞽四十人中瞽百人下瞽百六十人有視瞭者相之孔氏曰庭廟庭濮氏曰王者功成作樂而始合奏于祖廟此工歌也又曰始言樂宮中言樂器終言樂之美

設業設虡 音巨 崇牙樹羽 應田縣鼓鞉 音桃 磬柷 尺叔反 圉 魚呂反 既備乃奏 叶音祖 簫管備舉 以上叶瞽字○業虡崇牙見靈臺篇樹羽置五采之羽於崇牙之上也應小鞞也田大鼓也鄭氏曰田當作

鞞，小鼓也。縣鼓，周制也。夏后氏足鼓，殷楹鼓，周縣鼓。鞉如鼓而小，有柄兩耳，持其柄搖之，則旁耳還自擊。磬，石磬也。柷，狀如漆桶，以木爲之，中有椎，連底撞之，令左右擊，以起樂者也。圉，亦作敔，狀如伏虎，背上有二十七鉏鋙，刻以木，長尺，櫟之以止樂者也。簫，編小竹管爲之。管，如篴，併兩而吹之者也。〔纂疏〕孔氏曰：栒者，爲虡橫者爲大板，謂之業，所以飾此栒而爲崇牙，刻之如鋸齒，捷業然，故曰業。其形卷然，可以縣鼓磬，樹五采之羽以爲文，畫繒爲翣，戴以璧，樹翣於栒之角。明堂位所謂夏后氏之龍簨虡，殷之崇牙，周之璧翣，以見飾之彌多也。曹氏曰：盡橫木爲簨，簨飾以鱗屬；植木爲虡，虡飾以嬴羽之屬；又加大板於上，形捷業然，此夏后氏制也。殷於龍簨上制畫爲重牙，以縣垂紘，所謂崇牙也。周又畫繒爲翣，戴以璧，垂五采羽於其下，所謂植羽也。孔氏曰：大鼓曰鼖，小鼓曰應。大射禮應鞞在建鼓東，則爲應和建鼓也。應鞞共文，是爲一器，其鼓縣之虡業。曹氏曰：足鼓則以跗承之，楹鼓則以柱貫之，周鼓始垂之於簨虡，故謂之垂鼓也。王氏曰：簫，大者編二十三管，長尺四寸；小者十六管，長尺二寸，參差象鳳翼。簫管亦器之小者，言其小，所以爲備也。○愚按春官笙師篴管，杜子春讀篴爲蕩滌之滌，今時所吹五空竹篴，意與笛同，詳見韻任。

喤喤音橫**厥聲，肅雝和鳴。先祖是聽，我客戾止，永觀厥成。**以上叶庭字。○我客，二王後也。觀，視也。成，樂闋也，如簫韶九成之成。獨言二王後者，猶曰虞賓在位我有嘉客蓋尤以是爲盛耳。纂疏王氏曰喤喤羨也孔氏曰喤喤然和集諸聲皆肅敬和諧而鳴不相奪倫疊山謝氏曰舜作樂而曰虞賓在位祖考來格成王合樂而曰先祖是聽我客戾止以先代之後與祖宗並言尊之至也書曰崇德象賢統承先王修其禮物非尊其後尊聖帝明王也

有瞽一章十三句

猗於宜反與音余漆沮七余反潛有多魚有鱣張連反有鮪叶于軌反鰷音條鱨音常鰋音偃鯉以享以祀叶逸織反以介景福叶筆力反

〇賦也猗與歎辭潛槮也蓋積柴養魚使得藏隱避寒因以薄圍取之也或曰藏之深也鰷白鰷也月令季冬命漁師始漁天子親往乃嘗魚先薦寢廟季春薦鮪于寢廟此其樂歌也。纂疏猗與嘆美辭猶言美哉也漆沮岐周之水毛詳見綿注鱣大鯉鮪鮥鄭鱣鮪詳見碩人鰷形狹而長若條然魚性浮似鱨而白陸氏鱨黃鱨魚陸機云今黃頰魚似燕頭魚身鰋額白魚也鯉赤鯉魚也李

潛一章六句

音蠢亦作參
秋注謂之涔亦
林又作罧 沁之叢

有來雝雝（與公叶，篇內同）至止肅肅相（息亮反）維辟（音璧）公天子穆穆（賦也。雝雝，和也。肅肅，敬也。相，助祭也。辟公，諸侯也。穆穆，天子之容也。○此武王祭文王之詩。言諸侯之來皆和且敬，以助我之祭事，而天子有穆穆之容也。）

於（音烏）薦廣牡相（上同）予肆祀（叶養里反）假（古雅反）哉皇考（叶音）綏予孝子（叶獎里反。○於，歎辭也。廣牡，大牲也。肆，陳。假，大也。皇考，文王也。綏，安也。孝子，武王自稱也。○言此和敬之諸侯薦大牲以助我之祭事，而大哉之文王，庶其饗之，以安我孝子之心也。）

宣哲維人文武維后燕及皇天（叶鐵因反）克昌厥後（宣，通。哲，知。燕，安也。○此美文王之德宣哲，則盡人之道；文武，則備君之德，故能安人以及于天，而克昌其後嗣也。）

附錄

問：周人以諱事神，文王名昌，而此詩曰克昌厥後，何也？曰：周之所謂諱，不以其名呼之耳，不遂廢其文也。諱其名而廢其文者，周禮之末失也。

李氏曰：周人所以事神者，如稱文王則不斥之曰文王昌，如此而已。書稱惟有道曾孫發，但曰元孫某，史官不敢斥其名故也。如穆王名滿，當時亦有王孫滿；襄王名鄭，當時亦有衛侯鄭；魯武公名敖，而後世臣有公孫敖。觀此則知此詩言克昌厥後，噫嘻詩言駿發爾私，皆未嘗諱也。孔子作春秋，知匡王名班，而春秋亦書曹伯班；簡王名夷，而春秋亦書晉侯夷吾皆未嘗為之諱曹氏曰燕及皇天則陰陽和而風雨時日月光而星辰靜无錯行狀亭妄動之変 **綏我眉壽**叶殖酉反**介以繁祉既右**音又**烈考**叶音口**亦右文母**叶滿彼反。右尊也周礼所謂享右祭祖是也烈考猶皇考也文母大姒也。言文王昌厥後而安之以眉壽助之以多福使我得以右于烈考文母也。愚謂以文母證之則烈考為文王無疑。此詩為武王祭文王之詩亦無疑矣

雝一章十六句 周禮大師及徹帥學士而歌徹說者以為即此詩論語亦曰以雝徹然則此蓋徹祭所歌而亦名為徹也

載見賢遍反下同**辟**音壁**王曰求厥章龍旂陽陽和鈴央央鞗**音條**革有鶬**七羊反**休有烈光**【賦】也載則也發語辭也章法度也交龍曰旂陽明也軾前曰和旂上曰鈴央央有鶬皆聲和也休美也。此諸侯助祭于武王廟之詩先言其來朝稟受法度其車服之盛如此

【疏】曹氏曰陽陽色鮮明孔氏曰和亦鈴也爾雅云有鈴曰旂郭璞云縣鈴於竿頭畫交龍於旂曹氏曰左傳錫鸞和鈴杜預云和在軾鄭氏曰鞗革轡首也鶬金飾皃即韓奕所謂鞗革金厄烈大也 **率見昭考以孝以享**

叶虛良反。○昭考，武王也。廟制，太祖居中，左昭右穆。周廟，文王當穆，武王當昭，故書稱穆考文王，而此詩及訪落皆謂武王爲昭考。○此乃言王率諸侯以祭武王廟也。**以介眉壽，永言保之，思皇多祜。**後五反

烈文辟公，綏以多福，俾緝熙于純嘏。叶音古。○思，語辭。皇，大也，美也。○又言孝享以介眉壽而受多福，是皆諸侯助祭有以致之，使我得繼而明之，以至于純嘏也。蓋歸德于諸侯之辭，猶烈文之意也。

載見一章十四句

有客有客，亦白其馬。叶蒲補反 **有萋有且，**七序反 **敦**都回反 **琢其旅。**【賦】也。客，微子也。周既滅商，封微子於宋，以祀其先王，而以客禮待之，不敢臣也。亦，語辭也。殷尚白，修其禮物，仍殷之舊也。萋且，未詳。傳曰：敬慎貌。敦琢，選擇也。旅，其卿大夫從行者也。○此微子來見祖廟之詩，而此一節言其始至也。曹氏曰：記曰：商人白馬黑首，宗廟齊毫，以色爲尚，故乘白馬。萋如萋兮斐兮，且如籩豆有且，言其萋且有文。鄭氏曰：敦琢若以賢美之，故以玉言之。**有客宿宿，有客信信。言授之縶，**陟立反 **以縶其**

馬同上。○一宿曰宿，再宿曰信。縶其馬，愛之，不欲其去也。此一節言其將去也。薄言追之，左右綏之。既有淫威，降福孔夷。追之，已去而復還之，愛之无已也。左右綏之，言所以安而留之，若無方也。淫威未詳。舊說淫，大也。統承先王，用天子禮樂，所謂淫威也。夷，易也，大也。此一節言其留之也。濮氏曰：左傳歲在星紀而淫於玄枵，淫，過中之意。○又一說：張氏曰：武庚之誅，昔者既有淫威，而今也降福孔夷，蓋逆順之理如此。濮氏曰：此宋公來朝將去，而王燕餞之，與振鷺詩爲首末也。序以爲來見祖廟，則語意不明。爲之祖廟，固無由於京師而用之廟。朱氏曰：助祭於王，何得徼福。詩中亦無以見之。

有客一章十二句

於音烏皇武王，無競維烈。允文文王，克開厥後。嗣武受之，勝殷遏劉，耆音指定爾功。興也。於，歎辭。皇，大。遏，止。劉，殺。耆，致也。○周公象武王之功爲大武之樂，言武王無競之功，實文王開之，而武王嗣而受之，勝殷止殺，以致定其功也。濮氏曰：左傳以此詩爲大武之首章，賚爲第三章，桓爲第六章。然周頌皆一章而已，無疊章也。先儒謂或者後世取而用之，於其事不可知也。

武一章七句春秋傳以此爲大武之首章也大武周公象武王武功之舞歌此詩以奏之禮曰朱干玉戚冕而舞大武然傳以此詩爲武王所作則篇內已有武王之謚而其說誤矣

臣工之什十篇十章一百六句

周頌閔予小子之什四之三

閔予小子遭家不造叶徂候反嬛嬛其傾反在疚音救於音烏乎音呼皇考叶去候反永世克孝叶呼候反○賦也成王免喪始朝于先王之廟而作此詩也閔病也予小子成王自稱也造成也嬛與煢同無所依怙之意疚哀病也匡衡曰煢煢在疚言成王喪畢思慕意氣未能平也蓋所以就文武之業崇大化之本也皇考武王也歎武王之終身能孝也

鄭氏曰閔悼傷之言李氏曰左傳寡君少遭閔凶則是閔者居喪之稱曹氏曰曲礼天子未除喪曰予小子說者謂謙未敢稱一人也李氏曰嬛與哀此煢独之義同嬛孤独也左氏亦有在疚之文亦是居喪之稱也王雖朝于廟然去喪未甚遠故猶以死喪爲言念兹皇祖陟降庭叶去声止維予小子夙夜敬止皇祖文王也承上文言武王之孝思念文王常若見

其陟降於庭猶所謂見堯於墻見堯於羹也楚詞云三公揖讓登降堂只與此文勢正相似而康衡引此句顏注亦云君神明臨其朝庭是也

於乎二字同上皇王繼序思不忘皇王兼指文武也承上文言我之所以夙夜敬止者思繼此序而不忘耳

閔予小子一章十一句此成王除喪朝廟所作疑後世遂以為嗣王朝廟之樂後三篇放此

訪予落止率時昭考於音烏乎音呼悠哉朕未有艾五蓋反將予就之繼猶判渙維予小子未堪家多難乃旦反紹庭上下陟降厥家休矣皇考以保明其身賦也訪問落始悠遠也艾如艾殺之艾判分渙散保安明顯也○成王既朝于廟因作此詩以道延訪羣臣之意言我將謀之於始以循我昭考武王之道然而其道遠矣予不能及也將使予勉強以就之而所以繼之者猶恐其判渙而不合也則亦繼其上下於庭陟降於家庶幾賴皇考之休有以保明吾身而已矣叅疏曹氏曰凡宮室始成則落之故以落為始王氏曰保其身无危亡之憂明

其身無昏塞之患王氏○愚謂此節成王除喪初延訪于朝之所作也自繼猶判渙而上猶有皇皇如有所求而弗獲之意自維予小子而下則君焉高僾愴若或見之也其曰訪予落止懲時昭考此如有所求也於乎悠哉朕未有艾數其道之遠而未有所止也將予就之若以為道在是而可就矣繼猶判渙乃復分判渙散而難有可就者焉於是致其勤曰維予小子未堪家多難將何以淑其後乎始上下以紹於庭除之間乃若見其陟降于厥家焉是則皇考休美之道初之若可就而倏判渙者今則君焉高僾愴若或見之求非以保明吾之身矣誦其詩想其形容成王之思慕皇考爰繼爰述伺其微婉懇切反覆曲盡有無窮之嘆詠也哉

訪落一章十二句說同上篇

敬之敬之天維顯思叶新夷反命不易以豉反哉叶將黎反無曰高高在上陟降厥士日監在茲叶津之反○賦也顯明也思語辭也士事也○成王受羣臣之戒而述其言曰敬之哉敬之哉天道甚明其命不易保也无謂其高而不吾察當知其聰明明畏常若陟降於吾之所為而无日不臨監于此者不可以不敬也

維予小子叶獎里反不聰敬止日就

月將學有緝熙于光明叶謨郎反佛符弗反又音弼時仔音茲肩示我顯德行下孟反叶戶郎反○將進也佛弼通仔肩任也○此乃自為答之之言曰我不聰而未能敬也然願羣臣為此幾日有所就月有所進續而明之以至于光明又賴羣臣輔助我所負荷之任而示我以顯明之德行則庶乎其可及尒〔賦也〕日就月將是日成月長就成也將大也節〔音疏〕輔謂之佛者言正救其失不專順從之也李記云其求之也佛弼不順也猶孟子所謂法家佛士是也○愚按孔氏釋文王篇凡周之士云士若下至諸侯及王朝公卿大夫總稱切考此篇恐非羣臣進戒之詩或者反為成王自戒并戒羣臣以求助之所作也何則成王乃謹畏之賢君知天有顯道命之難諶不可不致其敬也若曰敬之敬之天維顯思命毋難常而匪易也爾羣臣毋曰高高在上其實陟降于爾衆士日監在茲也今予小子雖非有聰明之資然而自知所敬日就月將以勉勉於學求以緝熙于光明爾衆士其輔弼我示我以顯然之德行庶幾其可以体而行之以為述續天命之本也一篇大意不過如此亨說亦恐誤矣

敬之一章十二句

予其懲直升反而毖後患莫予荓普經反蜂自求辛螫施隻

反

肇允彼桃蟲拚芳煩反飛維鳥未堪家多難乃旦反予又集于蓼音了○【賦】也懲有所傷而知戒也毖慎也荓使也蜂小物而有毒肇始允信也桃蟲鷦鷯小鳥也拚飛貌鳥大鳥也鷦鷯之雛化而為鵰故古語曰鷦鷯生鵰言始小而終大也蓼辛苦之物也○此亦訪落之意成王自言予何所懲而謹後患乎荓蜂而得辛螫信桃蟲而不知其能為大鳥此其所當懲者蓋指管蔡之事也然我方幼沖未堪多難而又集于辛苦之地羣臣奈何捨我而弗助哉【疏】郭璞云鷦鷯桃蟲山陰陸氏云說苑鷦鷯巢於葦苕繫之以髮喻性拙鷦性巧故俗呼巧婦一名工雀一名女匠其喙尖利如錐取茅秀為巢至精密以麻紩之音秩如刺韈然故一名韈雀其化鵰為鵰蘇氏云成王始信二叔而疑周公既而悟其姦故曰予其懲而謹後患東萊呂氏曰莫如予前之使蜂自求辛螫謂信管蔡之時也鄭氏曰管蔡始如鷦鷯之小後叛而作亂猶鷦鷯翻飛為大鳥也

小毖一章八句【蘇氏】曰小毖者謹之於小也謹之於小則大患無由至矣

載芟載柞側百反叶疾各反其耕澤澤音釋叶徒洛反○【賦】也除草曰芟除木曰柞秋官柞氏掌攻草木是也澤澤解散也【疏】曹氏曰周官薙氏掌殺草秋繩而芟之臧氏曰耕犁也○愚謂隰恐

讀作平字澤澤指水田也**千耦其耘徂隰徂畛**音真。○耘去苗間草也。隰，隰爲田之處也。畛，田畔也。

【纂疏】疊山謝氏曰：徂，往也。嚴氏曰：下濕曰隰。孔氏曰：地官遂人十夫有溝，溝上有畛。**侯主侯伯侯亞侯旅侯彊侯以有嗿**它感反**其饁**于輒反**思媚其婦有依其士**叶與以**有略其耜**叶養里反**俶載南畝**叶滿委反。○主，家長也。伯，長子也。亞，仲叔也。旅，衆子弟也。彊，民之有餘力而來助者，遂人所謂以彊予任甿者也。能左右之曰以，太宰所謂閒民，轉移執事者，若今時傭力之人，隨主人所左右者也。嗿，衆飲食聲也。媚，順。依，愛。士，夫也。言餉婦與耕夫相慰勞也。略，利。俶，始。載，事也。

【纂疏】曹氏曰：侯維饁饋饟，亦作餉。華士不辭耕稼之勞，而知愛其婦；婦不憚饁餉之煩，而知依其士，有和樂之風焉。耜，耒首，斷木之爲利，則入上也。傑**播厥百穀實函斯活**叶呼酷反。○函，含。活，生也。既播之，其實含氣而生也。

【纂疏】鄭氏曰：播種，實種子。**驛驛其達**叶佗悅反**有厭其傑**驛驛，苗生貌。達，出土也。厭，受氣足也。傑，先長者也。○**厭厭其苗綿綿其麃**表驕反。○綿綿，詳密也。麃，耘也。

【纂疏】王氏曰：其達之速如驛驛然。前日千耦其耘，則既耕而耘；今日綿綿其麃，則既苗而耘，以綿綿爲善，恐傷苗也。**載穫濟濟**子

畟音則

禮反

有實其積，吁賜反，叶上聲。萬億及秭，為酒為醴，烝畀祖妣，以洽百禮。濟濟，人衆貌。實，積之實也。積，露積也。【纂疏】一言實，此小言實、積，皆指穀實。酒，三酒。醴，五齊。祭祀則酒正供之。祭有十倫，其禮實繁，皆以酒正行之，故可以洽百禮。

有飶蒲即反其香，邦家之光。有椒其馨，胡考之寧。飶，芬香也。未詳何物。胡，壽也。以燕享賓客，則邦家之所以光也；以共養耆老，則胡考之所以安也。【纂疏】曹氏曰：飶、椒皆酒醴芬芳之氣。李氏曰：胡考，考老人。士冠禮祝云「永享胡考」，注「胡，遐也」。孔氏曰：《左傳》二十三年「雖及胡耇」，周書謚法「保民耆艾曰胡」，二考老而有成德也。孔氏

匪且有且，匪今斯今，叶音經。振古如茲。無韻未詳。○且，此也。振，極也。言非獨此處有此稼穡之事，非獨今時有今豐年，蓋自極古以來已如此矣，猶言自古有年也。

載芟一章三十一句

此詩未詳所用，然辭意與豐年相似，其用應亦不殊。

畟畟楚側反良耜，叶養里反。俶尺叔反載南畝。叶蒲委反。○賦也。畟畟，嚴利也。播厥百穀，實函斯活。叶呼酷反。說見前篇。【纂疏】鄭氏曰：良，善也。利善之耜。

或來瞻

女音汝載筐及筥其饟式亮反伊黍或來瞻女婦子之來饁者也筐筥饟具也其

笠伊糾吉了反其鎛音博斯趙直了反以薅呼毛反荼蓼了糾然笠之輕舉也趙刺薅去也荼陸草蓼水草一物而有水陸之異也今南方人猶謂蓼為辣荼或用以毒溪取魚即所謂荼毒也

纂疏 毛氏曰笠所以禦暑雨補傳曰糾繚以繩繚而成孔氏曰鎛鋤類說文薅拔田草荼蓼朽止黍

稷茂叶莫口反止毒草朽則土熱而苗盛穫之挃挃珍栗反積之栗栗

其崇如墉其比毗志反如櫛側瑟反以開百室挃挃穫聲也栗栗積之密也櫛理髮器言密也百室一族之人也五家為比五比為閭四閭為族族人輩作相助故同時入穀也

纂疏 毛墉城如墉言其高

其百室盈止婦子寧止盈滿寧安也殺時犉如純反牡有捄

音求其角叶盧谷反以似以續續古之人無韻未詳○黃牛黑唇曰犉捄曲貌續謂續先祖以奉祭祀

纂疏 李氏曰百室既盈婦子於是寧蓋終歲勤動不得安寧今農事已畢故各享其樂也又曰蘇氏曰聖人之為詩道其耕耨播種之勤而述其終歲倉廩豐實婦子喜樂之際以感動其意故曰畟畟良耜至以薅荼蓼當此之

時民既勞矣故爲之言其室家來饁而慰勞之者以勉卒其事而其終章曰殺時犉牡至續古之人當此之時歲功既畢民之勞者得以与其婦子皆樂於此休息閒暇飲食酒肉以自佚於一時其說甚善夫詩之可以興者所以感發人之善志故也先言勤勞後言逸樂使夫勤者有以自志其勤勞而怠者亦知以自奮則天下之人趨事赴功而其心未嘗忘於三農之務也蘇氏曰以嗣以續以與來歲繼往歲也續古之人無殺不替其先也

良耜一章二十三句或疑思文臣工噫嘻豐年載芟良耜等篇即所謂豳頌者其詳見於豳風及大田篇之末亦未知其是否也

絲衣其紑孚浮反載弁俅俅音求自堂徂基自羊徂牛鼐鼎乃代反及鼒咨叶津之反兕觥其觩音求旨酒思柔不吳音話不敖音傲胡考之休

賦也絲衣祭服也紑潔貌載戴也弁爵弁也士祭於王之服俅俅恭順貌基門塾之基鼐大鼎鼒小鼎也思語辭柔和也吳讙也○此亦祭而飲酒之詩言此服絲衣爵弁之人升門堂視壺濯籩豆之屬降往於基告濯具又視牲從羊至牛反告充已乃舉鼎冪告潔禮之次也又能謹其威儀不諠譁不怠敖故能得壽考之福孔氏

曰爵弁之服玄衣纁裳皆絲爲之故云絲衣曹氏曰餘衣皆用布惟冕與爵弁服用絲大夫以上祭服謂之冕士祭服謂之弁其首服弁則衣用絲故知絲衣爲助祭之服也毛氏曰爵弁其色赤而微黑如爵頭然繹礼輕使士孔氏曰盖亦宗伯之屬士也釋宮云門側之堂謂之塾陳氏曰廟門之外有塾焉以繹尸也鄭氏曰鼎圜弇上謂之鼒兕觥罰爵觩然徒設无所用之疊山謝氏曰罰其不如儀者兕觥觩然而在前使人見之而肅敬也李氏曰吴大聲也

絲衣一章九句 此詩或紑俅牛觩柔休並叶基韻或基鼒並叶紑韻

於音烏鑠式灼反王師遵養時晦時純熙矣是用大介我龍受之蹻蹻居表反王之造叶祖候反載用有嗣叶音祠實維爾公允師

【賦】也於歎辭鑠盛遵循熙光介甲也所謂一戎衣也龍寵也蹻蹻武貌造爲載則公事允信也○此亦頌武王之詩言其初有於鑠之師而不用退自循養與時皆晦既純光矣然後一戎衣而天下大定後人於是寵而受此蹻蹻然王者之功其所以嗣之者亦維武王之事是師尔

【纂疏】一說實維尔公允師疊山謝氏曰武王之武實爲尔公心之發見无一毫私意也以公心定天下信乎其爲王者之師也

酌一章八句

酌即勺也。內則十三舞勺，即以此詩為節而舞也。然此詩與賚般皆不用詩中字名篇，疑取樂節之名，如曰武宿夜云爾。

綏萬邦，婁豐年。婁力注反。天命匪解。解佳賣反。桓桓武王，保有厥士，于以四方，克定厥家。於昭于天，皇以閒之。於音烏。

賦也。綏安也。桓桓武貌。大軍之後必有凶年，而武王克商，則除害以安天下，故屢獲豐年之祥。傳所謂周饑克殷而年豐是也。然天命之於周，久而不厭也。故此桓桓之武王，保有其士，而用之於四方，以定其家，其德上昭于天也。閒字之義未詳。傳曰：閒，代也。言君天下以代商也。此亦頌武王之功。

纂疏 李氏曰：士與熊羆之士、虎賁之士同。嚴氏曰：多方云有邦閒之。

桓一章九句

春秋傳以此為大武之六章，則今之篇次蓋已失其舊矣。又篇內已有武王之謚，則其謂武王時作者亦誤矣。序以為講武類禡之詩，豈後世取其義而用之於其事也歟。

文王既勤止，我應受之。敷時繹思，我徂維求定。時周之命。於繹思。於音烏。

賦也。應當也。敷布。時是也。繹尋繹也。於歎辭。繹思尋繹而思念也。○此頌文武之功而言其大封功臣之意也言文王之勤勞天下至矣其子孫受而有之然而不敢專也布此文王功德之在人而可繹思者以賚有功而往求天下之安定又以為凡此皆周之命而非復商之舊矣遂嘆美之而欲諸臣受封賞者繹思文王之德而不忘也

賚一章六句 春秋傳以此為大武之三章而序以為大封於廟之詩說同上篇

於音烏皇時周陟其高山墮吐果反山嶠嶽允猶翕許及反河數天之下裒蒲侯反時之對時周之命【賦】也高山泛言山耳墮則其狹而長者喬高也嶽則其高而大者允猶未詳或曰允信也猶與由同翕河河善泛溢今得其性故翕而不為暴也裒聚也對答也言美哉此周也其巡守而登此山以柴望又道於河以周四嶽凡以敷天之下莫不有望於我故聚而朝之方嶽之下以答其意耳【纂疏】曹氏曰於嘆皇美嚴氏曰禹貢河自大陸北播為九河同為逆河注同為一大河名逆河翕河即逆河也

般一章七句 般義未詳【纂疏】濮氏曰如序所云宜與時邁相次亦告祭之樂歌也

閔予小子之什十一篇一百二十六句

詩卷第十九

詩卷第二十

朱子集傳

新安後學胡　一桂　附録纂疏

魯頌四之四

魯少皡之墟在禹貢徐州蒙羽之野成王以封周公長子伯禽今襲慶東平府沂密海等州即其地也成王以周公有大勲勞於天下故賜伯禽以天子之禮樂魯於是乎有頌以爲廟樂其後又自作詩以美其君亦謂之頌舊說皆以爲伯禽十九世孫僖公申之時今无所考獨閟宮一篇爲僖公之詩无疑矣夫以其詩之僭如此然夫子猶録之者蓋其體固列國之風而所歌者乃當時之事則猶未純於天子之頌若其所歌之事又皆有先王禮樂教化之遺意焉則其文疑若猶可予也況夫子魯人亦安得而削之哉然因其實而著之而其是非得失自有不可揜者亦春秋之法也或曰魯之无風何也先儒以爲時王褒周公之後比於先代故巡守不陳其詩而其篇第不列於太師之職是以宋魯无風其或然歟或謂夫子有所諱而削之則左氏所記當時列國大夫賦詩及吳季子觀周樂皆無曰魯風者其說不得通矣

【附録】伯豊問頌是告

於神明。却魯頌中多是頌當時之君，如戎狄是膺，荆舒是懲，僖公豈有此事。曰：是頌願辭。又問孟子引以爲周公，如何？曰：孟子引經自是不仔細。當〔纂疏〕曹氏曰：地理志云魯地奎婁之分埜，東至海，南有泗水，至淮。孔氏曰：修泮宫，春秋不書者，修謂舊有其宫，修行其教斈之法，功費微少，非城郭都邑例，所不書也。春秋經傳僖公无伐淮夷之事，當是史脫漏。修妻嫄廟，春秋不書者，魯國舊有此廟，更修理之，用功少，例所不書也。又曰：此雖名爲頌，而体實國風，非告神之歌。曹氏曰：今以其体觀之，分章斷句，實變風之流耳。嚴氏曰：魯頌，二之變也。周之王也，積累深久，由風而雅，二雅而頌。及其衰也，至懿風始變，至厲雅始變，至平雅遂亡，頌聲之息，前乎風雅之變矣。越桓莊僖惠至襄，而魯乃有頌。雅頌，天子之詩也，頌非所施於魯，况頌其郊乎？考其時則非，揆其礼則誅。汰哉克也，不如林放矣。聖筆不削，其以著魯之僭而傷周之衰與？是故雅變而亡，頌亡而變。雅之亡甚於變，頌之變甚於亡也。駉實風耳，存其頌名而謂之變頌可也。濮氏曰：魯無變風，人皆曰夫子刪之，不知如駉篇載驅、猗嗟諸詩，竄而繫之齊矣。○一說：項氏曰：頌皆祭祀之詩。駉當是祭馬社、馬祖、馬步之詩，有駜則既祭而燕之詩也。泮水亦祭始祖而燕之詩，魯人將祀上帝，必先有事於泮林，即此祭也。閟宫即祭新廟之詩，序所謂頌

僖公者皆非其實也

駉駉古熒反牡馬叶滿補反在坰古熒反之野叶上與反薄言駉者叶章與反有驈戶橘反有皇有驪力知反有黃以車彭彭叶鋪郎反思無疆思馬斯臧〔傳〕也駉駉腹幹肥張皃邑外謂之郊郊外謂之牧牧外謂之野野外謂之林林外謂之坰驪馬白跨曰驈黃白曰皇純黑曰驪黃騂曰黃彭彭盛皃思無疆言其思之深廣无窮也臧善也○此詩言僖公牧馬之盛由其立心之遠故美之曰思無疆則思馬斯臧矣衛文公秉心塞淵而騋牝三千亦此意也〔纂疏〕鄭氏曰以牧於坰野者避民居與良田也曹氏曰薄言駉者略舉其種類也郭氏曰跨髀間也跨者跨據之處孔氏曰騂赤色黃騂曰黃謂黃而雜赤也

○駉駉牡馬在坰之野薄言駉者有騅音隹有駓符悲反有騂有騏以車伾伾符丕反思無期思馬斯才叶前西反○〔傳〕也蒼白雜毛曰騅黃白雜毛曰駓赤黃曰騂青黑曰騏伾伾有力也无期猶无疆也才材力也〔纂疏〕孔氏曰雜毛是體有二種之色相間雜上云黃白黃騂止一色毛中自有淺深與此二色者異故不云雜毛也黃白雜毛曰駓郭璞云今之桃

華馬赤黃曰騂謂赤而微黃其色鮮明者也云黃騂則謂其黃而微赤此云赤黃則謂其赤而微黃青黑曰騏謂青而微黑今之騏馬也○駉駉牡馬在坰之野薄言駉者有驒(徒河反)有駱有駵有雒以車繹繹(叶弋灼反)思無斁(叶弋灼反)思馬斯作【賦】也青驪驎曰驒色有深淺班駁如魚鱗今之連錢驄也白馬黑鬣曰駱赤身黑鬣曰駵黑身白鬣曰雒繹繹不絕貌斁厭也作奮起也【纂疏】孔氏曰青驪驎曰驒孫炎云色有淺深似魚鱗也鬣馬騣駵爲赤色若身鬣俱赤則騂馬故赤身黑鬣曰駵

○駉駉牡馬在坰之野薄言駉者有駰(音因)有騢(音遐叶洪孤反)有驔(音簟)有魚以車祛祛(起居反)思無邪(叶祥余反)思馬斯徂【賦】也陰白雜毛曰駰陰淺黑色今泥驄也彤白雜毛曰騢豪骭曰驔毫在骭而白也二目白曰魚似魚目也祛祛彊健也徂行也【程子】曰詩三百一言以蔽之曰思無邪盡詩之言美惡不同或勸或懲皆有以使人得其情性之正然其明白簡切通于上下未有若此言者故特稱之以爲可當三百篇之義以其要爲不過乎此也學者誠能深味其言而審於念慮之間必使無所思而不出於正則日用云爲莫非天理之流行矣【蘇氏】曰昔之爲詩者未必知此也孔子讀詩至此而有合於其心焉是

以取之蓋斷章云尓【纂疏】孔氏曰郭璞云彤赤也騢今赭白馬說文骭骹也郭璞云骭脚脛然則骭者膝下之名蓋謂豪毛在骭而白長名爲驔也爾雅一目白瞷二目白魚

駉四章章八句

有駜蒲必反有駜駜彼乘繩證反黃夙夜在公在公明明叶謨郎反振振鷺鷺于下叶後五反鼓咽咽烏玄反醉言舞于胥樂音洛兮【興】也駜馬肥彊皃明明辨治也振振羣飛皃鷺鷺羽舞者所持或坐或伏如鷺之下也咽咽與淵同鼓聲之深長也或曰鷺亦興也胥相也醉而起舞以相樂也此燕飲而頌禱之詞也【纂疏】孔氏曰四馬曰乘黃黃馬也曹氏曰魯之羣臣乘其駜然純色壯健之馬來朝夙夜在于公所而不敢懈李氏曰在公明明則職事皆修明矣歐陽氏曰振振鷺取其修潔翔集有威儀也蘇氏曰公於是燕之以禮樂士之來者如鷺鷺之集其醉者或起舞以相樂和之至也○有駜有駜駜彼乘牡夙夜在公在公飲酒振振鷺鷺于飛鼓咽咽醉言歸于胥樂兮【興】也鷺于飛舞者振作鷺羽如飛也【纂疏】毛氏曰夙夜在

公在公飲酒言臣有餘敬君有餘惠鄭氏曰飛喻群臣醉欲退也曹氏曰上章醉言舞以樂成之也此章醉言歸以禮節之也

○有駜有駜駜彼乘駽呼縣反 夙夜在公在公載燕自今以始歲其有叶羽已反 君子有穀詒孫子叶獎礼反 于胥樂兮 賦也青驪曰駽今鐵驄也載則也有有年也 李氏曰載燕也穀善也或曰祿也詒遺也頌禱之辭也 纂疏 亦飲酒也孔氏曰君子僖公曹氏曰君臣如此從道得矣復何爲哉君自此年穀常登子孫相承力於爲善則無疆之休也蘇氏曰穀祿臣願其君富且有後也

有駜三章章九句

思樂音洛泮水普半反 薄采其芹其斤反 魯侯戾止言觀其旂叶其斤反 其旂茷茷蒲害反 鸞聲噦噦呼會反 無小無大從公于邁 賦其事以起興也 思發語辭也泮水泮宮之水也諸侯之學鄉射之宮謂之泮宮其東西南方有水形如半璧以其半於辟廱故曰泮水而宮亦以名也芹水菜也戾至也茷茷飛揚也噦噦和也此飲於泮宮而頌禱之詞也

疏 毛氏曰天子曰辟廱諸侯曰泮宮鄭氏曰辟廱者築土雝水之外圓如璧四方來觀者均也泮之言半也泮水者蓋東西門以南通水北無也李氏曰無小無大從公于邁如漢明帝開辟廱冠帶搢紳之人圜橋門而觀聽者蓋億萬計 ○ 思樂泮水薄采其藻魯侯戾止其馬蹻蹻居表反其馬蹻蹻其音昭昭叶之繞反載色載笑匪怒伊教賦其事以起興也蹻蹻盛皃色和顏色也 纂疏 黃氏曰藻解見召南采蘋菁莪之序曰能長育人才則天下喜樂之矣魯人之樂泮水非樂乎泮水也樂乎僖公之賢而人才所賴以長育成就也薄采其芹薄采其藻芹藻微物也而樂之有餘所樂者在僖公而寓於芹藻也樂心一生則烏可已觀其旂則樂其茷茷聞其鸞則樂其噦噦見其馬則樂其蹻蹻人之樂之也如此僖公何以得此於魯人哉載色載笑即之也溫匪怒伊教循循善誘僖公之育才可見矣鄭氏曰其音昭昭僖公德音也 ○ 思樂泮水薄采其茆叶謨九反魯侯戾止在泮飲酒既飲旨酒永錫難老叶魯吼反順彼長道叶徒吼反屈此羣醜賦其事以起興也茆鳧葵也葉大如手赤圓而滑江南人謂之蓴菜者也長道猶大道也屈服醜衆也此章以下皆頌禱之辭也 纂疏 曹氏曰醢人有茆菹為朝

事之旦黃氏曰在泮飲酒見僖公略其邦君之勢而與賢者相忘於飲酒之樂也曹氏曰古者天子將出征受命於祖受成於學定兵謀之謂也僖公將伐淮夷則召先生君子飲于泮宮以謀之於是取其長策順而行之固已制勝於公堂之上矣○

穆穆魯侯敬明其德敬慎威儀維民之則允文允武昭假音格烈祖靡有不孝自求伊祜侯五反○賦也昭明也假與格同烈祖周公魯公也纂疏鄭氏曰則法曹氏曰載色載笑匪怒伊教所謂允文也順彼長道屈此羣醜所謂允武也伯禽有定淮徐之功魯之烈祖也僖公文武之德復能屈服淮夷是以昭假于烈祖蓋孝者善繼志述事者也○

明明魯侯克明其德既作泮宮淮夷攸服叶蒲北反矯矯虎臣在泮獻馘古獲反叶況璧反淑問如皐陶叶夷周反在泮獻囚賦也矯矯武皃馘所格者之左耳也淑善也問訊囚也囚所虜獲者蓋古者出兵受成於學及其反也釋奠於學而以訊馘告故詩人因魯侯在泮而願其有是功也○

濟濟子礼反多士克廣德心桓桓于征狄他歷反彼東南叶尼心反烝烝皇皇不吳音話不揚不告于訩

音凶

在泮獻功賦也廣推而大之也德心善意也狄猶逖也東南謂淮夷也烝烝皇皇盛也不吳不揚肅也不告于訩師克而和不爭功也纂疏毛氏曰桓桓武貌鄭氏曰烝烝猶進進李氏曰皇皇大曹氏曰其並近而向敵也烝烝然其合衆而爲大也皇皇然鄭氏曰吳譁李氏曰揚輕揚鄭氏曰訩訟李氏曰征伐有交爭者則必告治獄之官伯州犁之事是也左襄二十六年楚子侵鄭鄭皇頡戍之出與楚師戰敗穿封戍囚皇頡公子圍與之爭之正於伯州犁伯州犁曰請問於囚乃立囚伯州犁曰所爭君子也其何不知上其手曰夫子爲王子圍寡君之貴介弟也下其手曰此子爲穿封戍方城外之縣尹也誰獲子囚曰頡遇王子弱焉盖爭其功者戰士之常也說倖於萬死之間惟圖厚賞而已則其爭功無所不至○

角弓其觩音求束矢其搜色留反戎車孔博徒御無斁叶弋灼反既克淮夷孔淑不逆叶宜脚反式固爾猶淮夷卒獲叶黄郭反○賦也觩弓健貌五十矢爲束或曰百矢也搜矢疾聲也博廣大也斁厭也言競勸也逆違命也盖能審固其謀猶則淮夷終無不獲矣纂疏孔氏曰荀卿論兵云魏氏武卒衣三屬之甲操十二石之弩負矢五十箇是一弩用五十矢荀毛氏之入師故從其言以五十矢爲束大司寇云入束矢於朝注古者一弓百矢與書及左傳所言賜諸侯以弓矢者皆云彤弓一彤

矢言以一弓百矢故謂束矢當百箇○翩彼飛鴞吁驕反集于泮林食我桑
黮尸荏反懷我好音憬九永反彼淮夷來獻其琛敕金反元
龜象齒大賂南金賦也鴞惡聲之鳥也黮桑實也憬覺悟也琛寶也元龜尺二寸賂遺也南金荊
揚之金也此章前四句興後四句如行葦首章之例也纂疏鄭氏曰懷歸曹氏曰傳曰乳酪養性人无妬心桑黮甘甜
鴟鴞革響是知鴞食桑黮則其音變而美也泮林有黮鴞來食之歸我好音則淮夷被泮宮禮義之化其有不革面而宗服者哉
李氏曰觀書所載伯禽宅曲阜徐戎並興東郊不開作費誓是淮夷世爲魯患今僖公時乃能使之順服貢獻如此孟子曰以
善養人然後能服天下○愚按此篇言作泮宮克淮夷春秋皆不載先儒多疑之蘇氏以爲泮宮僖公因舊而修是以不
見於春秋至於克淮夷則亦以爲疑而曰詩中云式固爾猶淮夷卒獲有所未獲而終獲之則其所獲尚少也而朱子於集傳
三章以下謂頌禱之辭蓋皆以爲僖公存日之詩也孔氏辨史克文公時爲史官魯頌作於僖公薨後其詳纂見駉詩序下切
謂春秋經也魯頌亦經也孔子曰吾猶及史之闕文也豈作泮宮克淮夷皆史闕文孔子但據春秋以修之今何幸有魯頌以
禰春秋之闕足僖公之事後之誦其詩愛其人者正當爲僖公喜之不暇尚何過疑之有哉若然則魯頌皆僖公實專夫子刪

○先種曰稙

定之詩不能載夸誕空言矣

泮水八章章八句

○閟筆位反宮有侐況域反實實枚枚赫赫姜嫄音元其德不回上帝是依叶音隈無災無害彌月不遲叶陳回反是生后稷降之百福叶筆力反黍稷重直龍反穋音六叶六直反稙徵力反稺菽麥叶訖力反奄有下國叶于逼反俾民稼穡有稷有黍有稻有秬求許反奄有下土纘禹之緒象呂反○賦也閟深閟也宮廟也侐清靜也實實鞏固也枚枚礱密也時蓋脩之故詩人歌詠其事以為頌禱之辭而推本后稷之生而下及于僖公耳回邪也依猶眷顧也說見生民篇後種曰稺奄有下國封於邰也孔氏曰重稑緒業也禹治洪水既平后稷乃始播百穀見七月詩重稑稙稺生熟早晚之異稱非穀名李氏曰菽大豆劉氏曰奄有下土語言稷躬稼而有天下之意毛氏曰先妣姜嫄廟在周孟仲子曰是禖宮也孔氏曰姜嫄祀郊禖而生后稷故名姜嫄廟為禖宮曹氏曰姜嫄無所配以為生民之功本自姜嫄不可弗

祀乃特立廟祀之故周官大司樂奏夷則歌小呂舞大濩以享先妣而序於先祖之上尊之也呂氏曰閟宮魯廟非姜嫄廟言赫赫姜嫄者推本周家之所由生耳○后稷之孫實維大(音泰)王居岐之陽實始翦商至于文武纘大王之緒致天之屆于牧之野(叶上與反)無貳無虞上帝臨女(音汝)敦(都回反)商之旅克咸厥功(叶居古反)王曰叔父(扶雨反)建爾元子(叶子古反)俾侯于魯大啓爾宇爲周室輔(扶雨反○國也翦斷也大王自豳徙居岐陽四方之民咸歸往之於是而王迹始著蓋有翦商之漸矣屆極也猶言窮極也虞慮也無貳無虞上帝臨女猶大明云上帝臨女毋貳爾心也敦治之也咸同也言輔佐之臣同有其功而周公亦與焉也王成王也叔父周公也元子魯公伯禽也啓開宇居也)

附錄

問太王翦商有此事否曰不可考但據詩云實始翦商左傳云太伯不從是以不祀要之周自日前積累以來其勢日以又當商家無道之時天下趨周其勢自尓至于文王三分天下有其二以服事商孔子乃稱其至德若非文王亦須取了孔子稱至德只二人皆可爲而不爲者也周子曰天下勢而已矣勢輕重也周家基業日大其勢已重民又日趨之其勢愈重此重則彼自輕勢也

問文王受命是如何曰只是天命歸之耳【纂疏】太王蓋諸侯之能興邦者本不必云肇王迹也武王既有天下惟其寖盛之由故曰肇基王迹所謂实始翦商者殆因肇王迹之語言之過耳聖人於武成猶有所不取者其於魯頌豈以一言之過而刪之乎○愚按段氏引先生初說一云蓋是周翦商魯氏之辭失旨謂太王有翦商之心也○

乃命魯公俾侯于東錫之山川土田附庸周公之孫莊公之子叶獎里反龍旂承祀叶養里反六轡耳耳春秋匪解音懈叶訖力反享祀不忒皇皇后帝皇祖后稷享以騂犧虛宜虛何二反是饗是宜牛奇牛何二反降福既多章移當何二反周公皇祖亦其福女音汝

○賦也附庸猶屬城也小國不能自達於天子而附於大國也上章既告周公以封伯禽之意此乃言其命魯公而封之也莊公之子其一閔公其一僖公知此是僖公者閔公在位不久未有可頌此必是僖公也耳耳柔從也春秋錯舉四時也忒過差也成王以周公有大功於王室故命魯公以夏正孟春郊祀上帝配以后稷牲用騂牲皇祖謂羣公此章以後皆言僖公致敬郊廟而神降之福國人稱頌之如此也【纂疏】王氏曰孟子曰周公之封於魯爲方百里也地非不足而儉於百里而周

官以為諸侯之地方四百里蓋特言其国也則倫於百里并附庸言之則為方四百里也李氏曰顓臾魯之附庸也春秋之時有邾国亦魯之附庸也曹氏曰司常言日月為常王建之交龍為旂諸侯建之僖公雖僣郊天之礼而猶以龍旂承祀不敢全僣天子也明堂位乃曰魯君孟春乗大路載弧韣旂十有二旒日月之常祀帝于郊則又過矣鄭氏曰四馬故有六轡后帝天也魯郊天配之以君祖后稷其牲用亦牛純色与天子同○

秋而載嘗夏而楅衡叶戶郎反白牡騂剛犧尊將將七羊反毛炰薄交反胾側吏反羹叶盧當反籩豆大房此下當脫一句如鍾鼓喤喤之類萬舞洋洋孝孫有慶叶祛羊反俾爾熾而昌俾爾壽而臧保彼東方魯邦是常不虧不崩不震不騰三壽作朋如岡如陵

賦也嘗秋祭名楅衡施於牛角所以止觸也周礼封人云凡祭飾其牛牲設其楅衡是也秋將嘗而夏楅衡其牛言夙戒也白牡周公之牲也騂剛魯公之牲也白牡殷牲也周公有王礼故不敢與文武同魯公則無所嫌故用騂剛犧尊畫牛於尊腹也或曰尊作牛形鑿其背以受酒也毛炰周礼封人祭祀有毛炰之豚注云爓去其毛而炰之也胾切肉也羹大羹鉶羹也大羹大古之羹湆煑肉汁不和盛之

以登其質也鉶羹肉汁之有菜和者也盛之鉶器故曰鉶羹
大房半體之俎也足下有跗如堂房也萬舞名震騰驚動也三壽
未詳鄭氏曰三卿也或曰顚孔氏曰說文剛特白牡謂白
公壽與岡陵等而爲三也特騂剛謂赤特大房明堂位
周人房俎注房謂足下跗也上下兩間有似堂房知半體者禘
郊有全烝宗廟惟有殽烝全烝全載牲体殽烝体解折節則殽
烝半体可知曹氏曰臧好德也不虧如日常盈不崩如山常固
不震如地常靜不騰如水常平自俾爾熾而昌以下皆嘏辭王
氏曰三壽作朋壽考之三卿爲朋也○公車千乘縋諸反叶神陵反朱英綠縢徒登
反二矛重直龍反弓叶姑弘反公徒三萬貝胄朱綅息廉反叶息綏
反烝徒增增戎狄是膺荊舒是懲則莫我敢承俾爾
昌而熾俾爾壽而富叶方未反黃髮台背叶蒲糜反壽胥與試
俾爾昌而大叶特計反俾爾耆而艾吾蓋反叶五計反萬有千歲
眉壽無有害叶暇憩反○賦也千乘大國之賦也成方十里出革車一乘甲士三人左持弓右持矛中人御
步卒七十二人將重車者二十五人千乘之地則三百十六里
有奇也朱英所以飾矛綠縢所以約弓也二矛夷矛酋矛也重

弓備拆壞也徒步卒也三萬舉成數也車千乘法當用十萬人
而爲步卒者七萬二千人然大国之賦適滿千乘苟盡用之是
舉国而行也故其用之大国三軍而已三軍爲車三百七十五
乘三萬七千五百人其爲步卒不過二萬七千人舉其中而以
成數言故曰三萬也貝冑貝飾冑也朱綅所以綴也增增衆也
戎西戎狄北狄膺當也荊楚之別號舒其與国也懲艾承禦也
僖公嘗從齊桓公伐楚故以此美之而祝其昌大壽考也壽胥
與試之義未詳王氏曰壽考者相與爲公用也鄭氏曰願其壽
而相与試其才 音義疏 孔氏曰按司馬法六尺爲步步百爲畝畝
力以爲用也 百爲夫夫三爲屋屋三爲井井十爲通通
十爲成成出革車一乘則千乘之地方二百一十六里有奇若以
孟子所言周公封魯地方百里則无緣有千乘也若以明堂位
所言封周公於曲阜地方七百里則又不當有千乘司馬法之
之言既不合孟子又不合礼記不足信也包氏注論語以爲古
者井田方里爲井一井爲乘百里之国通有千乘也則魯地百
里當有千乘矣今從包氏説李朱英緣纏而朱染之以爲矛之
英飾弓束以綠縄縢謂約之以縄非訓縢爲縄貝水蟲用有文
章冑謂兜鍪以貝爲飾説文綅綫朱綅赤綫以連綴夫甲鄭氏
曰胥壽秀眉 ○泰山巖巖吓魚欣反魯邦所詹奄有龜蒙遂
亦言壽時徵
荒大東至于海邦叶卜丁反淮夷來同莫不率從魯侯之

功【賦】也泰山魯之望也詹與瞻同龜蒙二山名荒奄也大東極東也海邦近海之國也【纂疏】孔氏曰巖巖高也泰山在兗州魯之界李氏曰禹貢海岱及淮惟徐州徐州之地泰山乃其境焉禮器曰齊人將有事於泰山必先有事於配林是齊亦祭太山也鄭注曰魯人祭泰山晉人祭河則魯亦祭泰山也泰山廣大故齊魯之境皆得而祭之孔氏曰春秋定十年齊人來歸鄆讙龜陰之田謂龜山之北田也論語說顓臾云昔者先王以為東蒙主謂顓臾主蒙山也魯之境內有此二山故言奄有曹氏曰龜則鄒之龜山蒙則費之東蒙山

〇保有鳧繹叶弋灼反遂荒徐宅叶達各反至于海邦淮夷蠻貊叶莫博反及彼南夷莫不率從莫敢不諾魯侯是若【賦】也鳧繹二山名宅居也謂徐國也諾應辭若順也〇泰山龜蒙鳧繹魯之所有其餘則國之東南勢相聯屬可以服從之國也【纂疏】李氏曰禹貢徐州嶧陽孤桐此繹即嶧陽也曹氏曰禹貢徐州之地而魯宅之故曰徐宅王氏曰言魯侯之治東及于海邦南及于蠻夷

〇天錫公純嘏叶果五反眉壽保魯居常與許復周公之宇魯侯燕喜令妻壽母叶滿彼反宜大夫庶士叶鉏里反邦國是有叶羽已反既多受祉黃髮

兒齒【賦】也常或作嘗在薛之旁許許田也魯朝宿之邑也皆魯之故地見侵於諸侯而未復者故魯人以是頌僖公也令妻令善之妻聲姜也壽母壽考之母成風也閔公八歲被弑必是未娶其母成風亦應未老此言令妻壽母又可見公為僖公无疑也有常有也兒齒齒落更生細者亦壽徵也【纂疏】毛氏曰常許魯南鄙西鄙曹氏曰漢地理志魯有薛縣而齊孟嘗君封邑於薛則嘗先當屬魯孔氏曰桓元年鄭伯以璧假許田杜預注成王營王城有近都志故賜周公許田以為魯國朝宿之地其地近鄭故鄭易之也鄭氏曰燕飲也○

徂來之松新甫之柏是斷音短是度待洛反是尋是尺叶尺約反松桷音角有舄叶七約反路寢孔碩叶常約反新廟奕奕叶弋灼反奚斯所作孔曼音万且碩同上萬民是若【賦】也徂來新甫二山名八尺曰尋舄大貌路寢正寢也新廟僖公所脩之廟奚斯公子魚也作者教護屬功課章程也曼長碩大也万民是若順万民之望也【纂疏】孔氏曰斷斲之度量之桷榱椽之别名曹氏曰榱方曰桷毛氏曰新廟閔公廟鄭氏曰修舊曰新姜嫄廟○愚切謂閟宮是依倣殷武而作殷武首言高宗伐荊楚次言侯國服從方及於壽考且寧遂結之以作寢廟朱子釋廟中之寢所以安高宗之神得之矣閟宮則首原僖公家世次及承祭祀讓夷

戕復境土極頌其壽考亦據結以新廟之作萬民猶且順之僖公存歿之事備矣與殷武如出一手特殷武簡而嚴閟宮張而夸耳朱子於殷武之末謂與閟宮卒章文意略同未詳何謂使經援此釋閟宮而以新廟為僖公廟豈不一洗毛鄭之舊哉或曰先儒於此詩服淮夷蠻貊等事春秋所不載皆不無疑故黄氏以為未然之祈望朱子以為頌禱之辭故不指為僖公廟也愚曰詩稱莫我敢承莫不率從莫敢不諾而曰魯侯之功魯侯是若此皆稱述已然之辭而非願其如是之辭也況證以孔氏之辨頌作於僖公薨後公亡矣人情雖愛之何所施其祈禱乎故私切謂春秋經也魯頌亦經也僖公事雖不見於春秋而實詠於魯頌以魯頌所有補春秋所闕則是以夫子刪定之經補夫子筆削之經同出於一聖人之手初何不可何獨信春秋而疑魯頌乎

閟宮九章五章章十七句內第四章脫一句二章章八句二章章十句舊說八章二章章十七句一章十二句一章三十八句二章章八句二章章十句多寡不均雜亂無次蓋不知第四章有脫句而然今正其誤

魯頌四篇二十四章二百四十三句

商頌四之五

契爲舜司徒而封於商傳十四世而湯有天下其後三宗迭興及紂無道爲武王所滅封其庶兄微子啓於宋脩其禮樂以奉商後其地在禹貢徐州泗濱西及豫州盟豬之野其後政衰商之禮樂日以放失七世至戴公時大夫正考甫得商頌十二篇於周太師歸以祀其先王至孔子編詩而又亡其七篇然其存者亦多闕文疑義今不敢強通也商都亳宋都商丘皆在今應天府亳州界

附錄 伯豐問商頌恐是宋作曰宋襄一伐楚而已其事可考安有莫敢不來享等事又問恐是宋人作之追述往事以祀其先代若是商時所作商尚質不應商頌反多於周頌曰商頌雖多如周頌覓得文勢自別周頌雖簡文自平易商頌之辭自是奧古非宋人所可作當

叢說 曹氏曰契封商今上雒商是也漢屬弘農郡至湯凡八遷始居商丘後徙居亳從先王居帝嚳舊都也湯十九世至盤庚其間又五遷始居河北後遷河南復居亳之殷地即湯故都後世或稱商或稱殷或兼稱殷商先儒謂商有三亳二在梁國一在河洛之間故穀熟爲南亳即湯所都也蒙爲北亳亦曰景亳湯所受命也偃師爲西亳所謂河洛之間盤庚所遷也按九域志南京有亳城古景亳也亦帝嚳之墟湯從都之有高辛城有帝嚳高辛氏廟有湯廟有伊尹冢南京去亳三十里則北亳其是歟

猗（於宜反）與（音余）那與置我鞉（音桃）鼓奏鼓簡簡衎我烈祖

八三四

思成又烈祖。

賦也。猗歎辭。那多。簡簡和大也。衎樂也。烈祖湯也。記曰商人尚声。臭味未成。滌蕩其声。樂三闋然後出迎牲。即此是也。○舊説以此爲祀成湯之樂也。篆疏 歐陽氏曰書曰下管鞉鼓盖自虞夏以來舊物當用者

湯孫奏假音格**綏我思成。鞉鼓淵淵**叶於巾反**嘒嘒管聲。既和且平。依我磬聲。於**音烏**赫湯孫**叶思倫反**穆穆厥聲。**

湯孫主祀之時王也。假与格同。言奏樂以格于祖考也。綏安也。思成未詳。鄭氏曰安我以所思而成之人謂神明來格也。禮記曰齊之日思其居處。思其笑語。思其志意。思其所樂。思其所嗜。齊三日乃見其所爲齊者。祭之日入室。僾然必有見乎其位。周旋出户。肅然必有聞乎其容声。出户而聽。愾然必有聞乎其歎息之声。此之謂思成。蘇氏曰其所見聞本非有也。生於思耳。此二説近是。蓋齊而思之。祭而如有見聞則成此人矣。鄭注頗有脱誤。今正之。淵淵深遠也。嘒嘒清亮也。磬玉磬也。堂上升歌之樂。非石磬也。穆穆美也。篆疏 歐陽氏曰自太甲以下皆可爲湯孫。不知所斥者何王耳。於赫湯孫者謂於赫湯之孫時不顯自赫盛美之孫以誇其先祖。孔氏曰益稷曰戛擊鳴球。謂玉磬也。張氏曰玉磬聲之最和平者可以養心。其聲一定。始終如一。无隆殺也。鄭氏曰堂下諸縣與諸管声皆和平。不相奪倫。又与玉磬声相依。亦謂和平也。王氏曰依我磬声。言与堂上之樂諧也。曹氏曰或大或細皆和而相

應平而不踰

庸鼓有斁萬舞有奕我有嘉客亦不夷懌 庸鏞

通斁斁然盛也奕奕然有次序也蓋上文言鞉鼓管籥作於堂下其聲依堂上之玉磬無相奪倫者至於此則九獻之後鐘鼓交作萬舞陳於庭而祀事畢矣嘉客先代之後來助祭者也夷悅也亦不夷懌乎言皆悅懌也

纂疏 毛氏曰大鍾曰庸濮氏曰周公制礼作樂於致太平之日執籥秉翟者文舞也朱干玉戚者武舞也萬舞乃二舞之總名故邶風有公庭萬舞魯頌有萬舞洋洋春秋楚子元有振萬蓋時王樂也諸侯卿大夫士所得同用之特自八以下佾數有差等耳今言萬舞有奕正謂文武迭用而有序豈天下未爲周而是舞之名已見於前代乎東萊呂氏曰有奕萬舞之綴非衆大也

自古在昔先民有作溫恭朝夕執事有恪 恪敬也言恭敬之道古人所行不可忘也

閔馬父曰先聖王之傳恭猶不敢專稱曰自古古曰在昔昔曰先民

顧予烝嘗湯孫之將 將奉也言湯其尚顧我烝嘗哉此湯孫之所奉者致其丁寧之意庶幾其顧之也

纂疏 孔氏曰烝嘗時祭王制秋嘗冬烝

那一章二十二句

閔馬父曰正考父校商之名頌以那爲首其輯之亂曰云云即此詩也

嗟嗟烈祖有秩斯祜 侯五反 申錫無疆及爾斯所 賦也烈祖

羹定

湯也秩常申重也爾主祭之君盖自歌者指之也斯所猶言此處也○此亦祀成湯之樂言嗟嗟烈祖有秩秩無窮之福可以申錫於无疆是以及於爾今王之所而脩其祭祀如下所云也

【纂疏】嚴氏曰補傳云言烈祖而云嗟嗟以簡朴故也若周頌則言於穆於皇近於文矣○愚按此篇朱子於序謂詳此詩末見其為祀中宗而末言湯孫則亦祭成湯之詩爾故釋尒所本歐陽氏以為主祭之時君自歌者指之而鄭箋以為尒指中宗言承湯之業能與之不之從也然以愚觀之既以尒為歌者之所指則下文賚我思成綏我眉壽我受命溥將二我字不應亦歌者之自稱為我也豈此詩不但祭中宗乃自祭湯而及中宗則尒仍是指中宗而下文之我乃主祭之時王所自稱之我而末二云湯孫之將亦不害其為享湯以蔽之也

既載清酤 叶侯五反 賚我思成 叶音常 亦有和羹 叶音郎 既戒既平 叶音旁 鬷 中庸作奏今從之 假 音格 無言 叶音昂 時靡有爭 叶音章 綏我眉壽黃耇無疆

酤酒賚与也思成義見上篇和羹味之調節也戒夙戒也平猶和也儀礼於祭祀燕享之始每言羹定盖以羹熟為節然後行礼定即戒平之謂也鬷中庸作奏正与上篇義同盖古声奏族相近族声轉平而為鬷耳無言無爭肅敬而齊一也言其載清酤而既与我以思成矣及進和羹而肅敬之至則又安我以眉壽黃耇之福也

【纂疏】曹氏曰載則載之於尊清二酒也祭祀之酒冬釀夏成是其次者酤一宿酒也伐木所謂無酒酤我是也既薦次酒又薦新酒備物行禮也鄭氏曰和羹者五味調腥熟得節

約軝（祈支反）錯衡（叶户郎反）八鸞鶬鶬（七羊反）以假（音格）以享（叶虚良反）我受命溥將自天降康豐年穰穰來假（音格）來饗（叶虚良反）降福無疆（約軝錯衡八鸞見采芑篇鶬見載見篇）

言助祭之諸侯乘是車以假以享于祖宗之廟也溥廣將大也穰穰多也言我受命既廣大而天降以豐年黍稷之多使得以祭也假之而祖考來假享之而祖考來饗則降福無疆矣

【纂疏】東萊呂氏曰豐年穰穰言時和歲豐祭祀得成所謂可以備物者得其一說也歐陽氏曰上云以享者謂諸侯來助致享於神也下云來饗者謂神來至而歆饗也○愚謂以假來假其義亦如此

顧予烝嘗湯孫之將（說見前篇）

烈祖一章二十二句

天命玄鳥降而生商宅殷土芒芒古帝命武湯正域彼四方

【賦】也玄鳥鳦也春分玄鳥降高辛氏之妃有娀氏女簡狄祈于郊禖鳦遺卵簡狄吞之而生契其後世遂

八三八

為有商氏以有天下事見史記宅居也殷地名芒芒大貌古猶昔也帝上帝也武湯以其有武德號之也正治也域封境也○此亦祭祀宗廟之樂而追叙商人之所由生以及其有天下之初也【纂疏】曹氏曰惟我商王布昭聖武長發曰武王載旆有虔秉鉞湯曰吾甚武自號曰武王故此稱為武湯也歐陽氏曰正域彼四方謂湯始受命以正四方之疆域嚴氏曰蓋以四方為界國天下一統也

方命厥后奄有九有叶羽已反商之先后受命不殆叶養里反在武丁孫子叶獎里反○方命厥后四方諸侯无不受命也九有九州也武丁高宗也言商之先后受天命不危殆故今武丁孫子猶賴其福【纂疏】嚴氏曰湯承帝命乃隨其方以施命令於諸侯遂覆有九州所謂域彼四方也以四方為界域則九州在其中矣歐陽氏曰武丁孫子謂武丁之孫子也

武丁孫子武王靡不勝音升龍旂十乘繩證反大糦尺志反是承武王湯號而其後世亦以自稱也龍旂諸侯所建交龍之旂也大糦黍稷也承奉也○言武丁孫子今襲湯號者其武无所不勝於是諸侯无不奉黍稷以來助祭也【纂疏】毛氏曰十乘者二王後八州大国謂八州牧也○一說曹氏曰所謂武王者成湯耳再言武丁孫子當念其祖也武王靡不勝言湯無敵於天下也鄭氏謂高宗之子孫有武功有王德於天下者此非所以稱繼守

文之君况肇域彼四海殷受命咸宜豈所以稱武丁孫子哉邦畿千里維民所止肇域
彼四海叶虎洧反○止居肇開也言王畿之內民之所止不過千里而其封域則極乎四海之廣也四海
來假音格下同來假○祁祁景員維河殷受命咸宜叶牛何反百
祿是何荷叶如字○假與格同祁祁衆多貌景員維河之義未詳或曰景山名商所都也見殷武卒章春秋傳亦
曰商湯有景亳之命是也員與下篇幅隕義同蓋言周也何大河也言景山四周皆大河也何任也春秋傳作荷纂疏○一
說項氏曰景員維河諸家多不通按毛氏諸詩注文景訓大也
景山景福之類是也員訓益也員于爾幅是也又按陸氏釋文
河字本作何若依本訓本文則止是大益維何如其穀維何其
贈維何之類而已不必多說也殷之大益維何問辭也殷受命
咸宜百祿是荷荅辭也◐愚按此篇嚴氏釋商之先后以下本
言天之大益殷者如此 注疏謂先后成湯也成湯所受天命
其後中微所以不至危殆者在武丁善爲人孫子有威武之王
德無不勝任故諸侯服從二王後八州牧皆來助祭邦畿千里
維民所止民志定矣肇域彼四海者殷道衰四夷來侵至高宗
然後始復以四海爲境域也如嚴說則武湯與先后皆指成湯
武丁與武王皆指高宗正域彼四方方命厥后者成湯受命之
初事也肇域彼四海四海來假者高宗中興成湯所受之命不

八四〇

至危殆也然後結以景亳所都稱其受命咸宜宜而曰咸以成湯高宗旅言矣嚴氏又曰或以武丁孫子爲武丁之孫子然下孫祀其先上而奏言之武德義爲未安况武丁之後無顯王乎愚因是又思曹氏以武王爲湯再言武丁之孫子當念其祖恐亦未穩蓋此詩乃頌以湯高宗之樂歌非兼主祭時王之詩也但武王只合稱湯而以稱高宗然高宗既稱武丁亦可以稱武王矣故詳訂之以備一說云

玄鳥一章二十二句

濬哲維商長發其祥洪水芒芒禹敷下土方（絕句楚辭天問禹降省下土四方蓋用此語）外大國是疆幅隕（音員）既長有娀（息容反）方將帝立子生商

賦也濬深哲知長久也方以方也外大國遠諸侯也幅猶言邊幅也隕讀作員謂周也有娀契之母家也將大也○言商世世有濬哲之君其受命之祥發見也久矣方禹治洪水以外大國爲中國之竟而幅隕廣大之時有娀氏始大故帝立其女之子而造商室也蓋契於是時始爲舜司徒掌布五教于四方而商之受命實基於此李氏曰濬哲猶書濬哲文明疆代曰其直方言之曰幅自其周圍言之曰隕係商皆一代之號生商謂生契也契封商而商因

以興是生契所以生商也孔氏曰有娀契因之姓婦人以姓爲字

○玄王桓撥叶必烈反受小國是達叶他悅反受大國是達率履不越遂視旣發叶方月反相息亮反土烈烈海外有截【賦】也玄王契也玄者深微之稱或曰以玄鳥降而生也王者追尊之號桓武撥治達通也受小國大國無所不達言其無所不宜也率循履禮越過發應也言契能循禮不過越遂視其民則旣發以應之矣相土契之孫也截整齊也至是而商益大四方諸侯歸之截然整齊矣其後湯以七十里起豈嘗中衰也與

【纂疏】孔氏曰國語云玄王勤商十四世而興玄王爲契明矣又云昔我先王后稷我先王不窋韋昭注商頌亦以契爲玄王是其爲王之祖故呼王非號王也王氏曰達隨所受大小能達其道也孔氏曰契子昭明昭明子相土鄭氏曰相土夏世入爲王官之伯出長諸侯其威武之盛烈烈然四海之外率服截爾整齊孔氏曰王肅云相土在夏爲司馬之職掌征伐也與鄭異

○帝命不違至于湯齊湯降不遲聖敬日躋昭假音格遲遲上帝是祗帝命式于九圍【賦】也湯齊之義未詳蘇氏曰至湯而王業成與天命會也降猶生也遲遲久也祗敬式法也九圍九州也○商之先祖旣有明德天命未嘗去之以至於湯湯之生也應期而

有

音叅
脩也

降適當其時其聖敬又日躋升以至昭假于天以久而不息惟上帝是敬故帝命之使爲法於九州也纂疏嚴氏曰商自契以來天命所向至湯而後與天爲符謂上葉至此成大命至此集天人適相符合也。一說李氏曰湯之降已則敏而不遲至於假天則遲遲以此見湯惟汲汲於在我未嘗汲汲於求天也

○受小球音求大球爲下國綴張衛反旒音流何音賀天之休不競不絿音求不剛不柔敷政優優百祿是遒子由反。○賦也小球大球之義未詳或曰小國大國所贄之玉也鄭氏曰小球鎮圭尺有二寸大球大圭三尺也皆天子之所執也下國諸侯也綴猶結也旒旗之垂者也言爲天子而爲諸侯所係屬如旗之縿爲旒所綴著也何荷競强絿緩也優優寬裕之意遒聚也纂疏曹氏曰玉藻曰笏天子以球玉美玉也典瑞曰王搢大圭執鎮圭注鎮圭尺有二寸以四鎮之山爲瑑飾所以鎮安四方大圭三尺杼上終葵首明無所屈也

○受小共音恭叶居勇反大共爲下國駿音峻厖莫邦反叶莫孔反何天之龍叶力勇反敷奏其勇不震不動叶德總反不戁奴版反不竦小勇反百祿是總子孔反。○賦也小共大共駿厖之義未詳或曰小國大國所共之貢也鄭氏曰共執也猶小球大球

也鄭氏曰共珙通合珙之玉也傳曰駿大也厖厚也董氏曰齊詩作駿駹謂駹也龍寵也敷奏其勇猶言大進其武功也戁竦懼也纂疏嚴氏曰陳進其勇不震驚不揺動不戁恐不竦懼援然以天下自任此百祿所以總而歸之也○禺接如齊詩作駿騤是論其有力量能負重致遠之意下國皆於我乎負載也○武王載旆有虔秉鉞音越如火烈烈則莫我敢曷○漢書作遏阿葛反叶阿竭反苞有三櫱五葛反叶五竭反莫遂莫達叶他悅反九有有截韋顧既伐叶房越反昆吾夏桀賦也武王湯也虔敬也言恭行天討也曷遏通或曰湯諱何也苞本也櫱旁生萌櫱也言一本生三櫱也本則夏桀櫱則韋也顧也昆吾也皆桀之黨也鄭氏曰韋彭姓顧昆吾己姓○言湯既受命載旆秉鉞以征不義桀與三櫱皆不能遂其惡而天下截然歸商矣初伐韋次伐顧次伐昆吾乃伐夏桀當時用師之序如此纂疏曹氏曰湯以武定亂故自號武王毛氏曰旆旗鄭氏曰先克韋顧昆吾夏桀同時誅孔氏曰鄭語云祝融後八姓己姓昆吾蘇顧溫彭姓豕韋商滅之昭十八年左傳二月乙卯周毛得殺毛伯過而代之萇弘曰是昆吾稔之日也言昆吾以乙卯日亡與桀同日誅也故檀弓注云桀以乙卯日亡○昔在中葉有震且業允也天子叶獎礼反降予卿

士（鉏里反） 實維阿衡（戶郎反） 實左（音佐）右（音又） 商王【賦】也。葉，世；震，懼；業，危也。承上文而言。昔在，則前乎此矣，豈謂湯之前世中衰時與？允，也。天子，指湯也。降，言天賜之也。卿士，則伊尹也。言至於湯得伊尹而有天下也。阿衡，伊尹官號也。【纂疏】孔氏曰：言卿士者，三公兼卿士也。阿，依；衡，平。伊尹，湯所依倚而取平，故以為官名。劉氏曰：禘于太廟，則功臣與祭，故言伊尹。

長發七章，一章八句，四章章七句，一章九句，一章六句

序以此為大禘之詩，蓋祭其祖之所出而以其祖配也。【鄭氏】曰：大禘之祭，所及者遠，故其詩歷言商之先後，又及其卿士伊尹，蓋與祭於禘者也。商書曰：茲予大享于先王，爾祖其從與享之。是禮也，豈其起於商之世歟？今按大禘不及羣廟之主，此宜為祫祭之詩，然經無明文，不可考也。【纂疏】濮氏曰：序以為大禘，則禘不及羣廟之主，無國而言相土；若以為祫祭，則羣廟之主在焉，而但言湯事特詳，末乃及伊尹相湯之意，其為祀湯廟而以阿衡配食之樂歟？

撻（他達反） 彼殷武，奮伐荊楚。罙（面規反） 入其阻，裒（蒲侯反） 荊

罙音弥

之旅有截其所湯孫之緒象呂反○賦也撻疾貌殷武殷王之武也罙冒裒聚也湯孫謂高宗○舊說以此爲祀高宗之樂蓋自盤庚沒而殷道衰楚人叛之高宗撻然用武以伐其国入其險阻以致其衆尽平其地使截然齊一皆高宗之功也易曰高宗伐鬼方三年克之蓋謂此歟纂疏曹氏曰楚蓋荊州之楚地故或謂之荊楚猶商稱殷商也孔氏曰周有天下始封熊繹爲楚子於武丁之世不知楚君何人李氏曰楚在商周時爲夷狄之国世乱則先叛治則後服商室中微往々爲患高宗所以討之濮氏曰荊楚即荊蠻謂荊州之夷曰楚春秋初但書荊至僖公元年始改書楚毛氏曰罙深曹氏曰王師所在截然无敢犯之者猶常武所謂截彼淮浦王師之所也○維女音汝荊楚居

國南鄉昔有成湯自彼氐都啼反羌莫敢不來享叶虛良反

莫敢不來王曰商是常賦也氐羌夷狄国在西方享獻也世見曰王○蘇氏曰既克之則告之曰尔雖遠亦居吾国之南耳昔成湯之世雖氐羌之遠猶莫敢不來朝曰此商之常礼也況汝荊楚曷敢不至哉纂疏曹氏曰商居河洛之間則荊楚在国南鄉孔氏曰氐羌遠夷一世而一見於王秋官大行人云九州外謂之蕃国世一見鄭其父死子繼及嗣王即位乃來朝謂之世見也首章言伐楚之功二章言責楚之義○天命多辟音璧設

都于禹之績歲事來辟勿予禍適（直革反）稼穡匪解（音懈）叶訖力反○國也多辟諸侯也來辟來王也適讁通○言天命諸侯各就都邑于禹所治之地而皆以歲事來至于商以祈王之不譴曰我之稼穡不敢解也庶可以免咎矣言荆楚既平而諸侯畏服也

附録 頌中有五篇句句是韻如殷武之類無兩句不是韻到稼穡匪懈自欠了一句前輩分章全曉不得某細讀方知是欠了一句賀孫

纂疏 ○一說項氏曰蕩詩曰疾威上帝其命多辟殷武曰天命多辟說若以蕩爲王政之辟以殷武爲衆國君以此本義辟音僻背也辟比天命多辟猶天命棐諶皆古之常語也蕩言天有禍疾威怒之可畏其命多背而難信故下文云天生烝民其命匪諶也殷武上章旣言曰商是常以美其祖宗之功德次章復言天命之多辟今商之孫子雖有禹之比地亦不敢以常保故以歲事來享以先君而冀神救之以免於禍謫則長得奉其稼穡以爲粢盛而不敢解也歲事則祝祠之祇薦歲事也稼穡匪解即魯頌之春秋匪解也下文天命有嚴不敢怠遑意亦同此彼詩言民之多辟亦言民之向背无常人君不可自以私意作法當以天道牖之則如壎篪之應如珪璋之信如攜取之易而不暇於附益也左氏洩冶之說斷章取義與此不同○

天命降監（下與濫叶）下民有嚴（叶五剛反）不僭不濫不敢怠遑命于下國（慎叶越）

遑反**封建厥福**叶筆力反○賦也監視嚴威也僭賞之差也濫刑之過也遑暇封大也○言天命降監不在乎他皆在民之視聽則下民亦有嚴矣惟賞不僭刑不濫而不敢怠遑則天命之以天下而大建其福此高宗所以受命而中興也【纂疏】○一說蘇氏曰天使之制命于下國而封建其所當福者

○**商邑翼翼四方之極赫赫厥聲濯濯厥靈壽考且寧以保我後生**叶桑經反

○賦也商邑王都也翼翼整勑貌極表也赫赫顯盛也濯濯光明也言高宗中興之盛如此壽考且寧云者蓋高宗之享國五十有九年我後生謂後嗣子孫也【纂疏】孔氏曰靈威靈李氏曰書嘉靖殷邦至于小大無時或怨肆高宗之享國五十有九年非壽考且寧而何

○**陟彼景山**叶所旃反**松柏丸丸**叶胡貧反**是斷**音短**是遷方斲**陟角反**是虔松桷**音角**有梴**丑連反**旅楹有閑**叶胡田反**寢成孔安**叶於連反○賦也景山山名商所都也丸丸直也遷徙方正也虔亦截也梴長貌旅衆也閑閑然而大也寢廟中之寢也安所以安高宗之神也此蓋特為百世不遷之廟不在三昭三穆之數旣成始祔而祭之之詩也然此章與閟宮之卒章文意略同未詳何謂【纂疏】錢氏曰丸丸直也疊山謝氏曰登彼大山而選材取松柏之易直者斲之遷之以絹

墨取方正而斲削之其方之斲必敬而不敢慢也以松爲椽桷有梴然而長者以松柏爲衆楹有閑然而大者爾雅桷謂之榱楹謂之梲

殷武六章三章章六句二章章七句一章章五句【叢說】濮氏曰昔譜謂魯頌之非頌孔疏已言之而商頌後五篇但稱述前王功德殊不及告祭之意亦自與前一篇異耳疊章非周頌也而其鋪叙事實全類大雅諸詩每讀而疑焉因志于此

商頌五篇十六章一百五十四句

詩卷第二十